CARLOS FUENTES

Cambio de piel

punto de lectura

© 1984, Carlos Fuentes
© 1994, de la edición de Grupo Santillana de Ediciones, S.A.
© De esta edición: marzo 2001, Suma de Letras, S.L.
Barquillo, 21. 28004 Madrid (España)   www.puntodelectura.com

ISBN: 84-663-0245-X
Depósito legal: M-7857-2001
Impreso en España – Printed in Spain

Ilustración de cubierta: *Le modéle rouge* (1935), René Magritte.
© 2001, Vegap, Madrid.
Diseño de colección: Ignacio Ballesteros

Impreso por Mateu Cromo, S. A.

CARLOS FUENTES

Cambio de piel

A Aurora y Julio Cortázar

1

Una fiesta imposible

El Narrador termina de narrar una noche de septiembre en La Coupole y decide emplear el apolillado recurso del epígrafe. Sentado en la mesa de al lado, Alain Jouffroy le tiende un ejemplar de *Le temps d'un livre*:

> *...comme si nous nous trouvions à la veille d'une improbable catastrophe ou au lendemain d'une impossible fête...*

Terminado, el libro empieza. Imposible fiesta. Y el Narrador, como el personaje del corrido, para empezar a cantar pide permiso primero.

Hoy, al entrar, sólo vieron calles estrechas y sucias y casas sin ventanas, de un piso, idénticas entre sí, pintadas de ámarillo y azul, con los portones de madera astillada. Sí, sí, ya sé, hay una que otra casa elegante, con ventanas que dan a la calle, con esos detalles que tanto les gustan a los mexicanos: las rejas de hierro forjado, los toldos salientes y las azoteas acanaladas. ¿Dónde estarían sus moradores? Tú no los viste.

Él ve a cuatro macehuales que llegan a Tlaxcala sin bastimento, con la respuesta seca. Los caciques están enfermos y no pueden viajar a presentar sus ofrendas al Teúl. Los tlaxcaltecas fruncen el entrecejo y murmuran al oído del conquistador: los de Cholula se burlan del Señor Malinche. Los tlaxcaltecas murmuran al oído de Cortés: guárdate de Cholula y del poder de México. Le ofrecen diez mil hombres de guerra para ir a Cholula. El extremeño sonríe. Sólo precisa mil. Va en son de paz.

Pero alrededor de ellos, en estas calles polvosas, sólo pululaba una población miserable: mujeres de rostros oscuros, envueltas en rebozos, descalzas, embarazadas. Los vientres enormes y los perros callejeros eran los signos vivos de Cholula este domingo 11 de abril de 1965. Los perros sueltos que corrían en bandas, sin raza, escuálidos, amarillos, negros, desorientados, hambrientos, babeantes, que corrían por todas las calles, rascándose, sin rumbo, hurgando en las acequias que después de todo ni desperdicios tenían: estos perros con ojos que pertenecían a otros animales, estos perros de mirada oblicua, mirada roja y amarilla, ojos irritados y enfermos, estos perros que renqueaban penosamente, con una pata doblada y a veces con la pata amputada, estos perros adormilados, infestados de pulgas, con los hocicos blancos, estos perros cruzados con coyotes, de pelambre raída, con grandes manchas secas en la piel: esta jauría miserable que acompañaba, sin ningún propósito, el pulso lento de este pobre pueblo, el viejo panteón del mundo mexicano. Un pueblo miserable de perros roñosos y mujeres panzonas que ríen al contarse bromas y noticias secretas, en una voz inaudible, de inflexiones agudas, de sílabas copuladas. No se oye lo que dicen.

Las huestes españolas duermen junto al río. Los indios les hacen chozas y las vigilias se prolongan. Escuchas, corredores de campo, noche fría. En la noche llegan los emisarios de Cholula. Traen gallinas y pan de maíz. Cortés, con la camisa abierta al cuello y el pelo desarreglado, se sujeta el cinturón y ordena a sus lenguas agradecer las ofrendas de Cholula, colocadas alrededor del fuego de la choza del capitán. Jerónimo de Aguilar, botas cortas y pantalón de algodón. Marina, trenzas negras y mirada irónica.

¿No vieron hoy a sus hijos? Mujeres de frente estrecha y encías grandes y dientes pequeños, mujeres envejecidas prematuramente, peinadas con trenzas cortas y chongos secos, envueltas en los rebozos, barrigonas, con otro niño en los brazos, o tomado de la mano, o cargado sobre la espalda, o sostenido por el propio rebozo. Esos hombres con sombrero de paja tiesa y barnizada, camisas blancas, pantalones de dril, que pasaban lentamente sobre las bicicletas o caminaban con los manubrios entre las manos, esos jóvenes de un color chocolate parejo y cabello de cerdas tiesas, esos hombres gordos de bigotes ralos, botas de cuero gastado, camisas almidonadas, esos soldados con la pistola a la cintura, las gorras ladeadas, los rostros cortados por un navajazo, esas cicatrices lívidas en la mejilla, el cuello, la sien, esas nucas rapadas, esos palillos entre los dientes; reclinados contra las columnas del larguísimo portal de la gran plaza pobre y vacía.

Al amanecer, salen de la ciudad. Desde lejos brillan las cuarenta mil casas blancas de la urbe religiosa. Recorren una tierra fértil, de labranza, en torno a la ciudad torreada y llana. Desde el caballo, Hernán Cortés aprecia los baldíos y aguas donde se podría criar ganados pero mira también, a su alrededor, la multitud de mendigos que corren de casa en casa, de mercado en mercado, la muchedumbre descalza, cubierta de harapos, contrahecha, que extiende las manos, masca los elotes podridos, es seguida por la jauría de perros hambrientos, lisos, de ojos colorados, que los recibe al entrar a la ciudad de torres altas. Han dejado atrás los sembradíos de chile, maíz y legumbres, los magueyes. Cuatrocientas torres, adoratorios y pirámides del gran panteón. Desde las explanadas, las plazas y las torres truncas, se levanta el sonido de trompetas y atabales. Los caciques y sacerdotes los esperan, vestidos con las ropas ceremoniales. Algodón con hechura de marlotas. Braseros de copal con los que sahuman a Cortés, Alvarado y Olid. Pero dejan caer los braseros y agitan las insignias al percibir la presencia de los tlaxcaltecas. Los enemigos no pueden penetrar el recinto de Cholula. Cortés ordena a los tlaxcaltecas hacer sus ranchos fuera de la ciudad y entra con la guardia de cempoaltecas, la hueste española, y las piezas de artillería. Desde las azoteas, la población se asoma, en silencio, con espanto y alborozo, a ver los caballos, los monstruos rubios y alazanes, las piezas de fuego, las ballestas y cañones, las escopetas y los falconetes. Y los atabales chillan y rasgan el aire.

¿Para qué? ¿Para salir a ese jardín seco con una pérgola al centro donde una banda cacofónica tocaba interminablemente chachachás y, al descansar, era sustituida por los altoparlantes que alternaban los discos de twist con esa voz del locutor que los dedicaba a señoritas de la localidad? ¿Para ver esas horripilantes estatuas frente al portal? Hidalgo en bronce con el estandarte de la Guadalupe en la mano y ese letrerito. Recuerdo a los venideros. Y Juárez en baño de oro con esa cara solemne. Fue pastor, vidente, y redentor.

Cortés hace su discurso. No adoren ídolos. Abandonen los sacrificios. No coman carne de sus semejantes. Olviden la sodomía y demás torpedades. Y den su obediencia al rey de España, como ya lo han hecho otros caciques poderosos. Los de Cholula responden: No abandonaremos a nuestros dioses, aunque sí obedeceremos a vuestro rey. Los dignatarios sonríen entre sí. Conducen a los españoles a las grandes salas de aposento y durante dos días reina la paz. Pero al tercero ya es día sin comida. Los viejos sólo les llevan agua y leña. Se quejan y dicen que no hay maíz. Los indios se apartan de los españoles. Ríen y comentan en voz baja. Los caciques y los sacerdotes han desaparecido. El enviado de Moctezuma les dice: No lleguen a México. La ciudad silenciosa flota en rumores, gritos quedos y un lejano hedor de sangre. De noche, han sido sacrificados siete niños a Huitzilopochtli; han sido ofrecidos para propiciar la victoria. Cortés da la alerta y manda traer, a la fuerza, a dos sacerdotes del Cu mayor. Enfundados en sus ropas de algodón teñido de negro, los sacerdotes revelan a doña Marina los propósitos ocultos de Moctezuma y los cholultecas. Los españoles han de ser acapillados y se les dará guerra. Moctezuma ha enviado a los caciques de Cholula promesas, joyas, ropas, un atambor de oro y una orden para los sacerdotes: sacrificar a veinte españoles en la pirámide. Veinte mil guerreros aztecas están escondidos en los arcabuesos y barrancas cercanos, en las casas mismas de Cholula, con las armas listas. Han hecho mamparas en las azoteas y han cavado hoyos y albarradas en las calles para impedir la maniobra a los caballos de los teúles.

Hoy, al llegar, caminaron a lo largo del portal, bajo la arcada desteñida, verde, gris, amarillo pálidos, descascarados, entre los olores de la tienda de abarrotes, estropajo, jabón, queso añejo, y la ostionería que estaba al lado, donde el dueño había dispuesto dos mesas de aluminio y siete sillas de latón al aire libre, aunque nadie consumía las ostras sueltas que nadaban en grandes botellones de agua gris. Las oficinas ocupaban la parte central de la arcada. La Presidencia Municipal, la Tesorería, la Comandancia del Tercer Batallón. Los tinterillos vestidos de negro, los soldados de rostros fríamente sonrientes, lejanos, despreocupados. Un piso de mosaico rojo frente a la Comandancia de Policía. Escobas y cepillos, costales, hilos y cables, petates, chiquihuites en la jarciería de los Hermanos García, precavidos, con un rótulo sobre la entrada de su almacén: «Sin excepción de personas no quiero chismes.»

Cortés toma consejo. Uno: se debe torcer el camino e irse por Huejotzingo a la Gran Tenochtitlán, que está a veinte leguas de distancia. Otro: debe hacerse la paz con los de Cholula y regresar a Tlaxcala. Éste: no debe pasarse por alto esta traición, pues significaría invitar otras. Aquél: debe darse guerra a los cholultecas. El extremeño de quijadas duras decide: simularán liar el hato para abandonar Cholula. Pasan la noche armada, con los caballos ensillados y frenados. Las rondas y vigías se suceden. La noche de Cholula es callada y tensa. Las fogatas se apagan. Una vieja desdentada penetra en el aposento de los españoles y aparta a Marina. Le ofrece escapar con vida de la venganza de Moctezuma y, además, le promete a su hijo en matrimonio. Todo está preparado para dar muerte a los teúles. Marina agradece, pide a la vieja aguardar y llega hasta Cortés. Revela lo que sabe.

Caminaron sin hablar, cansados, contagiados por la vida muerta de este pueblo, acentuada por el intento falso de bullicio que venía del altoparlante con su twist repetido una y otra vez, en honor de la señorita Lucila Hernández, en honor de la simpática Dolores Padilla, en honor de la bella Iris Alonso; en la bicicletería del portal, tres jóvenes con el torso desnudo engrasaban, hacían girar las ruedas, canjeaban albures y sonreían idiotamente cuando pasaron Franz e Isabel, Javier y Elizabeth. Los olores del azufre emanaban de esos baños donde una mujer, en el umbral, mostraba sus caderas floreadas mientras azotaba con la palma abierta a un niño que se negaba a entrar y en el registro de electores un pintor pasaba la brocha sobre la fachada, borrando poco a poco la propaganda electoral antigua, la CROM con Adolfo López Mateos, y la reciente, la CROM con Gustavo Díaz Ordaz y el salón de billares «El 10 de Mayo» estaba vacío, detrás de sus puertas de batientes, debajo de un aviso: «Se prohíbe jugar a los menores de edad», y un viejo con chaleco desabotonado y camisa a rayas sin cuello frotaba lentamente el gis sobre la punta del taco y bostezaba, mostrando los huecos negros de su dentadura y una mujer se mecía en un sillón de bejuco frente al consultorio médico que ocupaba la esquina y se anunciaba con letras plateadas sobre fondo negro, enfermedades de niños, de la piel y venéreo-sífilis, análisis de sangre, orina, esputo, materias fecales...

Los despiertan las risas de los indios. Con la aurora, todo Cholula ríe. Cortés se desplaza al Gran Cu con sus tenientes y parte de la artillería. Se enfrenta a los caciques y sacerdotes. Los reúne en el patio central del templo. Están listas las ollas con sal, chile y tomates: las ollas para los veinte españoles cuyo sacrificio ha ordenado el Emperador de la Silla de Oro, el Xocoyotzin. Cortés les habla desde su caballo y da la orden de soltar un escopetazo contra los dignatarios. Los caciques caen con el algodón manchado; la sangre se pierde en la pintura negra de los cuerpos y los trajes de los sacerdotes. Relinchan los caballos en las calles. Truenan las escopetas y ballestas. Las yeguas de juego y carrera; los alazanes tostados; los overos; los caballos zainos embisten contra los guerreros de Cholula y de México; los penachos surgen de las barrancas y el ruido ensordecedor de tambores, trompas, atabales, caracolas y silbos sale al encuentro del estruendo de la pólvora, las pelotas del cañón, los tiros de bronce, las ballestas armadas y sus nueces, cuerdas y avancuerdas: los tlaxcaltecas entran a Cholula, aullando, armados de rodelas, espadas montantes de dos manos y escudos acolchados de algodón: prenden fuego, raptan a las mujeres, las violan en las azoteas mientras en las calles se libra la lucha cuerpo a cuerpo, entre penachos de pluma y cascos de fierro, entre las flechas zumbonas y los arcos fatigados; la trenza de cuerpos oscuros y cuerpos blancos, los jubones y las pecheras de acero, las mantas de chinchilla rasgadas, las hondas y piedras, los falconetes y las ballestas tirando a terrero, los gritos, las trompetas, los silbos, el copal incendiado en los templos, las barricas de pulque rotas a hachazos y las calles empapadas de alcohol espeso y repugnante mezclado con la sangre, los costales de grano rasgados a espadazos y vaciados en los umbrales, el cazabe y el tocino en los hocicos de los perros rápidos y silenciosos, las varas tostadas clavadas en los pechos, las hondas y piedras silbando por el aire y, al fin, las divisas que caen, blancas y rojas, mientras los tlaxcaltecas corren por las calles con el oro, las mantas, el algodón y la sal, con los esclavos reunidos en muchedumbres desnudas y Cholula hiede, hiede a sangre nueva, a copal eterno, a tocino babeado, a pulque impregnado de tierra, a vísceras, a fuego. Cortés manda incendiar las torres y casas fuertes, los soldados vuelcan y destruyen los ídolos, se encala un humilladero donde poner la cruz, se libera a los destinados al sacrificio y las voces corren, después de cinco horas de lucha y tres mil muertos que yacen en las calles o se queman en los templos incendiados.

—Son adivinos. Los teúles adivinan las traiciones y se vengan. No hay poder contra ellos.

Se abre la ruta de la Gran Tenochtitlán y sobre las ruinas de Cholula se levantarán cuatrocientas iglesias: sobre los cimientos de los cúes arrasados, sobre las plataformas de las pirámides negras y frías en la aurora humeante del nuevo día.

Los vi cruzar la plaza hacia San Francisco, el convento, la iglesia, la fortaleza rodeada del muro almenado, antigua barrera de resistencia contra los ataques de indios, y entrar a la enorme explanada. Tú, Elizabeth, te hiciste la disimulada cuando pasaste junto a mí, pero tú, Isabel, te detuviste, nerviosa, y lo bueno es que nadie se fijó porque todos estaban admirando el espacio abierto, uniforme, apenas roto por tres fresnos, dos pinos y una cruz de piedra en el centro y al fondo el ángulo recto de la iglesia y la capilla. La iglesia tiene una arquería y una portería tapiadas, con más almenas en el remate de la portada, el frontispicio amarillo y los contrafuertes almenados, de piedra parda moteada de negro. Javier indicó hacia el ojo de buey de la fachada: los motivos de la escultura indígena —la sierpe, siempre, dos veces, habrás pensado, dragona— rodeaban, en piedra, la claraboya. Javier leyó la inscripción labrada sobre la puerta, encima de las urnas en relieve.

IHS

SPORTAHECAPERTAITPECATORIBUSPENITENTIA

El día de la resurrección, los indios llenan el inmenso atrio. Avanzan lentamente con las ofrendas dobladas: mantas de algodón y pelo de conejo, los nombres de Jesús y María bordados, caireles y labores a la redonda, rosas y flores tejidas, crucifijos tejidos a dos haces. Frente a las gradas, extienden las mantas y se hincan; levantan las ofrendas hasta sus frentes e inclinan la cabeza. Rezan calladamente. En seguida impulsan a los niños para que ellos también muestren sus ofrendas y les enseñan a hincarse.

Una multitud espera el turno, con las ofrendas entre las manos. Por toda la explanada se levantan los humores del copal y el olor de las rosas, mientras la multitud espera en silencio, con los rostros oscuros y los restos de los trajes ceremoniales, cuando no las propias ropas de labor, cuidadosamente lavadas y zurcidas, y los pies descalzos.

Encendí un cigarrillo y seguí sus movimientos; Isabel trataba de evitar mi mirada; recorría con ustedes las tres capillas pozas, pintadas de amarillo, a lo largo de la muralla de la fortaleza. La simplicidad de las capillas contrasta con el ornamento de la puerta lateral de la iglesia. Novedad impuesta a la severa construcción del siglo XVI, puerta renacentista de columnas empotradas y vides suntuosas, de espíritu prolongado en las tumbas románticas que los ricos de Cholula mandaron colocar, hace un siglo, en este terreno sagrado: cruces de piedra con simulación de madera, ramos de piedra, cartas de piedra dirigidas al ausente y detrás los contrafuertes oscuros y las altas ventanas enrejadas y los niños descalzos que pasan en fila con sus catequistas armados de varas para pegar sobre las manos de los olvidadizos y las voces agudas que repiten. Tres personas distintas y un solo Dios verdadero.

Los niños aprenden a hincarse. Ofrecen copal y candelas, cruces cubiertas de oro y plata y pluma: ciriales labrados, con argentería colgando y pluma verde. Se reparte y ofrece la comida guisada, puesta en platos y escudillas. Se conducen corderos y puercos vivos, atados a palos. Los indios toman a sus animales entre los brazos cuando ascienden por las gradas a recibir la bendición, y se levanta una oleada de risas al ver los esfuerzos de un devoto por contener las patadas del cordero o sofocar los chillidos del marrano.

Avanzaron hacia la capilla real y yo apagué el cigarrillo en la suela del zapato. Isabel giró fingiendo que admiraba esa que originalmente fue una capilla árabe de arcadas abiertas en sus siete naves, en la que se representaban autos sacramentales frente al atrio lleno de indios que venían a aprender, deleitándose, los mitos de la nueva religión, y en realidad sólo querías ver si yo seguía allí y los dos nos escondimos detrás de las gafas negras. Ahora las naves habían sido tapiadas y la capilla tenía almenas, remates góticos y gárgolas de agua. Del viejo linaje arábigo sólo quedaban, por fuera, las cúpulas de hongo múltiples, con cuadros de cristal que dejaban pasar la luz al interior. La larga capilla culminaba en una torre final, un campanario amarillo, y se penetraba en ella por un portón de madera con doble escudo: el de san Francisco, los brazos cruzados del indigente y el fraile; y el de las cinco llagas de Cristo, extraña rodela con cinco heridas estilizadas a la manera indígena, la mayor coronada de plumas y las gotas de sangre, siempre, como un puñado de moras silvestres.

Entraron en la capilla real.

Los seguí y me detuve en la puerta.

Mojaste los dedos, dragona, en una de las dos enormes pilas bautismales a la entrada. Te vi sonreír ante esa incongruencia fantástica: no eran sino urnas de piedra indígenas, viejas, labradas, corroídas, antiguos depósitos de los corazones humanos arrancados por el pedernal en los sacrificios de Cholula. Y este símbolo de recepción, aunado a la luz color perla que se filtraba por las bóvedas mozárabes y apagaba el color quemado del piso de tezontle, daba su tono de estadio intermedio, de lugar de tránsito entre la luz del infierno en llamas y la opacidad del cielo de aire a todo el vasto aposento, casi desnudo: un Cristo vejado, cubierto con el manto de la burla, con la corona de un imperio de espinas: los labios vinagrosos y las gotas de sangre en la frente y los ojos entornados al cielo y la peluca cuidadosamente rizada y la faldilla de encaje y la vara del poder bufo entre las manos: era otra figura de humillación sin gloria, alejada de los cuatro arcángeles policromos que guardaban el altar pero cercana a los símbolos del purgatorio que constituían los mayores elementos de la capilla: un retablo en relieve en el que la Reina del Cielo, coronada de ángeles, preside los sufrimientos de los caballeros bigotudos, las damas de torso desnudo y senos rosados, los frailes tonsurados, el rey y el obispo que son acariciados por las tibias llamas del arrepentimiento; y, enfrente, la tela de las ánimas en pena que se consumen en fuego sobre el cadáver del obispo enterrado, una calavera con la mitra caída y los intestinos descubiertos;

STATUM EST HOMINIBUS SEMEL MORI & POST
HOC IUDICIUM

Los indios sentados en el gran atrio sonríen ante la representación del juicio de Dios contra los primeros padres, los sin ombligo. Entre los arcos de la capilla, se han construido peñones, árboles, todo el jardín de la primera felicidad. Aves de oro y pluma se posan en las ramas. Los papagayos hacen ruido. Los ocelotes asoman entre las ramas del Edén. En el centro, el árbol de la vida con las manzanas de oro. Un paraíso de abril y mayo. Los guajolotes se esponjan y agitan la guedeja del papo rojo. Los niños vestidos de animales hacen cabriolas en el escenario. Adán y Eva aparecen en la inocencia del albor. Eva molesta a Adán. Le ruega, lo atrae; él la rechaza con aspavientos. Eva come del árbol y Adán acepta morder la manzana. Los indios ríen por un momento, pero sus rostros se llenan de espanto cuando descienden Dios y sus ángeles. Dios ordena a los ángeles vestir a Adán y Eva. Los ángeles muestran a Adán cómo ha de labrarse la tierra; entregan a Eva husos para hilar. Adán es desterrado y puesto en el mundo: los indios lloran y los ángeles se dirigen a la concurrencia, cantando:

> *Para qué comió*
> *la primera casada,*
> *para qué comió*
> *la fruta vedada.*

> *I'll give you back*
> *your time*

El viejo Lincoln convertible se detuvo frente a las arcadas de la plaza. El joven rubio y barbado metió el freno de mano y abrió la portezuela; a su lado la muchacha vestida con pantalón negro, suéter y botas negras se desperezó y el negro con sombrero de charro le besó el cuello y rió. Del asiento de atrás saltó a la calle empedrada, con la guitarra en la mano, el muchacho alto con el pelo largo y revuelto y las mallas color de rosa y la chaqueta de cuero y la otra muchacha, casi escondida detrás de los espejuelos oscuros, el sombrero de alas anchas y caídas, la trinchera con las solapas levantadas, se puso de pie y se quitó los anteojos para conocer la fisonomía de Cholula: despintada, sin cejas, con los labios borrados por la pintura pálida, guiñó los ojos y le ofreció la mano al joven que cerraba su portafolio de cuero amarillo y, en contraste con los demás, vestía un saco de tweed marrón y pantalones grises. Lo comentó al cerrar el portafolio:

—Algún día los he de convencer.

—No tiene importancia —la muchacha vestida de negro se encogió de hombros y tomó posesión de los portales.

—Sí, sí tiene —el joven cerró el portafolio—. La música se trae por dentro. No hay necesidad de disfrazarse. La verdadera révolte se hace vestido como yo.

—Oye hombre: así lo asustamos más —el muchacho alto se desarregló la cabellera lacia.

—¿Es aquí? —preguntó la muchacha de las cejas depiladas, indefensa como un albino ante la plaza seca, desnuda, aplastada por la intensa resolana.

—Apuesta tu alma —dijo el negro.

En la calle, la muchacha vestida de negro encendió su radio transistor y buscó una estación.

El conductor, el rubio barbado, garabateó con un lápiz blanco sobre el parabrisas del convertible:

PROPERTY OF THE MONKS

y la muchacha encontró la estación en el cuadrante y el muchacho alto se secó el sudor de la frente y empezó a acompañar la música de la radio con la guitarra y los seis se fueron caminando bajo las arcadas y cantando juntos, abrazados.

I'll give you back your time.

Yo sólo escuché el gruñido y el llanto unidos, inseparables, que quise localizar en el cofre del automóvil.

2

En cuerpo y alma

Ausente de ambos. «No estuve allí»: cita de
una carta dirigida por el Narrador a su Abuelo te-
desco, muerto en 1880, socialista lassaliano ex-
pulsado del Reich por el Canciller de Hierro.
Carta no recibida. Muda de piel. Genes mutan-
tes. «I wans't there.» Por lo tanto, el Narrador cita a Tristan Tzara: «Tout ce qu'on regarde est
faux», para salvarse de El Museo, de La Perfección
y participar en un Happening personal que es una
novela de consumo inmediato: recreación. Habla
Michel Foucault: «Et puisque cette magie a été
prévue et décrite dans les livres, la différence illu-
soire qu'elle introduit ne sera jamais qu'une simili-
tude enchantée» (*Les mots et les choses*).

Me ibas a contar algún día, Elizabeth, que el caracol avanzó por la pared y tú, desde la cama, levantaste la cabeza y primero viste la estela plateada del molusco, la seguiste con la mirada tan lentamente que tardaste varios segundos en llegar al caparazón opaco que se desplazaba por la pared del cuarto de hotel. Te sentías adormilada y estabas ahí, con el cuello alargado y las manos escondidas en las axilas; sólo viste un caracol sobre un muro de pintura verde desflecada. Javier había manipulado las persianas y el cuarto estaba en penumbra. Ahora desempacaba. Tú, recostada en la cama, lo viste librar las correas de esta maleta de cuero azul, correr el zipper y levantar la tapa. Al mismo tiempo, Javier levantó la cabeza y vio otro caracol, éste veteado de gris, que permanecía inmóvil, escondido dentro de su caparazón. El primer caracol se iba acercando al detenido. Javier bajó la mirada y admiró el perfecto orden con que había dispuesto las prendas que escogió para el viaje. Tú doblaste la rodilla hasta unir el talón a la nalga y te diste cuenta de que había otro caracol sobre la pared. El primero se detuvo cerca del segundo y asomó la cabeza con los cuatro tentáculos. Tú te alisaste la falda con la mano y viste la boca del caracol, rasgada en medio de esa cabeza húmeda y cornada. El otro caracol asomó la cabeza. Las dos conchas parecían hélices pegadas a la pared y derramaban su baba. Los tentáculos hicieron contacto. Tú abriste los ojos y quisiste escuchar mejor, microscópicamente. Los dos cuerpos blancos y babosos salieron lentamente de las conchas y en seguida, con el suave vigor de sus pieles lisas, se trenzaron. Javier, de pie, los miró y tú, recostada, soltaste los brazos. Los moluscos temblaron ligeramente antes de zafarse con lentitud y observarse por un momento y luego regresaron sus cuerpos secos y arrugados a las cuevas húmedas del caparazón. Alargaste la mano y encontraste un paquete de cigarrillos sobre la mesa de noche. Encendiste uno, frunciste el entrecejo. Javier sacó de la maleta los pantalones de lino azul, los de lino crema, los de seda gris, y los estiró, pasó la mano sobre las arrugas y los colgó en los ganchos que sonaron como cascabeles de fierro cuando abrió ese armario del año de la nana, los corrió, escogió los menos torcidos y regresó a la maleta detenida sobre el borde de la cama. Tú observaste todos sus movimientos y reíste con el cigarrillo apoyado contra la mejilla.

—Cualquiera diría que piensas quedarte a vivir aquí.

Paseaste la mirada por la recámara de paredes húmedas y cristales rotos. Some pad. Siniestro. Javier tomó con las dos manos los calcetines seleccionados para hacer juego con los pantalones y las camisas.

—Hace diez años era un hotel moderno. Me imagino que lo han gastado todas las gentes que debieron detenerse aquí, como nosotros, contra su voluntad.

Él habla así. Oh, seguro que él habla así. Apuesta lo que quieras, dragona. Pregúntale:

—¿Cuándo estará listo el auto? —para que él te conteste, muy sutil, él:

—Pregúntale a Franz.

Y luego aprieta los calcetines contra el pecho, mientras tú arrojas el humo por la nariz.

—De todas maneras, no necesitas ordenar tus cosas en los cajones, para una sola noche.

Tu marido llevó los calcetines a la cómoda, como si cargara una docena de huevos.

—Podemos aprovechar el tiempo que estemos aquí.

—¿Aquí? —te incorporaste en la cama, apoyada con los codos—. Es un poblacho repelente.

Javier ordenó los calcetines en hilera dentro del primer cajón. Tú empezaste a reír. Doblaste las rodillas otra vez; erguiste los pechos y miraste a Javier, riendo: lo miraste ordenar las camisas en la cómoda de pino. Las fue colocando en el cajón: azul, de hilo; negra, de lana tejida; amarilla, de seda; una guayabera plisada, tiesa; otra camisa de tela de toalla, para usar a la salida del mar. Tú pegaste con las manos sobre los muslos abiertos y tu risa contenía un gruñido divertido.

—Tú nunca ves nada —dijo Javier.

—¿No viste hoy a sus hijos?

Al fondo del veliz estaba la ropa interior. Javier la tomó y la llevó sobre las palmas abiertas de las manos a la cómoda y contó los seis calzoncillos jockey las seis camisetas blancas. Gimió. Tú sabías por qué. Como de costumbre, olvidó los pañuelos.

—Al amanecer, salen de la ciudad...

Te levantas velozmente de la cama:

—No se oye lo que dicen, Javier, nadie oye lo que se dice aquí.

Y con las dos manos golpeas las de Javier, haces volar por la recámara las prendas interiores, vuelves a reír:

—...la multitud de mendigos descalzos, cubiertos de harapos...

Eso me lo vas a repetir quién sabe cuántas veces. Sabes que la primera vez es difícil, que esperas demasiado de la segunda y que sólo la tercera vez, decepcionada, cualquier cosa te parece maravillosa. Bueno. Jadeaste un instante cerca del rostro de Javier —ese día, el domingo 11 de abril de 1965— y luego te dejaste caer boca abajo sobre las almohadas.

—...entonces como ahora...

Javier se hincó y recogió los calzoncillos y las camisetas. Tú negaste, con la cabeza hundida entre las almohadas:

—Esas cosas sin voz ni oídos ni ojos... Ya me aburrió. Déjame dormir.

Javier colocó la ropa interior en la cómoda.

—¿No piensas cambiarte de ropa, bañarte?

Tú asomaste:

—¿Para qué? ¿Para salir a ese parque seco a oír chachachás?

Escondiste otra vez el rostro en la almohada. Javier cerró el cajón. Tú te acostaste boca arriba, con los ojos cerrados. Javier te miró allí, con las huellas más tenues de la fatiga en ese rostro tuyo que, al cerrar los ojos, parece desentenderse del mundo como si nadie te pudiera escuchar; más, como si tu propio cuerpo no estuviera presente. Javier caminó hacia la puerta del baño con esa maletilla de cuero donde viajan sus medicinas y pomadas. Se detuvo antes de entrar. Tú reíste:

—No adoren ídolos. Abandonen los sacrificios. Cómo no. No coman la carne de sus semejantes. Ja, ja. Olviden la sodomía y demás torpedades. Gradúate y entra al ejército. Ship ahoy.

Te levantaste en silencio y lo miraste mientras tomabas asiento frente al ventanal de cristales rotos que daba a un patio interior agrio. Te sentaste en la mecedora, junto a las persianas; te columpiaste, esperando el momento para decir:

—Hoy, al llegar, caminamos a lo largo del portal...

Te levantaste con violencia y tiraste de las cuerdas de las persianas, hasta que los visillos se apartaron y entró la luz de la tarde. Hablaste atropelladamente.

—Caminamos sin hablar, cansados, cansados de antemano, Javier, Javier, contagiados por la vida muerta de este pueblo, ¿estás satisfecho?

Abriste los ojos. Javier no estaba en el cuarto.

—¡Javier! ¡Javier! ¡Lo hago por ti!

Escuchaste el grifo del lavamanos y en seguida la voz lejana de tu marido:

—...después de cinco horas de lucha y tres mil muertos que yacen en las calles...

Te detuviste y apoyaste las manos contra el marco de la puerta del baño. Dijiste en voz muy baja:

—Son adivinos. Los teúles adivinan las traiciones y se vengan. No hay poder contra ellos.

Entraste al cuarto de baño. Al fondo, escondido en parte por la cortina de la regadera, asomaba Javier. Sus rodillas desnudas, los pantalones caídos sobre los tobillos y los zapatos. Te acercaste, sin cansancio, sin prisa, hasta con cierto aire profesional. Apartaste la cortina. Levantaste a Javier del excusado, le ofreciste el rollo de papel. Él lo tomó. Te sonreía con la boca torcida. Jaló la cadena y se levantó los pantalones. Así quiero llegar al juicio final, papacito nuestro.

—Ahora descansa, Javier.

—No tengo sueño.

Se abotonó la bragueta.

—Tomarás una de tus píldoras y dormirás.

Le abrazaste el talle, colocaste la barbilla sobre su hombro.

—Todavía no desempaco mis medicinas —dijo Javier, inmóvil entre tus brazos—. ¿Por qué salimos de México?

—Tú sabes que a veces tienes que salir de la ciudad. ¿A poco no te sientes mejor ya? ¿No te sientes mejor al bajar de la altura? Ven, hijo, ven y descansa. Buscaré la píldora en tu cofre, ¿verdad?

—Se me olvida el nombre. Es una amarilla, una cápsula. ¡Dios! ¡Tan bien que conozco los nombres de mis medicinas! ¿Qué me pasa?

—No te preocupes. Acuéstate. Ten piedad.

Javier se detuvo en la puerta del baño y miró sobre su propio hombro a la mujer que no había tenido tiempo, o voluntad, de quitarse la falda y la blusa arrugadas con las que había hecho el viaje de México a Cholula. Tú. Elizabeth. Liz. Betele. Lisbeth. Lizzie. Betty. Javier se sonó la nariz con un kleenex y tú y él se miraron fijamente. Ligeia.

—¿Sabes? —dijo Javier. Oh boy—. El caracol tiene dos sexos. Puede hacerse el amor a sí mismo. ¿Por qué sale de la concha y se trenza con otro caracol que también es andrógino? ¿Qué necesidad tiene, Ligeia, dime, por qué?

Esta mañana, en la carretera, yo también venía hojeando el periódico y marqué la fecha con lápiz rojo. Entérate. Hoy, el mismo día, murieron Linda Darnell y la Bella Otero. Carolina Otero se murió de puro vieja. Noventa y siete años con su clítoris gordote dando la guerra. Aquí lo dice el periódico. Murió en un cuartito cerca de la vía del tren. Debía varios años de alquiler. No tenía más riqueza que un paquete de acciones zaristas, con un valor nominal por más de un millón de rublos. Se las había regalado un noble ruso, pero luego vino la revolución. Siempre llega la revolución y adiós acciones. Y eso que antes las revoluciones eran bastante previsibles. En fin. Hoy nadie regala acciones por millones de rublos, de cualquier manera. Mira nada más. Se murió cuando estamos entrando a nuestra propia Belle Époque; como que dejó la estafeta cuando, muy oronda, se dio cuenta de que vamos volando de regreso al art nouveau, a Gaudí, a Oscar Wilde y Beardsley y Firbank y Radiguet y el Barón Corvo. Dice que nació en Cádiz y que era hija de una gitana seducida por un oficial griego de paso por Andalucía. Conociendo a las gitanas y a los griegos, apuesto que fue al revés. A los trece años se fugó del colegio con su amante y fue a dar a Portugal, donde empezó a bailar en un cabaret. Resuelto el misterio de la profesión del amante. D'Annunzio —dice el periódico— conoció los favores de su amistad. Los favores. Mira la foto de la vieja. Cuáles favores. Le hizo creer que el sexo era una condición para escribir bien, que hacía falta experiencia para poder escribir. Y D'Annunzio entró a matar, entró a la cueva rancia de la Bella Otero engañado, confundiendo la literatura con el sexo, el ascetismo observador con la participación suficiente. Bueno, sexoterapia. No. Lo bueno es lo que sigue. Aquí dice que una noche, en el Café de París citó —e hizo comparecer, ejem— a Eduardo VII de Inglaterra, Nicolás II de Rusia, Alfonso XIII de España, Guillermo II de Alemania y Leopoldo II de Bélgica. Oh, the royal cocks. Ahora sí lo entiendo. Imagínate el desprendimiento, el cálculo, la fría inteligencia con que, al hacerlos suyos, Carolina Otero luchaba, y vencía, por conservar su virginidad, esa virginidad definitiva de la indiferencia y el talento sexuales. Hay que ser muy optimista para amar así, sin desesperación, sin prisa. Eso creía la Bella Otero. Que ese mundo no se acabaría nunca. Igual que nosotros, por más que lo escondamos con zalemas al pesimismo que debe curarnos psicológicamente, advertimos que el mundo muere no con un estallido sino con un sollozo, que hay doctores Strangelove sueltos y que el Hermano Mayor nos vigila. Lo aceptamos, lo disfrutamos, lo asumimos vicariamente. Terapia mental, nada más. Nuestro pesimismo es el acto higiénico de nuestro optimismo invencible. Usen el preservativo de Thomas Stearns Orwell. En cambio, la Bella Otero y la Belle Époque sí sabían que esto se acaba: su optimismo era la válvula de un pesimismo enraizado, tan siniestro como los palacios de jenjibre de Barcelona y los senos flácidos de la Salomé de Beardsley. Then she went on the dole. Murió ayer en la mañana. Descubrieron su cuerpo. Quizás pateó la cubeta a tiempo, para que no la confundieran y tú apagaste el radio del auto pero la voz de los Beatles flotó por un instante y le dijiste a Franz:

—Ten cuidado con la curva.

Linda Darnell murió incendiada en el último piso de una casa. La devoraron las llamas. Como nuestra cuatacha Norma Larragoiti. Igualito. Como Simone Mareuil y los bonzos del Vietnam. Y luego hablan de melodrama.

Apoyaste violentamente el pie derecho contra un freno imaginario, reflejo, mientras apretabas el brazo de ese hombre rubio y quemado por el sol que conducía el automóvil, hoy por la mañana. Desde el asiento de atrás, Javier sonrió y se pasó el pañuelo por los labios y dijo que lo malo de las carreteras sinuosas,

—...es que impiden la conservación.

Franz dijo que ya iban saliendo.

—...es la peor parte.

Isabel se apartó de Javier sin dejar de mirarte
—¿voy bien?—, sin tocar a Javier como tú tocabas
a Franz. Dijiste que diez años antes este rumbo estaba lleno de bosques.

—...los mexicanos no saben conservar su riqueza.

Soltaste el brazo de Franz. Apoyaste la frente
en el vidrio y miraste hacia afuera; hacia los mu-
ñones de árbol, la tierra erosionada de la barranca, el agua rápida, despeñada, que arranca la tierra
a las montañas y aplana las colinas y nos entrega
este país de mierda, seco, sofocado, hostil. Cerraste los ojos y te dejaste arrullar por el gruñido suave del motor, por el vaivén sinuoso de la carretera.
Javier le pidió a Franz que pusiera otra vez el radio, y Franz negó con la cabeza y dijo que estabas
dormida pero tú abriste los ojos con un sobresal-
to, sin escuchar a Franz que se refería a lo apretado de la curva...

—...hace años hubo una carrera de frontera a
frontera, ¿verdad?

Isabel rió:

—Sí, se llamaba la carrera panamericana. Todos morían estrellados...

...sin escuchar la risa que Javier arrojó por la
nariz, sino preocupada, únicamente, por alejarte
del cuerpo de Franz, tomar la bolsa de mano, hur-
gar en ella y sacar el espejo y el peine, arreglarte
rápidamente el cabello pintado color ceniza y hacer un mohín de desagrado al verte reflejada. Cir-
culaste el pequeño espejo frente a tu rostro, te

chupaste los labios, sacaste el lápiz labial y lo untaste con cuidado, ensanchando tus labios que de por sí son llenos y largos ¿eh? Parpadeaste y dejaste que los ojos grises se observaran en el espejo. Sólo entonces te diste cuenta de que Javier estaba hablando. Y Franz, a veces, asentía con la cabeza, sin perder de vista la carretera. Javier dijo que quizás saberlo le bastaba.

—...y me obliga a inventar algo que pueda corresponder.

Tú le diste la cara. Colocaste el brazo sobre el respaldo y lo miraste fijamente. Franz dijo que existía el placer e indicó con un dedo hacia el valle:

—De aquí en adelante el viaje es más fácil. Yo no le exijo a ninguna mujer que sea de tal o cual modo.

Dijo que sería una locura. Sí. Tú lo miraste.

—¿En cuántas horas llegaremos al mar?

—¿Al mar? —sonrió Javier—. ¿Cuántas horas, Franz?

Franz contestó que al mar sólo llegarían mañana y tú volviste a cerrar los ojos. No hablaron durante algunos minutos y tampoco miraron el paisaje y después Franz buscó la cajetilla de cigarros en el parche de la camisa y tú la sacaste, encendiste el cigarrillo para Franz y se lo pasaste con el círculo húmedo de tus labios y tomaste uno para ti y también lo encendiste, sin ofrecerles a los que viajaban atrás y sólo después de consumir el cigarrillo dijiste que tú únicamente rechazabas lo que se volvía costumbre.

—...porque hasta lo más maravilloso puede...

Javier te interrumpió con la mirada y tú le pasaste la mano por el cabello revuelto. Javier dijo que la verdad era que sin necesidad de deseo podía inventarse un amor, apreciar fríamente un carácter y una belleza.

—...amándolos sin pasión y queriéndolos sin deseo...

Franz se encogió de hombros. Yo hubiera hecho lo mismo. De veras.

Pasaron por un pueblo. Franz disminuyó la velocidad. Tú diste la espalda a la ventanilla. Isabel pegó la nariz al cristal, vio pasar las casas de adobe, de un piso, descascaradas y grises, y los puestos de rompope y estropajos, de moras y ciruelas y las figuras ateridas, envueltas en mantas grises. Pegó la nariz al cristal y vio cómo su vaho lo empañaba y se retiró para dibujar un gato y jugarlo con ella misma: la O redonda, la X cruzada. Ah me. Su mano derecha que dibujaba las equis, derrotó a la izquierda, que dibujaba las oes. Se acarició los brazos desnudos, quemados por el sol. Sobre el fondo de pinos veloces ha de haber distinguido sus propios ojos verdes, brillantes sobre los pómulos altos. Nadie me acusa de no apreciar su belleza. Nadie en esta pieza. ¡Nadie, he dicho! Abrió la portezuela con un gesto silencioso y rápido, y detuvo su grito ahogado cuando Javier, en silencio, la tomó de los hombros, le impidió saltar, cerró velozmente la portezuela y sólo entonces tú les diste el rostro y Franz dijo con su voz pareja, sin exclamaciones:

—Cuidado.

Y tú le dijiste a Isabel que pusiera el seguro.

—...ten más cuidado...

¿Voy bien? Isabel cayó sobre las piernas cruzadas de Javier, apoyó la mejilla contra el muslo de Javier y sólo ella sintió sus propias lágrimas sobre la mejilla, los labios abiertos junto al muslo de Javier y Javier no movió los brazos. Levantó las manos, al fin, pero para examinarse las uñas y sintió el temblor de espera de Isabel, la desilusión inmediata cuando no acarició el pelo negro y no tocó las lágrimas de la mejilla de la muchacha. Javier se pasó la mano por el pelo ralo, gris; rió, dejó caer la mano sin tocar la cabeza de Isabel y por fin alargó el brazo, rozó tu nuca y tú no te moviste, no dejaste de mirar hacia adelante aunque Javier quisiera llamar tu atención con esos dedos extendidos que te acarician la nuca. Pero no lo miraste. Bravo. Seguiste mirando fijamente hacia adelante. Como tú dices, te graduaste y al ejército.

—¿Por dónde? —preguntó Franz.

—No pases por Cuernavaca —dijo Javier cuando tú ya estabas diciendo:

—Sigue la carretera.

—¿Hasta dónde?

—Hay una desviación a Xochicalco.

—Sí, pero ¿antes o después de la caseta?

—No, tienes que comprar boleto a Alpuyeca y en el tramo de Alpuyeca está la desviación a Xochicalco.

—Claro, ya recuerdo —dijo Franz.

—¿Ya has estado en Xochicalco? —preguntaste.

—¡Hombre, Lisbeth! —dijo Franz—. Hemos venido los cuatro... no, los tres juntos, hace un año...

—Ah, sí —that bitchy smile of yours—. Ya recuerdo, Isabelita.

—¿Qué? —murmuró Isabel.

—No —dijiste—; digo que Isabelita todavía no debutaba en sociedad entonces.

Javier dijo lentamente:

—Very funny.

—Yes —por fin miraste a Javier—; isn't it?

Pero Isabel ya no estaba recostada sobre el regazo de tu marido. Se polveaba la nariz.

—¿Cuánto cuesta?

—Creo que son cinco pesos.

—No tengo cambio.

—Toma; yo tengo.

—Entonces, ¿derecho?

—Si no hay flecha...

—Pon el radio, Franz —le pediste.

—Allí. Déjalo allí —dijo Isabel.

—¿Qué vals es ése? —preguntaste.

—El Vals de la Viuda Alegre, me parece —dijo Franz.

Y mientras ustedes decían estas pendejadas, yo viajaba en un galgo de lujo por la supercarretera a Puebla y leía algunos folletos de turismo que no distribuyen en las agencias de viaje, toda vez que la visita a semejantes lugares no asegura comisión alguna. Pero es necesario documentarse y saber que a la pequeña fortaleza se entra por una puerta de piedra. Hay una sola luz eléctrica, amarillenta, sobre la clave, y dos ventanas a los lados. La hierba crece encima de la puerta, como si la fortaleza fuese un subsuelo, una tumba, una galería hundida. Y encima la costra de tierra habitable. Primero está la sección administrativa, con sus techos planos. Las chimeneas emergen entre la hierba. Como una factoría. Los muros de ladrillo —mira— encierran cada patio. Hay una fosa alrededor de todo, una fosa honda, de puro lodo, honda, entre las murallas de ladrillo morado. Hay un cuarto de recepción y al lado un cuarto de guardia y detrás la oficina del comandante y en la antesala los rifles de la guardia y a un lado la tienda de ropa. El garage, a la salida, al final del primer patio y entonces se entra a la verdadera prisión.

Iba leyendo y mirando las fotos y a veces me miraba a mí mismo en el espejo del automóvil de turismo mientras tú, en el Volkswagen de Franz, piensas quién sabe qué, imploras en silencio, en silencio le pides a Javier que no repita eso, que por lo menos esas palabras las deje escondidas en algún lugar que sólo ustedes conocen y quisieras interrumpir la conversación y buscas sin éxito otro tema, un tema ancho y largo que pueda devorar las horas del trayecto, sin que te des cuenta y te cubres los ojos con una mano porque ya no quieres ver estos pueblos mexicanos, iguales desde que llegaste, inmóviles, miserables, dormidos. Y cuando piensas —para engañarte— que esto es lo que viniste buscando... Ah, sí, México romántico, el país de tu esposo. Si él, tan bello, tan poético, era así,

43

cómo sería su tierra. La miseria, los andrajos, la enfermedad no son poéticos.

Ésa era una parte de México. La otra, la de un país que deja de ser pobre para empezar a ser vulgar, para imitar al tuyo, tampoco... Quedaste capturada. No, no lo afirmo. Quisiera preguntarlo. E Isabel que quiere asustarlos, asombrarlos y Javier que lo cree y la siente ronronear sobre sus rodillas y piensa que en verdad ella apela a una mímesis felina que sería su encanto más considerable, aunque también el más obvio. Y suspira pensando que quizá en otro tiempo esa ternura con la que Isabel cree bastarse a sí misma y bastar a un amante le hubiese bastado a él. La pobrecita no se da cuenta. «No sabe quién soy.»

—Creerá que no escucho su llanto —hablabas para ti—. Qué mal disimula. Por más que lo sofoque. No sé qué entiende esa muchacha. Y Javier me roza la nuca con los dedos. Quiere que voltee. No lo haré. Seguiré mirando hacia adelante, me dejaré hipnotizar por la raya blanca que divide el tráfico de la carretera. Sé que me acaricia para que voltee, para que descubra allí atrás a Isabel, recostada o abrazada a él, o besándolo, débil y joven, joven y manejada por él, joven con la perversidad intuitiva de la inocencia, otra: Isabel. Javier quiere que yo vea a Isabel rendida. Me fijaré en eso, en la cinta blanca que divide el tráfico y advierte que quien se atreva a cruzarla en sentido prohibido, se expone a un accidente, a la muerte misma; eso podría absorberme. Eso no termina hasta que lleguemos al mar.

—¿Una galleta, Franz?

Ofreciste el paquete.

—¿Quieres una galleta, Franz?

Franz negó con la cabeza. La galleta crujió en tu boca.

En seguida ofreciste el paquete a los que viajaban atrás:

—Perdón, Isabel. Debí haberte ofrecido antes. How foolish of me. ¿Javier?

—¿De qué son?

—Creo que de coco. No tengas miedo. Son de Sanborn's. Para estómagos gringos.

Reíste, mostraste el paquete.

—Qué bien presentan todo los yanquis —dijo Javier—. Siempre logran dar gato por liebre.

—Por favor —fingiste tu mohín de desaprobación—. Por favor. No empieces. Javier es como todos los mexicanos. Habla mal de los gringos pero nos imita en todo. Pura envidia.

Acariciaste la mano de Javier y retiraste el paquete:

—Sure, Franz?

Franz negó con la cabeza. Terminó el vals de la Viuda Alegre y el anunciante habló de un fraccionamiento, y tú apagaste el radio. No hablaron mientras el automóvil corrió al lado de los arrozales, de los cultivos que crecían bajo la sombra de los volcanes. Pero la tierra fértil —siempre una mancha aislada— quedó atrás y el auto subió por un camino de piedras sueltas, al lado de árboles pequeños y secos, hasta detenerse al borde del precipicio. Los cuatro bajaron con la atención dividida entre el paisaje inmenso y las tonterías de los músculos adormecidos, las faldas y los pantalones arrugados, las cabelleras revueltas, las migajas de las galletas sobre los regazos. Se detuvieron frente al lienzo del valle, ondulado, más lejano que las miradas. Contenía todas las gamas del verde: lavado de los maizales, intenso de los campos de caña, muerto y pajizo de las tierras olvidadas. Javier miró hacia las nubes veloces: el cielo mexicano que es y debe ser hermoso para compensar un poco, como tu insistente mar griego, Elizabeth: hay tierras que dejadas a sus propias fuerzas, no durarían un día; necesitan el espejo del cielo —México— o del mar —Grecia—. La luz y la sombra se sucedían en parpadeos rápidos. Las ráfagas de nube ocultaban y revelaban ese sol que a veces me parece un cómplice de la sombra y el silencio y junto con ellos esculpe todas las superficies del valle, las convierte en bloques aislados y termina por fundir, en el límite del horizonte, las márgenes de una tierra que se levanta y fija su frontera en un muro de piedra aérea y las de un cielo que se desploma y recuesta entre los accidentes de la tierra. Todo lo ceñían las montañas nítidas de la mañana, cercanas al tacto y a la vista en esta hora. Pero ya estaban, de todas maneras, retirándose, perdiéndose y esfumándose hacia la transparencia del atardecer. Se veían lomas redondas, volcanes truncos, cráteres secos. Isabel se detuvo junto a Javier y él adivinó, en el ligero roce, que no quería serlo, de su brazo con el de la muchacha, una intención femenina de compartir la presencia y la visión, de encontrar un punto de apoyo común en la naturaleza. De utilizar la naturaleza como un cómplice, primero del amor, en seguida de la retención y el dominio. Pero Javier siempre anda despistado y dio la espalda al paisaje y a Isabel. Ella retiró el brazo; lo cruzó sobre el pecho y mantuvo el otro caído, moviendo nerviosamente los dedos sobre el muslo y buscando caras y figuras reconocibles en las nubes y tú tomaste a Franz de la mano y lo llevaste hacia la atalaya de Xochicalco. Subieron y al escucharlos las cabras descendieron velozmente de las ruinas que por lo general habitan en paz. Sus patas sonaron como piedra sobre piedra y ustedes subieron despacio por el sendero y la ladera de abrojos, piedras sueltas y helechos enanos, que no podían ser el pedestal del orden que les esperaba al ingresar a la explanada del centro ceremonial tolteca. Franz apartó los brazos y sonrió. Tú, a su lado, también sonreíste y estuviste a punto de decir que olvidaron a propósito, para llegar, nuevamente, por primera vez, a Xochicalco y recuperar la sorpresa, cuando Franz dijo:

—Lo había olvidado.

Desde el aire, Xochicalco debe verse como un castillo de arena en la playa, después de la marea: es pura forma sin detalle, lavada. Las terrazas tienen una caprichosa simetría, y la más alta culmina en el templo mayor, solitario en medio de la plaza. De lejos lo acompaña el palacio de columnas rotas, despojado de su antiguo techo de paja, construido sobre el abismo, detenido sobre la terraza, más baja, del juego de pelota con sus argollas ennegrecidas.

Franz descansó las manos sobre tus hombros.

Tú te separaste de él, pasaste al lado de Isabel y Javier, que acababan de llegar a la explanada y al fin corriste hasta el friso que envuelve los cuatro costados de la pirámide trunca.

Te detuviste, con las manos sobre ese chorro líquido de plumas: el friso de Xochicalco es una sola serpiente, un círculo de serpientes, sin principio ni fin, una serpiente con plumas, una serpiente en vuelo, con varias cabezas y varias fauces. Te alejaste, caminaste alrededor de la pirámide, volviste a acercarte al friso, lo tocaste, te recargaste con los brazos abiertos sobre los bajorrelieves de Quetzalcóatl, ese talud que es una sola e interminable serpiente trenzada sobre sí misma, en sus metamorfosis y prolongaciones —todas provocadas por la presencia de los hombres, las bestias, las aves y los árboles que parecen despertar el apetito de la lengua bífida—. Todo, a lo largo del friso, está contenido dentro de las contracciones de piedra de la serpiente emplumada. Los dignatarios sentados, en sus meandros, con los duros collares sobre el pecho y los penachos de estela dura en las cabezas. Las ceibas truncas. Los glifos de la palabra humana. Los jaguares y los conejos. Las águilas de granito carcomido.

Contra el friso, a espaldas de la plaza, donde no te podían ver. Conozco tu tentación. Lo sentiste como un círculo de violencia que lo aprisiona todo. A ti. Lo tocaste. Te recargaste con los brazos abiertos sobre estos relieves, reclinaste el rostro contra la cabeza de la serpiente: un perfil común.

Estuviste a punto de decir que así, así, así lo querías, deseabas ser tragada, perder la identidad o perder la voluntad, ser la esclava abúlica de un poder semejante. Casi dijiste que esto buscabas, que aquí te quedarías, en esta casa sagrada, esta casa de oración, esta Beth Hattefilah, otra vez. Ibas a caer en la trampa, mientras acariciabas el sol y la piedra, la luna y la serpiente, la noche y la ceiba, la estrella y las escamas: ibas a creer que en esta pérdida encontrarías la semilla secreta del país, el grano escondido por la miseria y la ostentación, por la mediocre crueldad posesionada de México: ibas a exclamar que ésta es su grandeza, este rayo de luna perdido, este mundo que quisieras para ti, después de haberlos perdido todos sin saber que otro, más viejo que los perdidos, te estaba esperando, un mundo al servicio de fuerzas que no necesitan ser nombradas. O. K. Has leído bien tu D. H. Lawrence: allí estabas y allí querías permanecer, aunque en apariencia te alejaras, regresaras al automóvil y en él comenzaras, otra vez, a desear, a querer, a anhelar ese mar al que todos iban a llegar mañana. Aquí, unida al friso, donde los demás no podían verte ni adivinarte, volvió a tentarte ese caudal de palabras aprendidas.

Quisiste sentirte prisionera de los anillos. Querías sentirte envenenada por la lengua, hundida en un río de piedra. Ibas a gritarle a la tierra que te dejara regresar, que no te volviera a arrojar al exilio. Ibas a orar por ese lugar donde te tentaba vivir con los ojos cerrados. Otra vez tu Juiverie, tu Vicus Judaeorum, tu Carriera, tu Judengasse: otra vez tu maldito Ghetto. ¿Vas a huir de uno para encerrarte en otro? Elizabeth, menos mal que me escuchaste. ¿Hemos hecho ese pacto en secreto? Cross my heart and fuck to die. No digas nada. No hagas nada. Y sobre todo, no decidas, ni siquiera decidas no decidir, ni siquiera decidas no hablar, no hacer. Óyeme, dragona: se acabó Fausto. Nunca pongas tu poder a prueba. Irradia ese poder mágico de la abstención total; conquístalo todo sin hacer nada. ¡Se murió Prometeo! Así Así. No te muevas. Entiende la nueva potencia, dragona. Entiéndeme.

No escuchaste los pasos de Franz, que recorría lentamente los cuatro costados. Te vio. Se alejó. Sacó el paquete de cigarrillos de la bolsa del saco de pana y se detuvo, ocultándote, impidiendo el paso de Isabel y Javier.

—Vamos arriba —les dijo.

Los tres subieron por la gran escalinata a la plataforma trunca de la pirámide. Los tableros superiores han escapado a la serpiente. Los pequeños glifos flotan junto a los labios de los hombres sentados. El jaguar, libre, acecha y muestra los colmillos. Las quijadas de piedra, desprendidas de cualquier cuerpo, solitarias, muerden un círculo cortado en cuatro partes por la cruz intrusa. Las volutas, los escudos, las insignias del caracol coronan la pirámide.

—Dame fuego —le dijo Javier a Franz.

Javier dijo que era una sola serpiente.

—Sí —contestó Franz. Permaneció con el fósforo encendido entre los dedos. El fósforo le quemó los dedos. Franz lo arrojó con un gesto de sorpresa.

50

Javier dijo:

—Perdón.

Franz sonrió. Encendió otro fósforo. Lo acercó al cigarrillo de Javier.

—Gracias.

—De nada.

Franz se guardó los fósforos en la bolsa del saco de pana. Javier señaló el tono amarillo desteñido que servía de fondo, en los meandros del friso, a la articulación en relieve de Quetzalcóatl. Isabel se colocó el sombrero de paja sobre la cabeza y lo amarró bajo la barbilla con una pañoleta de gasa anaranjada. Se detuvo frente a unos pies calzados con coturnos, pies truncos separados del cuerpo. Rió. Se separó, corrió por la altura del templo, gritó:

—¡Vamos jugando unos encantados!

Franz también rió, corrió detrás de Isabel, le tocó el hombro. Isabel permaneció rígida. Javier caminó hacia ella.

—Tócame, Javier... Desencántame... Por favor... Tócame.

—Primero —dijo Javier, barroquizando— recuerda que ella tiene el rostro cubierto por una máscara de esqueleto y él te espera rodeado de búhos y arañas y a su lado está su mujer con un rostro vivo debajo de la máscara de la muerte. Una bruja descompuesta ríe a su lado, celebra la representación y se ha pintado el rostro rojo con pintura blanca.

O.K. Javier besó a Isabel. Isabel abrazó el cuello de Javier, lo retuvo, y él cerró los ojos.

—No, no te separes.

Franz, fumando, los miró besarse.

Se besaron. Franz siguió mirando.

Se separaron del beso. Te juro que lo miraron con un orgullo frío. A Franz, que los había estado observando, fumando.

Te vieron, desde lo alto, alejarte lentamente hacia el juego de pelota.

Los tres bajaron por la escalinata. Javier se detuvo, trazó en el aire las circunvoluciones de la serpiente.

—¿Nos hablas? —sonrió Isabel y torció los labios.

—Sí —dijo Javier.

—¿Nos hablas a nosotros, Javier? —repitió Isabel.

—Sí, sí.

Isabel sonrió y lo miró fijamente, sin dejar de sonreír.

—Si te entiendo, tonto.

Acarició la mano de Javier.

—Sí —sonrió Javier y se pasó las manos por los plisados de la guayabera—. Perchè sí fuggo questo chiaro inganno?

Y cuando bajó la mirada para ver el pavimento se dijo que la mañana iba a ser caliente. Acaba de dejar, atrás, la puerta de cristales giratorios de la oficina y ahora pasa frente a este puesto y se detiene y mira primero esas frutas. Después se acerca y las toca con las puntas de los dedos, las acaricia y huele el olor de la papaya rebanada, de la cual se desprende un racimo de pepitas negras y ve cómo abren los puesteros, con un tajo de machete, la corteza dura de las sandías y cómo los perros mordisquean las cáscaras de naranja usadas. Los líquidos corren de la mesa de tablones al suelo polvoso del mercado, donde están, en cuclillas, las placeras, con sus caras inmóviles y arrugadas, gritándole «marchante». Marchante no. Se lleva la mano a la bolsa interior del saco de gabardina gris que esta mañana, antes de salir del apartamento, escogió porque en el periódico decía que iba a ser un día muy caluroso y marzo en la ciudad de México puede ser más que caluroso, seco, reseco, sin que pueda pensarse que un solo jugo se desprenda, así sea entrando al corazón invisible, de un árbol o una planta. Quizá por eso ha salido de la oficina y camina por el mercado, donde existe la prueba contraria y las sandías, las papayas y las naranjas se defienden de la evaporación general de la ciudad de polvo. El carnet de piel roja lo confirma con las letras de imprenta, la fotografía debidamente sellada y la escritura engalanada, de oficio, de gran ocasión. El portador es funcionario del centro de estudios tales y cuales de la Comisión Económica para América Latina de la Organización de las Naciones Unidas: un cubículo detrás de ventanas teñidas, verdinegras, por donde no puede colarse la resolana, un escritorio gris, de acero, con sus montones de documentos en papel revolución y sus informes impresos con tipos Bodoni de ocho y diez puntos y veinticuatro cuadratines y su Carta de las Naciones bien manoseada, llena de huellas digitales como si él pudiera dejar su sello personal impreso en la constitución mundial y la fotografía de Dag Hammarskjold clavada a la pared, enmarcada en paspartú y cuatro costados de madera barnizada y el sillón giratorio con respaldo y asiento de cuero negro y los brazos de alguna sustancia niquelada, no sabe cuál. Se guarda el carnet en la bolsa interior del saco, cerca del corazón: detiene la mano junto a donde cree tener el corazón. Concentra la sensibilidad en dos dedos que podrían informarle con relativa certeza si ese corazón está latiendo regularmente y el cuello de la camisa —Arrow, tipo Gordon, o sea tela Oxford, azul, tamaño quince y medio, treinta y tres de mangas, cuello abotonado— ya escurre esas gotas de sudor seco hacia adentro, hacia el cuello de piel que le tiembla inmediatamente al acercar los dedos y probar, sí, que en esta mañana de calor ese sudor suyo, seco, retenido, junto con el aire invisible, infectado de miasmas industriales, le dibujará un círculo oscuro en el cuello y en los puños de la camisa y no tendrá oportunidad de regresar al apartamento y cambiarse para ir al cóctel de esa embajada esta noche pero ahora ha salido, sin dar aviso, de la oficina, ha dejado la mesa en desorden y ha tomado el ascensor Otis, automático, que huele a cromio y cuero, para descender los tres pisos y salir a la calle. Y ahora le gritan «marchante» y le ofrecen los manojos de hierbas y chiles secos. Él avanza, sin mirar hacia atrás, imaginando siempre, sin saber por qué, que va por una playa —sí, le gusta comparar las calles de la ciudad con una playa con galerías, con cortinas y ventanas, una playa sin mar a la vista— y temiendo voltear y encontrar que sus pies no dejan huella en la arena del pavimento. Teme eso. Es lo primero que, conscientemente, teme esta mañana, porque huyó de la oficina sin saber por qué y el corazón que hace un minuto parecía no latir empieza, ahora, a hacerse presente con una fuerza alarmante, a desplazarse de ese centro imaginado a otro, en el plexo solar, desde donde irradia una vida vegetativa que este quinto cigarrillo de la mañana, seguramente, ha despertado de su pesadilla secreta, ha dejado de mantener escondida, en su acción paralela pero sumisa, donde un temor o un anhelo, que pueden ser lo mismo, son sofocados pero lanzados a esa circulación inconsciente del sistema nervioso que ahora pide ser tomado en cuenta, irritado, alejado del cuerpo que dice contenerlo. Javier teme imaginarlo porque le obliga a pensar que sus nervios están irritados, enfermos, tensos y, más aún, que en otro lugar secreto de este cuerpo, en el cerebro, hay una amígdala que bastaría rozar, punzar, excitar, adormecer, para que él perdiera el rastro de libertad que le va quedando y reaccionara, como un perro de Pavlov, con el terror, la sumisión, la furia, la sensibilidad o el embrutecimiento que otra mano, armada de una pluma de pollo, o un punzón de acero, quisiera comunicarle para dominarlo sin necesidad de las ideas adquiridas o la sensualidad primitiva de una personalidad separada y construida a lo largo de tantos años dispares y nones. Teme recordar su sueño recurrente, un sueño que podría ser, si el hecho de estar despierto no le permitiese dudar, un sueño de miedo al mar, sólo eso: miedo de acercarse al mar, entrar, morir ahogado con una especie de inconsciencia alegre, de abandono; no moverá los brazos ni las piernas, no necesitará un lastre; entrará al mar y no opondrá resistencia al embate de las olas, a la succión de la arena negra: dejará que el agua y la arena lo arrastren, lo vuelquen, lo envuelvan... Se dice que ése es un miedo imaginario, pero no esta taquicardia sorpresiva que sería soportable si sólo fuese eso y se limitara a sí misma, si no desencadenara un sudor frío en las manos, un peso insoportable en las rodillas y un mareo que sólo puede resolver apoyando las manos contra un poste verde y observando el cilindro apagado de la luz neón. Si cerrara los ojos. No, entonces un segundo universo de luces burlonas, severas, fugaces, ilocalizables, entraría a suplantar éste de ruidos insoportables, agudos, de gritos destemplados de la muchedumbre que camina entre los puestos, levanta los pollos muertos del cuello pelado, pesa en las palmas de las manos las patas de cerdo, husmea los quesos blancos, discute los precios, suena las matracas y los pitos, ensarta las monedas de veinte centavos en las sinfonolas, frota el tomillo entre las manos, destapa las botellas de cerveza. Quiere encontrar un fondo silencioso en sí mismo y sabe que no existe: ese claustro donde nada se puede escuchar, ni siquiera su propia voz mientras se relata esa muerte en el sueño del mar. Tiene que mirar de frente todo esto. Para esto salió de su casa, temprano, nervioso, a la oficina, y de la oficina a la calle, seguro de que sólo caminando por las calles de la ciudad, moviendo las piernas, mirando sin pensar las calles, las casas, las gentes, podría pasar bien este día, olvidarlo todo, calmarse. Y ahora es la acidez la que asciende y desciende por el esófago y, abajo, empieza a quemar, primero el vacío imaginado de un estómago tierno, en seguida los laberintos irritados que en las radiografías muestran claramente un zigzag de espasmos continuos a la altura del colon, y, arriba, demuestra que no es sólo un movimiento tenso y caprichoso, sino una sustancia amarga que se detiene en la glotis y llena de los sabores de monedas viejas el paladar y la lengua blancuzcos, pedregosos, tapizados de placas blancas. Se aleja del mercado. Levanta la mirada hacia ese cielo azul pero sucio, temblando con su rostro de tolvanera inminente. Salió de la oficina sin pedir permiso, sin dejar dicho a dónde se dirigía, a qué hora regresaría. Pasa lentamente al lado de las vitrinas de los comercios, no mira esos vidrios donde la luz se refleja, ciega, e impide ver las muestras de zapatos de charol, cuero de cocodrilo, ante, estambre, a menos que decida mirar, como lo hace, fruncir el ceño y pegar los ojos a los cristales, distinguir esas camisas de manga corta decoradas con listas de color y grecas alrededor del cuello, las camisas blancas de vestir, con sus cuellos anchos y su etiqueta asegurando que no se encogen al ser lavadas, las playeras de cuello redondo, dobladas, amarillas de tanto estar expuestas al sol, prendidas con alfileres: detrás, distingue esos maniquíes sonrientes, barnizados, con su pelo rubio de madera y sus ojos negros, pintados, y los dientes blancos, que sostienen las chamarras de cuero y cuello de borrego, los sacos de gabardina aceituna, las guayaberas plisadas: ve esos hombres truncos, puro torso, que le sonríen y más adelante, a un paso, sus compañeras con los portabustos de seda negra, las pantaletas de encaje lila, las ligas, las medias exhibidas sobre piernas de cristal mutiladas y se detiene a observar los jamoncillos de almendra y los jugos gástricos redoblan su circulación maldita, quemante, acompañada del dolor reflejo que ya le han advertido no revelará el sitio de la ulceración sino un eco, lejano o cercano, que para él es la boca del estómago y luego, como si de allí se enviara un mensaje ponzoñoso, una flecha seca y ardiente, detrás, le hiere cerca del hígado que quisiera cubrir con una capa protectora de azúcar si no supiera que el jamoncillo, al darle alimento a esos ácidos devorantes, sulfurosos, le provocará una indigestión nerviosa pues sus intestinos irritados, ese espasmo que ya se anuncia y que nada podrá contener, se negarán a darle un paso tranquilo al dulce, lo agitarán, los agredirán por los cuatro costados, lo bombardearán con los gases que hinchan el vientre duro, tenso, y le asegurará una de dos cosas, el estreñimiento prolongado que luego, porque los laxantes le irritan sobremanera, sólo podrá resolver con la indignidad del supositorio de glicerina que venden en frascos estriados y transparentes de tapa negra o con la lavativa y para eso tiene que solicitar la ayuda de su mujer y tenderse, sin calzones, sobre la cama, cubierta parcialmente por una toalla, y abrir las piernas, y buscar él mismo el ano nervioso y encontrar la manera de relajarlo para que entre el bitoque y sentirá que esa mica dura y negra le penetra equivocadamente, se sale del conducto y le perfora hasta la tráquea donde se refleja la desazón de esa violencia, hasta que siente el líquido tibio que corre hacia el centro de sus entrañas y se angustia, quiere devolverlo y luego se quedará sin flora intestinal y le recordará a su esposa que le compre yogourt —ahora hay con sabor de fresa— y lo guarde en la nevera; o la diarrea ocasional que primero quiere atribuir a una de esas infecciones tan comunes en México, si no supiera que desde niño está bien defendido con sus propias amibas contra las extrañas, con sus propios contracuerpos de esa infección que la leche pasada por baños de yeso y agua, la carne triquinosa, el agua de albañal, el queso aftoso, todos los alimentos afiebrados, las verduras, ofrecen a cada bocado, y toma las pastillas de enteroviofórmo que, curiosamente, le calman los nervios pero no la diarrea persistente y ahora observa los enjambres de moscas sobre los buñuelos pegajosos, los pirulíes en espiral, las panochas de vainilla y chocolate, los dulces de coco, las cajas de camote de piña, las cajetas con su banda dorada, las pirámides de muéganos, las frutas cristalizadas, las calaveras de azúcar. Entra al expendio vecino, sudando frío. Pide un agua de tamarindo; ve cómo ese hombre gordo, oscuro, de canas azuladas, mete el cucharón en la tinaja de aluminio, remueve el agua parda, vacía el cucharón dentro del vaso azul y opaco, le ofrece la bebida que él acerca a los labios, sabiendo que de esta manera sólo distraerá por un momento el flujo

amargo de los jugos gástricos que en seguida redo-
blarán su embate. Olfatea el vaso, bebe con la boca
llena de saliva, excitada por el sabor de esa fruta seca. Pide otro vaso. El hombre gordo se lo da, apoya
los codos sobre el mostrador de madera, impregnado de jugos derramados, hinchado de humedad en
este día reseco, mira a Javier, sonriendo, beber el
agua, le cobra un peso, lo recibe, se lo guarda en el
parche de la camisa cuadriculada. Lo mira, le sonríe. Él sale del lugar. No quiere consultar el reloj,
pero escucha los silbatazos de las fábricas, aunque
no sepa qué hora indiquen. Ahora camina sin mirar
las vitrinas. Camina del lado izquierdo de la acera,
en vez de seguir el orden de los que llevan su dirección y parecen haber escogido el margen derecho;
camina tropezando con las gentes que vienen en
dirección contraria a la suya, aprovechando los encuentros para pedir perdón y mirarlos a la cara, tocar sus brazos, obligarlos, quizás, a mirarlo. Toca la
cabeza de un niño que agita las canicas y las resor-
teras que trae metidas en la bolsa del overol —una
cabeza de tuna—, los hombros dóciles de una mujer con permanente y gafas gruesas que viste una
blusa de seda barata cuyo contacto le hace a Javier
el mismo efecto que escuchar un cuchillo raspado
sobre un plato de metal, toca como un ciego pero
ve los ojos, rápidos, sorprendidos, negros, interro-
gantes, desvalidos, duros, acuciosos, desviados, ve
las bocas gruesas, lineales, apretadas, abiertas, que
mascan, escupen, toman aire, lo arrojan, se pasan la
lengua por las encías, se muerden el labio inferior.
Se fruncen. Se ha perdido. Salió de la casa y se per-

dió porque sólo conocía las coordenadas normales, de la casa en la Calzada del Niño Perdido a la dulcería en la esquina de Colina al parque del Ajusco a la escuela marista en la avenida Morelos. Se ha perdido. No les importa. Repite eso: él no tiene la menor importancia para ellos. No lo conocen. Puede detenerse, en la mitad de la acera, y sentir su roce sin que ellos sientan el ascenso espeso de los jugos gástricos, el dolor reflejo, punzante, de la boca del estómago, el latir desordenado del corazón, el peso muerto de las rodillas, el sudor pegajoso y frío de las manos, la protesta del sistema simpático cuando Javier se atreve a meter la mano en el bolsillo y acariciar el celofán protector de la caja de cigarrillos y el costado lijoso de la de fósforos. No saben quién es, por qué está aquí, dónde vive, con quién trata. Se va a apartar. Va a recargarse contra ese muro de piedra labrada. Va a tocar una palma con la otra: va a sentirla húmeda y ajena, como si quisiera tocar, saludar, excitar a otra persona. Va a guiñar los ojos contra el sol impalpable, deshebrado, líquido de la mañana. Va a darle la espalda a la calle. Entra a ese zaguán abierto, atrancado con piedras, a la oscuridad de la galería que le lleva a un patio desnudo, a una fuente sin agua, llena de papel periódico y envolturas olvidadas. Huele ese hedor insoportable. Alarga la mano. Tira de la cola el cadáver de ese perro amarillo, agusanado, rígido, con la piel llena de costras de sangre coagulada y la boca abierta. Lo suelta y la náusea se mezcla con la acidez y saca la pastilla de Stelabid y la traga con la saliva; se le detiene en la glotis y siente ahogarse; se pone de pie y se pega a sí mismo con la palma de la mano sobre la nuca hasta que la píldora pasa, después de ser devuelta con un sabor amargo, masticada, desintegrada con su mezcla de polvo y celulosa. El perro cae sin ruido sobre el fondo de periódicos y envolturas. Los gusanos se contraen, se estiran, vuelven a acomodarse en la carroña amarilla. Javier cruza los brazos sobre el pecho y quiere interesarse en los ángulos de este palacio abandonado, sí, les restituye su grandeza perdida; lo reconstruye con los arquitectos españoles y los masones indígenas que, durante aquel siglo perdido, aplanaron, quizás, la tierra porosa y húmeda del viejo islote, destruyeron, quizás, el templo de piedra y sepultaron en las aguas de la laguna las reliquias, trajeron en barcazas y en carretas lentas la nueva piedra, rosada, de tezontle, y pusieron las bases nuevas, los nuevos cimientos del solar, levantaron estos muros espesos alrededor del patio embaldosado, muros para aislar la humedad y el calor, y labraron la portada que hoy casi ha desaparecido, cubierta por los anuncios de las tiendas, ese pórtico de piedra dúctil y caprichosa, alegremente desplegada en racimos de uva y emparrados rígidos, sostenida por las patas de león, de tigre, de felino gigante que a su vez sostienen dos columnas bastas, dos tallos gordos para los brazos de la enredadera que los circunda, alcanza la altura, avanza para darse las manos, para encontrarse y sostener la cruz del frontispicio, corona negra, gastada, del marco. Dispusieron la fuente en el centro del patio, y en el centro de la fuente la boca de agua, esos dos tritones escamados, resbalosos, pintados de oro al principio, después leganosos con la humedad, ahora quebrados, secos, con las bocas abiertas llenas de polvo. Hay troneras en lo alto, y un acanalado que debe vertirse por esas gárgolas con las bocas abiertas, cuando llueve, no ahora. Hubo puertas, labradas también, a la entrada y frente a las estancias principales, hoy parceladas, tapiadas, abiertas en portezuelas de vidrio y tablones sobre el patio abandonado. Pero al ver esto, al repetirlo, en realidad está detenido en la imagen de las columnas, los tallos gemelos con la enredadera que se levanta y reúne, como su piel y la imagen melliza, paralela, de la piel, que hemos querido construir sin ella. El fenobarbital lo marea y adormece un poco, pero no le alivia el dolor. Sale a paso lento de este lugar y afuera, como si el simple hecho de haber ingerido la cápsula lo liberara, aun sabiendo que no ha tenido el efecto deseado, saca la cajetilla de la bolsa, se mete el cigarrillo entre los labios, humedece el cabo y sabe que le bastaría con el sabor seco del tabaco, sin necesidad de encenderlo con ese cerillo extraído de la caja de los talismanes, calidad imperial, con el escorpión dorado sobre el campo rojo y detrás el papiro desenrollado con la advertencia. No desconfíes. El recelo, la duda y la sospecha, invitan a la traición. Desconfía de aquel que te aconseja desconfiar. Se guarda las cajetillas en la bolsa. Y le cercan los motores, las radios, las sinfonolas, los chiflidos agudos, ese grito que asciende desde el fondo, rajando la atmósfera mecánica, ese grito que debe ser una mentada o un albur. El automóvil vuelve a arrancar, el disco a rayar.

Javier cierra los ojos. Cree haber encontrado un miserable sustituto. Cierra los ojos sólo para escuchar y distinguir las voces y los ruidos, detenido junto a un palacio abandonado, creyendo que las voces disiparán la fuga de luces hinchadas detrás de sus párpados, disparadas desde el fondo del cráneo. Alguien canta y el argamasa se estrella contra los ladrillos. Y un ritmo de serrucho. Un tarareo de música. Un trote de teclas. El vendedor ambulante de estropajos. Los pies arrastrados. Un repique de piezas de dominó. Un suspiro fingido. Un juego ceremonial, infantil. La escoba y un coro de aves en huacal. Abre los ojos y las personas enlutadas salen de una iglesia. Un jorobado da lustre a los zapatos ajenos y saca las botellas y los pomos de una caja entorchada de espejos y cobres. Una cocina familiar con las torres de portaviandas humeantes de pollo hervido, arroz blanco y sopa de garbanzo. La panadería y esa disposición exterior de la variedad: conchas, ojaldras, volcanes, orejas, chilindrinas, corbatas, novias, alamares, cocoles, teleras, campechanas, bolillos, semitas, polvorones. Cruza la calle y entra a la oficina de telégrafos. Apoya los codos contra la plancha fría de mármol y la cabeza entre las manos. Esa lasitud, ahora, quiere ser la compensación de la crisis pasada; esa falsa lasitud de una mezcla de fenobarbital y excipientes que en una hora, o dos, se disipará y lo pondrá al filo, quizás, de una nueva tensión irresuelta, banal, infecunda, de un nuevo temor de muerte súbita, en plena calle —un temor que ahora puede parecerle ridículo, pero que regresará dentro del espasmo, regresará,

regresará a presentarle su propia imagen, la cartografía de su rostro sin color, con una barba que seguirá creciendo, como las uñas, como los gases permanecerán, vivos, en el vientre descompuesto sin enterarse que los ojos vidriosos ya no miran, que la boca abierta, bruta, babosa, ya no aspira—. Se toca ese espejo oculto detrás de las manos, seco, liso, todavía oloroso a agua de Colonia, ese rostro que reconoce sin ver, palpándolo, casi pesando ese muñón de carne expresiva, sus orificios y sus lisuras, sus accidentes hundidos o protuberantes, sus grasas y ceras y espinillas blancas. Sus pelos. Sus humedades. Apartó las manos. La plancha de mármol estaba llena de formas telegráficas, unas amarillas, planas, mudas, otras arrugadas, desechadas, hechas bola por un puño equivocado, olvidadizo, presa del remordimiento, la duda o la indiferencia final. Empezó a extender los telegramas no enviados. Regresa a casa, todo perdonado. Felicidades madre adorada. Llegaremos camión Acapulco esta noche. Freddy ascendido todos bien besos. Ayer murió papa adoloridos úrgenos tu presencia. Rorra divina cuándo le caes a tu caifán. Necesario ordenes envío inmediato pacas algodón referencia nuestra plática. Extrañándote siento haberte ofendido recuerda noches amor. Niño nació con bien todos contentos. Alicia fuera de peligro. Libro necesitas tesis agotado. Aquí me tienen hecho citadino a toda mother Stop. Y quizás sea cierto que el único placer permanente sea repetirse. Pero si esta vez el sistema vegetativo protesta y se hace consciente en una taquicardia que le adormece las piernas y le agita el torso y se refleja en la excitación del colon y en la proliferación de los gases que a su vez distienden el vientre y precipitan los jugos gástricos sobre la úlcera duodenal, a pesar de todo tendrá que regresar al gabinete de radiología y esperar una hora en la antesala, nervioso, leyendo ejemplares viejos de *Life* y *Mañana* y disfrazando su curiosidad, como debe disfrazar la curiosidad de los demás pacientes que esperan, en ese oficio de lectura falsa, dispuestos todos como muñecos de cera contra las paredes de la antesala del consultorio, sentados todos en las sillas de hulespuma, sin atreverse a iniciar una plática banal, limitándose a pedir fuego y recibirlo y deseando, quizás, alguna consolación que no valdría la pena dar o recibir porque les espera la molestia y no el dolor, la molestia que envilece y no el dolor que aparta. Y cuando la enfermera pronuncie su nombre, Javier se pondrá de pie y se alejará de las miradas curiosas de los otros pacientes y la enfermera morena con anteojos lo conducirá al estrecho desvestidor donde, al quitarse el saco, la corbata y la camisa, se golpeará los codos y luego las rodillas al intentar desprenderse del pantalón y le han dicho que se desnude completamente; se despoja de los calzoncillos y permanece un instante desnudo, mirándose los calcetines rojos y los zapatos negros, antes de ponerse la bata blanca, rasgada por el uso de los enfermos, que debe abotonarse por detrás y amarrarse con listones blancos a los costados. Y al salir la enfermera abrirá la puerta del cuarto oscuro y lo invitará a tenderse sobre una plancha sin color y el médico entrará cuando él ya esté tendido, no lo saludará, empezará a apagar y encender luces y apretará los botones del caso y la cámara de rayos equis se acercará a su vientre, presionará contra el sacroilíaco y le pedirán que respire, que deje de respirar; que respire, que deje de respirar, y él pensará que ninguna piedad que pueda hacerse objetiva merece ese nombre. Ahora, mecánicamente, harán que la plancha se levante y él, en posición vertical, sentirá de nuevo el frío del níquel y la mica apretados contra su vientre. La enfermera le ofrecerá un vaso de esa mezcla repugnante, de ese yeso blanco, terroso, cuyas bolas no terminan de disolverse, y mientras lo traga la cámara fotografía sus intestinos y él siente náuseas, como si hubiera tragado un vaso de lodo helado y dicen que los rayos equis pueden producir cáncer y él, cada vez que siente los espasmos, dice «tengo que ir a que me saquen las radiografías» y quizás el remedio sea peor que la enfermedad. Lo dejan descansar antes del segundo vaso de bario y luego le ordenan las posturas indecentes para que el último repliegue de los intestinos pueda ser captado y él se retuerce, levanta un hombro y ladea la cadera, aprieta los glúteos y abre las piernas, se recuesta de lado y después le dicen es todo, tome un purgante porque el bario se endurece en el estómago y los intestinos: es como si lo hubieran encalado por dentro, peor, como si unos albañiles le hubieran construido un muro de ladrillos en la barriga. Entonces la irritación será peor por el efecto combinado del bario, el aceite de ricino, los rayos equis y la tensión multiplicada y una noche se levantará vomitando sangre, débil y aterrorizado, y deberán trasladarlo en ambulancia a un hospital.

Ligeia ríe mucho; pero ése es otro cuento. Tú te mueres de la risa, Elizabeth, dragona.

—¿Recuerdas cuando lo conociste, dragona?

—No me mires así. Déjame reírme.

—¿Por qué?

—Es que... bueno, él estaba dormido; Javier quiero decir; había llovido toda la tarde y yo tomé el subway hasta Flushing Meadows y Javier estaba dormido en un motel y yo abrí la puerta, empapada, ¿ves? cubierta con ese impermeable...

—A mí no tienes por qué mentirme, rucasiana.

—¡No te miento! Estaba acostado y yo entré mojadísima y me detuve en la puerta de la cabina esa en el motel y lo miré.

—O. K., no era el hecho, sino el lugar; porque...

—Esperé a que despertara.

—¿Toda la noche?

—No, caifanazo. Esperé porque estaba segura de que mi presencia lo despertaría. Me iba a sentir. Tenía que sentirme. Yo creo todo lo que me cuentan. ¿Tú no?

—Depende. A veces me va del carajo.

—Estamos volviéndonos viejos, caifán. Eso es todo.

—Ya sé. I'll wear the bottoms of my trousers rolled up, etcétera. Bórralo.

—¿Te molesta? Fíjate que a mí no. Salvo una cosa. Y es que se empieza uno a volver tolerante, pero conscientemente. Conscientemente tolerante, ¿te das cuenta qué horror?

68

—No me deprimas. Basta de suspenso. ¿Él despertó?

—Sí, él despertó. Y yo me acerqué, con el impermeable mojado y el pelo mojado y las gotas de lluvia en la cara, yo me acerqué a su cama, me acerqué por fin a ese muchacho que conocí en el City College, el extranjero hermoso, caifán, el que nos torturaba a todas obligándonos a imaginar su belleza de un golpe. Y yo les dije a las muchachas, o me dije a mí misma, ya no recuerdo bien: yo voy a ganarme el tiempo necesario para írmelo apropiando poco a poco. Eso me dije. Así fue. No te rías.

—No andes confundiendo mis muecas.

—¿Por qué te ríes siempre?

—Te lo digo: porque soy enemigo de las soluciones.

—Mañana salimos de viaje.

—¿A dónde, Elizabeth?

—Vamos a Veracruz. Me hace falta ir al mar.

—¿Quiénes van?

—Javier y yo.

—¿Quién más? Mira: no te me aprietes.

—Isabelita.

—¿Quién más, dragona?

—Bueno, Franz.

—Ya ves.

—Es una solución, ¿no?

—Quizás. Maybe.

—Entonces me hinqué sobre la cama. Y Javier me sonrió. Alargó las manos y me desabotonó el impermeable. Yo no traía más que las pantaletas debajo, ¿ves?

—No. Pero quisiera.

—Y Javier me dijo, «¿Cómo has venido así desde tu casa?», escandalizado, caifán, de veras, igual que ahora, pero entonces yo dije que era puro, inocente, bueno... no sé qué dije. Estaba temblando, te lo juro...

—¿Qué sentiste? Dímelo rápido, dragona, o se nos pierde otra vez, rápido...

—Que... que todo iba a pasar rápido, muy veloz, demasiado urgido para...

—¿Qué? ¿Qué cosa? ¿Cómo lo llamas?

—Oh, el amor, la realidad, la magia, el sueño, da igual, que iba a pasar muy pronto porque todo el mundo lo está solicitando, ¿ves?, las nuevas solicitudes no pueden esperar, los demás no pueden esperar, son muchos, vienen detrás de nosotros, empujando, tienen derecho...

—Sigue, sigue.

—...y la pareja permanece.

—La pareja.

—¡Sí, la pareja! ¿Sabes? Después de hacer el amor los dos nos lavamos las manos juntos, en el baño del motel. Es cierto. Llenamos la pila de agua y nos enjabonamos las manos y luego las lavamos juntos, rozándonos en el agua tibia y...

—¿Se vinieron juntos?

—No, esa vez no. Sólo ahora que llevamos muchos años viviendo.

—¿Y a él qué le dijiste entonces?

—Le agradecí y le dije que no se preocupara, que se entregara, porque la entrega se conserva a sí misma, ¿no es cierto?

—Sí, sí es cierto. ¿Y él qué te contestó?

—Fue muy sincero, caifán. Dijo que me amaba para que su vida no fuera una parodia de la niñez o la adolescencia, algo así. Creo que lo leyó en algún lado. Pero lo dijo sinceramente, esa vez.

—¿Y tú qué le dijiste?

—«¿Cómo sabes que no me mientes al decir que me amas?»

—¿Qué te contestó?

—Nada. Volvió a amarme. Seguimos siendo una pareja.

—Una pareja. Pura autocleptomanía.

—Javier quería encontrar una inquietud, ¿cómo se dice?, un trouble, y aferrarse a ella. Quizás yo fui la troublante, o la troubling. Ya no sé en qué idioma hablo.

—Pop-literature, cuatacha, ¿no te das cuenta? O hasta el fondo:

POP LIT

—Hablas como con luz neón, caifán.

—Sí, novillera. ¿Dices que en Flushing Meadows?

—¿Que qué? N'hombre, aquí a la vuelta, en el camino a Toluca. Me llevó en un taxi destartalado.

—No te metas con los taxis. De eso vive este Niño Dios, con eso me motorizo. Sólo de taxis vive el hombre.

—Te vas a ahogar de puro aire, caifán, de puras palabras.

—¿Quién eres, novillera?

—Ni creas que me vas a confundir. Guarda los secretos.

—Artaud decía: creemos en el poder absoluto de la contradicción.

—Te puedes ahogar en el aire, te digo...

—Ya es algo. ¿A ti qué te dijo?

—¿En los courts? Lo que ya sabes. Que me amaba. Que me amaba para no repetir nada del pasado, para que su vida no fuera una parodia...

—¿Le creíste?

—Bueno, es tierno el profe. Me gustó mucho que después se levantara y se fuera al baño sin ninguna dignidad, ¿sabes?, como todo torpe él, nada hip, ¿me entiendes el calomel?

—Seguro, novillera.

—¡Más chispa! Me regaló unas pantaletas. Y me obligó a ponerme su trinchera encima y a salir del cuarto, tocar, entrar y verlo haciéndose el dormido y luego, cuando me acerqué a él, me desabotonó y me quitó la trinchera y ahí me quedé en pantaletas. Me amó y nos dormimos.

—Y el pensamiento se adelgaza, los sueños se sacan filo a sí mismos.

—¿Cómo sabes?

Tú descendías hacia el automóvil. Javier recitó el poema de Gaspara Stampa. Te miró, pero tú sólo mirabas el paso de los hombres con pantalones bordados de oro, sentada en un café de Heraklión. Él te refirió a las *Elegías de Duino* para que recordaras. ¿No te asombró la circunspección del gesto humano en las estelas áticas? Tú dijiste, sentada, bebiendo el café turco, que allí todo tenía un nombre o un símbolo, al contrario de lo que pasaba en América, y que por eso querías venir y sentarte en un café a ver los rostros curtidos de estos hombres que sabían los nombres de todas las cosas. Javier te apretó la mano y dijo que él había venido a buscar ese gesto de las estelas, porque eran la evidencia de una manera de actuar, la única evidencia visible que quedaba. Podía deducir de los libros —te dijo— una manera de pensar, de nombrar, pero quería ver cómo se movían, cómo alargaban una mano, cómo mantenían la cabeza. Quería saber por qué esa circunspección podía contener toda la pasión. Dijo que quería que su juventud aprendiera esa lección que, primero, estaría en la arquitectura, donde la forma, inmediatamente, es el contenido, sin necesidad de ornamento o comentario, igual que la tragedia es literatura arquitectónica: es su apariencia. Las mujeres gordas y canosas, vestidas con batas floreadas, gritaban de balcón a balcón y ustedes vieron las máscaras de oro de Micenas, esos soles funerarios que fijan un tercer rostro, intermediario entre la vida y la muerte, que sería el único rostro que otros nos obsequian, el único homenaje posible al muerto: entender que entre su rostro vivo y su rostro muerto hay otro que los contiene a ambos, los representa aquí y allá; y fueron a ver a los niños muertos cubiertos de lámina de oro y los esbozos en mármol de las Cícladas, con los senos altos, la figura simplísima, delgada, angulosa, blanca, sin decorado, que contrastaban con las mujeres caderonas de Egina, de manos firmes sobre las rodillas pesadas, o con las Cariátides colocadas por los hombres en la posición fija de sostener pero que escapan a su destino gracias a esa mirada ciega y lejana que mira para siempre a otra parte, fuera del texto concebido para su fijación eterna, fuera del marco de la Acrópolis, más allá del paso inmediato que sus piernas adelantadas están a punto de dar, hacia otro tiempo, porque el de su creación ya ha sido vencido por ellas mismas y les pertenece para siempre.

—Y dos veces te amé porque creí que habías comprendido.

Pasabas los días en Falaraki, durante el verano y aún al entrar el suave otoño mediterráneo, buscando guijarros. Te convertiste, casi, en una tradición, la americana en busca de las piedras de colores, Klondike Lizzie, the Pebble Rush. Y un día el sol ya no salió. Un día de noviembre el pequeño golfo corrió agitado al encuentro de la playa, el mar se volvió color pizarra, gris y más salado —lo sintieron en los labios—, frío, revuelto. Los pescadores ya no salieron. Sólo había, bajo la lluvia, un viejo que azotaba un pulpo muerto contra la roca. Saliste a nadar a la playa solitaria. Javier te siguió, de lejos. La lluvia le empapó el suéter de cuello de tortuga, los pantalones de pana, y sus pies desnudos se hundían en la arena esponjosa, súbitamente opaca después de tantos meses dorados. Nadaste hasta la roca donde el pescador azotaba al pulpo. Extendiste los brazos desde ese mar agitado y el pescador sonrió y te arrojó el pulpo.

Nadaste lentamente de regreso. Todo parecía dispuesto de antemano...

—...como si hubieras celebrado un pacto, Ligeia.

El gato blanco, empapado, salió de una de las casas enterradas en la arena y te esperó en la orilla.

—...y tú saliste del mar, Ligeia...

Saliste del mar, Elizabeth, con los brazos negros del pulpo enrollados a tus propios brazos, con los senos desnudos. Alargaste el brazo y el gatito se acercó a ti. Lo tomaste entre las manos y lo llevaste a tu cabeza y avanzaste hacia Javier, iluminada por luces ocres y rojas que dibujaban todos los contornos serenos, casi estáticos, de tu figura amarilla y negra, coronada por un gato.

—No haces sino recordar amores viejos.

—Es que soy vieja.

—Y conoces todos mis defectos.

Rieron a carcajadas y Javier se encerró en el baño durante más de una hora.

Mira nada más, dragona, qué día que nos tocó vivir. Aquí viene la noticia, en el periódico de hoy. Está fechada en Pittman, Nevada, y dice que un crimen pasional en el cual el arma utilizada por el asesino fue un bimotor Cessna, causó anoche varias víctimas en el interior de una cantina, sin haber dañado a la persona que se pretendía matar. John Covarrubias (¡ándale! ¡paisano!), de 38 años (¡híjole! ¡contemporáneo!), había tenido al atardecer una violenta disputa con su mujer en un bar de Pittman,

Nevada. Ciego de ira porque ella no quería reanudar la vida conyugal, Covarrubias fue a buscar su avión, despegó y, avanzando sobre el pueblo, bajó en picada contra el bar. Dos automóviles fueron destrozados y sus restos en llamas fueron a dar contra el bar; el avión se hizo trizas y su piloto falleció. En el interior del bar, tres clientes resultaron heridos, uno de ellos gravemente. La mujer del piloto asesino resultó ilesa, pues en el momento del atentado se encontraba en la calle. Y fueron muy felices. Porque, cuatacha, si te pones a monologar sobre la calavera de Yorick, resulta que la duda del Danés es la única manera de afirmar la meritita verdad: que somos y no somos, fuimos y no fuimos, seremos y no seremos, ya somos y ya no somos: now you see me, now you don't. O sea: que también hay un no ser al que quisiéramos jugar y que en cada instante, llenos de terror, o risa, o locura, nos está convocando. Porque, quién quita, de repente sólo seríamos desempeñando el papel de nuestro no ser, nuestra posibilidad eternamente presente y eternamente negada. Hay que tener algo para dar el paso mortal. Te lleva el carajo o te llamas Rimbaud. Me duelen los huesos del tedio, Elizabeth. No nos queda más remedio que recorrer y recordar, o nunca sabremos quién es Javier. Me pediste que no le creyera. Puede que sea tu privilegio escucharle. Aunque digas:

—Estás agotado. Sabes que decir tantas cosas te cansa. ¿Por qué no vienes a la cama?

Javier no te hizo caso. Abrió el zipper de la maleta y fue disponiendo, una a una, las cosas sobre la estrecha repisa de cristal detenido por dos clavos arriba del lavabo. Se miró en el cristal y dijo en voz baja:

—¿Quieres que desempaque tus cosas?

Tú dejaste de mecerte:

—¿Qué dices?

—Que si quieres... No, nada.

Colocó la taza de jabón para afeitar sobre la repisa, tomándola del asa, y adentro dejó caer la brocha de cerdas blancas y el rastrillo plateado.

—¿Sabes, Ligeia?

—¿Qué?

—Son las últimas horas de la recepción...

—Por favor, Javier.

—...aunque en realidad, en el ánimo de los que quedan, se ha llegado al momento en que es más fácil y más legítimo imaginar que la fiesta no ha empezado nunca y nunca terminará.

—Por favor, Javier. Ya conozco esa historia.

Hoy en la tarde, en el siniestro hotel de Cholula, Javier fue colocando en fila la botella del agua de colonia (Jean-Marie Farina), las gotas para los ojos, el frasco de Alka Seltzer, las tijeras para las uñas y las pinzas de manicura, el pomo de pastillas de vitamina C, las cápsulas de Desenfriol...

—Se necesita una mirada ajena, como la mía, para saber que son las últimas horas de la recepción y provocar con la mirada, aunque sin saberlo, a quienes se niegan a admitir que esto se está acabando...

Tu marido dejó de colocar las cosas sobre la repisa. Escuchó tus pasos impacientes sobre las tablas rechinantes del piso.

—Por eso me saludan con cierta frialdad, como a un intruso. También los que fingen la alegría de recibir a una especie de hijo pródigo, a un recién llegado que justifica la prolongación de la fiesta, el disco nuevo, la búsqueda infructuosa de botellas sin descorchar. Y después de los breves encuentros, me abandonan a mis propias fuerzas y busco en este desorden desatendido un vaso limpio, hielo y botellas.

Perdóname, cuatacha, si me fijo más en el peine de carey, el tarro de desodorante, el paquete redondo de celuloide que contiene los preservativos envueltos en lámina dorada. Quiero reconocer este cuarto y memorizar sus detalles. ¿Sabes por qué?

—Olvidé el cepillo y la pasta de dientes —dijo Javier.

—¿Qué?

—El cepillo y la pasta. Los olvidé. ¿Por qué no te fijas en esas cosas, mi amor? Ahora tendremos que comprarlos en una farmacia.

—Si es que este pueblo rabón se permite ese lujo.

—¿Qué?

—Una farmacia. ¡Una farmacia! Sal del baño si quieres escucharme...

Javier rió:

—Debo conformarme con un vaso usado, pintado con lápiz labial en los bordes, que ni siquiera escojo.

Creo que tomó el frasco opaco con la etiqueta verdiblanca. Salud. 10 mg. Clorhidrato de 7-cloro 2-metilamina 5-fenil 3H 4-benzodiazepina 4-óxido.

Excipientes 190 mg. según la fórmula de F-Hoffmann-La Roche & Cie. S. A. Basilea Suiza.

Él lo colocó en su lugar en la repisa.

—Me lo tiende, sonriendo, esa mujer.

Javier escuchó tu carcajada. Tú sigues en la mecedora, ¿verdad?

—Al principio sólo veo el vaso, con un fondo de líquido ambarino y la sonaja de un hielo gastado. En seguida el borde teñido de lápiz color naranja. Después la mano blanca, la muñeca ceñida por un brazalete de cobre, que me lo ofrece. Escúchame.

—¿Qué?

—Levanto la mirada y entonces me doy cuenta de que gira el tocadiscos y algunas parejas bailan. Alguien ha apagado las luces de la sala. No puedo ver el rostro de la mujer. No hay una luz pareja, que lo ilumine todo, sino ésta, fragmentada, de una luna menguante que debe conquistar aisladamente ciertos planos, determinadas texturas, esta muñeca enjoyada que me ofrece mi vaso...

—Lo compraremos en la farmacia de Cholula —reíste desde la recámara.

Cada gragea contiene Ciclorhidrato de Tripluoperazina 1.18 mg. Dioduro de Isopramida 6.79 mg. Javier acarició el frasco. Yo trato de memorizar el cuarto de hotel.

—Imagino los labios anaranjados, la sonrisa que no puedo ver. Escucho esa voz, esa melodía tan leve, tan retenida...

—Está bien, Javier.

Tarareaste desde la recámara, por fin encontraste las palabras:

—It's the wrong song, in the wrong style, though your smile is lovely it's the wrong smile...

Vía de administración, oral. Dosis, la que el médico señale. Úsese exclusivamente por prescripción y bajo la vigilancia médica. Su venta requiere receta de facultativo con título registrado en la Secretaría de Salubridad y Asistencia.

—Y en un nivel que se confunde, a la vez que se distingue, del tono pastoso de la cantante femenina, la otra voz de mujer, siempre sin rostro, igual que la voz oculta del tocadiscos.

Qué remedio, Elizabeth. Las cosas sucederán siempre en otra parte. Puro origen o puro destino.

—Eres muy atractivo... —dijiste con una voz plana.

—Sí. Me toma la mano, me acerco a ella, coloco la otra mano sobre la espalda que encuentro desnuda y ella me rodea los hombros con un brazo, mantiene el otro suelto, pegado al muslo, mientras yo le aprieto la muñeca y apenas nos movemos.

Canturreaste:

—You don't know how happy I am that we met, I'm strangely attracted to you...

—Yo dándome cuenta de que el ligero desplazamiento del baile nos acerca y nos aleja de esa luz discontinua, aislada. De que podría conocer su rostro. De que no valdría la pena alejarme del abrazo del baile para hacerlo. De que me estoy dejando arrastrar, a través de esta ceguera artificial, a un conocimiento tanto más exacto cuanto más fortuito en apariencia, a una tibieza elemental, más olvidada que desconocida.

Javier levantó el frasco de Stelabid que mantenía en la mano y lo acercó al reflejo de su rostro en el espejo del baño. Tú entraste al baño y te reflejaste detrás de Javier. Bajaste la mirada y tomaste otro frasco y leíste la etiqueta. Este medicamento es de empleo delicado. Ácido orático 55.80 mg. Xantina 6.66 mg. Adenina 3.34 mg. Excipiente c.p.b. 250.00 mg. Lo colocaste en la repisa.

—Me asalta otro temor. Que esas palabras sólo provoquen su risa. Que ella, como yo, sólo sepa decir las frases hechas que yo también temo decir. Guardo silencio. Cierro los ojos junto a su mejilla y siento el aliento fuerte, joven, disolverse en la vaga esencia de los senos altos y apretados que, al apartarme, veo alumbrados por las dos luces en combate que dibujan el perfil de...

Te quitaste la blusa y la arrojaste sobre la tapa del excusado. Con la cadera, empujaste a Javier hacia un lado del lavabo. Abriste el grifo.

—¿Habrá agua caliente en esta guarida?

Extendiste la palma de la mano bajo el chorro de agua ferrosa.

—Qué remedio. Sólo hay agua fría. Préstame la navaja.

Javier se acercó, tomó la navaja y te la entregó.

—Nos miramos, Ligeia. Miro los ojos negros, los párpados largos, gruesos, casi orientales, los labios naranja, los hoyuelos profundos en las mejillas tersas y acaloradas. Toda la piel de morena clara.

Tú levantaste un brazo frente al espejo y te enjabonaste la axila.

—Toda ella contenida en mis brazos. Vista ahora y vista para siempre.

Con el entrecejo arrugado, te pasaste el rastrillo por la axila. Javier te abrazó del talle, tomó tus senos y tú gritaste.

—Es, es, pasó, no volverá a ser, termina el disco, there's someone I'm trying so hard to forget...

—¡Idiota! —te llevaste una mano a la axila y mostraste la sangre, embarrada en los dedos, a Javier—. ¡Me hiciste cortarme! Dame un poco de agua de colonia.

—Regreso a la mesa, busco mi vaso —Javier destapó el frasco de colonia—. No lo encuentro, regreso al punto exacto donde lo había dejado, ella ya no está —vació un poco en la palma de la mano—. Trato de encontrarla, sin moverme, guiando los ojos, ¿ves?

—¡Date prisa! —gritaste con el brazo levantado—. ¡Se va a evaporar!

Javier fregó la axila afeitada de la señora Elizabeth Jonas de Ortega con la mano.

—¡Ay, pica!

—...tratando de distinguirla entre las parejas que bailan lentamente la música del nuevo disco, recordando ya su talle, su mejilla, el lóbulo de su oreja, su olor, recordando ya que no habló, no dijo nada, que es, pasó...

—Javier, hazte a un lado y déjame en paz.

Te enjabonaste la otra axila. Javier se recargó contra la pared de azulejos mal colocados, flojos, pintarrajeados de cal. Diez en aprovechamiento, cero en moral.

—No, no es así. No es así. Así no. Miento. Así no.

—You don't know how happy I am that we met —canturreaste mientras te afeitabas—. I'm strangely attracted to you; there's someone I'm trying so hard to forget, don't you want to forget someone too?...

—Escucha, Ligeia. ¿Prometes escucharme en silencio?

—Creo que me estoy empezando a enfermar.

—¿Qué te pasa?

—Mi mes, idiota. Ve si traemos unos kotex entre tus tesoros medicinales.

Javier abrió de nuevo la petaquilla y hurgó entre el algodón, la tela adhesiva, la gasa, la botella de yodo.

—No, no trajimos.

Te detuviste, mi cuatacha, hecha un jabalí.

—Anda, haz poesía de eso...

—No lo aguanto. Ya sabes...

—En cambio, no se te olvidaron todos los menjurjes esos para los nervios, que sólo sirven para intoxicarte...

Javier tomó tus hombros desnudos y los apretó con fuerza.

—Sabes que estoy enfermo.

Quisiste zafarte con una mueca de gárgola.

—Me haces daño. Son puras figuraciones tuyas. Todos los médicos...

—¡Los médicos no saben nada!

Te agitó y tú cerraste los ojos y te dejaste caer.

—¡Yo sé lo que siento!

Te soltó muy delicadamente y tú te abrazaste a ti misma.

—Entonces dame un poco de algodón —dijiste en voz baja.

Javier arrancó con cuidado un puñado de algodón y te lo entregó. Salió del cuarto de baño a la recámara y se recostó. Se levantó velozmente cuando escuchó tu paso y tú te dejaste caer sobre la cama rechinante del cuarto de hotel de segunda en Cholula, donde ya habías descubierto, en menos de una hora de habitarlo, dos pulgas gordas, abotagadas de sangre, que tú misma aplastaste contra la pared; las viste de nuevo al caer sobre la cama.

—Debimos haber seguido a Veracruz, Javier.

Fue él quien, al verte arrojada sobre la cama, pensó que tu talle aún poseía, a pesar de todo, la flexibilidad de un carrizo y apuesto que se dijo que sería una pedantería recordar el nombre científico del carrizo de modo que sólo murmuró, con la esperanza —no sólo de pan vive el hombre— de que no lo escucharas:

—Phragmites communis... —y en seguida se ordenó callar, cuando ya tenía en el paladar la definición:

—Un roseau pensant...

—Me aburre terriblemente esa historia —dijiste.

—Ustedes insistieron en detenerse a ver las ruinas. Por mí...

—Yo también podría repetir historias —gemiste y dejaste colgar la cabeza y las piernas en los extremos de la cama cubierta por una frazada de algodón blanco con manchas amarillas, de orín.

—Javier, por favor toma un kleenex y arranca esas pulgas aplastadas.

Pero Javier no se movió de su lugar junto a las puertas de cristal.

—Si quieres, yo también te aburriría con mis historias.

La sangre corrió hacia tu cabeza y te hinchó las venas de la sien y la frente y el cuello; dejaste que los zapatos se te desprendieran de los pies cansados y moviste los dedos como sobre un teclado.

—Huele mal aquí, ¿no te has dado cuenta? ¿No piensas reclamar en la gerencia?

Javier jugueteó con la varilla dorada de la cual colgaba la muselina que cubría los vidrios de la puerta.

—Lo pintoresco es mugroso. Algún día habrá un Cholula Hilton, no te preocupes.

La sangre te zumbaba en la cabeza y las pulgas aplastadas seguían allí y tú cerraste los ojos y volviste a mover los dedos de los pies.

—Yo podría contarte otra vez la historia de Elena.

—¿Elena?

Levantaste la cabeza con un esfuerzo y trataste de mirarlo con asombro.

—Elena, sí, Elena. ¿No recuerdas la playa de Falaraki? ¿Los guijarros de colores y los higos que vendía Elena? Unos higos calientes, corrompidos por el sol, que Elena traía en una cubeta y ofrecía a los que estábamos tendidos como marsopas recibiendo ese mismo sol que acaba por pudrirlo todo...

Mientras hablabas, Javier cerró sin ruido los postigos y en la oscuridad del cuarto dijo:

—Y tú lo buscas desde que te conozco.

—¿Por qué cierras los postigos a las seis de la tarde?

—El pasillo es público. Pueden verte allí, con... con el vestido más arriba del muslo.

Reíste, con una risa que salía burbujeante de tu cuello largo. Y Javier, en la oscuridad, cerró los ojos y yo traté de memorizar las puertas de cristal que se abren sobre un corredor al aire libre que recorre los cuatro costados del patio interior del hotel. Levanté la vista y vi que había mentido: no era un patio al aire libre: lo cubría una bóveda de cristales opacos mal ensamblados sobre la araña de fierro negro que, en las coyunturas de fierro y vidrio, había acumulado unas entrepiernas de polvo.

Javier apartó las cobijas y se metió en silencio a la cama. Se acostó boca abajo. Tus rodillas, sentada, levantaban el cobertor y aunque Javier trató de dejar la cabeza fuera de las sábanas, el olor de la mujer ya se había apoderado del lecho. Agua de colonia, menstruación, el cansancio del viaje. Javier murmuró, con la sábana sobre el rostro:

—Los americanos todavía saben oler; son asépticos y cualquier olor se vuelve agresivo, les ofende. Aquí estamos inmunes al olor.

Bajó la sábana del rostro y miró por el rabo del ojo a esa mujer que fumaba con los ojos abiertos, pensativa y lejana. Volvió a cubrirse el rostro y respiró tus olores.

I'm just a deteriorating boy, mamma.

Y creyó dormir un momento. No sintió nada. Después, de un arañazo, se quitó la sábana del rostro.

—¡Ligeia! ¡Ligeia!

Tú ya no estabas sentada sobre la cama, como él te había visto la última vez. Quedaba tu presión invisible sobre la almohada, sobre las sábanas. Javier miró hacia el baño. La luz estaba apagada. Suspiró. Gritó:

—¡Por piedad!

¿Cómo darla o recibirla, dragona? Se me hace que todos queremos cerrar nuestras vidas, saber que el círculo ha concluido y que la línea ha vuelto a encontrar la línea, el inicio: queremos completar tantas vidas dentro de nuestra vida, queremos, así sea nuestro sustento la razón, la voluntad o el sueño, creer que nuestro pasado significa algo en sí; todos somos poetas inconscientes y oponemos a la naturaleza estos designios aislados, a ella que no nos considera seres distintos, sino mezclas indiferenciadas de esta marea sin principio ni fin. ¿Cómo evocar, entonces, cómo hacer sentir que el mundo se mueve dentro de nosotros, a quien ha cerrado ese círculo con la falsa ilusión de dejarlo atrás, de haberlo comprendido para siempre? Tú tienes que decírselo; tú podrías repetir una frase cualquiera, una frase cotidiana:

—Es un cío. Cuando termines de comer los camarones, te enjuagas los dedos en él. Así. Tienes que aprender estas cosas. Si no, dirán que no te supimos educar.

Entonces Javier tendrá que recordar que se preguntó a sí mismo:

—¿A dónde irá después de la cena?

Y también que un día quiso seguirla y se perdió. Tenía diez años y fue la primera vez que salió a la ciudad sin saber a dónde debía ir. Antes, al salir solo, siempre supo que la ruta era la del colegio, la del parque o la de la tienda de dulces. Además, al colegio lo llevaba un camión. Esta vez, en cambio, esas coordenadas de la Calzada del Niño Perdido a la escuela marista en la avenida Morelos se perdieron a las cuatro o cinco cuadras y se dio cuenta de que no conocía la ciudad, de que en realidad nunca había andado solo por la ciudad.

—¿Dónde estuviste esta tarde?

—Fui al cine Parisiana.

—¿Con quién?

—Con dos amigos del colegio.

—¿Cómo se llaman?

—Pedro y Enrique.

—¿Qué película viste?

—Una con muchos bailes. No sé cómo se llama.

—Déjame ver el periódico. Allí debe decir.

Después de todo, no había crecido en la ciudad; llevaba un año viviendo allí. Y antes los trenes eran todo, más que las ciudades. Retrasados y descompuestos, detenidos, a veces, veinticuatro horas en medio de un desierto mientras su madre se secaba el sudor con unos pañuelos de encaje y su padre jugaba a las cartas con otros hombres en el salón comedor que olía a plátanos negros. Primero, pedían que nadie bajara del tren porque la descompostura era leve y quedaría arreglada en veinte minutos; luego, cuando se corría el rumor de que la vía estaba volada, algunos pasajeros bajaban y fumaban cigarrillos y bebían las cantimploras pero el sol era demasiado fuerte y todos volvían a refugiarse en los carros y su madre se secaba el sudor de la nuca y entre los pechos. A él le habían dicho:

—No vayas a bajar. Es peligroso.

A través de los cristales cubiertos de polvo se veía ese desierto como un miraje de sí mismo, sin color, pero esperando que pasara algo terrible y todos los colores nacieran de la ausencia de color. Sólo las nubes parecían jugar carreras y eso podía entretenerlo, pero no por mucho tiempo. Quería creer que el tren estaba cansado; había jadeado y gruñido para llegar tan alto y ahora se echaba boca abajo y resoplaba sin fuerzas y todo olía a vapor cansado, a grasa y a comida vieja. Con el dedo, Javier comenzó a dibujar figuras sobre el cristal, casas y árboles y rostros.

—Lávate las manos.

Un viejo estaba comiendo chongos zamoranos y le convidó. Javier tenía calor pero le habían prohibido quitarse el saco color ladrillo, de lana. Se sentó junto al viejo que comía los chongos con una cuchara de madera y el viejo sonrió y le ofreció una de esas bolas de leche cuajada con la cuchara y Javier abrió la boca y gustó el sabor empalagoso y la rugosidad de la cuchara, astillada. El viejo sonrió sin dientes. La miel le rodaba del mentón arrugado y la pechera sin corbata. Usaba un sombrero de fieltro desteñido y un traje negro con los codos rotos y las solapas raídas y comía chongos zamoranos sin decir nada.

—¿No está el niño?

—Sí, en la sala.

—¿Qué hace?

—La tarea.

—Cierra la puerta.

La puerta de la recámara o la puerta del gabinete cuando el tren cruzaba el río y atrás se perdían todas esas cosas. Las casas sin barda, rodeadas de césped. La enseña de madera con el nombre de la familia. Las tiendas. Los cines. Las fuentes de soda. La gente distinta. No, la gente distinta es la que subía al tren en Nuevo Laredo, después de cruzar el río ancho y turbio y poco hondo entre las barrancas de lodo, el río punteado de islotes de arena y matorrales. Entonces el idioma se vuelve a entender, las alusiones, los chistes, esa manera de hablar sin referirse directamente a las cosas, como si todo quemara la lengua, todo fuese prohibido y secreto y necesitara ser emboscado por palabras lejanas porque la palabra directa es peligrosa y exige su amortiguador, su diminutivo, su albur. Raúl se rascaba la cabeza con los tirantes sueltos sobre las caderas y extendía las cosas que había comprado del otro lado. Los enchufes y los transformadores, las planchas y las cafeteras eléctricas y Ofelia se paraba frente al espejo del gabinete y detenía sobre el cuerpo el vestido nuevo hasta ver el reflejo de la mirada del niño que se había parado con un barquillo en la mano junto a la puerta y la cerraba.

No entendía lo que decían en la mesa. Y hablaban poco. Pero, sin saber por qué, imaginaba que los rostros y las manos, los cuerpos y sus gestos, tan conocidos, nada tenían que ver con las palabras que decían durante las comidas.

—Pásame la sal.

Raúl, además tenía la manía de quebrar la telera y echar pedazos de pan a la sopa.

—Te noto cansado.

Y Ofelia exprimía un limón sobre la sopa, todos los días.

—Sí. No es para menos.

Javier espantaba las moscas que se posaban sobre la red de fierro negro que protegía las piezas de pan; y a veces el pan se hacía viejo allí y empezaba a blanquearse

—Quizás este fin de año podremos salir de vacaciones.

Lo más divertido eran los cuadros del comedor: largos y estrechos, barnizados, contaban la historia de un niño que molesta a un perro dormido —primer cuadro—; el perro despierta —segundo—; muerde el pantalón del niño —tercero— que se encarama, llorando, por un árbol.

—No sé. Depende de muchas cosas.

Los tres comían en el salón separado de la sala por una cortina de cuentas.

—Sería bueno ir al mar, bajar de esta altura.

Las cuentas chocaban cuando la única criada llegaba desde la lejana cocina, todavía de brasero, con esos filetes delgados, cubiertos de cebollas fritas.

—Sí, Ofelia, sería bueno.

Y entonces sus padres dejaban de hablar y la conversación se reiniciaba penosamente al salir la criada.

—Javier trajo buenas calificaciones.

—Qué bueno.

—¿Verdad, Javier?

Él asentía sin dejar de comer y tratando de comprender las palabras que sus padres decían con un tono plano, aunque sus labios sonrieran y Ofelia, de tarde en tarde, arrojara la cabeza hacia atrás con un gesto alegre: quizás ese fin de año irían de vacaciones al mar.

—No empieces a comer antes que tu papá. Es mala educación. Van a decir...

Apartó la cortina...

—Ligeia. ¿Dónde estás? Por piedad.

...para subir a la litera alta, y en la baja estaría, tenía que estar, ese viejo que en la mañana le convidó el dulce de leche: jadeante y gris, con un esfuerzo nacido ya del puro cansancio, casi ajeno a él y sin embargo, perceptiblemente, propio de él por repetición: en la boca desdentada tenía que estar esa sonrisa que Javier, entonces, no podía comprender pero que más tarde, si se hubiese decidido a escribirlo, o aún a platicártelo, dragona, habría descrito como la máscara de un instante eterno, la expresión visible de ese secreto en el que él —Javier, nosotros: el viejo vestido sólo con su camisa sin cuello, levantada sobre las nalgas flacas— contenía su costumbre y su aventura, su derrota y su prestigio, su íntima revelación y su desgaste más externo. Al principio no vio al niño, pero la vieja sí. Ella se cubrió el rostro con los mechones de pelo cano y dejó descubiertos los senos graves, los pezones manchados como un cráter de sangre y la barriga semejante a una tela gastada: gimió y el viejo se apartó de la mujer. Los dos miraron al niño. No, no era allí, no era así; no lo escribiría jamás porque jamás después pensó que sólo era una representación, no una participación emotiva; algo así se dijo y lo apuntó por allí, en uno de los cuadernos de notas en los que se pregunta, paradójicamente, si lo importante no es esa separación, esa distancia, en vez de la complicidad sentimental acostumbrada. Volvió a encontrarlos —no los mismos, aunque los mismos— años más tarde, cuando ya era adolescente y se quedó castigado por algo, por haber copiado en clase, por haber reído a destiempo, no, por haber falsificado la firma de Raúl en un papel excusándolo de una falta de asistencia, quizás por eso y se quedó solo frente al pizarrón escribiendo las veinte líneas que cabían allí: No debo falsificar la firma de mi padre, y luego borrándolas para empezar otra vez hasta completar las quinientas líneas del castigo mientras, a su espalda, el salón de clase se iría transformando y ese sótano improvisado del colegio marista dejaría de ser la celda sombreada que nos permitía, física, inmediatamente, recuperarnos de la agitación sudorosa y solar del patio de recreo y sentirnos descansados y satisfechos en las tardes de las tormentas de polvo, sentados allí sin escuchar la voz del profesor o escuchándola como el zumbido de un abejorro lejano; dejaría de ser el lugar acostumbrado para llenarse de noche, del color y el silencio y la soledad de la noche que desvanece los olores de serrín y polvo de gis y tinta y madera raspada. No debo falsificar la firma de mi padre, y luego dejas allí la última frase que escribas y borras las demás, recoges tus cosas y ten cuidado de apagar las luces y cerrar bien la puerta y puedes enjuagarte las manos en el grifo del patio y salir del colegio sin hacer ruido y no lo vuelvas a hacer y mañana les toca confesión a todos los del primer año de abogados. Invocaron su sentido del honor y lo dejaron allí, solo, a cumplir el castigo. Pero detrás del muro del frontón hay otros patios y otras celdas. Y ahora, en la noche, todo el colegio está en sombras menos esos patios escondidos a donde nadie pasa y en la casa vecina viven las monjas, las mujeres sin hábitos en estos años de persecución y dolor; las mujeres despintadas, con el pelo restirado y los chongos erizados de horquillas y los anteojos de aro dorado y las faldas negras y los altos botines. Volvió a encontrarlos.

Te habría podido decir, dragona, que todo consiste en saber acercarse, ¿me entiendes? La gracia es acercarse, pero no sólo acercarse, sino saber cómo acercarse. Y cuando él gritó:

—¡Ligeia! ¡Ligeia!

tú ya no estabas sentada sobre la cama, como él te había visto la última vez. Quedaba tu presión invisible sobre la almohada, sobre las sábanas. Javier miró hacia el baño. La luz estaba apagada. Suspiró. Gritó:

—¡Te voy a regresar con los bárbaros!

Tomó las tijeras de la mesa de noche.

—Señor, ten piedad de nosotros —alargó las piernas fuera de las sábanas—, Cristo, ten piedad de nosotros —y empezó a recortarse las uñas de los pies con deliberación—. «Es mala educación», van a decir —las cortó en forma de media luna invertida, con los dos extremos un poco salientes, para impedir que la córnea dura se enterrase en la carne al crecer. De adolescente, tuvo que ir con el pedicuro para que le extirparan una uña enterrada. Luego se levantó, fue al baño y tomó dos cápsulas de Librium.

Me van a perdonar, palomas, que siga leyendo mis folletos de turismo mientras viajo por la supercarretera de México a Puebla y de vez en cuando levanto la mirada hacia los campos granizados en pleno mes de abril, y al mismo tiempo ustedes dan la espalda a las ruinas toltecas de Xochicalco y Franz baja corriendo por la ladera hacia la hondonada polvosa donde tú te has detenido, sin darte cuenta de que arrastras el rebozo negro. Franz te dice:

—Vas a ensuciar tu chal.

Los excrementos duros y resecos y agrios de las cabras manchan la barranca. Los árboles son muy bajos. Ustedes espantan con sus pasos a la parvada de zopilotes que clavan los picos en los despojos de un perro muerto. Toman sus lugares en el automóvil. La voz de Franz domina el arranque del motor:

—Erstaunte euch nicht auf attischen Stelen die Versicht menslicher Geste?

Me acomodo como puedo en el asiento de la limousine y miro los campos mexicanos cubiertos de granizo; me recargo contra la portezuela y siento junto a la oreja el frío húmedo de la ventana y me entrego a la evocación de la lectura (ay sí, como dicen en México las mecanógrafas y las dependientes y las putas y las señoritas no emancipadas) que no es tal, porque al contarte esto estoy recordando algo con tanto derecho como el que conoció el alambrado de alta tensión que sigue como una trenza los muros de la fortaleza. La Pequeña Fortaleza tiene una puerta de piedra con una sola luz eléctrica, amarillenta, sobre la clave y dos ventanas a los lados. Encima de la puerta crece la hierba. Como si la fortaleza fuese un subsuelo, una galería hundida. Y encima de ella la costra de tierra habitable. Se camina. Se entra. Detrás de los alambrados está la sección administrativa, con sus tejados inclinados, sus chimeneas. Y de este lado las construcciones cuadradas de techos planos. La estación desinfectante. La triple crujía de los solitarios y adentro la celda blanca con dos argollas de fierro. Los patios lodosos. Siempre la hierba que crece sobre el techo, con las chimeneas que salen de entre la hierba como si indicaran la existencia de una factoría subterránea. Los muros de ladrillo que encierran cada patio. La fosa alrededor de todo. La fosa honda, de puro lodo. Honda entre las murallas de ladrillo morado, gastado, con ventanillas tapiadas. Las celdas comunales. Las camas de tablas de tres pisos. El cuarto de recepción. El cuarto de guardia. La oficina del comandante de la prisión y los rifles de la guardia en la antesala, bajo llave. A un lado, la tienda de ropa. El garage, a la salida, al final del patio de entrada. La administración del primer patio. La tienda de comida. Las celdas. Las camas de tablas de tres pisos arrimadas contra la pared, la estufa descompuesta, las luces apagadas, los muros húmedos. Un solo retrete. Un solo lavabo. Celda 16, donde los viejos y los enfermos pelan papas todo el día. Celda 14, donde duermen los hombres que trabajan en los lavaderos. Celda 13, la de los prisioneros prominentes, los que llevan y traen los bultos y las cartas, los cocineros, los camareros, los peluqueros de los guardias. Las celdas solitarias, el corredor adonde se penetra por la última puerta del primer patio, con sus veinte celdas de ventanillas condenadas, desnudas, sin camas ni cobertores, con el piso de concreto. Las perreras. Y otro corredor detrás de los solitarios: dos regaderas y una tina de madera. Y el verdadero baño del primer patio, junto a la choza destinada a tirar la basura. Y en la celda adjunta, la enfermería, atendida por un médico prisionero. El médico oficial visita la fortaleza dos veces por semana, al atardecer, pero sólo se dedica a firmar certificados de defunción. Y se sale del primer patio por el pequeño puente de concreto que conduce al viejo establo convertido en hospital. Los colchones de paja en el suelo. El jardín de la guardia, donde algunos prisioneros trabajan, cultivando hortalizas. Y detrás del puente, a la derecha, la morgue, el pequeño cuarto oscuro sobre una elevación de tierra, de donde salen los prisioneros muertos al incinerador en la ciudad. Y de allí las cenizas son regresadas a la fortaleza, las urnas son marcadas F o M. Afuera, una mansión de mansardas y pórticos, con calefacción, guarecida por setos, con las salas llenas de muebles de laca china y un gran radio de la época y mesitas de cristal y reproducciones de paisajes alpinos y la selección de discos clásicos y el comedor de sillas labradas y las camas de caoba y los parques con caminos de grava y en seguida el tercer patio. El de las mujeres. Las mismas celdas. Las mismas camas de tablas de tres pisos. Las ventanillas que dan sobre el patio lodoso. Sólo se ve el campo desde la ventana del pequeño cuarto de costura. Siete celdas para las prisioneras y otra para las tareas de las mujeres que pintan botones de madera, cosen arcos de soporte para las botas de los soldados, tejen calcetines para las tropas, trabajan en el jardín de hortalizas, cosen vestidos para las guardias femeninas y camisas y ropa interior para los prisioneros, limpian los cuartos y la oficina de los señores, ordeñan vacas y chivos. Celda 32, cuarto de aislamiento para enfermas. Celda 33, celda de la muerte. La cantina de la guardia junto a la entrada del patio de mujeres y los talleres detrás de la cantina, en el mismo edificio. De herrería, cerrajería, carpintería; muebles, juguetes, féretros, cuchillos. Y detrás los lavaderos donde sólo trabajan hombres y algunos sábados las mujeres pueden lavar la ropa personal de los prisioneros. El cuarto patio fue construido más tarde.

Repito. El cuarto patio fue construido más tarde. Check. Los prisioneros ya no cabían y ellos mismos construyeron las cinco celdas enormes del lado izquierdo y las celdas solitarias del lado derecho y el paredón al fondo, cerrando el patio. Y luego, más allá del paredón, hay prados, un cine, una piscina y el puesto de los perros: dos alsacianos que vigilan el paso por el túnel con sus sótanos llenos de patatas, el túnel que se abre al patio de ejecuciones: las horcas y los paredones. El crematorio también fue construido más tarde. Repito. El crematorio. Me niego y me traiciono, Elizabeth, recordando estos pasados. ¿Por qué seguir recordando esos pasados? ¿Seré realmente un rebelde sin causa envejecido, un angry young man rancio, a middleaged beatnik? Presente, presente y más presente en clímax: no, mi sistema nervioso quiere esto, rechaza la memoria. Lo hago por disciplina y por necesidad. Vomita, cuatacha, cuando tu caifán, por un solo minuto, deja de adorar el presente. Te diré una cosa. Es mi necesidad. Ando recorriendo estos altares de la muerte porque yo mismo viajo por la supercarretera México-Puebla mientras ustedes siguen el laberinto México-Cuernavaca-Xochilcalco-Cuautla-Cholula para que acabemos por encontrarnos. Voy a chacalearme a uno de ustedes. Javier. Isabel. Franz. Elizabeth. Voy a matar a uno de ustedes. Yo melón. Los voy a mandar a empujar margaritas. No te preocupes. Yo me encargo de Dios. Tú cita a tus clásicos: «Un ser vivo busca ante todo descargar su fuerza; la vida misma es voluntad de poder; el instinto de conservación es sólo uno de los resultados indirectos y más frecuentes de esa verdad.» Y si ésa te sabe mal, recuerda que «el acto surrealista más simple consiste en bajar a la calle y disparar indiscriminadamente sobre la multitud.» ¿Nietzsche y Breton, jefes de pelotón en Auschwitz? Da que pensar, ¿verdad, dragona? Pues entonces piénsalo, aunque no sea cierto, y piensa por qué, dolorosamente, no es cierto. En todo caso, tú cita a tus clásicos y sé feliz.

Las moscas empezaron a entrar por la ventana entreabierta del cuarto de Franz en el hotel de segunda en Cholula. Tú las escuchaste zumbar.

—Se quedó hablando solo, medio dormido, contando historias. ¿No te importa?

Recostaste la cabeza sobre el pecho desnudo de Franz.

—Al contrario —dijo Franz—. Así no hay que tomar precauciones. Me gusta más así.

—Háblame mal de él, Franz.

Franz rió y levantó tu barbilla. Tú dejaste caer la cabeza sobre el hombro de Franz.

—Perdón. ¿Para qué? No. Háblame de amores tuyos, de amores verdaderos. No sabes cómo me aburrí. Esa historia otra vez. Debe habérmela contado mil veces o más... Háblame de amores jóvenes...

Tú y él vivían en la playa de Falaraki, donde la playa y el mar forman una media luna de aguas blancas rasgadas en perfecta simetría por un céfiro que divide el mar, hasta el límite del horizonte, en bandas plateadas de movimiento perpetuo: dilo, dilo, donde espumoso el mar griego, el negro imperio, tan peligroso como inmenso: suena aún en tus oídos como los gritos lúgubres de una joven perra. Entonces Javier te dijo que lo entendía, que era realmente la ruta, el llamamiento que nadie podría dejar de atender, porque es tal su contraste con los bancos de roca amarilla, las montañas bajas y secas que son un lomo de bestia, una joroba de dromedario que expulsan de la tierra y remiten al mar. Tomaron esa casita, como todas, enjalbegada, hundida en la arena de Falaraki, con sus dos estrechas ventanillas, toda encalada, envuelta en el sol y las enredaderas del jacinto y el hibisco y la adelfa. Se tomaron de las manos, sin mirarse, el primer día que amanecieron allí.

—Y lo que hicimos debimos haberlo hecho en la playa misma, a la luz del día...

Despertaron y una cortina de flores venenosas del verano los atraía para descubrir, detrás del espesor de sus perfumes, otro aroma, el del sol tendido aun en los lechos de piedra del mar transparente, el de la frescura de la noche que se levanta, fría, por última vez, con un gemido y aplaca las aguas para ensombrecerlas, por última vez. Javier apretó tu mano y los dos miraron más allá de las flores amarillas y encontraron la tierra y el mar, el día y la noche, las redes desplegadas y los peces rojos, el olivo plantado y el viento sin raíces y se sintieron el centro de las ondas y creyeron que a partir de sus monólogos nacían los círculos cada vez más anchos de todo lo que es. Ah.

¿Podrás escapar ahora, al principio, cuando todavía es tiempo, de las mentiras? No sabes si sentir vergüenza o compasión cuando Javier repite esa historia con esas palabras. Y antes no era así. Se acostaron juntos, simplemente. No hay otra manera. No hay nada que pueda añadirse, en ese verano de la costa de Rodas. Llegaron simplemente, con el dinero que Javier obtuvo al vender la casa paterna en la Calzada del Niño Perdido. Llegaron simplemente, después de conocerse y enamorarse en el City College de Nueva York. Simplemente, cuando te despediste de Gerson y a Becky ya no fuiste a verla otra vez. Y si necesitaban palabras, las dejarían para el mar y el día y los libros. No para la noche, cuando se acostaban juntos, simplemente, en la cama de la casa enjalbegada de Falaraki y podrían pensar de una manera entonces muy clara. Clara y difícil porque, abrazados en esa cama, creían recoger los pedazos de un pasado muy breve —como hoy intentan cargar el caparazón de mucho tiempo y, sin embargo, sienten más reducido este largo pasado que aquél, casi inexistente, que les descubrió la facilidad de un amor sin ocio, la dificultad de un amor sin palabras—. Como en ciertos poemas, la apariencia exterior de las palabras, durante estas noches en Falaraki, era sólo el velo de otro significado, para el cual las palabras eran un puente: la segunda historia se contaba atrás, en silencio, y todo, la vida común como la literatura que Javier empezaba a escribir —a eso vinieron aquí— en una segunda realidad. Hay un momento (quizás, para ustedes, llegó allí, en el cuarto caluroso con sus olores de vino derramado sobre madera, de jacinto y sal) en que sabemos respetar nuestros actos externos y los ajenos, porque descubrimos tanto que son insignificantes en sí como significantes porque no poseemos otro conducto hacia la realidad que sostienen y esconden. Entonces, y sólo esto es el regreso a los orígenes, podemos descubrir que los actos externos son significativos por sí mismos, únicamente cuando los hemos penetrado para alcanzar la segunda realidad. En ese momento, la vida y el arte son una lucha con la realidad aparente que nos exige, para que ella sea la realidad verdadera y para que nosotros seamos lo que deseamos, que la deformemos, reformemos, afirmemos. Y ustedes, acostados juntos y con las ventanas abiertas sobre ese mar de guijarros, llegaban agotados por las exigencias ajenas, eso era todo. Quizás sabían, al acariciar la piel del compañero, que ese acto sensual era la única manera, por el momento, de recuperar una energía perdida en el gran contacto obligatorio y secreto: el de los padres y la casa; y sólo ahora sabrían, quizás, que nunca más, como en la infancia y la adolescencia, dispondrían de esa paradoja del tiempo de sobra y la falta de tiempo, de la soledad extrema y la relación más densa y exigente. Y ahora estaban solos y unidos. Eso, y no el lugar común del siglo, la comunión absoluta, la realización plena y aislada en el sexo, era lo que ustedes experimentaban en ese calor y frescura de la piel unida a la piel, de las manos entrelazadas y los besos repetidos. Ustedes, sólo ustedes, Elizabeth, Javier, y sólo ustedes en la noche junto a la playa de

Falaraki, en la cabaña blanca, hacían el amor para ganar y perder, para dejar de ser lo que habían sido en sus casas y con su familia y, sin embargo, para ser lo que desde entonces tú, escondida con tu hermano en el closet mientras Becky los buscaba para ir a cenar con los señores Mendelssohn, Javier leyendo bajo un foco, desnudo y rodeado de mosquitos en un patio lluvioso, mientras Ofelia lo espiaba desde la recámara, tú montada en hombros de tu padre para recorrer hasta el Hudson las calles azulosas del verano, él tomado de la mano de Raúl en los domingos llenos de cilindreros y criadas aburridas, ya eran. Y nunca sabrás, aunque esa noche lo hayas vivido, si Javier, como tú, al acercarse, con las manos abiertas en la cama sin sábanas, a tocarte de esa manera, estaba negando, como tú, todos los actos externos del amor, todos los actos cometidos para convertir al amor en una semblanza de nuestra relación con los demás; y entonces te dijiste que sí, él nunca te había besado en público, nunca te había mostrado a los demás, nunca se había acercado a ti para matar el tiempo, nunca había aprovechado el ocio para el amor y, tampoco, lo había deformado con la insistencia, verbal o de actitud, que nos impulsa a buscar en ese acto un valor, un significado, una palabra ajena al hecho mismo, al acto suficiente. Por eso lo besabas con esa libertad y cerrabas la imaginación al rumor persistente de la noche cerca del mar, con sus grillos y fogatas, sus mandolinas y su oleaje débil. La relación verdadera era entre tú y Javier y no significaba, al realizarse, nada fuera de sí misma, nada que explicara al mundo y a los demás;

y, no obstante, sólo allí, escondida entre los brazos de Javier, y Javier oculto en la oscuridad de tu carne abierta, se ordenaba, como un don de la gracia, porque se acostaban juntos sin solicitar nada, el mundo exterior. Agradecían la pesantez que les rodeaba: el calor de agosto, casi tangible, y la presencia específica del pesado perfume del hibisco, la cercanía táctil del piso embaldosado que retenía la temperatura de la mañana, la gravedad misma del lecho que nunca podía perder la textura y el olor de las pieles de borrego con que los ocupantes usuales, los pescadores de Falaraki, lo cubrían durante el invierno. La agradecían porque sin esa gravedad, que era también, sobre todo, la de ambos cuerpos, no tendría lugar lo otro, el acto de gracia, la realidad interna del amor que sólo podía ascender desde esa pesantez física. Y entonces la carne era negada por el amor, pero el amor aclaraba la realidad de la carne y la dualidad se disolvía cuando acercarse era mantener una distancia, y mantener esa distancia que nos permite ver y respetar era la manera de romper la lejanía que el sexo reserva a quienes quisieran contemplarlo sin esa separación que es el espejo de la reunión. Como los tesoros guardados, éste no tendrá valor si no se le gastara: usarlo era la manera de conservarlo y aunque Javier, al entregarse, sólo entonces, murmurara, te dijera al oído que tú y él eran uno solo, la distancia exacta te decía que no, que tú eras otra y debías ser dominada, debías ser otra frente a él y sólo siendo distinta podrías ser su amante, en función de él, cercana a él porque el sexo no confundía, no nos devolvía a la confusión y a la marea de la naturaleza: nos permitía ser diversos para acercarnos desde esa distinción y separarnos para recuperarla y entonces volver a tocarnos porque éramos distintos. Igual ahora que durante el invierno, cuando los aldeanos les traen el pescado, el vino resinoso, el queso de cabra y las aceitunas, cuando sopla gris y rasgado el viento y a veces una montaña de agua cae sobre la isla. Entonces tú y él se esconden en la cabaña, escuchan el paso del viento sobre los tejados, se abrazan, fingen el temor que los acerque, se entregan a los besos largos, besos de horas, horas de besos, largas, imprevistas, siempre llenas de sorpresas, cada vez más largas, como si fuesen adquiriendo una sabiduría idéntica a la lentitud, a la suspensión de todo lo innecesario, lo ajeno a las horas y los besos, recostados junto al fuego, sobre la piel de borrego encima de las baldosas húmedas, mirando hacia el techo de vigas que sostiene, retiene, rechaza los brazos de la tormenta. Y en el día Javier contemplaría, se pasearía por la playa con ese suéter de cuello de tortuga y esos pantalones de pana, antes de sentarse a la mesa de pino, de cara al mar, iluminada por el rectángulo minúsculo de la ventana. Y tú, al mismo tiempo, para no molestarlo, caminarás por la playa de Falaraki descalza, con tu trinchera empapada, comprobando que el mar griego no es el otro rostro de la tierra. Que no hay separación entre la playa y el mar; aquí no se penetra en el mar porque entre la arena y el agua no hay batalla, ruptura o frontera. Ese mar quieto, verde, en el recuerdo del verano, a nadie rechaza. De tan calmado, semeja otra tierra, nada más.

Otra tierra más suave, más dulce, sobre la cual se puede de verdad caminar; caminar mientras la tierra líquida nos envuelve. Ese mar presente. Ese mar que te moja la espalda y te abrillanta la piel quemada, lustrosa, poseída por el mar y por ese hombre que contigo ha venido hasta aquí a escribir, a liberarse de las exigencias destructivas, de las negaciones elegantes. Escribía y entonces también allí luchaba con la realidad para deformarla, reformarla, afirmarla. Y tú corrías hacia él desde la playa, cuando él terminaba de trabajar y asomaba por la puerta de la cabaña hundida, como todas estas casas de pescadores, en las dunas de Falaraki. Corrías a retenerlo en la cabaña y amarlo cuando su frente aún estaba afiebrada y detrás de ustedes, porque ustedes estaban acostados, juntos en un acto suficiente, podía nombrarse el mar, bautizarlo con las palabras que quedaron fuera, detrás, y que sólo podían decirse en cuanto este amor y su placer no eran nombrables: también el mundo tenía un nombre y era de ustedes porque sólo lo poseían alejándose de él para dominarlo desde esta soledad tan cercana en la que podían mirarse, el uno al otro, enteros y al mismo tiempo unidos sólo en el arca oscura y pulsante del vello y los labios y el disfraz de la sangre. Entonces el archipiélago y el mar podrían nombrarse solos y sólo porque ustedes, a su vez, le daban la presencia física, la representación de la gracia, la actualidad del espíritu y la resurrección de la gravedad: nadie revive fuera de la tierra. Y detrás de ustedes, de sus cuerpos, pueden decirse, sin turbarlos, todas las palabras que han creado y descubierto el mar y las islas, palabras de todas las lenguas, de todos los siglos, tradición de labios que han dicho los nombres del mar.

—¿Cómo viajaron a Grecia?

—Ya te dije. Con el dinero de la herencia. ¿O fue de la beca? No me acuerdo bien.

Ninfas y sirenas y oídos sellados para no escuchar el encanto y la tentación del mar.

—Un barco de la Lloyd-Triestino. Una verdadera bañera.

Mar sin límites.

—¿Cuantos días?

—Oh, no recuerdo. Una orquesta tocando tarantellas y valses. Tú sabes, el tiempo en alta mar... ¿Cómo se cuenta?

Respiración colérica.

—¿Viajaron en primera clase?

—No, no alcanzaba. Metidos como sandwiches, entre primera y steerage. Déjate de preguntas. Lee *Ship of fools*. Ve a ver una vieja película de Kay Francis y William Powell.

Mar donde habita el Dios más fuerte.

—*One way passage*.

—Seguro. Todos están muertos, ¿ves?, y no lo saben. La barca de Caronte and all the rest. No, eso es *Outward bound*. Trivia.

Poseidón del tridente de oro.

—¿Mucho equipaje?

—No te burles. Un baúl. Un mundo. Entonces se viajaba siempre con baúl.

Cintura de la tierra.

—Cómo no. Los tres hermanos Marx cabían en uno de esos baúles.

—Nos moríamos de la risa. Los ganchos sonaban, los cajoncitos sonaban. El baúl iba casi vacío.

Hirviendo con peces alados y sin peso.

—Pero no se podía viajar en aquel tiempo sin un mundo. Era un must. Puro prestigio.

—Y apareció Harpo con su arpa y sus ojos de demente inofensivo.

Delfines amados por las musas.

—¿Inofensivo? Pregúntaselo a la manicurista del barco.

—Eres bien vacilador, caifán. Pero de cine sabes tanto como yo de campos magnéticos. Harpo era inofensivo, te digo; el cachondo era Groucho. Pero nosotros vacilábamos más que cualquier marxista en esa trajinera de lujo.

Hijos del mar.

—Nos escribíamos cartas en el papel membretado y las metíamos en los cajoncitos vacíos del baúl.

—¿Qué se contaban?

Niños de las Nereidas.

—No te cuento. Curioso.

—O. K. ¿Qué vestidos llevabas?

Amamantados por Anfitrita.

—Lo que se usaba entonces, lo que estaba de moda. Ya te dije. Como Kay Francis. Un estampado de florecillas para el día. Un vestido de baile con muchos olanes. Aquellos traje-sastre de chaquetilla corta, falda y pechera como de tuxedo, de piqué. ¿Contento?

Barcos que abren los surcos sobre la planicie marina.

—¿Tú misma lavabas en Falaraki?

—Elena me ayudaba.

Camino sin surcos.

—¿Quién es Elena?

—No pones atención a lo que te cuento. No sé para qué te cuento todo esto. ¿Qué vas a hacer con tanto detalle inútil? ¿Eres Gallup? ¿Eres Kinsey? ¿Eres la junta de reclutamiento de la guerra del Vietnam?

Mar de sombrías olas púrpura.

—¿Les alcanzaba el dinero para pagar a una lavandera?

—Te encanta adelantarte a la historia. Ten paciencia. Elena nos quería mucho, ¿ves?

Mar junto a la tierra buena y negra.

—¿Quién cocinaba?

—Yo. Bueno, compraba las cosas. En el invierno, nos las traían los pescadores. Casi todo está hecho. El queso, las aceitunas, el vino. A veces freía calamares, pero prefería comprar esas cosas que parecen desprenderse de la tierra. Una tierra tan seca y tan providente. *¡Jesús!* No entiendo cómo sobrevivimos.

Quemada por el sol marino de Apolo.

—Como Robinson y Viernes, dragona. Como los náufragos de la Medusa. Puro cachuchazo popular: vamos a merendarnos los unos a los otros. ¿Cómo era la chimenea? ¿Ladrillo, azulejo, piedra?

—Luego se ve que nunca has viajado. Allí todo es blanco; no es un material, es un color, todo está encalado. ¡Deja de fumar tu juanita! Apesta.

Velas azotadas por la tempestad.

—¿Y Javier?

—¿Javier qué? No le des por su lado. No le hagas al psiquiatra. Qué más quisiera.

Antes de que Safo haga surgir la luna de dedos pálidos.

—El psicoanálisis convierte los sentimientos en ciencia. El encajoso de Freud le dio categoría al melodrama, ¿a poco no? Eso, eso es lo que él quisiera; que le digan «Edipo» o «Jasón» cuando en realidad sólo es uno como híbrido de John O'Hara y Carolina Invernizzio trasplantado a Kafkahuamilpa. Puro camp. Puro tango. Oh, me sueltas la lengua. No me interesa el caso de Javier, palabra. A nadie le interesa, ya ves.

—No, sólo te preguntaba cómo andaba vestido. Luna de mar.

—Había que ser libre, bohemio, romántico, ¿no?

—Perdón. Ya me lo dijiste. Descalzo. Pantalones de pana. Suéter de cuello de tortuga.

Rodeada de estrellas en el confín del mar.

—No, eso era en una playa de Maine, la primera vez...

—¿No habías dicho que en Long Island?

Mientras en las playas bailan las muchachas.

—Forget it. Él estaba escribiendo una novela. Me confundo.

—A que no recuerdas en qué la escribía...

—En arameo, para que la pudiera leer J. C. I don't care if it rains or freezes, long as I've got my plastic Jesus...

—There's flies on you there's flies on me, but there's no flies on old J. C. El Güero tiene su propio best-seller. Sangre y cojones y el santo espíritu. Sus ghost writers fueron Lloyd C. Douglas y Cecil B. DeMille.

Y sus alas se cierran.

—No, en qué clase de papel, o cuaderno, quiero decir...

—¡Uy! Es de lo más ordenado y previsor. Siempre viaja con sus cuadernos de escuela, cuadriculados.

Mar de Orfeo.

—Se abasteció en un Five & Ten antes de salir de Nueva York. Compró tinta, goma, lápices Faber, una vieja Parker color naranja como la de Gironella, scotch tape. Enriqueció a Barbara Hutton.

—Dragona: eso no lo puedes decir.

Cabeza, macho, virgen inmortal.

—En esa época no habían inventado el scotchtape.

—¿No? Perdón. Cualquiera tiene un lapsus. No me mires así.

Dios raíz de los mares.

—Los cuadernos.

—Cuadriculados. Tapas mármol. Una tabla de multiplicar. El calendario de ese año.

Mares que se extienden como cuernos de toro.

—¿Cuál año?

—No te pongas pesado. ¿Cómo voy a saber cuál año? Por ahí me sacas la edad.

Océano que arrulla su inmensa desgracia.

—¿Color de la tinta?

—Blanca. No quedó nada, nada, nada. ¡Invisible!

Mar dormido al mediodía sobre su lecho de ondas.

—He visto su letra. Es pequeñísima, meticulosa.

—Mentiras. Dibuja ondas, turbillones, grecas, doodles.

Mar profético.

—No había luz eléctrica. ¿Qué hacían en la noche?

—We played footsie, Mr. District Attorney. Oye, así no vamos a ningún lado. Éste es un momento muy lírico, muy poético, y tú quieres hacer inventarios, tú...

Mar armado con las naves de Troya.

—Pop-lit. ¿No estás aburrida, dragona?

—O. K. Tienes razón. Perdóname.

Mar de Prometeo que destruirá el tridente del Océano.

—Estás que te pudres. ¿No te aburrías, dragona?

—No. Ya te contaré de los guijarros.

Rubio mar.

—Pero además...

—El best-seller de ese año era... era... Anthony adverse. Me leí Anthony adverse enterito.

Espejo del joven, de la niña, del árbol, del pájaro.

—Se me hace que sólo viste la película. Para qué es más que la verdad.

—No. Leí el libro y vi la película. Fredric March y Claude Rains. Y Olivia de Havilland cuando era chulísima y todavía no la aventaban al pozo de las víboras. Ugh.

Del pez mudo en sus profundidades.

—¡Cáspita!

—¡Gulp! ¿No me crees? ¿Dudas de mi veracidad? Pues ahí te va todo lo que pasó ese año. El año que fuimos a Grecia, ¿eh?, Hitler se tragó a Austria. Mussolini se salió de la Liga de Naciones. Todos oíamos en la radio a Kate Smith, la orquesta de Kay Kyser y los chistes de Jack Benny. El padre Coughlin vociferaba. Creo que mataron a Huey Long. Cárdenas expropió el petróleo. Garbo amó a Taylor. Dick Tracy se enfrentó a Boris Arson. ¿Qué tal? Elvira Ríos cantaba *Vereda tropical.* Lil Abner no se casó con Daisy Mae. Anita la Huerfanita no creció una pulgada. Cayó el gabinete de Léon Blum. Alicia les sirvió el té en Berchtesgaden a los cuatro dementes. John Steinbeck publicó *The grapes of wrath* y John Ford hizo la película con Henry Fonda. Todos tarareábamos a tisket a tasket my brown and yellow basket. Orson Welles invadió New Jersey. ¿Qué más? Blanca Nieves y los siete enanos.

Mar, elemento separado de la unidad original para que al perderse pueda recuperarse.

—Bueno, había lámparas de acetileno. Toma nota.

—Un diez y diploma. Te graduaste, dragona. ¿Escribías a tu casa? ¿A Gerson?

Mar que sólo se conoce por el mar.

—¿Estás loco? ¿No te acuerdas?

—Pero es que aquí tengo un sobre.

Blanco mar.

—Dame eso. ¿Dónde lo encontraste?

—En un viejo baúl, ¿quihubo?

Cuna de los sueños que ignoran la pena.

—Avenida Amsterdam 85, Colonia Hipódromo, México D. F.

—¡No! ¡No tienes derecho! Todavía no. ¿Dónde encontraste el baúl?

Príncipe de las horas encantadas.

—Además, no es cierto... No... 85 West 99th. Street... Sí... O una dirección del Bronx... Ya no me acuerdo. Hace tanto tiempo...

—Recuéstate, dragona. No sufras. Todos queremos ser otra cosa.

Mar que recibe las cenizas de los hermanos.

—Hoy no se puede ser otra cosa. Oye caifán, todos necesitamos algo de qué agarrarnos. Yo sólo veo eso. Eso es lo que se ve, lo que se toca. No Grecia, no México, no nada; el mundo se llama Paramount Pictures Presents.

—Seguro. La bandera de Revlon. El himno nacional de Disneylandia. El ejército de General Motors. Los países se llaman U. S. Steel y Hilton e IBM. Ése es el pinche mapamundi de hoy.

Mar de Orestes y Electra.

—¿No tenemos más mitos?

—Sueños, de repente. Pero el mito es un sueño que se puede tocar.

Mar de los pequeños viajeros que no pueden ver los confines reservados al sol.

—Y un lugar. Hay que estar en un lugar, cualquier lugar, aunque lo inventemos, para poder empezar de vuelta, para renacer.

—Un sitio, dragona, un lugar donde resistir. ¡Jalisco, que no se raja! ¡Veracruz, que sólo es bello!

Mar teñido con la sangre de Agamenón.

—Grecia, ¿qué tal?, la armonía, el clasicismo, el espíritu, nuestra maldita cuna.

—Pague ahora, viaje después.

Roca de las lamentaciones.

—Me aburría como ostra, mi cuás. No se lo vayas a contar.

—Sí, Medea.

Mar vigilado.

—¿Quién te contó?

—Jasón.

Mar de brea.

—Encontraste el mundo.

—Abrí los cajoncitos.

Puerto de dagas nocturnas.

—Lo sabes todo.

—Casi todo. Hasta aquí. Hasta donde ustedes lo escribieron.

Mar de viñas ensangrentadas.

—Eran veinte días de barco, mi caifán. Una eternidad. Había que divertirse de alguna manera.

—Me parece la solución más sencilla. ¿Para qué complicarse la vida?

Mar de la conquista.

—No sé si adivinamos todo, o si cada vez que escribíamos una escena posible y nos moríamos de la risa y guardábamos el papelito en un cajón del baúl, del mundo ese con el que viajamos, nos condenamos a repetirla después, tarde o temprano...

—Pero allí, entonces, sólo había dos personajes. Tú y Javier, ¿recuerdas?

Timón y espada de la fortuna.

—Sí, sólo dos.

—Todo estará escrito, por Alá, todo estará previsto y luego los actores fallan. No se dan abasto para interpretar los papeles. ¡Me lleva!

Tumba del navegante.

—Era tan perfecto el plan. Sólo él y yo, viviendo lo que habíamos escrito en broma en el vapor.

—Era tan imperfecto. Nadie puede interpretar todos los papeles de una película, ni siquiera Eric von Stroheim. Se necesitan supporting actors.

—Júrame que no hablarás más del asunto.

Mar.

—Nunca más, dragona. Quemé los papelitos. Me tomó un chorro de tiempo encontrar ese baúl. Anduve hurgando por toda la ciudad, disfrazado de mecapalero. El mundo había ido a dar a un desván del centro, por la calle de Tacuba. Un viejo judío acumulaba cosas inservibles allí; lo que otros viejos judíos le empeñaban o le regalaban; no sé. Llegaron tantos judíos a México durante la guerra; después, llegaron tantos alemanes huyendo de la derrota. Nunca se cuentan estas cosas. Nadie las conoce. Había baúles y cajas amarradas con listones, fetos en alcohol, muñecas destripadas, bombines, cellos, álbums de fotografías, banderas nazis, rollos de película antigua, discos rayados, guijarros, ceniceros, libros desencuadernados. Con qué escribir una novela. No te preocupes. Quemé los papeles.

—Qué risa. Habíamos querido vivir nuestra propia historia, los dos solos, unidos.

Sin más unión que los dedos entrelazados. Caíste de rodillas para nombrarlo. De pie ante ti, arrodillada ante él, abrazaste sus piernas cada vez más fuertes y pasaste tus manos por su cintura. Y cuando lo soltaste, lo viste desde abajo, sólo alcanzaste a unirte a sus manos, tú cada vez más baja, buscando el suelo, él cada vez más alto. Te levantaste, lo buscaste de pie, se unieron y sostuvieron con las manos, arrojados hacia atrás, sin necesidad de besos, de caricias, de miradas, unidos y sostenidos hasta caer de espaldas, tú sobre él, sin poderse separar. Él te arrastra hacia su centro que te penetra hasta el centro, tú encima de él, imitándolo, nombrándolo, haciendo lo que él hace, creyendo que tú lo posees como él a ti, creyendo que tu placer, imitativo del suyo, penetra tus muslos como él, recostado, entra en los tuyos. Toma mis pechos, Javier, aprende a cumplir todos tus deseos, duérmete sobre mis pechos y no despiertes hasta que el calor del día alcance nuestra temperatura y Elena toque la puerta...

El Volkswagen arrancó y Javier contó que de niño iba mucho a los Estados Unidos en tren con su padre, que era comerciante. Pero sólo a la frontera, del otro lado del Río Bravo, a Laredo. Y regresaba a México avergonzado o adolorido; algo que no sabía definir. Por eso hace un año viajó en tren hasta Nueva York, para alejarse del contraste y ver a los Estados Unidos sin punto de comparación.

—There you go again —gemiste, Elizabeth.

Dijo que sólo le quedaron dos o tres imágenes del viaje. Los cementerios de autos: las masas de acero retorcido, el aire de hollín y enmohecimiento total...

—También lo puedes ver como una escultura —lo interrumpiste—. Yo digo que son esculturas imprevistas y muy sesentas.

No; Javier dijo que eran ruinas y que si México era una ruina natural, los Estados Unidos eran una ruina mecánica:

—En México todo es ruina porque todo es promesa. México es el país donde todo está prometido y nada está cumplido. En los Estados Unidos todo se ha cumplido pero de todas maneras se ha vuelto ruina.

—¿Y qué más? —preguntó Isabel.

—Los negros sentados en el porche, viendo pasar los autos por las supercarreteras, como si ya los vieran en los cementerios, en las montañas de cascajo. Y luego vi unos hombres detrás del enrejado de un almacén de depósito, viendo pasar el tren, y me pregunté, «¿Quiénes son ellos? ¿Quiénes son los demás?» Creo que es todo.

—Porque no quieres ver más —sonreíste—. A mí me emociona pasar por lugares como Terre Haute o Indianápolis y leer los letreros encima de las fábricas: «Éste es el hogar de las llantas Goodyear», o «Aquí se fabrican los Shredded Wheat de Ralston». Es como recorrer, en otro tiempo, las catedrales góticas. Ésos son los monumentos del siglo veinte. ¿O no?

No te contestaron y encendiste el radio y ellos cantaron:

Help! I need somebody

119

—Quisiera regresar a Europa —dijo Franz.

—¿Desde cuándo no va? —preguntó Javier.

—Uh, desde que terminó la guerra...

—¿Y por qué no regresa? —Javier apretó la mano de Isabel.

—No me darían visado.

—¿Cómo? ¿Quiénes?

—Bueno. Los checos. Cuando digo Europa, digo Praga, que es mi ciudad.

—¿Qué pasó? ¿Escogió la libertad?

Franz rió e Isabel tarareaba la música de los Beatles: not just anybody.

—Ahí tienes una tesis, si la quieres, Ligeia.

Javier siguió diciendo que el tono del tiempo y la moda, oh sorpresa, lo daban los ingleses por todos lados: los Beatles, los Rolling Stones, Petula Clark, el agente 007.

—Alguien tenía que vengarse de las trece colonias.

Tú bostezaste; Isabel se durmió sobre el hombro de Javier. Franz trató de encontrar su mirada en el espejo del auto.

Te apoyaste con las palmas abiertas de las manos y te erguiste como una lagartija sobre el cuerpo de Franz para ver su rostro.

—Dime qué te gustaba hacer de joven. Cómo eras. A dónde ibas. Cuéntame todo, todo lo que es real. ¿Qué estudiabas?

—Ya sabes todo eso, Lisbeth.

—No importa. ¿Dónde vivías? ¿A quién amabas? ¿Cómo eran tus ciudades?

Franz rió, apretó tu espalda y te atrajo hacia su rostro y su pecho, nuevamente.

—A veces se me ocurre que las ciudades no existen —sonrió acariciando tu cabeza—. Si amas una ciudad, llegas a creer que tú la inventaste y que al dejarla, la ciudad terminará por esfumarse.

—¿Por qué?

—Es otra manera de decir que una ciudad se mantiene por el amor... no, no sé. No sé lo que digo. Pero si una ciudad fuese un cuerpo, y pudiéramos abrirla con un bisturí...

—No, no me gusta la idea —reíste—. Me asusta un poco.

—Es un lugar común, nada más. Piensa en lo que esconde y en lo que le permite vivir. El drenaje, el rastro, los basureros, los lugares de donde viene y a donde va lo que comemos, lo que bebemos y lo que amamos. Los panteones.

Te acurrucaste.

—No, yo no lo veo así.

—¿No?

Negaste murmurando:

—Ah, ah. No sé cómo explicártelo bien. Las ciudades también tienen un inconsciente, como nosotros, un inconsciente ligado al nuestro. Creo que tratamos de defendernos del inconsciente de las ciudades, ¿sabes?, los cantos de la calle, los anuncios, los roces, las presiones. ¿Te das cuenta cómo soy lo que soy porque traigo adentro pues una tonada que dice anytime at all y un anuncio que no sea así cuando puede ser así y use tal y tal? y un contacto que ni busqué ni quise con una piel sudorosa o una tela chillona, todo eso.

Te besó la sien.

—Praga es muy pura. Por eso la amo. Praga no se toma esas licencias y la ciudad y el hombre pueden ser uno allí. Antes, por lo menos. Por eso no pude entender la ciudadela de Xochicalco, ni hoy ni la primera vez que estuvimos, hace un año. No puedo imaginar que alguien haya amado, verdaderamente, esas piedras heladas.

Recuéstate. Lisbeth. Me gusta tu aliento sobre mi pecho.

—Sí, Javier.

—Sí. Entonces cada vez que cruzaba el Puente de Carlos, cuando tenía diecinueve años, en el invierno o en el verano, la ciudad quedaba atrás, envuelta en bruma. La bruma de Praga es distinta al amanecer y al atarceder. En invierno es gris, casi blanca, como si las estatuas sobre el puente exhalaran un vaho. En verano, en cambio, es amarilla y viene de lejos, del origen del río. Entonces, al ir y venir de clases, me detenía a la mitad del puente y la bruma me envolvía. Yo me sentía, al mismo tiempo, dentro y fuera de la ciudad. La bruma me acercaba y me alejaba, a mi antojo. Desde el Puente de Carlos puede verse toda la ciudad sin abandonarla.

—Como cuando tomas el ferry a Staten Island y ves toda la isla de Manhattan.

—No, no es igual, porque entonces has salido de la ciudad. Aquí, ¿ves?, estás adentro. La Mala Strana y el Hradcany están al alcance de tu mano, de un lado, y del otro St. Mesto y más lejos las colinas de Bubenec.

—Son tus nombres. No me dicen nada.

Desde los extremos del puente puedes ver los canales del Ultava. Corren al lado de casas amarillas y desde el puente se mira la hierba del río encadenada al fondo en tonos de verde que cambian con las horas del día y con las estaciones. Hay barcazas ancladas a lo largo de los canales y barcos de pesca bajo el puente. Las paredes de las casas que miran al río están decoradas con figuras blancas sobre fondo negro, todo enmarcado por grecas. El Ultava es un río tranquilo, flanqueado por palacios de color ocre. Hay sauces en las riberas de pedruscos y una menuda vida popular que protagonizan los pescadores. Sobre todo, unos viejos tercos que usan dos líneas para pescar y se visten con boina y saco de lona. Y más allá, hacia Hradcany, el castillo de Praga, se extienden los techos amontonados, sin simetría, los tragaluces y las chimeneas, las torres de las iglesias: agujas católicas, hongos bizantinos, vitrales protestantes. Se escuchan las campanas de la Mala Strana y llegan los olores de los laureles y cipreses de los patios interiores de las casas. Pero también se huele el agua estancada y las hojas podridas que a veces se acumulan en los canjilones; también llega el olor salvaje de los castaños de fruto verde y espinoso.

—Todos los días caminaba por el Puente de Carlos hacia las calles de la Mala Strana, donde vivía el profesor Maher.

—¿Con quién, Franz?

—Yo caminaba solo. Lisbeth, hace mucho calor. ¿No quieres entreabrir la ventana?

Te levantaste de la cama, flexible y desnuda, y caminaste hasta la ventana del cuarto de hotel. La

123

abriste y extendiste los brazos. Y con los brazos abiertos giraste sobre ti misma para que Franz pudiese contemplarte de frente. Y Franz te recorrió con la mirada. Esbelta, curiosamente empequeñecida sin los zapatos, con los senos grandes y un poco flojos, con la cabellera pintada color ceniza y el vello entrecano sobre el monte abultado y ancho, con la hendidura de los músculos entre los pechos y el ombligo y después la leve línea azul del estómago.

—No. Espera —Franz se acodó en la cama.

—Empieza una brisa —dijiste, de espaldas a la ventana.

—Te ves muy linda.

—Me gusta mostrarme así para que tú me veas. Es como zarpar en una expedición privada. Ship ahoy. Es como un reto privado a este país lleno de gente pudorosa. Me gusta hacer cochinadas en México. Me imagino la cara de todos estos hipócritas. ¿Sabes que la abuelita de Javier hacía el amor con un camisón que tenía un agujero bordado? Y ella y el abuelo, antes de amarse, se hincaban frente a una veladora y decían un versito que me enseñó Javier.

Te hincaste al lado de la cama y pusiste los ojos en blanco y te golpeaste el pecho con el puño cerrado.

—«No es por vicio, no es por fornicio, es por hacer un hijo en tu santo servicio.»

Reíste mucho; Franz, riendo, te besó el cuello.

—Después el abuelo, cada vez que se venía, gritaba: «Kyrie Eleison», y la santa señora le contestaba: «Christe Eleison». Te digo que es el país más morboso y falsamente puritano del mundo. Me dan asco. Dime que un día nos vamos a ir tú y yo. Como Magallanes o Gagarin. Dímelo ya.

Alargaste las manos y Franz las tomó.

Tu padre apretó tu mano y dijo:

—Gosh, la ignorancia es injusta...

—No importa, papá.

—¿Y cómo sabe?

—No importa, te digo.

Tu padre detuvo la taza bajo la nariz y te miró y parpadeó como si quisiera aclarar la media luz de la cafetería escondida en el entresuelo de la estación. Dejó la taza sobre la escudilla de porcelana barata; sacó el pañuelo y se sonó al mismo tiempo que reía y luego se secó los ojos y mostró la lengua apoyada contra los dientes mientras reía. Se tocó rápidamente la cabeza y en seguida el puño cerrado, con los dedos abiertos de la otra mano, y repitió varias veces el gesto.

—Cabeza contra fuerza, nada más, eso es todo.

—Tu catarro está muy mal, papá. Debiste pedir permiso.

—No. Es peor encerrarse a cultivarlo. Es mejor airearlo.

—No debías tomar café.

—El té me da asco.

Tocó la frente. Tocó el puño.

—Siempre igual. Cabeza contra fuerza.

El mesero se acercó de nuevo con un gesto de disgusto. Espantó las moscas posadas sobre los ro-

llos de canela tiesos y suspiró mientras movía lentamente la cabeza de un lado a otro. Tú apretaste
las manos contra el asiento. El mesero arrancó la
nota y la tiró con violencia sobre la mesa. Gerson
la contempló un instante; bajó la mirada y buscó la
cartera en el forro interno del saco. Estornudó y el
mesero miró hacia el cielo raso y tú cerraste los
ojos y husmeaste el café aguado, sin cuerpo, y la
grasa de los panecillos fritos y el pegote de las tiras
de goma donde las moscas capturadas se hincha-
ban, cuerpos verdes y cráteres blancos, en el calor
y dejaban escapar un olor mínimo de corrupción.
El aroma empalagoso de los refrescos de coca y
zarzamora y rootbeer. Todo el café olía a dulces
viejos, a azúcar fermentada, corrupta. Gerson empujó el billete con dos dedos hasta unirlo con la
nota. Tú abriste los ojos y dijiste para que el mesero escuchara:

—Un dólar es un dólar. No importa quién...

Gerson, debajo de la mesa, oprimió tu rodilla
con la mano y tú te callaste y el mesero te miró con
compasión y les dio la espalda sin recoger la nota o
el billete. Murmuró algo que tú y tu padre no pudieron comprender. Y tú fijaste la mirada en el paso de la gente hacia los andenes de la estación de
Pennsylvania.

—¿No quieres nada más, Lizzie? ¿Otro refresco? ¿Una soda de vainilla?

—No, papá. Gracias.

Un marinero pelirrojo miraba hacia todas partes, perdido, pecoso, con la bolsa de lona entre las
manos y el anciano con el sombrero desteñido

hundido hasta las orejas era llevado por una mujer
más joven, parecida a él —los ojos húmedos y los
pómulos altos, la nariz puntiaguda y temblorosa—
que le arreglaba la banda negra del sombrero y revelaba, al hacerlo, la parte limpia del fieltro y el
viejo no se daba cuenta mientras los dos caminaban hacia los andenes de las salidas a Baltimore y
dos muchachas estaban apoyadas contra un soporte de fierro y jugueteaban con las manos unidas,
sin mirarse, y a veces miraban hacia sus pies y no
podría decirse si su combinación de tobilleras rojas
y zapatos de charol y tacones altos les apenaba o
les daba risa, una risa nerviosa creciente que al cabo les sacudió en silencio: una de ellas se mordió la
mano, la otra se tapó el rostro con ambas manos y
luego se calmaron y volvieron a unir los brazos y a
guardar silencio sin mirarse. Y los muchachos con
camisetas blancas unas con mangas cortas y la in-
signia impresa de alguna escuela, otras sin mangas, agujereadas, se abrazaban junto al kiosko de
periódicos y hojeaban las novelas de vaqueros y
las revistas de hombres musculosos cubiertos por
taparrabos de piel de leopardo y los muchachos
mostraban los bíceps y competían y se abrazaban
sin reír, y unos a otros se enriscaban y acariciaban
la pelambre del pecho y las axilas sin reír, y volvió
a pasar la pareja del viejo con la mujer que lo conducía; parecían perdidos, igual que el marinero pelirrojo, aunque éste ya no regresó, seguramente
había encontrado el tren; la mujer con el viejo no;
lo detuvo de los codos cuando el viejo se derrum-
bó; lo detuvo y miró a través del vidrio de la cafe-

tería: te miró a ti y tú volviste a cerrar los ojos y a oler la fermentación del azúcar en los globos de fierro pintado de rojo y afuera la grasa y el humo de las vías y más lejos las aceras calcinadas y la ropa empapada y los cuellos renegridos del mes de julio. La mujer te miró con terror.

Y tú te abrazaste a su cintura y sentiste las manos temblorosas y calientes y las dos cerraron los ojos y se escondieron un poco más; caminaron hacia atrás, hacia el último rincón de esa habitación sepia, de luces ordenadas desde otra parte, desde afuera, desde los pilotes de gas y los arbotantes de la calle y las vitrinas de las tiendas, para iluminarlas, a ti y a Rebecca, teatralmente: abriste los ojos y viste la luz que moldeaba el perfil de Becky, levantaba una ligerísima aura a la cabellera de común —aún ahora— tan bien peinada, tan restirada y sólo a contraluz tan crispada por esos cabellos sueltos, eléctricos, de un cobre mate y excitado en la oscuridad de la sala sepia a la cual llegaban esas luces sabias y ajenas para destacar el contorno de un florero, del trabajo de crochet fijado con alfileres al respaldo del sillón de terciopelo, de la circunferencia de las cuentas que forman una cortina entre la sala y el comedor.

—Es sólo el gato, mamá.

—¿El gato o un gato? ¿No te das cuenta?

—El gato de la casa de junto, el gato de Joseph...

—Abrázame, Beth, abrázame...

—Es sólo el gato...

—¡Ya lo dijiste! ¡Pero no eres precisa! ¡No dices la verdad! ¡Aquí no hay el gato, no es nuestro! ¡Hay gatos o un gato, pero no el gato!

—Mamá, no sé...

—Abrázame; no te das cuenta...

—Prende la luz, por favor.

—Ven, abrázame; dime...

—Sí, tengo miedo; tengo mucho miedo y doy gracias de estar contigo, juntas las dos...

—¿Tienes miedo?

—Sí, mucho miedo...

—¿Será un gato?

—Sí. Óyelo hacer miau.

—Y huele, también huele, ¿verdad? Abrázame, Beth. Ese olor a meados. No lo niegues. Tú lo hueles también.

—Sí, mamá.

—Van a descubrirnos.

—Por favor, prende la luz y ya no tengas miedo.

—Son las once de la noche. Tu padre no ha regresado. ¿Por qué he de prender la luz? ¿Quién prende la luz a las once de la noche si hay un padre en casa? ¿Quién tendría miedo a las once de la noche si...?

—Sí, mira, es el gato de al lado, míralo, el gato de Joseph...

—¡Descaro! ¡Chutzpah! ¡Fuera, fuera, oh, fuera de aquí, fuera de mi casa!

Gerson, a veces, te llevaba a la calle sin pedir permiso. Te tomaba de la mano para bajar la escalera y en la calle te levantaba con una sonrisa y tú te acomodabas sobre su hombro y primero veías siempre el laberinto de escaleras negras, de fierro, posadas como arañas contra el ladrillo negro, casi carbonizado como si el incendio ya hubiese pasado y las escaleras no hubiesen servido para nada.

—Superstitio et perfidia.

Metían un centavo de cobre y salía un dulce duro y redondo como una canica y tú lo chupabas.

—Mitzvah. Una buena acción todos los días.

—Gerson, sal y compra arenque para la cena.

Tú mascabas la bola cubierta de azúcar y te colgabas al hombro de tu padre y dejaban atrás las escaleras. Olías los quesos y el ajo. Luego, mejor, las naranjas y las manzanas. Los perros ladraban y los canarios chirreaban. Tiendas de abarrotes, sombrererías, tabaquerías, salchichonerías, peleterías, todavía tiendas de capas, sederías, zaraza de colores, el pecho alborotado de las palomas; y perros, perros que ladraban mucho.

—Destruyeron los bosques más hermosos de Nueva York y levantaron las vecindades más feas del mundo. Gracias.

La luz, Elizabeth. Como en la sala oscura donde sólo era posible imaginar las cuentas, los respaldos tejidos, los floreros, gracias a las lámparas de la calle que, de noche, los recortaba a contraluz y los llenaba de falsas aureolas, la luz de la calle, a cualquier hora, venía de otra parte y tú, cuando salías del barrio, la buscabas, o buscabas, más bien, su origen, con una actitud inconsciente de gratitud, como si la luz la fabricaran y te la regalaran en un espacio plateado del Hudson, en una mancha brumosa y verde de los Palisades, en una ráfaga amarilla y contaminada de esa zona intermedia del cielo donde el color es un encuentro en la franja de oro gastado, gaseoso, de la parte baja de Manhattan. A veces bajaban, con un aire de aventura, hasta las pescaderías de Peck Slip, South Street, Fulton Market, cerca del Barrio Chino, donde el río se llena de sonidos y pasan las barcazas con vagones de ferrocarril y los remolcadores desocupados pitan sin sentido, liberados, y los automóviles, al pasar sobre los puentes, inventan una música veloz, la música del paso silencioso y el elevado también, tan repetitivo, tan ordenado, tan diferente. Ves, también es mi ciudad del sol y de la niebla.

—Vamos a América. Vamos a ser hombres.

Tú y Jake se sentaron cada uno sobre una rodilla de Gerson y Gerson pasó lentamente las gruesas hojas de pasta del álbum y no tuvo que señalar nada —oh, no tuvo que señalar con el dedo, dijo siempre Becky, no tuvo que reírse o decirles: fíjense, fíjense nada más, oh, no, eso no—; tú y Jake se rieron de las viejas fotos, de las calles sin pavimentar, lodosas, flanqueadas por casas de madera, con torres coronadas por cúpulas bulbosas en la lejanía; de las viejas fotos del hombre con la barba larga y las botas y el gabán largo y negro. La rueda amarilla sobre el pecho.

—Amarilla.

—¡Hep! ¡Hep! Hey, Yid. ¡Hep!

—Ein Jude und eine Schwein durfen hier nicht herein.

—¿Eres tú?

—¡Eres tú!

Tú y Jake rieron mucho y Gerson puso las dos fotos lado a lado y los niños no podían creer que el hombre de las patillas y la barba y el gabán era el joven del chaleco y el bombín y la perla en la corbata. Levantaron la mirada y encontraron a otro Gerson, sonriente, tapándose con la lengua el vacío de un diente, vestido con la camisa a rayas sin cuello y los pantalones a cuadros y los tirantes sueltos y descalzo y con las mangas demasiado largas, pero levantadas por la costura de Becky.

—Hasta la espina se le enderezó. Mira. Hasta la cara le cambió.

—¿No te sorprendió la circunspección del gesto humano en las estelas áticas?

El Volkswagen arrancó y Franz dijo que había un restaurante en el camino:

—Una cervecita, salchichas, mostaza...

Isabel miró hacia afuera. Tierras intermedias, trópico a medias, camino de chozas de carrizo e inclinados techos de paja, buitres que volaban bajos y perros sueltos, niños vestidos con cortas camisetas agujereadas, con sus pequeños penes oscuros, barrigones, olvidados por los padres de camisas azules y huaraches mojados que se doblaban sobre los arrozales, guiando con las manos el agua que debía distribuirse equitativamente a lo largo de los meandros del plantío. Después la tierra cambiaría, si bajaban de los bordes de la meseta a las tierras cálidas del desierto alto al bajo suelo costero.

Pasaron veloces, en el Volkswagen de este hombre de pelo rubio ceniza, de un rubio que debió ser casi blanco, oscurecido hoy por el contraste de las canas que destacaban las líneas del rostro quemado por el sol, líneas exactas, nariz corta, mejillas lisas, quijada firme y un poco saliente.

Te dijo que amaba la música y la arquitectura. Él y Ulrich tomaron un cuarto en una calle serpenteante y angosta. Los aleros de las casas casi se tocaban. Oscurecían el callejón. Y la cercanía era tal que no había perspectiva para admirar las viejas fachadas barrocas. Más bien, los decorados barrocos añadidos a las casas medievales. La vieja piedra lisa había sido cubierta, en muchos lugares, por un yeso amarillo o color de rosa que ahora se escarapelaba y dejaba ver, nuevamente, la carne gris detrás del maquillaje alegre de otra época. La ciudad se llenó de palacios de yeso amarillo, de capillas doradas, de columnas estriadas, de espejos patinados, de aleros caprichosos, de vaciados de querubes y vides, de salones laberínticos.

Las moscas empezaron a entrar por la ventana entreabierta del cuarto de hotel en Cholula. Tú las escuchaste zumbar.

—Teníamos tan poco dinero. Un cuarto compartido reducía a la mitad nuestros gastos.

Y también el esfuerzo de cocinar en una parrilla eléctrica y de hacer, diariamente, la única cama que Franz y Ulrich se turnaban cada semana. El otro ocupaba, mientras tanto, un diván estrecho que crujía toda la noche y obligaba a dormir con los pies sobre un taburete, como Ulrich, o con la cabeza levantada contra el brazo del diván, como Franz. Compraron, también a medias, un restirador de madera y un alto taburete. Los rollos de papel estaban regados por el suelo. El cuarto olía a tinta china, a goma de borrar, a cola. En las paredes empapeladas habían fijado con tachuelas recortes de algunos modelos clásicos: el Partenón, Santa Sofía, el Campidoglio, la capilla de Carlomagno en Aquisgrán. De lunes a sábado, se levantaban temprano. Franz salía al corredor a llenar de agua una palangana en el grifo. Mientras tanto, Ulrich se fregaba los ojos y ponía a calentar la cafetera. Se lavaban la cara mecánicamente. Bebían el café mientras se vestían.

Franz rió:

—Siempre recuerdo a Ulrich sentado en el diván, sosteniendo la taza con una mano mientras se ponía el zapato, sin deshacer las agujetas, con la otra.

Se envolvían en las bufandas y salían corriendo a la callecita. Corrían sonriendo. Les perseguía su propio vaho, que iban dejando atrás como locomotoras. No podían perder el tranvía de las 7,12. Con las gorras ladeadas y las bufandas alrededor del cuello y sobre la boca y con las manos clavadas en las bolsas de los pantalones, iban en la plataforma al aire libre del tranvía. Mantenían el equilibrio en las paradas y arranques del carro inseguro que los conducía fuera de la vieja ciudad a los espacios abiertos. La plaza del ferrocarril. El jardín público con sus estatuas mohosas y sus fuentes de grupos escultóricos helados, sin agua en el invierno. Las anchas avenidas más allá de la pinacoteca hasta la facultad de arquitectura en el llano brumoso. Se separaban. Ulrich iba un año más adelantado que Franz. Hacían la cita para comer en la taberna de estudiantes. El primero en llegar separaría, a la fuerza si necesario, una mesa para los dos y un asiento para el otro. Pediría de una vez la comida de todos los días: dos salchichas, col, cerveza, un pastelillo de crema para compartirlo. Mientras tanto, hasta el mediodía, se pondrían de pie al entrar a la clase los profesores. Cuatro cada mañana. Nombres distintos, pero atuendo semejante: cuello de paloma, saco negro, pantalón a rayas, polainas sobre botines altos.

—Así salía Emil Jannings en *El ángel azul* —dijiste—. ¿Recuerdas esa película? Yo la vi de niña en un cine de barrio. Todas las chicas queríamos ser como Marlene. ¿Cómo se llamaba en la película?

—Lola-Lola —sonrió Franz—. Y él era Basura, el Profesor Unrat. Sí, Jannings convirtió a nuestros maestros en un lugar común.

Pero entonces, desde su puesto de altura, entre doscientos estudiantes congelados que llenaban el anfiteatro de vaho, Franz veía al profesor tan lejano como él era visto. Trazaba en el pizarrón los cálculos para un cimiento. Explicaba cómo Brunelleschi subió hasta la bóveda del Panteón en Roma, retiró algunas piedras y descubrió el principio de la doble estructura recíprocamente sostenida para ganar el concurso y maravillar a sus contemporáneos con el domo de Florencia. Defendía los principios clásicos contra las innovaciones propuestas por Gropius y sus amigos del Bauhaus. Estaba vedado hacer preguntas al profesor que entraba con mucha solemnidad, inclinaba la cabeza ante los estudiantes puestos de pie e iniciaba el mismo discurso que venía repitiendo desde hacía...

—...veinte o treinta años.

Espantaste con una mano las moscas que zumbaban encima de los cuerpos desnudos.

—¿No quieres que cierre la ventana, Franz?

—¿Por qué? Hace mucho calor.

Tenían que comer rápidamente, porque otros compañeros esperaban que ellos desalojaran la mesa. Les rodeaba el mismo tufo de vaho, cigarrillos y cerveza, ahora concentrado bajo los techos no muy levantados de la taberna y después trabajarían toda la tarde en las tareas de aplicación práctica. En un caserón frío de ventanas altas, lleno de mesas inclinadas, que los jueves por la tarde se convertía en gimnasio. Los restiradores eran arrumbados contra las paredes y todos saltaban, sudando, hacían argollas y barras y pesas vestidos con camisetas largas y calzoncillos negros y zapatos de tennis. Luego, a las cinco de la tarde, emprendían el regreso. A pesar del frío y de la oscuridad repentina que los pequeños faroles no aclaraban, preferían caminar un largo trecho por la planicie punteada de tilos desnudos y a veces compraban castañas asadas en algún puesto misteriosamente levantado en este llano desierto. Regresaban al centro masticando y saboreando la carne seca y dulzona de la fruta. Se relataban las experiencias del día. O simplemente hacían ejercicios de respiración para limpiar sus pulmones del tabaco y el vaho ajeno, y sus bocas del gusto agrio de la comida. Cuando llegaba la primavera, la rutina no variaba, aunque se sentían liberados de tantas cosas, de las bufandas, de los actos reflejos de la estación anterior: las manos calentadas con la boca abierta, los saltos sobre el mismo lugar para entrar en calor, el abrazo golpeado sobre la propia espalda y el propio pecho.

—Tú sabes.

Acariciaste el hombro de Franz.

—Sí, te entiendo. A mí también me hacen falta las estaciones en México.

—Recuerdo una primavera. No recuerdo bien el año. Pero es inolvidable porque Ulrich recibió un cheque por haber llegado a la mayoría de edad.

Lo pensó muy bien y dijo varias veces que era necesario comprar algo en seguida, antes de que el marco se devaluara de nuevo. Un día se ausentó de clases y, cuando Franz regresó al cuarto, allí estaba, colocado contra la pared, instalado y blanco como un iglú, el refrigerador. Ulrich sonrió un poco turbado, casi avergonzado. Se rascó la cabeza. Usaba el pelo muy corto y era muy rubio entonces. Sus anteojos de trabajo le brillaron y abrió la puerta de la adquisición para mostrar los botes de cerveza, las salchichas, las costillas de puerco y las botellas largas y delgadas de vino blanco.

—¡Qué festín, Lisbeth!

Descorcharon el vino, destaparon las cervezas, saborearon las salchichas fritas, las cubrieron de mostaza y se embriagaron los dos solos, acabando por cantar a grandes voces y bailotear alrededor del cuarto con enormes zancadas. Ulrich hizo las imitaciones de los profesores más

conocidos, recitó partes de esa *Juana de Arco* de
Schiller que todos los niños alemanes se sabían
de memoria, cantó arias del Tristán con voz de
barítono mientras Franz lo acompañaba con los
trinos de Isolda y, en los solos, con la imitación
de los instrumentos. El escándalo terminó cuando
do escucharon un puño enérgico sobre la puerta.
Franz la abrió bailando y cantando. Miró de
frente y no vio nada. Se asustó al escuchar una voz
imperiosa y sólo al bajar la vista descubrió a ese
ser deforme. A la altura del ombligo de Franz,
mostraba una máscara furiosa. Tenía los labios
contraídos y rodeados de un bigote y una barba
ralos pero cuidadosamente recortados. Estaba
enfundado en una bata de seda que debió haberse
se mandado confeccionar, porque era de talla infantil
fantil y sin embargo mostraba todos los detalles
de una prenda adulta y aun sibarita. Raso rojo
con bordados azules de pagodas y dragones, solapas
lapas almohadilladas de seda negra y un ancho
cinturón de seda también, con muchos flecos. El
enano levantaba una de las puntas del cinturón y
agitaba los flecos frente a la nariz. Acusó a Franz
con una voz hermosa y grave, la voz sorprendente
te que nada tenía que ver con ese cuerpo ridículo
lo, del cual se esperaba un tono ríspido y chillón.
Los ciudadanos tenían derecho al reposo. La
dueña de la casa le había asegurado que éste era
un lugar tranquilo. La falta de respeto a los demás
era indigna de seres civilizados. Era claro que en
los hogares de Franz y Ulrich no les habían enseñado
ñado ni la más elemental cortesía. Franz le pidió

excusas, tratando de ocultar la risa ebria. No se repetiría el caso. No sabían que en el cuarto vecino había un huésped. «Me mudé ayer —dijo el hombrecillo—. Y volveré a mudarme mañana si no cesa este escándalo.» Ulrich se acercó y le dio seguridades de que el comportamiento sería ejemplar de ahí en adelante. Y lo invitó a tomarse una cerveza con ellos el sábado por la tarde. El enano, sin responder, los miró con furia, levantó altaneramente su enorme cabeza y les dio la espalda. Regresó a su habitación, pero el sábado a las cinco de la tarde escucharon los nudillos sobre la puerta. El hombrecillo estaba en el umbral. No sonreía, era cierto, pero tenía un ademán apacible, que se acentuó al entrar al cuarto con una tarjeta entre los dedos enguantados. Se la ofreció a Ulrich con gran solemnidad. Franz se asomó sobre el hombro de su amigo y leyó: *Urs von Schnepelbrucke. Obras de arte. Reparación de muñecas.* Se quitó los guantes lentamente, mientras paseaba su mirada cortés pero inquisitiva por el pequeño cuarto. Al fin tomó asiento en el diván; con esfuerzo, porque debió empujarse con las manos para alcanzarlo. Y cuando se sentó, las piernas le bailaban en el aire, por más que las puntas de sus botines enfundados en polainas se estiraran para alcanzar el piso. Acabó de quitarse los guantes y mostró unas manos nervudas y manchadas, tan desproporcionadas como su cabezota a la pequeñez del cuerpo. Esperó, sin decir palabra, mirándolos fijamente, hasta que se dieron cuenta y casi al unísono, dijeron sus nombres. Ulrich se excusó de no tener tarjeta de visita que ofrecerle. El enano asintió y les dijo que ya se veía, de una ojeada, cuál era la situación. Ellos, realmente, sólo deseaban satisfacer su curiosidad acerca de la ocupación dual del visitante. Mientras Ulrich le servía la cerveza prometida, recién sacada de la nevera, que el señor de Schnepelbrucke saboreó con parsimonia y llenando su bigotito andrajoso de espuma, Franz le preguntó si encontraba adecuado este lugar para sus trabajos. El enano habló con su voz bien timbrada, aunque ciertos górgoros de cerveza rompiesen su calidad cristalina. «Uno no escoge los lugares —dijo—. Es llevado a ellos naturalmente. Los apartamentos nuevos de las afueras son muy feos. Aquí, en cambio, me basta mirar por la ventana para recibir inspiración.» «¿Usted pinta, esculpe...?», continuó Franz. El enano se rascó la barba y dijo: «Ilustro. No pretendo renovar. Sólo reproduzco en telas estas viejas calles, para que quede constancia de ellas antes...» Bajó la mirada y se retuvo, como si dudara de la confianza que pudieran merecerle sus vecinos y luego prosiguió: «...antes de que todo desaparezca o se olvide.» Franz le preguntó si no creía, entonces, que era mejor fotografiarlo todo. «Un aparato no tiene paciencia ni pasión —respondió con gravedad el huésped—. Yo pinto dos veces el mismo cuadro, porque todo puede verse con los ojos del reposo o con los de la exaltación. Y lo cierto es que entre ambos hay un abismo...» La conversación era difícil. El vecino, al parecer, gustaba hablar con frases lapidarias que, por lo demás, expresaba con una seguridad inatacable. Sólo les quedaba acudir al segundo enunciado de la tarjeta. Ulrich le preguntó si se ganaba la vida con las ilustraciones. «No —contestó Herr Urs—. Ésas son para mí, aunque he logrado colocar algunas en el mercado. No cuento con patrocinadores y no me hago ilusiones. El tiempo se encargará de decidir el destino de mi obra.» Franz se sintió molesto por la pedantería apenas disimulada del diminuto hombre, por su apelación a la eternidad y el visitante seguía hablando: «Sí. Reparo muñecas.» Extendió sus manos fuertes y movió los dedos como si tocara el piano. «Mis dedos poseen una flexibilidad maravillosa —siguió diciendo—; puedo reparar una pestaña, pintar los labios más pequeños, unir cabello a cabello la peluca de una muñeca china. Tengo cierta clientela que me trae los cuerpecillos destruidos, generalmente, por un exceso de celo materno y los reconstruyo con el mismo amor. Aplicar con el pincel más fino una ceja raspada, volver a sonrojar una mejilla embarrada de lodo o pegar un dedo roto, son tareas de paciencia y amor.» Lo miraron sin saber qué decir. Los ojos saltones del señor Urs los observaron con humor. «¿No somos un pueblo bueno? —preguntó sorpresivamente—. A veces, hasta aburrido. Pero sólo porque somos inocentes. Por eso nuestros actos son a menudo desmesurados, porque son emprendidos sin una experiencia que sepa dictarnos los límites de la acción. Y por eso después de un exceso reclamamos el perdón y la compasión que nuestra inocencia merece. No puede juzgarse con gran severidad a un niño que le arranca el brazo a su muñeco. ¿Nunca han visto a un niño hacerlo? Su pequeño rostro se crispa con un placer momentáneo, pero en seguida estalla en lágrimas al ver el resultado. Entonces hay que acariciarle la cabecita y reparar el desperfecto. Sí.» El huésped terminó de beber el vaso de cerveza y con la misma dificultad, apoyando las manos contra el brazo del diván, logró colocar los pies sobre el piso. Se inclinó ante Franz y Ulrich.

—Era maravilloso, ¿sabes?, era maravilloso pensar que el peso de la cabeza no lo doblaría o le haría perder el equilibrio.

Los dos rieron mientras tú espantabas a las moscas.

—Prometió corresponder a la mayor brevedad nuestra invitación.

—Un momento —alargaste el brazo—. De niña, me contaron la historia del General Tom Thumb —con un esfuerzo lograste alcanzar el zapato que estaba debajo de la cama—. Andaba con el circo de Barnum y la reina Victoria lo nombró general —empuñaste el zapato y te colocaste de rodillas sobre la cama—. En Nueva Inglaterra era famosísimo, porque era un enano de Bridgeport —te mordiste la lengua y frunciste el ceño—. Y en el apartamento, Javier tiene una reproducción del cuadro de Velázquez —calculaste y pegaste con el zapato sobre la pared—. Antonio el Inglés, el enano de la corte, ¿recuerdas? —la mosca zumbona, verde, cayó sobre la almohada, despanzurrada—. Con su rosa al hombro y un sombrero emplumado en la mano —Franz disparó la mosca muerta fuera de la cama con los dedos—. Lleva un espadín y un traje de brocado de oro.

—En Alemania los enanos vivían bajo tierra y eran orfebres famosos —Franz miró con asco la mancha dejada por la mosca sobre la almohada—. Hasta tenían un rey: Alberich.

—Oberón —te recostaste otra vez sobre Franz.

Isabel trató de encontrar en el espejo del auto los ojos de Franz. Franz miró un instante por el espejo y vio primero los ojos verdes de Isabel que lo miraban y después el paisaje que se alejaba rápidamente. Isabel acercó su boca a la oreja de Javier.

—Dime. Repíteme eso.

—¿Qué?

—Lo que me dijiste ayer. Que tengo dos caras.

—Dos rostros. Tu nariz divide al ángel y al demonio.

—Sí, sí...

—Cuando tus ojos son inocentes y claros, tu boca asume ese rictus...

—Sí, sí...

—Cuando tu boca se abre un poco, con asombro, con dulzura, tu mirada se venga...

—Dilo despacio, Javier...

—...se vuelve dura y fría...

—¿Por qué no escribes eso?

—Oh, Isabel, qué dices, ay...

Encuentro esa noticia en el periódico y la arranco para enseñársela más tarde a tu marido. Es de Boonville, Missouri. Seguro, del 11 de abril de 1965. Si no salimos nunca de este día, ¿qué te andas creyendo? Este mustafá sabe su calomel y no le hace al monje loco, ¿tú qué dijiste? Una madre y un hijo, manejando sus automóviles en direcciones opuestas, fallecieron anoche a raíz de una colisión entre sí. La señora Berta Bowen, de 57 años, regresaba de Blackwater, Mo., después de visitar a su nuera y a un nieto recién nacido en el hospital. Su hijo, Ronald Wayne Bowen, de 22 años, iba de Blackwater a Boonville para ver a su esposa e hijo. La policía dijo que la señora Bowen pareció haber perdido el control del auto, y chocó contra el auto de su hijo. Habla de coincidencias, ¿eh? Y a ver si Dickens y Dumas no eran muy nalgas y si Norman Mailer no trae bien orientadas las guías de adelante. Y Edward Albee no sabrá que el mondongo de la Tiny Alice es la vía ancha y chiclosa al cielo. Por donde quieras, mi angustiosa, la cosa es gótica. Acá o allá, da lo mismo. Échate esta noticia: para asesinar a su segundo esposo la anciana Consagración Carranza de Gómez preparó cuidadosamente un plan que llegó a su culminación durante las primeras horas del pasado 9 de abril, a los postres de una cena en la que su marido, Abundio Gómez Loza, era el invitado de honor. El asesinato fue cometido por la anciana en complicidad con un hijo de su primer matrimonio, Rubén Darío, y con la

144

ayuda de su hermano, Ubillado Carranza, y del hijo de éste Venustiano Carranza Amarillas. Abundio —en cuyo honor se había brindado varias veces durante la cena, para embriagarlo— fue asesinado a puñetazos, patadas y garrotazos. Su esposa doña Consagración, que antes lo había desarmado sin que él se diera cuenta, llegó al extremo de bailar sobre el cadáver para desfigurarle el rostro. Los hechos ocurrieron en el interior de la casucha número 54 de la calle de los Cóndores, colonia Las Águilas. La policía logró ayer la captura de los participantes en el crimen. «Maté a mi esposo —dijo ayer la anciana al efectuarse la reconstrucción de los hechos— porque él tenía celos de mí. Además, me había embrujado, él sabía mucho de magia negra y cada rato decía que veía en la baraja que yo andaba con otro.» «A mí me dio mi hermana 200 pesos para ir a arrojar el cadáver a tres cuadras de la casa, en la Barranca del Muerto; pero se lo juro que no intervine en el asesinato de muerte», dijo ayer el albañil Ubillado Carranza. «Y nosotros tampoco matamos al viejito; sólo estábamos jugando con él para ver quién tenía más fuerzas», dijeron los jóvenes Venustiano y Rubén Darío. Pero esto lo dijeron en la jefatura de la policía, cuando eran interrogados por los periodistas. Momentos después, al ser conducidos por los agentes al lugar del crimen, incapaces de soportar los remordimientos, manifestaron la verdad. Fue Ubillado Carranza quien explicó: «Desde hace dos meses, mi hermana quería deshacerse de su esposo. Decía que ya no lo aguantaba y me propuso que yo lo matara. No acepté pero le dije que fuéramos a Salvatierra, Guanajuato, de donde somos. A lo mejor allá encontrábamos quien se ocupara del trabajito... Pero no quiso mi hermana porque de Salvatierra salió con mala fama y por eso nos invitó a cenar el sábado en la noche. Toda la tarde estuvo guisando nopalitos sancochados y comprando cervezas. Cuando llegó mi cuñado Abundio, ya lo esperábamos ella, yo, Rubén Darío y mi hijo Venustiano. Nos sentamos a la mesa y comenzamos a cenar. Ya en la madrugada el viejito estaba borracho. Fue cuando le propusimos jugar a las vencidas para ver quién tenía más fuerzas. Todo iba por el camino de la guasa hasta que Rubén Darío, mi sobrino, le dio un puñetazo en la cara a mi cuñado. Éste se fue para atrás y quedó tirado. Rubén le siguió pegando y...» «¡No es cierto! —interrumpió en ese instante la anciana Consagración—. No nada más mi hijo le pegó. ¡Le pegaron todos ustedes, caifanes!» «Y luego —respondió Ubillado— tú, le dijiste a tu hijo que lo ahorcara, por si todavía resoplaba, y bailaste encima del cadáver...» Luego, según declararon los acusados, el cadáver del anciano fue amarrado con alambres y lo metieron en una caja de cartón que desde antes había comprado Consagración con ese fin. Como todos se negaban a cargarlo, Consagración ofreció 200 pesos a su hermano para que lo hiciera. Éste aceptó y el macabro cortejo partió de la casa del crimen y llegó, unos minutos después, a la Barranca del Muerto. Allí quedó abandonado el cuerpo. Al día siguiente, varios vecinos lo hallaron. Dieron aviso a la policía. Una por una, las casas del barrio fueron recorridas. Nadie parecía conocer al sujeto muerto, cuyo rostro quedó poco menos que irreconocible. Apenas anteayer, surgió una pista que al fin dio con la anciana Consagración. Ayer, durante la reconstrucción de los hechos, la vieja se mostró amable y bondadosa. Y cuando uno de los fotógrafos, sin querer, derribó una imagen religiosa, Consagración la vieja se abalanzó sobre ella y dijo: «¡No la vayan a pisar! ¡Por favor, no vayan a pisar a mi santito!» Sería la imagen de Jeanne Fery que ayer fue exorcizada en Mons: lo cuenta aquí el actual arzobispo de Cambrai, M. François Buiseret. Jeanne ha estado poseída por ocho demonios entre 1573 y 1585. Declara que fue seducida por el diablo a la edad de catorce años; de allí en adelante, ha sufrido ataques histérico-epilépticos y el tormento de espíritus malignos llamados Hérésie, Traitre, Act Magique, Béléal, Vraye Liberté, Namón, Sanguinaire y Homicide. La han amado con convulsión y delirio. Y como ella no quiere ser amada, deja que los familiares y los sacerdotes la metan en baños sagrados durante los cuales Jeanne vomita por la boca y la nariz testículos de macho cabrío y otros animales transformados en gusanos peludos. A menudo, Jeanne se arroja al río o se autodesfenestra. Durante sus ataques nocturnos, tiene visiones del infierno, recapitulando lo que ha escuchado en los sermones. «Fuego, azufre, oscuridad y un olor abominable.» No puede tolerar los dolores del estómago, como si una serpiente la devorase, y por ello acepta gustosa reunirse con los demonios y gritar las palabras obscenas que le dictan. Jeanne alterna entre les douleurs continuelles y la grand joye. Durante su éxtasis, no puede hablar, comer o sentir el dolor de las laceraciones que ella misma, con los demonios, se hace. Durante algunos de estos períodos, regresa a la verdadera simplicidad de la infancia y olvida todo lo que sabe de Dios. Sólo dice palabras simples, como Padre y Juana, y lo señala todo con el dedo. Se porta como una niña malcriada. Juega con una estatua de santa Magdalena como si fuese una muñeca y le ofrece de mamar. Después de la comunión, lanza un grito agudo y doloroso. Un sacerdote la encuentra de rodillas, con el resto del cuerpo rígido, el semblante pálido, los ojos muy abiertos. Poco después, empieza a reír dulcemente, como para sí, moviendo el torso en un vaivén. El corazón le late y el cuerpo le tiembla. No puede hablar, pero hace señas con la mano. Una de las monjas se acerca, le frota las manos y las piernas y poco después, temblando, sor Jeanne Fery es conducida a su celda y confortada frente a un fuego abierto. A ver, mi rucasiana, por qué en vez de seguirle el juego y tener junta de ombligos, no le disparas la pistola frijolera y lo obligas a palmar con la verdad. Ah, entre escapar y participar, sólo nos queda escoger nuestra enfermedad, nuestro cáncer personal, nuestra parodia de las grandes síntesis.

Javier apartó las cobijas y se metió en silencio en la cama. Se acostó boca abajo. Tus rodillas, sentada, levantaban el cobertor y aunque Javier trató de dejar la cabeza fuera de las sábanas el olor de la mujer ya se había apoderado del lecho. Agua de colonia, menstruación, el cansancio del viaje, y Javier murmuró con la sábana sobre el rostro:

—Cuando me acerqué porque vi que estaba llorando pensé que una mujer que llora, llora para atraer, exhibir y compartir su llanto. Que nunca lloraría en soledad —o sola—, únicamente si cree que sus lágrimas pueden hechizar desde lejos, hacerse escuchar en un corazón ajeno... No habrá lágrimas en vano. Quizás. Pero ella lloraba cerca de mí, en esa fiesta. En la oscuridad. Yo era, por pura casualidad, la única persona a tono, abierta en ese instante a su llanto y al hilo de silencio que me guió hasta ella entre las parejas que bailaban y se besaban en la oscuridad.

Se detuvo y te miró por el rabo del ojo. Tú fumabas, sentada en la cama del cuarto de hotel, con los ojos muy abiertos...

—...just one of those crazy flings. Ir a una fiesta es ir al encuentro del azar. Pero no desarmado. No. Siempre con la coraza de las palabras, la lanza de la memoria. Una parodia lista. ¿Parárasis? Ah, qué risa, qué ocasión solemne. Y una mano caliente, húmeda, que yo no podía ver, pero que tomaría la mía, tendida. Sólo tendí la mano. No tomé la de ella. Te lo juro. Esperé. Sentí en la cercanía lejana que puede separar a dos manos contiguas aunque extrañas el contraste de mis uñas heladas y sus dedos tibios. Tendría que venir. Tendría que acercarse. La piel sentiría la proximidad de la piel sin mirarla. Me tomó la mano. Telón. A trip to the moon, on gossamer wings. Ya estábamos juntos. Ya estábamos pegados, bailando, descubriéndonos a tientas. Una piel suave cubierta de un vello corto y dorado. Una cabellera lisa, peinada toda hacia un lado de la cabeza. Una nuca tibia y escondida. Los pechos libres bajo la tela. Los muslos duros, apretados. ¿Te dejaron sola?

—Negué con la cabeza mientras te descubría a tientas.

—¿Viniste sola?

—Asentí mientras nombraba las partes de tu cuerpo sin imaginar siquiera que pensábamos lo mismo...

—¿Y él?

—La mujer se encogió de hombros y cantó en voz baja, too hot not to cool down, con Ella Fitzgerald.

—¿Quién sabe si no quiere que se sepa el misterio de tu ausencia?

—Levantó el rostro y te miró. Tú murmuraste de nuevo:

—Quizás quiere evitarte un dolor. Quizás piensa que te horrorizaría que rompiera el silencio.

—Es peor vivir imaginando cosas.

—No es cierto. Siempre es peor saber. Y quizás te ama tanto que al verte olvide lo que quisiera decirte.

—Preferiría que no me respetara tanto, entonces.

—¿Que sea el cómplice de tu pasión y no de tu inteligencia?

—Sí, algo así.

—Perdería su orgullo y tú dejarías de amarlo.
Lo amas porque quieres doblegar su orgullo. Él debe saber que cuando lo logres, lo dejarás de amar.

—Tú lo conoces.

—Reí. Reí de su juego maravilloso. Me detuve y tomé una copa de la mesita baja, sin abandonar el talle de mi compañera. Había aceptado la
parodia. Pero empezaba, también, a temblar en
ella, a tomarla en serio. No le revelaría cómo
terminaría esta vez. ¿Crees que he agotado todas
las sorpresas?

—¡No digas eso!

—¿Por qué?

—Estoy segura de que esta vez te repetirás.

—¿No bebes?

—Gracias.

—De l'amour j'ai toutes les fureurs...

—De l'amour... Déjame pensar...

—Al fin tomó mi copa, me la quitó de la mano
y bebió, negándose. Negó con la cabeza.

—No, no doy.

—¿Qué? ¿Qué la inquietaba? ¿Qué quiso decir
para ella «toda la noche»? ¿Juntos, separados, en
la cama, con otras gentes? No, por favor.

—Un laberinto.

—No.

—Teseo y el minotauro.

—No.

—El hilo de Ariadne.

—No. Es lo mismo. No.

—La cueva de Cíclope.

—Tampoco.

—Caribdis abre el hocico devorante, vomita olas negras y las traga otra vez. En la isla de Trinacie pastan los rebaños del sol. Orion persigue en verano a las Pléyades, que se precipitan en el océano. ¡Ulises ya no reconoce su tierra! Las palomas caen muertas entre Scila y Caribdis. No hay suspenso, Javier. El mito es conocido de antemano y es conocido por todos.

—Pero el viajero ya no reconoce su tierra, ¿ves?

—Di más.

—Descenderé contigo al laberinto.

—Síiii...

—Y contigo me salvaré o me perderé.

—Noooo...

—Bésame. No sabía, pero intuía todas las indicaciones de escena. Juglar. Idiota. This cold night will turn us all to fools and madmen. Quedé prendido a tus labios. To fools and madmen. No me dejabas ir. This cold night.

—Dost thou call me fool, boy?

—A bitter fool! No, ése ya lo sé. Ya lo jugamos.

—Pero respondiste mal.

—¿Cuál es la respuesta entonces?

—All thy other titles thou hast given away; that thou wast born with.

—Naciste idiota, morirás idiota, sin saber, sin entender. Igual, horizontal, entre las piernas de tu madre, sobre los hombros de tus enterradores.

—Womb to the tomb. No... ¿Puede ser generoso el orgullo?

—Síii. Cuando sucumbe...

—No, al revés, cuando nunca ha sucumbido bajo el yugo amoroso. Sólo entonces.

—No entiendo. Esta noche no entiendo nada.

—Tendré que separarme de ti.

—No, por favor.

—Y tú tendrás que esperar mi regreso para disponer de ti misma. Porque cuando sepas mi pecado y la suerte que me agobia, no morirás menos, pero morirás más culpable.

—¿Qué importancia tiene morir?

—Reí, la abracé, la besé: maravillosa, maravillosa. Quise pagarle su intuición, su seriedad ante mi juego. Pero ella quiso pagarme antes, Ligeia.

—Vámonos de aquí.

Ahora Nat King Cole, mientras nos abríamos paso entre las parejas desconocidas y salíamos a la luz de un corredor y ella buscaba entre los abrigos amontonados sobre un sofá el suyo, the Rockies may crumble, Gibraltar muy tumble, buscaba sin soltar mi mano, inclinada sobre la montaña de abrigos, buscando sus iniciales en los forros de los cuatro abrigos de astracán que separó, they're only made of clay but our love is here to stay. Nos besamos en el taxi. Cerramos los ojos y nos besamos pero yo traté de escucharlo todo, los ritmos cambiantes de la ciudad, el silencio de Las Lomas, los silbatos de los veladores, el ruido de los motores que descendían velozmente por el paseo de la Reforma, el paso de látigo de otros automóviles, la voz del locutor en la radio del taxi, la voz de una niña que nos cantaba números de la lotería junto al rumor de agua en la fuente de Diana Cazadora, otro largo silencio, los chiflidos burlones de los muchachos en el auto parado junto al taxi en un alto, la música desde otros coches, la injuria de cinco pitazos a la madre, Hera, Perséfone, Eurínome, arrastrada entre el fango de cemento quebradizo y un niño que quería vender el último ejemplar de las Últimas Noticias: el chofer le dio un peso cuando me separé de los labios de la mujer y ella se arregló el pelo peinado hacia un lado de la cabeza y me dijo:

—Vamos al apartamento.

—Never —dijo el chofer, como si continuara una conversación, después de ver en el espejo que la pareja se había separado—. Hay que andar abusando.

—No, no vamos al apartamento.

—Hay cada ánima negra por ahí que en vez de dar banderazo cada vez que el cliente se detiene a hacer un bisnieto, se lo lleva a pasear una hora por todititas las cayetanas de México...

—Siga por toda la avenida Juárez.

—Usted manda, mustafá, al fin que es el de la moreliana.

—¿A dónde me llevas? ¿No me porté bien? Quiero estar contigo, Javier, ¿a dónde me llevas?

—Nada de dejaditas de a peso. Nomás sufren las portezuelas.

—Deténgase aquí.

—Javier pagó y tomó del brazo a la mujer. Ella no quería seguirlo. Le dijo al chofer:

—Rin y Nazas.

—No. Bájate. Bajamos. Me siguió por la calle de Aquiles Serdán. Si yo volteaba a mirarla, se detenía, dándome la espalda, con las manos sobre la balaustrada de piedra de Bellas Artes. Si yo caminaba, me seguía a distancia. Mis pasos eran los suyos. Me detenía. Escuchaba los pasos de ella. Los avisos luminosos guiñaban, burbujeaban, reían entre el silencio de la medianoche. Los puestos de fierro y alambre de las revistas y periódicos estaban vacíos. Las envolturas de papel, la punta de los barquillos, las cajetillas arrugadas, el celofán rasgado, los cabos amarillos de los cigarros, los chicles masticados, el arroyo de despojos que acompaña a todas las calles de México volaba, yacía, se pegaba al lado de nuestros pasos. Ella y yo y el silencio y la basura. Los pasos. Mis suelas de goma. Sus tacones altos, repiqueteantes. La esperé. La tomé de la muñeca.

—No. Aquí no. ¿Qué quieres hacer aquí?

Fin del silencio. Lo bajaron por la sierra, todo liado como un cohete.

—Mira el humo. ¿Has visto más humo junto alguna vez?

—Es horrendo. Vámonos.

—Vamos a beber.

Lo traen desde San Miguel, lo llevan a Sombrerete.

—Aedas. Menestreles. Bardos con sombrero de plata teñida y barrigas inflamadas de pulque. Siéntate. Distingue. Violín. Trompeta. Guitarra. Guitarrón. Dos tequilas.

—Yo no.

Oiga usté mi general, oiga usté mi general.

155

—¿Sabes qué me recuerdan esas voces?

—¿Qué?

—Los gritos del parto. Como si la madre y el hijo siguieran gritando de dolor toda la vida.

—¡No me interesa, Javier! ¡No me importa!

—Como si el parto no terminara nunca. Están aullando ciegos...

...yo también fui hombre valiente; quiero que usté me afusile en público de la gente...

—...atados por su cordón azul a la madre que aúlla con ellos, envueltos siempre en su placenta. Mírales los ojos.

—¡No me importa! ¡Vámonos!

Tanto pelear y pelear, con el Mauser en la mano...

—Oye, oye cómo viven de una violencia pasada, como si al nacer recordaran la brutalidad de su concepción...

—Oh, basta. Qué tedioso puedes ser.

—Salud. Traiga dos más.

—Yo no.

—Yo sí.

—Qué pesado eres.

Para acabar fusilado en el panteón de Durango.

—J'aime, je l'avouerai, cet orgueil généreux, qui jamais n'a fléchi sous le joug amoureux...

—Ya no importa, Javier. No insistas. Ya rompiste eso. No tiene remedio. Otro día será.

Adiós todos mis amigos, me despido sin dolor.

—¡Otro día será! Mourez donc, et gardez un silence inhumain; mais pour fermer vos yeux, cherchez une autre main. Salud.

Ya no vivan tan engreídos de este mundo traidor.

—Ya no bebas.

—Míralos los ojos: son los hijos de la chingada que nos rodean.

—¡Oh, por Dios, qué original!

—Sí, es cierto, míralos: no nos quieren. ¿Por qué nos han de querer? Somos unos marcianos. No hablamos como ellos. No pensamos como ellos. Nunca nos hemos detenido a mirarlos. Les damos órdenes. Si venimos a verlos es como ir al zoológico. A ver a los changuitos. Unos monos vestidos de carnaval que aúllan como coyotes. Somos enemigos. Ellos saben que están detrás de la reja. Tírales los cacahuates.

—¡Javier! ¡Deja esas pepitas!

—Toma. Tírales. ¡Coman, changuitos!

—Dejaron de tocar. ¿Cómo era ese hombre? ¿Eres capaz de recordarlo?

—Uno negro, alto, con bigotes tupidos que le rodeaban los labios, quiero decir el labio superior y el inferior: la boca parecía un coño rojo entre su bigote de anillo, sin principio ni fin, como las serpientes; con el sombrero cuajado de rosas de plata que se quitó al avanzar hacia mí; con el movimiento de una pantera negra, el movimiento que nosotros hemos olvidado en las camas de resortes, los excusados de porcelana, los escritores de acero: como una bestia que aparta con la cabeza los helechos y lianas de la selva: como el tigre del Aduanero: burning bright in the forests of the night: con los dientes afilados y las yugulares tensas y las garras toscas que me tomaron de las solapas.

—Órale, borrachín, órale.

—Órale. Ahora es la hora. El momento, órale. Reza. Tu oración. Eurínome, la madre de todas las cosas, surgió desnuda del Caos y al frotar sus manos contra el viento creó a la serpiente Ofión y danzó locamente mientras la serpiente se abría paso entre sus piernas...

—Quieto, borracho. Respete a los músicos.

—Y la serpiente copuló con la madre de todas las cosas para que depositara el gran huevo universal...

—Quieto.

—Emergió del Caos y parió a su hijo Urano mientras dormía. Y el hijo dejó llover su semen entre las piernas de la madre y la cubrió de pasto y ríos y flores y aves. Chingó a su madre. ¡Arrastra a tu madre, mariachi, this cold night will turn us all to fools and madmen...!

Lo levantó de las solapas. Ya no la vio a ella. Vio el movimiento tumultuoso de las estrellas, las luces del techo, el humo azul de la noche fría, los locos que gritaban y reían trepados en las sillas, en las mesas, gritando, riendo, aullando, sus dientes de oro, sus narices aplastadas, sus mejillas picadas, de viruela, sus senos gordos, sus brazos pálidos, sus piernas flacas, sus bigotes negros, sus ojos de piedra pulida, sus lenguas de bífido enardecido, sus cuellos cortos, su color oscuro, sus faldas de raso, sus camisetas manchadas, todo el mundo del silencio gritando: «Pégale; dale; zúmbale; chíngalo; en la torre; calabaza; por el culo; por el chicloso; por el mande usté; al quebracho; al ninfo jotarás; calamoros, güey; patéale los aguacates; rebánalo; párchalo; échale un capirucho; mójale el barbón; dale pa'sus tunas; ya mételo en su camisón de madera; al hígado.» Al hígado la pezuña del animal, a la boca la garra de la bestia, a los de apipisca el puño del tigre negro, al chicloso el pellizco, a los aguacates la patada de la espantosa simetría humana que él no sentía cerca, que imaginaba lejana, destruyéndole desde lejos, llenándole la boca de sabores metálicos, cerrándole los ojos entre lágrimas, pateándole el diafragma mientras le gritaba, de pie todavía, hacia ella, para que entendiera:

—Et Phèdre au labyrinthe avec vous descendue, se serait avec vous retrouvée ou perdue!, hacia ella que me miraba rígida, fascinada, enamorada de mi rostro golpeado, de mi cuerpo castrado, de mi voz enloquecida que quería recordar las palabras, la hora, la oración:

—¡Órale, padrote, pendejo, puto!

—Y perdí la lejanía. Sentí los puños una vez, otra vez, otra vez, sobre mis pómulos, mi vientre, mi espalda, mis testículos, mis pechos, una vez, otra vez, órale. Caí.

—Fedra. Teseo. No andaba muy lejos.

—Aaaaj. Aaaaj. Gemí con ellos. Caí sobre el suelo sucio, pisoteado por los bailarines oscuros y pequeños, entre las colillas, los esputos y las flemas y el tequila derramado. Me habían vencido, Ligeia. Me habían arrancado un grito idéntico al suyo. Estaba del otro lado de los barrotes. Como ellos, sólo aullaba como un animal del monte. Miré hacia el techo. El humo azul. Las luces envueltas en papel celofán amarillo. El rostro sonriente del tigre que me venció. El guitarrón otra vez. La trompeta. Para empezar a cantar, pido permiso primero. Me levantaste. Me colgué a tu cuello. No pude distinguir tu mirada. Pasabas un pañuelo por mis pómulos. Respiré el aire helado de la calle. Olí el humo de las locomotoras. Al fin traté de abrir los ojos, de distinguir en qué tiempo estaba, de preguntarme por qué la luz de la luna iba desapareciendo pero no acababa de irse, vencida poco a poco por la luz del sol que aún no asomaba, pero que se anunciaba en este temblor gris que en realidad nacía en las azoteas, en los cubos pestilentes de los patios, en el remolino de las alcantarillas. Escuché el ruido de los enormes camiones que entraban con la madrugada, cargados de las legumbres, las cervezas, los quesos, las pacas, las frutas, los mariscos congelados, las cajas de huevos, las flores. La escuadra de motores rugientes de la aurora de uñas rojas. Camiones altos, de ocho ruedas. Los choferes con cachuchas de estambre y chamarrones de cuero que han viajado toda la noche desde Monterrey y Veracruz, desde la costa de Guerrero y la sierra de Oaxaca. Para alimentarnos. Para que no nos volvamos a comer los unos a los otros.

—El mismo taxi estaba esperando afuera del cabaret. El chofer bajó y abrió la puerta y le pedí que me ayudara a subirte y nos llevara a Rin y Nazas.

—Yo la llevo a su jaula, cuatacha, al fin usted tiene con qué caerse difunta cadavérica. Suba al chulo éste ahí detrás.

—Habíamos regresado a México, Ligeia. Estábamos de vuelta.

Javier respiró tus olores. De un arañazo se quitó la sábana de encima del rostro.

—¡Ligeia! ¡Ligeia!

Tú ya no estabas sentada sobre la cama. Quedaba una opresión de la almohada y las sábanas. Javier miró hacia el baño. La luz había sido apagada. Suspiró:

—Ligeia, hemos vuelto al hogar. Acéptalo. Acéptalo.

Señor, impide que caigan en las tinieblas.

—¿Qué haces? ¿Qué piensas?

—Por favor, mamá, por favor...

Raúl era otra cosa; no preguntaba; tampoco hablaba mucho; tenía actitudes, sí, casi siempre en apoyo de Ofelia cuando ella le ordenaba a Javier, lo iba educando y siempre decía:

—Las buenas maneras son indispensables para triunfar en la vida.

Raúl tenía actitudes y manías: le echaba migas de pan a la sopa y sopeaba las teleras en el chocolate. Ofelia sabía otra cosa: apagar las luces y correr las cortinas, como si entendiera que en la penumbra la pobreza es menos visible y la vieja casa vacía, sin muebles apenas, apenas lo indispensable (y los cuartos cerrados con candado, las recámaras secretas, la escalera condenada que conducía a las mansardas), podría hasta parecer acogedora si alguien sabía correr las cortinas y sofocar las luces mientras él hacía la tarea y ellos permanecían en las sombras y Raúl tenía sus actitudes y manías. Pasaba noches enteras revisando el catálogo de la Montgomery Ward y luego señalaba con un lápiz bicolor y se rascaba la calva:

—Empiezo a perder la memoria. Me estaré haciendo viejo. Los viejos se olvidan las cosas.

Y Ofelia estaba en la sombra y Javier no podía juzgar la única respuesta, la de las facciones. El único escape era el patio. Allí no era necesario disimular. Es un rincón de macetas resplandecientes con trozos de vidrios y porcelana. Los líquenes asoman desde el barandal de fierro y las plantas de sombra se sientan en los maceteros de la escalera. Las camisas y las sábanas cruzan el patio en todas las direcciones. No han acabado de apagarse las luces de una tarde de marzo, la resolana febril de estos días que tanto le inquietan. La transparencia fría del invierno, la meseta del sol en reposo, ha sido cortada: sin transición el polvo ha renunciado a la quietud y se levanta en remolinos. Una capa amarillenta flota todas las tardes sobre la ciudad y el sol, al atravesarla, parece ganar en peso y sofoco. Entonces él quisiera que fuese julio, como en julio se le antoja que sea enero. Cerca de las macetas coronadas de liquen, se mece sobre la silla de mimbre y junta las manos detrás de la cabeza. Algo de la humedad de las plantas llega ondulante, hasta sus centros calurosos. Los pájaros se han dormido.

A las cinco, Ofelia hizo la ronda del patio y cubrió con retazos de sábana vieja las jaulas rojas y blancas. En algunas arrojó un puñado de alpiste.

No se hablaron. Las miradas se cruzaron sin decir nada. Él estiró las piernas. Allí estaba Ofelia, detrás de la puerta entreabierta —rendija apenas, por donde los ojos lo espían, esta tarde como todas, y lo ven quieto y bañado por esa luz polvosa, como si el sol de estos días despidiese humo— y con la mirada recorre su cuerpo, de la cabellera crespa a los pies desnudos, plantados sobre las lozas de tezontle que en marzo evaporan con sigilo y rapidez los cubetazos que la criada les arroja cada mañana. Envuelta en la bata floreada, pero bien peinado el pelo rojizo, amodorradas las facciones, se asoma por la rendija cuando él ha cumplido catorce años y lee sentado en la mecedora del patio de la vieja casa y él lo sabe y cree que ella no sólo lo observa sino que lo reconoce, oscuro como el padre y como él silencioso, capturado por su propia lejanía y unos sueños incomprensibles.

Ahora que Raúl se ha ido, ella es otra, no la que compraba vestidos nuevos en Laredo, Texas; es la bolsa enrojecida del rostro, la marea del busto, la dureza cilíndrica del vientre. Apoya el cuerpo en la división de las piernas. Se toca el vientre fuerte, escondido por la falda de algodón y el delantal que ahora se ha vuelto eterno, el delantal de las comidas apresuradas y las apresuradas limpiezas y el vientre —imagina Javier— quiere reproducir aquel dolor que es el primer recuerdo que Ofelia tiene de él, mientras lo espía detrás de la puerta entreabierta y no sabe que él escucha el rechinar de los goznes viejos y él ve los ojos de su madre, brillantes sobre el fondo oscuro de la recámara que ella mantiene en penumbra para disfrazar la pobreza.

Y después de las comidas, ahora sólo de ellos dos, ella seguiría saliendo sin decir a dónde iba y él no la seguiría porque desde niño había aprendido que siguiéndola se perdería, desconocería la ciudad y siempre debería limitarse a las calles conocidas y obligadas, las de los deberes marcados y aceptados sin discusión. Antes, con su padre, era distinto, pero quizás sólo porque Raúl ya no estaba allí; sí, con Raúl había salido, tomados de la mano, a caminar. Con él se podía caminar sin fiebre, despacio, deleitándose. Los domingos, desde muy temprano, iban al bosque y a veces remaban y veían a las muchachas que remaban solas y a los muchachos que tomaban otra lancha para perseguirlas y pegarles un susto. Familias enteras abordaban las lanchas, cargándolas con bolsas de papel manila y cubetas de hielo con refrescos. Algunas lanchas se hundían, entre el griterío de las muchachas risueñas y los jóvenes en mangas de camisa y él y Raúl reían con ellos. Y hay paletas heladas y nubes de algodón azucarado, esferas amarillas y azules, chillidos, pitos de globeros y bolsas de cacahuates. Javier y Raúl caminan por los prados amarillos, bajo los follajes agitados, junto al lago artificial, frente a la pérgola donde los músicos tocan oberturas de Weber y Rossini y Javier ríe cuando Raúl los señala con el dedo: los músicos imperturbables, de seriedad concentrada, que soplan, raspan, acomodan los atriles y se colocan una servilleta al hombro. Trompetean las bocinas de los nuevos automóviles negros, altos, sin capote, que recorren lentamente la avenida central del bosque; van llenos de gente joven y de coche a coche corren las miradas solicitantes, los signos de reconocimiento, las frases y los pudores alarmados o satisfechos. Y la banda no cesa de tocar y Raúl huele a sudor, a tabaco y cuero, a jabón de afeitar y para él Raúl es la música del domingo. Hay la banda en la pérgola y los guitarristas en los galerones de antojitos. Los organilleros tocan en las calles olvidadas a las que se asoman las sirvientas que no han salido de paseo. Las trompetas achacosas de los cirqueros ambulantes. Los discos rayados de las ferias, que acompañan el girar de los caballitos de madera. No es posible escapar del único día puntual y libre, que es cuando él y Raúl salen de la casa y van a todos estos lugares y Javier pregunta qué hacen los demás y Raúl ríe y le cuenta que unos hacen cola en los cines y otros duermen todo el día, unos no se rasuran y otros sacan sus mejores ropas; otros leen los monitos o empujan el coche del bebé por las calles y, seguro, otros completan sus entradas con algún oficio raro y muchos van a misa y a las cuatro de la tarde empiezan los toros. No es lo que le cuenta Lupe, la criada, que un domingo sale a Tlaxcala a visitar a su gente y otro se mete a un programa triple de cine o, ahora que hay radio, entra gratis a los estudios y obedece las instrucciones del animador: risa, aplauso, silencio; o sólo va al parque y pega las espaldas a la hierba y se deja salpicar por el chorro de una fuente y canturrea canciones tristes.

—La Lupe pagaba un peso, Ligeia, por entrar a un cuarto oscuro donde algún enamorado, constante o desconocido, le hacía el amor de pie, al lado de otras parejas.

Se escuchan claramente las cosas. Los perros parecen ladrar más fuerte. Y es, también, el día de visita conyugal en la penitenciaría. Raúl dice: «Ha de ser muy feo morirse en domingo, cuando despierta, a las seis de la tarde, de esa siesta de plomo, desacostumbrada.» Acaricia la cabeza de Javier y Ofelia llama a su marido y los dos se encierran en la recámara y discuten en voz baja y luego ni los murmullos se oyen ya.

—¿Puede uno darse cuenta gracias a la memoria, los lugares, la gente, los sentidos? No sé, Ligeia. Hemos vuelto al hogar. Acéptalo. Acéptalo.

El auto corría por la carretera de curvas continuas, entre dos muros de basalto cortados a pico, que mostraban sus entrañas de vetas oscuras y rugosidades pálidas, antes de transformarse en un cañón de arcilla color naranja, dura pero lustrosa.

Javier se separó de Isabel y reclinó la cabeza contra el respaldo de los asientos. Tocó el hombro de Franz:

—Te escabulliste de la discusión la otra noche, después de la película. Sigo creyendo que el amor se inventa, que es un acto de voluntad...

Franz no contestó; tú miraste a Javier:

—Por favor. Ya dijiste eso hace un rato. Lo has dicho mil veces. Por favor, ya no te repitas.

Javier ladeó la cabeza para observarte con otro rostro, en el que la línea vertical la formaban tus ojos grises:

—Desde que me conoces no hago más que repetir dos o tres ideas, lo que escribí en aquel libro, ¿recuerdas?, el que tuvo éxito, el que me permitió obtener la beca en los Estados Unidos que me permitió conocerte...

—Yo no sé qué has dicho —Isabel acarició el hombro de Javier, alejado de ella—. Para mí todo lo que dices es nuevo.

—En todo caso son palabras que resucitan —Javier se arrojó hacia atrás, con las rodillas apartadas—. Como si salieran de una urna ceremonial, antigua, ofrecida a nuestros muertos. Un momento. Digo nuestros muertos. Nosotros mismos, lo que fuimos. Todos hemos sido otros: salvo Isabel, claro.

—¿Por qué se reía el público y bostezaba con la película? —preguntó Isabel; Javier la miró, en un gesto característico (ah, repisas más divinas), colocarse las manos debajo del busto y acomodarlo o acariciarlo o apretarlo con gran suavidad, una suavidad acentuada por la brillantez opaca de esa tela amarilla de chantung.

—No entienden —dijo Javier—. No están acostumbrados a ver la vida en el cine. Pero Ligeia es una gran cinéfila. Se pasó toda la adolescencia metida en un cine...

Tú no lo miraste, cuatacha.

—Es algo más que eso —dijiste nerviosamente, abriendo la bolsa de mano para distraer tu propia atención y buscar, nuevamente, el espejo que no encontraste; cerraste la bolsa—. Todos esos majaderos que chiflan y dicen groserías en el cine lo hacen porque se sienten ofendidos. Les ofende que Antonioni trate con ese amor y ese respeto a Monica Vitti, que la vea como una persona.

—Quieres decir —dijo Javier—, comunicar el ritmo propio y recibir el ajeno. Cuidado.

Con la mano izquierda, moviste nerviosamente el espejo del automóvil y te observaste en él.

—Por favor —dijo Franz bruscamente—. Esta carretera es muy peligrosa.

Franz acomodó con la mano derecha el espejo y viró ligeramente para dar paso a otro automóvil. El Ford pasó y les mentó la madre.

—Les molesta que se vean las cosas —dijo Javier—. Los libros, los libros, los ceniceros, las lámparas con las que se vive pero que no son nosotros, que nos rechazan. Ellos quieren humanizarlo todo. Es su complejo de culpa. Todo eso que la mujer toca cuando se separa de su amante. Esa parte de su existencia que no es ella, que no volverá a ver o a tocar. Que es válida precisamente porque no es ella. Les molesta ver cómo es una separación de gente verdadera, ellos que sólo aceptan el melodrama que los disfraza y justifica. Usigli dixit. ¿Gesticuladores? Les molesta ver que la gente pierde el tiempo, camina por las calles y se detiene a pensar; les molesta ver la verdadera luz de la aurora, del día, del atardecer, de la noche. Quieren las mentiras que los han confortado desde hace un siglo y medio, desde la poesía para señoritas hasta la última telenovela del Canal 4. Ellos viven en el eclipse y no toleran la luz verdadera.

—Es más que eso —repetiste—. Les molesta que la mujer no sea un puro coño disfrazado de ilusión romántica. Lo que más les enfurece es ver cómo nace el amor en que la mujer es tan persona y tan libre como el hombre; cuando Vitti y Delon van al apartamento y en vez de acostarse se descubren lentamente y juegan como pequeños animales y no se acuestan porque primero necesitan descubrirse y tener en común una risa y un juego y sólo acostarse apocalípticamente, ¿me entienden?, el todo por el todo, comprometidos con sus defectos y terrores y odios y debilidades... eso es lo que injuria a los machos mexicanos. ¿Qué gritaban?

—Ya tíratela —rió Isabel.

—Sí. Eso —le dirigiste una sonrisa fingida a Isabel—. Quieren a las mujeres para un acto rápido. En el fondo los machos mexicanos son onanistas. Si pudieran hacerse el amor a sí mismos, lo harían. La mujer es una cosa, un estorbo necesario... Me dan asco. El machismo mexicano es un homosexualismo disfrazado. El deseo secreto de cada bigotón prieto de éstos son las enchiladas con cold cream, como dice un cuate mío.

Gracias, mariscala. Te leo bien claro. Latins are lousy lovers.

—¿Tú has conocido algo mejor? —dijo Javier, arqueando las cejas.

—No seas burdo, Javier —recostaste la cabeza contra el respaldo—. Eres muchas cosas, pero no burdo...

Cerraste los ojos. Tarareaste, sonriendo, mientras buscabas a ciegas una estación en el cuadrante.

¿Dónde están mis amigos queridos de entonces? ¡A pan y agua!

—Un día las mujeres le levantaremos una estatua a Michelangelo Antonioni —murmuraste, dejando de tararear—. El David que mató al Goliat de la misoginia —reíste sin mirar a Javier—. Ya ves, tú lo quieres aceptar intelectualmente, pero en el fondo quisieras reaccionar como los machos mexicanos.

—Te equivocas. Yo también lo espero todo de la mujer.

—Tú lo has dicho: la mujer. Antonioni dice: esta mujer, sin exigirle nada, tratando de darle todo... —tocaste la mano de Franz que adelantó la suya para buscar otra estación.

Javier rió.

—Te repites. Eso lo dijo Franz antes. Además, ¿crees que ofrecer el pesimismo es ofrecer algo?

—No, deja el tango... —apretaste el puño de Franz—. Cretino. No entiendes que es necesario saber que hay cosas que nunca podremos alcanzar. Decirlo no es negarlas. Es ser libre.

Subiste el volumen del radio. Ese tango nos unía en aquellas noches inolvidables de Armenonville. Todo el chiste, dragona, consiste en comprometer al mundo para que el mundo no nos comprometa.

Una tarde Javier te dio cita en la confitería de la avenida Santa Fe. Fue en el mes de enero. La recuerdas porque casi no se podía caminar por las calles. El alquitrán se había derretido y en algunas calles habían colocado tablas de acera a acera para poder cruzar. Tú habías caminado toda la tarde. Almorzaste sola. Después fuiste a Harrod's a ver unas telas de lana para mandarte hacer un tailleur de otoño, pero al entrar por las puertas giratorias del almacén seguiste dando vueltas, empujando el cristal hasta salir otra vez a la calle. Fue una pequeña rebelión. Sentiste sobre el rostro ese calor húmedo, mezclado con los olores que siempre asociarías a B. A., la nafta de los automóviles argentinos, que no se parece a ninguna otra gasolina del mundo y que es el olor más seguro de la ciudad, más que el de las tiendas y los restaurantes, olor de linos y lanas y cuero, olores de pizza recalentada, de parrilladas, de chorizo frito, de chinchulines, el leve olor de los helados recubiertos de chocolate y por encima, o dentro, de todo, el olor que viene de las dársenas del puerto: alquitrán, carbón, vapor, carne congelada, abonos, reses vivas, pacas de lana. ¿Por qué ibas a pensar en el traje sastre de lana desde enero, en medio de este calor? Caminaste. Estaban construyendo un edificio en la esquina de Maipú y Sarmiento y los obreros se habían detenido a comer. Algunos estaban de pie en la acera, a la entrada de la obra; otros, sentados en lo alto), entre los pilotes del armazón, como en nichos. Comían pan de flauta relleno de queso y jamón, tiras de lomo. Bebían vino. Hablaban ese castellano con inflexiones italianas y polacas. Te detuviste frente a los aparadores. Viste las bolsas de piel de cocodrilo, los cortes de merino y alpaca, los ponchos. Entraste a una perfumería en Maipú. Te ofrecieron, en fila, diez o doce perfumes. Reíste; los usaste todos. Saliste perfumada. Evitaste Florida, cerrada a esas horas para los automóviles. Acabarías perdiendo una hora en la librería El Ateneo y saldrías, al cabo, con un ejemplar del Martín Fierro encuadernado en piel de vaca. Tomaste por Lavalle para ver las carteleras de los cines y averiguar si había nuevas o viejas películas que se te hubieran pasado. Proyectaban, sin anunciarlas, de sorpresa, viejas películas argentinas que te divertían mucho. Melodramas terribles, con muchos tangos, con mucha nostalgia de la belle époque del Centenario, con mucho folklore de los barrios portuarios. Te detuviste frente a cada cine de la treintena que hay en Lavalle; ibas vestida con un estampado de seda anaranjada y zapatos blancos de tacón alto que iban recogiendo el alquitrán, y una bolsa de cuero comprada en Buenos Aires, y viste los carteles y fotografías de un programa triple de Luis Sandrini y junto daban *La vuelta de Rocha*, con Mercedes Simone y Hugo del Carril y a ti te encantaba la música porteña en esa época y en el verano ibas a los restaurantes al aire libre de Maldonado, de Belgrano, del camino al Tigre, para escuchar las orquestas de Canaro o Pichuco; también te gustaba la música del interior, el carnavalito, el pericón, la vidalita, la chacarera y estaban dando *Malambo* con Delia Garcés en otro cine y desfilaban muchos nombres y títulos que conocías por haber venido aquí todas las tardes desde que vivías en Buenos

Aires, a la calle Lavalle a ver películas, Floren Delbene, Tita Merello, *Tres hombres del río*, Nini Marshall, Esteban Serrador, Santiago Gómez Cou, *Los ojos más lindos del mundo*, Enrico Muiño, Ángel Magaña, las hermanas Legrand, *Los martes orquídeas*, Petrone, Amelia Bence, Silvana Roth, *La casa de los millones*, Olinda Bozán, Semillita...

—J'étais une vraie cinglée du cinéma argentin...

Por fin te detuviste en las fotos de *Los muchachos de antes no usaban gomina*, que te apasionaba. Compraste el boleto en la taquilla y entraste a ese cine pequeño, estrecho, con butacas de madera altas e incómodas, donde el ruido de los ventiladores era más fuerte que el de la banda sonora y encontraste un lugar en las primeras filas. Ya había empezado la película y los dos pitucos del 900 andaban de farra y acababan de conocer a la hetaira máxima del Centenario, la rubia Mireya que era Mecha Ortiz y la pareja iba a bailar nada menos que la milonga *El cisne*, cuando sentiste que te tocaban la mano y miraste hacia la derecha para encontrarte a Larraín, el secretario de la embajada chilena, que estaba bebiendo con popotes una Vascongada. Se inclinó para saludarte y dijo que el mundo era más bien pequeño y te ofreció sorber su leche de chocolate y rió agudamente y dijo que por una tarde podían jugar a ser pololos en el biógrafo y que sería un secreto entre los dos, y tú querías sentarte relajada, opiada, a ver cómo la rubia Mireya, de gran cortesana, descendía con el destino inflexible del tango a vieja vendedora de flores en el arroyo, donde, desde luego,

la descubren en el último rollo Arrieta y Parravici-
ni, los galanes envejecidos. Veinticinco abriles
que no volverán. Pensaste que el tango era una de
las pocas formas contemporáneas de la tragedia y
te levantaste.

—Pero si recién llegó.

Murmuraste que habías olvidado un compro-
miso y saliste del cine. Sí. En El Ateneo nadie te
molestaría. Caminaste hasta Florida. Te dejaste
llevar hacia Corrientes por la multitud de hombres
con cuellos de piqué altos y duros, corbatas de nudo ancho, hombreras caídas, pelo con pomada, te
abriste paso entre los viejos y jóvenes que leían los
boletines de *La Nación*, te confundiste entre las
mujeres con cabelleras de dos tonos. Había poca
gente en la librería. Estaban los dependientes conocidos, con sus cardigans de lino y sus mangas de
tela negra hasta los codos y saliste con un libro encuadernado en piel de ternera entre las manos.
«Moreira no ha sido el gaucho cobarde encenagado
en el crimen, con el sentido moral completamente
pervertido.» Lo cerraste y te escapaste de Florida
hacia Maipú, para descender hasta la plaza San
Martín y sentarte en una banca frente a la Torre de
los Ingleses y respirar la frescura de los árboles altos y mirar, por mirar algo, el diseño de cuadros
color de rosa de las veredas. «No. Moreira era como la generalidad de nuestros gauchos; dotado de
un alma fuerte y de un corazón generoso, pero que
lanzado en las sendas nobles, por ejemplo, al frente de un regimiento de caballería, hubiera sido una
gloria patria.» Había muchos niños en época de

vacaciones, jugando, vestidos con sus batones blancos y azules, muchos niños de knickers que leían el Billiken y tú pensaste que nunca habías visto niños más serios y bien educados que los argentinos. Un niño de pelo engomado se sentó junto a ti, con corbata en ese calor, a leer un librito de los clásicos Sopena.

—No recuerdo qué. En ese calor.

Se inclinó a saludarte y tú le devolviste el saludo. Luego los dos siguieron leyendo corriendo las páginas casi al mismo tiempo hasta que te olvidaste del niño porque estabas inmersa en las aventuras del gaucho Moreira en sus pagos. Recordaste a Javier al admirarte de la manera inmediata como el gaucho era actor y víctima de sus propios verbos.

—Destabado, echado al medio, no muy católico, agarrado como hijo, mamado, bueno para cepillar un baile, divisado, empilchado.

El sol había bajado más allá de las ramas y te pegó en los ojos. Cerraste el libro. Los edificios sin detalle, desvanecidos frente al sol, rodeaban los tres costados de la plaza y más allá podía verse el humo de la estación del Retiro y el humo del descenso a los docks del Río de la Plata, tan pardo y semejante a una piel de bestia a pesar de la luz del poniente. Consultaste el reloj. Iban a dar las cinco. Te levantaste. Le dijiste adiós con la cabeza al niño que se puso de pie para despedirse y caminaste hacia Santa Fe. Te detuviste un instante frente a una tienda de discos. Noches del Palais de Glace... ilusión... ya no estás... se me encoge el corazón.

175

La confitería estaba refrigerada y tomaste asiento en una butaca de terciopelo verde, frente a una mesa para dos, una mesa de tapa de mármol gris colocada sobre patitas de caoba, donde ya estaba dispuesto un servicio de porcelana, tazas, platos, azucarera, cucharillas y cuchillos de plata. Ordenaste un té con sandwiches de paté. Sacaste los Chesterfield de la bolsa blanca, el camarero se acercó a prenderte el cigarrillo y aspiraste lentamente, con los ojos casi cerrados, sin mirar a tu alrededor, sin que te interrumpieran las conversaciones silenciosas de las señoras maduras que acostumbraban tomar el té en este lugar. Te quedaste observando el círculo de saliva que siempre dejas en el cabo del cigarrillo sin hacerte, como otras veces, un reproche ni tomar la resolución de evitar que el cigarrillo se te ensalivara: Javier te había dicho que se veía muy feo. Las cinco y diez. Te sirvieron el té y dijiste que no querías crema. Desenvolviste los terrones de azúcar, dos, los dejaste caer al fondo de la taza con un estruendo que te sorprendió, porque algunas cabezas se levantaron a mirarte. Luego exprimiste unas gotas de limón que desbarataron los terrones y esperaste

—...no sé qué... antes de vaciar el té. Esperaste. Apagaste el cigarrillo al que sólo habías dado dos o tres golpes, porque eso sí te habías propuesto y lo estabas cumpliendo: apagar el cigarrillo largo, o dejarlo consumirse al filo del cenicero, sin ocuparte más de él.

Un trío de cuerdas estaba tocando algo, algo de Lehar.

—Quizás el vals de *La viuda alegre*.

Tomaste la tetera, al fin, y la vaciaste en la taza. Bebiste lentamente y después tomaste el tenedor y comenzaste a trazar surcos y caminos de cuatro avenidas, sobre el mantel blanco: rectos, en una especie de círculo, después cruzándolos. Otra vez. Otra vez. Imaginaste que eran paisajes de labrantíos nevados vistos desde el aire. Luego trataste de seguir el ritmo del vals, quebrando caprichosamente las líneas. Encendiste otro cigarrillo, dejándolo colgado de los labios y te concentraste en el trazo de las líneas del tenedor. Las cinco y veinte.

El camarero carraspeó a tu lado. Tú levantaste la mirada. Le sonreíste. Ocultaste con la mano los trazos, los borraste con las yemas de los dedos. El camarero preguntó si vendría la otra persona. No contestaste. Evitaste el rostro anguloso del sirviente: el pelo entrecano, las canas disfrazadas por la brillantina que le aplastaba la escasa cabellera, las cejas altas y delgadas, la nariz aguileña, husmeante, los labios apretados para ocultar la dentadura, seguramente, negra.

Apagaste el cigarrillo sin mirar al mesero. Tomaste los guantes que habías dejado sobre la bolsa, guantes de cabritillo blanco, y los acariciaste. Los oliste. Los llevaste a tus labios. Jugaste con ellos. Guantes vacíos. Trataste de encontrar su simetría, dedo con dedo, también en la abertura. Los aplaudiste. Los frotaste uno contra otro. Hiciste que bailaran juntos. Los colgaste de la punta de los dedos. Los tomaste con el puño para azotarlos, unidos, contra la palma abierta de tu mano.

Cinco y treinta y cinco. Volviste a colocar los guantes sobre la bolsa. El camarero ya estaba prendiéndote el cigarrillo, invitándote a que fumaras más. Lo obedeciste. Acercaste el Chesterfield al encendedor de este hombre cuya cara te negabas a ver.

—Y... ¿no le agradaron los bocadillos?

Miraste hacia esos pequeños sandwiches húmedos, hechos con pan de centeno claro. El camarero inclinó la cabeza y se apartó murmurando un buenas tardes, caminó hacia la butaca colocada frente a la que tú ocupabas.

—Está visto que el mundo es pequeño.

Larraín sonreía, frunciendo la nariz, haciendo con la mano derecha abierta el gesto de autoinvitarse a tu mesa. El camarero ya apartaba la butaca, la sacudía con una servilleta, le ofrecía el asiento a Larraín. Enrojeciste.

—No... ya se me hizo tarde... mozo, la nota por favor...

Los dos te vieron confundida, sonrojada, y aún faltaban los minutos para que el mesero buscara la cuenta y la trajera, tú la pagaras, él fuese a buscar el cambio.

—Si quiere, quédese con la mesa, Larraín.

Y el chileno se sentó, con ese aire insoportable de conocer tu vida, tus secretos, de haberte sorprendido en flagrante delito de abandono. Arqueó las cejas, como si esperara una explicación.

—Tomó tu lugar frente a mí. Me negué a decirle que te esperaba desde hacía cuarenta minutos.

Cuando el camarero trajo la cuenta, Larraín frunció los labios, se llevó el dedo índice a ellos, mientras tomaba la nota y se sacaba la cartera de la bolsa interior del paletó. Te levantaste. No dijiste adiós o gracias. Saliste a Santa Fe, llena de muchachas altas con las mejillas encendidas, piernas largas, muchachas hermosas, chicas platenses, de piel aceitada.

—...qué sé yo, mucamas, señoritas, empleadas de almacén y oficina, artistas, no sé...

Aún había sol. Te detuviste frente a la discoteca. Me dejaste en la palmera, me afanaste... sentiste el calor pegajoso.

—Te dije: «No sé; quizás vaya», o algo así. Te dije: «En todo caso, espérame. Puede que llegue. No sé si llegaré. Tengo tantas cosas que hacer. Si no voy a las cinco y cuarto, ya no me esperes.»

Chorros, vos, tu mamá y tu papá. Caminaste Santa Fe arriba hasta el apartamento en Quintana. El portero te saludó con su acento polaco. El lobby olía a gardenias. Subiste en ascensor. Javier no estaba en el apartamento. Te recostaste en el sofá, dejaste que los zapatos se te deslizaran de los pies.

—Oh shit, Javier, shit, shit, shit...

Te levantaste, caminaste con los pies desnudos a la recámara, abriste el closet, estuviste allí tocando la ropa, los sacos, las camisas ordenadas, el jabón que Javier coloca entre los pañuelos.

Franz frenaba y aceleraba con el motor. Tú escuchaste los cambios de las velocidades, repetidos mecánicamente, inteligiblemente, con una lógica propia de zumbidos, transiciones, distancias entre el gruñido excepcional y la suavidad pareja, común. Franz miró un instante por el espejo y vio primero los ojos verdes de Isabel que lo miraban y después el paisaje que se alejaba rápidamente. Techos orientales. Techos altos, de paja, coronando las chozas de carrizo. Rostros cobrizos, anchos, de pómulos sobresalientes donde los ojos se hunden, ligeramente oblicuos. Isabel acercó la boca a la oreja de Javier.

—Dime, repíteme eso.

—No lo dije yo. Es de un clásico —Javier habló al oído de Isabel—. El dominio del cuerpo y el placer sexual de una mujer es signo suficiente de posesión para el hombre modesto; otro, con una sed de posesión más sospechosa y ambiciosa, comprende el carácter dudoso y aparente de semejante posesión y desea pruebas más finas para saber, especialmente, si la mujer no sólo se entrega a él, sino también renuncia por él a lo que posee o quisiera poseer: sólo entonces él la considera poseída. Un tercer hombre, sin embargo, no está satisfecho en este límite de la posesión; se pregunta si la mujer, al renunciar a todo por él, no lo hace, quizás, por un fantasma de él; él quiere, ante todo, ser total y profundamente conocido; a fin de ser amado permite ser descubierto. Sólo entonces siente a la amada como suya, cuando ella ya no se engaña con respecto a él...

Sí, dragona, hablaste como él aquella primera noche en tu apartamento en México: hablaste de él, como él, para él, aunque yo tuviera mi cabeza de gato medio metida en tu pescado y tu marido durmiera medio birolo en la sala. Hablaste del mar, el vino, las islas...

—Él me puso ese nombre. Yo me llamaba Elizabeth. Él me puso Ligeia. Qué tontería. Recordaba. «El hombre no se rinde a los ángeles ni a la muerte por completo, salvo por la flaqueza de su débil voluntad.» Recordó y me puso Ligeia. Qué tontería. Betty, Beth, Liz, Lisbeth, Liza, Bette, Betele. Qué distinto, Javier, entonces.

A veces entendía lo que querías y otras veces te lo hacía entender, pero no eran ésas las mejores ocasiones, sino cuando era tan natural como despertar o dormir. Si lo notabas fatigado —dijiste— pero no por haberse vaciado, sino porque no había logrado nada, porque esa energía nerviosa no había salido de él, te desvestías, lentamente, en su presencia, en la sala, en la cocina, donde estuvieran, fumando, destapando un refresco; si estaba enojado, le acariciabas las sienes, lo recostabas en tu regazo, prendías su cigarrillo en tus labios, acomodabas los cojines sobre el tapete de la sala y lo esperabas con una seguridad que hoy, no, ni siquiera hoy, desde entonces, sin saberlo, te ofendía: qué certeza de que, al ofrecerte a él porque necesitaba vaciar su energía sin salida, al acercarse a él porque tú también lo necesitabas, siempre, se encontrarían a los pocos minutos sobre los cojines de la sala, desnudos, jadeando, soltando las riendas de las palabras que nunca, ni tú en la vida ni él en los libros, se habían atrevido a decir, siempre seguros de que nada había que vencer; pero peor, mucho peor, cuando ni siquiera existía esa invitación a la fatiga, el enojo, el tedio, los nervios, cuando sin pretexto, sin ocasión externa

—...nos encontrábamos a ciegas, en la oscuridad al despertar, en la recámara, y era sólo mi cuerpo, o el tuyo, o los dos, los que se acercaban y unían sin decir por qué, por pura cercanía, por el calor de la piel, por el frío de la noche, porque estábamos casados, porque vivíamos juntos: ¿podía durar así? ¿Quién sería (fuiste tú, fui yo) el primero en pedir algo más? Posesión, posesión. Cómo nos recompensaba, durante los primeros años, saber que uno poseía al otro. Eso bastaba, creo. Shit, bastaba. ¿Los contaste? Sin ser pedidos, sólo porque estábamos cerca. Sólo tus palabras léperas en español, las mías soeces en inglés, a veces el trueque de idiomas, sin saber por qué, para decir lo mismo, ¿qué, qué?, mientras me buscabas a besos, rompías todos mis secretos, descubrías toda mi carne escondida, me recorrías de frente, por la espalda, sentía tu aliento cerca de mi rostro, en seguida sobre mis muslos y entre mis nalgas, me ibas humedeciendo, me ibas clavando con tu saliva, tu tacto, tu respiración, tu cabello, tus pestañas...

En tantos lugares que recordaste, Elizabeth. En una playa del Atlántico que parecía quebrada por los dientes de la creación, una playa de arena gruesa y mojada, bajo la lluvia. En una choza de vigas de la isla de Rodas, cerca de una mesa manchada de vino, cortada por los cuchillos viejos y pesados. En un vapor español que hacía veinte días de Vigo a Veracruz, cuando Javier decidió que debían regresar a México, que México le hacía falta, que si no se enfrentaba a todas las terribles negaciones de México, pensaría siempre que había tomado el camino fácil y su obra carecería de valor: bajo una claraboya manchada por el humo y la sal, en un estrecha litera. En un apartamento de la Colonia Cuauhtémoc, en la cama ancha del cuarto decorado con carteles de exposiciones que habían visto, antes de la guerra, en París, en Haarlem, en Milán, con el pequeño espejo de tocador —dijiste— perdido entre esas letras osadas, esos colores contrastados, esos nombres e imágenes perdidos, Franz Hals, Gustave Moreau, Paul Klee, Ivan Mestrovic.

—Esos carteles que cada mes se rompían un poco más en los bordes, se iban deshebrando, hasta que los olvidamos, pintamos de nuevo las paredes y los tiramos a la basura. Habías regresado a México, habías vendido los viejos muebles de tu familia, te habían estafado pagándote un precio mínimo por la vieja casa de tus padres en la Calzada del Niño Perdido, pero podíamos vivir algún tiempo con ese dinero y tú podías dedicarte a escribir. Recorrerías la ciudad en busca de contrastes, máscaras, perfiles; harías la poesía de lo cotidiano. Encontrarías las palabras de ese mundo tuyo, que yo descubría contigo, como hasta ese momento habíamos descubierto todo juntos. La poesía de lo cotidiano. Oh, qué ganas de que alguien hiciera el poema del cine, de la nostalgia del cine y la música popular que ocupa más de la mitad de nuestras vidas. Tantas canciones olvidadas. ¿Recuerdas? The isle of Capri. In a secluded rendezvous. Flying down to Rio. Cheek to cheek. ¿Qué te contaba?

Que todos los hombres en Oriente vestían casco y traje blanco, como Clark Gable en *China seas* y por el fondo, parte del paisaje de Singapur y Macao, se deslizaban Anna Mae Wong, Sessue Hayakawa y Warner Oland, que también era Charlie Chan; hasta Peter Lorre, que llegó a ser Mr. Moto. A Marlene Dietrich, claro, la descubriste en *El ángel azul*, eso lo recordabas hoy, hace un momento, ahora, con Emil Jannings, donde ella se sentaba a cantar a horcajadas, con un sombrero plateado y las medias negras; no, nunca actuaron juntas ella y la Garbo. La Garbo entró envuelta en zorros al Gran Hotel donde John Barrymore fumaba y se paseaba con el pijama de seda negra y Joan Crawford le tomaba dictado a Wallace Beery, que era un industrial libidinoso y vestido con jaquet y cuello de paloma. Fingía acento teutón y Lionel Barrymore se emborrachaba en una inmensa barra de níquel del hotel administrado por Lewis Stone, quien escondía la mitad del rostro quemado por un ácido, y Lionel iba a morirse de cáncer o algo y por eso la Crawford (ese vestido oscuro con un gran cuello blanco de gasa) aceptaba casarse con él, por unos cuantos meses, y después heredar la fortuna, ¿o eran los ahorros? Ella se llamaba Flemschen, algo así como Flemschen, y era divina y además la mejor actriz de la película, la más moderna. Hasta Jean Hersholt salía en *Gran Hotel*.

—¿Lo recuerdas? Después hizo de doctor Dafoe, el que trajo al mundo a las Quíntuples. No te acuerdas. Te apuesto. Antes sabíamos todo eso muy bien. Íbamos todas las tardes al cine, después de clases. Nos sentábamos en la fuente de sodas a echar toritos sobre cine, a ver quién sabía mejor los repartos, las fichas técnicas. Hasta los fotógrafos nos sabíamos. Ahora sólo recuerdo a Tolland, James Wong Howe, Tissé, que era el camarógrafo de Eisenstein. Gabriel Figueroa. Entonces sabíamos todo los dos. Éramos uno solo, Javier, Javier, fuimos uno solo, ¿recuerdas? ¿Quién sería el primero en pedir algo más? ¿Pensaste lo mismo que yo? Sí. Te oí llegar.

Escuchaste su llave buscando, raspando la cerradura; siempre metía la llave al revés, intentaba abrir, se convencía de que tendría que colocar la parte indentada hacia arriba para poder abrir, volvía a fallar porque la metía con demasiada prisa y esa cerradura requería,

—No sé por qué, una gran suavidad de maniobra, algo así como meter un hilo por el ojo de la aguja, o hacer un suflé de queso.

Volvía a sacarla, ahora la metía con lentitud y lograba abrir la puerta y tú escuchabas cómo rechinaban los goznes y una de las duelas del piso cuando pasaba encima de ella y todos estos ruidos acostumbrados te molestaban, por acostumbrados, por inútiles, por significativos, como su paso por la sala, su rápida selección de la correspondencia, el ruido de los sobres que rasgaba con el dedo índice, el ruido de su saco arrojado sobre el sofá, la cercanía de sus pasos conocidos.

—La detestable cortesía que esa noche noté por primera vez, cuando tocaste la puerta de la recámara con los nudillos: el eterno «¿se puede?», como si temieras sorprenderme, o iniciaras la ronda de tu primera novia, sobre todo como si quisieras halagarme con un respeto que nunca te pedí, dándome un tratamiento de ama de casa que no era tu intención darme pero que me hizo sentirme furiosa cuando un hombre pasó a preguntar si escuchaba en esos momentos la XEW y sin consultarme apuntó en su libreta, «ocupación: ama de casa»; todo era parte de esta cortesía decorativa, monótona, con la que ustedes aman establecer contrastes para su eventual brutalidad, para valorizar su violencia, no sé. Antes de enterrarle una daga en la barriga al amante de su esposa, ustedes le dicen, «ésta es su casa». Pero al verte cuando abriste la puerta, al verte de cuerpo entero, al reconocerte por tu pelo y tus ojos y tus manos, me olvidé de esos avisos acostumbrados de tu llegada y volví a sentirte como quería. Hermoso, cálido, pródigo, dispuesto a todos los excesos para complacerme —y fue eso, más que nada, lo que me turbó, esa admiración sin reservas a ti, esa gratitud porque sabías quererme, ese amor que nos daba lo mejor de cada uno—. Y te estaba agradecida. Gracias a ti, había salido de Nueva York, del Bronx, de Gerson y Becky y Jake. Lo sentí, Javier, como una disminución y te juro que primero quise exponerme yo misma, dejarme ver en otra luz que también era la mía y que tú, con tu cariño, con tu belleza, no dejabas que te mostrara. No ese día, no, ni el siguiente, sino muchos días después, quizás meses, sí, mucho tiempo después de escucharte llegar, raspar la cerradura, equivocarte, acertar, abrir la puerta, hacer que rechinara la duela, rasgar los sobres, arrojar el saco, tocar con los nudillos, pedir permiso, entrar sonriente, mucho tiempo después de esa noche, supe que tenía que darme a conocer de ti para obligarte a que te revelaras también, ¿me entiendes?

Eso le ofreciste, Padre, a tu antigua semilla.

Me dijiste, dragona, que esa posesión sin reservas te estaba disminuyendo, estaba cerrando el paso a otras cosas que tú traías allá adentro, de repente, y que tenían que ser sabidas para que también con ellas, a pesar de ellas o gracias a ellas, te amara, no igual, pero sí tan intensamente. No querías que amara tu máscara amable, sino lo otro, lo que fuese, lo que tú misma desconocías, otra máscara también. Y si tu máscara también te transformaba, tus dos gestos se reflejarían en sus dos gestos y ese amor sería más rico.

—«Toma, te llegó esta carta.» Se la tendí abierta. Él la tomó sin decir nada. La metió en la bolsa y salió del cuarto. No me regañó por haberla abierto. A los quince minutos, estábamos cenando, sonrientes los dos, como si no hubiera pasado nada.

Salieron del nudo de curvas y pasaron velozmente al lado de los becerros bermejos que jugueteaban junto a la carretera, al descender a este valle de pastizales salitrosos, quizás sólo una estribación de la Sierra Madre Oriental que, detrás del llano, se levantaba lejana, sorda, desvanecida en sucesivas transparencias de azules cada vez más tenues. Al mirar esa lejanía y, en seguida, regresar la vista a lo cercano, se dibujaban nítidamente los becerrillos juguetones que ejercitaban sus músculos y fortalecían las articulaciones de sus huesos correteando, husmeando, anunciando con su presencia la del llano que, hacía pocas semanas, los había visto nacer junto a los álamos redondos. Franz disminuyó la velocidad. Javier consultó el mapa.

—Va a ser necesario vadear un río —dijo, inclinado sobre el papelón cuadriculado por los dobleces y por el encuentro de paralelos y meridianos bajo el sol de Cáncer.

—Debimos habernos ido a Veracruz directo —dijiste.

—Pero es época de secas —dijo Franz.

—Ustedes insistieron en ir a Xochicalco y Cholula —Javier dobló el mapa.

—Mira, pregúntale a ese hombre —dijiste, indicando a uno que caminaba lentamente, dándoles la espalda.

—¿El vado? —preguntó Isabel desde la ventanilla, al mismo tiempo que tú decías:

—Por favor, señor, ¿dónde...? —y te callabas cuando Isabel ya había preguntado.

Franz frenó completamente.

—Por favor, ¿para vadear el río? —dijo recorriendo con la mirada al hombre cano, de espaldas cargadas y un andar inconsciente: caminaba como si llevara un bulto a cuestas, el ñaco viernes, y al detenerse y darles el rostro, los surcos de su frente parecían cortados por la tensión de una cuerda que, durante años, habría conformado todos los movimientos de ese cuerpo cansado y ligero, en un ir y venir con la leña sobre la espalda. Se detuvo y los miró. Franz metió el freno de mano y bajó del auto. El viejo se quitó el sombrero deshebrado —un sombrero de copa chata y alas planas, que alguna vez debió ser blanco y ahora estaba lleno de rayas amarillas y negras— y lo detuvo, con las dos manos, sobre el vientre. Franz había dejado el motor encendido y el auto temblaba, tosía, y desde adentro tú viste a Franz dirigirse al viejo y Javier e Isabel también, pero no lo escucharon porque el motor temblaba y Franz llegó hasta el viejo. Lo vieron desabotonar la bolsa trasera del pantalón y sacar la cartera mientras le hablaba al tameme y éste le contestaba alargando un brazo y señalando a la derecha. Franz abrió la cartera. Luego el viejo se mantuvo con los brazos cruzados sobre el sombrero y miró hacia el auto con el rostro inmóvil, apasado, de bigote ralo y blanco en torno a una boca grande, sin labios, hablando. Franz sonrió y recorrió con la mirada —como ustedes— los andrajos que cubrían el cuerpo pequeño y nervioso del indio. El traje original —una camisa blanca sin botones, que debía ponerse introduciendo la cabeza por la apertura de un cuello ligeramente militar, alto, pero sin botonadura, con mangas anchas hasta medio brazo y suelto, ancho, sobre el vientre; un pantalón blanco, estrecho, también sin botones, que llegaba hasta media pantorrilla y se amarraba al vientre con dos lenguas de tela que arrancaban del propio pantalón— había sufrido, a lo largo del tiempo, incontables transformaciones. Las primeras rupturas y desgastes fueron suplidos con parches de telas similares y aún más viejas; pero debió llegar un momento en el que los parches mismos se deshebraron y huyeron: el traje actual era un remiendo de remiendos, un milagro de harapos sostenidos hilo con hilo, una superficie de incontables y minúsculos trozos de tela rota, un solo harapo construido con mil zurcidos. Y los huaraches parecían una prolongación de los pies callosos, viejos, emplastados. Franz sacó un billete y habló y el viejo rió y se tapó la boca con una mano y luego se pasó la misma mano por la nariz y Franz le tendió el billete y el viejo volvió a reír y luego habló mirando a Franz con los ojos entrecerrados, y la faz medio maliciosa. El indio le dio la espalda a Franz y resumió su trote quedo. Franz regresó al auto, subió y arrancó.

—El camino al vado es aquí adelante a la izquierda —dijo.

—Vi que indicaba a la derecha —dijiste.

—Quería engañarnos —dijo Franz.

El Volkswagen pasó rápidamente al lado del campesino que se quitó el tandacho, sonriendo, al paso del auto, sin detener su trote. Ah macehual. Un camino pavimentado apareció a la derecha de la carretera.

—¿Ves? —dijiste—. Era a la derecha.

Franz asintió. Dijo que se acercaban los exámenes de junio cuando Herr Urs les envió una tarjeta con la portera. Los invitaba a cenar con él en un pequeño restaurant del barrio. Franz se dirigió a su cuarto para decirle que un examen próximo les impedía hacer otra cosa que preparar los proyectos y leer libros. El hombrecillo contestó al llamado detrás de la puerta, sin abrirla. Dijo con su voz muy fina que comprendía y que esperaba tener el placer de invitarlos en cuanto pasaran los exámenes. No se asomó. Vivía detrás de su puerta, en silencio. Ulrich y Franz jamás escucharon un ruido extraordinario. De no haber sido por la celebración del refrigerador, nunca se habrían enterado de la existencia de Schnepelbrucke, pues ni en el corredor, ni en la escalera, ni en las calles vecinas había pruebas de sus entradas y salidas. A los clientes de su hospital de muñecas nunca los vieron. Faltaba sacarle chismes a la portera, pero dos estudiantes de arquitectura que andaban retrasados en sus pagos de alquiler nunca habrían condescendido a rebajar su dignidad ante esa mujer, cuando no jactanciosa, histérica en su celo representativo de los anónimos propietarios de este inmueble. Con ella apenas cambiaban un gesto de saludo al entrar y salir de aquella vieja casa olorosa a cebollas y cuando ella los buscaba, es que ellos no querían verla. Pero habían decidido que al terminar los exámenes se vengarían de las humillaciones mensuales de la señora. El día del último examen, presentarían su pieza a los amigos. Como poseían el único refrigerador de la comunidad estudiantil, lo llenarían de vino y cerveza. Esa noche recibirían a todos los compañeros, quienes se disponían desde luego a aumentar la reserva alcohólica y a preparar disfraces para el suceso.

—Ulrich y yo nos abrazamos, aquella mañana, al salir de nuestros respectivos exámenes. Habíamos sido aprobados. Nos dirigimos, casi saltando, a la casa, en medio de bromas, carcajadas y caricaturas físicas.

Frente a la estación de ferrocarriles, Ulrich empezó a caminar de rodillas, regañando a los transeúntes con las fórmulas del pequeño vecino. Les hizo notar su falta de cortesía. Les amenazó con denunciarles a la policía.

—Salvo uno que otro digno burgués, el público tomó a broma nuestras impertinencias y algunos hasta acariciaron la boina de Ulrich y le dijeron pobre enanito, tienes razón, prometemos comportarnos. Ulrich se sacudió las rodillas empolvadas y se levantó frente a nuestra casa. La portera salió corriendo con el delantal levantado hasta el rostro. Se mordía las uñas. Al vernos lanzó un suspiro de alivio y nos dijo que corriésemos, pronto, pronto. Imaginamos lo peor, Lisbeth. Un corto circuito en el refrigerador, el hielo derretido, el cuarto inundado o en llamas. Lo comentamos con frases cortadas al subir corriendo por la escalera. La señora nos condujo hasta la puerta de Herr Schnepelbrucke y se detuvo, muda, enrollando y desenrollando las puntas del delantal. Dijo que el hombrecito no salía desde ayer, que no había ido a recoger sus muñecos ni a comer, ¡algo había sucedido! Tomé el picaporte de la puerta y quise abrir. Estaba cerrada por dentro. Ulrich acercó el rostro a la puerta y murmuró: «Herr von Schnepelbrucke. Señor. Ábranos.» La portera gritó: «¡Les digo que no contesta y la puerta está cerrada por dentro; ya intenté con la llave maestra!» En seguida se turbó y colgó la cabeza. Ulrich y yo nos lanzamos contra la puerta con todas las fuerzas de nuestros hombros, mientras la portera gritaba, se persignaba, nos amenazaba con denunciarnos a los propietarios y la puerta al fin cedía en su raquítica chapa y entrábamos al cuarto oscuro, sin preocuparnos por la ruina de astillas que la señora se detuvo a ver, entre gemidos.

Franz preguntó: «¿Dónde está la luz?», mientras Ulrich se dirigía a la ventana apenas iluminada detrás de la cortina. La corrió y se encontraron en medio de un desorden maravilloso. Del cielo raso colgaban, ahorcadas por alambres torcidos alrededor del cuello, varias muñecas rotas. La cabeza de Franz pegó contra las piernas tiesas y rosadas y algunas muñecas chocaron entre sí y emitieron, al moverse, pequeños sonidos de llanto, de quejumbre; más de veinte cuerpecillos pendían del techo, en un conglomerado bamboleante de pelucas rubias y negras, faldas de tul, zapatillas de charol y ojos de porcelana. Nada, a primera vista, como no fuese el estrangulamiento, podía sorprenderles. Conocían la ocupación del señor Urs e inmediatamente racionalizaron esta sucesión de horcas pensando en el reducido espacio de su trabajo. Pero un nuevo grito de la portera les hizo fijarse en la primera incongruencia; un casco prusiano y unos diminutos, perfectos, peinadísimos bigotes a la Kaiser en la cabeza de una de las muñecas. Distinguieron los detalles de los cuerpos colgados: las muñecas poseían todas algún detalle masculino y los muñecos masculinos, todos algún detalle femenino. Un húsar mostraba, bajo la chaquetilla de piel y botones dorados, un pequeño portabusto de encaje; una niña con crinolina usaba botas militares y sostenía un fuete en la manita de pasta; un conductor de trenes, tocado con la gorra a rayas, se adornaba con unas pantaletas de olanes; una muñeca china, de trenzas negras y horquillas de plata, tenía entre las piernas desnudas un pequeño falo, cuidadosamente pegado, de yeso blanco y fresco todavía.

Escondiste la mirada en el brazo de Franz. «Está bien, Franz. Hasta allí.»

El no te escuchó. Y alrededor, sobre los muros, recargados contra los estantes y las sillas, cuadros y más cuadros, en un remolino de colores y contrastes que Franz y Ulrich no podían ver sin marearse. Las escenas más tradicionales —un buque entrando a puerto, un almuerzo a la orilla del río, los techos de Munich, ramos de flores en vasos chinos, naturalezas muertas, trigales bajo el sol, arboledas junto a un lago, escenas de una gran tersura— yacían amontonadas al lado de telas horriblemente deformes, pintadas en tonos sombríos, en las que la abundancia de pinceladas furiosas apenas permitía distinguir, ocultas, las formas de bocas abiertas y ojos presos de pavor, manos de largas uñas, materias fecales, cópulas indecentes con animales, serpientes podridas, esqueletos de elefantes recorridos por enjambres de moscas, cabezas de toro y jabalí sonrientes y cercenadas, estúpidas y feroces, hombres diminutos levantados en el aire por garras de aves enloquecidas...

Aspiraste el sudor de Franz y empezaste a arañarle el hombro.

—Nos perdimos ante ese espectáculo, Lisbeth.

—Eso ya lo sé, ya lo vi —dijiste con los dientes apretados.

—Creo que olvidamos nuestro interés principal. Por fin, lentamente, como si nos costara separar los ojos de las telas de Von Schnepelbrucke, fuimos girando hasta encontrar la inmensa cama que ocupaba casi la mitad de la pieza.

—Míranos en la cama, Franz, venos reflejados en el espejo. En la cama.

—Una cama antigua, de caoba pesada, de alto respaldo barnizado, con remates de urnas y vides en los cuatro pilares. Una cama anchísima, como ya no se hacen. Almohadones inmensos. Una revoltura de sábanas y frazadas que apenas permitían distinguir, bajo el edredón rojo, un bulto pequeñísimo que se prolongaba bajo un almohadón de encajes.

Entre el edredón y la almohada, asomaba una nuca hirsuta. Arañaste los brazos de Franz.

—Ya lo sé. Ya lo vi. Caligari y el sonámbulo se pierden en un laberinto blanco. No tienes que contármelo, Franz, ya lo sé.

Apartaron la revoltura de las ropas de cama. Allí estaba, dormido, el vecino. Perdido en la inmensidad del lecho. Dormido como un niño en pesadilla. Soñando con los ojos abiertos, la boca abierta y el pelo negro sobre la frente. Con las manos unidas bajo la mejilla. Recostado de lado, empequeñecido aún más por las piernas recogidas. Amarillo y viejo como un papiro de siglos.

—¡Ya lo sé! —gritaste— ¡Ya vi a Nosferatu, sin edad, bajar de cabeza, como una lagartija, por los contrafuertes del castillo!

Ulrich se hincó. Le tomó un hombro. Lo agitó. Metió la mano bajo la mejilla y le sintió el pulso. Dijo que estaba muerto. Franz le preguntó a la portera: «¿Sabe usted si tiene parientes?», y ella negó con la cabeza y las manos. Le preguntó si sabía dónde guardaba el dinero. Ella dijo que Herr Urs vivía al día. «Pero quizás le quedaban algunas piezas por cobrar», dijo Ulrich ingenuamente: los pequeños monstruos se balanceaban sobre ellos con sus deformidades minúsculas, detalladas, apenas perceptibles a primera vista. «O los cuadros —añadió en seguida—. Quizás le deben dinero por algún cuadro de ésos», señaló hacia una marina con gaviotas. La señora les preguntó, implorando: «¿Qué vamos a hacer? Imagínense si los demás inquilinos se enteran. Un enano muerto en esta casa.»

—Ulrich y yo nos miramos. No en balde llevábamos un año y medio viviendo juntos. Él o yo: era igual. Hubiéramos pensado lo mismo, dicho lo mismo.

—No es cierto —empezaste a besar los hombros de Franz—. Tú y él eran distintos. Tú, Franz. Él, Ulrich.

—Lo mismo. Envolvimos al señor Urs en el edredón y le pedimos a la mujer que vigilara el corredor. Ulrich tomó en brazos el cuerpecillo. Lo descansó sobre su hombro. Los dos salimos rápidamente del gabinete de trabajo y entramos con igual premura al nuestro. La portera quiso entrar detrás dé nosotros. Me llevé el dedo a los labios: «Ni una palabra, señora. O la casa se quedará sin inquilinos. Ni una palabra. Nosotros nos ocupamos de todo. ¿Entiende? Ni una palabra. No ha pasado nada grave. Nada que no se pueda perdonar.»

Apartaste los labios del hombro de Franz y contemplaste los dos cuerpos desnudos en el reflejo enmarcado frente a ustedes.

—Míranos. ¿Sabes qué parecemos?

—¿Qué? ¿En el espejo?

—Sí. Allí. Parecemos un recuerdo o una premonición de nosotros mismos. El espejo no refleja nada. ¿Has terminado?

—No. Estás hablando como tu marido.

—No quiero oír más. ¿Qué le dijiste a ese indio viejo esta mañana?

—Nada. Cortesía.

—Lo acepto todo, Franz, todo. No sólo una parte, todo. Pero por favor entiende que tenemos derecho a las compensaciones. Créeme, yo quiero a esa gente. Sólo así nos haremos perdonar.

—Es posible. Quizás sea el camino de las mujeres.

—No me mires como si fuera una ingenua. Es cierto. No queda otro camino, al final. Duérmete sobre mis pechos y no despiertes hasta que el calor del día alcance nuestra temperatura y... Te contaré la Fiesta.

Elena tocó la puerta y habló en su medio italiano y puso los higos frescos sobre la mesa y dijo que el día estaba muy hermoso y guiñó un ojo. Javier se levantó de la cama y Elena rió gritando y mostró sus dientes picados y miró a Javier entre los dedos muy separados que cubrían su rostro y se santiguó entre carcajadas y dijo que el mundo sería mejor si el señor pudiera mostrarse así en la playa, oh quant'è lungo, oh quant'è bello il signor, sei fortunata, signorina, sei fortunatissima. Te pusiste el traje de baño mientras Elena te admiraba tanto como a Javier y los tres salieron, con Elena al frente, en fila india, Elena al frente con su cubeta llena de higos calurosos, con su cara oscura y arrugada como una nuez. Una nuez de ojos y sonrisa brillantes, envuelta en un chal negro y con la pañoleta blanca y rasgada enmarcándole el rostro. Elena con su andar a un tiempo ágil y cansado y sus medias negras y sus alpargatas de lona; que se dejaba caer sobre la arena con una elegancia suprema y les repetía, todas las mañanas, la misma historia: tiene ocho hijos, mueren cinco (nunca se refiere a ellos en pasado), el esposo es reumático; el hijo mayor trabaja en Atenas en algo, ella no sabe en qué, tiene novia y no manda dinero; otro hijo es mozo en un café de Rodas; la otra es una niña pequeña. Todos los días, alguien huye del lugar, emigra a otros países. Aquí la riqueza es tener olivos y ellos no tienen olivos. Señala hacia el restaurant cercano a la playa: antes, los dueños eran pobres y flacos como ella; hoy son dos puercos. Elena los señala con el dedo, grita «Brava!», les dice que se han olvidado de que eran pobres, ahora pesan doscientos kilos cada uno. El matrimonio gordo gruñe y se va corriendo al interior del restaurant. Elena grita «Brava!» y les muestra sus manos: dos veces por semana lava ropa; les enseña el amuleto de cobre, una pulsera, que le sirve para no dañarse la piel y los nervios al trabajar. Los dueños del restaurant regresan con un carabinero, gritan en griego, el policía en italiano: le han dicho que se vaya de esta playa, que no venda higos por su cuenta en la playa del restaurant, ¿cuántas veces se lo tienen que decir? Elena se planta la cubeta de higos sobre el regazo, mira a Javier, te mira a ti, entona una cancioncilla que enfurece a los gordos. El carabinero avanza hacia Elena; ella no le hace caso y sigue cantando. Tú buscas la mirada de Javier pero Javier no te hace caso, no observa la escena. Tú te levantas y te colocas entre el policía y Elena:

—Si la molestan, no volveremos a comer en el restaurant, nunca más...

Los gordos se miran, consultan entre sí, se encogen de hombros y le invitan un vaso de vino de Lindos al carabinero. Elena cacarea de gusto y te ofrece un higo maduro y tú te sientes la dueña de Falaraki.

—Soy la dueña.

—Mitzvah —ríe Javier—. Una buena acción todos los días. Oh, el espíritu del boy scout.

—¡Soy la dueña!

A barroquizar, dragona. Falaraki es una playa de guijarros que acompañan toda la línea de la costa. Mientras Javier escribe en la casa, tú recorres la playa en busca de guijarros. No tienes más ocupación que querer a Javier y caminar con el agua hasta las rodillas, buceando a veces, alargando los dedos para encontrar las piedras más pulidas. Son brillantes como espejos cuando, todavía húmedas, las muestras al sol. Hasta puedes ver tu rostro reflejado en ellas. Te sientas horas enteras en la playa y les inventas nombres. Dices que son los hemisferios de las horas del mar. Son de otro color —es lo primero que llama la atención— y sólo se puede hablar de estos nuevos tonos por aproximación a los colores de la tierra: los guijarros de la isla de Rodas reflejan al mar, son como sus hijos más severos y tú crees que algún mar, en otro tiempo, o este mismo, en un fondo secreto que nadie ha visto, les ha dado ese color a los guijarros para que quede prueba de todos los tonos del mar. Dirás que son rojos, ocres, blancos, verdes, amarillos, negros, pero cada uno es un color nuevo, como el nuevo gris de estos escudos pulidos, todos los grises reunidos aquí, al alcance de tu mano, con sus vetas de blanco transparente, sus nervios de plata, sus arterias de estaño. Algunos parecen huevos esculpidos, otros pastillas de mostaza, otros lunas sepia trabajadas por el roce y ennoblecidas por esta soledad que no les otorga valor y que, sin embargo, los convierte en el tesoro de los humildes: son los niños quienes los recogen, las mujeres de los pescadores las que, acaso, terminan convirtiéndolos en collares para los días de fiesta. Pero fuera del mar, como juguetes o adornos, se vuelven opacos y al cabo se pierden y se olvidan: eso dicen las mujeres de Rodas. Son piedras que sólo al ser lavadas por el mar muestran todos sus detalles secretos. Habría que pasarse la vida con los ojos abiertos bajo el agua para admirar los guijarros de Falaraki en su verdadero esplendor de pequeños palacios redondos, de cetros anónimos de las islas, de joyas sin nombre ni codicia.

Tú no sabes cuáles escoger, nunca; son tantos y tan bellos mientras yacen en ese fondo suelto donde la playa entra al mar. Son una frontera y por eso repiten al mar dentro del mar y se vuelven como la tierra en la tierra; dentro del mar, como el mar, reproducen a un tiempo todas las luces y a veces parece que el Egeo brilla tanto frente a la isla, se impone de tal manera al paisaje de montañas esfumadas, porque se sostiene sobre ese empedrado luminoso del que los guijarros son como los dientes, las garras suaves del litoral que permiten al mar prenderse a la tierra: sin los guijarros, el mar sería realmente lo que representa ser y lo que tú crees que es: otro mundo, otro sueño, una fe, la promesa del milenio. Por eso pasas los días aquí, acariciándolos, coleccionándolos, robándote algunos, proponiéndole a los niños que adornen sus castillos de arena con torres de falso jade, baluartes de falso granito, barbacanes de falso rubí. Pero ellos, mejor que tú, saben que expuestos al sol los guijarros sólo son piedras comunes, sin brillo ni transparencia. Existen todos los tonos, menos el azul.

Graduaste tus guijarros. Y supiste que cada uno, expuesto a la luz de diversas horas, podía contener otros colores: el guijarro amarillo del mediodía, levantado al sol de la tarde, se volvía naranja; mostrado a la luz del crepúsculo, era rojo; con la luna, casi violeta, casi rojo-azul. Pero no más lejos. El azul no quería aparecer en el guijarro amarillo, que se veía blanco al amanecer. Los colores, escondidos en los círculos cada vez más estrechos de ese hemisferio pulido, poseían sin duda un azul en el centro mismo. Tu guijarro combatía, cada jornada, los ataques de la luz que le arrancaba el naranja, el rojo, el violeta, lo devolvía al blanco original y le permitía reposar, hasta el mediodía, en su amarillo natural. El guijarro se dejaba vencer hasta el momento en que su azul estaba a punto de ser revelado; entonces, como si de este combate con la oscuridad nacieran todas las victorias menos una, la propia oscuridad velaba el azul, la oscuridad que había expuesto todos los demás colores acababa por confundirse con su meta final, el azul nunca revelado.

—Hasta ahí la caza de piedras.

Dragona. Joven, ociosa, inocente dragona de otro siglo, a nadie dañas, vaga poética.

—Ahí te va otro Clásico: todo lo que digo no es verdadero pero revela, por el solo hecho de decirlo, mi ser. ¿O. K., dragona?

—O. K.

Isabel, te habías cambiado. Llevabas puestos unos pantalones negros muy ajustados y una blusa blanca abierta. Los senos te bailaban mientras girabas con el ceño fruncido, mordiéndote la uña del meñique, con el pelo suelto y los pies descalzos y el disco de João Gilberto giraba tantas veces como tú.

—No. No. Creo que es así.

Adelantaste la pierna derecha, giraste sobre ti misma, colocaste los brazos en la posición de una diosa hindú, volviste a morderte el meñique:

—A ver. Dime si así sale bien.

—Pero Isabel...

—Ya sé que no sabes bailar. Pero puedes dar una opinión, ¿no? Cotorrea, mi amor. Mira. El chiste de la bossa nova es llevar el ritmo de la samba con el contratiempo del jazz... Así... ¿Ves?

Giraste riendo, novillera, adelantaste los pasos hacia Javier, recostado en la cama, viéndote, fumando. Entreabriste los ojos, sonriendo.

—...não pode ser, não pode ser...

Caíste sobre el pecho de Javier y le besaste la frente.

—Te amo —le dijiste—, ah novillera, ah murciélaga cuáchara.

Te levantaste de un salto, corriste hacia la botella de Coca Cola y la empinaste, vaciándola de un trago. Javier apoyó la libreta contra las rodillas y mordió la goma del lápiz. Te acercaste —eso— a acariciarle el pelo.

—¿Te gusta como arreglé el cuarto?

—Sí. Me parece maravilloso. Qué comparación con el nuestro.

—¿Cómo el nuestro?

—Digo, el que comparto con Elizabeth, del otro lado del corredor.

—¿Donde la dejaste?

—Duerme la siesta. Sí, parece que llevaras tiempo viviendo aquí.

—Es que sin mi tocadiscos portátil, de plano no viajo. Y a donde llegue, en seguida pido mis cocas. ¿Qué escribes?

—Cosas olvidadas.

—¿También has olvidado el día que nos conocimos?

—Me parece tan lejano.

—¿Qué cosa? Pero si fue hace cuatro meses apenas. Acababas de reprobarme en el curso de literatura clásica. Yo te dije que no importaba; así repetiría el curso contigo el año entrante.

—No sé por qué tuve la idea de invitarte a cenar.

—Por puro cultivo del Narciso, mi amor.

—Quizá porque me caíste en gracia, quizá porque ese día me fijé en ti especialmente, quizá porque doy clases en la facultad para estar en contacto con chicas jóvenes como tú.

—No mientas. Nada más porque te abismé.

—No. Porque eres muy bella. Porque ese día descubrí (y fui descubriendo mi descubrimiento en el taxi y en el restaurant al que me llevaste) esa dualidad de tu rostro, mitad ángel, mitad demonio: tu rostro enmarcado por el pelo lacio y negro...

—Estás en onda, mi caifán...

—...tus ojos verdes, infantiles, sin malicia, cuando tu boca permanece quieta; tus ojos brillantes, fríos, cuando tu boca ríe con ese candor y relatas tu vida simple de muchacha bien educada.

—¿Educada? —te levantaste de la cama y le diste la vuelta al disco—. ¿Bella? —sonreíste y volviste a bailar—. Una vez alguien me dijo que le gustaba tanto que por eso no se acercaba a mí. ¡Qué chispas! También contigo estuve de alumna un año y hasta que me reprobaste no me aventaste un lazo. Ya son dos, entonces. Aunque en mi casa nunca me fomentaron eso de la belleza. ¡Qué va! Todo lo contrario. Es aquí esta sambinha... Tú también me gustaste desde el principio. Todavía estás muy bien.

—¿Todavía? Gracias.

—Seguro. Tienes esa distinción que agarran los hombres morenos cuando el pelo se les encanece pero siguen con las cejas negras. Aunque el pelo se te esté cayendo, mi amor. Me gustan las caras pálidas como la tuya.

—¿Entonces vas a la Universidad sólo a descubrir la belleza de los maestros cuarentones?

—No; voy a darme una barnizada.

Te balanceaste sobre las puntas de los pies y reíste.

—No, es guasa. Oírte hablar me sugiere cosas. No sé. Me siento ligerita oyéndote. Se me quitan los nervios. Como que floto. La verdad sin saliva es que me gustaste.

—Yo también me fijé en ti desde el primer día de clases.

—No me cultives el Narciso. En la casa todo era Chabela, no andes con esos pelos lacios, pareces existencialista; Chabela, pareces escoba de flaca; Chabela, no te jales las narices que de por sí las tienes muy grandotas; entonces, figúrate lo que sentí la primera vez que un señor me dijo que era un cuero y no se atrevía a acercarse. ¿No te aburres?

Javier negó con la cabeza.

—No me des vuelo. Soy una cotorrita. Me encanta liberarme de mis complejos hablando.

—Pero sobre todo...

—De mis papás, por ejemplo. Ahí tienes que mi papá ha hecho un montón de lana. Un montón como los Alpes, que es donde la guarda, nomás faltaba.

—¿En qué?

—En gasolineras. Ése es el punto. A uno le dan la concesión y uno nomás cobra y le palma algo a Pemex. Y al rato tenemos una casa en Las Lomas de Chapultepec que ¡ay Dios! De llanto mortal. ¿Te acuerdas de la plantación en *Lo que el viento se llevó?*

—Sí, la vimos juntos en el Continental.

—Pues haz de cuenta.

—¿A saber?

—Un pórtico doricojónico o doricojonudo, como quieras, con columnas y toda la cosa. Tejados verdes. Ventanas francesas con celosías, mi amor. Y por dentro. Yo no sé de dónde sacaron esos muebles. Dizque Chippendale, dice mi mamá. Qué esperanzas. Anda confundida. Le escasean dos siglos y un continente. ¿No me crees?

—Te creo todo.

—¿Cómo te diré? Unos con respaldo de cuero y chapas de cobre. Otros con bordados azules y patitas delgadas, otros con brocados lila y patotas gruesotas. Ni te cuento de mi recámara...

—¿No?

—Es un decir, cotorro. Cuando me hice señorita —así dicen ellos— me compraron un ajuar nuevo. Una cama con toldo, ¿qué se te hace? y cromitos que dice mi mamá que son franceses, de niños chapeteados con sombrillas. Un tocador así como para vomitarse, de lleno de olanes y cositas vaporosas. Para una señorita decente.

El disco terminó y tú te plantaste con las piernas abiertas y los brazos en jarras y soplaste para quitarte el pelo caído sobre la frente.

—¿No quieres una Coca?

—Gracias. Ya sabes que el gas me hace daño.

—Allá tú.

Destapaste otra botella y la bebiste rápidamente.

—Luego mi papá hizo otro negociazo. ¿Te acuerdas de la última devaluación?

—Yo sí, pero tú no. Eras una niña entonces.

—Pero después me enteré. Resulta que el viejo supo de antemano y empezó a comprar dólares como desaforado.

—Apuesto que llora cuando tocan el Himno Nacional.

—Eso mero. Era un viernes. El sábado se anunció la cosa y él había ganado quién sabe cuántos varos, así nomás, tranquilito. ¿Qué se te hace?

—Es un genio. Se realizó. Pero también el clochard se realiza. De veras, pingüina preciosa, nunca hay que llegar, como yo. Pero tu padre...

—No me interrumpas. Nunca he sabido de nadie que gane tanto sin cansarse nada. Es de maravilla. Además se lo cree, porque habla todo el santo día del trabajo y el esfuerzo y cómo gracias a su sudor vivimos tan regio. Para qué te cuento.

—Para que te crea.

—Ándale. Y mi mamá es mocha, como para compensar. Desde niña me metieron a estudiar con las monjas. Todo muy tapadito. Confesión y comunión todos los viernes primeros. Encierros de Semana Santa. ¡Más ideas en la cabeza! Niña no bailes, niña no vayas al cine, niña ten cuidado con los muchachos, niña no te pintes, niña eres una azucena que el demonio puede pisotear. ¡Ay el demonio! Tocaba el clarinete en los bailes, estaba esperando a la entrada de los cines, pasaba en un convertible chiflándole a una. Y mi mamá compungidísima. No me vas a creer. En mí todas sus esperanzas.

—Te creeré, te creeré.

—Yo tenía que ser una santa que la virgen de Fátima no me duraba nada. Y duro con el llanto: yo tenía que lavar sus pecados. ¿Cuáles, tú? Por más que me exprimo el coco, no doy. Pues sí.

—¿Sí?

—Ahí tienes que sí.

—Dime.

—Un día voy a robarme un cigarrillo a la mesa de noche de mi papá y allí estaban los condones. Ése era el gran pecado de mi madre. Violines, please. No aceptar la chorcha de escuincles que Nuestro Señor quisiera endilgarle y por eso se sentía menos que la Magdalena y nunca se confesaba aunque iba a misa todos los días. ¡A volar, gaviotas! Me dio tanta risa que ya no los tomé en serio. Le pregunté y ella se soltó chillando y dijo que cómo una niña inocente podía saber de esas cosas. El llanto la enmudeció, tú sabes, y yo me salí del bachillerato de las monjas y entré en la Universidad, y colorín colorado y ellos me pasan mi mes y me dejan en paz, aunque a veces me sueltan los perros y me preguntan cuándo pienso ponerme de novia en serio con un muchacho decente y con porvenir en vez de andar entre el peladaje de la Universidad, donde todos son rojillos y alborotadores. ¡Ay, maestro! ¿Y tú? Sweet and lovely, tralala, the gal from Ipanema... Ya no escribas. Ven.

—Pero si todavía no empiezo.

—Tienes mucho tiempo, todo el tiempo del mundo.

—Isabel, Isabel.

Javier besó las manos que rodeaban su cuello.

Cuando entró el otoño, apareció esa muchacha. El apartamento tenía un pequeño balcón, donde apenas cabía el sofá-columpio con toldo de franjas amarillas y rojas. Durante el verano, vivían dentro del apartamento refrigerado. Ahora, en los meses de otoño, utilizaban más el balcón. En la acera crecían unos tilos que llegaban hasta las ventanas del segundo piso. Al empezar el calor, las ramas se introducían por el balcón y ocultaban la vista de los edificios de enfrente. Pero ahora, sentados, columpiándose suavemente, asistieron al despojo paulatino de las hojas, que primero se incendiaron con una piel dorada y luego comenzaron a caer al pavimento en ráfagas silenciosas. La cortina del verano se desvaneció y se dibujaron claramente los edificios de apartamentos de colores pastel. No los habían visto. No sólo aparecieron: se acercaron. El primer aire frío, cortante, que respiraron sentados allí, él con su viejo suéter de cuello de tortuga, tú abrazada a ti misma, aclaró las siluetas vecinas. Se sentaban allí en las tardes, buscando un poco de sol cada vez más pálido. Él encendería el tocadiscos, pondría un altero de blues y foxtrots y saldría a mecerse. Tú le seguirías, después de echarte sobre los hombros el suéter, y te sentarías a su lado. Hablarían, entre espacios de silencio. Él te contaría algunas novedades de la embajada, te anunciaría algunas invitaciones a cenas y cocteles, harían planes para ir a Bariloche, en el sur, o a Carrasco, del otro lado del río, si él lograba que le dieran diez días de licencia económica en junio o noviembre. Tú tratarías de hacerlo reír criticando a las esposas de los embajadores y secretarios.

—Y tú me harías cada vez menos caso.

Él había visto antes que tú a la muchacha; tú nunca supiste qué es lo primero que él vio, aunque pudiste imaginar que la muchacha haría siempre las mismas cosas, las que después le vieron hacer todas las tardes, entre silencios cada vez más prolongados, desde el balcón. Pudieron haber discutido su estatura. Siempre la vieron cortada a la altura del vientre por el marco de la ventana; a veces, ocultada totalmente por la cortina azul cuando el viento la agitaba; casi siempre, de torso completo. En nada distinta de las muchachas que pasaban al atardecer por Santa Fe y Florida. Pudieron haber esperado, un día, a que saliera o entrara del edificio. No. Sólo la vieron frente a su ventana, amarrándose el pelo negro a la nuca con un listón de estambre, con los brazos

210

desnudos, bronceados como su tez, los brazos siempre en alto para aflojarse el pelo, también, o para sujetarse las horquillas. La vieron así, con los brazos levantados y las manos ocupadas con su cabellera, de frente, de espalda, de perfil, como si fuese una estatua giratoria.

—La recuerdo así, en instantáneas fijas.

Una vez de frente, con la axila rizada y los músculos pectorales fuertes, señalados, otra vez de perfil, con el busto pequeño pero erguido, otra vez de espalda, con los músculos tensos mientras se arreglaba el pelo. Sí, como fotofijas: se unta crema en el rostro, se depila las cejas, se azulea los párpados, se pinta los labios, se frota la barbilla, se acaricia la axila, siempre en momentos que pueden prolongarse al antojo, retirarlos como una fotografía del marco de la ventana para contemplarlos un largo rato, incluso para romperlos después de haberlos visto. Siempre sola. Nadie entra a esa recámara, aunque en las ventanas contiguas se nota un movimiento de sirvientas con plumeros, estudiantes con los libros abiertos, hombres que almuerzan entre dos horarios de trabajo, mujeres que cuidan del hogar. Y en el centro de esas convenciones, ella, maquillándose o peinándose todas las tardes a las tres. Iba y venía por la recámara de las tres a las cuatro, más o menos. A veces se asomaba por la ventana, sacaba la cabeza a la calle; a veces movía los labios, como si cantara, porque ella no hablaba, estaba sola en ese cuarto. Iba perdiendo poco a poco el color bronceado que debió adquirir en Punta del Este o Mar del Plata. No fumaba. Quizás lo hacía antes o después de esa hora dedicada a embellecerse. Debía levantarse tarde. Sí: una mañana tú no saliste; te sentaste afuera, esperaste hasta que la muchacha corriera, al mediodía, la cortina azul. Tenía un vaso en la mano. En seguida desapareció. Tú te dedicaste a preparar el almuerzo y sólo la volviste a ver, con Javier, a las tres. Estaba sentada frente a su tocador.

—La recuerdo también porque tratando de distinguir sus facciones me di cuenta de mi miopía. Oh come on.

Debiste guiñar para distinguir, débilmente, las cejas espesas, los labios pequeños y precisos, llenos, dibujados; los ojos de almendra, la nariz levantada, el mentón un poco saliente. Por ella fuiste al oculista y te sentó frente a las letras negras y supiste que tenías una dioptría y media en el ojo izquierdo. Pensaste que a Javier le daría risa verte con los anteojos de carey, cuando regresaste a almorzar. Sólo lo sorprendiste. Te pidió, con una mueca mal disimulada, que no los usaras en la calle.

—¿Y en el cine?

—Tampoco.

—¿Y para ver mejor a la muchacha de enfrente?

Javier enmudeció. Te miró como si hubieses violado su secreto más íntimo.

—Me miraste como si sólo tú hubieras estado observando a la muchacha durante todas esas semanas, como si ella fuese tu propiedad. Yo debía mirar, ¿qué cosa?, ¿eh? ¿Qué se suponía que yo debía mirar, eh?

Las ramas desnudas de los árboles. El paso de los autobuses. Quizás al portero polaco. Ver a la muchacha era el privilegio de Javier.

—A ella le dirías en secreto las palabras que no escribiste, las palabras que me dijiste sin pronunciarlas. A la desconocida, intocable, lejana imagen de soberbia y soledad, hecha tuya en algo más que la imaginación, como creí entonces. Ship ahoy. En el revés del deseo, ¿qué tal? En el deseo sin deseo. ¿Me entiendes? ¿Me oyes?

No quisiste admitir la verdad. Reíste. Te pusiste el suéter amarillo y saliste al balcón. Javier te siguió. Tú pediste que jugaran con la desconocida. Que se entretuvieran imaginando su nombre, su ocupación, su estado civil, sus esperanzas.

—Hablaste, Ligeia, hablaste mucho. ¿Nombre de la heroína? ¿De cuál libro? Ulalume, Berenice, ¿otra vez Ligeia? Aurelia, Mirto, divina encantadora, Paquita la de los ojos de oro, ¿otra vez Ligeia? Y en otro estilo, Becky, Jane, Tess... ¿Quién sería su héroe? Las heroínas de los poemas sólo tienen un héroe, el que las nombra. Pero las de las novelas... Me pediste que me disfrazara ya. ¡Qué repertorio! Sombrío Heathcliff para Cathy o ridículo coronel Crawley para Becky o frívolo De Marsay para Paquita... ¡Javier, nombre de héroe? A volar, Supermán. Le dijiste que podía volar del balcón a la ventana y descubrir si era prostituta, vicetiple del teatro Maipo, estudiante de química, rentista, mucama de casa elegante, institutriz, profesora de yiddish. Sí, Rebeca, Miriam, Sara, era una belleza judía, a pesar de la naricilla levantada:

era una judía oscura; podían ver las gotas de su sudor azul, en las sienes, en los sobacos, en los labios,
en la división de los pechos: una judía negra.

—...para completar la dualidad trunca, yo la judía rubia, la judía sajona, Miriam la muchacha de
enfrente, una hebrea de orgasmos negros, casada,
entretenida, viuda, soltera. El descubrimiento de
América. Bullshit.

Ahora, con tus anteojos, podías verla sudar.
Más de cerca, podrías verla sucia, a pesar de sus
afeites, con el pelo sin lavar, con caspa, con grasa.

—Acércate. No, no a mí. A ella. Búscala. Sólo
hay una acera entre los dos, un campanazo, un eleva-
dor. Land ahoy. Tráela. O no la traigas. Pero cuéntame. Cuéntame cómo amarías hoy a una mujer.

Javier se levantó del sofá, le dio la espalda a
Miriam, y Miriam, como si le llegara una señal invisible, corrió sus cortinas azules para vestirse, para desvestirse, para recibir un amante, para dormir
la siesta. No salieron más al balcón. Esperaron a
que el follaje brotara de nuevo: la primavera, el fin
de la temporada, la clausura del Teatro Colón, los
abrigos envueltos en bolas de naftalina y guardados en la parte alta del closet, los estampados a la
tintorería, Perón en el poder, Eva en los balcones
de la plaza de Mayo, los slogans cantados en las
manifestaciones, mi general qué grande sos, mi
general, cuánto valés: los tilos empezaban a rever-
decer, iban ocultando la visión de los edificios.

Javier, te apuesto a que no recuerdas más quiénes eran los generales Rawson, Ramírez y Farrel.
¿A que no?

—¡Qué más da! Recuerdo sus uniformes y me río.

Pero no tanto como para impedir que una tarde lo vieras de pie en el balcón, mirando hacia la ventana de Miriam. La cortina azul había desaparecido. Del otro lado de la ventana abierta, sólo había un cuarto vacío. Los cuartos vacíos parecen más grandes, más claros que los habitados. Las sombras de los muebles, de los retratos, de la ropa arrojada sobre la cama, han desaparecido. Como por arte de brujería.

Aquí lo trae el periódico por si no quieres creerlo. Mistress Jane, la hija del acaudalado burgués Robert Throckmorton, residente de Warboys, ha sufrido violentos ataques a la edad de diez años. Estornuda durante media hora y después se desmaya con los ojos abiertos. Luego el estómago se le inflama y nadie puede tenerla recostada; a veces sacude una pierna, luego la otra. Una vecina de setenta y seis años, Mrs. Alice Samuel, pasa a visitar a la familia y saluda a la enferma en su recámara y Jane dice: Mira a la bruja sentada allí. ¿Han visto a una con más aspecto de bruja? Quítenle el gorro a la bruja. El señor y la señora Throckmorton no hacen caso de esta actitud y los médicos siguen visitando a la pequeña Jane. Pero dos meses después, las cuatro hermanas de Jane —la menor tiene nueve años, la mayor quince— muestran síntomas idénticos; y después de ellas, siete criados empiezan a estornudar y a gritar y a sacudir las extremidades. Uno de los médicos admite que se trata de un caso de brujería y los padres confrontan a sus hijos con la anciana vecina, Mrs. Samuel. Las niñas comienzan a gritar, arrojándose al suelo con extraños tormentos y arañando las manos de la señora Samuel. Al principio, las niñas sólo tenían ataques cuando la señora Samuel era llevada ante ellas; después, los continuaron a toda hora, gritando que sólo la presencia de la señora las aliviaba un poco. Los padres secuestraron a la señora y la obligaron a vivir con las niñas, aunque negándole los alimentos, y las niñas atormentaban a la señora y le preguntaban si no podía ver las formas que corrían, saltaban y jugueteaban por el cuarto. En septiembre de 1590, Lady Cromwell, la dama más distinguida del condado, visitó a la familia y, al ver a la anciana, la declaró bruja, le quitó el bonete de un golpe y ordenó que se le quemara la cabellera. La anciana lloró y después se supo que Lady Cromwell sufría pesadillas, que su salud empeoraba, y, finalmente, que había muerto en julio de 1592. Las niñas continuaron sufriendo ataques hasta la Navidad de ese mismo año, cuando la señora Samuel les rogó que se comportaran. Los ataques cesaron. Los padres ya no tuvieron dudas. La propia Mrs. Samuel dejó de creer en su inocencia y pidió perdón a los amos. Por fin, el pastor Dorrington logró que la señora confesara. Pero al día siguiente, después de descansar, Mrs. Samuel se retractó. Fue entregada a la policía y juzgada mientras las niñas Throckmorton la acusaban, continuaban sus ataques e insinuaban que la Madre Samuel era responsable de la muerte de Lady Cromwell. Exaltadas por la aventura insólita, presas de una risa nerviosa, cómplices de miradas maliciosas, las niñas Throckmorton no descansaron hasta que la Madre Samuel confesó y aceptó todos los cargos, incluso el de conocimiento carnal del demonio. Pero al sugerírsele que, para evadir la horca, confesara su preñez por juntamiento con Satanás, la anciana se colocó la cuerda al cuello y exclamó: «Seré bruja, pero no puta.»

—Conozco estos sortilegios, dijo Medea. ¿Has terminado?

—No. Cerramos la puerta. Ulrich ya había abierto el refrigerador. Asentí. Recogimos el cuerpo. Lo despojamos del edredón que lo envolvía y lo pusimos de pie. Vestía una camisa de noche larga, demasiado larga. En vida, debió haberse tropezado con esas colas más largas que sus piernas. Lo enderezamos. Con esfuerzo, logramos que sus brazos se despegaran de la postura del sueño; los sujetamos contra sus caderas con cuerdas, aunque la cabeza se negó a adoptar una postura más noble y quedó recargada contra el hombro. Le cerramos los párpados primero y luego las quijadas, amarrándole un pañuelo al cráneo. Yo saqué rápidamente el trozo de queso, las dos cervezas y las lechugas que se enfriaban allí. Y Herr Urs von Schnepelbrucke entró, con las piernas levemente arqueadas, pero por lo demás bastante digno y erecto, a su frío sarcófago. Cerramos la puerta y suspiramos. Dame un cigarrillo.

Tú lo encendiste en los labios y lo pasaste a los de Franz.

—Mis homenajes.

—¿Sientes necesidad? —dijo Franz.

—Sabes que me hace falta. *Los misterios de Udolfo. El monje. El castillo de Otranto. Melmot el peregrino.* La señora Radcliffe. Monk Lewis. Walpole. Maturin. Y ya sabes lo que más me gusta. Jean Epstein. Robert Weine. Henrik Gaalen. Paul Leni. Murnau. Fritz Lang. Conrad Veidt. De niña soñaba con Conrad Veidt y lo veía con mil rostros superpuestos, pero todos presentes y visibles al mismo tiempo. ¿Terminaste?

Aprobada, dragona. ¿Quién te dice que los bellezos tenían razón y que la heroína era la Princesa y no la Bruja? Pity the monsters! te ordena tu clásico de 91 Revere Street y yo te digo que no anda desorientado. Tenle compasión a Herr Vóivode Drácula, hasta con su alias de Nosferatu, porque le hace falta lo que los mortales tienen pero no necesitan. O creen, what fools, no necesitar. Imagínate qué perspectiva abre el simple hecho de que frente a la necesidad común de levantarse con un reloj despertador, afeitarse con una crema sin brocha, desayunarse con un cereal estereofónico y tomar el tranvía de las ocho a la oficina, exista la necesidad paralela de alimentarse con la sangre de señoritas inglesas, rodearse de vampíricas traslúcidas en un pad de los Cárpatos, viajar en barcos sin tripulación y dormir la siesta de día en un féretro lleno de tierra transilvánica —para no hablar de que los espejos, de plano, se niegan a reflejarte—. Y veme diciendo, si al del reloj despertador le dan seguro social y pensiones de retiro y vacaciones pagadas y todo esto provoca debates parlamentarios y repercusiones en la prensa y campañas ciudadanas, ¿por qué no ha de existir una legislación humanitaria para que Vóivode pueda disfrutar de una eternidad tranquila con su dosis reglamentaria de hemoglobina? ¿Que qué? ¿Que no cumple ninguna función útil para la sociedad? ¿Y luego: ofrecernos el disfraz que necesitamos cuando de a tiro ya no queremos ser reconocidos por el abarrotero y saludados por la casera y reclamados por el jefe? Si quisieras hacer una política insurrecta, dragona, te irías por ahí disfrazada de Major Barbara con tu cofia azul y tu platillo centavero pidiendo el sufragio efectivo para que las brujas de Macbeth, when the hurlyburly's done, puedan contar con su asilo para ancianas y un lote respetable en el panteón cuando, también, cansadas, renuncien antes que nosotros (precediéndonos: anunciándonos) a la inmortalidad. Ése es el punto: los monstruos nos ganaron la partida renunciando, mientras tú y yo seguimos aferrados a this mortal coil. Ellos optaron por ser inmortales, que es mucho más duro de pelar que esta angustia de andar vivos y coleando, y ahora también nos van a dar matarili renunciando a la inmortalidad y yéndose al otro paraje que está más allá de la mortalidad y la inmortalidad: a la realidad paralela que todavía ni nos olemos, aunque Purdy, coronado de acantos, ya haya dicho: «Las siluetas lo dicen todo.» ¿Quién tiene derecho a escabecharse a la Medusa que era la única posibilidad de quedarse helado en vez de andar zangoloteado sin ton ni son por un sistema nervioso y sentimental viejo e inservible? Al bote con Perseo, ese ejemplo de limpia juventud olímpica y hogareña que nos frustró para siempre con su hipocresía llena de sentido del deber y nos arrebató al único monstruo capaz de hacernos contemplar por fuera y por dentro al mismo tiempo: que lo sustrajo del repertorio posible y natural. ¿Cómo que el que la hace la paga? Entonces que hagan chicharrón en la silla tostadora a ese Al Capone de la antigüedad, el sangrón Heraclio que con el asesinato torció el rumbo de la naturaleza y nos dejó sin el león y la hidra y el toro y los rebaños y los caballos que eran la otra posibilidad de la naturaleza que hoy nos contempla indiferente cuando no recelosa de que volvamos a llamar héroe al cómplice de lo unívoco, al mal llamado héroe que quisiera conformarnos con la simplicidad antropomórfica. Compadece a los monstruos, mi cuatacha, y miéntasela al hijo de Lamec que ya ves cómo se las gastó, excluyendo del Arca a la pareja del unicornio y de la salamandra y del fénix, dejándolos bajo la lluvia a ahogarse en la cima de una roca mientras veían zarpar el Titanic de Noé Onassis con sus santas parejitas heterosexuales. ¿Quién le mandó a Orestes pacificar a las Eurines y mandarlas bajo tierra donde su sagrada sangre no pudiera secar los ríos y quemar las cosechas? ¿No ves que la naturaleza les ordenó eso y que el santurrón de Orestes, hecho todo un boy scout con coturnos, al torcerle el cuello a las Furias sólo estaba dándoles la ventaja de la negación: permitiéndoles reaparecer con su sangre envenenada pero con la simulación del orden, sin la espontaneidad real de su lugar en el mundo, disfrazadas de concierto para sembrar el desconcierto? Pero ahí tienes: los héroes antiguos inventaron la literatura porque obligaron a las fuerzas naturales a esconderse y reaparecer disfrazadas y de allí la épica, la lírica, la tragedia, la psicología y los dramas morales que son resultado de una lucha, un asombro, un divorcio, una masturbación y una ambigüedad entre el falso héroe limitador y las auténticas furias que se niegan a levantar los tenis y reaparecen donde menos se piensa en vez de ser, como antes de Orestes (ese antes que circula en nuestra memoria nocturna), parte del orden aceptado de una naturaleza proliferante e inclusiva. Y entonces te preguntas, dragona: ¿a qué monstruos mataron antes de antes, para llegar a ser héroes, la Medusa y el Cíclope? En todo caso, me joden todos los Sherlocks de la historia que, lupa en mano, se lanzan a la caza del culpable. Ya dejen en paz al profesor Moriarty, que en buena hora anda armando el relajo y la confusión entre las naciones y dándole en la chapa a las banderas y a la lealtad a King & Country. Bien se vengó natura del buitre de Baker Street, obligándole a hacer ménage con ese cuadrado y victoriano doctor Watson: te juro que lo que tenía de elemental el buen galeno no sólo era el coco, y que esa queja continua de Holmes la analice Wilhelm Reich y no yo. Pero todo acaba por tomar su desquite y por eso los propios ingleses han inventado a James Bond para enterrar a la parejita bienhechora de Holmes y Watson. Ya era tiempo de que un sabueso anduviera detrás de su realización orgásmica y que la capa y la daga sólo fueran el pretexto de la satisfacción fálica. Seguro que something big is coming up y no es el robo de la reserva de oro en Fort Knox sino la carnosa y rigurosa medusa del agente 007. Orrida mestà nel fero aspetto! O para citar a tu clásico Baudelaire que Javier se estuvo macheteando antes de las vacaciones (*Las flores del mal*, dragona, es un libro para leer antes de salir de paseo): «Jusqu'à cette froideur par où tu m'es plus belle!» ¿O no sabías que todo lo que daña la belleza moral duplica la belleza poética? Que vengas del cielo o del infierno, qué importa, ¡oh Belleza!, monstruo enorme, espantoso, ingenuo...

Cerré el periódico. Este editorial me aburrió.

—Si quieres, te cuento lo que hago.

—¿Te cuesta levantarte en la mañana, dragona?

—Supongo que sí. Apenas salgo del sueño, ya estoy buscando rincones de contraste en la cama.

—No te entiendo.

—Sí, tú sabes; los más tibios o los más frescos, porque apenas los encuentro con los pies me siento reconfortada y satisfecha, a punto de recuperar el sueño.

—Pero Javier tiene que llegar a la oficina.

—Ajá; y yo tengo que levantarme antes que él.

—¿Por qué?

—¿Me vas a creer?

—Te digo lo mismo que tú me dijiste antes; creo todo lo que me cuentan, aunque después me vaya del carajo.

—Pues sí; para demostrarle, y demostrarme a mí misma, que soy muy activa, que estoy lista para lo que el día me ofrezca.

—Me hace gracia cómo te levantas de la cama.

—¿Cómo? No me había fijado...

—Saltas, dragona, enérgica, activa, rígida como un Junker prusiano... Imperialista psicológico.

—...como si eso humillara a Javier, ¿no es cierto? Y abro las ventanas que dan a la calle de Sena y respiro hondo y luego hago yoga en la recámara para mantenerme esbelta y seguir humillando a Javier, que se ha dejado crecer esas lonjas. Te digo que él se deja imperializar con su hipocondría y su güevonería.

—Entonces él tiene algo de razón. ¿No te culpas nunca a ti misma?

—Oh, a veces me regaño, caifán. Pero no hay tiempo, con el yoga. Está uno muy preocupado por llevar aire al estómago, aguantar la respiración, arrojar el aire por la boca. Purificándome.

—Te pongo caliente, cuatacha. Qué afán de demostrar tu entereza física y moral ante los latinos. Tu puritanismo escaldado.

—Ellos me lo provocan, por flojos y fachosos. Land ahoy.

—¿Y qué más? Aviéntese, cuñadaza.

—Lo sabes mejor que yo. México es una aldea con un código de comunicación secreto. Lo malo es que cuando crees haber aprendido la clave, todo te falla. Digo, entras a la cantina A y les ofreces tragos a todos, y te aman y lloran contigo; entras en la cantina B y haces lo mismo, y sacan los puñales para matarte.

—Por lo menos, es espontáneo.

—Sólo las muertes y las fiestas, como para compensar la rigidez ceremonial, ceremonial, caifán, de la vida diaria. ¿Espontáneo? Mierda. Es premeditación inconsciente.

—Es que es un país con un tigre dormido en la barriga, y todos los mexicanos tienen miedo de que un día vuelva a despertar. Somos tiesos, pero por puritito terror.

—Who knows? Mientras tanto, han domesticado al tigre a base de corrupción. ¿Sabes que dejé de manejar? Todos los días tenía que dar una mordida institucional a un policía institucional que está en combinación con los rateros institucionales que periódicamente me roban el apartamento. Lo único que no es institucional es mi vida, y por eso estoy a la merced de los mexicanos, que han sacrificado sus vidas privadas a la institución. It stinks, man. Es un clan de amorosos parientes que se roban los unos a los otros. El ratero roba al ciudadano y le entrega parte del botín al policía y el policía roba al ciudadano y le entrega parte del botín al jefe y el jefe roba y comparte el botín con el presidente municipal, y el presidente municipal con el comisario ejidal y éste con el delegado del PRI y éste con el gobernador y el gobernador con el ministro y el ministro con el presidente. ¿Sabes? En México uno acaba dándose la mordida a uno mismo. El delirio.

—La pura pirámide, dragona. ¿No admiras la estética de la construcción? En México todo se hace en forma de pirámide: la política, la economía, el amor, la cultura... Hay que aplastar al de abajo para ser macho y rendirle al de arriba para que nos resuelva los problemas. ¿Qué sería de México sin un padre supremo, abstracto, disfrazado en nombre de todos, para que los demás no tengamos que mostrar nuestra cara verdadera?

—Claro, claro. Sabes que estuve tomando clases de arte dramático para matar el tiempo y para aprender español. ¿Sabes que nadie podía actuar, quiero decir actuar, repetir palabras ajenas y asumir un papel escrito? Todo sonaba falso, torturado, fake, fake, fake.

—Bueno, es que primero ya están interpretando un papel desde que nacieron y no pueden interpretar otro porque sería una redundancia. Hay que ser alguien para poder ser otro. Ninguno no puede, además, ser otro. Creo. Por algo tenemos buenos pistoleros y malos matadores. Y luego, el idioma es prestado, es resentido. Es el idioma del conquistador, y los vencidos lo convierten en circunloquio, defensa, agresión, pero nunca en palabras reales, humanas. ¿Qué hiciste?

—Me metí a un grupo de teatro inglés. Hice muchas obras de Noel Coward. Así he ido matando el tiempo desde que regresamos de Buenos Aires. Quince años de esto, ¿eh? Ugh. En fin; la memoria es pura selección.

—Hace quince años era una ciudad divertida.

—Sí, tienes razón. Había una como seducción inocente. Esos burdeles de luz esmeralda que olían a desinfectante. Esos cabaretuchos pintados de plata. Esas putastamal vestidas con satines irritantes. Full of con men and bouncers and pimps. Y gente como Diego y Siqueiros y María Félix y Tongolele. It was a brash, sentimental, lowdown world.

—Fíjate que era lo último que quedaba de la revolución, antes de que se adecentara.

—¿Sigues creyendo que la revolución fue traicionada?

—Sí, pero sólo porque es inevitable.

—¿Cómo?

—Mira, dragona. Una revolución destruye un statu quo y crea otro. Eso es todo. Pero en medio hay momentos muy padres. Y eso sí que es todo.

—U-hum. Nuestra vida ha sido igual. Quince años en blanco, de veras. Quince años sin nada que decir. Él con su hipocondría y sus píldoras y su chamba de la ONU. Yo, leyendo bestsellers. ¿Vale la pena hablar de todo esto?

—Tú cuéntame lo que quieras. Selecciona a tu gusto. No estamos haciendo una cronología.

—Oh hell, no. El otro día leí una novela divina, de Styron. Y si quieres ahí te va un epígrafe, tú que tanto le das a las citas. «Didn't that show you that the wages of sin is not death, but isolation?»

—Mete reversa, dragona, y sabrás por qué el clasicazo de Borges dice que, en los velatorios, el progreso de la corrupción hace que el muerto recupere sus caras anteriores.

—Get off my neck!

—Y diga lo que diga tu marido, a mí me gusta verte saltar de la cama. Zip, pow. Como un desembarco de los Marines.

226

—¡Suéltame el cuello, caifán! Lo que te gusta es cómo me meto a la cama.

—¿Terminaste?

—No, Lisbeth. Todavía no. Permanecimos sentados cerca del refrigerador un buen rato, como velando al señor Schnepelbrucke. Pero la noche caía. Y con ella, nuestros invitados. Salí corriendo a comprar cerveza y vino. Cuando regresé, Ulrich ya usaba su disfraz. Reí al verlo, con el uniforme café, las botas negras, el cinturón de cuero, la corbata negra, la tira transversal de cuero negro sobre el pecho. La svástica en el brazo. Reí mucho. Y él, conmigo, mientras se paseaba por la recámara imitando el paso, el saludo y las voces de esos hombres.

—¿Les parecían figuras de comedia entonces?

—Riendo, le advertí que mi disfraz no sería menos espectacular. Me escondí detrás del biombo y a los pocos minutos salí anunciándome con un alarido tipludo, el de la cabalgata de *La valkiria*. Ulrich estalló en risas y contorsiones al ver mi casco con cornamenta, mi escudo pectoral, mis largas faldas rojas, mi lanza de bronce y sobre todo las trenzas de lana amarilla que asomaban bajo el casco. Tocaron a la puerta. El grupo gritón, alegre, disfrazado, irrumpió de un golpe, cargado de botellas, tarros y copas, flautas de pan, chorizos, quesos de Limburg. Corearon, a gritos, la cabalgata de La valkiria, mientras mostraban sus atuendos, gritando, bailando al son de la música heroica. Heinrich, disfrazado del viejo Goethe, iba acompañado de la nerviosa Lisbeth, nuestra compañera de primer año; era difícil reconocerla bajo los ropajes y el maquillaje clásico de Mefisto, aunque sus ojos azules y candorosos desmentían el siniestro engaño de las cejas levantiscas y la barbilla puntiaguda; Reinhardt y Elsa, vestidos de campesinos tiroleses; Malaquías, de oficial prusiano; Otto, de húsar austrohúngaro; Ruby, de la Mariana francesa, con los zuecos, la falda a rayas y el gorro de la libertad con la escarapela tricolor; Lorenz, con la bata negra, las botas, las barbas y la peluca de Rasputín; Lya, con una indumentaria idéntica a la mía, aunque con detalles que delataban un rango mayor: ella Brunhilda, yo su edecán. Todos gritaban «Ho-yo-to-ho-ho-ho», saltaban, usaban las botellas como lanzas de la gran cabalgata wagneriana: voces altas, voces graves, un coro ruidoso envuelto en el colorido de los trapos confeccionados para celebrar el fin de cursos: el coro se diluyó, al fin, en una sola carcajada que a su vez empezó a romperse en risas aisladas, agotadas, cada una con su tono personal de fatiga, humor, tos, suspiro. Reinhardt y Elsa fueron los primeros en dirigirse al refrigerador con las botellas de vino blanco entre los brazos, riendo. Corrí, casi tropecé con mis faldones de valkiria, y les cerré el paso, con los brazos abiertos dramáticamente, frente a la hielera. «¡Prohibido! —grité—. Decreto de Votán. Las libaciones han de ser inmediatas. Botella que entra a nuestro refrigerador no sale más.» El murmullo de protesta de Heinrich y Lisbeth fue sofocado con los gruñidos y gritos que recibieron mi proclama: Ulrich, velozmente, le arrebató una botella a Lorenz-Rasputín, la destapó y levantó a sus labios. Dejó caer un chorro sobre la boca. Todos rieron, destaparon las botellas, se unieron en círculos para descorchar y empezaron a beber con grandes ademanes heroicos: el vino mojó las barbas postizas, escurrió la pintura de los labios y de los bigotes al carbón, corrió por las gargantas y los escotados de las muchachas: el foco desnudo que colgaba del techo lo iluminaba todo con una luz directa y fría, blanca; encendí la luz baja del restirador y apagué el foco central, gritando: «¡Oscuridad! ¡Crepúsculo! ¡Humedad! ¡Los muertos no quieren la luz! ¡Los muertos están enterrados!» Todos rieron, aunque Reinhardt y Elsa, nuestros tiroleses, se abrazaron con caras de espanto. Pasé entre los invitados distribuyendo copas de vino, sudoroso con la armadura y la peluca. «¡Alegría, muchachos, alegría! —iba diciendo, mientras desparramaba el licor—. Piensen que pasaremos tres meses sin ver las barbas del profesor Essler, sin tener que reírnos de los chistes malos del profesor Von Gluck, sin...» Me interrumpió Ruby-Mariana, cuyo gorro frigio se le había hundido hasta las cejas. Me dijo que le era antipático. Le contesté a gritos: «¿Franqueza? ¡Honestidad! ¡Siempre!» La muchacha de cejas espesas y labios gruesos, que se sentó en el piso, se quitó los zuecos y se acarició los pies enfundados en calcetines de listas rojas y blancas, dijo que no había motivos de alegría y que yo era un farsante. «Tu honradez puede suplir mi mentira», le dije, riendo, vaciando la botella de vino sobre su gorro. Me devolvió una cachetada: gemí. Votán puso un corazón duro en mi pecho. Todos alegaban a gritos. Heinrich-Goethe decía que todo lo que es grande se debe a una aristocracia mientras se acomodaba la peluca gris, reclinado contra el diván. Malaquías, el oficial prusiano, le contestaba que la fuerza viene del pueblo. Y Heinrich gritaba: «¡Mira a tu pueblo libre! ¡Mira tu ridícula República de Weimar, tu infeliz Stresseman, la inflación, el desempleo, la humillación nacional! Ésos son los resultados cuando el pueblo se gobierna a sí mismo.» Malaquías se llevó el pulgar a la punta de la nariz e hizo señas de burla con los dedos. Heinrich se incorporó y tomó a Malaquías de las orejas, gritando cosas sobre los judíos y los banqueros, tumbó el orgulloso casco dorado con el águila imperial: Malaquías gritó y yo los separé, mientras vaciaba los restos de la botella en sus copas. Elsa estaba sentada al filo de la cama entre Reinhardt, su compañero tirolés, y Lisbeth, la Mefistófeles de ojos azules. Dijo que sólo se ama una vez y apretó la mano de Reinhardt y se pasó la otra por la falda de bordados. Lisbeth sonrió y dijo que Reinhardt no había tenido tentaciones y por eso le era fiel a Elsa. Elsa interrogó a Reinhardt con la mirada. Él acarició la mano de su novia y dijo que iban a casarse en enero, en cuanto se recibiera. Al servirles vino, le pregunté al tirolés si había encontrado trabajo. Reinhardt dijo que aún no, pero que su padre tenía conexiones en Colonia y que ellos vivirían al principio con la familia. «¡Ahí se acaba el amor!», rió Lisbeth, que parecía tomar en serio su personificación. Elsa negó con serenidad y dijo que los padres de Reinhardt eran encantadores. Lisbeth volvió a reír: «Vas a ver qué encantadores cuando te empiecen a decir: eso está mal hecho, ¿dónde te educaron?, así no se cría a un niño, nuestro hermoso Reinhardt merecía algo mejor.» Reinhardt la miró con dureza: «¡No digas esas cosas, Lisbeth!» «Nada. Sean felices», rió Lisbeth. Los bigotes pintados de corcho se le habían escurrido. «Es tan poco lo que necesitamos, que sí vamos a ser felices», dijo Elsa, arreglándose otra vez el corpiño, consciente del disfraz. «¿Qué quieren?», sonrió Lisbeth. «Estar siempre unidos», contestó Elsa. «Tener un empleo honorable y ser respetados», añadió Reinhardt. «¡Dios los bendiga!», exclamó Lisbeth; se levantó de la cama e inició una danza, sola, tarareando. «¡Yo, Berlín!», gritó, extrañamente dúctil y esbelta en su funda de lino rojo, alegremente despreocupada al mover como alas los extremos de la capa. «¡Yo, Berlín! ¡La libertad! ¡La alegría! ¡Alemania es dos países! ¡Los patanes pelando papas y los listos en Berlín! ¡Los cafés! ¡Los teatros! ¡Todo está en el aire! ¡Nadie te molesta! ¡Eres libre! ¡Hoppla wir leben! ¡La fiesta de las flores en Potsdam! ¡La bocaza con corazón! ¡Madre, pásame la maceta que Juanita quiere admirar la naturaleza!» Heinrich se acercó a ella, gritando, y Otto, el húsar, se quitó la capa dragona y toreó a Lisbeth y la muchacha embistió con sus pequeños cuernos de cartón, gruñendo. Todos hicimos círculo a la pareja, aplaudimos, derramamos el vino de nuestras copas mientras palmeamos, enardecidos, nos tomamos de los brazos y de los cuellos para cerrar el círculo, sudamos y sentimos que los disfraces iban perdiendo su novedad y galanura. Heinrich, de repente, rompió el círculo y tomó a Ulrich de los hombros. Le gritó a la cara: «¡No tolero más tu disfraz!» Ulrich lo miró con asombro. «Ya ves —prosiguió Heinrich—; soy franco contigo. No tolero tu burla. Te lo digo en tu cara y en tu casa.» Paseó la mirada por la concurrencia hasta fijarla en mí. «Por algo decía que no debíamos hacer la fiesta en casa de un extranjero. ¡Puercos!» Adelanté un brazo, pero Ruby-Mariana me contuvo, mirando a Heinrich y le dijo: «¡Oh, qué pesado eres! Es un disfraz como cualquier otro.» «Es una burla», dijo Heinrich al arrancar la svástica del brazo de Ulrich. Mi compañero contestó con un puñetazo sobre el rostro de Heinrich; la peluca gris cayó y los olanes de la pechera se estremecieron pero Goethe reaccionó y se arrojó con todo su peso sobre Ulrich; los dos rodaron entre los gritos de los estudiantes, Heinrich encima de Ulrich, tratando de arrancarle los botones de la camisa café, Ulrich con los puños en torno al cuello de Heinrich. Lorenz y yo los separamos, entre los gritos. «¡Qué fiesta!» «¡Beban, idiotas!» «¡No estropeen la noche!» «¡Les ordeno que se diviertan!» Los luchadores se levantaron, jadeando, observándose con esa falsa sonrisa de dientes apretados; Ulrich tendió la mano, Heinrich le dio la espalda y se abrazó a Mefisto-Lisbeth. Apagué la lámpara de trabajo. Sólo entraba la luz natural de la noche por la estrecha ventanilla. Los festejantes se acomodaron en el diván, la cama, el piso; yo les llevaba tarros de cerveza como ofrendas de paz. Las conversaciones decayeron a un murmullo. Empezaron los besos y las caricias. Me recliné contra el filo de la cama y apoyé el brazo sobre las rodillas desnudas de Reinhardt; el joven abrazaba a Elsa y la muchacha le murmuraba las frases que llegaban a mi cabeza de ojos cerrados. Pequeños proyectos de comprar muebles, adquirir determinado vestido y hacer un viaje de novios a Suiza. Los horarios de los trenes preocupaban a Elsa. Obligaba a su novio a repetir las llegadas y salidas de las estaciones para que la luna de miel rindiera al máximo: Lucerna, el lago de Thun, Wengen y la Jungfrau... Ruby se sentó junto a mí; sentí su mano caliente sobre la mía y escuché su voz muy baja: «¿Tú no vas a salir durante las vacaciones?» Era cierto. Realmente estábamos de vacaciones. Lo sabía, lo celebraba, pero sólo al sentir la mano de Ruby sobre la mía y ahora, al escuchar el ruido de los pesados zuecos cuando ella se los quitó en la oscuridad, me daba cuenta de que había pasado otro año y se abría ante mi vida un tiempo de probables delicias, de lecturas libres y ociosas, de largas caminatas... Ruby colocó sus piernas sobre mis rodillas y me pidió que le acariciara los pies. Le contesté en voz aún más baja, Lisbeth, como si sólo hablara para mí. No sé si saldré este año. El siguiente sí, entonces estaré a punto de recibirme. Quisiera hacer un viaje largo por todos los lugares que no conozco. Quisiera ir de ciudad en ciudad, viendo las cosas. «¿A dónde?», dijo Ruby, que se había doblado sobre sí misma, hasta que su rostro descansó sobre las rodillas y sentí el perfume de su cabellera bajo mi propio aliento. En Tréveris quedan las basílicas y los baños en ruinas. En Aquisgrán veré la capilla de Carlomagno. Luego descenderé por el Rin para conocer los edificios románicos, la catedral de Worms y la de Mainz, la abadía de Laach; y en Colonia, Santa María en el Capitolio, los Santos Apóstoles... Quiero ver todo eso y sentirlo, Ruby, Lisbeth, porque creo que hay que conservarlo; creo que el hombre es su casa, su piedra, el amor hacia lo que ha construido. Me detengo y me pregunto ¿por qué te digo estas cosas mías, niña burlona? Debes reírte de mí. «¿No me llevas contigo?», me preguntó Ruby, levantando el rostro hasta tocar mi mejilla con su nariz, así, Lisbeth, para que apenas lo sienta. Yo tomé su cabeza, así, entre mis manos, en una oscuridad que liberaba nuestros movimientos y nos hacía sentirnos secretos y dueños de una delicada audacia, así, pues no teníamos que dar cuenta de nuestra experiencia; la noche, al disfrazarnos, nos permitía decir la verdad, como en los carnavales... Ruby... Lisbeth... Yo quiero construir... Yo quiero hacer casas por instinto... No quiero estos Valhalas griegos que los maestros de la escuela nos obligan a respetar... Tampoco quiero los cajones de vidrio... No sé... ¿Me entiendes?... Quiero construir casas como un oso encuentra su cueva y un águila hace su nido, casas tan naturales como las de un animal, casas como placentas, tibias, húmedas, sin aristas... pero no sé... Ruby, Lisbeth, ¿Me entiendes? Algo libre, nuevo, natural, que no esté esclavizado a los modelos viejos, al prestigio... ¿Tú me entiendes?... Ruby me besó. Así. Yo la abracé. Así. Y permanecimos en silencio, escuchamos a oscuras, con los ojos cerrados, así, un poco mareados por la mezcla de cerveza y vino, por las voces de los novios detrás de nosotros. «¿Y si es cierto lo que dijo Lisbeth?» «¿Qué?» «¿Nunca te irás con otra?» «Sólo te quiero a ti.» «Pero puede gustarte otra... algún día.» «Conozco mis obligaciones.» «Yo sé que sólo podré amar una vez en mi vida.» «Nada podrá separarnos, Elsa.» «Sí, yo lo creo. Tendremos niños y ellos nos unirán más.» «¿Cuántos hijos quieres tener?» «Los que Dios quiera mandarnos.» «Creo que escogí bien.» «Sin una mujer que nos dé aliento, no podríamos hacer nada en la vida.» «La vida... sí, quiero verte lleno de honor, respetado por todos. Vas a ser un gran arquitecto, Reinhardt.» No pude contenerme, Lisbeth. Me tapé la boca, me arranqué del brazo de Ruby. Abrí los ojos. Toda la pieza oscurecida me daba vueltas en la cabeza. Traté de mirar a Elsa y Reinhardt y los vi dobles; todos los grupos que conversaban en voz baja parecían muy cercanos y muy lejanos y mi propio cuerpo se sentía a la vez enorme y minúsculo, como si mis rodillas fuesen montes pesados y plumas al viento. Me incliné y ya no pude contener el vómito. Ruby me apretó un brazo. Elsa dio un grito pequeño. Reinhardt se hincó junto a mí. «¡Hey! Franz se siente mal. Un vaso de agua.» La luz que pendía del techo brilló, otra vez blanca y helada. Cerré los ojos. Y en seguida los abrí y miré hacia la nevera, nuestro mueble frío y sin color, como la luz... Lorenz, la figura negra del monje ruso, caminaba hacia el refrigerador con un vaso limpio entre las manos. Yo grité: «¡No, Lorenz, por favor!» Lorenz abrió el refrigerador. «¡Cierra, Lorenz, por favor cierra, estás borracho, no es cierto, no has visto nada!» Lorenz dejó caer el vaso al suelo. La valkiria Lya, detrás de él, gritó, gritó, gritó, se mordió las manos y gritó con una palidez harinosa en el rostro. Herr Urs von Schnepelbrucke, cubierto por una ligera capa de escarcha, había arribado a la fiesta de fin de cursos.

Franz calló.

—¿Qué pasó después? —preguntaste.

—Nada. Reinhardt se casó con Elsa. Después murió en seguida, al principio, en el frente polaco.

—¿Y el enano?

—Llegó a la fiesta, ¿no te lo acabo de decir?

—Sí, ¿pero después qué pasó?

—Nada. Se quedó allí, en nuestra casa. Ahí debe seguir todavía.

Te incorporaste con violencia y empezaste a matar moscas con las palmas de las manos:

—Tú también conoces nuestro apartamento.

—Claro.

—En la calle de Nazas.

—Sí.

Cuando regresaron a México, al estallar la guerra, seguías soñando con él. Ya era una costumbre tuya acostarte con un libro y poco a poco ir perdiendo la atención, ir repitiendo, mientras leías, su nombre y dormirte con el libro abierto, sugestionada por su nombre. Sabías que él entraría a la recámara un poco después, cerraría el libro y apagaría la luz. Tú ya habías creado la imagen de tu sueño: su imagen.

—No, no su figura exacta.

Quizás sólo un color, un brillo, una iridiscencia como la de las estrellas que ruedan por el espacio: las azules que vienen hacia nosotros, las rojas que se alejan, las amarillas que se mantienen inmóviles. Su presencia en tu sueño era como la de una estrella azul, en llamas. Al despertar y verlo a tu lado, con el pelo revuelto, boca abajo, querías prolongar su presencia en ti y sabías que no era posible, que él saldría a la calle y tú pasarías las horas sola en el apartamento o caminando por la Colonia. Después del desayuno, él salió y tú te quedaste sola. Tenían una lámpara amarilla, hecha con un viejo garrafón de peluquería, de vidrio azogado. Viste tu rostro deformado por las refracciones del vidrio y acariciaste la superficie lisa del objeto. Sentada en el sofá, juntaste las rodillas, inclinaste la cabeza y tomaste entre las manos el cenicero negro, de barro oaxaqueño, el preferido de Javier: el que usaba en la sala, llevaba a la mesa del comedor para fumar después del almuerzo y a la recámara cuando leía y fumaba recostado. Sentiste en las yemas de los dedos la calidad de ese barro cocido. La mesa cuadrada, baja, de ocote pulido, en el centro de la sala: pasaste los dedos por la superficie, los detuviste en las rodelas dejadas por su vaso de cerveza, en las manchas quemadas donde se consumieron sus cigarrillos. El tapete de yute. Lo recorriste con las manos unidas a la espalda, lentamente, como si marcaras sus pasos, hasta encontrar la duela suelta cerca de la puerta, la duela que te anunciaba sus llegadas al rechinar. Repetiste todos los actos, a la inversa. Caminaste por el tapete. Acariciaste los accidentes de la mesa baja, sentiste el peso del cenicero en tus manos, tocaste el espejo deforme de la lámpara. Y no te diste por vencida. Tenía que haber más objetos que hablaran de él. Te sentaste en el piso y te estuviste allí una hora, o más, en cuclillas, con las piernas cruzadas, recostada, con la cabeza sobre los brazos, reclinada, con la cabeza sobre la palma abierta, recorriendo con los ojos todos los ángulos del lugar que habitaban. El librero que ocupaba todo un muro, de la puerta de entrada a una esquina. Desde el suelo, ibas recorriendo, recordando, distinguiendo los títulos y los autores lentamente, revueltos, sin orden. Rilke, Dostoievski, Cervantes, Reyes, Huidobro, Kleist, Nietzsche, Thomas Mann, Sheridan Le Fanu, Gérard de Nerval, Emily Brönte, D. H. Lawrence, Byron, Eurípides, Quiroga. El taburete de pino junto al librero, cubierto por un trozo de tela tejida, de origen huichol, con el garrafón de pulque encima, convertido en lámpara. Desde donde estabas reclinada, toda la estancia se refractaba en el cristal amarillo: los objetos más cercanos agrandados, los más lejanos empequeñecidos en un túnel de luz, el cuadrado de la ventana brillante e inmóvil en un costado curvo de la lámpara. El sofá al lado, con su tela de cuadros escoceses, hondo, cómodo, un poco desvencijado, un poco desteñido. La mesa grande y baja frente al sofá, la mesa manchada con sus cigarrillos y sus vasos, con el cenicero de barro negro, su preferido, y un candelabro sin velas, un árbol de barro y yeso, pintado de mil colores, sostenido por un ángel sin piernas que cargaba sobre las espaldas color de rosa los pedestales, columnas, trenzas y flores azules, amarillas y rojas. Una cajetilla de Alas que dejó olvidada. Una caja de fósforos de La Central, con la lisa raspada del costado y la reproducción de los sembradores de Corot. La silla inglesa delgada, con respaldo de encajes, que Javier rescató de casa de sus padres. Allí leía, con el libro apoyado sobre esa mesa baja, sentado en el suelo como tú; allí tomaba notas y consultaba libros, sobre ella colocaba su vaso de cerveza y manchaba el ocote pulido; en ese cenicero dejaba caer las colillas encendidas; sobre ese sillón reposaba el brazo y a veces la cabeza. Pasaste varias mañanas recorriendo el apartamento, siempre sentada o recostada en el suelo, mirando al cielo raso y las luces cambiantes del día que en él se fijaban, a través de las persianas, con los reflejos de las nubes y el sol, de los accesorios niquelados de los automóviles, de las campanillas plateadas de los vendedores de helados callejeros.

—Fue cuando Vasco Montero regresó de España. Había luchado en la guerra del lado republicano, había escrito hermosas canciones de combate con Prados y Alberti, había publicado su primer libro y hubo muchas fiestas para agasajarlo y, desde luego, oponerlo a ti, que vivías aún del prestigio de tu primer libro, publicado en 1937. Pero Vasco era un hombre generoso y bueno y no quiso hacer el juego de la rivalidad literaria. Quizá tú habrías preferido (no sé; seguramente te calumnio) una lucha abierta entre los dos. No fue así y yo sentí que, precisamente porque no se exteriorizó, esa rivalidad era más honda y más seria; más exigente. No habías vuelto a publicar. No me hablabas de tus proyectos. No podía saber si tu idea del gran poema de la ciudad de México avanzaba. Y pasábamos por otra crisis. Ésa es otra historia y parece de otro siglo. Lo primero que me emocionó, de niña, fue saber que dos humildes emigrados habían muerto un día en Boston, injustamente, por repartir unas hojas que Gerson nos leyó.

Fellow Workers, you have fought all wars.

Y Gerson anduvo de luto varios días.

O. K., dragona. Todo era entonces tan claro. La justicia aún no era ambigua. El sueño mismo no era ambiguo, era sólo la luz de una realidad oscura. La historia era idea y la política moral, ¿recuerdas? Todo era claro. Habíamos visto a los hombrecitos vendiendo manzanas en las esquinas de Nueva York. Habíamos visto a los desempleados en marcha, con sus sombreros de fieltro desteñido y sus sacos raídos. Habíamos visto las fotos de los Okies en el Dust Bowl, las chozas de tablas, las bocas desdentadas, los niños raquíticos, los senos secos… Habíamos visto a Paul Muni en *Soy un fugitivo*. Habíamos leído a Dos Passos. Stalin estaba construyendo un mundo nuevo, sin estos horrores. En España se libraba la batalla de todos los hombres. Ellos eran los buenos. Los malos eran el Padre Coughlin gritando por la radio, Huey Long gritando desde la casa de gobierno en Baton Rouge, el Bund Americano gritando en las cervecerías del Medio Oeste, Hitler gritando en las manifestaciones de Nüremberg.

Y un día abrimos el periódico y no lo creímos, dijimos que era una invención, que sería desmentido inmediatamente. Era la burla más grande del siglo. Molotov y Ribbentrop no habían firmado ese pacto. Era una mentira más de las agencias de noticias, era un complot. No era verdad.

La revolución era la unidad de todos los hombres humildes, cuatacha, de todos los artistas, de todos los seres justos del mundo, por encima de gobiernos y nacionalidades. La política tenía que ser moral, la historia tenía que ser conciencia.

You have wandered over all countries.

—¿Estás ahí, Javier? Prende la luz. No encuentro la cama. Qué manía de cerrar las persianas. ¿O ya se hizo de noche? ¿Estás ahí? ¿Te tomaste el nembutal? Bueno, si no quieres contestar. Aay. Estoy cansada. ¡Ay! Si no prendes la luz, voy a deshacerme la espinilla. Pinche hotel éste. Debimos seguir a Veracruz, Javier, al mar. Está bien, no te muevas. Ooooh. Sólo quiero descansar. Aaaah. Está fresca la almohada. Daría cualquier cosa por dormir como tú. No creo que te hagan falta las píldoras. ¿Me oyes? No creo que te hagan falta. Quisiera estar ya en el mar. Javier. ¿No contestas? ¿Estás ahí? No, Javier, te juro, perdóname, no lo hice para ofenderte, sino para ayudarte, Javier, con naturalidad, espontáneamente, para ofrecerte, para ofrecernos, una salida, para mantener el sueño.

Para decirle que mientras ustedes lo mantuvieran, el sueño no moriría. La revolución era el arte.

El arte era la revolución. Picasso era revolucionario, Brecht, Eisenstein, ¿no? Qué importaba lo demás, era transitorio; Stalin moriría tarde o temprano... Esa noche prendiste la luz como a las tres de
la mañana, le besaste el cuello, esperaste a que se
removiera en el lecho, se tapara los ojos con una
mano y al fin te mirara un poco aturdido. Esas largas horas solitarias, durante las que fuiste perci-
biendo y animando todos los objetos que nos rodean, que tocamos, que son incorporados a nuestras
vidas al tiempo que nosotros somos incorporados
a los objetos, te habían dado el tema, que en apariencia nada tenía que ver con nuestra tristeza ilu-
sa, ¿cómo la llaman?, pequeñoburguesa, sí, idealista, pero que por una especie de transmutación, de
secreta comunicación entre vasos que desconocían
su contigüidad, sí, sí, había sido descubierto a partir de ellas.

—Escúchame otra vez.

Un día, la juventud entra por la puerta. Tu
propia juventud.

—Acostada boca abajo, apoyé la barbilla contra mi mano, Franz, y miré a Javier.

Convocas tu propia juventud. Gracias a un esfuerzo sostenido, doloroso, casi mortal de la imaginación, logras reencarnar tu juventud, no en tu propio cuerpo sino separada de ti: tu fantasma carnal.

Have you harvested the fruits of your labors?

—Óyeme, mi caifán. Javier, amodorrado, encendió un cigarrillo y me escuchó.

Logras mantener algunas horas, o algunos días,
esa imagen reencarnada de tu pasado. ¿Qué haces

con ella? La aprovechas para amar. Vuelves a ser joven y ahora puedes amar de verdad, a través de tu fantasma que eres tú, con toda la experiencia, la nostalgia, el deseo retrospectivo que no pudiste tener en la juventud. Sí, sólo poseemos nuestros deseos cuando dejamos de desearlos. Algo así. Por ahí. Javier lo escribió. Fue su segundo libro. Un cuento de veinte cuartillas que publicó en una plaquette hermosa. ¿Por qué le contaste esa historia? Quizás porque te atreviste a rasgar el sobre de una carta dirigida a él, un día. Quizás él deseaba una prueba de que tu amor para él significaba para ti un sacrificio, una pérdida, un dolor y por eso era más valioso, de la misma manera que entonces creían, sin decirlo, que la ruptura de nuestro sueño exterior sólo nos obligaba a mantenerlo con más dolor y más fidelidad; quizás, al fin, convertida la desconfianza en impulso de su propio amor, Javier temía que al abandonarlo todo por él, sólo lo hicieras porque amabas su máscara y no su ser verdadero. ¿Por eso le contaste esa historia? ¿Para que él se revelara a través de un fantasma, para que a través de su imaginación escrita te revelara ya lo que temía que tú amabas exclusivamente: su fantasma?

Mira, dragona, ésta es una galería de espejos; siempre lo ha sido y sólo ahora lo sabemos. ¿No lo sabes tú? El enrejado es de alta tensión y los primeros prisioneros entraron el 14 de junio de 1940. Aquí lo dicen mis folletos; no mienten. La entrada sobre la que crece la hierba sólo se abre para que entren las columnas de camiones o salgan rumbo a otras prisiones o entre y salga el automóvil del comandante Joeckel. Al llegar, todos son colocados de cara a la pared en el cuarto de recepción. Les quitan los valores, les toman las señas, les quitan los nombres y desconocen su número de prisión. Y al lado, el cuarto de guardia, donde los grupos de trabajo que salen o entran son registrados, donde se censura la correspondencia de los prisioneros y detrás la oficina del comandante y en la antesala los rifles de la guardia y a un lado la tienda de ropa donde entregan sus trajes de paisano y reciben los pantalones marcados con tres listas rojas y una chaqueta militar con un triángulo rojo en la espalda y si son judíos, una estrella amarilla. El encargado Wacholz reparte toallas una vez por semana y de vez en cuando sábanas y hasta ropa interior; y ves el garage, a la salida, al final del patio, donde está el automóvil de Joeckel y un camión y entonces se entra a la prisión propiamente dicha, bajo el enorme rótulo *Arbeit macht frei* y a la administración del primer patio, donde Rokyo distribuye celdas y trabajos y decide quién ha de salir todas las madrugadas a la fábrica Schicht y quién a la fábrica Sputh de Lovisice, quién a la fábrica de cuero de Zalhostice, quién a la fábrica de ladrillos: todos, de las siete de la mañana a las siete de la noche; y detrás de la administración la tienda de comida y el guardia Hohaus, encargado de abastecer la fortaleza y alimentar a los prisioneros: el agua negra y amarga en la mañana, antes de salir al trabajo, y media libra de pan; las cucharadas de sopa aguada o té de hierbas al mediodía; más sopa diluida al regresar, en la noche. La barbería, donde son rapados al entrar; el aseo semanal de la cabeza, el desinfectante frotado y el boiler junto a la cocina y enfrente, en el mismo patio, las celdas con las camas de tablas de dos pisos junto a la pared, la estufa que nadie utiliza, las luces que está prohibido encender, las celdas siempre húmedas, los hombres y mujeres y niños que regresan empapados del trabajo y no pueden secar las ropas que vuelven a ponerse, mojadas, a las cinco de la mañana; ciento veinte personas en cada celda; un solo retrete, un solo lavabo, el olor, las ventanas cerradas: la celda 16, donde los viejos y enfermos pelan papas todo el día, la celda 14, donde duermen los hombres que trabajan en los lavaderos, la celda 13, la de los prisioneros prominentes, los que llevan y traen los bultos y las cartas, los cocineros, los camareros, los peluqueros de las guardias negras, la celda 12, donde están los prisioneros de nacionalidad alemana, los soplones; las celdas solitarias, el corredor adonde se penetra por la última puerta del primer patio, con sus veinte celdas, de ventanillas cerradas, sin luz, con su piso de concreto, adonde sólo Rokyo y Neubauer tienen acceso: ellos llevan el agua podrida, la comida excesivamente salada a propósito: las perreras de la prisión y otro corredor detrás de los solitarios: dos regaderas y una tina de madera, pero no para el aseo, sino para la tortura, para interrogar bajo el agua helada, entre el chasquido seco de los tubos de goma contra los cuerpos y el verdadero baño del primer patio, junto a la choza destinada a tirar la basura y desinfectar a los prisioneros: el baño es los sábados; primero pasan las mujeres, después los hombres; antes de pasar las mujeres rumbo al baño, cierran las puertas de todas las celdas masculinas y en la celda adjunta está la enfermería, atendida por el médico prisionero; el médico oficial visita dos veces por semana, al atardecer, pero sólo se dedica a firmar los certificados de defunción: se desea ir a la enfermería porque allí hay verdaderas camas; sólo los judíos no pueden ir al hospital; y se sale del primer patio por el pequeño puente de concreto que conduce al viejo establo convertido en hospital: el de mujeres en las celdas 9 y 8; caben doscientas, pero es ocupado por quinientas; unas se contagian a otras, muchas yacen en el suelo; las camas son para los casos de gangrena y abscesos. El hospital de hombres tiene un piso cubierto de colchones de paja y de papel, manchados por los casos de disentería. El jardín de los guardias, donde trabajan algunos prisioneros, cultivando hortalizas. Y detrás del puente, a la derecha, la morgue, el pequeño cuarto oscuro sobre una elevación de tierra, de donde salen los prisioneros muertos al incinerador en el ghetto y el ghetto es toda la ciudad. Y de allí las cenizas son regresadas a la fortaleza, las urnas son marcadas F o M, Frau, Man. De regreso en el primer patio, la celda 2 es para los judíos y la celda 1 para los prisioneros soviéticos. Herrenhaus, la mansión de mansardas y pórticos, con calefacción, guarecida por setos, con las salas llenas de muebles de laca china y un gran radio y las mesitas de cristal y las reproducciones de paisajes alpinos y la selección de discos clásicos y el comedor de sillas labradas y las camas de caoba y los parques con caminos de grava y las criadas checas y en seguida el tercer patio. El de las mujeres. Las mismas celdas monótonas. Las mismas camas de tablas. Las ventanillas que dan sobre el patio gris y lodoso. Sólo se ve la campiña moravia desde la ventana del pequeño cuarto de costura. Cuatro celdas para las prisioneras políticas. Una para las judías. Dos para las mujeres que se rebelan contra el trabajo bajo la ocupación: éstas no permanecerán más de dos semanas; otras, negándose en absoluto a trabajar, serán enviadas a Alemania. Otra celda para las tareas de las mujeres que pintan botones de madera, cosen arcos de soporte para las botas de los soldados, tejen calcetines para las tropas, trabajan en el jardín de hortalizas de los guardias, cosen vestidos para las guardias femeninas y camisas y ropa interior para los prisioneros, limpian los cuartos y las oficinas de los señores, ordeñan vacas y chivos. Celda 32, cuarto de aislamiento para enfermas, adonde está prohibida la entrada al médico. Celda 33, celda de la muerte. Hay sesenta y cinco mujeres en el suelo, alimentadas una vez cada tres días. Está prohibido a los demás acercarse a esta celda, so pena de ingresar a ella. Pero los hombres del Lebbensmittelraum, la tienda de alimentos contigua, han cavado un hoyo por donde pasan comida a la sección femenina. La cantina de la S. S. está junto a la entrada al patio de mujeres y las mujeres lavan los pisos y las ventanas tres veces por semana. Detrás de la cantina, en el mismo edificio, están los talleres de herrería, cerrajería, carpintería, que producen muebles, juguetes, féretros, cuchillos. Y detrás, los lavaderos donde sólo trabajan hombres y algunos sábados las mujeres pueden lavar la ropa personal de las prisioneras. El cuarto patio de la fortaleza tiene cuatro grandes celdas a la izquierda; las camas son, ahora, de cuatro pisos y hay ochocientos prisioneros en cada celda y tres lavabos y una pequeña ventana y en invierno las paredes están húmedas y cubiertas de escarcha y los lavabos son inútiles. Los prisioneros sufren de diarrea, no caben en los camastros, duermen en el suelo entre los excrementos y cada nueva columna de presos trae sus propias pulgas, sus piojos, su tifus exantemático. Al final de la guerra, el cuarto patio infecta a toda la fortaleza. Del lado derecho del cuarto patio están los solitarios y al fondo se pasa por la puerta de la muerte, el corredor largo y oscuro y húmedo con bodegas de papas a ambos lados, para llegar al lugar de las ejecuciones a través de una pequeña puerta de fierro. A la izquierda, la horca. A la derecha, el paredón. Joeckel daba la orden. Tronaban los fusiles de la policía secreta a cargo del Obserscharführer Josef Lewinsky. Y detrás de la puerta de la muerte estaba el Hundenkomando con los perros alsacianos a los que Joeckel entrenaba. Y luego los cuartos de recreo y el cine para los guardias y la piscina para las hijas de Joeckel que ríen y chapotean con sus trajes de baño floreados y alrededor de todo se excavan trincheras con las manos. No hay palas y los prisioneros trasladan la tierra entre las manos y en sus gorras. *Arbeit macht frei.*

—Have you harvested the price of your victories?

Un camino pavimentado apareció a la derecha de la carretera.

—¿Ves? —dijiste mirando a Franz—. Era a la derecha.

Franz asintió. El auto dio la vuelta a la derecha, corrió entre una alameda de eucaliptos y todos, antes de verla, sintieron la presencia múltiple, escucharon los mugidos bajos, olieron el sudor fuerte; sobre todo, adivinaron —apuesto— un obstáculo móvil en esa emanación de la tierra salitrosa que los rodeaba. La parte pavimentada terminó. El auto siguió adelante, más lento, por un camino de tierra seca; tú y Javier cerraron las ventanas; un velo de polvo los envolvió.

Reíste, acariciando la nuca de Javier.

—Creíste que era virgen. A mí me dio tanta risa. Conste, me reí contigo, no de ti. ¿Qué creías? Fue mi primer acto de liberación, como quien dice. Ya no me acuerdo de su cara.

Tus dedos, Isabel, novillera, recorrieron el pelo cada vez más escaso de Javier.

—De veras. No me acuerdo nada, pero lo que se llama nada, de él. Figúrate. Acababa de liberarme de mi familia y este zoquete ya quería vampirizarme otra vez. ¡Qué chispas! No puedes andar con nadie más. Te prohíbo salir de tu casa sin telefonearme antes. Espérame a la salida de la escuela. ¿Qué estudiaba? Creo que veterinaria. Ug. Iba a curar perros falderos toda la vida. A volar, gaviotas. Descubrí lo que tenía que descubrir y le eché encima los perros. Al fin eso no es tan padre por sí, sino por la persona. Dependía de eso y mientras no encontrara a otra persona, me daba igual. Tampoco iba a ser prisionera de eso. De nada. Ahora, contigo, me da gusto. Tú sabes tratarme.

—Ustedes reinan —dijo Javier. Le desabotonaste la camisa, se la quitaste.

—¿Qué? ¿Quiénes? —deshiciste las agujetas de los zapatos de Javier, se los quitaste.

—¿Te das cuenta de que éste es un gran matriarcado?

Acariciaste los pies desnudos de Javier y te despojaste de la blusa y del pantalón torero.

—Pues parece todo lo contrario. Que yo soy muy macho, que si los mexicanos somos puro macho...

Javier te apartó el cabello de los ojos, que te ocultaba el rostro cuando tú te inclinaste sobre la cabeza recostada del mustafá y le besaste la barbilla. Te abrazaste a él.

—Qué sábanas más frías. Menos mal. Las lavan de vez en cuando.

Javier se quitó los pantalones sentado al filo de la cama.

—¿Te molesta que siempre nos veamos en cuartos de hotel?

—¿Contigo? —le hiciste cosquillas en la cintura con las manos—. ¡Estás loco! Qué lonjitas más suaves tienes.

Javier se cubrió el vientre con la sábana.

—Podríamos ir a Acapulco un fin de semana.

—Eso está muy visto.

—¿A dónde quieres ir?

Te quedaste pensando. Javier te vio tendida, larga, bronceada, con el cuerpo recorrido por el humo que arrojabas con fuerza por la nariz y se arremolinaba en tu ombligo. Te tocó.

—Barbados, Trinidad, Jamaica, Bermudas...

—Las mujeres aquí hacen creer que son dominadas.

—¿Qué dices?

Le acariciaste la oreja. Le diste la espalda y le obligaste, con un brazo, a recostarse de lado, contra ti.

—Y son ellas las que dominan. Creo que las mujeres mexicanas han inventado el mito del machismo para engañar a los hombres. Para compensarlos de su sometimiento a la madre, la mujer, la esposa devoradoras que imponen sus valores femeninos, los únicos valores que dominan en México...

—Puede que tengas razón. Mi papá decía que era ateo y yo iba a la escuela de monjas.

—Algo así. Permiten a los hombres jugar. Ponen cara de mártires en público. Se parten de la risa en privado.

Reíste.

Vamos a hacer el humor.

Con una mano, lo invitaste a jugar. Lo acariciaste.

—Como México no hay dos.

Él te tomó de los senos.

—Nuestra madrecita de Guadalupe.

Las piernas se entrelazaron.

251

—No hay nada como nuestros antojitos mexicanos.

Te escurriste entre las piernas de Javier.

—Nuestros Niños Héroes.

Apartaste las piernas de Javier con las caderas.

—Nuestro México es pobre pero tiene corazón.

Estabas pegada a él, de espaldas.

—¡Pero ríete, Javier! ¿No es eso lo que tienes que decir en tu televisión?

Javier empezó a reír, a corearte.

—El capitán Jackson, del servicio secreto, llega a Singapur. Una espesa red de intriga se teje en ese misterioso puerto, lugar de cita del espionaje mundial.

Te volteaste rápidamente y tu nariz rozó la de Javier.

—Jackson es rubio, alto, musculoso y enciende sus cigarrillos mirando fijamente los ojos del enemigo.

Tus senos estaban cálidos con el jugueteo.

—Si no destruimos aquí la amenaza contra el mundo libre, el enemigo pronto estará a nuestras puertas, dice señalando un mapa del explosivo sudeste asiático, a punto de caer como tantas fichas de dominó.

Los muslos estaban húmedos con el jugueteo.

—Comercial. Señora, impida que sus niños desarrollen insanos complejos incestuosos. Use la botella esterilizada Baby Sucker. No le ofrezca su pecho. Evite deformaciones. Manténgase erecta ante la vida. Jingle. Tenga derechos todos sus pechos. Oiga usted lo que opina Jane Mansfield.

—Isabel, Isabel...

—Ay papacito...

—¿Te gusta, mi amor?

—Ya ya ya...

—Escúchame. Para que no se acabe. Es como la primera vez.

—No no no, no me distraigas...

—¡Déjame, déjame hacerlo, Ligeia!

—Sí, sí, sigue, mi amor, sigue...

—No quiero empezar cada vez...

—Sí, sí, sí...

—Entra, sal, lentamente...

—Sí, sí, sí.

—Y ahora ya no.

Javier se zafó y te dio la espalda. Cayó boca abajo contra la almohada, como si se escondiera. Tú permaneciste boca arriba. Javier te miró de reojo. Tú no moviste la cabeza, no lo buscaste.

Él murmuró:

—Isabel.

Tú encendiste un cigarrillo.

—Javier, no te siento a gusto.

—No, mi amor. Este cuarto es muy triste. No podemos seguir viniendo a cuartitos de hotel. Ahora regresaremos a México y nos veremos otra vez en esos courts, con las sábanas frías y las paredes salitrosas. El teléfono junto a la cama. El taxi esperándonos abajo, escondido detrás de esa cortina de rayas anaranjadas. Aaaj. Pienso en el camino de Toluca y me da náuseas. Quizás...

—Ya sé —dijiste.

—¿Qué?

—¡Vamos tomando un apartamento!

—¿Un apartamento?

—He visto un estudio padre en Coyoacán. Te va a abismar cuando lo veas. En cuanto regresemos a México vamos a...

—Isabel, yo creí que...

—Mira: está en los altos de una tienda de arte popular. Yo lo decoraré.

—Pero Isabel...

—Es sólo un estudio, en realidad. Una gran pieza y un bañito y una cocina. ¡Padre! Haré que enceren los pisos, en cuanto regresemos.

—Isabel, yo...

—Haré que pinten las vigas y encalen las paredes. Voy a escoger unas cortinas amarillas, bien gruesas, para el ventanal. Da sobre la plaza de Chimalistac.

—Es que yo...

—Escogeré unos muebles de cedro claro que he visto, forraré los cojines de manta azul. Necesitamos esas mesas de vidrio y fierro oxidado. Compraré unos Judas en la tienda de abajo y los colgaré de las paredes. Un sofá-cama. Tú llevas tus libros y yo te escojo un escritorio colonial divino que vi en San Ángel, de marquetería, lleno de cajoncitos y curiosidades. Ahí puedes ir guardando lo que escribas, ¿no?

—¿Pero cuánto va a costar todo eso?

—¿Qué? Saca la cuenta. Muebles, cortinas, telas, escritorio, pintura, barniz, cera, ceniceros, trastes de cocina, refrigerador, cuentas de luz, gas y teléfono. Yo diría unos cuarenta mil pesos.

—Pero el cuarto del courts sólo cuesta treinta pesos... Bueno, podemos ahorrar las salidas a cenar.

—Ah, no, con lo que me gusta lucirte. Yo no sé cocinar, Javier. A mí me gusta cenar un steak al carbón en Delmonico's o un lenguado holandés en Jena, o unos quenelles en La Lorraine...

Reíste mucho y seguiste:

—No, no creas que me ilusiona tanto salir a lugares elegantes. Si lo único que quiero es estar contigo, no me importa dónde. Fíjate, no perderemos tanto tiempo. Ah, y un tocadiscos. No podríamos vivir sin un tocadiscos.

—¿Vivir?

—Dos o tres veces por semana, zonzo. Y cada uno por su lado, cuando quiera estar solo. ¿No necesitas estar solo de cuando en cuando?

Le acariciaste el mentón, encendiste otro cigarrillo, pusiste otro disco y giraste lentamente.

—Trini López at PJ's —dijiste—. Grabado en vivo. If I had a hammer...

Entraste al baño. Cerraste la puerta detrás de ti. Javier se sentó sobre la cama y se tocó la cintura. El agua corría en el baño con un ruido excesivo.

—Isabel.

Javier levantó la voz.

—¡Isabel!

—¿Qué cosa? —dijiste del otro lado de la puerta.

—Creí que me ibas a decir otra cosa.

—No te oigo, Javier. Espera. Ahoritita salgo.

—Estás casado. Tienes obligaciones. Entiendo. Gracias, Javier.

A hammer in the morning...

—Eres mayor que yo. Tienes tu vida hecha. Y tu carácter también.

—Un momentito, mi amor, ya mero estoy.

—Gracias. Fue muy hermoso mientras duró. Nunca te olvidaré.

If I had a bell...

—Yo también sabía que iba a terminar. Nunca me hice ilusiones.

...I'd ring it in the morning.

—No te inventé. Te toqué. No te inventé.

It's the bell of freedom.

—Un courts del camino a Toluca con un taxi esperando detrás de la cortina. ¿Algo más?

—Ahoritita salgo. Ten paciencia.

—¿Otra vez? ¿Creyendo que ahora sí es distinto?

El disco terminó. Javier escuchó los górgoros, los eructos, todas las burbujas de esa agua corriendo, desde los grifos y en el remolino del excusado.

Apareciste envuelta en una toalla. Con una mano te agitaste el pelo mojado.

—¿Qué decías?

Javier se cubrió el vientre con la sábana. Tú canturreaste mientras te anudabas el pelo a la nuca, con estambres amarillos, frente al espejo. Te restiraste el pelo sobre el cráneo con los pasadores entre los dientes. Terminaste de peinarte, te acariciaste la cabeza con las manos y buscaste el lápiz labial en el desorden del tocador. Frunciste los labios para pintarlos de anaranjado.

—Cuando estábamos en Xochicalco... —murmuró Javier. Detuviste el lápiz sobre los labios.

—No.

—... Ustedes no comprenden.

—No —te levantaste y la toalla cayó.

—Tienes que oírme.

—Te digo que no —recogiste la toalla y la empuñaste como un látigo pesado y húmedo.

—Estaba pensando en Xochicalco. En lo que vimos esta mañana...

—Ya lo sé. No quiero saber nada de eso. ¡Me aburre! —azotaste las piernas de Javier con la toalla mojada.

—No, Isabel, no —Javier recogió las piernas.

Azotaste las nalgas de Javier, riendo.

—Isabel, no, te digo que duele —Javier se dobló sobre sí mismo, unió el mentón a las rodillas y cerró los ojos.

—Más duelen esas tonterías. ¡No quiero saber de eso, te digo! ¡Yo no tengo nada que ver con esas cosas!

Arrojaste la toalla mojada sobre la cabeza de Javier. Te arrodillaste junto a él en la cama. Le hiciste cosquillas en la cintura.

—Lonjitas más chispas.

Javier abrió los ojos y siguió en su postura recogida.

—¿Por qué abriste la puerta?

Le besaste la espalda.

—¿Cuál puerta?

—¡La del auto! —Javier no te miró.

—¿Tú qué crees?

—No me beses. Dime.

—Porque lo dijiste para herirme a mí, no a la Betty que ya está acostumbrada...

—¿Qué? ¿Qué dije?

—Todas esas cosas que repites tanto; necesito el amor sin amor, quiero el amor sin desearlo. No, no a la Betty. A mí. Pinche —acercaste la boca a la oreja de Javier—. ¿Sabes cómo me llamaste mientras me hacías el amor?

Javier escondió el rostro en la almohada.

—¿Yo? Perdón. Por favor, perdóname.

Lanzaste una carcajada, arrancaste las sábanas del cuerpo de Javier, Javier gritó:

—¡Déjame! ¡No me gusta!

—¿Solo erecto y prepotente, mi amor? A mí me gusta verlo dormidito.

—Entonces ven, no hables. Ya.

Apareciste, riendo, entre las piernas de Javier.

—Niño, niño. ¿Qué pensarás en realidad? Anda, cotorrea tantito. Mi amor. ¿Ya ves? Hoy descubrí que me cuentas mentiras.

—No, era cierto. Dos veces te amé porque creí que habías comprendido. Tenías que saberlo. Porque lo repetiste hace poco. Me enviaron con el secretariado a la conferencia de Londres. Había una exposición de Modigliani en la Galería Tate.

Se citaron para después de la plenaria matutina y Javier se despidió de ti, dragona, de Elizabeth con su cabellera de falso gris, sus cejas espesas, sus labios gruesos, su traje Chanel con chaquetilla torera bordada de perlas. Javier llegó a la Tate a las dos de la tarde y no te buscó. Contempló los cuadros con cierta distracción, buscando primero un acercamiento espontáneo a esas mujeres de cuellos largos y ojos sin córnea, de ingles oscuras y labios delgados, a las que siempre había asociado con la nostalgia de los veintes. Pero ahora se dio cuenta de que eran las mismas mujeres de Tesalia, Micenas y Creta, angulosas, de pura línea; y de un golpe, sin aviso, regresaron los verdaderos olores, la luz verdadera, los rumores auténticos del tiempo pasado en Grecia. Las mujeres de Modigliani, fijas en sus cuadros, poseían los aromas del jacinto y el hibisco, los rumores de las parvadas de tordos y de las pezuñas sobre el empedrado y de los martillos de las carpinterías, la luz del sol filtrando hasta el fondo del mar, los colores naranja de las lanchas, azul de las capillas de San Nicolás, blancos de las escaleras y zócalos de Míconos, ocre y rojo de los retablos de santos batalladores, pajizo de los molinos, otra vez el aroma de los incensarios, de los puercos humeantes y eventrados, de los burros muertos y devorados por moscas y buitres, de los intestinos fritos en las cocinas impenetrables, del ajo y el olivo, del queso mamado. Javier giró con los puños apretados, como si alguien mirara a través de su fragilidad de células y nervios y venas para ver mejor los cuadros, como si una complicidad acabara de expulsarlo de la Tate donde otros seres lo dominaban todo. Giró y allí estaban las mujeres de Modigliani, las muchachas inglesas que habían venido a contemplar sus espejos, las mujeres de hoy con sus cabelleras negras y lacias, sus suéters descotados y sus medias negras, rojas, verdes, bordadas de filigrana, sus ojos verdes y negros, viéndose en los cuadros que las reproducían, llegadas sin consulta previa, sin conocimiento, sin esperanza, para encontrarse y reconocerse sin signos de revelación. Las modelos habían resucitado o rejuvenecido o encarnado y visitaban su otra imagen, el modelo del modelo. Y allí estaba ella, con una sonrisa lejana, con el pelo teñido de negro, revuelto como el de la mujer desnuda sobre el cojín azul que estaba a sus espaldas, ella con las cejas delgadas, los labios finos, las pestañas abiertas y pintadas que ahogaban sus ojos claros, el cuello alargado por el escote que se abría hasta el ombligo: había inventado este traje de otra época, suelto, sin corte, como una túnica displicente, que caía de sus hombros estrechos y delgados con un trazo contenido por líneas negras y gruesas. En su sonrisa estaba la disposición, en sus ojos la nostalgia, en sus manos pálidas y largas, unidas a la altura de los muslos, esa misma conciencia de poseer manos, extremidades cálidas que sirven para esconder o aislar o proteger las partes sagradas del cuerpo amado y ajeno, que contemplaban las telas de Modigliani.

—Este esfuerzo por recordar es en realidad un esfuerzo por olvidar, dragona.

¿Ves? Irene Dunne era la millonaria distraída; Jean Arthur, la periodista vulgar con corazón de oro; William Powell, el mayordomo irónico; Alice Brady, la señora con pájaros en la cabeza; Eugene Palette, el millonario diabético; Mirna Loy, la esposa con sentido del humor; Roland Young, el turista rico y amigo de los ectoplasmas; Cary Grant, la cima de la elegancia natural; Charles Ruggles, el ricachón que se ganaba el valet inglés en el juego de poker; la hermosa, loca, irresistible Carole Lombard y Mae West que guiñaba un ojo y decía:

—Beulah, peel me a grape, y contoneaba su figura de reloj de arena y tú y Javier estaban tomados de la mano en un cine de Brooklyn viendo *Four daughters* porque allí debutaba John Garfield, y nunca ningún actor te gustó tanto como John Garfield, porque se parecía a Javier, porque se llamaba Julius Garfinkle, porque vivía entre la humillación y el peligro, porque, retrospectivamente (intuitivamente entonces) fue el primer héroe existencial, antes de Bogart o Brando o Dean: John Garfield era, por fin, esa contradicción viva, el héroe-villano, el santo-asesino, el artista-vulgar; y cuando ahora pasa por la televisión alguna película de ese hombre magnífico que murió fornicando, tratas de que Javier esté allí y lo vea y lo recuerde, pero Javier huye antes de que puedas gritarle:

—¡No te justifiques más! ¡No le eches la culpa a México o al tiempo! ¿Ves? Ya sé cómo son todos, todos estos artistas de la clase media latinoamericana, que usan el arte para poder sentirse aristócratas, para transferirse a la oligarquía contra la cual dicen luchar; el arte es la elegancia, la manera de escapar al horrible mundo de una clase media cruda, plana, tartamuda, nada más; lo llaman forma y buen gusto y es sólo impotencia y miedo y nostalgia y vulgar social climbing...

Antes de que Javier te grite:

—¿Y los gringos? ¿Y el juego del artista de pelo en pecho? ¿No tratan de escapar a su clase media posando como cargadores, beisbolistas, cazadores de tigres, maquinistas de tren, boxeadores?

Y tú terminas, calmada, preguntando:

—Florence Rice. ¿Quién recordará a Florence Rice? O Arline Judge. Tantos rostros bonitos y que fueron tan famosos como Rochelle Hudson y Madge Evans y Jean Parker y que hoy nadie recuerda.

Se tomaron de las manos en el cine y el cine lo homogeneizó todo. Y salieron y caminaron y tú miraste, saludaste, bajaste la cabeza mientras te saludaban y miraban y esa otra película fluía, igual desde la niñez: el kleikodeshnik afuera de la sinagoga con su rostro compungido y sus manos unidas piadosamente; el ototot que no termina de afeitarse la vieja barba rusa; y el lánguido y cultivado schonerjud que juega ajedrez en el segundo piso de un café del barrio; y la anciana que espera la salida del funeral con el pañuelo listo para recibir las limosnas de los dolientes; y la radikalke emancipada, chillona:

—¿Quisieras que fuera una loca así, Betele? ¿Eso te gustaría que fuera?

—No, mamá. No he dicho eso.

—Entonces no hagas caso a tu padre. Déjalo jugar pinocle y sentirse muy moderno. Déjalo que se engañe. Ven. Toma mis manos, hijita. Recuéstate aquí a mi lado. No vamos a escapar de esto. Es más hondo de lo que sabemos. Ya lo verás si entonces, como yo, no se da cuenta que lo único que importa en la vida es lo que dejamos al morir, los que pueden llorar por nosotros.

Apretaste la mano de Javier en el cine: John Garfield tocaba el piano.

—Ya no parece, ¿verdad? ¿Verdad, Javier, que ya no tiene nada de excéntrico?

—No sirve de nada saber la lengua madre —murmuró Gerson.

—¡Cállate! ¡Renegado! ¡Goy! —gritó Becky.

—Haremos y obedeceremos —dices, con los ojos cerrados, cuando el auto deja atrás las sombras de la alameda y una luminosidad vertical los ciega. Era la una de la tarde. Franz consultó su reloj. Tierra blanca. Lomas blancas. Árboles blancos. El polvo arremolinado. El río y el vado—. Bendito el que viene en nombre del Señor.

Franz detuvo la marcha, apagó el motor y metió el freno de mano. Todos descendieron en silencio, aunque Isabel se retrasó, dudando. Los remolinos de polvo les alcanzaban hasta las rodillas. Los cuatro se detuvieron junto al auto.

En el vado, casi inmóviles, plantados a lo largo de la estrecha joroba de tierra entre los dos brazos del río, estaban los toros, las vacas, los novillos, en el centro del río. Jarameños de cuernos cortos y delgados, con el color fusco abrillantado por el sol, que parecían guardianes del paso del río. Toros de frente remolinada y cuello corto. Toros de lomos fuertes y pezuñas recogidas, casi inmóviles en la faja de tierra. Toros de cerviguillo levantado y colas largas, que hundían los morros en el agua rápida. Vaquillas de armadura corta que comían, con un movimiento abanicado de la cabeza, las hierbas blancas de la otra orilla. Novillos nerviosos, saltones, que se miraban entre las patas y vientres de los toros grandes.

Toros de cuello corto y ojos miopes, mugiendo suavemente, posesionados del vado. Una multitud lenta y sudorosa que rodeaba al cabestro que también bebía el agua verde del río. Toros moruchos, de cornamenta en veleto y grandes papadas. Los ojos nerviosos, miopes, fijos en la tierra. Los ojos salientes y adormecidos de las vacas de pelo sentado, abrillantado en el mediodía.

Tú y Franz, Isabel y Javier se detuvieron a la orilla del río, en medio de una gran uña de tierra arenosa de donde arrancaba el puente natural que el río había creado entre sus dos remolinos veloces, antes de precipitarse, a pocos metros, en una cascada. Si las miradas bajas y perdidas de la vacada no se dirigían a ustedes, sí podía sentirse el movimiento nervioso de todas las orejillas redondas, el sudor acentuado de los lomos rectos: una vaca perdió pie en el borde del espinazo y primero con una torpeza patética y serena, en seguida con un nerviosismo desesperado, se deslizó hacia las aguas turbulentas, se hundió con todo su peso, asomó la testuz de trecho en trecho, a medida que la corriente veloz le arrebataba hacia esa cascada negra. Ninguna bestia de la manada volvió los ojos hacia la compañera perdida. Otra vez los movimientos apacibles aunque nerviosos, el lento comer en abanico, el lento beber, la lejanía de los ojos abultados.

Ustedes se miraron. Isabel se tapó la boca, riendo, ah forro chido, muy nerviosa. Franz tomó el chal negro de tus hombros y se adelantó hacia el vado y caminó por la uña de arena hacia el toro grande que, poco a poco, por ser el más cercano, parecía el más nervioso. Abanicaba la cabeza sin motivo, sin recoger las hierbas con el morro; husmeaba el aire, igual que toda la grey, buscando todo el tiempo el alimento y el olor de las hembras. De repente era el mandón, el mero Juan Cuerdas, el semental de esta tropa. Ya no escondía su temor ante el hombre que avanzaba hacia él. Un sudor copioso lustraba aún más su piel; se soltó meando y su mirada se volvió muy opaca. Franz se acercó más. El ojo del otro parecía, al fin, fijarse en el hombre, reconocer su figura y no sólo el bulto, el olor y el ruido de los pies sobre la arena. Esa retina difusa del toro se iba concentrando. Mugió el toro. Tiró violentamente la cabeza hacia atrás, hacia sus compañeros: esperaba una atracción, un olor, un bufe, sí, o un ruido que lo distrajera de esa figura tenaz que avanzaba hacia él: andaba buscando una salida. Pero los demás toros eran un muro negro, de cuernos verdes y blancos. El mandón, el Juan Cuerdas, sólo podía huir hacia adelante. Sólo podía huir embistiendo.

Se detuvo. Como que se irguió para que todos lo vieran. Su cobardía no tenía más salida que el coraje, pero también había un orgullo físico por el puro hecho de estar allí bajo el sol. El ojo embrutecido se convirtió en una moneda negra, grande, viva y brillante. El morro húmedo y elástico se levantó mugiendo. Los cuernos verdes tenían su orgullo particular, como de corona y símbolo frente a los otros toros perdidos en la masa gregaria de atrás; las ancas elevadas, los lomos rectos, el dorso afilado pero lleno, comenzaron a temblar con cólera; todo el cuerpo mostraba en la inmovilidad erguida una belleza hecha para la lidia, fuerte, abultado, musculoso por delante, esbelto, fino, hecho para la carrera, por detrás. Tenía las pezuñas negras y el morrillo grande y las agujas potentes, el pecho profundo y una respiración sudorosa y bárbara. Ya estaba lleno de esa bravura que sólo podía salir del miedo, con los ojos fijos en el falso capote de Franz que se acercaba, gastaba los G.B.H., dragona, se arrimaba de veras a ese viejo uro que no parecía detenerse en la arena blanca de un río, sino fijarse para siempre en la cueva pintada, en el mosaico, en la moneda imperial.

Las pupilas refractadas distinguieron al fin los dos bultos: el del hombre y el del capote negro. Franz no se movió. Con tu rebozo apenas agitado por el viento, entre los puños bronceados. Las venas del antebrazo resaltaban, azulosas, bajo la luz. Tenía los talones muy juntos y la pierna derecha tensa, a punto de adelantarla apenas embistiera el torote. Tú mirabas, ahora sí, con más miedo que un charro con sartén, Isabel licoriaba con risa y Javier con una como distracción impetuosa. Pero Franz había dominado al toro. Todo aquello —el olor de las vacas, los mugidos de los novillos, el estruendo de la cascada, el correr ligero del río— había desaparecido de la sensibilidad del jarameño, rebotada sobre un testuz sordo, hipnotizado por el hombre y la capa como si le hubieran dado su chicloso de mandarín. Embistió. Franz libró el lance. El toro, impulsado, corneando furiosamente por la derecha, fue a patinarse hasta el extremo del medio redondel de hierba y arena muerta. Mugió con dolor. Los tejidos del cuerpazo chupaban el oxígeno. Se levantó. Un segundo de distracción pero ya Franz lo estaba acorralando con la voz, se lo estaba arremangando, lo volvía a citar: «Toro, toro...», con la quijada saliente, los labios entreabiertos y rígidos y los candorros bien afilados. Los dos tenían más miedo que un nagual fichado. La camisa de Franz se le pegaba a la espalda, el polvo había blanqueado los zapatos de cuero y, bajo la ropa, se adivinaba un cuerpo de trazos violentos y rápidos, una pura armazón de nervios y músculos que había quemado todo lo que no era ese diagrama muy crospi.

El jarameño volvió a embestir, volvió a pasar junto al vientre recogido de Franz, volvió a levantar la capa negra con el cuello a un tiempo flexible y fijo; y ya estaba dominado, bien bastardiado; no desbarró; giró como un relámpago y volvió a embestir cuando Javier les dio la espalda, caminó hacia el auto, abrió la portezuela, se sentó en el lugar del chofer y apretó con todas sus fuerzas el claxon, apoyó las manos sobre ese grito gutural y agudo, penetrante y chillón, llenó todo el lugar con ese lamento ronco del claxon y a través del vidrio empolvado trató de distinguir, hasta ver, primero una nueva embestida del toro, peligrosa, en el momento en que Franz levantaba la cabeza, se dejaba distraer antes que el toro. Porque el toro siguió un minuto grifo ante la capa. Pero la manada no: nerviosa y mugiente, movía las cabezas tratando de localizar el origen de ese ruido nuevo y aterrador. Y Javier seguía con las manos apoyadas sobre el claxon y ahora el sudor también le bañaba la fachaleta bien tensa. Y allá adelante Franz trataba de retener la atención del jarameño. Y detrás la grey con su miedo creciente, separada de su mandón, como capturada por los misterios de un aire sonoro, vibrante, desconocido.

La primera fue una vaquilla bermeja que bramó; en seguida un toro chaparrastroso que la imitó; en seguida todos esos bramidos salvajes, esos temblores y contracciones contagiados eléctricamente de un cuerpo a otro, los sudores y las babas, los orines, la palpitación en los vientres nervudos: algunas bestias se arrojaron al río que las arrastró con violencia hacia la caída de agua; otras, ya en tropel, en medio de un terror oloroso, corrieron afiebradas hacia la otra ribera, en un choque de flancos y cuernos ríspidos; el toro jarameño, al fin, respiró el terror de la estampida, mugió más hondo y fuerte que los demás, agitó enloquecido la cabeza en medio de los bramidos y la trompeta interminable del claxon, corrió detrás de su grey, se perdió en esa tempestad de temblores y sudor y bramidos, esa carrera sin destino de la manada suelta, veloz, que ahora creaba su propio temblor de pezuñas sobre el llano y los pastizales; perdida en los mantos de polvo, cada vez más lejana aunque siempre feroz, ahora huyendo hacia atrás, cada vez más lejos.

Franz colgó la cabeza y la capa. Tú corriste hacia él a abrazarlo. Isabel sonrió y caminó hacia el automóvil donde Javier, agotado, había reclinado la cabeza contra esa bocina que no terminaba de gritar.

El vado quedó libre. Los mugidos se iban perdiendo. El sol se despeñaba con las aguas verdes de ese río de limos vagos.

Terminó el tumulto y se oyeron los chirreos de los cenzontles en los álamos redondos de la otra orilla.

Javier salió del automóvil sólo para ocupar, de nuevo, su lugar en la parte trasera. Isabel lo siguió, disfrazando esa risa que era más notable en la picardía de sus ojos al mirar a Javier, al solicitar una actitud semejante en él, al sorprenderse, sin abandonar su jauma irónica, de que en ese hombre moreno sólo hubiera esa tensión, esa palidez seria que, al acercarse tú y Franz al auto, Isabel vio otra vez en el rostro del hombre rubio. Lidiar un toro y apoyar las manos contra un claxon.

—Lo pusiste en peligro. ¿No te diste cuenta?

—No importa. Ya ves, sirvió más que lo mío para ahuyentarlos.

—¡No lo disculpes! ¿Qué tal si los toros huyen hacia nosotros?

—En fin, no fue así.

—¡Y te distrajo, Franz, te distrajo! Pudo haberte corneado. Qué diferencia.

—No importa, de verdad.

—Qué diferencia.

Javier te sonrió.

Y tú, Isabel, novillerita, tarareas Moon river mientras lees en el cuaderno de Javier: «Pero debe sospecharse que, a pesar de su desprendimiento y libertad aparentes, todos estos elementos del cielo se inclinan ante el cuerpo de piedra de la serpiente que, en el basamento, ciñe y aprisiona el altar. Fueron hombres. ¿Dónde están? ¿Habrá un arroyo de sangre escondida en la escalinata? La piedra no tiene ojos. Pero la muerte sí. El tiempo sí, que culmina aquí. El sol de agua inunda este mundo y estos hombres mueren ahogados. El sol de tierra —te veo, tierra esculpida que sostiene la pirámide, tierra labrada, tan rígida como las fauces de la serpiente que durará menos que tú— recibe la sangre. El sol de fuego, arriba y adentro, consume y mata. El sol de aire, el más feroz de todos, contiene en su silencio inmóvil la tierra, el fuego y el agua. ¿Dónde están, hombres? Salgan. Hablen. ¿Qué dirán? Ojos, corran, vean. No pierdan un solo latido de esta tierra. Estamos aquí, los cuatro. Frente a los símbolos, lo único que quedó después de las conflagraciones del mediodía. Los signos. ¿En qué nos distinguimos de ustedes? ¿Esperamos como ustedes los cataclismos, la ruptura del velo y la aparición de los monstruos del crepúsculo que habrán de devorarnos? ¿No están siempre entre nosotros? Me acerco. Toco las plumas.»

Javier se removió a tu lado y tú cerraste el cuaderno y lo miraste dormido en el sopor del atardecer en Cholula. Te tapaste la boca con una mano.

«¿Qué belleza es ésta? ¿En qué se diferencia de la nuestra? ¿Saben? Sí, sí, nuestra belleza es un modelo, un ejemplo y una incitación para que la trasladeamos de su expresión fija a nuestra experiencia vital. El ejemplo artístico nos es ofrecido para que lo actualicemos, así sea por debajo del modelo, en nuestra vida diaria. Por eso termina agotándose en la moda. Pero esto, esta plenitud, esta belleza bárbara de Xochicalco, es otra cosa. Esta riqueza, este lujo y este ornato están realizados como algo irrepetible, incapaz de extensión o actualidad. La belleza de la barbarie se consume en sí, vive de su separación y no de su identificación con la vida...»

No pudiste contener la risa. Dices que te salió desde abajo, desde las uñas, y tratando de sofocarla con una mano apretándote la nariz y con la otra tapándote la boca con el cuaderno de Javier, comenzaste a sacudir la cama involuntariamente y Javier abrió los ojos, amodorrado, y tú ya no tuviste tiempo de colocar el cuaderno en el lugar de donde lo tomaste, la mesa de noche junto a Javier que abría los ojos sin entender tu risa y tú, culpable, leías en voz alta:

—«Estás en un momento en que el tiempo parece correr y sin embargo parece estar detenido...»

Y Javier te miraba con la boca abierta, sin comprender. Te arrodillaste en la cama:

—«El principio y el fin son idénticos, como la serpiente...»

Javier se apoyó en los codos y por su rostro pasaron todos los extremos, te dijiste:

—Me quiere, me odia. Me lo agradece Lo humillo. Lo excito.

Y volviste a leer, cuando él quiso tomarte del muslo y tú saltaste de la cama:

—«...y por lo tanto no son ni principio ni fin, sino una eterna pesadilla opaca durante la cual en vano se espera...»

271

Saltó de la cama gruñendo: nunca lo habías visto así.

—¡Devuélveme eso! ¡No tienes derecho!

Giraste riendo, escapando a sus manos aún pesadas de sueño:

—«...que apunte el día otra vez...»

Te defendiste, con el cuaderno abierto y los ojos brillantes y la boca abierta, detrás de la mesa del cuarto de hotel. Javier la derribó y tú chillaste, corriste ligera hacia la cama y por primera vez te sentiste desnuda, con ese cuaderno entre las manos. Él, desnudo, olvidándose del miembro en reposo —el mirasol picando bajo, catán— y el estómago flácido, te estaba mirando desnuda por primera vez, como si sólo a través de esa rabia y esa humillación mínimas pudiera nacerle otro deseo y tú te diste cuenta de algo, algo nuevo en la velocidad de tu sangre, en la sospecha de tu piel abochornada, ah, novillera, por primera vez Javier te hizo sentir un peligro y tú te quedaste ahí paralizada, bien grifa, oliendo todos esos perfumes que no lograste evaporar hace un rato, en el baño, y por primera vez sentiste que él venía como atraído o capturado ya por ellos y que tú sólo tenías que decidir una cosa: si adelantarte y ofrecerte y esperar a que él, por su parte, creyera ser dueño de la situación porque tú no hacías nada. Dices que ni siquiera le diste la espalda con la intención de que él lo entendiera como miedo de tu parte. Ah, mi catán, ahí te diste cuenta que hasta ese ofrecimiento lo hubiera petrificado a él y le habría hecho saber que tú estabas al tanto. Ah, mi novillera, ahí te quedaste rígida, con el cuaderno entre las manos, tratando de borrarte del mapa, sin atreverte ni siquiera a cerrar los ojos, como un avestruz, sino solamente hundida en quién sabe qué comarcas negras de tu cuerpo, como la lagartija, asimilada al color del aire. Por eso él avanzaba hacia ti como si no estuvieras allí, desnudo y él también —ahora lo supiste cuando te abrazó de esa manera torpe y casi infantil, casi desamparada— oliendo a cosas pasadas, a repeticiones agrias. Él mismo te hizo girar, tomándote de los hombros, hasta detenerte con tu espalda contra su pecho y tu cabellera húmeda, de arena negra, contra su rostro. Acercó la mano a tus nalgas, primero con delicadeza, en seguida llevó los dedos a tu trastopije y te quebró la arena del desierto, novillera, convirtió el rulacho seco y tenso en un chicloso suave y derretido y te pasó la otra mano entre las piernas para que no te fueras a morir retrasada. Te tendió como un arco, Isabel, y cuando caíste en la cama, bocabajeada, ya estabas perdida en la selva negra, atascada de sangre y flores saladas, hierbas podridas y helechos picantes y el pescado en busca de sus algas nauseabundas ya estaba, duro como la plata y el cristal, refundido en tus secretos, como nunca, el bastardo macizo bombeándote la mina de la Valenciana, novillera, jugando a las ensartadas hasta el fondo de la galería rosa y negra de tus vetas sagradas, asistiendo al sepelio de tu pudor final, a esa conquista que te convertía en estatua de sal, a esa victoria que le habías impuesto sin decir, sin desear, haciéndole creer que él lo había inventado cuando tú sabías que era el poder de tu inactividad —el poder permanente, nunca puesto a prueba— lo que tenía a Javier, al fin, revelado para ti en la sodomía y entrando, por fin, a matar con la espada metida hasta la empuñadura, diciéndote en su jadeo que se acababan las palabras y las justificaciones y la literatura: sólo había esta libertad final que tú aceptabas con los dientes apretados y el dolor de un parto. Eso era nuevo para los dos y si entendías muy bien lo que te pasaba a ti, a los veintitrés años, por primera vez, de él sólo entendiste una cosa: que un sistema nervioso se probaba antes de agotarse. Ole.

Eso sí te lo había enseñado, a poco de conocerte, cuando aún te trataba como a una alumna seducida y recipiente de su saber. Estaba escrito en el mismo cuadernillo azul:

«Quizás entonces, cuando conocí a Ligeia, esa ternura con la que Isabel cree bastarse a sí misma y bastar a un amante me hubiese bastado a mí. La pobrecita no se da cuenta. No sabe que toda vida de escritor puede titularse, como aquella novela apasionante, leída durante la adolescencia en el desvelo, el olvido de las tareas escolares y la obligación de madrugar, *Las ilusiones perdidas*... Triste paradoja, que a fuerza de querer expresarlo todo, darle un sentido a todo, acaba por vaciarlo todo de sentido, acaba por darse cuenta de la inexpresibilidad de todo a través de esas formas frías y artificiales de la literatura. ¿Cuándo lo supe? ¿Será la vulgaridad misma de una vendedora de higos, flaca y pobre, expulsada de la playa por los dueños del restaurant? ¿Será mi negativa de ver los ojos de esa mujer que buscaban los míos, de permitir que esa mujer y sus problemas entraran a mi imaginación y rompieran el equilibrio que buscaba en las islas? ¿Será haber perdido la colección de guijarros? ¿Serán los montes de Farfale? ¿Por qué iba a distraerme todo lo que me alejaba de la pasión central, del poema, de la totalidad de esa intención? ¿Qué tenía que ver mi poema con los dramas de la vendedora de higos, los guijarros perdidos, la mujer extraviada? Totalidad, mi totalidad vencida por la fuerza de las parcelaciones. Imposible vencer esa realidad fragmentada creando su equivalente literario. ¿Para qué? Si la fragmentación real ya existe sin necesidad de literatura. Entonces, otra vez, sólo el afán totalizador y otra vez el fracaso de la ambición que quisiera fijar para siempre el pasado, devorar en seguida al presente y cargarse con todas las inminencias del futuro. Moi j'aurai porté toute une société dans ma tête? Ah, ja, ja...»

—Qué diferencia.

—¿Te impresionó mucho? Duró bien poco, ¿no? ¿En cuánto tiempo se desgasta un desplante físico? En cambio lo otro, lo que quise compartir contigo, lo que nunca entendiste, ¿eso qué?

«Luchar con un enemigo sin cuerpo. No saber nunca si la abstención, más que la obra, puede ser el signo verdadero de tu acción. Debo pensar esto, debo pensarlo. Cómo se vive en el aire, sin saber el valor real de lo que se hace o que se deja de hacer, si el fracaso está en hacer algo y el éxito en abstenerse para dejar una huella de protesta, para calificar de alguna manera una época que debe quedar desnuda: no debemos permitir que ese tiempo monstruoso pueda ofrecer un signo a la posteridad.»

—¿Te reirías de mí, Ligeia? Sí, eso harías. No puedes comprender.

«Cómo desde nuestros primeros años juntos intuí eso: la significación de este tiempo es restarle significación al tiempo. Eso es hoy ser Byron. Cada intento de responder al tiempo con un libro, un cuadro, una partitura es hacerle el juego a una época que no merece nada. Toda la obra debe quedar dentro de uno mismo, sin exteriorización, sin la debilidad de entregar a quienes no lo merecen algo que sólo puede ser valioso mientras no se comparta: ésa es su condición. Adentro, adentro de mí toda la lucha. La mediación entre lo que intuyo y lo que realizo, el puente de mi espíritu sólo para mi espíritu. Adentro de mí el debate de las convenciones, fuerza de un siglo, límite y debilidad de otro. Adentro de mí la búsqueda del absoluto, el fracaso de lo parcial, la creación de esa parcialidad que, por ser lo único que puede obtenerse, se convierte en el pequeño absoluto de mi conciencia. Adentro de mí los gigantes disfrazados de molinos de viento: nadie, nunca, creerá que sí son gigantes, que el loco era el cuerdo, el único que veía todo lo que los razonables necios eran incapaces de ver. Ser fiel. No expresar. No revelar. No exponernos ni a la depresión del dogma ni a la disminución de la indiferencia: ¿Qué no nos será arrebatado, destruido, prostituido por la sociedad? Mejor el silencio. Siempre el silencio, si no queremos la corrupción de quienes han de exigirnos ser lo que no somos o de quienes han de aislarnos y minarnos y hacernos inofensivos. No sé. No quiero ver hacia atrás. No viví en otro tiempo. Sólo en éste, el que asesina con la prisión o el éxito, el que destruye con el grito o el halago, el que al negar o aceptar lo que escribamos, de todas maneras nos reduce y aniquila. No hay salida. Tendremos, mientras dure esta barbarie irónica, que callarnos y cantar el panegírico de una sociedad que desea su consagración o callarnos y servir en la rueda mercantil de otra que ya se siente consagrada porque reparte refrigeradores. No hay salida. Nadie quiere esto. No. Todos quieren sacerdotes y acólitos del culto externo. ¿Quién se salva? ¿El que debe cantar las glorias del trabajo o el que debe cantar las glorias del producto? Es mejor callarse.»

—Ése es el heroísmo que nunca me reconocerás. Ah. Sería más heroico, entonces, escribir, escribir, pero no publicar, mantener lo escrito para otro tiempo. No sé. Hazme esa pregunta un día. A ver qué te contesto. Ahora no sé. No sé, de verdad, créeme, no sé.

Isabel tomó la mano de Javier:

—¿Por qué no lo escribes?

Javier abrió los ojos, casi asustado: Franz conducía sin mover la cabeza, con la camisa azul de polo manchada de sudor y los pantalones de franela gris y los zapatos de cuero café llenos de polvo:

—¿Qué?

—Lo de los toros —sonrió Isabel—. ¿Por qué no lo escribes, profe?

Tú acomodaste sobre el respaldo el saco de pana de Franz y los anteojos oscuros salieron de la bolsa y tú los limpiaste con cuidado, con el pequeño pañuelo que sacaste de la bolsa de mano.

—Oh, Isabel, Isabel.

Javier se ocultó los ojos con las manos y dejó caer la cabeza con un gemido opaco.

En el espejo encontraste tu propio rostro, tus ojos grises, tu nariz aguileña, tu boca grande, antes de sacar el pañuelo, limpiar los anteojos, guardarlos nuevamente en la bolsa del saco y arroparte en el chal negro que cubrió tu espalda desnuda. Cerraste los ojos.

Porque en el cuarto no había nadie. Y si Javier estaba, dormía o no te hacía caso, era igual.

—¿Estás ahí? ¡Javier! Prende la luz.

Sabes, dragona, que hay actos que conducen a una magnífica ausencia de conclusiones: la nada es el valor de ciertos momentos de la vida. Y tú le dices a Javier —que quizás no está allí— que durante muchos meses, después del incidente de la carta, tú y él vivieron esa vida suspendida que consistía, sobre todo, en desear, esperar, pero cada cual por su lado. Tú quisieras recordarlo claramente, porque ése fue el puente de tiempo que los condujo —seguro, con todas las graduaciones, momentos muertos y tiempos largos que quieras— a lo que hoy viven y a lo que hoy son. Says who. Grecia, el regreso, los primeros meses en México, cuando estalló la guerra. Esos días quedaron atrás —le contestaste—, empujados hacia el pasado por un doble deseo, que ninguno de los dos dijo en voz alta, de llegar a un nuevo descubrimiento que no suprimiera la pasión, que la acrecentara. Como dices, ship ahoy; gradúate y entra al ejército. Si el camino hacia esa verdad era una modificación imperceptible, lenta y señalada por la ausencia de actos visibles, tú y él lo recorrerían. Confiesa que esperabas, al venir el cambio, que éste explotara y dividiera las vidas.

—No fue así. Nunca fue así. Qué pudo saber de él. Hablo por mí.

Hablas por los desayunos en silencio, pero sonrientes, durante los cuales tú esperabas, sin atreverte a beber el café pero impulsada por quién sabe qué necesidad de conservar las apariencias de todos los actos que ocultaran la alegría y la desesperación de tu deseo; metías las rebanadas de pan en el tostador...

—...graduaba el calor, distribuía las porciones de mermelada en los platillos, embarraba la mantequilla sobre el pan recién tostado, esperaba, todas las mañanas esperaba de Javier, esperaba que Javier me pidiera algo y él leía el periódico en silencio —y yo nunca olvidaré esos nombres, esas grandes letras negras que reunidas decían Von Runstedt, Wavel, Gamelin, Timoshenko—, me sonreía de vez en cuando, yo le preguntaba qué había visto en la ciudad, qué le había impresionado, qué escribía, esperando que él, como antes, me leyera sus nuevas cuartillas.

—¿Recuerdas *El puente* de Hart Crane? Quisiera encontrar algo así, una resonancia de la ciudad en la poesía.

Él salía a recorrer la ciudad y tú lo imitabas en parte, dragona.

—Como tú, salía a caminar sola, pero no escogía los mismos rumbos que tú. Yo me limitaba a nuestra colonia, a las calles cerca del paseo de La Reforma.

El paseo mismo en su tramo entre Chapultepec y la glorieta de Cuauhtémoc, era tu zona limitada. Bajo los fresnos, a lo largo de la alameda de polvo amarillo (ahora es de cemento, ya ves), en las calles entonces quietas, de residencias de la vuelta de siglo, decoradas con urnas y vides en relieve, con las ocasionales mansardas esperando la nevada que nunca llegó, las puertas cocheras pintadas de verde, las ventanas francesas con marcos blancos, las azoteas planas con balaustradas de piedra, las empinadas escaleras para alcanzar la planta de recepción, los sótanos húmedos, las criadas asomadas a las puertas entreabiertas, los viejos habitantes asomados detrás de los visillos o conducidos en viejos automóviles (mira que hasta yo recuerdo un Pierre-Arrow, un Isotta-Fraschini, un Rolls Royce con acojinado de terciopelo rojo y muchos flecos y relumbrones de oro) a la entrada de los parques de césped y palmeras escondidos detrás de las altas rejas, encontrabas otro México, ah, sí, una ciudad desaparecida, un quartier réservé que te acogía y te defendía de la otra ciudad, la que te asustaba, la que sólo veías a trozos, apresuradamente, al ir al cine, a algún restaurant del centro: esa ciudad sombría, de caras duras, dragona, de ojos criminales, de cicatrices y azares, de un hablar corto, injurioso, siempre al borde de la violencia: qué ibas a ir a Mesones, San Juan de Letrán, La Moneda, Corregidora, Argentina, Guerrero, Peralvillo, donde viven los liones de la raza, los gandallones que atizan la mota, las murciélagas que mascan nuestro calomel. Las corridas de todos, los cabarets, los cines, los teatrachos de entonces, las calles aglomeradas: ya lo sé, dragona, no lo sabré yo: todo eso te llenaba de espanto, todos estos lugares te hacían sospechar que eras seguida y espiada, te hacían temer que un piropo, sin transición, se convirtiera en hecho de sangre, te hacían dudar de tu integridad, como si los ojos vidriosos de los hombres, las mujeres y los niños supieran más de ti que tú misma, como si estos millones de seres oscuros, con su pasividad intolerable, con su violencia atroz, con sus sonrisas sin alegría, con su tristeza a carcajadas, brutal, rencorosa, fueran todos adivinos, magos que sonríen con ironía ofensiva al darse cuenta, en un simple encuentro callejero, en un simple cruce de miradas, de alguna muerte mezquina, de algún destino tan sombrío como el de ellos que cargan en su mirada, en sus manos callosas, en sus labios gruesos, tantos siglos de humillación y de venganzas frustradas.

—I think all Mexicans just want to get even.

Tú qué ibas a ir ahí; permanecerías en estas calles que entonces eran tranquilas, antes de que las viejas familias empobrecidas vendieran sus casas y Niza, Hamburgo, Génova, Londres se convirtieran en calles de restaurants y boutiques y cabarets de lujo y cafés al aire libre; ves hoy estas calles, por donde pasan los Lancia y los Jaguar y los vampíricos de suéter negro y media calada y los artistas gringos emigrados y todos los héroes existenciales del Café Tirol y el Kinneret, los de la revolución por dentro para acabar pronto, y para ti que sigue habiendo allí una barrera contra la gangrena de la ciudad oscura, contra la invasión de las chozas de adobe y lámina, los basureros, los pies descalzos, los pepenadores, la tiña, la mendicidad, la violencia, las miradas de intención criminal o escatológica o mágica...

—No sé. Todo es lo mismo. Todas las miradas mexicanas son estas tres cosas. Matan, desnudan y consagran y tú querías hacer la pregunta, Javier, y no encontraste ni la interrogación ni la afirmación. Hace un año y medio, apenas, regresamos tarde al apartamento y me di cuenta de que la ciudad no había cambiado pero tú sí. Hace un año y medio nada más. ¿Por qué mataron a ese hombre? Yo siempre pensaré que ese hombre no debió morir. Tú no, Javier. ¡Tú no!

Te levantaste de la cama, gritando: «¡Javier! ¡Contesta!», y te paseaste a ciegas por el cuarto de hotel de Cholula, con los brazos extendidos, como una sonámbula, tropezándote contra los burós y la mecedora y las maletas vacías:

—¡Tú no! Yo lo vi, tirado frente a la puerta de nuestra casa de apartamentos, sin saber, primero, cómo reaccionar...

Ustedes inventan que primero, para respetar a la muerte, no deben saber cómo responder a la muerte: es la primera ley, asombrarse, pensar que la muerte rompe algo, hiere a quien la contempla, ésa es la primera regla: no tener contestación para la muerte.

—...y en seguida llena de dolor, antes de hablar...

El dolor, te crees, debe ser silencioso primero: sólo después de sentir que sufres puedes hablar de tu sufrimiento... pequeño, como el azar de un cadáver, enorme, como la lotería de un cáncer...

—...tú, indecente, no; sabes qué decir antes de que las cosas sucedan; yo no: estaba tirado frente a la puerta de nuestra casa, la tuya y la mía, sin zapatos, sí, descalzo, atravesado por un puñal, con los ojos bien abiertos, arrojado en la acera y yo miré alrededor, vi lo que nos rodeaba. Una librería abierta hasta la medianoche, donde los escaparates mostraban, qué sé yo, el *Cuarteto de Alejandría*, *Rayuela*, *El siglo de las luces* y *La mente de un asesino*, la mente del hombre que mató a Trotsky, ¡qué risa!, la mente de un asesino, Trotsky fue asesinado cuando regresamos a México de Europa. Un año o dos después: recuerdo su foto con la cabeza vendada, sin anteojos, la barbilla blanca, muerto. Y el cineclub del Instituto Francés, donde volvían a pasar juntos *Un perro andaluz* y *El gabinete del doctor Caligari*. Y una sastrería y la panadería de la esquina y frente a nuestra casa un hombre muerto que tú y yo descubrimos, al regresar de bailar el twist en un cabaret de San Juan de Letrán, acompañados por esos estudiantes que te convencieron para que llevaras a la gringa que sin duda era una maestra del twist, donde bailamos toda la noche mientras la voz del micrófono repetía sin cesar, enferma, enfermándonos, twist again like we did last summer twist again like we did last night, hasta que nos dolían el bazo, los músculos del vientre, con la pierna derecha rígida, la planta del pie girando sobre sí misma, la cadera girando en sentido opuesto, los brazos conduciendo un tercer ritmo fantasioso, twist again like we did last summer, last summer we weren't twisting, goddammit, last summer we were young, we were in the islands, we loved each other, and the other last summer we were fucking, yeah, we were fucking away like hell to kill time, sure, we were reading Robert Lowell and James Purdy and William Styron last summer, remember, when the afternoon showers came along and we got bored of reading and you came up like a glistening little snake and I was expecting you: and we both went to bed like two hot little rabbits without wanting it, just expecting it of the summer, of the long rainy afternoons and the damp, sulary, brownfaced afternoons of Mexico City, mother fucking God, para no emborracharnos, para no salir corriendo a buscar una droga nos hacíamos el amor el verano pasado o hace veinticinco años en Grecia o el día que mataron a Trotsky, aquí en México...

—Ahí te va un Clásico, Elizabeth. Catch! Oh Mexico if all your sewers were scents and your modern apartments lost their cracks would your women cease to look so sad and your men so silly? ¿quién dijo Mailer, carnales?

—Pero cuando llegó el otoño —te dejaste caer en la cama rechinante y te diste cuenta que no prendías la luz para no ver más esas pulgas aplastadas, esos caracoles andróginos que se arrastraban por la pared— no lo recordamos. No nos importó, a pesar de que en este país no hay estaciones y cada día de cada hora es idéntico a los demás...

Una llanura de polvo seco o de polvo azotado por la lluvia. Un tiempo enroscado, de dientes clavados a su propia cola, como la serpiente de Xochicalco.

—...ese tiempo, Javier, a donde tú me trajiste y me hiciste perder mi amado, contado tiempo de estaciones cambiantes, ropa distinta, comida a propósito, oh, cómo lo extraño. Vestirme de blanco en un verano que es verano. Estrenar un traje sastre para el otoño que es otoño. Comprarme unas botas de nieve para el invierno que es invierno. Buscar un sombrero de paja con listones para la primavera que es... Tú me hiciste olvidar mi tiempo. Me hiciste creer que el verano con sus lluvias en esta meseta era una estación distinta. La estación en que tú te ponías cachondo y en la que yo estaba obligada a responderte con una excitación que... que...

Empezó a llover sobre el patio de la vieja casa de la Calzada del Niño Perdido. Javier cerró el libro y se apoyó con los codos contra el barandal; el aguacero de julio redimía el calor de la mañana y el liquen y el geranio se doblegaban, humildes, bajo la lluvia silenciosa y veloz. Acababa de leer una carta de Byron. La pasión es el elemento en el que vivimos; sin ella, apenas vegetamos. El único ruido era el de los riachuelos que corrían hacia la coladera del centro del patio; brillaban en la oscuridad y Javier se levantó las solapas pero se negó la posibilidad de entrar a la casa. Sin embargo, sabía que Ofelia lo esperaba, como todas las noches —que ya estaba sentada en la sala y que pronto, ante la tardanza del hijo, llegaría a la puerta del corredor y, detrás de ella, esperaría, esta tarde como todas, a que él cumpliera su palabra y entrara a acompañarla media hora antes de la cena—. Abrió el libro y se sentó en la mecedora, bajo el foco desnudo por donde zumbaban los mosquitos: abrió el libro para que ella, escondida detrás de la puerta, escondida en un sentimiento incomprensible, en un miedo anhelante o una sustitución secreta, lo viese ocupado y él, al llegar a esa merienda de las ocho que se había prohibido evadir, tuviese esa excusa concreta.

—Estuve pensando —dijo cuando Ofelia le sirvió los tamales y el champurrado—. ¿Qué hacemos en esta casa? Deberíamos venderla.

—Cuando yo me muera. Antes no.

—Cuando estemos muertos —dijo Javier sólo para introducir el nosotros prohibido, el nosotros de antes.

—Mira —dijo Raúl, corriendo el índice sobre la página mojada del periódico—. Dice que son los cristeros los que vuelan las vías. Ahí tienen. ¿Qué vamos a hacer unos comerciantes católicos cuando son los cristeros los que nos impiden trabajar? No entiendo nada de lo que pasa en este país. ¿Por qué no dejarán a la gente decente trabajar en paz? Yo no entiendo nada. ¿Para qué matan curas y vuelan trenes?

—Javier, no andes con las manos en los bolsillos. Se ve muy feo...

—¿Quién va a comprar cosas en medio de este borlote? —preguntó Raúl mientras recorría las páginas del catálogo de Montgomery Ward—. Ayer me pidieron que cancelara una orden de transformadores. La semana pasada, no llegó el envío de planchas —se descolgó los tirantes—. Saca la cuenta. Son unos quinientos pesos menos este mes, seguro.

Ella gritó. Fue ella la primera en romper el silencio, y Javier no se había dado cuenta de que su padre, con la voz plana y pedregosa y los tirantes caídos, había gritado antes, sin gritar; era toda la diferencia.

—¡Basta!

—Ofelia... ¿qué?

—Basta, calla... —les dio la espalda y se escondió en uno de esos rincones de sombra que ella misma había fabricado en esta casa de cortinas cerradas y cuartos con candado: ella, Ofelia, entonces aún distinta, delgada, con unas facciones graciosas, respingadilla, blanca; Raúl miró a Javier, interrogándolo.

—He de ser muy bruto —gruñó Raúl—. No entiendo qué...

—Vete a tu cuarto, Javier —dijo Ofelia desde la sombra.

—¡Tiene trece años! —levantó la voz Raúl y Ofelia corrió fuera de la sala con el puño cerrado sobre los labios y Raúl meneó la cabeza y la siguió con el paso pesado.

Esto era lo acostumbrado: este rumor de voces lejanas y nunca ajenas, a pesar de todo; suprimidas sólo para que su ausencia fuese una costumbre plena, otra forma de presencia en un mundo que debía ordenarse contra ese caos externo, incomprensible, obra de la indiscreción y el exceso: había que oponerle este silencio, este susurro que, quizás, podría, domar, si no fuera de ellas, sólo dentro de estas paredes, algo brutal que acechaba fuera de la casa: eso lo diría, después, con otras palabras, Ofelia, poco antes de morir: que era sólo un deseo de vencer la anarquía desde el centro de una fuerza doméstica en la que él pudiera crecer protegido, en la que él pudiera prolongar una niñez que después, siempre, tarde o temprano, añoraría y no podría, ya, recuperar. Y él, cuando escribió el primer libro que empezó a escribir esa noche, después de que Raúl habló de vías voladas y contraórdenes mercantiles, sólo supo o sólo pudo o sólo quiso escribir de eso, de un mundo terminado, cerrado para salvarse y salvar a los desamparados que a él se acogieron y de la energía consumida, gastada en la exigencia emocional de la vida cotidiana: si sólo se hubiese negado, si sólo hubiese permanecido callado, si sólo hubiese aceptado el regaño, el castigo, la cueriza a cambio de no contestar a esas preguntas que adelgazan la fuerza, adónde fuiste, con quién, qué haces, qué piensas. Pero sólo lo terminado es duradero y perfecto. Eso dijo en el primer libro, y en cada poema inquirió los hechos de su vida diaria en un diálogo entre la voluntad y la razón en el que ésta triunfaba porque no entendía lo que sucedía a su alrededor y por eso, en esa poesía nueva y virgen, fresca y solitaria, fabricada con las falsas penumbras de su casa, con los domingos en el lago y las calles solitarias de los cilindreros y las criadas y el olor a tabaco y jabón de Raúl y el rostro de niña envejecida de Ofelia, estaba la verdad —la falsa certidumbre— de la adolescencia, que es la verdad y la segura mentira de la razón: un mundo que no se entiende tiene que ser ordenado por la razón. Y sólo un mundo que ya no es comprendido —aún en sus márgenes (o quizás su centro) irracionales— puede ser objeto de la voluntad, que es la fuerza de la madurez.

—¿Me quedé allí, Ligeia? Dímelo tú, por favor: eso te estoy preguntando hoy con palabras y mudo desde que te conocí y sentí que tú poseías eso que a mí me faltaba, la voluntad para salir de mi casa al mundo... a recuperar en el mundo la energía robada por mi padre y mi madre... por eso me enamoré de ti...

—Quieres entender todo y no hacer nada. Ya me cansé.

—Podríamos vender la casa —murmuró Raúl y Ofelia no pudo bajar la voz:

—¡Es todo lo que él tiene para crecer! ¡Me niego a quitarle esta ilusión!

No, no era su ilusión y las voces volvieron a perderse después de un gesto seguro de Ofelia, el gesto de los dedos sobre los labios: la ilusión se mantendría ignorada y en silencio porque así lo ordenaba una elegancia, una manera de pertenecer que se quiebra, cristalina, en cuanto se menciona. La mujer de cincuenta años con rostro de niña compungida le diría después que nada importaba sino esa decisión de mantener las cosas aunque sólo su apariencia estuviese a nuestro alcance:

—No ibas a andar por ahí en una escuela del gobierno, sin preparación para la vida, sin modales. No.

Notó que esa Navidad Raúl quiso acercarse a ella y le compró un vestido nuevo pero al acercarse a Ofelia, sólo pudo abrazarla y luego separarse y mantener las manos sobre los hombros de la mujer, tímida, tiernamente, pero sin besarla. Y ella tampoco lo besó y le dio las gracias con una sonrisa cansada. Y ella salía después de la comida y regresaba, rediviva, tres o cuatro horas más tarde y un día Raúl ya no se presentó a cenar y entonces había dos misterios, dos misterios, por Dios, el cielo y la tierra están llenos de gloria, santo Dios, Hosanna en las alturas, en el otro tiempo.

Bueno, que propiciara las simientes de otro tiempo largo, sin tiempo, seco, para usar sus palabras. La lluvia es la estación distinta en México. La raya en el polvo. Y tú, Elizabeth, lo aceptabas porque necesitabas fechas, fronteras del tiempo que te digan que estás atesorando las fuerzas de tu juventud.

—Oh, Javier, ¿me escuchas?, para eso vivimos, nada más, y si no me crees gradúate y entra al ejército. O. K., hold your horses.

Sólo para hacernos de las fuerzas que nos permitan mantenernos en la vejez: todo es un acarreo de juventud, un ahorro de lo que fue para lo que va a ser. Good night, sweet prince: la vida es esa usu-

ra y no esta muerte anónima a los pies de un edificio de concreto y vidrio, sí, no adivinas bien, un
edificio moderno cuarteado desde antes de estre-
narse, en la madrugada de la Colonia Cuauhtémoc. Para ti. No para él. Ah, él ya tenía su respuesta en los ojos. Sus palabras en la mirada, aun
antes de bajar del taxi, antes de ver ese bulto arrojado en la calle. Ya sabía, ya lo había dicho un millón de veces, ya lo había escrito otras mil, que ese
bulto, cualquier bulto en cualquier calle, estaba vivo, era parte de la vida al morir. Viste cómo lo miró. Cómo le agradeció estar allí, boca abajo, atravesado y sangriento.

—En tu lugar. Eso es. No los conoceré ya, pai-
sanos. Por eso tienen ustedes esas miradas. Están
esperando siempre la decisión o el accidente que
elimine a otro en lugar de ustedes. Eso es todo.
Cómo le explicaste a ese pobre difunto cadavérico,
como diría mi caifán, sin palabras, que su muerte
era el hecho más...

...importante de su vida. Seguro, dragona. Cómo asesinar, o ser asesinado, era hacerse parte de un
bien, de un valor que esa otra vida, la de la respiración y la digestión y el movimiento, no le habían
procurado. Sabes, dragona, hay algo que quiero decirte...

—¿Quién era? ¿Cómo se llamaba? ¿Por qué no
telefonear en seguida a la policía? Me miraste con
esa compasión. Yo no entendía. Yo no sabía nada de
esto. Juan Jiménez o Pedro López, mecánico, padrote, ruletero, burócrata, casado, soltero, viejo,
joven, feliz, desgraciado. Aquí estaba, bien tieso,

bebiendo un charco de sangre, sin saberlo, en el acto más importante de su vida. Y tú y yo de testigos únicos, como si se hubiera muerto sólo para que tú y yo lo viéramos. ¿Qué sabía ese cadáver de nuestra presencia y nuestra seguridad de su muerte?

Es un mito, Elizabeth, date cuenta. ¿Cómo iba a agradecerles que supieran que su vida, al fin, había realizado el otro acto, el único acto de valor después del momento en que salió húmeda y ciega entre las piernas de su madre? Es un mito, date cuenta. No hay suspenso. Ya conoces el desenlace de antemano. Ulises regresará a Ítaca. Penélope será fiel a su telar. Medea matará a sus propios hijos. ¿Qué esperabas?

—Tú me apretaste la mano. Me dijiste que ese hombre muerto estaba, al fin, vivo. Que todas las muertes están vivas.

Que estaban observando un arreglo vital, no mortal, de las relaciones de ese hombre. Que su asesino le regaló un valor al asesinado que no tuvo otro valor. Que te olvidaras de tu lógica bárbara. Que nadie muere por venganza. Que nadie muere por castigo. Que nadie muere por algún motivo. Que nadie muere porque el asesinado no tuvo palabras para convencer al asesino con la razón y sustituyó el asesinato a las palabras que no quiso o no pudo pronunciar: ni siquiera eso. No lo mató para vengarse, para castigarlo o para convencerlo. No. Lo mató para regalarle la totalidad de su vida. Le hizo el favor de matarlo.

—Cruzamos sobre el cadáver. Bostezaste. Abriste la puerta. Subimos en silencio. Entramos al apartamento. Y rechinó la duela. Dijiste que mañana no irías al trabajo. Ni siquiera me escuchaste al día siguiente, a las tres de la tarde, cuando entré con el periódico y te empecé a leer los datos verídicos del asesinato. Enrique Rocha. Estudiante de medicina. Un policía trató de separar a una pareja que se besaba. El estudiante pasó en ese momento y le reclamó al tecolote. ¿Qué le importaba que la gente se besara en la calle? Le dijo que los dejara en paz. En paz. En paz, Javier. El policía se le fue encima al estudiante. El estudiante se defendió. El policía sacó una navaja y se la clavó en el vientre al estudiante. La pareja ya se había ido corriendo. Hoy lo contaron todo. El policía ha huido. Se robó los zapatos del estudiante. Se le busca. Se le encontrará. Se le dejará libre.

Al estudiante se lo fildeó la pelona y el azul, el cuico, el jenízaro, como siempre, se voló la barda y chau. Puro mito, dragona.

—Tenías razón. Yo quería dar aviso a la policía. No me escuchaste. Eso no importaba. ¿Enrique Rocha? ¿Un estudiante? No.

Un ser abstracto que descubrió, con los ojos abiertos y el acero en los intestinos y los zapatos robados, que la muerte está viva.

Javier rió.

—Y tú querías telefonear a la policía anoche.

Rió mucho y yo pasé la mirada por los objetos de nuestro apartamento, hoy el mismo que tomamos hace tantos años, cuando regresamos de Europa. Sólo que ahora está unido al que antes fue un apartamento vecino. Derrumbamos las paredes e hicimos un solo apartamento, espacioso y cómodo, cuando regresamos a México por segunda vez en 1950. ¿Cuántas cosas quedan de nuestro primer apartamento en el nuevo? No sé. Me da tanta tristeza cuando toco los estantes del viejo librero de ocote, ahora relegado al cuarto de la servidumbre y utilizado para guardar la ropa blanca; cuando rozo con los dedos los lomos de los viejos libros desorejados que compramos y amamos entonces, que descubrimos entonces —el *Fausto* traducido por Nerval, ¿te acuerdas?, la *Pentesilea* de Kleit, hasta una vida de Byron por Maurois que recuerdo porque la compramos a un viejo bouquiniste en el Quai Voltaire, compramos ese libro usado, ediciones Grasset, cubierto por un celofán que pretendía rejuvenecer el volumen y daba un brillo satánico al rostro del poeta en la portada: algunos de esos libros han dejado huecos, te los has llevado, ya no están en el nuevo librero de cedro que te mandaste hacer—. Nuestros carteles. Nuestros carteles los arrojamos a la basura, en silencio y hasta un poco avergonzados, cuando ya se estaban cayendo a pedazos. Esas banderas de papel con un desnudo fantástico, rodeado de penumbras hinchadas; un bebedor de cerveza de rostro rojo y ropas negras; una campesina yugoslava delgada como una aguja de catedral. Moreau, Hals, Mestrovic. Queda tan poco. Los trajes, los zapatos, la ropa interior, los peines, los tarros y estuches y pomos, las sábanas, las toallas, hasta los cubiertos y la loza van desapareciendo, sin que nadie sepa en qué momento se pierden y alejan de nosotros. Me gustaba oler tu toalla después de que te secabas, al salir de la ducha. A Buenos Aires sólo nos llevamos los libros, los libros fueron y vinieron y siguen con nosotros. Los empacamos en cajones de madera forrados por dentro de papel periódico, claveteamos las tapas y los mandamos por barco a la Argentina, cuando se acabó el dinero de tu herencia y conseguiste ese puesto diplomático.

Tu cabeza se fue reclinando hasta caer sobre el hombro de Franz. Franz te miró. El pelo teñido de color ceniza, con atomizador: podía lavarse todas las noches y pintarse distinto cada mañana; era sólo una laca, no pintura verdadera. Tus labios anchos, entreabiertos. Las cejas depiladas. La nariz grande, aguileña, que husmeaba y se dilataba en el reposo. Los ojos cerrados. Son grises. Cambian de colores durante el día. Las manos grandes, los brazos cruzados bajo el chal negro que te arropaba. La blusa blanca. La falda color de tamarindo. Las medias brillantes. Los zapatos de tacón bajo. Franz te miró.

—By repeated crime, even a queen survives her little time.

Como en este anochecer de Cholula, así han sido todos sus momentos juntos. Esta mañana, al devolverle la mirada en el automóvil, mirabas a Franz y sin embargo sólo lo recordabas, como si a fuerza de vivir en la memoria todo su presente fuese esa nostalgia que él, alguna vez, te hizo comprender leyendo en voz alta una hermosa carta de Freud que tú le mostraste en una biografía: «Extraños anhelos y secretos surgen en mí —quizás de mi herencia ancestral— hacia el Oriente y el Mediterráneo y una vida muy distinta; deseos del final de la infancia que nunca se cumplirán, que no se conforman con la realidad...» ¿Qué sabes de él? Que llegó a México después de la guerra, que trabajó como mecánico algún tiempo y que ahora es vendedor de una distribuidora de automóviles europeos. Lo conoces desde hace poco más de un año, cuando llegaste sola a un vernissage de obras recientes de Cuevas en donde Javier, otra vez, te había dado cita; estabas mirando y admirando, dragona, un dibujo en sepia del Marqués de Sade con su familia, en una intimidad obscena, pacífica e inminente: un más allá del que sólo puede salvarnos el demonio o el juglar, y ese Sade visto por Cuevas era ambas cosas, un payaso satánico, como si Chaplin y Mefistófeles se hubiesen dado la mano para reunir, en una especie nueva y nuestra, al criminal y al santo, al asceta erótico, al asesino creador, al libertador tiránico. Barajabas nombres —tus famosos homenajes— y al decir, con Cuevas, Buster Keaton y Boris Karloff, Tod Browning y Jean Genet, George Grosz y Al Capone, no querías justificarte y ser una con el tiempo; sólo querías saber que ya no hay incompatibles y que el viejo maniqueísmo que desde Platón nos trae de cabeza dividiendo, escogiendo, blanquinegreando, había dado un paso irreversible en la única posición que hoy vale: ya no entre el bien y el mal externos, objetivos y diferenciados, sino entre las opciones morales dentro de çada unidad subjetiva; te lo dije, mi dragona, que lo malo no es ser ladrón, sino un raterillo pinche; lo malo no es ser asesino, sino un asesino incompetente y descuidado.

—¿Que te capturen? —preguntaste abriendo los ojos.

—Qué va —te dije—. Todo asesino desea que lo capturen, hasta exige que lo capturen. Pero es un mal asesino si se deja capturar por negligencia. Y es un buen asesino si es descubierto a pesar de su excelencia profesional y sin embargo sabe que ha de ser ajusticiado como parte de la dialéctica del mito, para cumplir la belleza legendaria de la redención. Como Raskolnikov. Entonces todo su acto es significativo.

—Como Monsieur Verdoux.

—Ándale. Ahí tienes al payaso-criminal, al juglar-homicida que resuelve los opuestos.

Y Franz, junto a ti, sólo dijo:

—Sólo comulgamos con nuestro opuesto.

Needles Sherlock, meet Professor Cuevas of Scotland Yard: todo criminal es un revolucionario de genio independiente (GBS).

Como si su opuesto fuese el pasado y su comunión la memoria, ahora como entonces, Franz, recostado a tu lado, con su cabeza sobre tus pechos, en la cama de colchón delgado y duro del hotel de segunda en Cholula, chiflaba el vals de *La viuda alegre* y a veces hablaba, como ahora, cortante, casi con sílabas, frío y lejano, chiflando a veces, espaciando las palabras.

—Estudiábamos arquitectura, pero éramos apasionados de la música. Buenos tiempos. Juventud. Los tarros de cerveza. Las conversaciones hasta la madrugada, Schultzie. Cómo reíamos con Schultzie. La camarera del Rathauskeller. La pellizcábamos. Reíamos. No usaba pantaletas. En honor nuestro. Para que la pellizcáramos a gusto. Eso decía. Nos servía los tarros. Estudiábamos arquitectura. Amábamos la música. *Cantata 206. Actus Tragicus. Eitl Deutsches Requiem. Tristán.* Qué alegres. Otro tarro. La vuelta completa, para todos. Salchichas blancas con mostaza amarilla. Pasó la compañía del Dreigroschenoper por Múnich. Und der haisfisch, der hat Zahne. Ulrich propuso ir a la Albertstrasse. Heinrich no quería. Confesó que tenía gonorrea. Cómo reímos. Pero Heinrich lloraba. Schultzie le acarició la cabeza. Le pidió que le pellizcara. Comimos arenque marinado. Den man Mackie Messer nent. Fuimos los tres al teatro. El tiburón tiene dientes. Heinrich se salió antes de que terminara el tercer cuadro. Estaba indignado. Brecht era un anarquista. Un enemigo. Schultzie pasó sin cofia y delantal y ya no nos saludó.

Y a veces, como ahora, después de manipular el radio transistor y detenerse al escuchar esa música solemne y exclamar, riendo: «¡Brahms en la Semana Santa!», lento, fluyente, enumerativo; mientras tú lo escuchas, con los ojos cerrados, desnuda, y la noche cae sobre Cholula:

—¡Cómo voy a dejar de reconocerlo! (porque tú, con la mirada, lo has interrogado y has sonreído dudosamente). Lo he escuchado tantas veces en los jardines del Palacio Waldjstein, al atardecer, sentado en la silla plegadiza, casi a oscuras, mirando vagamente hacia el pórtico barroco entre cuyas columnas —unas columnas muy esbeltas, Lisbeth— la orquesta, los solistas y el coro habían tomado sus lugares. Eran figuras que en cierto modo completaban la arquitectura de este extraño palacio checo del siglo XVIII. Quizás, al principio, cada vez, en realidad no escuchaba, sólo pensaba en lo aprendido, en la leyenda de lo que escuchaba y pensaba; más en eso que en la música sin darme cuenta que otra cosa me preocupaba y retenía aún más, un peinado de ala de cuervo. Todo se mezclaba después, cuando salía cabizbajo del jardín del palacio. La grava crujía bajo mis pies. Brahms encontró el título en un viejo cuaderno de su maestro, Schuman.

Y en la noche de Praga, al salir del palacio, tocan las campanas de la Mala Strana. Uno, dos, fuerte; tres, suave; cuatro, cinco, contestan grave y agudo. Él asciende por un túnel blanco a un patio superior al nivel de la calle: es un palacio barroco abandonado, con estatuas decapitadas y querubes negros diseminados sin orden contra los que se apoyan sacos de cal y montículos de carbón. Brahms encontró el título en 1856 y luego trabajó durante diez años en el *Requiem*. Él sabe que hay pasajes de patio a patio y de palacio a palacio y si escucha otras pisadas detrás de él, sobre la grava, no se asusta hoy, como no se asustó a los siete años, cuando empezó a descubrir una ciudad que, como ninguna otra, parece construida por la más ligera y misteriosa de las fantasías. Sabe que al final de este enjambre de palacios y corredores está la gran vista de Praga y se adueña de los espacios comunes y libres tarareando el primer movimiento de esa obra maestra del equilibrio y de la simetría tripartita: cada movimiento tiene tres partes, se dice al salir a la terraza de grava y balaustradas de piedra desde la cual se observa todo el caserío y el Ultava, sólo un trecho de plata fija entre las casas y los puentes y, detrás de las cúpulas verdes y las torres pardas, los bosques. Sí, hay pasos detrás de él, cuando sale a las arcadas de la plaza Loreto y mira, en la noche blanca del verano, las lucernas en el tejado del Palacio Czerny; y si Mozart adhiere a las palabras latinas de la liturgia, Brahms escribe su Requiem en alemán. Las balaustradas de la iglesia de Loreto son el escenario de una danza de querubes que sostienen los escudos santos sobre el frontón: los ángeles son amores con halos negros de fierro y en el claustro hay una capilla en el centro del patio, con restos de frescos y un altar dorado y entre los girasoles, el pasto seco y los senderos de grava hay estatuas barrocas de centuriones, ángeles y un Cristo danzante. ¿Cree no haber visto esa sombra que lo acompaña? No se detendrá. No dará el rostro. Tararea, detenido en la noche y el patio de Loreto, tararea, Lisbeth, en un momento pleno en el que todo lo que ama, esta ciudad, la música, la arquitectura, la noche, se reúnen en el orden confuso de un estilo que permite la infinidad de acercamientos, donde lo clásico limita y racionaliza los niveles de comprensión y el prolongamiento de una oración musical que ya no es para el descanso de los muertos amenazados con los horrores del juicio final, sino para los vivos que deben reconciliarse con la idea del sufrimiento y de la muerte. La otra persona lo sigue a los invernaderos que hay detrás del patio, invernaderos a ras de tierra por donde se sale a una calle de faroles negros agrupados alrededor de una columna de fierro. Él camina lentamente, esta noche, junto a los portones de madera y al lado de los pasajes blancos con sus puertas asimétricas y diminutas y él disminuye el paso para escuchar cómo se detiene el paso seguro y el ruido de los tacones sobre las baldosas de la calle Loretanska y él gira mirando en la noche blanca la fachada pintada a mano del Museo de Armas, los gladiadores de piedra armados de mazo y puñal, el goteo de la boca de las gárgolas y las escalerillas cubiertas y los barandales de fierro y la ropa colgada e inmóvil y los muros enormes con un Cristo que sirve de escurridero de agua volado en la torre. Aprieta el paso y baja hacia el río y el puente, tarareando, en esta noche de reuniones, sin ver otra cosa que el adoquinado bajo sus pies y repitiendo, disciplinado, en su mente, que en 1639 Heinrich Schutz escribe la primera misa de difuntos en alemán, una *Teutsche Begrabniss-Missa* y que la *Cantata 106* de Bach, el *Actus Tragicus*, reúne viejos himnos, textos bíblicos y textos del propio compositor, pero si Bach alude a la caridad y auxilio del Redentor, que guía a las almas de los difuntos a un mundo mejor, Brahms evita toda mención del nombre de Cristo. El *Requiem alemán* de Brahms termina como empieza: el primer movimiento y el séptimo son idénticos; en el sexto, reaparece el contenido del segundo en un plano más vigoroso; en el segundo, la danza de la muerte da lugar a un himno de alegría; en el sexto la incertidumbre luctuosa abre paso a una visión serena del Juicio Final, para terminar en una doble fuga haendeliana de fuerza y gloria. Sólo el tercero y el quinto se inician con una voz solitaria; en aquél, la voz de un hombre doloroso y desesperado; en éste, la voz de una mujer que consuela de principio a fin. Se detuvo a la vista del puente. Los pasos a sus espaldas ya eran algo acostumbrado. Los había identificado, en su fuerza y en su ligereza, en su rapidez o en su lentitud, con los movimientos tarareados. Ahora, en la plaza antes de llegar al puente, un ciego con un bastón blanco esperaba el último tranvía y él se detuvo y giró hasta encontrar, al lado de las piedras de cantera y los lanchones hundidos de la ribera, la figura que también se detuvo y después avanzó hasta que la luz verdosa de los faroles del puente la iluminó a medias. Él esperó. Ella, primero, hizo un gesto de miedo que se convirtió en una mirada de timidez y pudor. Usaba una boina oscura y sus mejillas eran cortadas por las dos alas de cuervo de un pelo corto y lustroso, que casi tocaba sus labios. Usaba una chaquetilla corta y una falda con el cinturón alrededor de los muslos. Llevaba, apretada contra el pecho, una bolsa de chaquira. El tercer movimiento se iniciaba con las palabras «Pasó como una sombra» y el conjunto orquestal es ligero y canjea las melodías de un instante a otro. La esperó.

Ella sonrió tímidamente y habló desde lejos:

—No... Es que... es que lo he visto cada vez... que hay un concierto en los jardines de Waldjstein.

Y luego añadió, atropelladamente:

—¿Está usted abonado?

Él rió y dijo que sí cuando ella ya estaba diciendo:

—No, es que... es que como lo vi solo y me di cuenta que después del concierto usted caminaba por las calles... perdóneme... yo no sé qué hacer después del concierto... y... y como usted se ve... si, tan embargado por la música... pues yo...

—¿Pensó que...?

—Sí, sí, que quizás caminando por las calles, como usted...

—¿Se podría prolongar el momento?

—Sí, también, y...

—¿Que los dos podríamos acompañarnos?

Sonrió y se sonrojó y tendió la mano con miedo.

—Hanna... Hanna Werner.

—Franz Jellinek. ¿Quiere que la acompañe a su casa?

—No, no se moleste. Yo voy al otro lado, a la ciudad vieja.

—Yo también vivo allí.

El Puente de Carlos es largo y hermoso. En la noche del verano, sus faroles son menos luminosos que el cielo blanco y sólo logran dar una reverberación mate a esas columnas de nubes y querubes, a toda esa gran danza barroca de sultanes con cimitarra, perros, caballos, frailes y ánimas del purgatorio que se agitan detrás de una reja guardada por el infiel. San Jorge, san Antonio y san Francisco contemplan el toque dorado de las coronas de la Virgen y el Niño; oro sobre negro, y los santos Segismundo y Wenceslao y el patriarca Norberto vigilan la calavera coronada que reposa sobre un cojín y un cetro de metal. Caminaron.

—¿Qué hace?

—Estudio música. Composición. ¿Y usted?

—Quiero ser arquitecto.

—¡Qué bueno! Entonces ya tenemos de qué hablar.

Rió mucho y se acarició con ambas manos el peinado negro y lustroso mientras caminaban a lo largo del puente que, aun de noche, parecía flotar sobre el humo del verano que sostenía los conjuntos de estatuas negras. Del vapor luminoso ascendían María y el infante con el fraile hincado y los querubes alegres encaramados a la cruz, convirtiendo la dignidad en gracia y él pensó que eso era el sentido del barroco y se detuvo a ver la perspectiva del puente, el arco de la hagiografía negra que hacía corte a las estatuas centrales, colocadas frente a frente, de la crucifixión y la piedad, de la misma manera que de lejos, las torres góticas de la colina eran las guardianas de la danza de estatuas retorcidas del puente. Se detuvieron junto a la balaustrada. Siempre había pescadores en el río. Los jóvenes de pie en las lanchas, los viejos sentados, arropados, en las barcas verdes.

Se despidieron en el arco de la torre del puente. Hanna respiró hondo y miró hacia las arboledas frágiles. Preguntó:

—¿Irá usted al concierto del viernes entrante?

—Sí, pero podemos vernos antes. ¿Dónde estudia?

—Apunte la dirección. Es el gabinete del profesor Maher. Loretanska 12. Pasamos por allí esta noche.

—Gracias. Pasaré a verla una tarde.

—Sí, me dará mucho gusto... digo, mucha alegría. Adiós.

Corrió por el pasaje y siguió corriendo por las arcadas y frente al Teatro Nacional.

Ahí tienes tú, cuatacha, que apenas ayer todas esas sesentonas con sus sombreros de fieltro y terciopelo a la última moda y sus abrigos de invierno con solapas de piel estaban ancladas en catorce asientos de cuero de la barra de los acusados en un juzgado de Múnich y las catorce damas con sus anteojos bifocales y sus pañuelos cubriéndoles las narices enrojecidas y alguna hasta con una bola de estambre sobre el regazo y dos largas agujas rojas entre las manos, están esperando la sentencia. Se les acusa de haber asesinado a ochocientas personas. Entre 1942 y 1945, trabajaron como enfermeras en el manicomio de Obrawalde. Mira las fotos del lugar. A toda madre. Un sanatorio amplio, hermoso, rodeado de parques. Al llegar cada paciente, era examinado. Los más fuertes eran enviados al

«Departamento 19», el campo de trabajos forzados. Los débiles, al «Departamento 20», el cuarto de la muerte. La técnica consistía en dosis enormes de barbitúricos administrados por las enfermeras con inyecciones intravenosas. A los niños se les trataba con cierta gracia: veneno mezclado con mermelada. A quienes resistían, se les introducían tubos estomacales por la boca o lavativas mortales por el recto. Un total de ocho mil personas fueron asesinadas en el manicomio de Obrawalde para cumplir el programa de exterminio eutanásico de los retardados mentales y monstruos físicos del Tercer Reich. Un grupo de niños espiaron por una cerradura y le contaron al dentista. Pero el dentista no contó, porque sabía que las enfermeras, después de todo, cumplían sus órdenes con amor. «Los obligaba a tomar sus cucharaditas —declaró una de las señoras— risueñamente, como a niños. Siempre me obedecían porque sentían mi cariño.» Una viejita empezó a llorar. «Si no hubiera sido legal, ¿por qué no venía la policía a prohibirlo?» El juez liberó a las acusadas. «Eran robots automáticos —dijo—, mujeres de mente sencilla que no pudieron darse cuenta de lo que hacían.» Las catorce sesentonas salieron acomodándose sus bonetes de invierno y ordenaron café y pasteles de chocolate y crema chantilly en el salón de té de la esquina.

Franz miró en el espejo. Los ojos verdes de Isabel, la mitad del rostro oculto por la gasa anaranjada del sombrero de paja italiana. Sólo la boca lejana y sonriente. Se acababa de poner el sombrero. Franz no pudo ver los ojos verdes. El cuello largo. Los hombros quemados. El traje sin mangas, de chantung amarillo. El rostro de Javier ocultó el de Isabel en el espejo. La besó. El rostro afeitado de Javier, las cejas pobladas, los ojos tristes y negros, el pelo ralo, encanecido. La guayabera plisada, el pantalón color crema, los huaraches y los calcetines negros.

—Ya quiero estar en el calor —dijo en voz muy baja Isabel.

—Mañana llegaremos a Veracruz —murmuró Javier.

—Quisiera llegar hoy mismo.

—No, no podríamos.

—Cómo no. Manejando toda la noche. Yo puedo turnarme con Franz.

—Quedamos en que iba a ser un viaje sin plan, para verlo todo. Tú misma dijiste...

—Al regreso podemos verlo todo. Ahora me hace falta el calor y el sol y nadar, ¿a ti no?

—No. Me hace falta besarte. ¿Por qué abriste la puerta?

—¿Cómo haremos esta noche?

—Ya inventaré algo. ¿Por qué?

Isabel rió y le hizo cosquillas en la oreja a Javier.

Te tragaste el dolor, novillera, cuando Javier se zafó de ti y cayó agotado sobre la cama y tú te quedaste allí en cuatro patas y agitaste la cabellera suelta como una leona y te volviste rugiendo a él:

—¿Ahora sí se acabó la novedad?

—¿Qué quieres decir?

—Que si esto era lo último que te faltaba.

—No, cuando parece que llegaste al extremo, entonces puede que cualquier cosa sea una sorpresa.

—No cotorrees. Ya sé que te vas a aprovechar de esto.

—¿Ah, sí? ¿Cómo?

—Te lo digo pronto, profe. Para perder otra ilusión. Ándale, ya te freudianicé a tu gusto.

—Hablas el español más impropio que he escuchado.

—Te falta conocer a mi angustioso.

—¿A quién?

—A nuestro angustioso, para abismarte más. Y no te metas con mi modo de hablar. Este caló está bien vivo, por más que ustedes quieran darle en toditita la torre. Válgame, por eso no escribes nada, tú...

—Qué sabes tú.

—¿Yo? No soy chata naringata. Mira: a la milla me las huelo.

—Bendita seas, Isabel.

—Descontrolado, eso eres, mi amor.

—No sé. ¿Por qué...? Oye, ¿no te cansa estar allí en cuatro patas?

—Déjame, tú. Me arde. Javier, you just can't be a middle aged beatnik! It's out of the question! Javier, ya no juegues: si eres un hijo de don Porfirio y la reina Victoria, ¿no entiendes? Dime la verdad, Javier, por favor, ya no te engañes, ya pierde el sueño, no seas romántico, my Byroncito de tlapalería! No... Javier... no no, por favor... Javier... Sosegado... Javier, Javier, Javier, así no, así no...

—Homenaje a un clásico y a nuestra contradictoria cultura popular, en la que el sexo es el pecado y sin embargo el sexo es el paraíso.

Te quedas sentada un rato en la mecedora y aún no te acostumbras a la oscuridad y los números y manecillas fosforescentes de tu reloj que señalan las ocho y cuarto.

—¿No me contestas? ¿Te sorprendí? ¿Estás rumiando tu respuesta? ¿Por qué no me hablas? No creas que voy a caer en tus trampas. Ya sé distraerme para no escuchar tus respuestas. Además, eso lo he amado siempre. Cómo iba al cine entonces. No había otra cosa que hacer. Eso y oír música por la radio. The Virginian, con Richard Arlen y Mary Bryan, que no eran los principales actores, sino Gary Cooper y Walter Huston. Se batían al final de la película en la calle mayor del poblado del lejano oeste, mientras los moradores se escondían para dejar campo libre a los rivales, el bueno y el malo. Gary Cooper.

—When you say that, smile, pardner.

Seguro, dragona: sonríe. Tú y Jake se escondieron en el closet y se taparon la nariz y la boca con las manos para no reír. Primero, la voz de su madre les llegó con un esfuerzo de serenidad y costumbre. Bétele, Jake, tenemos que salir. Ustedes distinguieron el esfuerzo de Becky para dominarse y se apretaron todavía más las manos contra las caras. Nos están esperando. No podemos llegar tarde. Tú y tu hermano se pellizcaron las piernas para no reír.

—Niños, ¿dónde están?; niños, es la noche del viernes, nos están esperando, la comida se va a enfriar, niños, niños buenos, habrá matzoh-balls, gefullte fish, ¿no se les antoja? ¡Salgan! ¡Es tarde! —Jake te pellizcó el muslo en la oscuridad y tú tiraste de tus propias trenzas para dominarte a medida que la voz de tu madre subía de tono y se llenaba de temblores—, ¡salieron con su padre!, ¡apuesto que su padre se los llevó!, ¿dónde están? ¡Betele, Jake no me atormenten, salgan!, es una grosería con los Mendelssohn, nunca llegaremos a tiempo —tú y Jake se tomaron de las manos, esperando, ahora serenos, seguros del siguiente grito—. ¡No me asusten!, ¡tengo miedo, Betele, Jake!, ¿me oyen?, ¡tengo miedo! —y ustedes cerraron los ojos en la oscuridad del closet y la imaginaron, con la cabellera bien estirada hacia la nuca pero siempre crispada y eléctrica con sus tonos cobrizos y sus puntas indisciplinadas enmarcando el rostro pálido, transparente, sin venas, extendiendo los brazos delgados y las manos nudosas en la oscuridad de la sala.

—Prende la luz, Betele.

Nunca prendía la luz. Siempre pedía que alguien lo hiciera, y al encenderse los focos se llevaba distraídamente una mano a la frente, como si se protegiera y sólo tú y Jake lo sabían y se codeaban cuando los viernes eran invitados, sólo una vez cada mes, a casa de los señores Mendelssohn, que habían conocido a los padres de Rebecca, que al entrar de la calle, de la media luz acostumbrada de esa larga caminata de trece cuadras, se pasaba la mano por la frente y las cejas, disimulando.

—¡Apuesto que Gerson se los llevó!

En el puesto callejero, con los niños riendo a su lado, Gerson saca filo a las navajas y grita de vez en cuando:

—¡Navajas! ¡Auténticas navajas Solingen! —pero no es al gritar cuando tú y Jack ríen más, sino cuando tu padre detiene a un hombre de pelo largo y barba rizada y le pregunta:

—¿Usted sigue yendo al shul? y el hombre asiente y tu padre ríe y atrae de las solapas al hombre y le corta con la navaja un rizo mientras ríe.

—¿Ve qué bien cortan? ¡Navajas, navajas, auténticas navajas!

Y el hombre permanece atolondrado, tocándose primero la parte mutilada de su vieja cabellera y luego recuperando de manos de tu padre el rizo seboso y exclamando palabras incomprensibles en polaco mientras ustedes ríen y tu padre frunce el ceño.

—Trate de insultarme. Nadie me ha podido insultar hasta ahora. ¿Cuánto vale para usted? ¡Insúlteme! Ofrézcame dos centavos. ¡No ha nacido quien pueda insultarme! ¡Navajas, navajas! —y el polaco se va, arrastrando los pies, murmurando y acariciando su rizo y tú y Jake y Gerson ríen mucho y el vendedor del puesto vecino les prueba corbatas a sus clientes y les dice muchas frases melosas que los hacen reír a ustedes mientras Gerson le grita al comerciante de al lado y a su cliente:

—Mordecai, no hagas pasar por corbatas esos chorizos; señor, señor, comprarle una corbata a Mordecai es como comprarle una soga a un verdugo: son corbatas robadas.

Y Mordecai insulta a Gerson y dice lo mismo que el señor Mendelssohn en esas comidas de los viernes ceremoniales:

—Sólo quejas, señora Jonas. Todo le falla. Su marido es un schlemiel. Es inútil que yo pierda tiempo y dinero ayudándolo.

—¿Qué es un schlemiel, mamá? —pregunta Jake cuando caminan de regreso a la casa y Rebecca gimotea y su bonete de fieltro le cae demasiado sobre la frente, dándole un aspecto ridículo a su dolor y a su gravedad de figura gótica, pálida, amarilla y negra.

—¡Desde que te conocí, debí saberlo, un vago, periendo el tiempo con los viejos vagos que sólo están allí esperando el momento en que se necesite al décimo hombre para la oración! ¡Sin fe, sólo por vago! ¡Sin creer en las palabras! ¡Sólo esperando, desde la adolescencia, una limosna, un trabajo fácil!

Tú y Jake salieron del closet, riendo y tiritando y tomados de la mano y Rebecca se detuvo paralizada en la oscuridad de la sala, como si no lo creyera pero, al mismo tiempo, como si tuviera que esconder su asombro para no romper ninguna de las complicidades de la normalidad, es tarde, nos están esperando, habrá pumpernickel, el señor Mendelssohn sabe cuánto les gusta a ustedes el pumpernickel, ¿dónde está mi sombrero, Betele?, consíguemelo, creí que habían salido con su padre, vámonos ya.

Sólo el señor Mendelssohn hablaba. Nadie más. Vergüenza eterna. Los propios comerciantes judíos que venden esos productos han sido los peores enemigos de las leyes kosher. Vergüenza eterna. Tú y Jake comían ávidamente el pan de centeno y el beigel con la mirada fija en el señor Mendelssohn con su cuello de paloma. El Reformista es un renegado, señora Jonas. Menos mal que usted se ha opuesto. Estos niños le deberán más de lo que sospechan. Rebecca asentía con lágrimas en los ojos:

—¡No harás unos renegados de mis hijos!

Gerson se encogía de hombros.

—No, no renegados. Invisibles, Becky, nada más invisibles, ¿entiendes?

—Superstitio et perfidia Judaica.

Invisibles, dragona, ah sí, todos.

Franz te escuchó sin parpadear y tú le contaste todo boca abajo, con una almohada sobre la cabeza y tus palabras estaban ahogadas. Dijiste que amabas tu hermosa tierra. Fértil. Invierno blanco, sí y se escuchan las campanillas de los trineos, los viejos se reúnen fumando sus pipas de elote en torno a la estufa de la tienda general, los niños hacen monos de nieve con ojos de carbón y narices de zanahoria y las lomas están llenas de abetos desnudos, dibujados en tinta, y de álamos blancos con las ramas cuajadas de hielo. El estanque se ha congelado y las parejas patinan, con bufandas rojas y gorros de estambre, medias de lana y faldas escocesas y orejeras. Son hermosas las tardes breves junto al fuego.

—¿Eso le contaste a Franz?

Sí. La noche repentina y uno se encierra a leer en silencio, sobre cojines de retazo, en los banquillos de una ventana salediza que mira hacia los corrales pintados de rojo, hacia la ondulación de las colinas bajas, blancas, moteadas con cuadros de tierra negra; hacia los establos donde los caballos resoplan un vaho intenso.

—¡Ligeia, Ligeia!

Tu hermano te lleva en su trineo de mano hasta la punta de la colina más alta y tú sientes miedo; él se ríe de ti, te sienta a la fuerza en el trineo, te pide que te abraces bien a su cintura, hace raspar sus botas con clavos sobre la nieve dura pero al mismo tiempo tan granulada y arrancan, arrancan loma abajo, tú abrazada a la cintura de tu hermano, con el viento de látigo sobre las mejillas, perdiendo a cada instante la sensación de tu nariz, de tus dedos, de tus orejas, mientras los cristales de la nieve, que son joyas gamadas, iridiscentes, cónicas, plateadas, cada una semejante al vitral minúsculo de una catedral de hielo, se levantan en dos olas de polvo frío a sus lados, les blanquean los gorros (el tuyo de estambre azul, el de Jake de cuero negro, con visera de celuloide) y serpentean por la ladera, evitando las delgadas estacas de las propiedades, los troncos desnudos de los abetos, las erupciones extrañas de matorrales verdes aunque nevados que se aferran a la raíz de la tierra.

—Los llevé a ver el Santa Claus de Macy's. ¿También eso te molesta, eh, eh?

Jake guarda el trineo. Lo arrastra, melancólico, hacia el corral donde dormirá por varios meses. El trineo brillante, recién pintado, decorado con tu nombre —Liz— está ahora raspado, descascarado y tu nombre ha desaparecido. Aun rodeada de charcos de nieve derretida, todavía los vientos fríos batiendo las celosías, tu madre se dispone a pintar, por fuera, de blanco, los aleros y las tablas de pino de la casa, a empapelarla por dentro con escenas de antiguas fiestas campestres: pastoras de báculo y crinolina rodeadas de ovejas y muchachos que, reclinados contra los cipreses, entonan sus flautas.

—Los hijos del señor Mendelssohn fueron a pasar la Navidad a una granja de Connecticut.

La primavera ha llegado, Franz. Aunque la desmienta la lluvia delgada y gris que enloda todos los caminos del condado y nos obliga, todavía, a andar con las botas de goma por el corral, bajo la lluvia finísima; distribuyendo a puñados los granos para las gallinas que se nos escapan, cacareando, con el plumaje blanco y alisado por el agua.

—En Praga, los judíos que vivían fuera del Judenstadt determinaron en 1473, irse a vivir con sus hermanos. Nadie los obligó, ¿ves? Ellos entraron voluntariamente al ghetto.

Es la época —cuentas— en que tu madre vende los cerdos que han engordado durante el invierno, escondidos en el corral, comiendo avena y mascando elotes, a Mr. Duggan, sí, Duggan, Duggan, ¿por qué no, dragona?, el dueño de la tienda general, y tú y Jake, al salir de clases, pasan entristecidos frente a la tienda y ven a Porky, a Fats y a Beulah expuestos en la ventana con manzanas en la boca.

—¿Puede venir Beth a pasar el fin de semana a la granja, señora Jonas?

Una inquietud empieza a entrar por las ventanas, ahora abiertas, del cuarto de clase. La concentración del invierno se ha perdido. Mis Longfellow, sí, Longfellow (O. K., dragona, como gustes) se muestra impaciente, pega con la regla sobre el escritorio y les pide que dejen de ver hacia afuera. Pero ella misma, rojiza, con la nueva permanente y el vestido floreado, no puede evitar las miradas hacia el cerezo que crece junto a la ventana y un día, después de leer (The Mississippi is well worth reading about. It is not a commonplace river, but con the contrary is in all ways remarkable) les invita a admirar el florecimiento de tintes rosados, los más bellos, los más suaves, que han brotado poco a poco y ahora, en abril, es un ramo de labios de niño que se prolonga, se abre y acaba por llenar con su luz todo el marco de la ventana.

—Iré a City College. No me importa, mamá. Puedes decir lo que quieras. ¿Qué más da? ¿Crees que voy a ver más cosas de las que ya vi aquí en la escuela pública? ¿Dónde crees que vivimos?

Estrenarás un sombrero para el domingo de Pascua.

—Ése, mamá, ¡el de paja con el listón rojo, por favor!

Luego todos cantarán los himnos. Y afuera, en el sol, los granjeros no trabajan; se sientan bajo los toldos de sus casas a contarse cuentos, con las pajas entre los dientes, satisfechos porque toda la semana han cosechado y amontonado en silos y cargado en camiones la avena y el trigo blancos que germinaron bajo la nieve pasada.

—¿Qué diablos significa ser presbiteriano o anabaptista, eh, Lizzie? En cambio...

¡Qué hermosos veranos, Franz! Aunque Jake se alejaba después del invierno y la primavera que pasaban juntos y durante el verano descubría amistades o prolongaba las de la escuela en excursiones, pesca, natación en el estanque...

—Polio, señora Jonas. Esto es polio.

...viajes al mar donde la aldea de pescadores guardaba las memorias de las grandes hazañas balleneras y las casas eran alegres, pintadas de colores vivos, y los hombres y mujeres alegres, acostumbrados al mar...

—¡Un castigo! ¡Un castigo! ¡Ven a mis brazos, Jake precioso, pobrecito Jake, un castigo!

No era para niñas. Tú dices que corrías o saltabas o caminabas sola durante el largo verano, vestida de muselina, Elizabeth, y curiosa porque los meses de calor descubrían toda una serie de cosas ocultas durante el resto del año: ardillas y lagartos, grillos y arañas, búhos y cervatillos, mariposas y orugas, petirrojos y alondras que habitaban los bosques donde tú pasabas los días bajo almendros rumorosos y sicomoros gigantes...

—¡Jake! ¡Lizzie! ¡Vengan, está pasando el camión que riega las calles! ¡Vengan, hijos, desnúdense, vengan antes de que pase, aprisa, aprisa!

...entre cortezas suaves y jugosas que te entretenías en arrancar para hacer los barcos que, con una veleta de papel periódico ensartada a un mástil de pino quebradizo, harías navegar por el estanque, en un rincón preferido, lejos de las zambullidas y la gritería de los muchachos.

—Liz is a kyke! Liz is a kyke! Liz is a kyke!

Pero aún en las horas frescas al lado del agua, tu oído no dejaría de buscar, y encontrar, las voces de los pájaros que habían regresado del sur para acompañarte. La voz baja del petirrojo, las imitaciones del tordo, los cambios sorprendentes del mirlo) el gorjeo loco de la urraca. Y no sólo reconocías sus voces; les agradecías su presencia y su falta de temor para acercarse a ti: el primero con su pecho escarlata, como si fuese un militar o un músico de banda real, el segundo con su ojo redondo y su camisa de rayas negras, el tercero con una estrella en la frente, la cuarta con sus ojillos achinados y su redondez acariciante.

—No te metas, Javier; déjame mi sueño. Yo te hago el juego.

Acariciaste el canario al abrir la jaula y poner el alpiste y el agua y Rebecca, en la sala de cortinas corridas, se quejó.

—¿Te duele la cabeza, mamá?

—Ach, es el calor, es el calor. Ya me pasará.

Nada te haría alejarte, todas las tardes, del estanque casi inmóvil, en cuyas aguas, a veces, querías adivinar un palacio sumergido donde, bajo el hielo, pasarían su invierno todos tus amigos escondidos y fugaces, tus compañeros del verano.

—E Israel Baal Shem Tob nos enseñó que la verdadera salvación reside, no en la sabiduría talmúdica, sino en la entera devoción a Dios, en la fe más simple y la oración más ferviente. El hombre sencillo que reza de todo corazón está más cerca de Dios y es más querido por Él que el talmudista.

Luces de bengala y manzanas con la piel quemada de azúcar empalagosa; tiovivos con cabellos blancos; organillos sonoros; espejos fantásticos que te alargan, te engordan, te hacen enana (Jake, ¿dónde está Jake, Jake, Jake?); el mago que pasa por el pueblo en julio, en su jira veraniega, con un sombrero de copa y toda una comunidad de conejos hambrientos, cuervos amaestrados y ratoncillos ciegos entre los pliegues de su capa rojinegra, como Mandrake; jarras de limonada y agua de frambuesa; raspados de chocolate y naranja; nuestra veranda con su sofá-mecedora cubierto por una lona de listas rayadas, blancas y azules, desde donde vemos que los granjeros siembran otra vez, bajo el sol, con sus sombreros de paja y sus camisas de dril azul, oh say can you see, you have fought all wars, mama loshon, Na-Aseh V'Nishma, haremos y obedeceremos, let us go to America, said a Jew from Kiev to his wife after he had lost his fortune in a pogrom, let us leave this hellish place where men are beasts, and let us go to America, where there is no ghetto and no pale, where there are no pogroms and where even Jews are men.

Después, cuando todo terminó, tu padre te buscó y tú le dijiste que sólo un minuto, un minuto y en la calle, en la esquina de la 45 y Madison, en cualquier calle del centro y el viejo con el traje cruzado y el sombrero gris se acercó a ti y te dejó la tarjeta con el nombre y la dirección de un hotel en Central Park North, te dijo que ahora vivía en el hotel, nunca más en una casa o dentro de una comunidad, te dijo rápidamente, sin mirarte, que en el hotel entras y sales a tu gusto, comes solo y a tus horas sin hablarle ni al mesero, vas solo al cine en las noches y quizás con el tiempo te haces de algunos amigos y hasta vas a jugar golf y si querías verlo debías preguntar por Johnson, Garson Johnson, en la administración ya saben. No te besó y desapareció por Madison Avenue, chiflando.

—Jake, Beth, salgan, ¡no me asusten!, ¿quieren oírlo? óiganlo, ¡tengo miedo, miedo, miedo, ya salgan, nos esperan a cenar!

Antes de entrar a Cuautla, al lado de la carretera, había un rótulo formado por trozos de papel plateado, agitados apenas por el viento y abrillantados por el sol que les daba la cara. Restaurant Corinto.

—Éste es el lugar del que les hablé —dijo Franz.

Tenía una fachada de vidrio y detrás una docena de mesas cubiertas con manteles de cuadros rojos y blancos, sillas de bejuco y una pared dividida horizontalmente por un largo estante de madera sobre el cual descansaban platos de porcelana pintados con paisajes alemanes, suizos y austríacos. Tú sabes, Lorelei, Matterhorn, Salzburgo, eso.

Entraron y un tipo rubicundo los recibió, frotándose las manos con el delantal.

—¡Señor! ¡Señor! ¡Tanto tiempo!

Franz sonrió y el panzón los invitó a pasar, extendiendo los brazos.

—Hay choucrout; cerveza de barril; o buena carne asada, si prefieren...

Tomaron asiento y Franz ordenó choucrout, mostaza, tarros de cerveza —la cerveza por delante; se sentía fatigado de manejar—. No consultó a los demás. Javier se pasó la mano por el vientre y no dijo nada.

—La salchicha te va a caer de la patada —le dijo Isabel a Javier.

—No eres mi médico —le contestó Javier sin mirarla, jugando con un palillo de dientes.

—Perdón —dijo Isabel—. Como luego te pones tan exigente. Tú miraste primero a Javier, en seguida a Isabel.

Javier dijo lentamente:

—Una colitis crónica no se cura nunca. Es un reflejo del carácter. Tendría que cambiar de psicología.

—Debe ser como morir de sed en el mar —volvió a sonreír Franz—. No poder gozar de tantas cosas buenas...

—Se hace uno a la idea —dijo Javier, sin mirar a nadie—; más bien es como vivir siempre en tiempo de guerra, con racionamiento.

Levantó los ojos y le sonrió a Franz y Franz le devolvió la sonrisa:

—No, hay una pequeña diferencia. El hombre en la guerra se siente heroico; con una colitis, sólo se siente ridículo.

—Touché —suspiraste.

—Nadie te ha pedido un comentario —te dijo Javier—. Además, hay tantas maneras de hacer el ridículo.

Un mozo indígena inclinó la cabeza y colocó los tarros frente a ustedes. Franz bebió rápidamente, con gusto, la cerbatana; ustedes la saborearon con lentitud.

—¡Qué conversación más seria! —rió Franz—. Hemos venido a divertirnos, ¿no? Brindo por Mackie. ¿Han visto que *La ópera de tres centavos* se ha vuelto a poner de moda? Yo la vi hace treinta años. ¡Treinta años!

Empezó a cantar:

—Und der haifisch, der hat zanne...

Tú sonreíste, dragona. Franz llevaba el ritmo de la canción con el tarro que sostenía su puño derecho, bebía entre estrofa y estrofa, las mejillas se le iban enrojeciendo y tú tratabas de agarrarte de la alegría de Franz y convertirla en el ambiente del almuerzo, tarareando y sonriendo hacia Isabel y Javier, que miraban en silencio a ese par de extranjeros, tan convencidos del poder inmediato de una canción cantada con energía y voluntad; el rubicundo dueño del restaurant asomó por la puerta de la cocina, sonriendo, y meneó la cabeza al compás de la canción. Luego envió una tanda más de cervezas; Franz, ahora, bebía rápidamente; echó un vistazo a los tarros llenos de Isabel y Javier y los tomó, uno con la mano derecha, el otro con la izquierda, y trató de beberlos al mismo tiempo; el líquido le corrió por la barbilla y el cuello y él estalló en una carcajada y tú reíste con él y los otros dos nomás miraban.

—¿Quieren la comida? —dijo el dueño—. Está lista, pero si prefieren seguir bebiendo...

Franz rió y le pegó con la palma abierta sobre la panza al dueño y el dueño rió con Franz y Franz le dijo:

—Paciencia, mi querido señor. La paciencia es una virtud cristiana. Traiga la comida.

El gordo rió y el mozo entró con la choucrout humeante y colocó el tarro de mostaza junto al codo de Franz y Franz empezó a comer y a hablar con la boca llena:

—Cuatro horas al volante. Pero es un gran auto. Es un auto soberbio para las carreteras mexicanas. Soy feliz vendiéndolos. No tengo que apurarme para cantar sus loas a los posibles compradores. Lo hago con buena conciencia. Eso te da un buen producto.

Miró a Javier:

—Lo envidio, usted nunca ha estado en el comercio.

Isabel movió la cabeza:

—Cómo no. ¿Qué más comercio que la televisión? ¡Cochino y grande!

Javier, dragona, nomás rifleó para adelante, sin pestañear y tú lo miraste asombrada y fue Franz el que le preguntó a Isabel:

—¿Cuál televisión? —y ella mordió la salchicha:

—¿Que qué? Donde trabaja Javier, además de ser profe...

Y Javier nomás carreteó como si Isabel no estuviera presente:

—Antes fui diplomático. Son muchas obligaciones y casi siempre hay que soportar a un jefe absurdo, algún político patán enviado para deshacerse de él...

Y tú, dragona, fileteabas conteniendo la risa mientras Javier hablaba:

—En la diplomacia se vive aislado, en una pequeña comunidad burocrática vanidosa y susceptible.

Y estallaste riendo y Javier no se inmutó:

323

—Ahora, como funcionario internacional, mi trabajo no es ideal, pero gano mejor y las jerarquías se diluyen más.

Y Franz empezó a reír contigo, contagiado, e Isabel los clachaba a los tres sin entender nada y luego Franz tomó otra vez el tarro y volvió a cantar la balada de Mackie, Moritat, pegando de vez en cuando con el tarro sobre la mesa y el dueño asomaba de tarde en tarde por la puerta de la cocina, llevando el compás con la cabeza y Javier comía en silencio e Isabel lo miraba y tú te morías de la risa, cuatacha.

Y el alemán vigoroso, cincuentón, rojizo, colocó varios guijarros sobre el brazo de la silla de lona. Infló el pecho desnudo y se acarició el bigote entrecano, agresivo. Coqueto. Como su gorra blanca de marinero. Contuvo la risa y abrió mucho los ojillos pícaros. Entonces, con un movimiento veloz del pulgar y el índice, comenzó a disparar los guijarros contra su mujer, recostada frente al mar en la playa de Rodas. La mujer lanzó chillidos alegres y reunió las manos bajo la barbilla con la elegancia de un cisne.

—Nein, Rudy, nein; soyez gentil...

El alemán continuó disparando los guijarros y su risa interior continuó creciendo y era un gruñido que al fin empezó a salir, espumoso, por la nariz, por las orejas, al fin por la boca abierta, carnosa, picada de oro. Y ella se encogía cada vez más, dócil, etérea, consciente, dragona, de su papel de hausfrau gentil, desvanecida, herida por los pedruscos que el hombre le disparaba con vigor creciente.

Te pusiste los anteojos oscuros.

—I can't stand that woman's coyness —dijiste.

—I can't stand German gemütlich... —dijo Javier.

El alemán se incorporó y extendió los brazos gordos y se acarició el vientre embarrado de aceite y corrió hacia el mar. Tú y Javier lo vieron nadar vigorosamente hacia la balsa mientras la mujer languidecía y emitía gemidos de prisionera gozosa.

—Rudy, Rudy...

—¿Dónde está mi colección de guijarros, Javier?

—Vino Elena mientras escribía. Los vio sobre la mesa y lanzó grandes exclamaciones. Ya ves cómo habla.

El alemán escupió un geyser y agitó el brazo.

—Dios, la Virgen, san José y un gran surtido de santos y arcángeles. Nunca había visto una colección más linda. Le dije que se hiciera un collar con ellos. Te dará gusto, tú que tanto la quieres.

El alemán nadaba con una gorra de estambre. Pero terminó el verano y tú ya no buscaste más guijarros. El mar se volvió frío y gris. Tú y Javier se encerraron cada vez más en la cabaña de Falaraki. Tú encendías la chimenea y luego buscabas los lugares tibios de las sábanas y escuchabas el jadeo de ese perro escondido debajo de la cama, al que Javier admitió en la casa cuando empezó a llover en serio. Tú lo veías escribir, a veces le pedías que te leyera algo, él se excusaba: hasta que el poema estuviera listo y la novela adelantada. Sólo tenía los títulos *El vellocino de oro*, un poema sobre Grecia como punto de partida y de retorno; *La caja de Pandora*, una novela sobre el secreto amoroso. Y a veces, las excursiones, el regreso a Rodas en el caique zarandeado por el mar de noviembre, los escalones erosionados de la punta de Ladigo, las aguas limón en la costa de Tsambica, la caminata a las ruinas de Cámiros, la ciudad muerta que se abre como un anfiteatro frente al Egeo, el ascenso al monasterio de Fileremos rodeado de pueblos blancos y huertos de granado, laurel y baladre. El Valle de las Mariposas. Farfale. Las mariposas habían huido, pero en la primavera y el verano, te dijeron, no se podía ver el cielo por la cantidad de mariposas que aletean entre las pocas manchas de firmamento que dejan libres los bosques de pino y ocote. Ascendieron del camino al bosque por un sendero de agujas de pino secas, guiados por el rumor despeñado de las aguas. Sucede, a veces, que en los bosques nadie se atreve a hablar, porque el silencio está lleno de rumores que hemos olvidado y que sólo excepcionalmente se pueden escuchar. Me contaste que el bosque, para ti, hace recordar lo que hemos perdido y al rato de entrar en él se olvida la vida diaria sin encontrar todavía la vida olvidada que el bosque conspira para recordarnos con otro orden de tranquilidad, sobresaltos, sospechas y silencios rumorosos. Te dejaste guiar hacia el rumor del agua y encontraste el hilo que corría entre helechos y rocas lamosas y quisiste encontrar su origen. Ascendiste, cada vez más penosamente, a la cascada, y aunque el ruido se acercaba, el manantial no. Como si por un secreto juego acústico la lejanía se disfrazara de cercanía y todo el Valle de Farfale hubiese descubierto la manera de defenderse de los intrusos mediante una clave de ecos engañosos.

Giraste para comentarlo con Javier y te diste cuenta de que estabas sola. Javier había quedado atrás. Tú quisiste ubicarte, gritaste y supiste que tu grito no había ido a ninguna parte: se había detenido sobre tu cabeza, como si quisiera regresar a tus labios. Pensaste que hundiéndote más en el valle acabarías por perderte completamente y decidiste subir a la parte desnuda del monte para orientarte, ver de lejos la carretera y descender a ella. Los pinos fueron espaciándose cada vez más y ahora, ya sin caminos, sólo había laderas de zarza y tierra suelta. Subiste agarrada a los matorrales hasta que uno se desprendió de raíz y tú caíste sobre la valla de espinas rojas que te rodeaban. Estabas a medio camino entre el valle y la cima del monte, exhausta sobre las espinas que te rasgaban las piernas y la blusa. Miraste hacia abajo: te despeñarías desandando lo andado y sólo regresarías al punto de partida. Te levantaste y seguiste subiendo, abriéndote paso entre los cardos amarillos, capturada por una fuerza, mi cuatacha, débil y gastada, que te empujaba a la cima que nunca creíste alcanzar, murmurando insultos entre dientes, insultos contra ti misma, contra Javier por haber permitido que te perdieras, hasta llegar arriba.

El balido de las cabras negras te llenó de terror; verlas tan cerca, al caer de bruces sobre el polvo, convirtió a las bestias en animales mitológicos, en guardianes de la altura que no tolerarían tu presencia. Te miraron y se fueron saltando entre las rocas que, desde allí, se desbarrancaban de nuevo. Más lejos, Elizabeth, el mar y las islas como montañas surgidas del mar o mutiladas de él por la bruma, embarcadas en la niebla, y más lejos la costa de Anatolia que avanza como una garra de puma hacia la isla de Rodas.

La carretera no se veía desde allí. Cayó la tarde y las nubes que corrían desde el Asia Menor ocultaron el sol. Esperaste. Javier tenía que buscarte. Debía averiguar con la gente del valle la manera de llegar hasta aquí. Te frotaste los brazos heridos por las zarzas y te sentaste sobre el polvo. Las cabras negras volvieron a agruparse para mirarte, agitando los cencerros. Tú imaginaste esta soledad, cortada para siempre del mundo, en compañía de las cabras, en la cima polvosa de una montaña que había perdido todos los hilos de comunicación: que en realidad nunca los tuvo. Abriste los ojos, mi dragona, despertaste de un sueño en el que existieron otras personas, padres y hermano, compañeros de escuela, novios, marido, amigos y amigas, conocidos, fantasmas ocupados en repartir la leche, manejar taxis, vender navajas, escribir libros, publicar periódicos, firmar oficios, declarar guerras... Suspiraste con terror y alivio. Sólo tú y las cabras, mirándose, sobre un disco de polvo suficiente, solitario y eterno. Te pusiste de pie y corriste entre los balidos hacia el lejano promontorio de la costa turca. La velocidad de las nubes cortaba, incendiaba y tamizaba la luz y tú corrías entre las rocas y los cardos, hacia la otra orilla, hacia abajo, con un grito detenido en la garganta, incapaz de traducirse en las palabras que tus labios pronunciaban calamoros. Pero tu vista permaneció fija en la otra orilla, en esa costa bien anclada en el Egeo, porque de otra manera los tambores de ese silencio, la oscuridad de esa luz, la inmovilidad de ese viento te habrían devorado allí mismo, en el derrumbe sin caminos hacia el mar.

Sentiste el asfalto bajo tus pies. Ya no corriste. Caminaste pateando piedrecillas, abrazada a ti misma. Seguiste el camino de la carretera estrecha y serpenteante. Y más cerca de lo que creíste, apareció el kiosko de los refrescos. Javier estaba sentado bajo un emparrado desnudo, bebiendo vino. Te vio aparecer por la carretera y corrió hacia ti. Lo viste venir con la cabellera negra agitada, el pantalón de pana, el suéter de cuello de tortuga. Era la primera persona que veías. Lo abrazaste. Él te dijo que los guardias del valle se habían reído de tu tardanza; habían dicho que eso pasaba con frecuencia y que nadie se había perdido nunca, para siempre, en el Valle de las Mariposas; tú no tardarías en regresar. Abrazaste a Javier, le besaste el cuello y le pediste que regresaran a la casa de Falaraki. Tú tenías mucho sueño y querías acostarte.

—¿Dónde está Rudy? —te frotaste la crema sobre las costras quemadas de las mejillas.

Javier apoyó la cabeza contra el índice y el pulgar reunidos. No dejó de observar la costa de guijarros de Rodas, llena de vacacionistas en el año de Múnich y el Anschluss.

—¿No sabes? Su mujer lo ahogó mientras nadaban. Me lo contó el mozo del café esta mañana.

Franz se bebió de un golpe la fría. Insistió en pagar; él había propuesto venir aquí.

Salieron sin despedirse del dueño.

—Vamos directamente a Cholula —le dijiste a Franz—. No es necesario detenerse en Cuautla.

—Me siento pesado —dijo Franz.

—Yo manejo —casi gritó Isabel y ocupó el lugar frente al volante, al lado tuyo. Franz ocupó el de atrás, junto a Javier.

Ahora es Isabel (no, sólo entre nosotros nos tuteamos, novillera, achanta lamu) la que, en un solo movimiento, con un solo ritmo que, sin que ustedes se enteren, los domina, arranca el auto y enciende el radio y encuentra la estación que ella conoce y prefiere y ellos cantan, los heraldos y menestreles y juglares del nuevo tiempo, los pajes andróginos de la república monárquica, de la élite democrática, ellos que suben y bajan desde los muelles de Liverpool con la presencia del cortesano que toca el laúd en el concierto campestre del Giorgione, con la cabellera de los jóvenes venecianos pintados por Giovanni Bellini, con la sonrisa irónica del divertidísimo San Jorge de Mantegna, cuya gallarda armadura parece más a propósito para conquistar a las castellanas que lo esperan en el palacio dorado perdido en la perspectiva de Padua, que para enfrentarse a un oscuro dragón verde de utilería que yace a sus pies, menos pagano, menos diabólico que el propio efebo desarmado después de la conquista: esa lanza está rota y creo que sólo serviría para desprender los frutos de la guirnalda de limas, peras, cerezas y pomegranates que cuelgan sobre el marco del cuadro. Tienen la lejanía cesárea y la participación satánica y la inocencia querúbica y cantan.

I love you because you tell me things I want to know y yo voy leyendo estos noticiones en mi periódico, dragona, por la supercarretera México-Puebla, y a veces no creo lo que leo, aunque lo firme alguien tan respetable como Jacobo von Konigshofen: su despacho dice que hoy mismo, este año de 1349, se ha desatado la peor epidemia de la que se tenga memoria. La muerte corre de un extremo al otro del mundo, de ambos lados del mar, y es aún más temible entre los sarracenos que entre los cristianos. En algunas tierras, murieron todos y no quedó nadie. Fueron encontrados barcos en el mar, pletóricos de mercaderías; nadie los guiaba; las tripulaciones habían muerto. El obispo de Marsella y los sacerdotes y la mitad de la población de ese puerto han fallecido. En otros reinos y ciudades han perecido tantas gentes que describirlo sería horrible. El Papa en Aviñón suspende todas las sesiones de la corte, prohíbe que nadie se le acerque y ordena que un fuego arda frente a él día y noche. Y todos los doctores y maestros sabios sólo pueden decir que se trata de la voluntad de Dios. Y si está aquí, la plaga también está en todas partes y no terminará antes de cumplir su ciclo.

Cierras los ojos, dragona, sentada al lado de santa Isabel en el Volkswagen que gana y gana y gana velocidad al pasar al lado de Cuautla,

there's a place where I can go,

rebasando por la derecha sin tocar el claxon, subiendo a 80, a 90, a 110, y las gallinas cacarean y desparraman plumas y los perros aúllan con los ojos inyectados cuando el auto derrapa al borde de la carretera, se sale del tramo pavimentado y levanta el polvo del país más allá de los vericuetos asfaltados, donde se tambalean las casas de paja y adobe y las cercas de nopal y un niño chilla con la boca embarrada de mocos e Isabel maneja con una sola mano y con la otra busca las voces en la radio y aumenta el volumen,

in my mind there's no sorrow,
don't you know that it's so?

y como los hombres de Luca Signorelli, se visten con el desenfado de una elegancia testicular y desatan los poderes constructivos de su ánimo de destrucción: crean, a su alrededor, un mundo tan vasto y rico y ordenadamente libre y confuso como una tela de Uccello y tan piadosamente demoníaco como los cuadros del Bosco que le paga el precio de admisión a Satanás: tu clásico dice, dragona, y tú lo entiendes sin saberlo, novillera, que el Demonio posee las más extensas visiones de Dios; por eso se mantiene tan alejado de la Divinidad: es el otro rostro del Santo y como él, es una sucesión inmediata de opuestos, una fusión permanente de antítesis,

what am I supposed to do?
give back your ring to me

and I will set you free:
go with him,

cantan, liberándonos de todos los falsos y fatales dualismos sobre los que se ha construido la civilización de los jueces y los sacerdotes y los filósofos y los artistas y los verdugos y los mercaderes y Platón cae ahogado y rendido y enredado en esas melenas y mesmerizado por estas voces y pisoteado por este ritmo en el que los Beatles saltan, liberados, hasta su cielo y descienden lentamente, como Anteos, a tocar la nueva tierra donde ellos no son hombres ni mujeres, buenos ni malos, cuerpo ni espíritu, materia ni sustancia, esencia ni accidente: hay sólo la danza y el rito, la fusión y la máscara creciendo continuamente alrededor de todo, la máscara floreciente de Arcimboldo que es su ser y su nada, su momento único visto desde un helicóptero que abarca la totalidad en la que mueren las esquizofrenias del dualismo greco-cristiano-judío-protestante-marxista-industrial,

there'll be no sad tomorrow,
don't you know that it's so?

y en el periódico dice que la epidemia también ha llegado a Estrasburgo este verano y se estima que han muerto dieciséis mil almas. En este asunto de la peste los judíos en todo el mundo han sido injuriados y acusados de haberla causado envenenando el agua y los pozos y por esta razón los judíos están siendo quemados del Mediterráneo a Alemania, pero no en Aviñón, pues ahí han contado con la protección del Papa. Pero en Berna y en Zofingen varios judíos fueron torturados y luego admitieron que habían envenenado muchos pozos y se encontró que tales pozos, en efecto, estaban envenenados. Por lo cual los judíos fueron quemados en muchas ciudades y se enviaron mensajes a Estrasburgo, Friburgo y Basilea para que allí se hiciera lo mismo. Sin embargo, en Basilea los ciudadanos han marchado al ayuntamiento y han obligado al concejo a jurar que no admitirán a un solo judío en la ciudad durante los próximos doscientos años.

Y en todos estos lugares los judíos han sido detenidos y el obispo de Estrasburgo, todos los señores feudales de Alsacia y representantes de las tres ciudades, se reunieron en Benfeld y los diputados de la ciudad de Estrasburgo fueron interrogados acerca del destino de la población judía en esa ciudad. Contestaron que ellos desconocían la maldad achacada a los judíos. Entonces se les preguntó por qué habían tapado los pozos y escondido las cubetas y se levantó un gran clamor de indignación contra los diputados de Estrasburgo. Así que, finalmente, el obispo y los señores y las Ciudades Imperiales acordaron liquidar a los judíos. Y los judíos fueron quemados en muchas ciudades y cuando sólo fueron expulsados, los campesinos se encargaron de capturarlos y ahogarlos o matarlos a cuchilladas. El sábado, día de San Valentín, los judíos de Estrasburgo fueron quemados sobre una plataforma de madera en el cementerio de la raza hebrea. Fueron quemados dos mil. Quienes pidieron ser bautizados fueron perdonados. Muchos niños son sacados de la hoguera y bautizados contra la voluntad de sus padres. Y todas las propiedades de los judíos serán expropiadas y todos los pagarés en su poder cancelados. Así fueron quemados los judíos en Estrasburgo y este mismo año en todas las ciudades del Rin, sin importar que sean Ciudades Libres o Ciudades Imperiales. En algunas fueron quemados después de un proceso y en otras sin ser juzgados. En ciertas ciudades, en fin, los judíos incendiaron sus propias casas y perecieron en el fuego. Se decidió que ningún judío entraría a Estrasburgo durante los próximos cien años, pero antes de que pasaran veinte, el concejo y los magistrados acordaron readmitirlos. Y así, los judíos regresaron a Estrasburgo en el año 1368 de Nuestro Señor.

It's been a hard day's night

y después, dragona, había que vivir la fiesta galante y olvidar, olvidar, olvidar para que eso no volviera a suceder, había que hacer el resumen agónico, a contrapelo, con todas las armas: había que recuperar el Renacimiento hecho y robado por Vico y Calvino y Descartes que terminó, hundido en su razón y su historia y su bien y su mal y su predestinación y su hombre natural y su activismo fáustico y su orgullo gnóstico y su voluntad trágica en los hornos de Auschwitz y el llano

arrasado de Hiroshima y ahora los cínicos inocentes cantan

you can't buy me love

y las mujeres que los adoran se visten paródica-
mente con los capelos cardenalicios y los tocados
escarlata y negro del Condestable de Borgoña y el
Obispo de Beauvais y la Papisa Juana y se cubren
con las telas góticas usadas en la coronación de los
reyes de Hungría, preservadas entre los tesoros de
Bamberg y Ratisbona, resurrectas del *Livre des mé-
tiers* de Étienne Boileau: las capas pluviales de la
Pasión de St. Bertrand de Comminges visten a las
ninfas diánicas que bailan en las discotecas de
Nueva York y París y Londres, las albardillas del
Apocalipsis de la catedral de Angers se agitan con
el ritmo de los esclavos liberados, en cualquier
whisky-à-gogo y en la nueva Missa Luba, Hecaté
vestida como Eleonor de Castilla y Circe angular y
pálida como Nuestra Señora la Virgen de Baune,
mezclan las cenizas de Tournay y Valenciennes
con las hierbas corrompidas de Gabón y Nigeria y
bailan el ritmo liberado de John Henry y King
Olliver y Johnny Dods y Billie Holiday y Satchmo
y Cannonball Adderley.

*Hesitatin' Mama, Hesitatin' Blues,
tell me how long do I have to wait,*

y en el nuevo pervigilium veneris ofician las
hechiceras vírgenes, las desposadas del Satanás

angélico que se burlan para siempre del jus primae noctis y encantan al Príapo-Baco-Sabasio, el macho cabrío del día de San Juan con la barbilla corta y los labios gruesos y el pantalón ajustado y las botas de vaquero y con su larga y tumultuosa corte de familiares, de lobos, de elfos y gnomos, de gatos blancos y perros gordos sin patas y galgos con cabeza de buey y conejos negros celebran la misa negra de las grandes síntesis, el gran juego de los opuestos vedados por el juez de la razón y el carcelero de la moral y el verdugo de la historia y claman a Dios que haga caer su trueno, el castigo del pecado y el infierno inexistentes y la nueva Sibila y el nuevo Pan profanan los ídolos de veinticinco siglos de prejuicios y causas y terrores mentirosos y se convierten a sí mismos en los altares —oficio y sacrificio—, en el jardín —promesa y nostalgia— e inician la nueva danza de San Vito, el ballet de la revolución existencial que todo lo digiere, consagra y sacrifica en su pulso y valor pasajero, eterno, al fin humano:

she's got the devil in her heart

y hay más cosas en el cielo y en la tierra, dragona, que las soñadas en tu filosofía y sólo las descubrirás si las aceptas todas, novillera, a ustedes les hablo porque en esta misa sólo la mujer puede oficiar primero, las misas comienzan con un introito, igual que la vida de una mujer y la vida de los hombres que de ellas salen, y terminan con una piedad ante el Príapo Ungido, ante el Cristo-Baco que reclama, hasta el fin, no el amor del Dios que lo abandonó, sino la consolación de la hechicera María que trafica con los filtros y las hierbas adormideras de la paz: la mota, dragona, la medicina de los pueblos pobres y sabios, la mariguana, la merolina, la chipiturca, la doña diabla, la tostada, la suprema verde, la Rosamaría, la nalga de ángel, la dama de la ardiente cabellera, la señora Viniegra, la chiva, la grilla, la fina esmeralda, la moravia, la Doña Blanca, la Juanita: las solanáceas, las drogas, las resucitadoras del deseo y la vida, también tienen nombre de mujer pero sus padres son las serpientes totémicas de México y África, los brujos de Oaxaca y el Alto Perú y el Congo negro que ingresan al mundo blanco con sus ritmos y sus hongos y sus hierbas y sus cantos a fusionarse en el Renacimiento nuevo, el Renacimiento de la única religión, la de cuerpo y alma unidos sobre las ruinas oscuras de la Edad Negra de los banqueros y los armamentistas y los comisarios talmúdicos y los marines pentagónicos y los planificadores y los oradores de las cruzadas del asesinato colectivo y de la degradación personal.

Any time at all, any time at all

cantó Isabel y frenó abruptamente, con los ojos cerrados, sudando, frente a un muro de adobe con caliche descascarado donde un niño de dos años, desnudo, se revolcaba con un perro sarnoso y lloraba y reía sin cesar.

Gritaste, Elizabeth, gritaste como si hubieras parido:

—¡No quiero este terror! ¡No aguanto más el terror de esta gente!

y abriste la puerta del coche y bajaste y corriste hasta donde estaba el niño y lo tomaste en brazos y el niño dejó de llorar y de reír, como si te reconociera y tú lo levantaste, como si lo mostraras, dragona, al sol más que a tus tres compañeros de viaje: Isabel con los ojos cerrados y Javier con los ojos abiertos y Franz sereno, fumando un cigarrillo.

—¿Estáis ahí, Javier? Prende la luz. No encuentro la cama. Quiero descansar. ¿No me oyes? ¿No quieres saber la verdad? Esa otra historia, no la soñada, la verdadera, ¿cuándo fue? ¿Hace un año? ¿Un año y medio? Me dijiste, mientras te rasurabas, que la dirección era Sierra Paracaima 1270. A las diez de la noche. ¿Quién daba la fiesta? No importaba. No conoceríamos a nadie. Pero era importante para tu trabajo que asistiéramos. Yo estaba allí a las diez. No conocía a nadie. Sólo a Vasco. ¿Recuerdas a Vasco, cuando regresó de España? Ha envejecido. Ha perdido las formas, eso es. Como si un vaso, no sé, se quedara de repente sin bordes. De repente miras a alguien a quien has dejado de ver durante quince años. No lo reconoces.

Luego ves, dragona, íntegra, la figura perdida, más real a través de la muralla de piel gastada, carne fofa, canas y calvicie que la esconden. Y después sólo la presencia actual, el hombre que ha perdido su forma, que ha olvidado su propia geometría: la línea de la quijada de Vasco Montero, que antes se recortaba tanto, siempre tostada por el sol, que cerraba y confirmaba todos los ángulos delgados y precisos de su nariz y su boca, sus cejas y su frente. Toda esa figura angular permanecía de alguna manera, pero su base, la quijada, las mejillas, se habían derrumbado, hinchado, resquebrajado en bolsas cuidadosamente afeitadas, lisas, pálidas, harinosas.

—Vasco no me saludó. No sé si me reconoció. Sí, sí me reconoció. Me reconoció porque yo no he cambiado casi, ¿verdad? Me he preocupado tanto por mantenerme esbelta; las fotos no mienten; habrá cambios de modas, de peinados, de maquillajes, pero yo me veo igual hoy que en las fotos de hace veinte años. No. No me reconoció. No puede imaginar que yo sea la misma. Sure. Debe esperar algún cambio tan grande como el suyo, y al no encontrarlo no cree que yo pueda ser la misma. Javier, ¿cómo nos miran los demás, cómo? No, no podemos soportar que los otros dejen de vernos quince años y luego nos descubran. Yo he vivido conmigo. ¿Por qué me mira así...?

¿Sin reconocerte, reconociéndote, ese hombre que poee la distancia de veinte años para juzgarte y decirte que no eres la misma?

—Tú no llegabas. Pasamos a cenar. Entré sola al comedor, con mi bolsa entre las manos. Ya no vi a Vasco. No me atreví a buscarlo. El buffet estaba servido sobre una mesa larga, frente al jardín iluminado. Me serví lo de siempre, tú sabes: raviolis, pollo almendrado, jamón con piña. Nadie me hablaba. Nadie me reconocía. Regresé sola al salón y me senté en un puff. Vi pasar frente a mí a algunas personas conocidas, de esas que ocupan las páginas sociales de los periódicos, ofrecen tés, reciben showers o aparecen en un velero en Acapulco. Jaime Ceballos y su esposa la hija del banquero Régules, que fueron los que seleccionaron los discos y apagaron las luces para bailar. Pedro Caseaux, el jugador de polo, con una chiquilla muda al brazo. Charlotte García, ¿la recuerdas?, la famosa anfitriona del set internacional, con su eterno Bobó, los dos un par de momias, como si Lotte Lenya hubiera aparecido del brazo de Peter Lorre. Nuestro anfitrión, Reynaldo Padilla, el heredero de los negocios de Artemio Cruz, ¿recuerdas?, cuando el viejo aquel murió hace seis o siete años y los periódicos sólo hablaron de él durante quince días o un mes; ¿recuerdas cómo nos reímos leyendo esos elogios postmorten? Cualquiera hubiera dicho que aquel viejito millonario era un héroe de la nación y una figura mundial. Y me di cuenta, sentada sola y comiendo el pollo almendrado: me enviaste sola, no llegabas, sabías que no conocería a nadie en esta fiesta, para que pensara en ti. Que tenerte a ti era algo, algo más que la soledad en esta tierra extraña. Yo extranjera siempre, después de tantos años. Yo aislada de estas personas que estaban hablando de cosas que no me importaban. Sus criados, sus hijos, sus curas. Yo irritada con la grosería de estos mexicanos que no se acercaban a hablarme, que no sabían de dónde venía, que nunca me habían visto en sus clubes o casas de playa. Yo trataba de reírme de ellos, Javier, de su estúpida seguridad de ser el centro del mundo. Yo pensaba que Vasco no podía reconocerme porque también los años habían pasado por mi espejo, ja. Y tú llegaste. Sólo entonces me fijé en la oscuridad y la gente que bailaba mientras Judy Garland cantaba *Alone* y tú me tendías la mano en la oscuridad y me llevabas a bailar y me tocabas como si me acabaras de conocer. Como si yo fuera, otra vez, la extraña. Una mujer por conquistar. Una mujer nueva. Una mujer por descubrir. Mientras yo, mi amor, me dejaba acariciar y te devolvía las caricias porque eras Javier, porque te había amado y habíamos vivido tantos años juntos. Rechacé, estremecida, la novedad; cuando me tocaste esa noche como si lo hicieras por primera vez, sentí asco y desolación; quería ser lo acostumbrado, ¿me oyes?, ¿me entiendes?, y no lo excepcional. ¿Me rendiste? Porque eras todo mío y lo dejé todo por ti. Dejé mi hogar, mi tierra, para seguirte, Javier: por eso te acariciaba ahora, porque eras el de siempre, mientras tú me tocabas porque querías desconocerme. Y yo sólo quería volver a sentir, como antes, que todo valía la pena con tal de estar a tu lado. Tú mismo, tú, con tu identidad, ahora, en mis brazos, tú, Javier, tú, tú, eras el alivio que necesitaba en esta horrenda fiesta, no tú disfrazado del hombre que pudo enamorarse de mí en ese instante. Tú saldrías a buscar tu alivio en una novedad que esta noche era yo, una mujer nueva descubierta en la oscuridad. Sí, te entiendo, perdona que termine nuestro juego: me acariciabas porque era otra, no Elizabeth Jonas, nacida en Nueva York hace cuarenta y dos años, sino otra mujer que hubieras querido descubrir y amar por primera vez esa noche. ¿Te jode? Oh, cómo me tocabas, Javier, cómo llegaba tu mano a mis muslos, cómo rozabas tu mejilla contra la mía, cómo me mordisqueabas el pelo, cómo buscabas en la oscuridad el calor de mi brazo apretado contra el costado, la punta de mi pezón debajo del vestido sin mangas: no me engañes más, cómo te creías hombre, machito, porque salías a buscar a otra, a imaginar a Ligeia encerrada en su apartamento con un best-seller sobre las rodillas, cómo imaginabas mi vida sin peligros y la tuya expuesta a un azar, oh, Javier, Javier, Javier, mil veces preferiría salir a una guerra que dar a luz una sola vez... ¿Cuándo se podrá ser mujer y no sentir todo esto? No. No. Perdón. No quise decir eso. Me cuelgo a ti. Sí. Me abrazo a tu pecho, Javier. Tienes razón: sólo te tengo a ti. No tengo hogar. No tengo tierra. No tengo padres ni hermano. Haré tu juego. Beberé contigo. Bailaré contigo. Está bien. Trataré de adivinar qué juegos estamos jugando, qué drama estamos repitiendo, como tantas otras veces. Ésa ha sido nuestra vida, ¿no? Yo la escogí, ¿no? Ja, ja, ja; para eso hemos leído tanto, tú y yo.

Pueden llenar sus vidas con los actos y las palabras escritas por otros para que ustedes las representen. Inventarán las respuestas. Te dejarás guiar por la intuición para seguir la línea que te propone: un amor que se perdería sin orgullo, al realizarse, porque sólo el orgullo, al impedirlo, lo crea; un hombre que seria el cómplice de tu pasión y no de tu inteligencia; un hombre al que Javier no conoce: él, en el juego que te impone, él otro, él ajeno, él para ti, como tú para él: tú eres él. Sigues el juego, porque quieres la recompensa, quieres que esta noche él te ame como si fueras otra, no te importa que te diga otro nombre en la cama, no importan los nombres, sólo te importa que esa pasión creada porque te ha olvidado y esta noche ha descubierto a otra, te la entregue a ti con tu rostro y tu nombre distintos, con tu carne única...

Abrazaste la almohada sobre la cama del cuarto del hotel en Cholula.

—Vamos al apartamento. Te ruego que me lleves a tu apartamento, el mismo que yo he recorrido tantas veces con la vista y el tacto. Ya he cumplido. He llegado sola. Lo he esperado. Le he hecho creer que soy otra. No me importa nada. No me importa recibir la pasión en nombre de una desconocida, pero recibirla yo, aunque todas las palabras y todos los actos me nieguen.

Lo abrazaste en el taxi, dragona. Encontraste sus labios y subiste por el pecho al cuello, a la oreja, a la mejilla, a los ojos, bajaste a los labios. Un beso largo, en silencio, sólo uno. Todo se veía por el espejo.

—No oí nada. No vi nada. Estaba caliente. Pero el chofer rompió todo. Nunca recordaré de qué habló. Pero me destruyó.

El taxi no giró en la glorieta de Rin y Niza. Siguió hasta el Caballito y luego por toda la avenida Juárez. Javier lo detuvo en la esquina de Bellas Artes.

—No me llevaba al apartamento... nuestro, su, como gustara... La pasión se iba a perder. No quise bajar. Quería ir al apartamento. Quería tenerlo desnudo encima de mí, nada más. Quería quitarme las ligas ridículas, las medias ridículas, el ridículo disfraz de la calle y coger y coger. No me dejó. Me tomó de la muñeca, me hizo descender. Caminar por una calle desierta. Yo detrás de él. Con la pasión huyendo de mí y era una pasión que no había sentido en años. ¿Qué quería Javier entonces? Antes me dijo que no había agotado las sorpresas. ¿Qué me importaba eso? Quería mi costumbre otra vez, lo sabía entonces y ahora lo sé, la costumbre antes de ser costumbre; cuando se acostaba más conmigo, más que nunca después y sin embargo la costumbre no era costumbre.

Y me lo contaste cuando yo lo había visto, dragona, esa noche en tu apartamento con Javier medio traviato en la sala y yo con mi retazo macizo cocinándote la papaya. Si te enfriaste, yo no me enteré, palabra.

Se detuvo frente a una cantina, antes de llegar a la plaza Garibaldi. Entramos —lo seguí— a ese antro lleno de humo.

Oloroso a meados y cerveza, seguro.

—¿Qué quería? Dos tequilas. Dos más. Palabras. Palabras. Y eso... eso. Tirarle pepitas a la cara a un mariachi que tocaba la trompeta. Le arrojó las pepitas a la cara. Esperó sin moverse a que ese hombre gordo y moreno dejara la trompeta sobre una mesa, se quitara el sombrero y se acercara a tomarlo de las solapas, a golpearlo a la vista de todos...

¿Musculoso y grácil como una pantera? Qué va. Yo lo vi, gordo, fofo, un mariachón bien nilo, pero con muchos sopletes y sus bigotes a la mechingué.

—Todos hicieron círculo. Rieron y gritaron.

Sastres, mi dragona: pégale, dale, zúmbale, chíngalo, en la torre, calabaza, por el culo, por el chicloso, por el mande usted, al quebracho, al ninfo jotarás, calamoros, güey, patéale los aguacates, rebánalo, párchalo, échale un capirucho, mójale el barbón, dale pa' sus tunas, ya mételo en su camisa de madera, al hígado.

—Yo no me moví. Supe que estaba allí como testigo. Ver a Javier con la sangre corriéndole por la nariz y las encías. Los golpes al pecho que le sacaban el aire y lo doblaban sobre sí mismo. La cabeza despeinada, el cabello embarrado sobre la frente y las sienes. Los ojos cerrados. Las lágrimas que le corrían por las mejillas.

Javier tirado en el suelo, entre las colillas, las corcholatas, las escupideras volcadas. Eso debías ver, sifón. Eso debías saber antes del amor. Esa lástima, dragona. Eso debías aceptar. Eso debías recoger del suelo y abrazar y conducir al frío de la madrugada en la calle de Aquiles Serdán. Eso debías limpiar, suavemente, con tu pañuelo. Eso prefirió él.

—No me comprenden. Ya te lo dije. Es imposible hacer nada en México. No hay crítica, no hay información, todo se basa en simpatías o antipatías. No tengo una capilla como Vasco Montero. Ve, Ligeia, ve lo que escriben aquí, aquí del cuento...

La pequeña edición, envuelta en papel manila, ocupó su lugar en el estante bajo del librero. Allí acumuló polvo. Sifón. No volvió a publicar otro libro.

—Ven, Javier, vamos a casa.

Lo subiste al mismo taxi, que esperaba a la salida del cabaret. Te levantaste de la cama y saliste del cuarto sin encender la luz y caminaste por el pasillo del hotel hacia el cuarto de Franz.

—Y Pablo sólo viajó a los lugares donde habitaban judíos o donde la cultura judía era conocida, pues sólo allí podrían comprender sus enseñanzas. Después de la dispersión del año 70, los judíos debían comprar el derecho a vivir en las comunidades heterodoxas y así se fueron integrando las Judengasse en Alemania, judiaria en Portugal, carriera en Provenza y juiverie en Francia. La Iglesia prohibía a los cristianos dedicarse al comercio, mas no a los hebreos que, recién llegados y libres de las costumbres locales, obtuvieron la perspectiva que faltaba a los habitantes locales, y tomaron las oportunidades que desconocían. El Consejo de Ravena decretó que los judíos usaran una rueda de tela amarilla para distinguirse de los cristianos; y los judíos, reunidos en el borghetto italiano, fueron los primeros burgueses y el último ghetto del occidente de Europa fue el serraglio delli hebrei o septus hebraicus de Roma, que desapareció en el año 1885.

El profesor cerró el libro y gritó:

—¡Pivo, pivo!

Y Franz y Hanna rieron pues la sonriente y gorda Kamilla ya esperaba en la puerta con la cerveza y entraba en seguida y repartía las botas de cristal y en el gabinete de Maher olía a muselina raída y a cera frotada sobre pisos de piedra y Franz recordaba ese caserón de cinco pisos, al cual se entraba bajo una ancha arcada de la plaza, a través del portón de cedro barnizado al pasillo y, arriba, a las habitaciones del maestro, débilmente iluminadas por la luz invernal que lograba pasar por los vidrios color de miel, por los emplomados que, curiosamente, construían la efigie de Juan Huss.

Todos reían y seguían la corriente de esa discusión eterna, establecida casi desde que Hanna, por primera vez, trajo a Franz a la casa del profesor Maher y todo se volvió música contra arquitectura y la sencilla idea de Franz era que la renovación arquitectónica no era algo gratuito, sino que se debía, en primer lugar, a que los habitantes de los edificios cambiaban y la arquitectura debía estar al servicio, no de cierta idea de monumentalidad, prestigio o decorado, sino de las necesidades humanas reales. Maher, por el contrario, pensaba en términos del prestigio pasado: si un edificio moderno no lograba la integración total y la permanencia eterna de la catedral de San Vito, no valía la pena construirlo. Para Maher, el arquitecto sería siempre el maestro constructor de la Edad Media, rodeado de aprendices y oficiales a su servicio; Franz argumentaba que por desgracia eso ya no era cierto; si en algo tenía razón Gropius, era en advertir que el arquitecto había sido abandonado por los mejores artesanos, absorbidos por la industria, y ahora debía competir con el científico, el ingeniero y el investigador industrial y sólo ser un tornillo más de una empresa colectiva en la que, sin embargo, el papel del arquitecto consistía en proporcionar esa tensión entre la realidad y la ilusión que hace de un edificio, a la vez, obra de arte y de utilidad. Maher, ante la risa de Hanna, se impacientaba con estas teorías y acababa diciendo que la arquitectura podía adocenarse en el utilitarismo; al cabo, era un arte de lo concreto; él seguiría construyendo y visitando catedrales góticas de la imaginación musical abstracta. Se relamía la espuma detenida sobre los labios y añadía que sí, quizás Franz tenía razón, toda belleza abstracta nacía de algo muy concreto, de la tensión a la que el muchacho se refería.

Kamilla y Maher y a veces Hanna que gustaba de ayudarlos, hacían lo imposible por tener bien pulidos los instrumentos de trabajo del profesor que, en medio de su espiritualidad sin justificaciones, descendía a un minucioso cuidado de las cuentas y a una permanente discusión con Kamilla sobre el destino de las coronas ganadas en cinco clases diarias, catorce horas de trabajo, siete alumnos por día y tres botas de pivo al finalizar la jornada; se defendía aduciendo que la cerveza era buena para quien pasaba sus días y se ganaba el pan trabajando con los instrumentos de viento clásicos, la flauta, el oboe, el clarinete y el bajo. Franz y Hanna, tomados de la mano, sabían que la hora de la cerveza era el tiempo de las historias y que para Maher recordar el origen de sus instrumentos era como para otros hombres rememorar gestas, genealogías y amores. El oboe —decía acariciando el instrumento— nació en la corte de Luis XIV —oboe, hautbois— y cuando Lully fue nombrado superintendente de la música de cámara real, introdujo la moda italiana y poco a poco fue desplazando los conciertos del aire libre a las salas palaciegas, convirtiendo la música menos en un ruido de fondo para ceremonias públicas y más en un entretenimiento íntimo, a puerta cerrada. Los músicos de la Écurie du Roy se pusieron a tono y de esta intención de refinamiento nació el oboe, inventado por Jean Hotteterre y Michel Philidor. Nada entusiasmaba más a Maher que este recuerdo de los orígenes, y por su conversación fluían, con una caricia de la voz, los nombres del clarinete inventado por Denner en Nuremberg y descubierto por Mozart gracias a los músicos de Mannheim. El oboe de caccia y el oboe d'amore de Bach, y el instrumento árabe, el laúd, fabricado por los artesanos alemanes de Bolonia, los Maler, Hans Frei y Nikola Sconvelt, primero, y más tarde por los alemanes de Padua —Hartung—, de Venecia —Magno Dieffopruchar— y Roma —Buechenberg. ¡Esa atracción germana hacia el sol!

Kamilla servía los knedlik cubiertos de una espesa salsa de mostaza y Maher, entre bocado y bocado, describía y rememoraba, como si él mismo hubiese entrado a una sala feudal en la que, en un solo círculo, se reunían la viola, el rabel, la cítola, el laúd, el mediocaño, el salterio, el arpa, el tambor, las trompetas, los cornos, el címbalo, las campanas, el adufe, la flauta bohemia y los flajos de saus, la fístula y la flauta pandeana, la corneta alemana y las diversas gaitas medievales: la cornemuse, la chevrette y la muse de blef. Y Hanna, sonriendo, seguía el texto de Guillaume de Machaut mientras Maher lo repetía de memoria y terminaba con las palabras: «Y ciertamente, me parece que semejante melodía nunca fue vista o escuchada...»

Siguieron viéndose todos los viernes en los conciertos nocturnos del Palacio de Waldjstein, sentados sobre las sillas plegadizas frente a la sala terrena con los ornamentos de stucco y los frescos mitológicos iluminados por reflectores y ellos escuchaban el *Requiem alemán* de Brahms cada vez más cerca, primero rozándose los hombros, después tomados de las manos, más tarde con el brazo de Franz sobre los hombros de Hanna.

—¿No tienes frío?

—No, no. Así estoy muy bien.

Concédeles descanso eterno, Señor, y que la luz perpetua los ilumine. Dos conjuntos de cellos. Divididos por las violas sombrías. El coro en su tono más bajo. Lamento. Pero la voz humana da ya cierta alegría a la tristeza de los instrumentos. Doble tono de las voces. Bajo en los hombres. Alto, más alegre, en las mujeres. Los sonidos brillantes de los violines, los clarinetes y las flautas han sido omitidos. Lamento de los cellos que alargan sus

351

cuerdas para tocar a los otros cellos pero son interrumpidos, separados, por las violas tristes. El anuncio de todo el color tonal del *Requiem* de Brahms. No se desciende a la tristeza. Se asciende a ella, es un grito sin grito, un lamento ascendente que contiene y esconde su aullido secreto.

—¿Dónde vives?

—En una pensión. Mis padres viven en Zvolen. Antes iba a verlos durante las vacaciones. Pero hay tantas cosas que hacer en Praga en el verano. Creo que comprenden. ¿Y tú?

Avanza la fila melancólica y resignada de los dolientes. Cargan al muerto. Nos llevan al descanso. Los dolientes recuerdan. El arpa irrumpe y rememora. Su tono es el del recuerdo. El recuerdo de la vida dentro de la tristeza. La tensión crece. Los hombres y las mujeres en contrapunto soportan su dolor, lo elevan. Pero el órgano los arrastra nuevamente hacia abajo, les impide recordar, les obliga a estar en la marcha fúnebre dominada por las voces masculinas. Las mujeres repiten la voz de los hombres en un tono que trata de recapturar la vida que huye.

—Me mandarán a Alemania el otoño que viene.

—Ah.

Violas en un combate de dolor. La memoria trata de abrirse paso. Es el filo de la navaja entre la vida y la muerte. Pero no las separa. Se funde. Se confunde. En el coro conjunto, memoria, vida y muerte son una. Y se expresan en la solemnidad de una aceptación digna, sin llanto. La voz más baja y lenta del coro. Sólo las mujeres cantan así. Entran los hombres, con un acento prolongado en sus voces. La marcha se reanuda. El corno anuncia que se habían detenido y los impulsa a seguir la ruta hacia el lugar del reposo. Caminan lentamente, las voces ascienden, para crear la ilusión de una prisa que quiere liquidar el acto del dolor mientras los cuerpos desean prolongarlo.

—No. Los domingos no hay nadie en la pensión. Todas salen de día de campo. Sobre todo ahora, en el verano.

—Hanna.

El arpa los invita. Descansemos. Recordemos. Un instante. Un reposo. Detengámonos a recordar. La marcha sigue. La muerte ya está aquí. La memoria no puede sustituir los movimientos rítmicos de un corazón, el sudor de una mano, el parpadeo de unos ojos. Los violines y las violas, en su altura más quebradiza, acompañan a los grupos dolientes, se multiplican, al fin asisten a la conversión inconsciente de la marcha en danza.

—¡Hanna! ¡Detente! ¡Hanna! ¡Espérame! ¿Qué te pasa?

—No, no te fijes; no es nada; no, estoy contenta, de veras; no creas; es que me fatigó la carrera. Sígueme. ¡Alcánzame!

—¡Hanna!

—De veras, es sólo el viento; siempre me pasa lo mismo. Me saca las lágrimas. ¡Alcánzame! ¡Ven!

Las voces de las mujeres que se separan del cortejo y mueven, ondulan los brazos en alto. La sordina adelgaza y abrillanta el poder de todos los instrumentos. Una alegría espectral conduce, con

353

los ojos cerrados, a los seres del rito funeral. La danza y el cortejo avanzan parejos. Se reconocen. Por un breve instante estalla la alegría. Y al suspenderse, no regresa el tono del dolor. Es otro. Natural. Casi cotidiano. Que los distrae. Que contrasta con el dolor auténtico, como auténtica fue la alegría. Es una fiesta. Todo acto en el que estamos juntos es festivo. Nacimiento. Bodas. Muerte. Fiestas. Todo lo que nos reúne. Todo lo que nos arranca de nosotros mismos. Baile. Duelo. Borrachera. Guerra. Fiesta.

—Te amo.

—Habrá tiempo, Hanna, tiempo de sobra. Te lo prometo.

—No hables. Ven.

Una fuga brillante, espectral, alegre, dolorosa. El órgano detiene todo el movimiento. Por un instante tan breve. Sólo un instante. Esto es todo. La danza de la muerte es himno de alegría. Escucha. No dejes de escuchar. Johannes Brahms. Trabajó diez años en esta columna de voces y tonos. Esta guirnalda sin tacto. *Ein Deutsches Requiem*. Encontró el título en un cuaderno olvidado de su maestro, Robert Schumann. Casi un pizzicato. Muere. Termina. Los danzantes regresan al cortejo. Silencio de las voces. El corno. La marcha. El lamento. Una intención de recapturar la danza.

—¿Por qué?

—Es como aprender a recordarte.

El cortejo ha creado su propia memoria. Primero del cadáver que carga sobre sus hombros. Ahora memoria de sí mismo ya, memoria de su trayecto, su lamento, su danza: hasta el presente es memoria. La orquesta empieza a recoger todos los hilos sueltos. Las voces a reunirse, primero dispersas. Repasan todos los elementos de su reciente existencia y estallan en esa extraña jubilación de trompetas. Solicitud de resurrección. Voluntad de revivir. Los cornos que fueron tristes son alegres en la gran doble fuga de rostros levantados a la luz, de voces liberadas que sin embargo presienten ese corno otra vez sombrío. Que advierte el deseo. Que niega lo deseado.

—No. Así no, Franz; Franz, así no quiero.

—Perdóname.

—No, ¿por qué perdonar? Los deseos nunca son malos.

—Dicen que basta la intención para condenarse.

—¿Sí? ¡Qué risa! No, es como la música. Sólo cuando la ejecutas y la escuchas es música, ¿verdad? Te quiero, Franz; pero también quiero tiempo para quererte...

Reposo. Aceptación. Serenidad. Gusto. Una última, rápida afirmación. Antes de admitir y resignarse de nuevo. Nadie lo entenderá. Johannes Brahms. Estrenó la obra, después de diez años de trabajo, en la catedral de Bremen. El río Weser y sus brumas entretejidas, amarillas, y su espejo de aceite y gasolina. Una catedral del siglo XI. Ruda. Limpia. Un puro esqueleto de piedra. Hierro. Buques. Textiles. Tabaco. Azúcar. Bremerhaven.

—Estuve en Alemania de niño.

—Yo nunca he ido a Alemania.

Un reposo. Viene. Viene. Solitaria. La voz del hombre. De un hombre solo. Que canta por encima de todos. Mein Herz. Desde su corazón. Canta con su corazón abierto. Canta el lamento. «Pasó como una sombra.» El coro repite el dolor. Lejos. Sólo repite lo que el hombre solitario dice. Y empieza a crecer a instancias de su guía. La voz solitaria conduce al coro, lo lleva a la cima del desgaste, lo agota. El coro se desploma. El hombre lo rescata. Le da nuevas palabras. «Mi vida.» Mi vida es vuestra vida.

—No. No tengo de qué quejarme.

—¿Vas a esperarme? Dime que sí.

El conjunto orquestal, ligero, apartado, sin tonos excesivos, traspone la melodía de un instrumento a otro. El hombre domina la escena. Voz de lamento y voz de liberación. Voz desesperada y voz de fe. Crea un oasis en la muerte. Convoca los metales brillantes. Pide el olvido de toda circunstancia, aun la de esta muerte que los reúne, para ser. Para ser. No entenderán. Nadie entenderá. Para ser. Requiem.

—¡Adiós! ¡Adiós! ¡Escríbeme, Franz! ¡Franz, Franz, no me olvides!

—Suéltame, Hanna, mi amor; suéltame; yo te escribiré.

Un requiem alemán. No repite las palabras de la liturgia. No. Ellos oran por el descanso de los muertos amenazados con los horrores del juicio final. Pero estas palabras son de consolación. Para conciliar a los vivos con la idea del sufrimiento y de la muerte.

—¿Quién eres? Dime. Te estoy preguntando.

—Perdón. Está prohibido llegar tarde. Déjame pasar.

Bach. *Actus Tragicus. Cantata 106.* Pide la caridad y el auxilio del Redentor que guía las almas de los difuntos a un mundo mejor. Aquí no. Requiem alemán. Nunca se mencionará ese nombre. Cristo. No. Son palabras para todos los que creen. El Redentor. Su voz calla. Éste es el cuarto movimiento. Voces dulces. Diálogo eterno de los hombres y las mujeres. Aceptación normal de la vida. Un intento de humanizarlo todo. El dolor y la muerte. Hacerlos nuestros. Nombrarlos y verlos para que existan como posesión nuestra. Todo pasará. Consolaos.

—Lo siento. No tienen nombre.

—Perdón. Heil Hitler!

Y el hombre permanecerá. Y trabajará. Y amará. Así. Como siempre. No al rojo vivo. No como quisieron. Volveremos a ser los de antes. Trabajaremos. Levantaremos los edificios calcinados. Cantaremos con nuestros tarros de cerveza golpeados sobre las mesas. Lloraremos ante las desgracias propias y las ajenas. Amaremos a nuestras esposas, a nuestros padres, a nuestros hijos. Esperaremos. Nos compadecerán. Merecemos la compasión. Ahora somos débiles. Ah. La madre. La voz. Mujer. El quinto movimiento. Corresponde al tercero. Es la respuesta. La unión con la voz del hombre. El solo de la mujer. Recuerda la pérdida. Se consuela y nos consuela. Es tan dulce.

—Pónganla en la lista.

—¿Y el niño?

Confirma en otro plano el solo del hombre. La madre también sostiene la marcha y la fuerza de los que marchan. Da una tierna dignidad al poder y a la justicia. Dice: «También nosotros sufrimos y comprendimos. Y justificamos. Adelante.» Nos prepara para un nuevo esfuerzo. Nos consuela. No. Ahora no las águilas. Ahora no el fuego. Ahora la voz de nuestra madre que nos recoge en el campo, nos conduce al hogar y nos promete, en secreto, el regreso y la resurrección. En voz baja nos dice que no hemos sido vencidos. Oye el corno. El coro solicita el juicio.

—Sí. Ayer a las seis de la mañana.

—¿Él también?

La voz del hombre afirma los días de ira. Dies irae. Dies illa. Solvet saeclum in favilla. Teste David cum Sybilla. El coro duda. La muerte y la derrota y el rechazo lo han debilitado. Pero la voz del hombre vuelve a levantarse. Domina al coro. Le da alas. Le da fuerza. Y fortalecido por el propio coro, el hombre se permite un instante de ternura. El coro lo recoge en una ola y lo conduce al último movimiento, que es otra vez el primero, marcha, cortejo, en donde las águilas vuelven a agitarse. Eran hombres y eran nuestros. No admitiremos el juicio de otros hombres contra ellos. Son nuestros muertos. Descansen. Si ellos han muerto, nosotros vivimos.

—¡Franz, Franz, esta noche tocan el *Requiem alemán* de Brahms en los jardines del palacio!

—Yo compro los boletos. Espérame a la entrada.

Quien toque nuestra frialdad se quemará los dedos. Un corazón helado alimenta nuestras lágrimas.

—Durante mil años, las provincias de Bohemia y Moravia formaron parte del espacio vital de nuestro pueblo. Checoslovaquia demostró su imposibilidad inherente de sobrevivir y en consecuencia ha caído víctima de su propia disolución. El Reich alemán no puede tolerar disturbios continuos en estas áreas.

—Hanna, mi amor, mi amor, mi amor...

Apagaste el radio del auto, riendo.

—Brahms en Semana Santa. Qué falta de respeto.

—¿Cómo haremos esta noche?

—Ya inventaré algo. ¿Por qué?

Isabel rió y le hizo cosquillas en la oreja a Javier. En el llano, se levantan los cascos ennegrecidos de las viejas haciendas de la región. Muros calcinados y fríos y muchas tierras que no volvían a germinar. Pero otras se mecían en la tarde y una y otra vez, los muros altos, sin ventanas, con boquetes abiertos, torrecillas de ladrillo incendiado, portones de vieja madera pasada por el fuego, rieles por donde fueron conducidos los carros colmados de la zafra, trapiches de melaza vacíos y oxidados, carretelas tiradas por bueyes, patios entrevistos rápidamente, establos, bodegas de grano. No había nadie en los campos. Los torreones de las haciendas se levantaban solitarios y derruidos.

—Por el camino de la derecha se entra a Cholula —dijo Javier.

Dijo Javier:

«No te haré caso. Regresaré del cuarto de Isabel. Me detendré en el pasillo y miraré por el ojo de la cerradura. Tu recámara estará a oscuras. Abriré la puerta con cuidado, para no despertarte. Siempre logras desilusionarme Estás murmurando. No dormías. No merecías mi silencio. Ahora mi silencio será para mí, no para respetar tu falso sueño. Atravesaré, descalzo, el cuarto. Olvidé los zapatos en la pieza de Isabel. Me colaré como un ladrón al cuarto de baño. No encenderé la luz. Tomaré una píldora. Creo distinguir el frasco por su tamaño. La tragaré. No quiero un espasmo. Sé que pronto me vendrá un espasmo. Lo evitaré con la píldora. Me sentaré en el excusado a esperar. Pensaré en otra cosa, igual que cuando hago el amor. Debo pensar a veces en esas cosas. Para eso me pagan. El lunes regresaré a la oficina. Deberé revisar esas recomendaciones antes de que las envíen a Nueva York. Quiero recalcar que no se deben establecer precios topes para las importaciones sin una regularización simultánea de los precios de las exportaciones de los países productores de materias primas. Solicita al Consejo Económico y Social que someta sus recomendaciones a la Asamblea General. Aaaah. Goodchild está tramando que lo asciendan por encima de mí. Tendré que ir a Nueva York a pelear. Quizás los de Relaciones quieran respaldarme. No se puede discriminar a los funcionarios latinoamericanos. Oh. Resolución. Debe haber algo en la petaquilla. Resolución 341 (XII). Que sirva para algo. Aaah. ¿Qué día es hoy? Miércoles, miércoles. No, Jueves Santo, ¿o miércoles? Que sirva para algo. No, apenas es Domingo. ¿Cuándo se representa la Pasión? todos los días, qué chingadera. Todos los días paso, apetito, padecimiento. ¿No habrá un día sin necesidad de eso? Quizás sólo el día en que venimos a morir. Llegamos a morir. Y entonces Ligeia estará junto a mi cabecera, recordándome que si hemos querido toda la vida también hemos querido toda la muerte. Y por fin podré burlarme de ella y dejar de escucharla y estar solo con mi miedo de saberme muerto. Tendré que tomar otra píldora. Saberme muerto, seguramente muerto, en ese instante. Pero sin poder distinguir aún la eternidad. Y entonces empezará la otra espera, más larga que ésta. Estar muerto y esperar la eternidad que no llega y seguir muerto esperándola. Entonces Ligeia habrá tenido razón y la muerte será la otra vida, con las mismas reglas de esta vida. Hay un cuadro del Bosco en el museo de Rotterdam. Las figuras están en el Paraíso, pero el Paraíso tiene un infierno propio que a su vez se abre sobre otro abismo aún más negro. No hay manera de huir. La imaginación contiene todas las posibilidades y viaja conmigo. Harvard. El río Charles en el verano, lleno de condones inflados. Y yo enamorado de Ligeia. Creí que habías entendido. Era allí, era así, ¿te das cuenta?, como te quería, lejana y convocable a toda hora, mera representación de la naturaleza y no la naturaleza misma que quisiste ser. Mi estela ática, lejana e inmóvil, pausada e inasible, circunspecta y total, mujer que podía contener todos mis deseos de variedad, mi poligamia mental...»

Hay todo ese mundo minúsculo, en el que Javier quería fijar la atención, Elizabeth. Aquello está lleno de hormigas y empezó a seguirlas; su ruta a lo largo de la isla eran las hormigas que se habían posesionado de Delos y acarreaban minúsculos trozos de mármol; eso le fascinó, ver que las hormigas se llevaban cargado, poco a poco, y a lo largo de los siglos, el perfil de la casa de Hermes y el del templo de Isis y tú no querías ver eso, dragona, tú te detuviste en la Casa de las Máscaras, fascinada, a tu vez, por el mosaico de Baco que cubre el piso y distrajiste a Javier. Le obligaste a ver lo que explicabas, como si en realidad ese piso oro y negro no estuviese allí: la pantera solemne y vital al mismo tiempo, con una garra levantada y un collar de acantos y el dios sentado sobre ella con una lanza de paz (listones y laureles) en una mano y un espejo en la otra. Cultivando el Narciso, cuatacha. Dionisos andrógino; el busto cubierto, un collar de perlas, el vientre desnudo, las caderas anchas y la túnica enrollada hasta caer sobre el lomo de la pantera. Las hormigas —me contaste— corrían por el ojo amarillo de la bestia, gastándolo, cegándolo, y Javier las siguió sin mirar siquiera las máscaras de mosaico, las alternancias de diablo y ángel de los rostros falsos y salió al debris de columnas y murallas, calles, zócalos, templos, avenidas y pórticos del cual debía nacer la luz de Apolo: las hormigas y el viento, el sol y los cardos habían construido el segundo Delos que tú seguías en su laberinto llano, sin guías, abierto al cielo; el Delos de los rostros perdidos, deslavados, cuando no decapitados. La Isis pagana y sin cabeza en el centro de la simplicidad conmovedora de ese templo de dos columnas y dos contrafuertes sosteniendo el pórtico simétrico; una simplicidad inventada que contrasta con la confusa riqueza de las rocas veteadas y los cardos amarillos sobre los que se levanta el santuario extranjero de ese otro panteón. Los camaleones saltan entre las rocas, pardos como ellas, o se posan sobre las estatuas aisladas, fijas, borradas, de Cleopatra y su marido Dioscórides, de Artemisa y su venado, de Cibeles y del gran falo solitario, de mármol poroso, erguido y asentado sobre sus testículos gigantescos. El agua se estanca en los hoyancos de las ruinas y en el fondo de las antiguas cisternas y Javier busca esos detalles mientras tú levantas la vista y buscas, lo sé, lo siento, una totalidad visual, sonora, táctil, en este mundo deshabitado, sin ningún apoyo sobreviviente o resurrecto en lo cotidiano. Delos no es un museo, un acarreo de lo antiguo o prestigioso a la exposición contemporánea; tampoco es un punto de contraste que enriquezca una vida ajena a este pasado que, de tenerlo a la mano o incluido en el ritmo moderno —escribió Javier en su libreta— acaso nos consolaría de ciertas carencias; ni siquiera es una ruina que crece al lado de la vida natural, indiferente a estas piedras, de los descendientes marginales que no existen en Delos: pescadores o campesinos. En Delos no hay sino Delos. Lo que el tiempo abandonado y la naturaleza solitaria han hecho de la isla. Nadie está en Delos; Delos es visitada. Y sin embargo, no está muerta, porque en tus ojos empeñados, Elizabeth-Ligeia, esta mañana, en abarcarlo todo, en llevarte para siempre la visión de los montes secos y las rocas desnudas que, como en toda Grecia —dijiste— estos brazos blancos del mármol vinieron a rescatar, junto con el sol y el mar, de una tristeza y una lejanía impenetrables, está ya, también, el afán de crear un espejismo. Tú, dragona, la joven esposa, estás soñando desde la punta del Monte Cynthos y si Javier mira hacia la tierra pedregosa tú levantas la mirada con el espejismo y el sueño y la abstracción en tu mirada e invades a Javier, le impides anclarse en los detalles. Lado a lado, su pantalón roza tu falda y quieres arrastrarlo a esa mentira suficiente, que nos consuela y paraliza.

—¿Creíste que fue más tarde? No, allí, allí, allí...

...descendiendo entre las piedras, atraídos por el punto más lejano y hermoso de la isla al que se acercaban, esta mañana de septiembre, sudando, desamparados bajo el sol, con un miedo idéntico. Él quería, tomado de tu mano, ofrecerte una respuesta, pero tus preguntas, esa tarde, después de que regresaron a Míconos, sin hablar, en el meltemi zarandeado por el Egeo que empezaba a perder la serenidad del verano e hinchaba las velas de lona remendada, no se lo permitieron.

—¿De qué seguridad te hiciste, Ligeia, en las ruinas de Delos, para transformar tu sueño en un acoso mientras comíamos en el restaurante del muelle?

—¿Te queda un minuto libre para mí?

Y después de beber el café turco pagaron y se levantaron y caminaron con paso parejo por la

Matoyannia y sus altas escaleras enjalbegadas, con las pasarelas de madera pintada, que conducen directamente de la calle de adoquines a la planta alta.

—Pero no sabes fingir muy bien, mi amor.

Y esos hombres mal afeitados, con las camisas blancas y los gorros viejos, pasan con los burros cargados de canastas y ofrecen las uvas, los higos, los tomates, las calabazas cuando ustedes pasan al lado de Alefcandra donde las casas blancas caen con sus faldas mugosas al golfo y muestran sus pilotes de madera carcomida, verdosa, invadida de carambujos como el fondo de una nave.

—No logras ocultar que finges, que tu cansancio es fingido...

Y Javier levanta la mirada hacia los palomares del monte y luego encuentra frente a él la iglesia de Paraportiani, el castillo de arena de la infancia, de las vacaciones prometidas por Raúl y Ofelia, convertido en santuario blanco, sin aristas, acariciado, más que construido, con dos manos y dejado a cristalizar bajo el sol y a deformarse por el embate de unas olas de agua dura y blanca.

—Pero sólo prolongas tus horas de trabajo porque temes saciarme, ¿no es cierto?, admítelo, Javier...

Y entran a Hagia Heleni, a ese vientre dorado, a ese claustro irrespirable donde el incienso se levanta hasta encontrar las cruces refulgentes y los candelabros de cobre y la luz entra por un nicho altísimo y pequeño a ofrecer el toque más sospechoso a los muros cubiertos de iconos de oro opaco. Javier entró antes que tú y tu voz le persiguió desde la puerta.

—No quieres que yo pueda pensar...

Y cincuenta figuras de santos y apóstoles, vírgenes y mártires, patriarcas y popes, enmarcadas cada una por un círculo, rodean a la virgen de San Cirilo que sostiene en brazos al niño audaz, presente, que con una mano levanta el manto de María y parece dominarla de alguna manera secreta y hasta prohibida.

—...que estás disponible...

Javier camina de prisa por las calles blancas, junto al horrendo busto de la heroína de 1821, Mado Mavrogennous, y detrás de Javier tú con las sandalias que suenan sobre las losas de Míconos.

—No temas gastar nuestro amor; ¿confías en el tuyo?; no temas por la fragilidad del mío...

Y pasan de perfil por la callejuela, manchándose los hombros de cal, asfixiados por los pequeños adoratorios, entre dos filas de altas sillas pegadas a la pared y Javier termina agotado por ese color que le ciega y busca los detalles que venzan al blanco que vence al tedio de la roca parda; busca las figuras de los molineros que al atardecer enrollan las velas, a los vendedores de tunas y castañas —las frutas áridas—, a los niños con las cabezas tiñosas y rapadas, a las viejas que tejen y les miran y acarician las enormes bolas de estambre, a los marineros que trabajan en la trata jalando las lanchas hacia la arena, a los cargadores con los pantalones arremangados hasta la rodilla y los capuchones improvisados de yute.

—¿Quieres que nuestros encuentros sólo sean excepcionales y plenos? ¿Crees que no me doy cuenta?

Y vuelven a sentarse en las sillas del mismo café frente a la rada y cae la noche y piden ouza y les traen la botella blanca.

—¿Por qué lo sacrificas todo de tan buena fe? ¿Crees que no me doy cuenta? Por favor. Te entiendo. ¿Crees que no hay que gastarlo? Javier, no quiero sólo los momentos preciosos y aislados. Javier, Javier, no me dañes. Está hecho para gastarse, Javier, sólo gastándolo durará; sólo agotándose crecerá...

Blancos, desangrados, fatigados para siempre; ¿por qué están vivos los leones guardianes de la isla de Delos? Javier temía descender hasta ellos; tú también. Es que están y no están. Están por sus patas traseras apoyadas en el pedestal y hundidas para siempre en la roca; están por sus patas delanteras erguidas, seguras, a punto de arrojarse sobre el profanador; están por sus torsos largos y sus costillares potentes; están por sus cabezas carcomidas y sus fauces abiertas y sus ojos tristísimos. Y no están porque Delos es un espejismo, con todo lo que parece contener; porque sólo existe para ti y tú me quieres contagiar tus sueños y tus ritos y arrastrarme a este espejismo, a mí, a Javier, a Franz; porque detenidos tú y él frente a los leones del ágora de Delos, tú te atrevías a decir que había un misterio y un milagro y un asombro y él no se atrevía a decirlo y sólo lo perseguiste esa tarde en Míconos, al regresar...

—...para vencerme y obligarme a regresar a un rito, cualquiera, el que creíste intuir entre las ruinas de Delos, el que yo, sí, yo también quería conocer y aceptar a través de ti, vencido, para establecer el puente entre lo que fue y lo que es. ¡Cállate! Nunca entenderás cómo me destruiste.

Rieron a carcajadas. Javier escribió en la primera cuartilla de *La caja de Pandora:* «Una novela manifiesta lo que el mundo aún no descubre y quizás jamás descubra en sí mismo.»

—Parece paisaje de película del Indio Fernández —rió Isabel y aceleró.

Volviste el rostro, dragona, y encontraste a Javier sentado junto a Franz:

—Conozco todos tus defectos.

Javier rió:

—Lo bueno de perder la inocencia, es que también se pierden los prejuicios.

—Estamos entrando a Cholula —dijo Franz.

—¡Óiganme! ¡Quiero decirlo todo ahora! —los miraste a todos, cuatacha, y sólo encontraste sonrisas de paciencia y tolerancia y la complicidad de Javier al encender tu cigarrillo no necesitaba esas palabras murmuradas sólo para ti:

—Sólo recuerdo. No discuto.

Y luego dijo en voz alta:

—¿Para qué? De niño, escribía en el excusado las injurias que no me atrevía a decir. Cuando me di cuenta que escribir libros era lo mismo... una injuria convertida en nombre. Pero lo importante es que entonces el sueño y la vida eran lo mismo. Eran convocables, a toda hora. ¿Tú no, Franz?

—Te repito que los detalles verdaderos siempre se convierten en mentiras —Isabel encendió el radio y escuchó a Franz—. Por ejemplo, no es un detalle verdadero que el acusado está de pie y el acusador de rodillas. Siempre. Es verdad.

Cantó Eartha Kitt: «It's so nice to have a man around the house»; y Ligeia, Elizabeth, tú dragona, rieron:

—Te quise decir, Javier, que amamos y decimos y escribimos las palabras del amor para aumentar la mentira y la irrealidad del mundo...

—...decimos cosas extrañas a la vida —continuó Javier— con el temor de que el mundo acepte su extrañeza y no diga, de algún modo: eso ya está dicho, no me has sorprendido. No me has cambiado.

Franz y Javier rieron contigo, dragona, e Isabel rió sola.

—¿A poco de veras vamos a lograr un nuevo sistema nervioso? Cero hits, cero carreras y un gran error.

Y yo, riendo, bajé del coche de turismo en la plaza de Cholula y les dije:

—Lo malo no es ser puta. Es ser una puta poco profesional. Lo malo no es ser ladrón. Es ser un raterillo pinche. Lo malo no es ser criminal... Pero en fin, qué importa. Importan las odaliscas, el sideshow, el carnaval que nos divierta un poco. Simon Magus buscaba a la madre de todos, la madre de todos, la madona del templo que es la prostituta fenicia, la madre de todos, la huila cariñosa que en la traslación de Ireneo se convierte también en Elena cuya piel desata la guerra de Troya y que emigra de cuerpo en cuerpo hasta terminar en el burdel. Es la oveja descarriada. Que es la única redimible. Pues bien lo dice Hipólito: toda la tierra es tierra, y no importa dónde se siembre, con tal de que se siembre. Y cuando Simón el Mago llegó a Roma, pidió que se le enterrara a fin de resucitar al tercer día. Y sus discípulos lo obedecieron, cavaron la tumba y lo enterraron, y esperaron tres días y muchos más, pero Simón nunca salió de la tierra. Hipólito, muy maloso, añade: «Porque no era el redentor.» Te digo que una ortodoxia es tan fuerte y tan débil como las heterodoxias que tratan de ponerla caliente. Un dogma sin herejía no es tal dogma; porque si una ortodoxia, para acabar pronto, resume y conquista la adhesión central de un cantón, todo lo que queda afuera, el ojo de la medianoche, la bola de cristal, el colmillo vampírico, mi dragona, sólo sigue viviendo si se cuelga las sábanas de la herejía y goes underground en espera de que alguna vez le toque la púrpura de la consagración. Lo chingón de un buen evangelio es que también tiene dos caras y sólo sobrevive si puedes jugar volados con él. El Pascales, ese draculón trotaconventos, nos abismó: «La tierra no es el hogar de la verdad; jamás reconocida, la verdad deambula extraviada entre los hombres.» ¿Sabes que el propio testamento de tus rucasianos dice: «No seguirás a la multitud»? ¿Qué tal si el güerito J. C., nuestro primer rebeldazo, hace las paces con Roma y los fariseos y se dedica a jugar al tute con Iscariote como en una película de nuestro mero Buñueloes o le entra al comercial jabonero con Pilatus Procter & Gamble? Lo que no le reconocen al Güero claveteado es que fue el primer psicópata, el primer tipo verdaderamente desordenado de la historia, que hoy andaría moto y en moto y bailaría watusi nomás para darle en la chapa a los beatos, y que eso de resucitar muertos y caminar por el agua y llevarse a todo trapo con las troneras del barrio era una manera de escandalizar, porque no hay otra manera de consagrar. Imagínate que J. C. hubiera maniobrado como el PRI o LBJ: ahí estaría todavía en Israel, metidito en su provincia y el Nuevo Testamento lo hubiera escrito Theodore White: «The Making of a Saviour, 32 A. D.» No; el heredocolombino no era cuadrado; era bien cintura porque nos estaba inventando un nuevo sistema nervioso y por eso era peligroso y pervertido desde el ángulo de los apretados. El apretado tiene un código y una clara regla de conducta para cada ocasión; el que vive de sus riñones, el hip, se los juega cada minuto y al hacerlo concilia los opuestos, integra las cualidades de la vida y no se deja paralizar por una prohibición. ¿En quién puedes confiar, dragona, quiénes son gentes que dependen de sí mismas? Los hijos de J. C., las putas y los criminales, los artistas y los exilados, los prófugos y los anacoretas: los herejes. No es lo mismo el hijo de María que los jijos de María, ¿ves? La historia del Güero Palomares es la historia de la energía individual, apocalíptica, como única salvación verdadera: eso es lo que quería decir el cachorrazo. Véngase mi Magdalena, que no me la anden ninguneando, y ahí les voy aguas del mar muerto y jálenle mis doce caifanes que el tiempo se nos viene encima y a cuerear abarroteros así a la gratuita y leprosos a mí y cúidense niños que traigo las uñas largas y levántate y anda. De repente sólo Lautréamont pudo completar la parábola de Jesús y los niños: desfigurarlos. ¿No que no? Cuenta el Nuevo Testamento, dragona, con las palabras bien beat y verás que J. C. iba, iba, iba, hombre, iba bien fresco, loco, alto, escarbando, hechizo, ritmeando, con eso. Si le concedes lo que el charro se merece, no me vas a negar que él mismo escogió sus momentos y supo cuándo gritar telón. Un rebelde así no se muere de puro viejo en su cama con antiflogestina en el pecho. El Güero Palomares está capturado en su juventud y por eso va derechito al monte pelón de Ixtapalapa, para morirse joven como James Dean y John Garfield y Dylan Thomas y Brendan Beehan y Raymond Radiguet y Shelley, Novalis e Isidore Ducasse, para no hablar de Mayakowsky, Von Kleist, Pushkin, Sergio Essenin, Alexander Blok y Gaudier-Brzeska: un año más y dicen ahí va el ñaco viernes con cagarrutas de paloma en la cabeza en vez de la coronaza de espinas. ¿Sabes por qué resistió las tentaciones en el desierto? Porque él era su mero diablo cojuelo, su propio Satanás. Imagínate si me lo sientan en un couch y me lo resuelven con complejos de Edipo y delirios de persecución y triple personalidad. Adiós mi Calvario querido. Ahí se nos pasma con la arena hasta el cuello en attendant Golgoth. Te digo que se las puso maciza porque nadie se dio cuenta que su hijo no era el gallero pescador sino los otros, los que no se dejaron farisear, Barrabás y Judas Iscariote y Dimas y Gestas y mi Magdalena bien sopeada. No el Saulo Stalin (Qui Jacet S. S.) sino los que se la jugaron al clásico garañón sin comodines de las grandes verdades y las tentaciones diabólicas. Son los gnósticos que mandaron a volar la fe a cambio del conocimiento, siempre y cuando fuera un conocimiento secreto y diabólico como el mismo universo sin respuestas, y no se cansaron de hacerle preguntas al Dios enfermo, creador del negro mundo que seguía allí, mostrenco, y luego se vaciaron elaborando la literatura fantástica que los evangelios reclaman: en realidad, fue Simón el Cirenaico quien fue crucificado mientras Jesús, muerto de la risa, se escabulló por esas lomas del Señor donde no faltan el vino y las salomés en barata. Léete bien tu Clemente de Alejandría, dragona, que ahí viene la sorpresota moderna de los gnósticos que tuvieron los trompeates de redimir a Caín, pues luego, ya que si hay un fugitivo, un perseguido, un outsider en la memoria es Caín, rechazado por el cruel Dios-Hacedor, el Dios anterior a la creación, porque Cristóbal Palomar, el Dios-Descubridor, sólo vino a decir que cada chango a su mecate y luego los sacerdotes lo frustraron. ¿Quién merece la redención más que Caín, o los sodomitas, o Esaú, o el propio Iscariote que tan fácil se la puso a Cristóforo, y sin el cual no habría sido representada la Crucifixión, y ergo...? Los chingones gnósticos se le adelantaron al mero lión don Marquis de Sade y redimieron a los condenados y los hicieron nuestros. ¿El Salvador vino a redimir?, ¿por qué iba a dedicarse la Iglesia a condenar de vuelta? ¿Y crees que allí se quedaron callados? No los conoces, dragona; los gnósticos no andaban aparuscados. Te siguen diciendo que combatirían la lujuria mediante el goce de la lujuria y que el pecado sólo sería extirpado mediante la liberación y el desgaste de los apetitos sensuales. Porque si en todos existe una naturaleza divina, ¿a poco el bien es sólo lo que ordena un dogma exterior a cada ser partícipe de la divinidad? ¿Para qué sirve esa participación personal en lo divino —esa gracia— sino para realizarla en su margen excéntrico, individual, heterodoxo, imprevisto por el orden externo? Ándale, dragona. Eso se llama tragar guarneta, y en verdad lo dijo el Güero: «Hay eunucos que se han vuelto eunucos para ganar el reino de los cielos» y ahí tienes que los gnósticos pusieron los tanates por delante de una vez para que no se nos quedaran nonatos Baudelaire y Breton y Genet y Miller (Enrique o Arturo, pero no El Sueño Americano que perpetra sus crímenes de Monje Ambrosio en los castillos feudales de Beverly Hills con la Monja Sangrante, la Belle Dame Sans Merci, la Polyanna Equanil de nuestros sueños masturbadores: escucha su paso sobre las alfombras en las cárceles de cristal). Y de Marción, al verlo, dijo Policarpo: «Te conozco, primogénito de Satanás», porque el muy picudo fue el primero en saber y decir que Dios era el Extranjero, el totalmente Otro: si el mundo es sólo una tensión irrealizable entre el amor y la justicia y termina en la prueba final de la nada —el cadáver y la fosa— el Creador del mundo nada tiene que ver con Dios, que sería amor y justicia absolutos. Al Creador puede imputársele el horror del mundo, pero no a Dios, el Extranjero, el Otro, el Buen Dios irresponsable. Con él sólo se comunicarán los herejes, los apóstatas, los outsiders y extranjeros como él, dragona. Tal es el milagro del infierno. Sábanas, mi cuatacha. Bien dijo Orígenes que, venido Cristo, nos permite ver que gracias a él ha habido y habrá muchos más cristos en el mundo: nadie será Satanás para siempre, porque sólo Dios es eterno, todos pueden ser Cristo, hasta Satanás; todo le será restituido a la divinidad, así el asesinato como la sodomía, así la rebelión como el incesto, así la blasfemia como la prostitución. Pues si la eternidad es sólo atributo de Dios, ¿cómo se concibe un Infierno eterno? El Diablo no puede estar eternamente separado de Dios: éste sería el triunfo de Satanás. El milagro del Infierno es que por sus caminos se llega al Paraíso. El anatema fue lanzado contra Orígenes pero él, muy salsa, ya se había cortado los cojones desde antes, para aventarlos al ruedo. Y por eso te decía al principio que Simón el Mago se aventó la puntada de probar el sentido de humor de la Piedrota (el gallero y pescador) ofreciéndole oro a cambio de la revelación de los secretos del Espíritu Santo y ésta fue la simonía. Qué iba a clachárselas la Piedrota solemne y Simón el Mago se fue por ahí con el mito de Elena de Troya, la prostituta del templo fenicio que es la madre de Dios y del Mito y acabó enterrado en vida para probar que no era el Redentor ni mucho menos y darles en la torre a las momias solemnes que, como siempre, ya se habían adueñado de todo.

Y si me escuchas, me niegas. Lux Aeterna luceat eis, Domine, cum Sanctis tuis in aeternum.

Isabel se detuvo ante el puesto de ropa en el mercado de Cholula. Los montones de faldas, blusas y rebozos tendidos bajo una manta remendada, sostenida al frente por dos palos clavados en la tierra y amarrada a una argolla de piedra, parte del muro, que en otra época debió haber servido para anudar las correas de los caballos y las mulas a lugar seguro. La vendedora, una india de frente estrecha y pómulos anchos, ofrecía en silencio los rebozos: abriendo los brazos y luego extendiéndolos para que el sol iluminara claramente los detalles del tejido, destacara la labor amorosa y lenta que los hizo, hilo por hilo, en las remotas chozas de las tejedoras ancianas preparadas desde la infancia para pasar la vida ante el telar, uniendo pacientemente los hilos rojos, azules, negros, amarillos y esfumando su textura hasta convertir cada prenda en una malla indisoluble, ligeramente brillante bajo el sol, retenedora de la luz en la oscuridad, donde los rebozos brillan más, con el más leve movimiento, que la cabeza y los brazos que cubren, dueños de una opacidad tenaz.

La mujer no hablaba. Morena, pequeña, con esa vejez indeterminada de los indios, arrugada pero joven en el pelo negro lustroso, los dientes blancos que masticaban una tortilla mientras ella ofrecía, en silencio, las prendas.

—¡Mira! El amarillo —exclamó Isabel y adelantó los brazos hacia el que le ofrecía, sin mover un músculo del rostro, la vendedora.

Isabel tomó el rebozo, lo colocó sobre sus espaldas y lo cruzó sobre sus pechos; lo levantó para que le cubriera la cabeza. Tú, Elizabeth, la mirabas.

—¿Qué te parece?

—Muy hermoso —dijiste—. Pero un gasto inútil.

—¿Por qué?

Te quitaste el rebozo negro y te detuviste con él entre las manos. Lo observaste con la mano izquierda mientras le ibas quitando a Isabel el suyo con la derecha.

—Porque yo te regalo el mío.

—Pero, Betty, yo...

—Por favor. Acéptalo. Es un regalo que quiero hacerte.

La vieja indígena miraba sin mirar, con los brazos siempre extendidos, mostrando un rebozo tras otro. Y sin mirarla, ocupada siempre en su trabajo, le dijo a Isabel:

—Mejor cómprame uno nuevo.

—¿Perdón?

—Tómalo, Isabel. Quiero que tú lo tengas.

La anciana afirmó varias veces con la cabeza. Isabel se cubrió con tu rebozo negro. Franz y Javier caminaban entre los puestos del mercado y al detenerse en el puesto de carnitas Javier miró a Isabel con el rebozo tuyo, a Isabel casi sin rostro.

Ofelia abrió la puerta y salió al corredor del patio. Javier no levantó la mirada del libro y los mosquitos zumbaban alrededor del foco desnudo. La madre con el rostro de niña vieja se detuvo y Javier pensó y rogó que se retiraría, sólo para ser fiel a las normas: ella no saldría al patio porque amaba este juego secreto en el que las pisadas se anunciaban y después se perdían en los cuartos vacíos de la vieja casa. Javier las escucharía, desde su recámara, acercarse y alejarse. Escucharía la provocación: la llave y el candado desprendido y la puerta abierta lentamente en una habitación que siempre había estado cerrada. O la presencia de un perro en esta casa sin animales; los ladridos bajos que, al salir de su pieza a los pasillos, no podía localizar y Ofelia sola en la cocina, acentuando el ruido de los trastes y el quehacer. Y a cada paso normal de Javier por las estancias comunes de la casa, las habitadas aunque escasamente amuebladas en su penumbra ficticia, sentiría que tanto los rumores como los silencios eran creados, inexistentes; que esa tos no sería verdadera, como falsa su ausencia. Era como si una mano impalpable hubiese despojado de adornos esos pedestales de madera, esas herencias talladas sobre las cuales ya no estaban —nunca habían estado— los jarrones y las estatuas de otro tiempo, de otra familia, cuando Ofelia sola, Ofelia con Raúl, o los dos separados, fueron otra cosa que ahora no tenía cuerpo ni razón. Posiblemente ésta fue la casa de los abuelos y por eso Ofelia quería mantenerla hasta el fin; él nunca lo supo, porque así como discutir el presente, por serlo, fue prohibido, también el pasado, por no ser presente, fue objeto de una exclusión en esas conversaciones silenciosas de la infancia, cuando él apenas distinguía las voces de Ofelia y Raúl detrás de las puertas cerradas de una recámara o de un gabinete de tren. ¿Qué podría ser esta casa, con su fachada de piedra y sus mansardas inservibles en un país sin nieve? ¿De dónde vendría, quién y para quién la construyó? ¿Por qué, después de quince años de vivir en los trenes y las ciudades fronterizas, regresaron sus padres a ella y la mantuvieron, desmantelada, carcomida, en vez de venderla y mudarse a una casa nueva y pequeña de alguna colonia moderna? Después, cuando se enteró de todo lo que había pasado en los años de esta tierra, pudo imaginar las historias más violentas, pero no creer en ellas. Lávate los dientes. No andes con las manos en las bolsas. No empieces a comer antes que tu padre. No podía creer en una violencia real fuera de esa casa silenciosa donde a él sólo le hablaban de buenos modales; en todo caso, no de una violencia que destruyera fortunas o desplazara vidas; eso tenía que ser un cuento, un tema de corrido. La violencia, si lo era, sólo existiría en la litera baja de un coche de ferrocarril o en el patio escondido de una escuela religiosa y entonces no se haría evidente en la vida sólida de la casa, no se presentaría descubierta, proclamándose violencia, ante las miradas de todos: la violencia era el accidente secreto del encuentro de unos ojos inocentes y un acto privado al cual aquéllos no habían sido convocados: la violencia la creaba el inocente al irrumpir en un mundo que no lo había solicitado. El desgaste que le imponía esta persecución sin palabras de su madre, la batalla de las miradas escondidas, los pasos y toses y ladridos y nuevos silencios, era excesivo sólo por eso: porque Javier no comprendía si ella representaba el papel de una inocencia que, como la del niño al separar inconscientemente las cortinas de una litera, lo descubría a él en un acto que sólo se revelaría en el mal al ser visto por otros; o si, por el contrario, todo era una solicitud de gracia por parte de Ofelia, un deseo de que, al provocarlo y gastarlo, él se acercará a descubrirla, a implicarse en una culpa que ella querría compartir. Cómo saberlo. Y yo lo sé, Elizabeth, porque leí ese libro. *El sueño*. El primer libro de Javier. Yo puedo leerlo, ¿ves?, porque no soy su cómplice y no busco, como tú, mi propia imagen en esos versos, porque no me enamoré de él a través de su poesía, como tú, que creíste que estaba dedicada a ti aun antes de conocerte, como si Javier te hubiese adivinado desde su adolescencia, como si escribiendo cerca de las lluvias del verano en un patio oscuro de la ciudad de México, él ya se hubiera comunicado contigo en la sala pequeña y mal iluminada de una casa judía, en Nueva York.

Quizás... Porque ahora Ofelia se atreve a pasar el umbral y avanza hacia Javier en la noche del patio, avanza cerrándose la bata floreada y arreglando una horquilla suelta del pelo rojizo y le tiende la carta, el sobre rasgado:

—Toma. Te llegó esto.

Y si Javier primero toma el sobre rasgado y lee sin intención la carta del editor, ha sido aceptado *El sueño*, le felicitamos, pase a firmar el contrato a nuestras oficinas, sitas en la calle de Argentina, en seguida siente por primera vez la fiebre, dragona, ese temblor ilocalizable de una amígdala secreta que parte de allí para penetrar como un punzón las meninges desamparadas, abiertas a la nueva sensación que las ataca por primera vez y de allí al cuerpo entero, que no ha sido preparado para esto porque un cerebro ordenado y acondicionado sabe que no debe empezarse antes que el padre y que el cío sirve para enjuagarse los dedos después de comer camarones. Dejó caer la carta y tomó a Ofelia de los hombros y la miró con la fiebre y Ofelia permaneció con la boca abierta...

—No tienes derecho...

Ofelia trató de cerrar la boca y apartarse de Javier.

—Me has humillado, me has mentido, eres indecente...

Javier apartó a Ofelia para levantar la mano y sentir su palma abierta contra la carne seca y quebrada, ligeramente grasosa: las líneas de la mano encontraron esas arrugas y esas bolsas donde la crema facial se había enterrado poco a poco, como en un surco fofo, sin tensión. Se alejó aún más; se hincó a recoger la carta para evitar la mirada de su madre, pero Ofelia —no vio su cara; no escuchó si lloraba— lo tomó de las manos y lo obligó a levantarse y lo apretó contra su busto flojo debajo de la bata y apoyó la cabeza de Javier contra su hombro y le acarició la nuca y le dijo, entonces, o después, al morir, no sé, que la mujer, ella, debía obediencia, sólo deseaba obedecer, y que algo se rompía en el mundo cuando el hombre no entendía esto, no sabia mandar o no quería mandar. En brazos de Ofelia, sintiendo la presión de los pezones excitados contra su pecho liso y esbelto Javier le dijo por fin que era inútil, que ellos —Ofelia y Raúl— jamás le dirían a él quién era; le parecía inútil; admitió que no estaba listo para aceptar el dolor o la alegría ajenos y que se negaba a compadecer a nadie; le dijo que desde ahora le avisaba que quería irse, abandonarla, apenas tuviera los medios y ella sólo asentía una vez y otra y otra, afirmaba con esa cabeza de niña vieja, respingadilla, blanca, y acariciaba la nuca de su hijo apoyado contra el hombro y le decía cosas que nada tenían que ver con esto, primero recíbete, necesitas una carrera, tú no vas a vender enchufes, Javier, tú no vas a hablar de dinero todo el día, ¿verdad, Javier? Y él, que no tenía otra agarradera a ese recuerdo, revisaba, leía los libros de cuentas de Raúl, ese memorial de una vida de sumas y restas, de debes y haberes, de un pedido de cafeteras eléctricas por valor de 99 dólares 45 centavos, de correspondencia con la Montgomery Ward, de nombres para andar por el mundo, corredores libres, comisionistas, factores, viajantes, dependientes, de esa literatura fantástica, foliada y cosida como un evangelio: el Diario y el Mayor, el libro de Inventarios y Balances y las sanciones de Yavé: quiebra culpable, quiebra fraudulenta. ¿Por eso, mamá, fue por eso? ¿No sabes? ¿Nunca me vas a contar?

No vale la pena. Ese hombre se ve viejo y cansado. Se sienta sobre una banca de fierro en la Alameda. Los pasantes —esta misma tarde bochornosa y precipitada— no voltean a mirarlo. Sin embargo, él no se parece a nadie. Quizá su pelo crespo y canoso no sea singular. Pero allí, entre el ceño y los párpados, hay un signo que ningún observador casual descubriría. Son negros sus ojos, pero los cubre un velo gris, semejante a la atmósfera del polvo reseco de hoy. Cerca de ellos, se pensaría —nunca se diría— que está soñando de pie, soñando serenamente su pesadilla privada: una pesadilla de todos. Por eso tiene los ojos abiertos. Nadie le ha preguntado por su sueño. Acaso él no se lo diría a nadie. Pero también es cierto que ha aguardado, como esta tarde en la Alameda, a que alguien, sin más ayuda que la de la propia mirada, descubra la suya. Quizás por eso está sentado allí. La red de arrugas que rodea sus ojos es tan fina y perseverante, que a fuerza de ahondar en la carne se desvanece. No así las comisuras de los labios, las dos rayas nerviosas que le atraviesan las mejillas y se anudan en el mentón. Y todo es máscara: el cuerpo está escondido por un traje barato, sin descripción ni forma: gris también, abultado en los hombros y en las solapas; viejo, pero poco usado; demasiado grande para el cuerpo enjuto. Un traje de domingo, de viejos domingos, de pocos domingos. Se lleva un dedo al cuello de la camisa de cuadros rojos. No usa corbata. Se siente sofocado, en silencio y sin necesidad. Cerca de él, gotea una fuente y los árboles se enlazan en la altura. El polvo puede más. Su espejo vertical esfuma las aristas del parque y de los edificios que lo rodean. Está sentado mirando hacia la avenida Hidalgo: hacia las cúpulas y las fachadas de piedra rojiza, hacia las altas torres de San Hipólito y hacia la plaza Morelos, refrescada por una fuente de ranas, querubes y tritones, hacia el mercado de las coronas y ofrendas funerales, hacia las herraduras de flores blancas y moradas, hacia el abanico de piedra que guarece a los santos de San Juan de Dios, hacia la inclinada portada de tezontle de la Santa Veracruz. Después, baja la mirada a sus zapatos. Y junto a los zapatos, la misma maleta de cartón de los antiguos viajes en tren. Quiere cerrar los ojos. Hay trinos y murmullos líquidos que, en la oscuridad voluntaria, logran atravesar la lámina polvosa. ¿Y si en el momento de cerrarlos pasase la persona capaz de advertir lo que quiere decir su mirada? Su mirada se carga de intensidad. Su sueño se ofrece; hace el gesto, involuntario, de implorar. Busca afanosamente los objetos que su mirada debe recoger: bronces de la fuente, fierro pintado de la banca, pelusa seca, velo negro de la vieja cámara ambulante, talles sepia de la arboleda, plano fugaz de las alas. Sus ojos recorren los costados de la Alameda y luego, fatigados, se cierran. Javier se detiene, de lejos. Si el viejo sólo abriese los ojos. No, es otro pobre de la ciudad, nada más. Quién sabe qué historia sórdida y melodramática traiga a cuestas; qué fastidio. Pero la maleta. No. Y no abre los ojos. Y Javier camina hacia la calle de Bolívar a comprar el boleto de tren que lo llevará a Nueva York, fuera del mundo plano y oscuro e incomprensible de su casa, de esta ciudad que, intuye, sólo permite que se le quiera de lejos o se lo sacrifique de cerca.

Y tú, quizás, ya esperabas que él llegara cuando escuchabas que las tarjetas sonaban secas al caer sobre el sendero pavimentado. Jake sonreía al arrojarlas y verlas caer de cara; murmuraba, «Oh shucks», cuando, en cambio, mostraban el dorso impreso con la relación de un antiguo guerrero o jefe indio. Pero cuando sobre el pavimento y mirando al cielo quedaba el rostro de Powhathan, Gerónimo o Sitting Bull, reía y le decía al contrincante:

—Gané. Dame la tarjeta de Crazy Horse.

Tú leías, sentada en una banca cerca de la silla de ruedas de tu hermano; preparabas los exámenes del primer año en el City College y de tarde en tarde levantabas la mirada y veías a Jake jugando con los otros muchachos que le hacían el favor de recoger las tarjetas que venían en la envoltura de un bubblegum que los chicos mascaban mientras jugaban para completar sus colecciones. También había tarjetas de jugadores de béisbol, de boxeadores y de aeroplanos, pero las de jefes indios eran las más codiciadas: eran más grandes, más duras, más brillantes.

—Me falta la de Rain-in-the-Face —dijo Jake— y me sobran dos Thundercloud.

—Oh, recógelas tú mismo —dijo el muchacho perdidoso y se fue caminando por el parque con un juego de hombros irritado y despreciativo.

Tú cerraste el libro y corriste a recoger las tarjetas, hincada frente a Jake, y se las pasaste una a una. Él las barajó y te repitió:

—Me sigue faltando Rain-in-the-Face.

—Ya jugaste bastante, Jake.

—Está bien.

Jake se quedó admirando las tarjetas que ganó ese sábado en la tarde y tú regresaste a la banca y seguiste leyendo sin entender las palabras. No había sucedido lo que temías cada vez que empujabas la silla de ruedas y traías a tu hermano a jugar al parque. Nadie había gritado. Tenía sus tarjetas completas y al regresar a la casa se sentaría en el suelo y las extendería sobre el sofá de la sala para admirarlas durante horas, arreglarlas cronológicamente y leer algunos datos con el rostro serio. Y tú le preguntaste:

—¿Quieres ir al City College cuando seas grande? —y te sentiste mal en seguida, porque Jake ya había perdido un año de escuela, desde que se enfermó y al encogerse de hombros y decir

—No sé

y dejar de mirar las tarjetas y en seguida empezar a reunirlas en un mazo, lentamente, con los párpados oscuros y bajos, tú te mordiste el labio y quisiste devolverle a ese juego el valor que acababas de quitarle,

—Qué bonitas tarjetas ganaste hoy... pero él no sonrió y cuando lo hizo, para agradecerte, ya era demasiado tarde y no creíste en su sonrisa. Acariciaste el pelo rizado de Jake y otra vez te arrepentiste y él permaneció inmóvil y ahora tú te fuiste, nerviosa y deprimida, a tu cuarto y trataste de leer pero no pudiste abrir el libro y sólo recorriste, mecánicamente, las letras del título y el autor. Nathanael West. *The dream life of Balso Snell.* Te sentiste tentada de regresar a la sala y decirle algo a Jake. Pero no pudiste decidir si era mejor dejar las cosas así y hacerte el propósito de jamás volver a cometer un error en tu trato con él. Dejaste de lado el libro y lo que te preocupaba era eso, no saber qué trato debías darle. No saber qué actitudes eran simplemente condescendientes, cuáles sólo hirientes, cuáles podían parecer normales. Te acercaste a la puerta de la recámara y la entreabriste. Intentaste escuchar algo pero la sala estaba en silencio. Antes, siempre le decías

—De grandes iremos juntos a la universidad

y no añadías, porque no era necesario, que soñabas con que los dos, sin decirlo, dejaran atrás este mundo de los padres e hicieran cosas, cosas naturales y simples propias de cada uno, sin peso, sin herencia, sin obligaciones con el pasado. Y entonces él reía y aceptaba lo que tú estabas afirmando como lo único posible en el futuro. Y ahora todo volvía a ser como en la infancia, cuando los dos se escondían en el closet y escuchaban a su madre buscarlos y decir que tenía miedo, que por favor salieran ya y prendieran las luces. Y ahora Jake estaba fuera del closet, con Becky en la sala en penumbra y tú estabas sola y no sabías si en este juego ellos eran los que se escondían, divertidos, y tú debías pedirles que salieran ya, que no te asustaran y prendieran las luces.

—¿Quién es?

—Un mexicano. Tiene una beca. Va a pasar el semestre aquí.

Y nunca sabremos si lo mejor, dragona, es lo que hacen estos cuates que trae el periódico de hoy. La noticia es de San Luis Potosí y la leo mientras camino por las arcadas de la plaza de Cholula.

En el rancho de Los Humos, perteneciente al municipio de Valles, una infame mujer dio muerte a sus tres hijos recién nacidos y luego los enterró, con la complicidad de su propio marido y un amigo del último. Delia Alvarado Olguín, de veinticinco años, fue la triple filicida y su marido, el cómplice, Emiliano Hernández Lucio; el amigo responde al nombre de Gabriel García. La ignorancia fue el motivo principal del asesinato de los tres niños y la pobreza, el otro factor. El marido dio el consentimiento y, ayudado por el amigo, conforme iba recibiendo a los recién nacidos, tres en lugar del único que esperaban, los asfixió y luego Hernández Lucio y Gabriel García sirvieron de enterradores. En toda la comarca, el hecho ha impresionado a los habitantes. Esto ocurrió hace varios días, pero hasta ayer no tomaron parte las autoridades, por denuncia que hicieron los vecinos, al observar que la señora, que presentaba señales de gravidez, de la noche a la mañana recuperó su estado natural, extrañándose de no ver en la casa al esperado hijo. La filicida y sus cómplices se hallaban en la cárcel. El vecindario de Los Humos se halla alarmado e indignado y piden que se ajusticie a la desnaturalizada madre. Y ella —Delia—, si tuviera un cronista al lado, exclamaría: «Recíbeme en el hogar de tu tierra, en tus salas... Acabaré con tu esterilidad, haré que de tu semilla nazcan hijos; tales encantamientos conozco.» Y el cronista, fatigado, cuya única tentación es convertirse en personaje y entrar al juego, diría, sentencioso: «Mi nombre va a morir... Si llegas a mi tierra, serás mi esposa; no te entregaré a nadie; pero de esta tierra tú misma debes escapar, pues yo seré inocente aún ante los extranjeros.» Y ella, antes del acto, sólo podrá murmurar: «Nunca me arrojes de tu tierra. Somos mujeres: no hace falta palabra más brutal. Seré valiente; no dudaré de tus palabras. Pero la mujer es sólo mujer; nació para llorar.» Y el coro de viejas de Los Humos, las brujas negras, recordarán, y gritarán: «Eres la suerte del hombre, apenas una sombra; aunque mates, los muertos te querrán y serán queridos por ti; tus hijos están muertos; ya no existen; piensa en ellos.» Y ella se consolará: «Sí, pero el dolor es ganancia... Oh, hijos, destruidos por la lujuria de un padre... Tu insolencia y tus nuevos amores los mataron.» Y ahora arrojo el periódico a un basurero, Elizabeth, dragona. Ya lo leí de cabo a rabo. Ya conozco todas las noticias del domingo 11 de abril de 1965.

Que el mundo ceda ante la insistencia del sueño cuando tú, sola en la noche de Cholula, sola en la recámara del hotel despiertas con la angustia de la pesadilla olvidada y tratas de recuperarla, de reinventarla, y buscas a ciegas en la cama y la otra piel no está allí. Entonces te pones la bata y sales corriendo por el pasillo y buscas la recámara de Franz en el mismo momento en que Isabel se separa de Javier y se acuesta boca abajo:

—...y te digo que si crees que ya te cansaste de mí, más vale que ahora me saque del pecho...

—Escuincla ridícula. Ven acá.

—Déjame. Déjame que eso se me asiente. No me toques. Déjame decirte de una vez que lo que tienes que hacer, profe, lo haces con la familia burguesa y las drogas y el chiquito y la chamba burocrática y la violencia o lo que sea. Todo sirve para escribir y tú nomás te justificas al revés: todo sirve para no hacer nada. ¡A volar, gaviotas!

—¿Y la indiferencia? ¿Y el ninguneo?

—¿Y el Narciso, eh? ¿No lo expones al nocaut, verdad? Óyeme, profe, lo que pasa es que nosotros ya nacimos psicoanalizados y ustedes todavía ni empiezan. ¿Quieres que te diga una cosa? Para mí ya no hay que esperar, ¿me entiendes, profe? ¡No hay que esperar! Tú quieres algo, tú lo tomas o lo haces o lo dejas ya. De veras que me has divertido, cortejándome todo un año, poquito a poquito, con todas las leyes de cuando se bailaba sobre las olas. ¿Te digo, profe? Eres como un don Porfirio. ¡Ay nanita las formas, la preparación, las santas convenciones! Date gusto, profe, pero ya. Nadie nos va a pedir cuentas y luego, ¡chas!, te fildeó la pelona y good bye sayonara chao. Rape unto others as they would rape unto you, como dice mi caifán. Cómo no.

—Escuincla, escuincla. ¿Sabes qué? Primero publicas un libro y te elevan, tú inauguras la literatura mexicana, tú eres el mero chingón, para que me entiendas, sí, ¿sabes para qué? Para poder cortarte los güevos en seguida. Si no te hacen alguien primero, no tiene sentido. Te hacen un semidiós para que valga la pena castrarte y luego se acabó. ¿Crees que no sé tu lenguaje? Sé más que eso: la dialéctica jodida esta. Si te va mal aquí, es de la chingada. Pero las recompensas también son de la chingada y por eso son más terribles que los fracasos. Esperas que el fracaso te aplaste, pero no que el éxito te mate. La chingada te da las dos cosas. El fracaso si te atreves a seguir vivo y la recompensa si te dejas matar. México en una nuez, para que me entiendas. Y nada más porque es el único país que no ha matado a sus dioses. Todos, hasta los cristianos, los mataron para poder adorarlos. Sólo aquí andan sueltos, burlándose, poniéndolo todo de cabeza, haciendo héroes de los traidores y paradigmas de los rateros. ¿Te cuento, escuincla? ¿Te cuento? Si ya lo sabes...

—Profe, estoy renunciando a entenderte. Es como todo eso que escribiste sobre los indios en tu cuadernito. ¿Qué me importan los indios? ¿Crees que yo tengo algo que ver con la Pepsicoatl mentada esa? Yo ya tengo mi sistema nervioso enterito, profe, ya nada me abisma. ¿Ya ves? Lo que acabas de hacer conmigo, para ti es como si fuera la gran experiencia. Yo ya lo sabía, aunque haya sido la primera vez. Nosotros ya estamos listos para todo; gracias a ustedes, pues de repente. Pero ahí tienes: no te preocupes, profe. Yo no te voy a amarrar. Ya descansa. No ando buscando marido. Ando buscando orgasmo. ¿Quihubo?

—Bendita seas, Isabel.

—Descontrolado, eso eres, mi amor.

—No sé. ¿Por qué...? Oye, ¿no te cansa estar allí en cuatro patas...?

—Déjame, tú. Me arde. Javier, ya no juegues. Si eres el hijo de don Porfirio y la reina Victoria, ¿no entiendes? Javier, por favor, ya no te engañes, ya pierde el sueño romántico... ¿Crees que no sé? ¿Por qué has inventado que trabajas en la televisión? ¿Así caen más fácil las chamacas? ¿Les prometes un estelar, o qué? ¿Te da vergüenza ser burócrata, o qué? Qué mediocridad, Dios mío, pero qué sin chiste eres... No... Javier... No, por favor... Javier... Sosegado... Javier, Javier, Javier, así no, así no...

Parece que hay que pensar en algo que no tenga nada que ver para prolongarlo. Javier cerró los ojos con las manos plantadas sobre la cintura de Isabel.

Y cuando te diste cuenta, Isabel, ya estabas diciendo:

—Mediocre, Javier. Eres mediocre. Todos lo comentan, en la facultad; los estudiantes, los otros profesores...

Javier no habló. Tú suspiraste de alivio, novillera.

—¿Por qué, Isabel?

—Me arde, tú.

Jake sonrió y le pidió a Lizzie que lo dejara un rato leyendo bajo un árbol. Lizzie y Javier se fueron caminando por uno de los senderos de Central Park. Hacía frío y los árboles estaban desnudos. Lizzie tomó el brazo de Javier para detenerse y giró para ver a Jake. El muchacho los saludó con una mano y con la otra detuvo el libro sobre las rodillas y luego tiró del zipper de la chaqueta de cuadros escoceses y siguió mirándolos con sus ojos negros y profundos, rodeados de ojeras. Se parecía a Lizzie, pero en oscuro. Había sacado el tipo del padre. Jake era un verdadero judío de pelo ensortijado, como Elizabeth es una falsa judía rubia, sí. El frío había encendido las mejillas de Jake pero sus labios, como siempre, se veían húmedos y gruesos y pequeños aún a la distancia y conformaban la belleza de su rostro desvalido y sombrío. Empezó a leer su libro y ellos caminaron tomados de la mano y ella lo invitó a oír discos esa noche en su casa, tenía una colección de Kay Kyser que había comprado con los ahorros y después podían ir al cine. Nueva York estaba lleno de esos anuncios, «Garbo loves Taylor», y Lizzie empezó a hablar de cine, iba dos o tres veces por semana al cine, nada la había impresionado tanto como la escena en la que James Cagney le aplasta una toronja en la cara a Mae Clarke, qué manera de empezar el día, los dos en pijama, ella habló mucho de esas imágenes del amor, de la aventura, de la violencia, habló de Clark Gable sobre la cubierta del Bounty desafiando al maligno Charles Laughton, y de Errol Flynn en el duelo del Capitán Sangre, en la playa de una isla tropical, con aquel villano inglés, Basil Rathbone, que terminaba atravesado por la espada del Capitán Sangre, arrojados a la orilla del mar, mientras las olas le lavaban el rostro. Y le pidió a Javier que le enseñara muchas cosas, todas las cosas, porque ella sólo sabía lo que había visto en el cine y ahora él le tendría que enseñar muchas cosas porque si no sólo iban a decirse todo el día «Me Tarzan, You Jane» o «Lizzie loves Javier». Y te detuviste y los ruidos eran los de siempre, el elevado muy lejos, las ramas secas bajo los pies, la sordina del tráfico, unas muchachas que reían y cantaban números todavía más lejos. Quizás, tratando de escuchar, las voces de algún radio, la música de algún tocadiscos. Y la carrera de Elizabeth, ahora de regreso, con la última expresión que Javier vio en su rostro, incrédula, con las manos sobre la boca como si quisiera retener un grito, y la figura de Elizabeth corriendo de regreso, la pañoleta volando, el bulto café del abrigo, toda su figura veloz y Javier detrás de ella, sin ver lo que ella vio, la carrera de la silla de ruedas de Jake hacia el puente de piedra, las manos negras que lo empujaban mientras el muchacho trataba de incorporarse y buscar a Lizzie y Javier con la mirada, las manos negras que lo sentaban sobre la silla, el ruido de las ruedas sobre el pasto mojado y el lodo, los gritos, «You killed our Christ», el tumulto sordo bajo el puente, los gritos de alegría, el vuelo de bates de béisbol, en seguida la dispersión veloz y silenciosa de la banda de seis, ocho, nueve adolescentes negros que dejaban tras de sí un vaho blanco y no volteaban a mirar a Javier y Elizabeth; y Javier y Elizabeth sólo veían, corriendo, las nucas apasadas, las boinas de estambre, los gorros de aviador, las chaquetas de cuero y el libro arrojado en el camino y Jake bajo el puente, la silla de ruedas volteada, las piernas de Jake con sus aparatos de cuero y fierro levantadas sobre una de las ruedas y el rostro pálido, con la boca abierta y el cráneo hundido por los batazos y las tarjetas de jefes indios regadas en el pavimento. Debajo del puente, olía a orines y a papel periódico húmedo. Jake había muerto con los brazos levantados sobre la cabeza, capturado, rendido, a los trece años. Elizabeth acarició los labios rojos de su hermano.

—Desde entonces acaricias para proteger y esconder algo.

Encontraste a Franz, dragona, junto a la puerta del cuarto de Isabel.

—Te buscaba.

Franz se llevó un dedo a los labios. Tú te abrazaste a su cuello y no escuchaste lo mismo que él porque dentro de ti un caracol estaba repitiendo el sueño y permaneciste allí, imaginando detrás de ti los corredores blancos y vacíos de un asilo, los salones blancos y niquelados de un hospital, sin pensar siquiera que el sueño de Franz podía ser hermano del tuyo, que para él, a sus espaldas, también había un mundo de losas negras cubiertas por la maraña fría de los árboles bajos y torcidos que pueden crecer sobre setenta y ocho mil enterrados bajo las lápidas amontonadas, gastadas: los muertos de siete siglos reunidos, capa sobre capa, en el cementerio judío de Praga, bajo esos símbolos tallados, el racimo de uvas de Israel, la copa sagrada de Levi, las manos abiertas y unidas de Cohen, las piedras en las aristas de las tumbas porque estos muertos también están en el desierto y sobre sus tumbas deben ponerse piedras para que el viento del éxodo no los levante y arrastre y convierta en arena, sino en esto, piedra y musgo de siglos y Franz busca un nombre entre las lápidas negras, Rissenfeld, Lederova, Waldstein, Schon, Ma-

her... Y sólo encuentra los nombres de los lugares en
el monumento levantado a la entrada del cementerio.

Belzec.

Majdanek.

Flossenburg.

Lodz.

Stuthof.

Ravensbruck.

Riga.

Monovice.

Piaski.

Mauthausen.

Trostinec.

Oranienburg.

Treblinka.

Auschwitz.

Bergen-Belsen.

Buchenwald.

Dachau.

Raasika.

Terezin.

No hay lápidas erectas, amontonadas, gastadas,
cubiertas por la hierba y el musgo. No hay el nombre que él busca. Tú, abrazada a Franz en el corredor del hotel, te detuviste en la Long Island Free-
way sin ver, escuchar el paso de los automóviles y
cuando al fin abriste los ojos pero seguiste tiritando
con las manos clavadas en las bolsas del impermeable y el ala del sombrero ocultando tus hermosos
ojos grises, Elizabeth, perdiste todo contacto con la
realidad y viste las losas verticales del cementerio de
Mount Zion, el enjambre de piedra gris, las tumbas

apretujadas unas al lado de las otras en una extensión que se perdía en el horizonte y al cabo, en esta tarde de otoño, se fundían con el perfil de Manhattan, del otro lado del río y en Queens este cementerio era la maqueta de la ciudad y al regresar a tu casa permaneciste sentada en el viejo sofá de terciopelo raído con los respaldos de crochet pensando en Jake, pensando en Jake, pensando en Jake y mirando tus manos, alargándolas, crispándolas, buscando un apoyo para que tus manos protegieran, cubrieran, escondieran.

—¿Por qué nosotros estamos vivos?

—¿Por qué nosotros estamos vivos?

Becky se detuvo apoyada contra el marco de la puerta y lo preguntó sin ver a nadie, a ti que mirabas tus manos, a Gerson detenido junto a la ventana, con el sombrero puesto, mirando la calle vacía y las escaleras de fierro detrás de la gasa picoteada. Becky nunca los vio.

—Todo esto está prohibido —Becky se quitó el sombrero; Gerson no volteó a verla y siguió con el sombrero puesto—. Nadie me prometió que las cosas serían así. Que nunca saldríamos de la vieja ciudad donde nos encerraron. Ésa no era la promesa. Nos prometieron que caerían los muros. Tú, dame el sacudidor.

Te levantaste y sacaste el plumero del closet.

—Sólo hay esto, mamá.

Te lo arrebató sin mirarte, pero con los ojos casi amarillos y muy estrechos, viejos y secretos en la porcelana rota y pegada al hueso de su calavera y empezó a pasarlo suavemente sobre los objetos de la sala, el reloj y las repisas, el sofá y las manijas de las puertas y ventanas.

—Quizás algún día salgamos de las ciudades. Nadie ha vivido tanto como nosotros en las ciudades. A veces no duermo tratando de recordar a un antepasado que haya vivido en el campo. No hay ninguno. Todos vivimos como rebaño. Pero no estamos solos. Eso es muy chistoso. Vivimos amontonados pero solos y aislados. Como los leprosos. Jake era un extraño. Mi niño era un extranjero. Vivía aquí como un mendigo. Un schonorrer, sí, sí. Ahora recuerdo a Jake de viejo, sentado fuera de la sinagoga. Ah, Jake, cómo has aprendido cosas. Mira, hijo, te has dejado crecer el pelo y la barba y pides limosna con la mano extendida. Oh, Jake, Jake, con qué insolencia recibes los centavos que te dan, sentado en tu trono de ruedas, oh, Jake, hijo mío. Cómo has aprendido cosas. Ven y deja que te bese, muchachito. Le haces el favor al que te da limosna. Lo salvas. Lo acercas al cielo del Señor. Y luego, en las fiestas, yo empujo tu silla y tú los sorprendes riendo y cantando y bailando. Eres un gracioso bien hecho, Jake, un payasito mío. Tú no vas a ser un renegado. Yo no lo permitiré. Tú vas a usar tu gabán largo y negro, tus botas y tu barba cuando seas grande, y tendrás miedo de salir a la calle, o de ir más allá de las calles que tú sabes. Pueden matarte, mi amorcito. No te atrevas a salir. Quédate aquí conmigo. ¿Te digo una cosa? Sólo escaparás para entrar a otra ciudad igual a ésta. Adonde vayas, es igual. ¿Creen que no lo en-

tiendo? Mi pobre hijo es un siervo. Trae el servilis-
mo en la sangre. Pobrecito hijo mío.

Gerson se quitó el sombrero y encendió un
cigarrillo.

—Cállate.

—¿Eres tú? —Becky no lo miró; siguió sacu-
diendo—. ¿Tú no lo sabes? No hay manera de
escapar.

—¡Sí! —gritó Gerson—. ¡Él ya escapó!

—No —la sonrisa de Becky tenía la lejanía de
una estatua—. Él sabe que aquí nacimos y aquí morimos. Y si huye, ¿cómo logrará esconder la vergüenza de habernos abandonado? No puede escapar de nosotros. Y yo iré todos los días, sola, ya lo
sé, a visitar su cuna y a decírselo. ¿Cómo va a huir
de nosotros? Si no quieren, no vayan conmigo.

—Ya no hables, mamá —la miraste con tristeza
y sabiendo que ella no te miraba, no te miraría
más—. Déjalo en paz.

—Él ya escapó —repitió Gerson.

—Nadie —Becky dejó caer el plumero y esperó a que tú te dieras cuenta—. Nadie sabe qué profundo es esto. Se morirían de susto si tuvieran que
admitir que es más hondo de lo que se atreven a
sospechar. Oh, sí, qué miedo. Qué miedo de ser
visto en la calle —te levantaste y recogiste el plumero—. Júrame que no me dejarás salir nunca.

Le ofreciste el plumero pero ella se arrojó en
tus brazos, hablando muy bajo:

—Tu padre es un renegado. Quiere arrastrarme a la calle vestida de prostituta y venderme en
las esquinas. Jake, júrame que no lo permitirás.

Gerson empezó a reír.

—Jake se volvió invisible.

Becky lo miró, sonriendo:

—Bienvenido, caballero. Los jugadores de pinacle están en la planta alta esperándolo. Pase usted. Un dólar es un dólar. Schlemiel!

—¡Se volvió invisible! —Gerson levantó la mano con un vaso inexistente, brindando—. ¡Ya no lo pueden odiar! ¡Ya no lo pueden perseguir! ¡Salió de Egipto, vieja loca!

—Caballero —Becky sonrió, temblando, abrazada a tus hombros—. Si usted quiere ser gentil conmigo, no tengo inconveniente. Vea. Mi lista de ocupaciones es muy larga. Mi padre era un sochet y mataba los pollos murmurando una oración mientras les cortaba el pescuezo. Yo también tengo un cuchillo de carnicero escondido debajo de mi almohada. Más vale prevenir. No se preocupe. Es un chalef, un cuchillo ritual, bendito y aprobado. Conmigo está usted a salvo. ¿No le parece excitante dormir con una mujer que duerme con un cuchillo ritual bajo la almohada?

Gerson se dejó caer sobre el sofá.

—No crees nada. Nunca has creído nada. Sólo lo has hecho para ofenderme, para hacer difíciles nuestras vidas...

—Si no lo ven, no lo odiarán —murmuró Becky y tú la apartaste para buscar una mirada que nunca volvería a reconocer la tuya y mientras Gerson, desplomado sobre el sofá, murmuraba «Invisible, invisible», tú pudiste ver por última vez ese rostro ovalado y transparente, en el que los ojos conta-

ban el tiempo con un parpadeo oscuro para vencer la lejanía de todas las cosas, la lengua nerviosa
y escamada asomaba para lamer sin sentido los labios que no te atreviste a besar y Gerson se reía en
voz baja:

—¿Con qué derecho estamos vivos nosotros?

Y tú, abrazada a Franz en el pasillo del hotel,
frente a la puerta de Isabel, sin escuchar los gemidos y las voces de piedad y violencia de la pareja de
mexicanos encerrados allí; tú oliendo el sudor agrio
de Franz que no te abrazaba, que estaba escuchando las voces de la recámara, pudiste murmurar que
eso nunca debía mencionarse, que tú prometiste
que, nunca, nadie debe ser llevado una noche en un
taxi a ese barrio detrás de la Ribera de San Cosme y
Javier te miraría implorando. Luego, cerca de la
sombra inmóvil de Isabel, negaría con las manos,
tratando de detener las palabras que tú nunca de-
berías decir, que tú, finalmente, no evitarías, trai-
cionándote a ti misma y no a Javier o a la promesa
que le hiciste: aún no alcanzamos los estados de
gracia, dragona, aún vivimos las crisis y los gestos
del melodrama para creer que somos; entre nosotros, el que no es pícaro es melodramático, y si
aquel carácter no puede disfrazarse, éste tiene a su
disposición todos los prestigios de la psiquiatría y
el sentimentalismo. Algún día negaremos la crude-
za de los actos representados para presentar las
consecuencias como actos. Aún no podemos: el pícaro de ayer, cuando deja de serlo, quiere el melo-

drama psicológico; es el sello de que ha llegado, ¿te das cuenta? Sí, lo sabes y al alejarte de Franz creías que tú y él sabían por qué se habían buscado, por qué se estaban amando: porque tú eras capaz de guardar, como él, un secreto: de representar las consecuencias sin mencionar los actos.

Te alejaste, sola, por el corredor del hotel, de regreso a tu cuarto. Franz permaneció, como si no hubiese tocado o escuchado, junto a la puerta de Isabel. Tú caminaste sola, satisfecha. Habías admitido, dragona, que lo importante es el mundo exterior veloz y cambiante, ese ritmo de la realidad que niega nuestra sordidez privada, nuestras viejas historias siempre repetidas, muertas, sin saberlo, antes de nacer. Y sin embargo...

Tú agárrate a los treinta, mi dragona, que fueron tu juventud, y miéntete diciendo que ahí está la semilla de todo con John Garfield el primer héroe existencial: puro hindsight, puro beneficio de la perspectiva, cuatacha, porque lo que entonces te conmovió fue Paul Muni picando piedra en *Soy un fugitivo*, ¿di que no? Pero lo malo es que ese sueñazo de opio tú y Javier y toda la pandilla de los treintas quisieron tenerlo muy segurito, limpio y ortodoxo; ahí estuvo el resbalón. Cuando lo padre era mantenerlo incierto, golpeado y heterodoxo. Déjenle la ortodoxia a los apretados y a los apretadores: ¿a qué horas van a seguir siendo libres los que nos liberan cuando agarran el poder por los cuernos? Ahí mismo se vuelven ortodoxos y entonces hay que salirles al paso con una nueva herejía o vámonos fundas se acabó el zapateado. Te digo, dragona, que un dogma tiene que engendrar volando su herejía correspondiente para que exista una ilusión de libertad que es, quizás, lo más cerca que se puede estar de la libertad. En todo lo demás, el más nalga siempre será el Florentino que es cínico porque no te cuenta papas, pero nunca es un tío farsas. Vamos arando en el mar, como decía nuestro bisabuelo la estatua, porque ya sabes que los ciudadanos bananeros si no moralizan se frustran —o, lo que es peor, se quedan sin chamba—. El Florentino, en cambio, sí que se las olfateaba: la política no tiene que ver con la ética, no porque la ética sea despreciable, sino porque de otra manera no se entiende lo que es la política y se miente y confunde desnaturalizando la política y la moral al azogarlas en un solo espejo. Y cada vez que nos avienten unos juegos florales encima, piensa en Mack the Veil (y el tiburón tiene dientes aunque la luna brille sobre Soho) y ponte a rumiar que la política es el estudio de las luchas humanas por el poder relativo, no por la organización final idealista y que gobernar consiste en mantener a los sujetos sujetados para que no ofendan tu poder. El Florentino se las sabía todas: todo hombre desprecia lo que ya tiene, alaba lo que ya pasó, condena lo presente y suspira por lo que ha de venir. ¿Contento? Señálame uno, dragonaza. Pero el colmillo está en entender que se gobierna a descontentos pasivos y que, a menos que les echen los perros rabiosos, los gobernados no se interesan en el poder. Se me hace que ni tus genízaros leen a Jefferson, ni los otros a Marx, ni mi cocodrilo a los constituyentes del 17, y que cuando el Luis Catorcillo levanta los brazos y gime «Je vous ai compris», se refieren al mero Mack the Veil y no a Montesquieu, que hace buen rato sólo guarda sus ahorros en un calcetín. El Florentino les dijo al oído, cuatacha, que el gobernado sólo quiere seguridad y tranquilidad para manejar sus pequeños asuntos privados y que el ojales está en no irritarlos y en servirles la gloria en discursos, refrigeradores y vacaciones pagadas para que ellos no te contesten con barricadas y guillotinas y mucho nopal yes? Abusado, mi Florencio. ¿A poco crees que nomás describió un poder aislado y frío? Qué va: te digo que se las sabía todas, y que frente al mecanismo de los meros trinchones había esa mucho dialética, chico, que dicen mis cuates cubanos que son los que ahora están al bate: pues la virtud procrea la paz, la paz el ocio, el ocio el motín, el motín la destrucción, la destrucción el orden y el orden la virtud y de ahí p'al real y la galería de espejos. Lo que propone el Florencias, ves, es que se entienda cómo se mueve ese tinglado para aprovechar los momentos. El gobernante no debe estar arrejuntado con la crueldad o el humanitarismo, con la liberalidad o la tiranía, con nada si los tiempos no lo aconsejan. Pero del otro lado de la barrera, cada monosabio tiene que asimilar cómo son las cosas en vez de hacerse tarugo y sólo será libre si entiende a las claras y yemas cómo le zumba el mofle al privilegio del poder. Sólo así puede darse cuenta de que su libertad y su revolución sí pueden ser permanentes, en cualquier ocasión y frente a cualquier mastodonte que le avienten. Y ustedes, miss Shirley Temples, nomás esperaban el apocalipsis por ley natural, sin entender que el ejercicio del poder es la sumisión, y casi la negación, de la naturaleza. La naturaleza es la revolución, y por eso nadie la aguanta mucho tiempo. Porque el poder establecido se las trae en eso de ocultar y deformar los perfiles verdaderos y en cambio la revolución nos encuera como al ánima de Sayula y la gente se resiste a la violencia de la verdad. La revolución permanente es la heterodoxia permanente, no el momento luminoso, pero aislado y condenado, entre dos ortodoxias; la revolución permanente es la conquista diaria del margen excéntrico de la verdad, la creación, el desorden que podemos oponer al orden ortodoxo. Chóquenla, Fedor Mijáilovich y Lev Davidovich, que ya nos va quedando menos tiempo que a las sombras de los naguales cuando apunta el día, y todavía no damos color, todavía nos pasan el espejo por la cara y de plano no refleja nada. Mi reino por un collar de ajos ¿Por ahí va la cosa?

—¿No quieres nada más, Lizzie? ¿Otro refresco? ¿Una soda de vainilla?

—No, papá. Gracias.

Se levantaron y salieron del café al olor de humo y grasa y un marinero pelirrojo miraba hacia todas partes, perdido, pecoso, con la bolsa de lona entre las manos y el anciano con el sombrero desteñido y hundido hasta las orejas era llevado por una mujer más joven, parecida a él —los ojos húmedos y los pómulos altos, la nariz puntiaguda y temblorosa— que le arreglaba la banda negra del sombrero y los dos caminaban hacia los andenes.

—¿No has ido a ver a tu madre?

—No. ¿Para qué? ¿Tú has ido?

Gerson sonrió y se ajustó los tirantes.

—No, no. Yo no. Confío en que tú vayas de vez en cuando.

Caminaban con las cabezas bajas.

—Me quita un peso de encima saber que tú vas. Y no es que me guste que vayas, ¿sabes?

Dos muchachas estaban apoyadas contra un soporte de fierro y jugueteaban con las manos unidas, sin mirarse, con una risa nerviosa creciente que al cabo las sacudió en silencio: una de ellas se mordió la mano, la otra se tapó el rostro con ambas manos y luego se calmaron y volvieron a unir los brazos y a guardar silencio sin mirarse.

—Quizás si un día vamos los dos juntos... —dijiste.

Gerson negó varias veces con la cabeza.

—¿Es inútil?

—Tú sabes que es inútil. Me lo dijo el doctor la última vez que fui. No nos reconocería siquiera.

—¿No sabes qué hace?

—No. No sé.

—Yo sí.

—¿Qué?

—Repite lo mismo que aquella tarde en la casa.

—Ah.

Los muchachos con camisetas blancas se abrazaban junto al kiosko de periódicos y hojeaban las novelas de vaqueros y las revistas de desnudos masculinos y mostraban los bíceps y competían en fuerzas y se abrazaban sin reír.

Tú y Gerson bajaron las escaleras de fierro.

—Cuidado, Lizzie. Te puedes resbalar.

Los cargadores negros estaban en el último peldaño, riendo, y ustedes se detuvieron y pidieron permiso para pasar. Un negro se puso la gorra colorada y dijo una grosería cuando tú pasaste, con las manos sobre la falda y Gerson se detuvo y les dijo «Dirty niggers» y enseñó la placa que traía colgada de un alfiler en el forro interior del saco. El negro se llevó la mano a la visera y dijo «Sorry, boss» y ustedes caminaron a lo largo del andén vacío y al lado de los excusados públicos.

—Tengo que irme, papá.

—¿Por qué? Entra un rato conmigo.

—Tengo un examen hoy en la noche.

—Piénsalo. ¿No quieres regresar a la casa?

—Ya discutimos eso. Por favor.

—¿No te da tristeza vivir sola?

—Ya te dije que no quiero regresar a la casa. Tú no me necesitas. Ahora eres libre, como querías.

—¿Te digo que si no te da tristeza vivir sola?

—No. Estoy muy bien.

—Entra un rato.

—¿Aquí trabajas?

—A veces. Cubro toda la estación. ¿Qué te da tanta risa?

—Es de cariño, de veras. Verte trabajar de policía.

—Qué vueltas da el mundo, ¿eh?

Entraron por la puerta estrecha que Gerson abrió con llave, desprendiendo el candado que se metió en la bolsa, al pasillo corto y estrecho donde había algunos vestidores arrumbados y sin uso y el olor de orines traspasaba las paredes.

—¿Estás muy bien?

—Te lo juro.

—Porque te acuestas con ese muchacho.

—Eso no te concierne.

Gerson cerró un ojo y acercó el otro al hoyo diminuto en la pared. Murmuró con el cabo del puro entre los dientes.

—Volvernos invisibles. Cómo no.

Tú sonreíste.

—Aquí apesta.

Gerson empezó a reír, con los dientes apretados, mascando el cabo del puro. En la penumbra, el rostro ancho y amarillo, quebrado por la risa, parecía la máscara de la comedia y la risa le salía gruesa y atragantada y llena de saliva cuando te tomó del brazo y te acercó a él.

—Mira.

—¿Qué?

—¡Te digo que mires!

Y sólo por un minuto, primero riendo, en seguida quebrada, vieja, sin asidero, sofocada por el olor del desinfectante y los meados, viste por el hoyo esas manos viejas y oíste esos murmullos incomprensibles y sentiste la mano de tu padre apretándote el brazo y volviste a ver ese pantalón y la mano joven que tomaba la vieja en el excusado público y te apartaste muda y Gerson decía, triste:

—Es la tercera vez que pesco a ese viejo cochino. Los muchachitos nunca regresan, pero el viejo no aprende.

Te miró largamente; sentiste su mirada en tus hombros.

—Todo en un día de trabajo.

Te acarició la mejilla.

—Debías volver conmigo. Estoy solo.

Rió.

—Tanto que me fastidiaba tu madre, pero...

Suspiró y tú le diste la espalda. Te detuviste un momento en el pasillo apestoso.

—¿Vienes a cenar el domingo? Ahora tengo que ocuparme de esto...

Negaste con la cabeza y saliste al andén.

Y tenías que respirar, gritar esas palabras, entregarte a esa resonancia del mar en brazos de Javier, ese fin de semana, cuando le rogaste que te llevara lejos, al mar, antes de huir, para reconocerlo, separados de ese mar afiebrado de la costa de Long Island, ese mar de tus mentiras, esa agua que se levanta en llamaradas para abrazar la costa mientras él señala con esos mismos dedos que hoy rozaron tu nuca en el auto, recita poemas del mar, desnudo, extraño, un hombre de otro mundo, de otra piel, un hombre color aceituna, con ese pelo negro y rizado, azotado por el viento de una tempestad de verano, el pelo que ensombrece todavía más sus cejas oscuras, sus ojos negros, las sombras de sus mejillas sin afeitar, cuando salieron a la playa mojada, bajo esa lluvia parda que los dos recibieron alegremente sobre las cabezas y los suéters que después se quitaron, para correr hacia la fiebre del mar, del Atlántico agitado y espumoso, gris pizarra, frío como un limón nuevo, duro, recién rebanado, recién separado de su rama cálida: nadaron, riendo, entre la plata efervescente. Por fin se conocieron. Él te apretó contra el pecho, más fuerte que las olas que les estallaban alrededor. Él murmuró esas palabras, mientras la lluvia arreciaba:

—Como la tierra limpia... Como la tierra del origen, sin una sola construcción, sin un solo despojo... Como la tierra el día antes de que alguien muriese por primera vez... La tierra donde nadie ha sido enterrado... Ligeia... Ligeia. Ligeia, Ligeia...

El hombre no se rinde a los ángeles ni a la muerte por completo, salvo por la flaqueza de su débil voluntad.

—Ahora vivo en el hotel. En el hotel entras y sales a tu gusto, comes solo y a tus horas sin hablarle ni al mesero, vas solo al cine en las noches y quizás con el tiempo me haga de algunos amigos y hasta vaya a jugar golf. Si quieres verme, debes preguntar por Johnson, Garson Johnson. En la administración ya saben.

—Te estaba esperando.

Franz debió interrogarte con la mirada, novillera. Tú te encogiste de hombros y te amarraste las colas de la camisa blanca a la cintura.

—No sé. Sabia que ibas a venir. Así.

Fuiste al tocadiscos portátil y escuchaste un minuto, Pretty woman, have mercy on me, pero no reíste. Quitaste el disco y miraste a Franz, al hombre rubio canoso vestido con la camisa azul añil y los pantalones grises. Sin zapatos. Y con la camisa desabotonada. La luz baja y parpadeante del cuarto de hotel cobró fuerza cuando desenchufaste el aparato, pero de todas maneras era casi una penumbra la que los envolvía, a ti sin más ropa que esa camisa de hombre cuyas puntas amarrabas y desamarrabas, mostrando y ocultando tu suave pubis, dócil como una lengua de mar oscuro, a él detenido junto a la puerta que acababa de cerrar, descalzo y poseído de una tensión sin fuerza, de un contrasentido que tú pudiste imaginar mientras caminabas hacia él y por la ventana entraban voces lejanas y los perdidos claxons de la carretera y una música de bolero propagada por los altavoces de la plaza que, juntos, recorrieron esa tarde. Te detuviste y él se hincó para besarte lo que le estabas ofreciendo, Isabel, joven y limpio después de tantas lavadas esa tarde, sin los sabores de la corrupción marina que le diste antes a Javier. Ahora seco y astringente. A ver si volvía a dar sus frutos.

Me los fui fichando, poco detrás de ustedes, cuando ascendieron a paso lento por el camino de piedra que, casi verticalmente, conduce del pie de la pirámide a la capilla española de la cima. La pirámide cubierta de tierra, de pirules desgreñados, de abrojos que arañan la terracería casi desaparecida bajo la cual yace la mole de piedra: las siete pirámides contenidas una dentro de la otra, la primera recubierta por la segunda y la segunda por la tercera hasta llegar a la séptima, lo que fue el Gran Cu de Cholula. Cada cincuenta y dos años, una nueva pirámide cubría la anterior, al cumplirse el ciclo indígena que exigía, como homenaje a lo nuevo, la desaparición de lo viejo. Y ustedes subían a la cima de la pirámide de pirámides, la que encontraron los españoles. Un paisaje dulce y llano nos rodeaba, un panorama con centenares de iglesias distribuidas sobre el gran valle circular, encerrado entre los puntos cardinales del Popocatépetl y el Iztaccíhuatl nevados al occidente, las enormes faldas de la Malinche al oriente, los macizos de la Sierra Madre al sur, la lejana estrella blanca del pico de Orizaba al norte: el valle, plano, punteado de árboles de copa redonda y cuadrados verdes y cúpulas de azulejo, brillaba bajo el sol, entre la calina que alejaba o disfrazaba los grandes conos volcánicos. Una Umbría rodeada de fuego y humo y hielo.

Llegaron sin aliento al mirador que rodea la capilla de yeso amarillo levantada sobre la plataforma trunca de la pirámide, la última respuesta de España al mundo subterráneo de piedra y monstruos sagrados, oculto bajo esta iglesia del Rosario y la tierra acumulada de más de cuatro siglos. Entraron al pequeño santuario, vigilado por cuatro cipreses delgados en el atrio. Al fondo de la nave, bajo una campana de cristal, la Virgen de los Remedios, una muñeca diminuta con falda ampona, es sostenida por la media luna que remeda los cuernos del toro; la miraron y salieron. Se detuvieron en el mirador y fue Isabel la primera en darse cuenta de que a sus pies se levantaba una fachada fin de siglo, de ladrillo amarillo y rojo, un pórtico neoclásico con balaustradas de piedra y rejas altas, detrás del cual se sucedían los patios con palmeras plantadas en el centro y estrechos caminos de grava entre las palmeras y las habitaciones de puertas y ventanas enrejadas.

—¿Qué son? —preguntó Isabel—. ¿Qué son?

Los hombres que se paseaban por los patios y corredores, empequeñecidos por la altura del mirador en la cima de la pirámide: los hombres rapados, vestidos con casacas y pantalones grises, muchos de ellos descalzos, que se paseaban con las cabezas bajas, a veces acompañados de otros hombres vestidos de blanco. Se sentaban en las bancas de piedra de los patios con las manos ocultándoles las orejas, o se rascaban las costillas y las cabezas rasuradas, o se frotaban los ojos, o miraban al cielo con la boca abierta, o se sentaban junto al pasto y acercaban el pie descalzo a la cara para hurgarse las uñas.

—Es el manicomio de Cholula —dijo Javier.

Las palomas pasaron volando sobre los patios. Un recluido manejaba un radio transistor, haciendo pasar la aguja del cuadrante con rapidez de las voces a la música y por fin la detuvo en una estación y un dúo cantaba un corrido del Norte y el aire acercaba y alejaba las palabras, Valentín como era hombre de nada les dio razón...

Parecía que otros se iban a acercar a éste. Era una ilusión. Lo rondaron sin curiosidad y se alejaron. Uno de ellos, un rapado con los ojos verdes, arrastraba un cordón sobre la grava y la música del transistor ascendía, apagada, hasta el mirador de la iglesia, éstas son las mañanitas de un hombre valiente que fue Valentín. Tú apoyaste los codos sobre la balaustrada amarilla. Los rostros no se levantaban hacia ustedes. Un grupo de hombres morenos, vestidos de gris, se sentó sobre una banca y uno de ellos tenía un portaviandas junto a las rodillas y empezó a separar las escudillas de porcelana y a distribuirlas entre sus compañeros. Todos sabemos —ellos, ustedes, yo— que están vacías. Si hemos de morir más tarde, pues moriremos temprano.

El hombre del portaviandas agitó los brazos. Debió decir algo, pero allá arriba no se escuchó. El transistor sí. El loco hizo un gesto con la mano, cerrando el puño pero dejando el pulgar libre y apuntando hacia el suelo, como un Nerón que está mandando a los gladiadores a empujar margaritas.

—Está pidiendo sal —dijo Javier, que de niño no comprendía estos gestos. Miró a Franz, pero en la mirada del otro no había nada. En todo caso, esa solemnidad que algunos adoptan cuando observan lo que la fama pública ha denominado de interés, y hasta de interés científico. Sí, dragona, velos de lejos, porque si te identificas, si te acercas... Ven a mis brazos, Betele, apriétame fuerte. Prende la luz. La luz, por favor. No me asustes, Betele. Véngase prieto a mis brazos. Un recluso se bajó los pantalones y otro se arrodilló detrás de él y el enfermero corrió, vestido de blanco, a separarlos y se escuchó una campana, madre mía de Guadalupe, y el médico pasó entre los locos mientras otro enfermero leía en voz alta una lista, por tu religión me van a matar. Javier miró a Franz. Y Franz le devolvió la mirada.

El granero está vacío pero las sombras le parecen suficientes para ocultarse; se dice, sentado con las piernas abiertas en el suelo del altillo de madera, que precisamente la ausencia de trigo, paja, caballos, asegura que nadie vendrá más a esta ruina rodeada de un campo de verano; ni siquiera herraduras quedan; queda sólo un soplete de cuero junto a un fogón apagado y también los fierros, los martillos, los clavos han desaparecido y Franz, después, se coloca en cuatro patas y empieza a recoger cabos, astillas apenas de las pajuelas rotas, el mínimo residuo escondido, a veces, entre los intersticios de las tablas gruesas que forman este altillo donde la única realidad es el hambre, un hambre que adopta las formas de ese campo exterior donde quisiera estar, pues el sol se convierte en hermano de la abundancia, y la abundancia es apenas una visión de la modestia, de la vida limitada, severa y sin sobresaltos que ahora regresa a su cerebro claro, de puntas afiladas, como si el hambre hubiese limpiado las células nerviosas de un exceso, de una gordura y ahora, desnudos, esos foquillos blancos del pensamiento le devolviesen una imagen perdida y recuperada de bienestar mínimo, en su casa de Praga, al lado de sus padres, los alemanes sudetes que —sólo ahora, quizás nunca más, quizás para siempre, lo entiende— querían y

415

creían defender ese orden, esa estabilidad, ese bienestar. A gatas en la oscuridad del granero, mientras recoge lo que puede, siente el nacimiento de esa risa casi hormonal, salida de los testículos, de la semilla, que lo conforta sólo porque le permite darse cuenta de que, aun en esta situación, o acaso por ella, su mente puede agudizarse como un alfiler y comprender y aceptar eso, y reír con ello, ahora, aquí, en cuatro patas y buscando pajuelas olvidadas, vestido con un uniforme manchado y desgarrado y unas botas empasteladas de lodo, ahora puede reír y pensar que lo que sus padres deseaban era lo que iba a ser destruido con el apoyo de sus padres. Dejó de reír, con las pajas reunidas en el puño. Los imaginó con tal nitidez. Esa pareja que pasó de la adolescencia a la ancianidad, que nunca pudo comprender aquella matanza, aquellos desplazamientos de fortunas y fronteras, aquella inflación monetaria y que luego se consoló, meneando la cabeza y diciendo, primero: «Estudió arquitectura. Es de nuestra clase», y luego: «Ha construido los autobahn y ha impuesto el orden», y por fin: «Nos ha devuelto el orgullo.» Volvió a recargarse contra la pared de madera y mantuvo las pajas en el puño y con la otra mano sacó del parche de la túnica ese documento y trató de sonreír. Lo extendió frente a él y, nuevamente, rasgó una tira del papel arrugado, ennegrecido, vació las pajas dentro de él, lo enrolló y con la saliva lo ligó mientras buscaba en las bolsas del pantalón la caja de cerillas que, eso sí, habían resistido la humedad, el fuego y el lodo. Excelente manufactura, aun en estas condiciones. Eficacia. Fumó lentamente, con una mueca y toses repetidas pero contento de que este sucedáneo disfrazaba el hambre, distraía los jugos gástricos y la presencia central del estómago, permitiéndole, con la mano libre, acariciar sus facciones e intentar un recuerdo de su propio rostro que ahora se comunicaba, a través de las yemas sensibles, como la máscara de una catedral, la faz de un santo gótico, o, más bien, de un estilista del desierto que hubiese renunciado, no sólo a la consolación de la carne, sino a la razón del espíritu: un anacoreta idiota, que lo mismo vegetaría, en un trance sin significación, en la columna solitaria como en medio de la alegre sordidez picaresca de una aldea de rufianes. Porque era inútil que la piel se pegara de esa manera a los huesos, a los pómulos ríspidos con la barba de siete días, al frontal surcado de lodo, al mentón por donde escurría, ahora, una ligera baba, la saliva del hambre insatisfecha, de la gastritis excitada por un cigarrillo de paja. La lucidez, obsequio del hambre, también le impedía dormir y, una vez consumido el delgado cigarrillo, le obligó a entretenerse husmeando, reteniendo esa segunda alimentación que pueden ser los olores secuestrados por un granero que también sirvió de establo y herrería y que ahora, con los ojos cerrados, Franz recuperaba, inventando la atmósfera perdida del fuego de carbón y su humo seco, fósil, térreo, que podría envolverlo dulcemente, con lentitud, con el recuerdo de algún bosque podrido, descompuesto poco a poco, como la memoria de los sudores nerviosos de un caballo, el olor a excremento, a fertilizante, a otra putrefacción, el olor que retienen los fierros aceitados y quemados, el aroma leve de la avena y la alfalfa, la fermentación del lúpulo, le confirmaba, escondido aquí, en la única certeza válida para este momento: el mundo es creado por la percepción. No, no lo creía siempre, sólo ahora, pero ahora, también, no tenía cómo expresar la oposición a esa certeza y cada acto suyo, desde la retirada —rió: la fuga— era sólo una ilustración, a pesar de ser suyo, sólo suyo; sí supo, lúcido, que era a la vez suyo y ajeno, representativo, y que podía, debía, no le quedaba más remedio que jugar ese papel en el que la mano izquierda hace una cosa y la derecha otra, la cabeza piensa una y el corazón otra, la acción realiza una y el temperamento otra. Levantó la cabeza y apartó la espalda de la pared. Otra tos. Se llevó la mano a la funda vacía de la pistola que arrojó al río antes, cuando disparó por última vez, con ese gesto de falso heroísmo, de renuncia, de miedo, de fatalidad y de anhelo del fin que tardaba en llegar. Y detrás de la tos, algo se arrastra y algo gime; no, no así, en la percepción inmediata que este nuevo claustro, imprevisto, jamás imaginable antes de llegar a él, nunca proyectado por el exceso o la normalidad de su vida hasta el momento de entrar a él, encontrar su refugio y convertirlo, desde ese momento —y para el resto de su tiempo: refugio doloroso de tablones y oscuridades frías, de pajuelas perdidas y fuelles olvidados, que es lo único que sabemos recordar— en su santuario personal: tenía que creer que aquí nadie lo descubriría.

Se arrojó boca abajo, sin defensa, o sin más defensa que la lucidez del hambre y la soledad. Desde el altillo, la oscuridad lo protegía y lo invalidaba: no era visto, pero no podía ver. Y en esa espera de que algo o alguien que tosía y se arrastraba llegara al segmento de luz de verano que dejaba pasar la ventana lateral del granero, encima del fogón apagado, pudo sentirse solo ahora que alguien se acercaba a él: solo por primera vez en tantos años, solo y sin órdenes, solo y por primera vez capaz de detenerse un instante, así, boca abajo, y decirse que nadie puede culpar a otro, sólo hay culpa propia, y se sintió aliviado de haberlo pensado, y sólo pensando, quizás, porque tenía hambre y estaba, él también, solo, ahora que allá abajo ese cuerpo fue tocado por la luz de la que también huía eso, ese uniforme gris, reconocible, y esa gorra que pretendía ser militar y nunca pareció sino lo que era: una gorra de escolapio que ahora cayó para revelar la cabeza rubia, el pelo —entonces sonrió— suelto y sedoso como las hebras del maíz que, acaso, guardó una vez, en otra ocasión más feliz, este granero. La percepción le dijo en seguida: es un niño. ¿Pero la realidad significa la verdad? Ahora que se incorporó, apoyándose penosamente contra el fogón, vio algo más que un niño: un inocente que, habiendo huido de la luz de los campos y de los rumores de cañón que, al oriente y al occidente, venían acercándose a ellos día con día, porque la luz lo revelaba, había entrado a este granero a esconderse y sin embargo seguía detenido dentro del margen de luz, la franja arrojada por la ventana;

Franz gritó desde el altillo, le gritó que no se quedara allí, bruto, ahora que, de pie, el muchacho revelaba ese uniforme grueso y mal hecho de los últimos reclutas, los de pantalón corto y espinillas en la nariz, y el muchacho giró sobre sí mismo y el sol también cegó los ojos azules y las manos inermes, perdidas, que buscaban con desesperación de donde asirse; volvió a caer con una mueca y las dos manos apretando la rodilla. Franz descendió a recogerlo, a salvarlo de esa zona de luz donde el muchacho cayó con una mueca involuntaria y lo tomó entre los brazos para regresar al altillo y hacía siglos, todos los siglos de estos días finales, que no tocaba la carne de otro ser, que no la abrazaba, sin quererlo, porque ahora su mano izquierda no sabe lo que hace la derecha, ni su pensamiento camina de acuerdo con su corazón, y tiene que aprovechar, sudoroso, débil, con la voz irritada que sale de su garganta roja y seca y pedregosa, ahora que puede tener en brazos este cuerpo y ascender con él al escondite, con este cuerpo que huele al sudor joven, aún infantil, de los niños mal lavados de los internados, cuando en el calor y los juegos de la vacación se forman surcos de sudor y tierra negra en las axilas lisas, y el pelo rubio y lacio le cae sobre la frente como si acabara de ganar una carrera y su fatiga debe ser, no de una herida, sino de un día de deportes, tiene que aprovechar para reconocerlo y disculparlo y decirle en voz baja que él, ese niño, no es culpable de nada, sólo obedeció, como él, Franz, sólo obedeció y todos lo dijeron, ¿no?, los oficiales, porque él era un oficial, un arquitecto adscrito al ejército, que no había culpa en servir al ejército, el ejército era anterior a todo, era la nación misma, y el ejército debía ganar la guerra para liquidar al partido y a los jefes, sí, y este niño no podía ser culpable. Lo recostó en el altillo; el muchacho traía una cantimplora colgándole de la espalda. Pasó la correa sobre la cabeza, la destapó y la acercó a los labios. El muchacho trató de abrir los ojos, se llevó una mano al hombro y lo miró. Miró el uniforme. Luego los ojos. Tomó la mano de Franz y dijo, confuso, atropellado, que estaba contento de haberlo encontrado; era el único oficial que encontró después de medio día de recorrer el campo; tenía que cumplir una orden; ¿cuál orden?, le preguntó Franz; me mandaron a avisarle a la fuerza de defensa que los americanos están a doce kilómetros nada más; me dieron estas granadas de mano. Volvió a tocarse el hombro y las granaderas de lona que colgaban sobre su pecho; Franz se las arrancó y dijo que ya no había tal fuerza de defensa, ni eso siquiera y le pidió que escuchara, que escuchara bien y los dos, en silencio, el muchacho recostado, Franz de hinojos frente a él, oyeron los cañones cercanos, al este y al oeste; le dijo al muchacho que regresara a su casa; ¿dónde vivía?; ¿en la aldea?; ¿a seis kilómetros de distancia?; debía regresar; pero el muchacho imploró con la mirada y Franz se preguntó qué podían hacer juntos y se dijo que el muchacho debía regresar a su aldea y quitarse ese uniforme; ¿qué edad tienes?: acabo de cumplir doce; entonces quítate el uniforme. Lo desabotonó rápidamente, arrojó a un lado la casaca de lana y el muchacho —me llamo Ulrich, dijo, limpiándose la nariz con la mano abierta— quedó en camiseta y Franz se dijo que debía regresar a su casa pero no se lo dijo a Ulrich, su corazón decía una cosa y su cabeza otra distinta: ¿qué te pasó en la pierna? Ulrich rió y se acarició la rodilla: no es nada, caí en una zanja, qué bruto, soy muy bueno en la bicicleta y apenas salí corriendo solo por el campo caí en una zanja y me torcí algo. Pero si su mirada tenía esa confianza, era porque esperaba del hombre una orden inmediata y por eso la conversación era tan rápida y segura, porque ya se estableció el orden, la jerarquía y el muchacho estaba a salvo porque tenía de quién recibir órdenes y Franz lo supo y le explicó: tengo que deshacerme del uniforme y encontrar un traje de paisano; y Ulrich no dudó y Franz había temido que reflexionara, que le preguntara algo, ¿ya terminó la guerra?, ¿por qué quiere quitarse el uniforme?, ¿va a desertar? y Franz ya no podía explicar una vez más, ahora a un niño, después de convencerse a sí mismo: todo es inútil y no hay escape y yo necesito un traje de paisano pronto, pero Ulrich no dudó, lo miró con una sonrisa en los ojos y le dijo que él había visto, ayer en la noche, a una pareja en motocicleta esconder una maleta en un bosque, dejarla y tomar la motocicleta y salir muy veloces. Ve, murmuró Franz, ve por ella; yo no puedo; ¿cómo está tu rodilla? Ulrich levantó la cabeza, como si la pregunta le ofendiera, y se puso de pie y Franz no quiso ver si se arrastraba o si logró ocultar el dolor y salir, casi marchando, del granero; no quiso escuchar el ritmo de las pisadas y se había olvidado de preguntar por comida, de pedirle que trajera algo de comer, si sabía dónde encontrarlo... Pudo dormir, como si el encuentro con el niño lo hubiese aliviado de una enfermedad enemiga del sueño; pudo dormir al mediodía, con la túnica de Ulrich como almohada, con su olor de sudores infantiles, aún no contagiados, bajo su cara. Afuera debe haber sólo un desierto donde cazan los espectros, afuera... Él te contó ese sueño, dragona, esta tarde otra vez y primero la primera vez que se acostaron juntos y tú se lo creíste porque sólo crees los sueños que son interpretados dentro de los sueños; sí, has leído a ese Clásico y sabes que, as with a dream interpreted by one still sleeping, the interpretation is only the next room of the dream; Howard Nemerov es grande, dragona, es un poeta que me llega por donde menos lo espero y gracias a él entiendo por qué Franz mira a Javier mientras ustedes descienden de la basílica por el sendero empinado y sueña, despierto, el sueño más hondo de su vida, quizás una realidad en la que Ulrich, al regresar con la ropa de civil, conduce a Franz de la mano a esa aldea alemana en la que, en una misma plaza abierta, de tierra ocre, rodeada de edificios medievales, de altos techos de dos aguas, ojivas, atrios y enseñas, la realidad se dibuja primero como un grabado de los monogramistas: un paisaje vertical, sin perspectiva, que en su primer plano único, sin fondo, abarca por igual a caballeros y rocas, árboles y lagos, barcos y castillos: es sólo el telón que, al abrirse, revela los juegos sensuales del Messiter mit den Brandollen: este entremés revela a los amantes sorprendidos y a las mujeres bañándose mientras los guardianes de las buenas costumbres les predican y uno de ellos se aprovecha para alzar en vilo a una mujer desnuda y encima de ellos vuelan, monstruosas, las bestias de Martin Schongauer: las cabras con alas y cabezas de aves rapiegas y el tercer telón se aparta para revelar, al fin, la fusión esperada de ese arte increado que resuelve la tensión entre la vida popular y la leyenda cristiana: juegos infantiles, carnaval contra cuaresma, y Franz entra al escenario de la mano de su joven Lazarillo, el muchacho rubio, rengo, que aquí creció y conoce todos los secretos de la aldea: el secreto de la sensualidad prometida, pues sea carnaval, cuaresma o ronda, hartazgo, supresión o anhelo, todo se resuelve en aproximaciones, presencias o alejamiento frente a esa sensualidad que primero exorciza un rey de burlas, Momo con un ojo azul y el otro café, coronado por un basurero de mimbre, que muestra el cetro de una caña con dos peces muertos y es tirado por un monje archivista y una mujer y seguido por los niños con matracas que en la imagen superpuesta domina el proscenio con su juego de aros pero aquí, al fondo, sigue a este triste Rey Momo de batón gris y derrengada cofia blanca que con su mirada triste de dos colores, su nariz puntiaguda y su barba mal afeitada preside los fastos del mutilado que se balancea sobre las nalgas mientras el encapuchado le arroja monedas, del villano que carga un mono a sus espaldas, dentro de un cesto, de los ciegos de cuencas vaciadas y del niño enfermo, envuelto en sus ropones a media calle mientras la falsa madre recibe las limosnas y Ulrich, apoyado en su muleta, asciende velozmente, a trancas, a los techos de la aldea para mostrarle la otra plaza, la de los juegos alegres de los niños con los odres inflados, el manteo, el salto del burro y sobre los barriles, los caballos de madera y el columpio de manos. Franz se resiste, por más que Ulrich, desconsolado, indique hacia la larga mesa al aire libre donde una vieja amasa panes; Franz regresa la vista, detenido en el ensamble de los techos, a los jabalíes, los peces, los cerdos: mira al gordo con calzas rojas y jubón azul que se ha sentado con los muslos abiertos sobre el barril de cerveza y con una pica en la mano atraviesa por la boca muerta la cabeza del jabalí, seguido por los locos del carnaval, enmascarados, máscaras de algodón liso en las que la forma oculta del rostro apunta en sombras blancas. Franz ríe y codea a Ulrich y le dice, a carcajadas, pegando con las manos sobre las rodillas, que esos ancianos enanos son niños con máscaras, niños con ojeras de carbón y narices de zanahoria, seguidos de una corte de bufones que tocan la mandolina y se han inventado una falsa barriga de algodón bajo la túnica blanca y se han colgado un racimo de cebollas al cuello. Ulrich jala la manga de Franz: de este lado del techo, los niños hacen pompas de jabón y curan a los pájaros lisiados. Fabrican muñecas y corretean disfrazados, sí, aquí también, con mantas sobre las cabezas. Franz no le hace caso; ríe: pasa un gordo con un pastel lleno de cuervos en una cazuela sobre la cabeza y detrás de él, otro que lleva, también sobre la cabeza, una mesa con panes redondos y, sí, ese enano vestido de monarca, con su capa de armiño y su turbante oriental, es un niño, Ulrich, un niño, como ese diablo de espalda roja y caperuza y listas azules y blancas en los costados; Ulrich se desprende de la mano de Franz y lo mira con impaciencia y Franz celebra la aparición del falso Cristo, greñudo, doblado sobre sí mismo, con una mueca rufianesca, que es arrastrado fuera de una tienda de lonas remendadas y quizás haga el milagro, quizás devuelva la salud al baldado que, con las piernas al aire, se arrastra de barriga por la plaza del carnaval en lucha con la cuaresma, apoyando las manos en pequeños troncos y seguido por el festín de mutilados con muletas que pululan alrededor de los puestos de huevos, panes, peces; que se acercan a los barriles y a las fogatas lejanas mientras de la alta y gris catedral emergen las beatas y las monjas negras que dan la espalda al carnaval y Ulrich arroja la muleta al aire y se desliza, como por una resbaladilla, a lo largo del techo de pizarras rojas y cae, con una pirueta salvaje, en medio de los corros y le saca la lengua a Franz pero Franz ríe porque sabe que el niño representa para él ese baile de cabriolas con el jubón amarillo y la caperuza escarlata y los cascabeles de oro y el trinche negro con el que va recogiendo el pan y los peces y las máscaras de papier maché que les harán falta para salvarse. Corre hacia la barda del jardín, donde los otros niños están montados, parados de cabezas, saltando por el camino abierto entre dos filas de niñas con las piernas recogidas. Corre entre el grupo que juega a la gallina ciega; entre los combates a caballazos; entre las competencias de zancos. Se escabulle de los palos de ciego. Tira del pelo de otros niños y se encaja la caperuza hasta la nariz frente al mago que esconde un tesoro bajo las cáscaras de nuez y reta con el sortilegio de la adivinanza. Hace equilibrios y contorsiones sobre un amarradero de caballos. Se trepa como cochinito a las espaldas de los brujos. Levanta todavía más las faldas que ya vuelan, giran, de las doncellas, como si quisiera esconderse allí. Sube a los árboles. Arroja una lona sobre un grupo alborozado. Gira dos trompos sobre sus palmas abiertas, los muestra, los ofrece a Franz, encaramado allá, con el viento en las orejas, en el alto techo y ya es el jefe, todos lo siguen, todos lo imitarán, haga maromas, trague arenques, arrójese al río, despéñese entre las rocas. Se aleja. Ulrich se aleja seguido de centenares de niños pálidos o rechonchos, de niñas con cofias blancas, de perros y saltimbanquis y magos con narices de cartón y Franz alarga las manos para tocar ese rostro blando, sin cejas, de ojos adormilados, para tocar esa ala de pájaro color de plata, azul, verde, rojo pálido; para tocar los lotos, los lirios y las hierbas ribereñas, pero el paisaje se transforma, una vieja asoma y arroja un cubetazo de agua y los bolos caen sonando huecos y la cinta azul, amarrada a un palo, es agitada, solitaria, por el viento y un niño se agazapa detrás de una ventana mientras los demás se arrojan al río y una niña entra corriendo a una casa con una escoba equilibrada sobre un dedo y todos tiran los gorros y las niñitas pasan en fila cantando, con el pentagrama ensartado a una rama. Los saltimbanquis con uniformes grises y estrellas amarillas van trepando por el techo desde la plaza del carnaval y la cuaresma. Los niños se esconden en una montaña de arena; la niña se asoma por el hueco de un barril y señala a Franz con el dedo; la niña deja caer su muñeca de gengibre con ojos de ciruela pasa; los niños que fabrican ladrillos empiezan a arrojarlos hacia la figura detenida en el techo mientras los saltimbanquis avanzan en cuatro patas sobre las pizarras del tejado y un búho, desde un altillo, le guiña el ojo. Los saltimbanquis lo asaltan, le toman del cuello, los brazos, los pies, las ingles: Franz sólo puede clavar la mirada en la plaza con esas zonas de luz y de sombra que en nada afectan la pareja sordidez de los festejantes, indiferentes a una y otra, indiferentes a esa tierra seca, de ramas muertas y vasijas rotas, cáscaras de huevo, barajas viejas, huesos chupados, ostras grises y piedras que ruedan por el espacio ocre mientras los saltimbanquis, entre las risas y obscenidades de los dos reyes, Momo y Cristo, y de su corte de enanos y mendigos, baldados y menestreles, monjas y mercaderes, arrastran a Franz al centro del cuadro, al pozo cuya cubeta inspecciona una vieja, una vieja que empuja a Franz cuando lo acercan a esa caída, a esa salida del combate de la carne por donde cae fuera del cuadro, mientras allá arriba, en el rectángulo de un cielo que no dejan ver las cabezas asomadas a mirar el descenso, se cierra el telón pintado, el infanticidio con los perros y los cuchillos y los guardias con armadura que degüellan a los niños sobre la nieve, en medio de los árboles truncos, los troncos fulminados, blancos, cubiertos de nieve y una orquesta toca valses vieneses... La trompeta, esparciendo un sonido maravilloso entre las tumbas de todas las regiones, reunirá a todos ante el trono. La muerte y la naturaleza se detendrán estupefactas cuando la creación se yerga de nuevo para responder ante el Juez. Y un libro escrito será proferido, que contenga todo aquello por lo cual el mundo deba ser juzgado. Y así cuando el Juez tome asiento, todo lo oculto se manifestará y nada permanecerá sin castigo. Allí estaba Ulrich, fatigado, jadeante, con la maleta entre las manos. Franz le preguntó si no lo habían visto y Ulrich negó con la cabeza y Franz le dijo que era necesario huir lentamente; los perseguidores creen que uno huye velozmente y ellos mismos redoblan la velocidad; la única manera de engañarlos es la fuga lenta. Le dijo al niño que acaba de soñar eso: una fuga muy lenta que despistaría a los perseguidores. Ulrich no contestó. Permaneció con la maleta entre las manos y después de un instante de silencio Franz se puso de rodillas, nervioso y tomó la maleta y la abrió. Levantó los ojos para interrogar al niño, pero Ulrich sabía, quizás, que en la guerra él no tendría más oportunidad de acción que ésta, ofrecida por Franz, y se mantenía en posición de firmes, mirando hacia adelante sin pestañear y también este niño, pensó Franz, saludaría después con un clic de los tacones y una inclinación de la

cabeza y bebería cerveza cantando canciones sentimentales y ahora Franz no podía saber si, antes,
Ulrich había abierto la maleta y conocía su contenido: un uniforme de general de la Luftwaffe, un
uniforme completo, verdegrís, con el cinturón negro, la botonadura de oro mate, el cuello militar
de terciopelo negro, las listas de su rango y la cruz
prendida al pecho desinflado: la Ritterkreuz, la in-
signia del valor y la lealtad escondida por ese general en un bosque.

—¿De quién es esta ropa?

Ulrich no pestañeó.

—¿De quién?

Bajó la cabeza.

—¿Lo viste huir? ¿Iba de paisano?

Afirmó sin mirar a Franz.

—¿Iba con una mujer? ¿Antes de huir te ordenó dar aviso a la fuerza de defensa de la proximidad de los americanos? ¿Antes de huir les dijo a los
niños como tú que la gloria de la patria exigía que
ustedes dieran la batalla final? ¿Que ustedes derra-
maran su sangre?

Ulrich afirmó y lloró con una mueca y por fin
lloró sin contención y se arrojó en brazos de Franz,
con ese llanto de coraje frustrado y de incompren-
sión que Franz quiso corresponder con otro llanto,
interno, seco, que le provocaría esa imagen de los
jefes en fuga con sus mujeres y su dinero y sus objetos de arte y de los niños y los viejos con las pequeñas granadas de mano representando la última
defensa, el acto inútil y si él lo supo entonces, más
tarde lo sabrían todos, siempre lo supieron todos y

por eso meses después, vestido con ese traje robado, demasiado pequeño para él, ese viejo traje dominguero, gris con rayas blancas, sin botones, gastado en los codos y las asentaderas y las valencianas que soltaban sus hilos grises, al caminar perdido por los campos muertos donde los transportes inservibles y las bazukas enmohecidas se hundían en el lodo del invierno y dormían bajo el heno olvidado, por las ciudades muertas donde las cáscaras negras de las catedrales se levantaban aún, presidiendo el rumor de los pies descalzos y el correteo silencioso de los mendigos y las prostitutas, en busca del camino de regreso a Praga, sin saber nada, sin enterarse de nada, obsesionado sólo con el regreso y la búsqueda de algo cierto, aunque fuese una lápida en el cementerio judío, ya no se detuvo a mirar los cuerpos en los bosques, ni a inquirir sobre los propósitos de esas familias que entraban a los parques con sus mejores ropas y un banco de cocina y luego eran encontradas colgando de los árboles. No quiso ver o enterarse y sólo sintió que el único patriotismo digno de una medalla era el patriotismo de hundirse en la tierra y servir de carretera o sembrado o abono y perderse bajo las ruedas de los camiones y los tractores, para siempre.

—Ven. Tenemos que salir de aquí. Deja esa maleta.

Ulrich negó; dijo que los americanos ya habían tomado la aldea. Franz dijo que era mejor entregarse, vestidos así. Tomó al muchacho de la mano y bajaron del altillo a la vieja forja y salieron al campo del verano, a las lomas lejanas por donde avanzaba el rumor de los cañones, a la tierra cubierta de tréboles y margaritas, al sol que quería seguir siendo esa imagen de felicidad que sus padres quisieron defender con todo esto, con todo lo que podría negarla. El campo abierto transformó al niño. Apretó la mano de Franz y le dijo que en la aldea les darían de comer. Empezó a hablar de sus amigos y a imaginarse cómo les había ido a ellos, que también fueron mandados al campo a defender la carretera o el puente o a dar aviso a la fuerza de defensa y quizás ahora todos, como él, irían de regreso, si era cierto que la guerra había terminado; eso decían unos campesinos viejos hace un rato, cuando él regresaba al granero con la maleta: que la guerra había terminado pero muchos aún no se enteraban y seguían luchando, porque antes les habían dicho y repetido que aunque oyeran decir que la guerra había terminado todos debían seguir luchando hasta que no quedara un alemán vivo: el enemigo no debería encontrar un solo alemán vivo, repitió el muchacho y los dos caminan apoyados uno contra otro, abrazados, rumbo a la aldea y en el cerebro de Franz empieza a penetrar la única noción que, escondido en el granero, no se le había ocurrido: que así, repentinamente, todo pudo haber terminado, con una declaración, y que, sin embargo, nada era restituible. Como su propio cuerpo, ahora que, bajo el sol, podía sentirlo íntegro, carecía de algo, de una tensión difícil de localizar, de esa vibración de arco tendido que en vano buscara dentro o fuera de él, en el nuevo orden de células y escamas y arterias y nervios y venas y pilosidades y glóbulos y córneas con que avanzaba, abrazado a este niño, por la ribera de un río dormido. Se detuvo y le pidió a Ulrich un poco de agua. El muchacho apartó los mechones de pelo rubio de la frente y destapó la cantimplora. Rió; la volteó; estaba vacía. Volvió a reír y empezó a correr, difícilmente, con la rodilla dolorosa por la pendiente de vilanos hacia el río; se detuvo a medio descenso, agitó el brazo, saludando a Franz, rodeado del vuelo de los vilanos desprendidos por su carrera, que se levantaban como ínfimas mariposas blancas. Ulrich llegó a la orilla y se hincó con la cantimplora a llenarla. Sonaron los disparos de rifle, secos, sin respuesta; Ulrich gritó y cayó de bruces en el río y ya no se movió. Y por primera vez en toda la guerra Franz gritó también, se detuvo allá arriba, buscó un auxilio engañoso y corrió entre los vilanos, hacia el cuerpo de Ulrich, corrió convocando algo, urgiendo a la tierra que pisaba, a los vilanos desprendidos por la brisa, al sol mismo, que le regalaran a ese niño un poco de la vida indiferente que todo eso quería proclamar y también los dos soldados avanzaban hacia ellos cuando Franz se hincó junto al cuerpo de Ulrich y levantó su cabeza del río y le besó la sien y la mejilla y los dos soldados norteamericanos llegaron con sus botas cortas hundidas en el lodo y uno se hincó también y meneó el casco y dijo:

—Goddamit. Just a kid.

y el otro, de pie, cortó cartucho y dijo:

—We were just practicin'. It was just target practice. How the hell did I know I could hit him at that range?

y con el mango del rifle pegó sobre el hombro de Franz y añadió:

—Sorry, Buster. The war's over. Come on with us.

Franz cayó llorando sobre la espalda de Ulrich.

—En el asilo de Charenton —dijo Javier cuando todos ustedes dieron la espalda al manicomio de Cholula— estaban encerrados no sólo los enfermos mentales. También los libertinos y los pródigos.

—Miren —Isabel miró el patio por última vez.

Un loco alegre quería amarrarse los zapatos y se reía de su intento.

—¡Qué horror! ¡Miren qué dientes pela!

Franz recorrió con un dedo la piedra de la balaustrada, recogiendo el polvo:

—Así es la gente cuando la encierran. Se agarra de cualquier cosa para sentirse contenta. Generalmente las cosas que les provocan alegría no son muy alegres en sí. Sólo son novedosas, rompen la monotonía.

—Es algo más —dijo Javier, acodado de nuevo—. Miren la furia de su alegría. Es como una traición a su tristeza habitual. Es como si quisiera matar su alegría...

—Es que saben que es breve —dijiste, dragona—. Vámonos. Por favor. Vámonos.

—Vamos dentro de la pirámide —dijo Isabel, pasándose las manos por el pelo sedoso y largo.

—Quizás allí la locura sea peor —dijiste, ah mi angustiosa.

Descendieron levantando el polvo del costado pino de la pirámide.

—Daban funciones... —murmuró Javier.

—¿Qué?

—En Charenton los locos eran ofrecidos como espectáculo a los burgueses de París —Javier caminaba con la cabeza inclinada hacia adelante y las manos clavadas en los bolsillos del pantalón—. Y los burgueses regresaban a sus casas con la conciencia tranquila. Ellas no eran así —te miró, dragona—. ¿Quién puede escribir y temer que no hace lo mismo? Qué indecencia, presentar el horror sólo para que un banquero diga, gracias Dios mío, porque no soy como los monstruos que acabo de ver... El pobre autor puede creer de buena fe que es capaz de escandalizar a los burgueses. Vaya risa. Después de *La edad de oro*, los burgueses se inventaron su mecanismo interno de defensa. ¿Ustedes creen que Tennessee Williams los escandaliza? No. Sólo los conforta, como los locos de Charenton.

Desde la plaza, llegó la música de los danzones ofrecidos a las señoritas de la localidad. Franz dijo, como si no hubiese escuchado a Javier:

—Los antiguos padres germanos tenían el derecho de matar a sus hijos. Si los hijos estaban locos o deformes.

En lo que ni siquiera pensaron, dragona, es en que esos loqueros son como los sacerdotes de los reclusos. La verdad es que los sacerdotes siempre han tenido por misión vigilar a los locos, darles versiones de la vida y el mundo comprensibles para el enajenado, impulsar su odio o procurarle la paz, de acuerdo con la excitación o el reposo que el loco necesita para seguir dándole vuelo a la hilacha. El escritor, el artista, el sacerdote, el político, todos los que ofrecen otra imagen del mundo, la imagen artificial y falsaria, la interpretación, el salmo incantatorio, saben que manipulan a los locos. Pero los locos, como mi cuate Tristram Shandy, no oyen los argumentos de los intérpretes y dirigentes, o dicen estar de acuerdo con ellos: no hay diálogo posible porque, en resumidas cuentas, el loco se burla de su mentor y lo convierte, a la vez, en el loco del loco. Ni modo; los artífices siguen adelante, los muy güeyes; no se dan por vencidos; no saben que la razón se ha vuelto loca y la disfrazan de erotismo, de gloria militar, de necesidad de Estado, de salvación eterna. Y los locos colaboran con ganas; como que saben que ellos alimentan la locura de quienes los cuidan y así se salen con la suya. Ahí tienes: todo es el problema de mantener la ilusión racional para mantener la ilusión de la vida. El caifanazo de Baudelaire disfraza el cadáver con el mito de Eros y el trolebús de Nietzsche con el de la voluntad de poder. El ñaco viernes de Marx con la promesa de otro paraíso terrestre (ya párenle; con uno hubo de sobra) y nuestro papazote Fedor Mijáilovich con el advenimiento de esa Tercera Roma que no sé cómo se les escapó a Kurt Weil y Lotte Lenya. Tu paisa Whitman con el optimismo de Un Nuevo Mundo democrático e igualitario (We shall overcome and the walls come tumblin' down) y el mero vampírico Rimbaud con la divinidad de la palabra. Mira a dónde fuimos a parar. Candy y Lolita, la tortura y el horno crematorio, los procesos de Moscú y el asesinato de Trotsky, Bahía de Cochinos y los perros policía contra los negros de Montgomery, use y consuma y luzca bella, mi Pepsicoatl. ¿Te das cuenta, dragona? Todo se nos ha ido en inventarle dobles a Dios. Ahí está el punto, si quieres cotorrearme. Porque ya ves, en tiempos de don Porfirio, ni Prometeo ni César ni Medea ni el Cid son dos; hasta don Quijote con su locura acaba siendo el pobre viejo derrotado y avergonzado de sus hazañas, Alonso Quijano, nunca el otro, el doble secreto. Nada más el Danés se aventó el volado de olerse lo podrido y luego hubo de esperar más años de los que deben en el cielo, en la tierra, en el infierno y en nuestra filosofía para poner caliente al viejo tarugo de Voltaire que andaba creyendo que con los instrumentos unitarios del mundo religioso se iba a sostener un mundo laico igualmente unitario y vámonos: la virtud sin testigo, y el mal sin testigo, son impensables y cuando Dios dejó de ser el espectador del hombre, hubo que inventar otro testigo: el alter ego, Mr. Hyde; el doble, William Wilson. A ver si Blake no era muy ponchado: Thou art a Man, God is no more; Thine own humanity learn to adore, y a ver si Kleist no agarró volando la onda: Ahora detente a mi lado, Dios, pues soy doble; soy un espíritu y recorro la noche. Y lo malo es que también esto se volvió vieux jeu, en cuanto cerraron el círculo esos cuates de variedad, Pirandello y Brecht. Cáete cadáver: cada personaje es otro, él y su máscara, a y su contrasentido, él y su propio testigo, contrincante y victimario dentro de él. ¿No has leído a Swinburne, el consagrador del vicio inglés? «¿La araña del día mata a la mosca del día, y lo llama un crimen? No; si pudiésemos frustrar a la naturaleza, entonces el crimen sería posible y el pecado cosa real. Si un hombre solo pudiese hacerlo; cambiar el curso de las estrellas y arrojar hacia atrás los tiempos del mar; cambiar las costumbres del mundo y localizar la casa de la vida para destruirla; ascender a los cielos para corromperlos y descender al infierno para redimirlo; atraer el sol para que consumiese la tierra y ordenar a la luna que arrojase veneno o fuego al aire; matar la fruta en la semilla y corroer los labios del niño con la leche materna: entonces habrá pecado y dañado la naturaleza. No, ni siquiera entonces; pues la naturaleza así lo querrá, a fin de crear un mundo de cosas nuevas; pues se siente fatigada de la antigua vida; sus ojos están cansados de mirar y sus oídos fatigados de oír; la lujuria de la creación la ha calcinado, y rasgado en dos el parto que el cambio exige; quisiera crear de nuevo, y no puede, como no sea destruyendo; todas sus energías están sedientas de alimento mortal y con todas sus fuerzas lucha deseando la muerte. ¿Cuál será, entonces, el peor de nuestros pecados —nosotros, que vivimos por un día y morimos en una noche?»

—¿No entramos? —dijo Isabel cuando llegaron frente a la estrecha entrada en la base de la pirámide, el túnel abierto por donde corrían los rieles que sirvieron para sacar la tierra excavada.

—Estoy cansado de manejar —dijo Franz.

—Yo quisiera tomar un baño; quisiera que ya estuviéramos en el mar —dijiste y caminaste hacia la tienda de abarrotes con una heladera plantada junto a la puerta y tomaste un refresco mientras Franz iba hacia el auto que dejaron estacionado al pie de la pirámide. Bebiste la gaseosa y Javier e Isabel te imitaron. Franz, en el auto, encendió la radio. Corrió la perilla a lo largo del cuadrante, saltó con rapidez los ruidos de anuncios, música afrocubana, mariachis, surf, escuchó la voz:

—...en la interpretación de la Orquesta Sinfónica de Viena, bajo la dirección de Wilhelm Fürtwangler...

Soltó la mano, se cubrió los ojos con un pañuelo y se frotó el caballete de la nariz:

—Si quieren que lleguemos esta noche a Veracruz... —les gritó y metió la llave e intentó arrancar. Javier pagó las gaseosas y todos caminaron hacia el auto. Franz empujaba las velocidades para atrás y para adelante. Les dijo:

—Quién sabe qué pasa. No entran las velocidades.

Javier sonrió. Franz descendió y abrió el cofre del motor. Metió las manos en el arca negra. Se encogió de hombros, limpiándose las manos con un pañuelo.

—Qué cosa más extraña. Está rota la caja de velocidades.

—Vamos a buscar un mecánico —dijo Isabel.

—¿Cuánto tardará? —preguntaste.

Franz se encogió de hombros.

—Más vale que lo revisen bien. Podemos pasar la noche en Cholula y seguir mañana.

—Oh, no —gemiste—. ¿Dónde vamos a dormir aquí?

—Hay un hotel, no muy bueno, pero en fin... —dijo Javier.

Franz mostró dos cables rotos.

—Alguien arrancó los cables de contacto.

—Cuándo no —te cruzaste de brazos, recargada contra la portezuela del auto—. Ese gusto por la destrucción. Ha de ofenderles el coche.

—Un loco escapado —rió Isabel, terminó de beber la gaseosa y fue a devolver el casco a la tienda.

—Voy a la gasolinera —dijo Franz—. Quizás haya que remolcar el auto a Pueblo. Llamaré a la AMA. Ahora regreso a recoger las maletas.

—Javier —le dijiste, cruzada de brazos—. Lleva las maletas al hotel. ¡Haz algo, por Dios!

Despertaste y te removiste en la cama:

—¿Ya estás de vuelta?

—¿Qué quieres decir? No me he movido de aquí.

—¿Qué hora es?

—Van a dar las diez. Salgamos a comer algo.

—¿Para qué? Además, ya sabes que cenar te hace daño.

—No lo digas como si fuera mi culpa. No tengo la culpa de que vivamos a siete mil metros de altura, con el águila y la serpiente.

—Conste. Tú empezaste. Yo no dije nada.

—Ligeia, tráeme la medicina y un vaso de agua.

—¿Qué te pasa?

—Acidez, nada más.

—No tomes la sábana para ti. Qué manía.

—¿Qué dice Franz? ¿Va estar listo el coche mañana?

—No sé. Cómo voy a saber. No he visto más a Franz. ¿No sería mejor que cenaras algo? Si tienes acidez con el estómago vacío, es peor.

—Quién sabe. La medicina distrae.

—¿Qué? ¿Distrae qué?

—Los jugos gástricos.

—Levántate, Javier. Hagamos algo.

—¿Qué cosa?

—¿No traes tu dominó?

—Sí, ahí viene, ahí, en la maleta.

Te levantaste y abriste la maleta.

—Me da risa recordar cómo comías de joven. Nada te caía mal.

Javier no te dijo nada con la mirada y por eso tú quisiste imponerle otra interrogación y dijiste mientras buscabas el dominó:

—En Nueva York. Cuando nos conocimos en el City College y nos enamoramos.

Encontraste la caja de dominó y la hiciste sonar. Miraste alrededor del cuarto. Dejaste caer las fichas sobre la mesa de noche.

—¿Recuerdas las aceitunas negras? ¿Unas aceitunas negras y grandes? ¿Recuerdas de dónde eran?

—Recuerdo que bebíamos un vino blanco muy seco, sentados frente a la rada.

—¿Y cómo se llamaba? ¿A que no recuerdas?

—Y un pescado rojo.

—¿No piensas levantarte a jugar?

—No. Pon las fichas sobre la cama.

Miraste a Javier, suspiraste y empujaste las fichas de la mesa de noche a la cama.

—Trae la pluma, Ligeia. Está en la bolsa del saco. Encuentra un papel.

—No.

—Hay que llevar la cuenta.

—No. No quiero. Que cada uno gane su juego y ya.

—Está bien.

Javier revolvió las fichas sobre la cama.

—Aceitunas negras de Kalamatis. De Kalamatis, Javier.

—Escoge las fichas.

—¿Cuántas se toman cuando el juego es entre dos?

—Siete. Sabes perfectamente que siempre se toman siete fichas y luego se come. Ándale. Abre la mula de seises.

—No la tengo.

—Yo tampoco. Abro con la de cincos.

—Tengo hambre. Quisiera unas aceitunas negras de Kalamatis. Tengo ese antojo. Lo sabes muy bien. ¿Por qué finges?

—No recuerdo. Además, los nombres no importan.

—¿Qué importa entonces?

—Ya te lo he dicho. Juega. Casi un catálogo de cosas. Eso es lo que regresa, a veces, no muchas veces.

Jugabas mecánicamente y quisiste reconstruir esos objetos diminutos, empastillados, de terracota, de mármol, alabastro y marfil. Recordabas palomas, toros, peces, monos, ovejas y tórtolas, lechuzas, ciervos y leones, un hombre con una cabra muerta alrededor del cuello. Maneras de nombrar o propiciar algo.

—Come.

Y muchas urnas para las serpientes. Sí, la serpiente sobre todo, el león y el toro. Los tres juntos.

—Hoy estuve recordando, Javier, cuando llegamos a Xochicalco y luego junto al río, cuando...

—Carajo. Me ahorcaste la mula.

—Dos-seis. Juego sola. Doble seis. Seis-cinco. Se cerró. Me fui.

—Déjame hacer la sopa.

—Cuidado. Una ficha se metió entre las sábanas.

—Aquí está. Ligeia.

—¿Sí?

—Se te olvidó algo.

—¿Qué?

—Mi medicina y un vaso de agua.

—Perdón. Ahora voy.

—No estuve ahí.

¿Para qué insistes en decir que él estuvo ahí y debe recordar el nombre de un vino y unas aceitunas? Entraste al baño y prendiste la luz. Todo lo que él pudo saber lo pudo aprender viendo láminas de un libro, o leyendo una guía de viajes. ¿A poco no? Abriste el botiquín y buscaste el frasco de Melox. Para averiguar que el palacio de Minos se levanta entre huertos de olivos y sobre una montaña pálida y rocosa. Lo encontraste y abriste el grifo para llenar el vaso. Entre cipreses y hondonadas, entre laureles y plúmbagos. El agua salió ferrosa y vaciaste el vaso en el lavamanos. Y que allí se escucha el día entero a las cigarras y que la tierra de Knossos es rojiza y que los toros pintados en los muros son del mismo color. Apagaste la luz y te detuviste en la puerta. Y que alrededor hay viñedos y en las bodegas del palacio urnas gigantes con múltiples asas y cavidades secas para guardar los cereales y que todo el palacio es un panal de claustros, archivos, talleres, salas, recámaras reales y baños hundidos. Regresaste al cuarto y Javier terminaba de mezclar las fichas. Un lugar donde representar.

—Toma. El agua no se puede beber.

—No importa. Me bebo la medicina empinada.

—¿Qué murmurabas, Javier?

—Nada. Que quizás lo único vivo allí era un corral cercano donde un cerdo solitario escarbaba la tierra, ahuyentaba a las gallinas y luego se rascaba contra las piedras del muro.

—Entonces tú estuviste allí.

—No.

—Y en Heraklión. Y en Rodas. Y en la playa de Falaraki. Javier, Falaraki, Falaraki, ¿no recuerdas?, tienes que recordar...

—Yo tengo el doble seis.

—¿Cuánto tiempo pasamos en Falaraki?

—El que quieras. Nunca estuvimos allí. Juega, por favor.

—Nos quedamos en esa casa blanca, hundida en la arena, con ventanillas estrechas, embarrada de una cal que nos cegaba de día y de noche... Sí, la casa tenía un... no sé... Perdón.

Javier recogió las fichas. Tumbó las que tú, con dificultades, mantenías de pie sobre el colchón.

—Te dije...

—Lo que yo recuerdo es una casa teñida de carbón, una casa donde la madre servía matzoh-balls y contaba chistes crueles en voz baja al hermano y el padre no daba pie con bola y si quieres recuerda eso y no tu ridícula casa junto al mar...

Saltaste de la cama.

—Qué te importa. Tú no estuviste allí.

—Tampoco estuve en Grecia.

—Pero yo sí.

Te paseaste por la recámara, dragona. Tú llegaste una noche por mar a Falaraki en un caique que te llevó desde el embarcadero de Rodas y al llegar sólo se veía el lomo negro de las montañas y el capitán les ofreció un vaso de anís con agua y el caique pateaba fuerte sobre el mar. Y desde entonces supiste que Grecia ha vivido siempre en el mar porque el mar es la promesa, el espejismo que no se desvanece, la otra tierra expuesta el día entero a los ojos de quienes quisieran abandonar ésta, plana y seca, donde sólo crece el olivo y todo lo demás —jacinto, adelfa, lirio, hibisco— es un perfume, una intoxicación, una alquimia inventada para responder a la belleza del mar y retener, inútilmente, a los hombres en las islas. Le pediste a Javier que lo escribiera.

—Shit. Tengo hambre. Voy a pedir algo de beber.

Te pusiste la bata y saliste al pasillo.

—Él no estuvo ahí —murmuró Javier mientras tú gritabas desde el corredor, «¡mozo!», «¡señorita!», «¡niña!», «¡hey!», «¿quién atiende aquí?», «what sort of dump is this?» y Javier bostezó:

—Cholula Hilton.

—A ver qué tienen de beber. Tequila o lo que sea. ¿No tienen el licor de la Damiana?

El joven indígena asintió y negó varias veces con la cabeza, sonrió continuamente y se fue. Tú te dejaste caer sobre la cama.

—¿Quién fue Alexander Hamilton? —preguntó Javier mientras intentaba construir un castillo con las fichas del dominó.

—George Arliss.

—¿Juárez?

—Paul Muni. Entre los dos se repartieron las biografías: Richelieu, Pasteur, Zola, Wellington, Voltaire, Rotschild, Disraeli.

—¿Quién inventó el teléfono?

—Don Ameche.

—¿La luz eléctrica?

—Spencer Tracy.

—¿Los servicios de prensa?

—Edward G. Robinson.

—Primera y segunda versión de *Beau geste*.

—Ronald Colman, Ralph Forbes y Neil Hamilton; Gary Cooper, Ray Milland y Robert Preston; Mary Bryan o Susan Hayward; Noah Beery o Bryan Donlevy; William Powell o J. Carrol Naish.

—Aprobada.

—Oh, iba al cine tres o cuatro veces por semana. Todas las chicas pertenecían a un club de admiradoras de alguien. ¿A que no recuerdas a James Cagney aplastándole una toronja en la cara a Mae Clarke? Y Clark Gable sobre la cubierta del Bounty. Y Errol Flynn en aquel duelo del Capitán Sangre, a orillas del mar.

Reíste y te cubriste los pechos con la bata.

—La pobre Olivia de Havilland siempre salía en esas películas, bonita y suspirona, con una cara de palo. Pero la mujer más elegante del cine era Kay Francis, siempre muy lánguida y esbelta.

Javier bostezó y el castillo de fichas se cayó.

—Todas queríamos imitarla, con su voz nasal, su habilidad para tenderse en un diván cubierto de pieles blancas y beber un cocktail. Luego vino Carole Lombard y destruyó ese estilo, nos hizo aceptar la espontaneidad, la locura y hasta la comicidad en la mujer. Muchas queríamos salir para siempre de la casa y hacer carrera en Manhattan, ser Rosalind Russell y casarnos con la réplica de Cary Grant. Ah. Garbo era otra cosa. Era la divina, la poseída de los dioses... y John Garfield... John Garfield murió fornicando... ¡Pase!

El mozo entró con una botella de tequila sobre una bandeja de latón que decía Cerveza Corona la Rubia de Categoría y la puso sobre la mesa de noche con dos vasos pequeños, un salero y varias rebanadas de limón. Dijo que no había Damiana.

—Lástima. Es un afrodisíaco —le entregaste un peso al indio sonriente—. Toma.

Serviste las dos copas y le pasaste el salero y los limones a Javier. Javier exprimió el limón dentro del vaso y luego lo roció de sal:

—Esto no me va a caer bien, Ligeia. Lo sabes de sobra.

Los dos se miraron mientras sorbía lentamente el tequila.

—John Garfield —suspiró Javier y se quedó mirando al techo con el vaso entre las manos—. Qué cruel e innecesariamente cambia una muerte ajena el espíritu de quienes la contemplan. Nunca quieres recordarlo.

—No importa. Olvídalo —bebiste el alcohol blanco exprimiendo el limón en los labios y chupando los granos de sal colocados sobre el puño.

Javier bebió; escupió una semilla de limón y dejó de mirarte.

—¿No quieres olvidar? —preguntaste.

Tomaste el reloj pulsera de la mesa de noche y lo estuviste mirando varios minutos. Luego me ibas a contar que volviste a pensar que al principio no querías asociar la actitud de Javier con un incidente tan simple como haber abierto sin su permiso una carta que ni siquiera leíste. Tenías que referirla a tu propia actitud de no conformarte con la pasión inmediata que se dieron al conocerse, sino exigir de esa pasión que revelara, también, la máscara quebrada y oculta. Tenías que creer, entonces, que ésta era la razón detrás de los silencios nuevos y la nueva felicidad —para ti lo era, porque obedecía a esa sugestión razonada— de esos actos inconclusos, de largas esperas, cuando regresaron a México y tú te quedabas en el apartamento y Javier salía a las calles. Y me dijiste que entonces no veías, no entendías, que la pasión se iba convirtiendo en sentimiento. O te lo dije yo para consolarte con una explicación. Ya no recuerdo pero sé que el sentimiento —me dijiste o te quise hacer creer— nos encierra en nosotros mismos y la pasión nos arroja en brazos de otros. Que la pasión se comparte y el sentimiento no. En todo caso, dragona, creíste que por eso que sólo hoy comprendes, cuando es tarde, buscaste instintivamente, hace veinte años, un regreso a la pasión por medio de la obra de Javier.

—Siempre te lo guardas todo, Javier.

—Ya te explicaré...

—No. No quería creer que todo fue porque abrí sin tu permiso esa carta. Era demasiado tonto.

Apoyaste el mentón contra el puño humedecido por la sal y la saliva y tarareaste. Javier quiso distinguir lo que tarareabas y tú bajaste la voz y te acariciaste una pierna, dejando caer la cabeza hasta tocar la rodilla con la frente.

—Yo creía que habías entendido —murmuró Javier. Miró tu nuca y luego él tomó el reloj e hizo girar las manecillas—. Había venido a verte, junto con las mujeres más jóvenes que tú, todas reflejadas en esos cuadros de un tuberculoso muerto quién sabe cuándo. Me diste la mano y salimos de la Tate... Dos veces fuiste mi estela ática...

Levantaste la cabeza.

—No. Tenía que creer que la razón era mi propio sentimiento. No quería que nos conformáramos con esa pasión natural que nos dimos al conocernos. Quería exigirle que también nos revelara otra cosa, algo oculto...

El reloj tragó varias horas y Javier sonrió.

—...lejana e inmóvil, pausada e inasible, para que contuvieras todos mis deseos de variedad...

Volvieron a mirarse y tú dijiste:

—Pudimos haber jugado. ¿Con quién huyó Miriam? ¿A dónde? ¿Por qué no la buscaste? ¿Sabes que ahora nunca podrás conocer su nombre y su voz? Por favor...

Javier bebió de un solo trago el fondo del vaso y se sirvió otro.

—Te va a hacer daño. Mañana no te vas a sentir bien y te quejarás de las vacaciones estropeadas...

—Sírvete otro tú misma. Si sólo pudiera localizarlo.

—¿Qué?

—El malestar. Si sólo pudiera decir, córtenme la vesícula, córtenme el duodeno. No sé dónde está el mal. El estómago trastornado, la náusea, la lasitud, las manos frías, los gases, las ganas de cerrar los ojos, el insomnio. ¿Qué tarareabas?

—*Cannonball Adderley*. Lillie. No hay nada más lento, más acariciante. Oye la flauta de Yusef Lateef, ¿no lo conoces? Es un Mefistófeles negro.

Javier arrojó desde la cama el vaso de tequila contra el espejo de la cómoda. Tú no dejaste de mirar a tu marido:

—No tienen otra manera de hablar. Lillie. Eso es todo. Una comunicación desesperada.

El cristal cayó sobre la cómoda sin ruido, porque el estruendo del impacto seco aún no terminaba y los trozos cayeron unidos y en silencio, dejando ver su dorso pintado de negro.

—¿Cuánto apuestas? —gritó Javier.

Levantaste el vaso intacto, serviste más tequila y lo entregaste a Javier:

—Yo nada. Tú ganas.

Javier observó el vaso, sonrió y lo acarició:

—¿Ves qué fácil? El vaso no se rompió y el cristal sí. ¿Qué tal si es al revés. Tu alemán...

—¿Qué estás diciendo?

—Sí, quizás todo es necesario, todo eso, lo que no debes hacer y luego lo haces ¿y qué? Yo, en cambio, de niño me encerraba en el excusado a escribir las palabras que no me atrevía a decir. ¿Me entiendes? Escribía en la pared del baño las palabras que hubiera querido decirles a los matones de la escuela.

—Brass butterfly, no sé por qué te quiero si conozco tan bien tus defectos.

—Por eso mismo. La inocencia es indecencia. Lo bueno de perderla es que al mismo tiempo se pierden los prejuicios. N'est-ce pas?

—Sí, Gautama. Por lo menos cruza las rodillas.

Javier rió:

—Ya está. Y tú detente así. No te muevas. Así, con los brazos caídos a los lados. No te muevas. La luz te está gastando. La luz y no el tiempo o la luz que es el tiempo. Imagina, Ligeia, que el tiempo se detiene pero la luz no: entonces la luz será el tiempo y te envejecerá.

Reíste:

—¿Por qué no lo escribes, Javier?

Saltó de la cama y se hincó ante ti, ciñó con fuerza el cinturón de tu bata alrededor de tu talle, la abrió un poco en los pechos, los levantó y dejó caer, se puso de pie y reunió la cabellera en el puño.

—Me haces daño.

Javier acercó su perfil al tuyo:

—Ahora puedes repetirlo. Si quieres.

—Está bien. Fue sólo un sueño.

Las uñas de Javier se clavaban en tu cabeza y quisiste zafarte y él dijo, sin darse cuenta de que te hacía daño:

—Cuando abrimos la ventana aquella misma mañana, estar allí, en Falaraki, era creer en lo que nunca habíamos visto...

Javier te fue dejando libre poco a poco y tú continuaste:

—O. K. Sólo se podía creer en lo que aún no se había visto o dicho. Join the Navy, Javier, join the...

—Era allí, era así, como te quería —murmuró Javier.

Entrelazaron los dedos y tú le dijiste que despertaron y una corona de flores venenosas era la única cortina del verano y los atraía para descubrir, detrás, al sol tendido aún en los lechos de piedra del Egeo transparente y hoy como entonces te hincaste y murmuraste el nombre de Javier buscando a Javier, para saber que al nombrarle crecía hasta ahogarte las palabras que lo levantaban, esta noche, en el hotel de Cholula: él de pie ante ti, tú arrodillada ante él, abrazaste sus piernas y pasaste tus manos por su cintura, por sus nalgas, y cuando lo soltaste y lo viste desde abajo sólo alcanzaron a unirse por las muñecas, tú cada vez más baja, buscando el suelo, él cada vez más alto, apuntando al techo como si fuera a disparar y por eso le levantaste, lo llevaste a la cama para que los dos vieran cómo nacía el día y la noche aplacaba el mar para ensombrecerlo por última vez y los claxons de la carretera México-Puebla se escuchaban muy lejanos y tú y él se unieron, arrojados cada uno hacia atrás, sin necesidad de besos, de caricias, de miradas, unidos y sostenidos hasta caer, él de espaldas, tú sobre él, sin poderse separar, tú encima de él, imitándolo, nombrándolo, haciendo lo que él hacía, atada por tu vello empapado y lacio al suyo rizado y seco, creyendo que tú lo poseías como él a ti, creyendo que tu placer, imitativo del suyo, penetraba sus muslos como él, recostado, entraba en los tuyos y el tiempo se contaba solo, las palabras se decían solas, para distraer y prolongar esa dulzura negra y estremecida de tu verga y su coño, él tu mujer y tú su hombre en la totalidad de los deseos arrancados y siempre pendientes del árbol único: tú y él sobre el piso de piedra caliente, sobre el piso de madera despintada, tú y él padre y madre, madre e hijo, hija y padre, tú y él hermanos, tú y él dos mujeres, tú y él dos hombres, tú y él amando con las bocas, al zafarse velozmente del primer placer, buscando otra manera de prolongarlo, con los anos, con las axilas, con sus manos sobre tu pelo, con sus pies sobre tus ojos, con tus labios en su oreja, con su ombligo en tu nariz, con tus muslos abiertos sobre su cabeza, con sus uñas clavadas en tu cuello, con tu rodilla doblada sobre su vientre. Y no podía terminar; se envolvieron en las sábanas para descubrirse otra vez el uno al otro, lentamente, caminando desde lejos él hacia ti y tú hacia él hasta alargar las manos y develarse como en un

sueño, con esa pereza y expectación y al verse otra
vez desnudos sentir el verdadero deseo por primera vez otra vez; ahora te toma de los pies, te para
de cabeza hasta tenerte a la altura que desea y tú
buscas su altura con tus labios y todo tu placer te
corre hacia adentro dos veces, lo que te da y lo que
te arranca fluyen al mismo tiempo hacia un centro
que desconoces, que acabas de descubrir entre el
vientre y los senos y allí se mezclan y se besan y se
unen y estallan las dos leches y cuando caes vencida, boca abajo, él te vuelca y te rasga, descubriendo
una estrechez nerviosa que se abre como el lodo
quebrado de las estatuas de sal y él pide tus pedos y
tú se los das, boca abajo, otra vez montada en su
pecho, sobre su rostro, y pides los suyos, sus eructos, su orín, su mierda, y no saben terminar, no
quieren terminar, tú pones tu sostén sobre los pechos morenos de Javier, usas su camisa y besas sus
zapatos y se masturban uno frente al otro, él frotándose con tus medias, tú con su agua de colonia,
mostrándose los dos el placer que faltaba, el solitario, el de los niños, sentados los dos en la cama, solos, y no quieren terminar nunca, quieren morir
ahora, los dos han renunciado a seguir viviendo
con tal de que esto no termine nunca y tiemblan
mientras piensan, imaginan, inventan más cosas:
quieres su brocha de rasurar sobre tus pezones, le
ofreces tu cinturón y caen sobre las almohadas y él
te azota ya sin fuerzas y tú pides que no deje nada
sin hacer, que diga los nombres secretos, los nombres de las niñas a las que no pudo tocar, de los
adolescentes que le gustaron, y tú dirás tus nom-

bres y ahora los amarán a todos, y no sólo a los que desearon, sino a los que los desearon: dirás el nombre del rabino que te sentaba en sus rodillas cuando tu madre te llevaba a verlo, él dirá el nombre del cura que lo tomaba de la mano durante la confesión, dirá el nombre de la monja a la que sorprendió espiándolo mientras se bañaba, recordará cuando descubrió a su madre, nombrarán, dirán, tú y él son todos, se dormirán y no despertarán hasta que el calor del día alcance la temperatura de sus cuerpos y Elena toque a la puerta...

—¿Puedo recoger la charola?

—¿Eh? ¿Quién... qué?

Los nudillos tocaban suavemente sobre la puerta y al fin reconociste la voz del mozo del hotel.

—¿Puedo recoger...?

—No. Después. Ahora no. Por favor, por favor.

Te cubriste con la sábana y a tu lado Javier, desnudo, apretaba los dientes y se tapaba los ojos con la mano.

—Me agotaste, Ligeia. Sé que en Falaraki quisiste cansarme con tu amor exigente. Yo te quería lejana y convocable a toda hora. Sólo quería que fueras una representación...

—¿Qué más he sido? —murmuraste—. ¿Crees que soy Elizabeth Jonas, la que conociste en Nueva York? ¿No ves que soy tú, tu representación, que ya no hablo ni pienso como Elizabeth Jonas, que soy y hablo y pienso en nombre tuyo, sin personalidad?

—Eres confusa, avasallante, agotadora. No entendiste.

Te sentaste, agotada, al filo de la cama.

—No es cierto. ¿No te pedí que jugáramos con Miriam en Buenos Aires? Tú querías tu juego a solas. Cuando lo descubrí, me miraste por primera vez con esa lejanía y ese desprecio sin palabras. No te movías. Es lo mismo. Amor y novedad. ¿No es cierto, no es cierto?

—No puedo hablar así.

Te cubriste los pechos y el sexo con la sábana y corriste al baño. Cerraste la puerta detrás de ti. Javier gritó desde la cama:

—Nunca entenderás cómo me destruiste.

Escondió la cara en la almohada y tú adivinaste sus palabras y repetiste que nunca entenderías cómo lo destruiste, cómo lo venciste y te sentiste víctima por su derrota. ¿Por qué lo destruiste allí mismo, al principio, aquella mañana en Delos? El ruido del agua corriente en la tina escapaba del baño y llenaba el cuarto vacío.

—No tenías derecho, Ligeia.

Y tú te miraste desnuda en el espejo del baño; él diría que esas ruinas tenían que ser ajenas para ser suyas, ¿no entiendes? Te acercaste a la tina y te quemaste los dedos con el agua hirviente del grifo.

—Vaya. De noche sí hay agua caliente.

—Ya sé que no es posible; hoy no me atrevo a culparte...

—Hey! There's hot water!

Y luego vamos a creer que él aprovecha tu ausencia para decir que aquéllas no son ruinas porque tienen descendencia y tú lo supiste desde entonces y por eso regresaron hoy a Xochicalco...

—¿No quieres rasurarte?

—¿No sabes? ¿Crees que no te vi, escondida y abrazada al friso de la serpiente?

Mezclaste con la mano el agua fría y la caliente, tarareando. Lillie. Una comunicación desesperada. Un Mefistófeles negro. Ja.

—¿Crees que no vi a Franz engañándonos para que tú pudieras cumplir tu condenado rito?

Te sentaste, suspirando, dentro de la tina.

—¿No ves que ya no es posible? ¿Por qué crees que regresamos a Xochicalco, Ligeia?

Te mordiste un dedo y sonreíste.

—Esas ruinas —estaría diciendo— no son como las griegas.

Te levantaste en silencio de la tina. Creímos que él diría que las ruinas mexicanas sí son ajenas, aisladas, sin eco. Te acercaste al botiquín sin secarte. Y él insistiría en que éstas son las ruinas totales y abstractas que nunca decaen porque no tienen, ni han tenido nunca, un punto de referencia o comparación... Empezaste a reír y luego estaríamos seguros de que él dijo:

—Nunca han sido parte de la vida.

Tomaste el frasco de tranquilizantes y lo abriste rápidamente.

—Ten cuidado —llegó la voz sofocada de Javier.

Tú también sofocaste la risa con la palma de la mano y arrojaste las pastillas al excusado y las viste perder su capa de celulosa verde, convertirse en una gelatina, depositar el polvo blanco y desintegrarse.

—Te van a arrebatar tus mitos...

Regresaste al botiquín, riendo, excitada, y tomaste el frasco de cápsulas contra el espasmo y las arrojaste al excusado.

—¿Qué hiciste con mis guijarros, Javier? —gritaste, riendo.

Acercaste la cabeza a la puerta cerrada del baño.

—¿Por qué no me contestas? Siempre has querido exasperarme con tu silencio. Ya te conozco.

Javier oyó tu voz y se levantó de la cama. Se acercó, poniéndose los calzoncillos —lo viste por una rendija de la puerta—.

—¿Qué dices?

—¿Por qué no me contestas?

Y se recargó, exhausto, contra la puerta cerrada.

—¿De qué quieres que te hable?

—Shit —contestaste desde el otro lado de la puerta—. ¿No sabes qué es lo único que me preocupa? Ah. Siempre será así. Los lazos viejos serán destruidos por los nuevos.

—¿De qué hablas? Tú tienes a Franz. Tu amor con Franz es más nuevo que el nuestro. Lo que queda del nuestro, recordándolo, manteniéndolo quién sabe por qué...

—El problema es ser joven. Eso es ser nuevo.

—Ábreme.

—No. Si te abro ya no podremos hablar. Ése es el peligro. Franz... Franz busca algo perdido, creo que sí. Yo sé; yo busco el amor que tú dejaste de darme. Sólo Isabel es el peligro. Sólo ella busca hacia adelante, no hacia atrás. Y tú, ¿qué querías de mí?

—Lo sabes.

—Yo no tengo nada. Lo dejé todo por ti. No tengo padres ni hermano si tú me abandonas. No tengo una tierra donde regresar. Todo lo abandoné por ti. Oh my old deteriorating baby.

—¿Por qué, Ligeia, por qué?

—¡Porque te amaba!

—¿A mí? ¿Estás segura? ¿No querías que alguien, quien fuese, te arrancara de tu país y tu familia, te llevara a otras tierras que tú habías inventado, con tu cabeza romántica, tierras del sol y la felicidad? Por eso te entenderás con Franz. Todos ustedes vienen huyendo de la bruma. De los textos sagrados. Del puritanismo. Del orden. De la muerte. Hacia el sol, hacia nosotros, hacia el sur...

—¡Me enamoré de ti! ¡Me enamoré de tu sueño!

—¿Y ahora te sientes defraudada?

—Qué palabra. Ojalá contuviera todo mi dolor y toda mi pérdida. ¿Qué pasó, Javier? ¡Qué pasó! Yo te amaba, Javier, y tú a mí.

—Eras una reina con mirada de toro. Hacías el amor como una leona dando a luz. Y me has convertido en una ruina estéril... Me casé con una tigresa, no con una mujer; con una tigresa de la imaginación, de las palabras, de las exigencias imposibles...

—Javier... Javier, ahora no; no repitas palabras que no son tuyas; ahora no juegues, Javier...

—Ah, quisiera hablarle, decirle lo que pienso al viejo rey que supo desconfiar, pero tan tarde, de las palabras de las mujeres y verlas como son: hijas de los dioses en sus pechos y del demonio en sus vientres...

—Javier. Prometiste. Tú prometiste.

—¡Cállate! Abre. Mírame.

—No. Deja cerrado. No podremos hablar más, si abres.

Javier empujó; tú no te resististe. Se miraron, apenas cubiertos y luego Javier te tomó del brazo y te empujó hacia la recámara.

—Allí está el hoyo de azufre, ardiente, apestoso, consumiéndose a sí mismo y a cuanto lo toca.

Te arrojó sobre el lecho.

—Y siempre, siempre, rogando que el sol se apague para que nadie pueda ver cómo se amontonan unos sobre otros...

Sacó los tres cajones de la cómoda, uno tras otro, y los arrojó al piso.

—¡Vámonos!

La ropa escogida para las vacaciones quedó regada y tú te levantaste de la cama y Javier dijo:

—El hombre sobre la mujer, la mujer sobre la bestia, el animal sobre otros hombres, en el culear sin fin, en la cadena de culos que no pueden zafarse unos de otros, como los perros en plena calle...

Y tú ya estabas frente al espejo, mirándote, levantando tus propios senos, escudriñando tu rostro.

—...atarnos unos a otros, matarnos unos a otros, robarnos nuestra identidad solitaria, Ligeia, nuestra máscara secreta...

Diste la espalda al espejo y en la espalda sentiste el vidrio helado y en tu cuerpo la fatiga.

—Yo no quería eso.

Javier, lentamente, pateó los cajones hasta quebrarlos y astillarlos.

—Pero eso lograste.

Pegaste las manos al espejo, como si quisieras protegerlo de otro arrebato de Javier: el espejo pequeño de la cómoda estaba roto sobre el piso; este espejo de cuerpo entero, el del ropero del año de la nana, querías protegerlo.

—No, Javier, no me culpes...

Querías seguirte reflejando.

—...no me culpes de lo que tu tierra es responsable.

Javier levantó una camisa del suelo, interrogándote con incredulidad.

—Tu país es el culpable, Javier. Tú lo has dicho. Tú lo sabes.

Rasgó la camisa, riendo:

—No, sólo tú y yo. Sólo tú y yo.

Y el discurso se te quedó entre los dientes, las palabras que estabas segura él había escrito, anotado apenas, en algún pedazo de papel, para, finalmente, justificarse y justificarlos. México es una máscara. No tiene otro sentido este país. Sirve para ocultarnos del mundo, de lo que dejamos atrás. Ah dragona, éste sólo es un lugar de exilio para los extraños, no una casa propia. Te acurrucaste contra el espejo frío, lo llenaste de vaho, cerraste los ojos porque querías hablar. Tú también eras prisionera del país. Tan prisionera y tan enamorada ya de tu máscara, que si se rompiese, la luz te cegaría. Sí, entonces sí, ibas a darle la razón a Javier, ya está, ¿ves?, venimos aquí a refugiarnos, a enmascararnos. Javier se acercó a ti lentamente, tocó tus hombros y adivinaste la intención de su mirada; levantaste la voz y hablaron al mismo tiempo:

—¿No te das cuenta? —te dijo Javier.

—No es cierto, no es cierto lo del sol; no vine buscando eso... —dijiste.

—¿Te das cuenta qué ridículo? —preguntó Javier.

Te apretó contra él y tú murmuraste:

—No, en busca de la máscara del sol, que es otra cosa...

Y estabas en sus brazos, con la cabeza arrojada hacia atrás y los ojos cerrados cuando él decía:

—¿Por qué repetiste lo de Falaraki? ¿No te das cuenta de que ya no tenemos el vigor necesario, eh?

—¡Javier! ¡No me abandones!

—Alguien me lo dijo. ¿No sabes? Somos un par de viejitos, Ligeia. Bueno: just plain middle aged. No tenemos derecho a repetir lo que hacíamos a los veinticinco años. Ligeia, nos has puesto en ridículo, no tenemos derecho ni a los actos ni a las palabras...

Y lo abrazaste como si estuvieras muerta:

—¡No me dejes por Isabel!

Y él te soltó:

—Me has convertido en una ruina estéril.

Javier tiró de un manotazo la bandeja con la botella de tequila y de los cristales rotos se levantó ese olor amargo y perdido. Tú te separaste del espejo.

—¿Yo? ¿Yo? ¿Yo que sólo te di mi amor mientras lo quisiste?

Y tú también volviste la mirada con horror y odio al espejo y levantaste del piso el casco roto de la botella de tequila mientras Javier hablaba y arrancaba las sábanas del lecho:

—Tú, sí tú, que me robaste con tu amor mis años de creación, que con tu amor me hiciste creer que había algo más importante que escribir, y era amarte a ti y negarme en tu nombre porque tú estabas allí con las piernas abiertas y sólo ibas a vivir una vez y sólo ibas a ser joven una vez y yo ya tendría tiempo de sobra cuando nuestra juventud pasara y nos retiráramos como dos pensionados yanquis, ¡tú, tú!

Tú arrojaste el casco roto, con lo que quedaba de tu fuerza, sobre el espejo del armario y gritaste y corriste a detener los pedazos de azogue que cayeron frente a ti, contigo reflejada en los escorzos destruidos y Javier también gritó:

—...¡Desde el principio me impediste hacer, desde entonces te exhibiste impúdicamente, a todas horas, a...!

—¡Pero tú lo querías!

Dejaste caer los cristales que tus manos detuvieron.

—Y si tú me querías, debiste impedirlo, si lo querías.

—¡Pero tú decías que necesitabas el amor para crear, no yo!

Arrojó las sábanas revueltas sobre la cama y cayó boca abajo sobre ellas:

—Yo repetía en voz alta lo que tú me decías en secreto, de noche, tigresa, bruja... Ligeia, cómo me has herido.

Desnuda y de pie, no te moviste:

—Y tú a mí. Me hieres con tus mentiras y tus fracasos. Me hieres con la desilusión. Y ahora con la juventud de Isabel. ¿Qué son tus heridas junto a las mías? Mírame.

Te sentaste al lado de él.

—Mírame, tonto, no con los ojos. Mírame vaciada, rota, estéril por tu culpa.

—Calla, calla, Ligeia, prometiste... prometimos.

Acariciaste la nuca de Javier.

—Mírame sin mis padres, sin mi hermano, lejos de mi patria, con cuarenta y tres años...

—Me das asco. Ya no te tengas compasión.

—Soy una mujer. No hace falta una palabra más brutal.

Te detuviste con la mano sobre la cabeza de Javier, antes de repetir:

—Ten piedad. Mi suerte es una sombra de tu carne.

Javier se volteó para mirarte, incrédulo:

—No. No vamos a jugar más.

Y tú continuaste como si no lo escucharas:

—Por ti lo he dejado todo. Tú has sido mi amo. Tú puedes salir a trabajar, a emborracharte, a pelear con un mariachi. Yo sólo puedo acudir a otro corazón para mi alivio... Y crees que te expones. Crees que lo importante es hacer o dejar de hacer. Pues yo preferiría salir a luchar en una guerra que dar a luz una sola vez...

—¡Cállate!

Javier saltó de la cama:

—Necesito un calmante. Tráemelo. No. Iré yo.

Y mientras él iba hacia el baño, tú dijiste en voz baja, sentada al filo de la cama:

—Ya sé. Prometí. Prometimos.

Gritaste cuando él iba a entrar al baño:

—¡No te escondas, you goddam mother fucker! ¡Quiero ver si tú sientes vergüenza también!

—No grites así —murmuró Javier desde la puerta del baño—. Piensa en los demás, Ligeia...

Te hincaste en la cama, dragona:

—...pensando en esa tripa de carne muerta, en nuestro hijo, el niño que no debía venir a interrumpir tu maravillosa creación, a llenar de gritos y necesidades tu maravillosa creación; ¡y qué, Javier, y qué, y qué! ¡You bloody, bloody bastard mother fucker!, ¿dónde está lo que ese niño iba a impedir?, ¿dónde están tus libros, Javier, dónde, dónde, dónde?

Caíste boca abajo, con la grupa alzada y el rostro escondido porque no querías ver el asombro, el miedo, la inutilidad, la compasión, la debilidad, lo que fuera, en el rostro de Javier que murmuró:

—Tú lo quisiste, no yo; no mientas. Tú decidiste ir con ese doctor, tú me pediste los quinientos pesos para la operación...

Tu risa quedó sepultada entre las sábanas:

—¡Quinientos pesos! ¡Casi como una cena en Ambassadeurs! ¡Menos que el refrigerador nuevo! Codo, miserable, you dirty vomiting skinflint.

No hablaron y luego Javier entró al baño y prendió la luz.

—Tú no querías que tu juventud se perdiera. Tú hablaste de los senos destruidos, de la gordura y las dietas, del estómago blando, no yo. Tú misma decidiste que yo no quería una carga. Mientes.

Te mordiste el puño y ahora él gritó:

—¡Ligeia! ¿Qué carajos hiciste?

—¿Dónde dejaste mis guijarros? —reíste agresivamente.

Javier salió del baño con el frasco vacío y te miró.

—Se los regalé a Elena. Ya lo sabes.

—No es cierto.

—Está bien. Los tiré al mar. Los devolví.

Dejó caer sin fuerza el frasco vacío que rebotó en el piso de madera despintada y tú encendiste un cigarrillo y al fumarlo con la pierna cruzada dijiste sin importarte que la actitud y las palabras fuesen enemigas:

—Dime, dime una razón para seguir viviendo. Dime por qué no he de dejar atrás todas las preguntas y los recuerdos.

Él negó con la cabeza.

—Tú eres mi amo. Así te quería. Ahora eres un hijo de puta que juega con la juventud de esa niña para emponzoñarme. Justificas tu fracaso culpándome de él. Cuando podríamos, hasta en el fracaso, ser un hombre y una mujer que se apoyan y se aman. ¡Eres vil, vil, mierda!

—¡Te digo que no grites! ¡Tu voz se va a escuchar en todo el hotel!

Te hincaste en la cama:

—¡Que atraviese las paredes! ¡Que todos se enteren! ¡Que todos sepan cómo se pierde un amor y qué grande es el odio entre los que se amaron!

Él sonrió, con los brazos cruzados:

—Mi reina con la mirada feroz del toro...

Y tú dijiste, casi en secreto, apoyando las manos contra el colchón, en cuatro patas:

—No es cierto. No hay guardianes. Pudimos haber llegado.

—Sabes que no es cierto.

—Sé. Eso sí. Sé.

—Entonces calla y deja que las cosas sean.

Empezó a recoger la ropa tirada.

—¡No! ¡No lo haré, Javier! Me aliviaré injuriándote.

—Sólo te queda el orgullo.

—¿Orgullo cuando me arrastro pidiéndote compasión? ¿Que no me dejes? Prométeme que no me dejarás...

Alargaste los brazos y él recogía la ropa del suelo, en cuclillas:

—¿Qué quieres que te prometa? Si yo mismo no sé. Son demasiadas promesas. Promesa de amarte. De hacerte feliz. De escribir a tu lado. De no dejarme vencer. Promesa de no mencionar la razón de todo, el motivo de mi alejamiento...

Rodaste de la cama y caíste sobre él, abrazándolo, derrumbándolo:

—¡Es mi motivo, cobarde! ¡Mío!

Y él jadeó:

—Ya no prometo nada. Dejo que las cosas rueden.

—¡No es cierto! —empezaste a besarlo furiosamente, a tocarlo sin detenerte en su cuerpo, acariciando una segunda epidermis—. Lo has preparado todo. Vas a tomar un apartamento con ella. Te ha ido acorralando poco a poco. Te tiene atrapado. Te mientes porque sabes que ya estás atrapado. No quieres perder cara, es todo.

Javier luchaba contra ti, alejándote, esquivándote, como si temiera que lo volvieras a inventar:

—Entonces no te quejes. Si hoy te dejara, ya podrías darte por satisfecha. Has recibido más de lo que has dado. Te saqué de una casa triste y destructiva, te llevé al mundo, te di mi amor a cambio de todo, ¿qué más quieres?

Pero tú no lo soltaste.

—No me tientes, Javier. No me obligues a hacer un daño, por favor. No me injuries así. No me digas que todo el bien te lo debo a ti, porque te voy a contestar con un mal.

Querías excitarlo y en tus manos no había fuerza y él te sonreía porque no tenía fuerza.

—...No digas que este exilio en que he vivido contigo es un bien el día que piensas dejarme. No me recuerdes que vivo de prestado aquí. Recuerda a mi padre en su hotelucho. Recuerda a mi hermano muerto. Recuerda a mi madre encerrada, insultándome porque he seguido gastando mi raza con ustedes, no hagas eso, por Dios...

No se daban por enterados del juego secreto, debajo de las palabras, de la complicidad para probarse esta impotencia mientras hablaban sin saber qué decían:

—Dios...

La mano de Javier también llegó a ti y no pasó nada. Sólo gritaste.

—¡Lo escuché toda mi vida, toda mi infancia! ¡Déjame repetir ese nombre! ¡Es lo único que me liga todavía con los locos y los muertos! Ay, la vieja interrumpía las comidas para decir ese nombre y luego gemía, aguantaba, a veces se levantaba desesperada, temblando. Ellos... tú tienes que saberlo, Javier, porque nuestra vida ha sido como es por eso... ellos me enseñaron que nosotros no teníamos más salvación, hasta cuando nos pisoteaban, en la cárcel, en el exilio, hasta en la muerte, que hacer exigencias y exigir dudas: exigir, exigir, más, más, más...

—Déjame. Ya ves.

—Exigimos y dudamos y por eso soy como soy, Javier, te vencí, te vencí exigiéndote que fueras más de lo que podías ser...

—¡Déjame, te digo! ¡Quítate!

—...que escribieras más de lo que podías escribir, que amaras más de lo que...

—¡Te digo que es una porquería! ¡Quita la mano!

—...y aunque hubieras triunfado, yo habría dudado de mí, de ti, de todo. ¡No puedo creer a ciegas! Tengo que hacer cosas, tengo que ver qué le pasa a mi fe cuando la pruebo. Y tengo que tener fe sin creer en ella.

—Y yo, ¿sólo fe sin dudas?

Te alejaste de Javier.

—¡En qué cree la gente! Lo sabes mejor que yo.

—No importa en qué se cree. Importa lo que se sabe. Es más peligroso.

Te pusiste de pie.

—Estoy cansada, Javier, déjame. No me repitas eso. Te repites tanto.

El permaneció en el suelo; tú fuiste a recoger la bandeja abollada.

—No, no es la fe el demonio que nos destruye; es el conocimiento. Ligeia, escúchame. ¿Recuerdas la novela que empecé... entonces?

—Cómo la voy a olvidar —te sentiste ligera, justificada, mientras recogías con deliberación y calma los pedazos de vidrio del espejo y la botella—. Fue y vino y volvió a ir, shit, siempre como proyecto, en aquel maletín negro... donde tus cuartillas se iban a amontonar y organizar algún día, en cuanto tuvieras el tiempo, la inspiración, el modo, qué sé yo...

—Repite. Ligeia. Dime de qué se trataba.

—Un hombre y una mujer se aman.

—Sí, en apariencia eso era todo, pero era más. Di. Repite.

—Y a través del amor llegan a un nuevo conocimiento.

—Más, más, di más, por favor...

—Hay un milagro de la carne, que es necesario aprisionar. Todos lo han sentido. Todos lo han dejado escapar. Pero esta pareja no. Ellos son la pareja que supo mantener o encerrar o como gustes ese milagro. You dirty mother fucker.

—¿Y entonces?

—Entonces se dan cuenta de que no pueden comunicar su secreto. Pero tratan de hacerlo. La tentación es grande; se disfraza de generosidad. Dan a conocer su secreto a los demás. El secreto se esfuma, deja de serlo, es incomprendido. Ellos quedan desnudos, entristecidos para siempre. Abrieron la caja de Pandora.

—¿Qué era...?

—No recuerdo, Javier. Cómo puedo recordar lo que había en la caja de Pandora. Al abrirla, sus tesoros se convirtieron en cenizas. Hay que ser avaro. El amor sólo puede ser entre dos. Aunque sea pobre, pretencioso, torpe. El amor que puede ser conocido desde fuera ya no lo es. Sólo existe para los amantes. Ésos eran los apuntes de tu novela.

—Sí, no había respuesta. No podía saberse qué cosa descubrieron esos amantes.

Habías colocado los trozos de vidrio y espejo sobre la charola y ahora te levantaste con trabajo, fatigada.

—¿Por qué no lo escribiste, Javier? Era un tema hermoso.

Javier había apoyado la cabeza contra los brazos unidos a la nuca y miraba al cielo raso de la habitación en el hotel de Cholula.

—No sé. No sé... Sí, mejor dicho, sí. Tenía la emoción de ese tema, la intuición de su belleza, sí. Nunca lo escribí por miedo a que nadie me entendiera.

—¿Lo dices en serio? Pero qué niño...

—No, esa excusa no vale. No. El mismo tema me prohibía escribirlo. Hubiera sido revelarlo a los demás. Iba contra la lógica misma de la obra.

—Javier, mi amor...

Te detuviste a su lado. Había algo en el aire, un descanso, una pobre verdad.

—Hemos vivido tantas cosas juntos... ¿No es suficiente el pasado para...?

—No, no lo es —él te miró; siguió en su postura de reposo y ensoñación—. Porque nos conocemos. Qué mentira, amar más mientras más se conoce. Qué orgullosa mentira. Sólo se ama lo desconocido, lo que aún no se posee. Y quizás dejar de amar cuando se conoce mucho es... bueno, es un requisito de la sanidad. Porque si amáramos y conociéramos y siguiéramos amando conociendo, seríamos todos locos.

Lo abrazaste.

—Sólo sabes hablar. Me has contagiado de tu cabrona retórica. Eres como todos los mexicanos. Necesitas toda esta retórica para justificarte. El clima, los nopales, Moctezuma, la chingada, todo les sirve para justificarse. Javier, ¿por qué perdimos el sueño?

Él te acarició la cabeza.

—Decimos que porque Rusia y Alemania firmaron un pacto de amistad. Ribbentrop y Molotov. ¿Te das cuenta qué absurdo? ¿Quiénes serán Ribbentrop y Molotov?

Tú acariciaste su cuello.

—Creímos tanto en eso, de jóvenes. Quizás eso nos hubiera salvado. Tener una fe. Ésa era una fe, Javier. Tú y yo en la lear, cantando la Internacional. Tú y yo juntos, leyendo a Dos Passos y a Miguel Hernández, oyendo las canciones de la guerra de España, tú y yo con el puño levantado...

Cuando separó tu rostro, encontró tus hermosos ojos grises, Elizabeth, llenos de lágrimas y te abrazó muy fuerte y dejó que se le saliera un temblor rasgado entre los labios.

—Quién sabe. Aprendimos que todos somos culpables. Quizás ésa fue la lección de ese tiempo.

Te dejaste abrazar y agradeciste la debilidad de tu cuerpo entre sus brazos, la penumbra de la recámara.

—Y sólo ahora, tan tarde, entendemos que los más culpables son los que saben que no son inocentes y por eso dejan de luchar contra la culpa. Javier... Javier...

Tu rostro iluminado se separó del hombro de Javier, tu cuerpo débil del abrazo de Javier; lo separaste con tus propios brazos y detuviste su cuerpo con tus manos sobre sus hombros, sabiendo esto, encontrando las palabras, por fin, antes de que las olvidaras para siempre, dragona:

—Ahora entiendo, mi amor; déjame decirte esto pronto. Mira: es esto, la lucha es entre culpables, ¿ves?, y por eso es trágica; los justos y los injustos son culpables, no son inocentes, y por eso todo es tan terrible, porque la justicia tampoco es inocente... ¿me entiendes, mi amor?

Quizás esto es lo que no perdonaste, dragona. Haber entendido eso y que él te contestara, riendo:

—La locura puede ser la máscara del conocimiento excesivo. Estoy cansado. Vete a la tina y termina lo que estabas haciendo. Apúrate. Quiero usar la regadera.

Te secaste las lágrimas con el puño.

—¿Te espera Isabel?

—Ligeia, por favor, te suplico...

—Debes sentirte satisfecho.

Fuiste al baño. Javier había dejado la luz prendida.

—¿Por qué?

—Ahora puedes ir hacia una mujer real. Con un nombre. Isabel. Antes buscabas a un fantasma. Son más cómodos pero menos satisfactorios.

Abriste de nuevo la petaquilla de Javier.

—¿Un fantasma?

La cerraste. Estaba vacía. Los demás frascos estaban sobre la repisa.

—Yo. Tu fantasma. Aquella noche que me hiciste ir a la fiesta como si fuera otra mujer, obligada a ser otra mujer, obligada a ser otra mujer para que tú vivieras tus sueños. Fedra. Medea. No recuerdo. ¿Tú no recuerdas? Después un antro. Oh boy. Unos mariachis que tocaban. Expedición privada a Catay.

—Tú seguiste mi juego.

Empezaste a destapar los frascos de las medicinas.

—Yo te amaba. Pero tú nunca has amado a las mujeres. Has amado a La Mujer. Con mayúsculas. Fantasma. Sólo así te sentías libre. Sin cadenas. Una mujer de carne y hueso es una condena, ¿verdad? Llámese Ligeia. O Isabel. Javier, óyeme.

En silencio, arrojaste una tras otra las medicinas al excusado, ahora sin temor, sin excitación, casi profesionalmente.

—Ella también es de carne y hueso, como yo, ¿escuchas?

—Sí.

—Ella también te quitará tiempo y amor, como yo, y ahora tú no eres el joven de hace veinte años... Javier, óyeme, ella tiene veintitrés años y tú cuarenta y ocho...

Hallaste la cadena del excusado viejo, ruidoso, agrio. Javier gritó desde la recámara y tú viste el remolino del agua y las medicinas.

—¡Pero no tengo las ilusiones de hace veinte años! ¡Entiendes! ¡Con ella no salgo como contigo a un viaje para conquistar el vellocino de oro! ¡El vellocino de oro!

Rió más fuerte que el regurgitar del excusado.

—¡Se perdió, Ligeia, se perdió, no lo encontramos, hemos pasado nuestras vidas buscándolo, y no pudimos pasar las puertas de los monstruos, de los dragones, de los toros, de las serpientes! Hay demasiados guardianes. Es todo. No valió la pena. Ni tu padre, ni tu hermano, ni tu madre loca, nada, nada, nada.

Apagaste la luz del baño.

—Por eso puedo irme con Isabel si quiero, porque ya no tengo ilusiones, y porque Isabel es joven, ¿me oyes, Ligeia?, Isabel no tiene patas de gallo...

La encendiste y buscaste tus cosas de maquillaje y te arreglaste con prisa.

—...no tiene papada, no tiene el mentón abierto por dos surcos, no tiene el estómago blando...

Buscaste tus medias, la pantaleta, el brassière, entre las toallas húmedas, arrojadas sobre el piso de azulejos.

—...Ligeia, ¿me oyes?... Isabel es joven, Isabel es joven, Isabel tiene veintitrés años... Ligeia... contéstame.

No sabes cómo apareciste, porque no miraste al espejo. Javier vio tu rostro pintado cuando saliste fajándote, buscando los ganchos del brassière, con las cejas negras y la boca roja. Y tu rostro deformado también era ajeno a la calma de tus palabras mientras seguías vistiéndote torpe, nerviosa.

—Recuerdas, Javier. Para mí es un momento. Un momento al despertar, creo que en Nueva York, o en Falaraki, sí, no, en la costa de Long Island después de una noche de lluvia. La primera vez...

—Isabel es joven —silbó Javier.

—Un momento al despertar. Sentí que te levantabas, arrojaste al lado las sábanas que me cubrían los pies. Y me miraste con ternura, Javier. Con ternura. Temiendo despertarme.

—Siempre recuerdas el mar. Mentirosa. Las mujeres detestan el mar.

—Querías acercarte a mis labios, pero temías interrumpir mi sueño. Y al fin no resististe. Me tomaste entre tus brazos, me levantaste mientras yo abría los ojos, me los volviste a cerrar con tu mano y yo estaba pequeña y tierna en tus brazos. De ese momento he podido vivir hasta ahora. Esperando que regresara un día. Ya no.

Te pusiste la blusa y la abotonaste.

—Yo me acosté con Vasco.

Te acariciaste y revolviste con una mano el cabello corto y despintado, entrecano, y no miraste a Javier.

—Sí, me acosté con él, le saqué la historia aquella, la historia de la juventud que vuelve, la historia que tú escribiste, que era de Vasco Montero, imaginada por él, robada por mí, escrita por ti.

Buscaste la bolsa entre los objetos dispersos y rotos de la habitación.

—Hasta a eso llegué, y tú fracasaste. Mira. Yo quise conquistarte un mundo y tú lo dejaste escapar de sus manos. No eras digno de él.

Esperaste. Javier no habló. No quisiste mirarlo. Repetiste:

—Yo me acosté con Vasco y le saqué la idea.

Y él sólo dijo:

—¿Tú hiciste eso? ¿Tú me hiciste creer que esa historia la habíamos inventado tú y yo?

—Quieres escaparte —por fin empezaste a verlo—. No podrás, Javier. Todo es anécdota. Todo menos una cosa: tú no pudiste hacer nada con el tema. Fue una limosna de Vasco Montero para ti. La limosna de una mesa rica, de un poeta que podía arrojarte ese mendrugo a la cara sin empobrecerse.

Me ibas a decir, dragona, que esa noche tú y él ya no hablaron más. Aunque no sea cierto. Tú, vestida y maquillada con tu bolsa en la mano, te sentaste a esperar al borde de la cama y pensaste entonces lo que algún día tenías que decirme a mí. Pensaste que ése era el final del viaje, del recuerdo y de la mentira. Y que a esto les había conducido una búsqueda de tantos años, un viaje tan largo buscando lo que ya era de ustedes. Todo lo que supieron, lo que quisieron, lo que perdieron y lo que encontraron —te preguntaste esa noche— ¿no lo sabían, querían, perdieron o encontraron igual que hoy, al principio? Pero antes una parte de nosotros vencía a las demás, ésa era toda la diferencia, y qué impotente eras para servirte de tu nueva sabiduría, tan impotente como hubieras sido hace veinticinco años para servirte de lo que entonces sabías. Ah dragona, todo es saber consagrar lo que se toca, lo que se ama, lo que se sueña y hasta lo que se teme y rechaza.

Cuando desenrolló los planos sobre la rodilla, tuvo que levantar la mirada y ver los emparrados, las estacas de lúpulo, la alameda de árboles tupidos, los manzanares, los campos de remolacha que ascienden al costillar de bosque en las lomas. Algunos trabajadores, sentados o en cuclillas, cosechaban el lúpulo que se trenzaba en las estacas negras. Dejó de mirar eso y se concentró en el punto escogido. Empezó a explicar y a dictar órdenes para que ese mismo día se iniciara la construcción, en cuanto llegara el transporte con ladrillos de la fábrica de Lovosice. Los obreros ya estaban allí, parados en filas de cinco en fondo, rapados, grises, junto a los tablones amontonados y la arcilla y los clavos y él enrolló lentamente los planos. Habló con los capataces y sólo regresó de noche, en el viejo Mercedes convertible. Al pasar por la estación de ferrocarril pidió que se detuviera el auto y él se puso de pie para tratar de entender ese espectáculo que tenía lugar en los andenes. Un contrabajo tocaba y unas figuras negras se movían y se alzaban voces de canto incomprensibles. El humo de las locomotoras ocultaba el movimiento de las figuras. Descendió del auto y al caminar hacia ellos apenas pudo distinguir la danza de hombres negros con sombreros de copa y al fin el rostro negro de un prisionero que tocaba el contrabajo y los rostros de los reclusos que trabajaban descargando el carbón y cantaban con los sombreros de copa puestos, cantaban en desorden e inventaban un ritmo del que sólo sobresalían las palabras «la Marión se va» y entonces distinguió a los guardias que dirigían este coro fantasma y a los guardias que jugaban fútbol con los cartones en los que venían los sombreros de copa, docenas de cartones que rodaban por el andén entre el humo y el canto y las cuerdas del contrabajo. El chofer recogió tres contrabajos en la estación. Serían depositados en la bodega donde todos estos objetos inservibles, con los que nadie sabía qué hacer cuando eran confiscados, se concentraban: sombreros de copa y maniquíes de costura, carrozas fúnebres y libros de oración, daguerrotipos familiares y redecillas para el bigote, caleidoscopios y tarjetas postales, caballos de paja y serrín. Pisapapeles de cristal con paisajes sobre los cuales, al ser agitados, caía la nieve. Agitó el pisapapel de cristal antes de arrojarlo al montón de objetos inútiles de ese museo de los viejos imperios —¿qué hacían allí, entre los objetos confiscados, los cromos en marco de oro de Guillermo y Francisco José?— y sonrió cuando la tormenta de falsa nieve envolvió el paisaje y de lejos se escuchaba el vals de *La viuda alegre*. Se detuvo y vio entrar esa fila de hombres teñidos de negro con los sombreros de copa donde, después se supo, iba escondido el carbón robado y el salchichón robado.

—La construcción estará lista antes de un mes.

—Debe estar. Es una orden.

Franz se escondió en tus brazos, novillera, y tú no hablabas, sólo estabas escuchando sus palabras porque sabías que a eso había venido. Pero él estaba riendo en voz baja, escondido en tus brazos y recordando que caminaron y la tierra crujió bajo sus pies y uno de los hombres dijo que le gustaría patinar como cuando era niño. La noche era fría y el río estaba congelado. No había nevado, pero la tierra era una costra sin calor, que se quebraba bajo sus pies. No era fácil distinguir. Los reflectores opacos. La niebla baja, pegada a la tierra, que rasgaba la continuidad de la luz hasta convertirla en un velo más de la propia bruma. Se dio cuenta del silencio porque no escuchó los ladridos de los perros, que eran el único ruido constante de un lugar de silencio. Las cosas aquí iban siendo tragadas por esa ausencia de voces que convierten en silencio todos los demás ruidos. Porque cuando los hombres no hablan, al principio se descubren muchos ruidos a los que en la vida normal no se presta atención. Se aprende a recordar de nuevo los ruidos de las botas sobre pisos de concreto, de los pies descalzos sobre la tierra; de los goznes mal aceitados de las puertas; del tecleo de una máquina de escribir; de los fusiles al ser cargados; de los hocicos de los perros y los labios de los niños al comer.

La construcción se levanta rápidamente. Él debe estar atento. Aunque los ingenieros se ocupen con eficacia de todos los detalles, él quiere estar pendiente. Sale temprano, vigila, ordena, extiende los planos sobre la tierra húmeda, sabe que muchas veces su presencia es inútil, pero los demás la aprecian y no hay, por el momento, otro trabajo más importante. Regresa al anochecer, casi siempre en un transporte de la comandancia, a veces con el superior en el Mercedes, otras —cuando queda él solo y toca y mira y piensa— ya de noche, repitiendo, es mi primera obra, Isabel, es mi primera obra, sí, Franz, me llevaron allí porque era suficiente, ellos tomaron la decisión, no yo, sí, Franz, quiero entenderte.

Al principio, los cadáveres de los que perecían en la Pequeña Fortaleza fueron transportados al ghetto de Theresienstadt e incinerados allí. Pero más tarde este incinerador resultó insuficiente y se le encargó al arquitecto adscrito Franz Jellinek construir un crematorio en el sitio de la vieja ladrillería cerca de Litomerice. La construcción fue terminada a tiempo y los dos hornos fueron instalados, con los rieles y la palanca para desplazar mecánicamente al cadáver de la plancha de fierro negro al horno en la sala de cremación. Las urnas marcadas F y M, Frau y Man, eran devueltas, primero, a la Pequeña Fortaleza; pero después fueron arrojadas al río Ohre. Y más tarde, cuando no fue posible dominar las epidemias de la prisión, se abrió la fosa común cerca de la muralla norte. Sin embargo, el comercio continuó: los parientes y amigos de los muertos continuaron recibiendo, a cambio de una suma, la urna con tierra de Terezin. Ulrich no. Ulrich se negó.

A veces, intenta escuchar algo y sólo oye los movimientos de su respiración. Se acerca al rostro de otro hombre para distinguir la respiración ajena y no logra escuchar nada. Quizás los perros ladraban y la banda tocaba el vals de *La viuda alegre* mientras él caminaba de las obras del ferrocarril hacia la Fortaleza. Pero ya no sabía escuchar esos ladridos o esa música. En cambio distinguía la luz de los reflectores opacos por más que se confundiera con la niebla y ésta terminara por devorarlo todo: la proyección final de la luz de los reflectores, apenas visible detrás de las viseras que pretendían ocultarla de los ojos de los aviones y limitarla a una función inmediata a ras de tierra; las siluetas torcidas de Theresienstadt, la ciudad convertida en un solo, inmenso ghetto. Todas las noches, al regresar, ve y deja de escuchar lo mismo. Cruzan un campo de beterragas. Las brechas están abiertas, pero el campo yermo. Nadie habla, Isabel. Ese lugar hay que recordarlo como una película muda. ¿Tú nunca viste *Caligari*? No, tú qué vas a saber lo que es eso. Hicieron una encuesta entre los jóvenes. ¿Quién es Hitler? Nadie sabía, novillera, nadie lo recordaba ya, ningún joven había oído hablar de él, ¿te das cuenta? Y Franz te habla a ti, la más joven y las chimeneas de Theresienstadt se levantan rectas, las mansardas y los patios de esos viejos edificios son rectos y sin embargo debemos verlos como aquella escenografía oblicua, ornamental, como un espacio propio y falso de la locura: uno sabe que esa perspectiva no es sino un muro simple sobre el cual se han dibujado las perspectivas de un laberinto de sombras blancas... sombras que chocan con la luz inventada... espacios que desaparecen detrás de una línea muerta... y luego se agigantan en un universo hinchado que atesora demasiadas cosas... más de las que pueden percibirse o entenderse... qué afán de ornamentar... para hacer viable la normalidad del manicomio... ¿Tú nunca escuchaste *Caligari*?

Y si ella le hubiera hablado, él sabría que en esos silencios había una música secreta y en esos rostros comunes y semejantes, en esos cuerpos frágiles y en ese aire modesto, casi borrado, unos cantantes, también secretos, que de día iban y venían sin dar qué decir. Como llegaban, se iban. Sólo ella sabía que se pudo pasar el papel pentagrama y que ese día los dos viejos pudieron meter de contrabando la viola y el violín y que el cello había sido escondido en una granja abandonada y luego traído en una carreta cubierto de heno. Él sólo supo que unos obreros abrieron un escondrijo amurallado en uno de los corredores tortuosos y descubrieron un juego completo de instrumentos orquestales, envueltos y protegidos de la humedad: los cobres, los vientos y una gran batería.

—No hay inconveniente. Necesitamos preparar una ceremonia. Qué mejor que esto.

—Todos nos justificamos.

—¿Verdad?

—Sí. No importan las palabras.

—¿No importan?

—No. Son las de siempre. Todos las conocemos.

—Bewegung!

La orden y los ruidos que la acompañan —las botas, las fusilatas inútiles, las camillas volcadas— corrieron por las salas, los corredores y las escaleras del hospital de recodos tortuosos. Los que pudieron se levantaron. Otros se apoyaron entre sí. Los más, inválidos, fueron arrastrados a lo largo de los pisos de piedra y arrojados a las calles donde los amigos y familiares del ghetto empezaban a reunirse, gritando, sin comprender por qué motivo era vaciado el hospital. Los que tenían fuerzas recogían a los enfermos, sin saber a dónde llevarlos. Sólo ayudaban a los que reconocían y a veces creían reconocer a un desconocido y le ofrecían los brazos. El comandante había movilizado todo el equipo de transporte: los tres tractores y sus doce remolques, las dieciséis carretas de la granja, los dos camiones, las cuarenta y ocho carrozas fúnebres y las sillas de rueda esperaban a los enfermos en la calle. Pero los transportes no bastaban y por eso muchos enfermos vagaban o yacían o eran conducidos por los parientes y amistades que no comprendían si su deber era atender o abandonar.

Los guardias sacaron las cajas de muertos amontonadas bajo los tejados del hospital y las metieron en el camión que debía llevar los cadáveres al crematorio y en la operación de desalojo se descubrieron nuevos cadáveres que nadie había visto o reconocido: se necesita un olfato nuevo, como el de él, para separar ese hedor de los otros, vivos, que ya no lo percibían. Franz se dirigió, con la cabeza baja, al niño o al anciano muertos hacía dos, cinco días, una semana. Ulrich se negó. Dijo que éste no era su deber. Ulrich desapareció una noche. Los tejados, en poco más de dos horas, fueron vaciados de los enfermos y los cadáveres y él quedó solo bajo los inmensos tejados sostenidos por vigas perpendiculares en la sala desnuda y sin ventilación donde no había nada que pudiese arder: colchón, cobertor, almohada.

—Cumplida la orden. Pueden transformarlo en teatro.

Te dirá que las Escrituras hablan del tiempo de amar y del tiempo de morir, pero olvidan el tiempo de esperar. Llegó a la carretera de tierra que conducía a la prisión, te abrazó, Isabel, y dijo dos veces que Ulrich no quiso esperar. Entonces distinguió, primero muy lejano, en seguida más cerca, siempre como un zumbido apenas localizable, ese ruido pesado y uniforme que se adelantaba a sus espaldas. Y las luces del ruido —opacas también detrás de los amortiguadores— que al fin se encontraron con las que venían de la Fortaleza.

Los camiones avanzaron pesadamente dando de tumbos en la carretera lodosa. A veces se escuchaba el ruido de las ruedas en un charco, antes de que regresara el zumbido uniforme, de abejorros invisibles. Le gritaron, ya cerca de él y él corrió a ayudar a los soldados que empujaban desde la defensa trasera del camión, con las piernas hundidas en el fango. No conocían bien esta ruta. Él subió al estribo del camión para indicar el camino. Conducía un joven adolescente con gafas, cabo, de ojos azules agrandados por la espesura de los cristales. Y él dijo ahora derecho, ahora sal de la carretera totalmente, por el campo de hortalizas, ahora regresa pero permanece muy pegado a la brecha, ahora puedes seguir por el centro. Nunca lo miró. Conducía con seriedad y eficacia. Cumplía bien una tarea. Quizás, si no con otros, con su compañero de transporte debía hablar de otras cosas. Era seguro que hace unos cuantos meses aún iba a la Volkschule y estudiaba cálculo o literatura universal. Quizás le gustaba la música. Los muchachos de las escuelas eran llevados a menudo a escuchar conciertos y óperas. Le prometí que regresaría. Pero el tiempo del regreso todavía no era nuestro. Sólo el de la espera. No grites, Franz, no grites. Yo te escucho.

Franz supo que primero no hubo una orden: los artistas ya no serían enviados en los convoyes a los otros lugares. Permanecerían aquí y serían salvados. Sí, el profesor Schachter podría continuar sus ensayos musicales y, aunque los niños tendrían que irse, llegarían otros para interpretar la ópera infantil. Los artistas permanecerían. Y si deseaban renunciar a su privilegio, podían subir con sus parientes a los carros del ganado y acompañarlos. Los niños, los huérfanos, los viudos, debían partir por razones humanitarias: para que hubiese menos gente y todos viviesen mejor.

Ahora, posiblemente, el teatro de su ciudad había sido bombardeado. ¿De qué ciudad sería? No podía saberlo si no escuchaba el acento del cabo. Junto a él iba ese sargento con una ametralladora entre los brazos. A la izquierda. No. Cuidado. Más hacia la izquierda. Aquí hay un pozo. Después de la guerra, todos podrían regresar a sus ciudades y vivir sus vidas normales. Los jardines de Waldjstein esperaban su regreso. Los músicos estarían en sus lugares de costumbre, en el pórtico barroco. Ella lo esperaría en la fila de costumbre. Se iniciaría el gran *Requiem alemán* de Johannes Brahms. Les sonrió. El sargento lo miró agriamente.

—¿Por qué no tienen este camino en buen estado?

—Es más urgente que las obras del Reichsbahn estén listas.

—¿No hay trabajadores para las dos obras?

—No, éste es un campo muy pequeño.

—Bah. ¿Tú qué haces?

—Soy arquitecto adscrito a este grupo.

—Bah.

El sargento rió. El joven cabo no movió el rostro. La luz de los reflectores opacos colocados en los ángulos de la fortaleza los encandiló; cegó las gafas del chofer. Se detuvo, llevándose una mano a los ojos. El sargento le gritó.

—¡No te detengas así!

La defensa del camión posterior les golpeó. Alguien gritó un insulto desde atrás. El cabo no dijo nada, volvió a arrancar mientras se abría la reja de alambre de la fortaleza, un segundo después de que unas chispas volátiles indicaron que la corriente había sido suspendida para que los hombres vestidos de negro la abrieran. No te alejes de mí; ven.

—Bájate de ahí —le dijo el sargento y se dirigió al cabo—: Entrada marcial. Arriba el mentón.

El cabo se acomodó rápidamente las gafas y levantó la cara y sonrió. Él se desprendió del estribo y los camiones pasaron a su lado. Caminó lentamente dentro de los límites de la fortaleza y las voces de orden, de saludo rápido, de atención, convocaron de nuevo los ruidos que él no sabía escuchar. Las voces escondidas y penetrantes. Le preguntó a un oficial si las escuchaba también y el oficial sólo dijo que no sabía de qué se trataba. Esas voces ascendían desde las bodegas en los sótanos de las barracas y otro oficial pasó y les dijo que eran los judíos, los judíos reclutados por Raphael Schachter, alemanes, austriacos, holandeses, checos, polacos y húngaros; tenían permiso de cantar y ensayar obras. Las voces ascendían hasta los patios donde ellos estaban.

Lacrymosa dies illa
Qua resurget ex favilla
Judicandus homo reus.

Habla.
—Achtung, achtung!
—En fila, en fila.
Los guardias corrieron, en grupos de cinco, un grupo detrás de cada uno de los siete camiones que maniobraron, rugiendo, sobre la explanada de la Fortaleza, con el escape abierto y el olor de gasolina quemada, mientras los fanales se apagaban. La luz seca y opaca de los reflectores cegó a Franz. Los perros ladraron enfurecidos. La pequeña banda de la Fortaleza, colocada sobre una elevación del terreno, empezó a tocar de nuevo. Era un gru-

po de mujeres. La directora, con su permanente y su batón gris, movió los brazos y las mujeres que tocaban la flauta, los dos violines, el contrabajo y los platillos iniciaron el vals de *La viuda alegre* mientras la voz del altoparlante daba órdenes.

—En sus lugares. Abran las puertas.

Y ella le habría contado, si hubiesen hablado, que el maestro Raphael Schachter, al principio, sólo contaba con dos pianos, uno traído por el decano de la comunidad judía y otro prestado por la comandancia para que acompañara con música las películas. Pero necesitaba cuatro solistas y un coro de ciento cincuenta y quién sabe cuántos instrumentistas. Obtuvo los instrumentos. El cello en la granja abandonada, escondido bajo el heno en la carreta. Las violas y violines que introdujeron los dos viejos. Los instrumentos del escondite tapiado. El contrabajo arrojado al museo de objetos inútiles, junto con los sombreros de copa. Reunió a los cuatro solistas, los instrumentistas y el coro. Se sintió seguro cuando dieron la orden de respetar a los artistas. Pero cuando los niños y los viejos fueron enviados en los vagones de ganado al Este, tres solistas se fueron con ellos. Cada transporte que salía le quitaba intérpretes y cada transporte que llegaba le traía desconocidos. En cierto momento, faltaron veinticuatro cantantes del coro y doce instrumentistas. Schachter tuvo que partir de cero una y otra vez.

> *Rex tremendae majestatis*
> *Qui salvandos salvas gratis,*
> *Salva me, fons pietatis.*

Y empezaron a bajar. Se abrieron las puertas traseras de los camiones y en cada grupo de guardias uno daba los brazos y tomaba a cada persona de la cintura, otro iba cantando números en voz alta, otro marcaba en una libreta, los dos últimos permanecían con las manos sobre las ametralladoras y el vals se mecía en la noche helada. Los perros ladraban y todos descendieron, unos miraron a su alrededor, otros se fregaron los ojos, otros bajaron con la cabeza inclinada, otros lloraron, otros rieron o sonrieron lejanamente, algunos aceptaron los brazos del guardia para bajar, otros descendieron por sí mismos, todos fueron tocados en el hombro por el guardia que recitaba números. Todos permanecieron, al tocar el suelo, inmóviles, un instante, antes de buscar a otra persona, abrazarla o tomarle la mano si venía en el mismo camión, encontrarla con la mirada si había bajado de otro. Hombres con las solapas del saco levantadas para protegerse del frío. Mujeres envueltas en cobertores, con los niños en brazos. Muchachas con calcetines de lana y pañuelos amarrados a la cabeza. Niños con gorros de estambre y calzón corto. Niñas con muñecas entre las manos. Las valijas de cartón, las cajas amarradas con cuerdas, los bultos de ropa, una máquina de coser, un banco de zapatero, una caja de violín. Las estrellas cosidas a la ropa o prendidas a la solapa. Muchos no bajaron de los camiones. Estaban muertos, de pie: tan muertos como los demás estaban silenciosos.

La comandancia informó a Berlín que para el día de la visita oficial habría un festejo con cena y concierto. Franz se atrevió a decir que primero las facilidades a los artistas, y ahora la invitación para que tocaran frente a los visitantes, parecía una prueba de que las cosas no marchaban bien. Todos rieron al escucharlo, junto a la estufa de la cantina y bajo los candiles de hierro y los faroles bávaros.

El viejo se detuvo con el banco de zapatero entre las manos. Sonrió y miró a su alrededor, como embelesado por esa música evocadora. La niña dejó caer la muñeca y la cabeza de porcelana se quebró por la mitad. Él lo vio y rió y la orquesta tocaba los valses de Franz Lehar y él pensó en un enano muerto en un refrigerador. La niña lloró y trató de recoger la muñeca. El viejo le tapó los ojos con la chalina y repitió, acariciándola:

—Vacaciones. Vacaciones.

—Perdón, Isabel, perdón. Es que te escuché.

—¿Cuándo?

—Antes, cuando estabas con Javier. No pude evitarlo.

—Pero lo que dije es distinto, Franz. Yo hablaba de jugármela sola. ¿Me entiendes? Sola.

—No puedes. Si obtienes algo, cualquier cosa, es porque antes alguien ha renunciado a ello. Ulrich se negó. Yo estaba en su lugar. Yo era el testigo de lo que él se negó a aceptar.

—Franz, yo no sé quién era Ulrich. Tienes que contármelo todo. Nunca repetiré lo que me digas esta noche, te lo juro, Franz. Es sólo entre tú y yo. Entiéndeme. Yo me arriesgo sola. Eso es lo que le dije a Javier. Ya no depende de ustedes. No sé si es mejor o peor que antes. De repente me va de la patada, quién quita. Tú sabes si me crees: nunca repetiré a nadie lo que tú me cuentes, Franz.

—¡Franz, Franz, Franz!

La mujer quiso desprenderse del grupo. Extendió los brazos hacia un hombre en otro grupo y el hombre le contestó con tranquilidad mientras otros brazos sujetaban a la mujer:

—Aquí, Teresa. Estoy bien, Teresa, Teresa.

La orquesta tocaba un potpourri de Lehar. Al restaurant Maxim's de noche siempre voy. Él tararea la letra. Y allí con las grisetas espero el nuevo sol. Loló, Frufrú, Margot. Los guardias formaron a los prisioneros en filas. Desde el Hundenkommando, los perros ladraban.

—¡En marcha! ¡Libres por el trabajo!

Pasaron en fila sobre el puente de la Fortaleza, bajo el rótulo desteñido por la lluvia, *Arbeit macht frei.*

> *Confutatis maledictis*
> *Flammis acribus addictis,*
> *Voca me cum benedictis.*

—Es que en Berlín ya no hay espectáculos dignos de ese nombre —sonrió el comandante—. Éste será un intermedio agradable. Todos quedarán contentos. Nosotros, los visitantes y, desde luego, los judíos.

Pero ella supo, y le habría contado a él (si sólo se hubiesen dirigido la palabra) que el decano de la comunidad judía, Epstein, le dijo al conductor Schachter: «Usted nos compromete. Ésta es nuestra gente y van a cantar ante nuestros opresores.

Todo esto sólo ha aumentado nuestro dolor. Los enfermos han sido arrojados del hospital. Tanto sufrimiento, sólo para asegurar una representación. No, no está bien. Es una representación en honor de nuestros opresores. Ellos la han pedido. Van a pensar que usted se ha rendido. Usted, un checo. ¿Qué va a hacer si después le ofrecen una medalla por sus servicios? Haga algo. Suspenda el concierto. Haga algo. Yo no puedo. Sólo puedo comunicarle mis dudas.»

Bajo la luz mortecina de la clave, la orquesta de mujeres llegó al gran crescendo y final. El vals giró solitario en la noche helada. Los ciento cuarenta prisioneros eran conducidos al cuarto de recepción. Fueron colocados de cara contra la pared. Una larga fila de espaldas, pero no importaba, las espaldas eran idénticas a los rostros. Veinte espaldas del primer grupo introducido al cuarto desnudo, de paredes amarillas, mientras ciento veinte más esperaban, afuera, en una fila que se prolongaba hasta el puente de la Fortaleza. Las espaldas eran los nombres. Burian lo sabía y los miró detenidamente mientras ellos daban el rostro a la pared. Los guardias recogieron las maletas, los bultos, las cajas que los prisioneros habían dejado sobre el piso. Burian se adelantó a cualquier temblor de protesta y le quitó al viejo su banco de zapatero. El viejo y Burian se miraron y el viejo volvió a sonreír. Burian ordenó y los prisioneros se quitaron los relojes y las medallas, las pulseras, las peinetas, las horquillas, las mancuernas.

—Nombres.

—Marketa Silberstein.

El guardia dijo un número y apuntó en su libreta y Burian siguió recorriendo las espaldas. El temblor de una oreja descubierta por la cabellera restirada. Él la siente. La recuerda. La sabe. Burian se detuvo.

—David Rosen.

—Seis cinco siete ocho dos.

—Kamila.

—¿Kamila qué?

—Se apellida Neuberg. Es mi hija.

—Seis cinco siete ocho tres.

Burian se detuvo detrás del joven que apoyaba un brazo contra la pared. La muchacha usa sandalias y es pequeña. También ella apoya la frente contra la pared. Burian le rozó el hombro y la apartó del muro. Tomó la caja de violín oculta.

Él va a adelantarse. Los mismos ojos verdes. Los mismos huesos duros y altos del rostro. Franz besó lentamente a Isabel; ella le acarició la cabeza.

—Siempre, siempre...

—¿Qué?

—Alguien tiene que renunciar a algo para que el otro pueda vivir.

—¿Otro? ¿Quién, Franz?

—Yo. Tú, Isabel. Nosotros. Lisbeth. No sé.

—Habla. Yo te estoy oyendo, güero.

Salieron. Pasaron junto al cuarto de guardia, donde se escuchaba el repiqueteo del teleprinter. Maloth asomó con un fajo de cartas y sonrió al paso de la nueva remesa que iba entrando a la tienda de ropa donde Wacholz medía a cada uno con los ojos y seleccionaba la ropa.

—¿Judío?

El hombre fuerte y rojizo negó con la cabeza. Wacholz lo miró nuevamente, escogió un pantalón marcado con tres listas rojas y una chaqueta con un triángulo rojo en la espalda. El hombre empezó a desvestirse, se detuvo, miró hacia las mujeres que le seguían. Wacholz se adelantó, le rasgó la braqueta y le bajó el pantalón hasta los tobillos.

—¿Judía?

—Sí.

Wacholz le dio a la muchacha el batón a rayas con la estrella cosida en la espalda. La muchacha se desviste en silencio. Recuerda algo. Levanta los brazos y se quita las horquillas y el pelo le cae sobre los hombros. Entregó las horquillas. Él observaba desde la puerta, con las cartas entre las manos. Simulaba leer los sobres.

—¿Judío?

—No. ¡No!

El muchacho se enfrentó a Wacholz con los brazos cruzados y la joven terminó de ponerse el batón rayado y lo miró. Wacholz, mecánicamente, le tendió al joven el uniforme con listas rojas. Burian pasó el umbral y recogió un saco rayado con la estrella amarilla. Miró con burla a Wacholz y le dio la chaqueta de los judíos al joven.

—No es cierto —gritó ese muchacho rubio y pálido que sólo ahora, al desprenderse de la fila para tocar el brazo de la muchacha que permanece inmóvil, revela, al levantar el rostro, los ojos de distinto color: un ojo azul y el otro castaño—. No es cierto. Sólo una tercera parte...

La muchacha era otra.

—...fue mi madre; mi madre creyó que aquí estaría más seguro que en el frente... ella lo inventó para protegerme...

Él la ve, por fin, de frente. Ella no levanta la mirada. No responde a la solicitud de reconocimiento del joven pálido. Baja sus ojos para no ver esos, uno castaño y otro azul, que imploran.

—...diles, cuéntales, te lo conté en el tren... ella inventó que yo era judío para protegerme...

Quiso haberla visto antes, un minuto antes de que entrara a la Pequeña Fortaleza de Terezin y se cambiara de ropa. Ahora era otra; sería siempre otra. Y no lo miraba. No miraba a los hombres. Isabel, no nos miraba más, quizás miraría a Ulrich, a Ulrich sí lo reconocería, Ulrich dijo «No» igual que ella acababa de decir «Sí», llegaron una noche, tocaron a la puerta, nos despertaron y se llevaron a Ulrich porque Ulrich dijo «No».

—Te juro que regresé a Praga a buscarla, Isabel.

—¿Nadie te buscó a ti?

—No hubo tiempo. Me cambié el nombre y me vine a América. Nadie se ocupó de mí. Yo no era un figurón. No servía de ejemplo. Ni me juzgaron ni me condenaron ni me absolvieron. Fueron indiferentes. Yo rehíce mi vida con la misma indiferencia. Mi trabajo era tan insignificante. La historia no pasó por mi vida, Isabel.

Cuando él terminó la construcción del crematorio, le esperaba un nuevo trabajo. Los prisioneros ya no cabían en la Fortaleza. Era necesario un cuarto patio. La construcción del nuevo bloque em-

pezó en octubre de 1943 y tomó todo un año: quizás otros te estén buscando ya, Franz, yo no repetiré lo que tú me cuentes, yo no convertiré tu vida
en razones, acércate a mí, ¿por qué te alejas?, re-
constrúyela, Franz, me hablas de mis ojos y mis
pómulos, me hablas de la sangre de Elizabeth, esperaste y nos volviste a encontrar. Acaricia mi cabellera, Franz.

Cruzan el primer patio. Son las once de la noche. Vuelven a formarse frente a la puerta. El bar-
bero, un prisionero griego, está listo. Adentro, hay
veinte guardias. Los prisioneros se desvisten. Uno
a uno, van entrando a las cinco tinas llenas de gresil viscoso y ardiente, entre gemidos bajos. Todos
se frotan los párpados quemados por el desinfectante. Al salir, son colocados de pie contra el muro
y el peluquero se adelanta con tijeras y navaja.
Luego, rapados, se alinean otra vez contra la pared, ahora tomados de las manos, desconocidos,
con los ojos cerrados para no verse unos a otros. El
peluquero barre el pelo y lo entrega a un guardia.
Todo es aprovechable.

—Claro que nos conviene —rió el comandante—. Es una prueba de la disciplina que hemos logrado y un desmentido a los que nos acusan. Aquí
hay arte y libertad.

Brindó durante el banquete y dijo que ésta sería una jornada digna de inscribirse con letras de
oro en los anales de la guarnición de Theresienstadt. Luego, el comandante se sentó junto a Eichmann y éste le preguntó por el acto que cerraría
las festividades.

—Los músicos de la comunidad judía han preparado un concierto.

—Muy bien. ¿Conoce usted el programa?

—Por supuesto. Aquí no sucede nada sin que yo lo sepa antes.

Construyeron a marchas forzadas el cuarto patio y al año estuvo listo, aunque las celdas no quedaron protegidas contra la lluvia. Él diseñó eficazmente el cuadrángulo con las cinco grandes celdas a la izquierda, con cupo para ochocientas personas. Camas de tablas de cuatro pisos. Tres lavabos y dos excusados. Una ventana. Y las celdas solitarias del lado derecho, con cupo para dieciocho prisioneros: las perreras de Terezin, con los techos planos, el tragaluz y el canal de agua. Y el muro de ejecuciones al final del patio, casi la escena de un anfiteatro. Él diseñó y construyó eficazmente. El Baukommando quedó a cargo del guardia Soukop, al frente de varios centenares de prisioneros judíos. Él no tuvo nada que ver con el equipo de trabajadores. Trabajó todo un año y sus ojos son los de un perseguidor entre los espacios rectos y quebrados, ondulantes y fijos de ese universo artificial, de ese diseño de alambradas de alta tensión que ella atraviesa, al principio, en las mañanas, rumbo a la fábrica IG-Farben en Monovice, bajo la puerta de piedra sobre la cual crece la hierba, como si la Fortaleza fuese un subsuelo, una galería hundida, y de día trata de encontrarla al pasar por la triple crujía de los solitarios en este espacio que debe expresar algo más que la piedra y el ladrillo, donde ella vive y debe, algún día, asomar entre los rostros pálidos, hundidos, rapados, tan alejados y tan similares a un presentimiento y una memoria sin mediaciones, que beben el agua negra y la sopa de hierbas y se reúnen todas las mañanas a las siete en fila antes de salir a los trabajos; busca entre las bocas desdentadas que mascan las papas y las beterragas y entre los cuerpos que se acuestan, desnudos, después de quitarse la ropa empapada que habrán de ponerse otra vez en la mañana: alumbra de noche, con la lámpara en la mano y con cualquier pretexto, los rostros de las reclusas dormidas sobre las tablas y otra vez, de día, cuando se amotinan sin palabras, desnudas, frente al único excusado de la celda y hay ciento veinte mujeres alrededor del único lavamanos y los ojos verdes deben pasar, como los de él, de prisa cerca de estos edificios grises y estos muros cubiertos de escarcha que son signos de algo, que deben dar fe de un orden cualquiera, antes de que se pierda para siempre el rostro recordado: en el dédalo de los muros de ladrillo y las fosas de lodo y los garajes, en los espacios ficticios, sin fondo, teatrales, de las perreras y los baños y los basureros y las enfermerías y los establos. Cada día se borrará un signo más de ese rostro; cada día un rasgo de esas facciones se desprenderá de ella y quedará perdido en un colchón de paja, en una tina de madera, en la negación de una ventanilla tapiada. Gritó bajo la regadera helada. Gritó. La buscó en un mundo que era su propia ficción y que por ello se resistía a cualquier traslado imaginativo; todo Terezin, el campo, el ghetto, debía ser una respuesta de la imaginación libre a la realidad esclava:

debía ser una representación en la que él la busca a ella, afiebrado a veces, frío y sometido otras, entre los colchones teñidos y los excrementos pisoteados sobre pisos de concreto y los piojos en las cejas y las pestañas de los niños muertos de tifo y arrojados a las fosas comunes junto al río Ohre, donde los guardias se ponían en cuatro patas a escarbar las bocas de los cadáveres, a extraer con pinzas y cuchillos el oro de las dentaduras antes de que el río se filtrara a las tumbas y los muertos respiraran el agua que no tuvieron allá arriba, en las celdas amarillas y los patios grises de Terezin donde beber era morir. La busca en el jardín de la guardia: algunos prisioneros trabajan cultivando hortalizas; y detrás del puente, a la derecha, donde está la morgue, el pequeño cuarto oscuro sobre una elevación de tierra. La busca entre las criadas checas de la Herrenhaus esa Navidad, cuando todos los oficiales caminaron entre la valla de setos y sobre el sendero de grava con sus regalos bajo el brazo y adentro brindaron con el comandante y admiraron los muebles de laca china y escucharon la radio con las últimas noticias de los frentes y añoraron los paisajes reproducidos en los cromos enmarcados y escucharon música de Wagner. Y en el patio de mujeres azota el fuete contra la bota y les pide levantar los rostros y decir los nombres mientras ellas pintan botas de madera, cosen arcos de soporte para las botas, tejen calcetines para las tropas, limpian los cuartos y las oficinas: Gertruda Schon, Karolina Simon, Teresa Lederova. Está prohibido decir nombres, Señor Arquitecto. Todas tienen su número. Y trató de entrar, delirante, al hospital, antes de que ese rostro se olvidara para siempre, antes de que lo borraran del mundo el gresil y el formol, las inyecciones de agua de mar, los experimentos con el tifo y el trasplante de tejidos, la transformación de rostros y manos y glúteos barajados en este laboratorio donde el universo es vuelto a ordenar libremente, sin límite.

—Les aseguro que se van a divertir —dijo el comandante.

Cuando Heinrich pasó por Theresienstadt para organizar los transportes a Auschwitz, Bergen-Belsen y Treblinka, lo explicó todo tan bien. Caminaron por la plaza de la ciudad convertida en ghetto con los dedos enganchados en los cinturones y Heinrich rió recordando aquel viejo pleito, hace años, en la fiesta de fin de curso que el enano, Herr Urs, invadió envuelto en un edredón. Rieron mucho mientras caminaban. Heinrich guiñó el ojo y se quitó la gorra militar negra y dijo que todavía podía acusarlo por haberse disfrazado así. Los dos rieron mucho y Heinrich dijo que al cabo todo se había hecho comprensible. Sólo les daban a los demás lo que ellos mismos se exponían a recibir. Todo era una carrera de soledades exaltadas. De soledades escogidas. El genio de Alemania consiste en organizar esa exaltación solitaria que es la grandeza de cada alemán y reunirla en un propósito común. Todos sienten esa exaltación que los conduce a luchar y alimentarse de otras exaltaciones. Entonces, es necesario responder, demostrar que la existencia de un enemigo es lo natural, el resorte de la acción. Ellos también, si no fueran los vencedores, estarían expuestos, y aceptarían gustosos, sin rebeldía, esta humillación y esta muerte. En pocos días, Heinrich organizó eficazmente los transportes Atentat Auf Heydrich para vengar el asesinato del protector de Bohemia y Moravia. Reunió a tres mil judíos checos del ghetto de Theresienstadt y le dijo a Franz que nadie los volvería a ver.

—¿Y si tú caes un día en manos de los rusos o los americanos? —sonrió Franz.

Heinrich saludó con la mano sobre la visera y el camión arrancó.

—¡Delataré, los ayudaré, cambiaré de partido! —gritó, riendo, en medio del ruido de los camiones cargados de judíos.

Franz le devolvió, riendo también, el saludo:

—¡Fieles hasta la muerte! —gritó cuando pasó el último transporte AAH.

> *Huic ergo parce, Deus:*
> *Pie Jesu Domine:*
> *Dona eis requiem. Amen.*

—Los judíos —dijo el comandante mientras se escarbaba un diente con la boca tapada por la mano— van a cantar el *Requiem* de Verdi.

Eichmann arqueó las cejas, asombrado. Todos los oficiales de la mesa de celebración dejaron de hablar e imitaron el gesto de su jefe. El comandante se siguió escarbando el diente en medio del silencio helado. Todos miraban, sin hablar, a Eichmann, y esperaban su reacción. Eichmann rió. Rió solo. Dejó caer la palma abierta de la mano sobre la mesa. Entonces todos los demás rieron junto con él y se palmearon las espaldas. La carcajada se fue agrandando de comensal en comensal. Toda la sala de las barracas rió, los más alejados de la cabecera sin saber por qué. Eichmann se limpió las lágrimas con la servilleta.

Y ella le habría contado que durante meses Raphael Schachter buscó a un bajo y sólo una mañana, caminando por las calles del ghetto, escuchó una voz diabólica que descendía del cielo. Ella lo acompañaba y Schachter le preguntó si escuchaba lo mismo que él. Ella asintió. Caminaron de prisa, buscando la voz que cantaba. Se detuvieron, asegurándose. Ella volvió a asentir. Corrieron por las calles estrechas, bajo las almenas y junto a los muros ocre. Ascendieron por un pasaje de escaleras de madera y entraron a una pieza donde varios niños dibujaban lentamente, sin hacerles caso. Cruzaron los cuartos vacíos, cada vez más cerca de la voz. Schachter se encaramó por una ventana alta y salió al techo. Ella lo siguió. El hombre negro atizaba su bastón, cantando. Los miró. Se alejó de la chimenea y se limpió la cara cubierta de hollín. El deshollinador era el bajo del *Requiem* de Verdi.

Reíste, novillera; protegías con tus brazos dóciles a Franz en el cuarto de hotel de Cholula; después pensarás que él te lo dijo esa noche, sin saber lo que decía, lloramos, cómo lloramos al regresar, cuando se cumplió el tiempo de la espera y regresamos a nuestras ciudades y nos dimos cuenta de que nadie nos había esperado.

Y ella entendió todo cuando tuvo lugar el ensayo general y no hubo entusiasmo. Schachter creyó que había fracasado. Le habían contestado con la indiferencia. No habían comprendido su verdadera intención, el motivo de la paciente espera. Y ella lo tomó del brazo, jadeando por la dificultad de moverse, y le dijo que no, no era desaliento o indiferencia, era asombro, asombro, asombro, asombro.

—¡Los judíos van a cantar su propio responso! —rió Eichmann y todos rieron con él hasta llegar a la enorme sala bajo los tejados, el hospital convertido en teatro y ellos tomaron asiento en las primeras butacas y los demás oficiales y guardias en las siguientes y él en una de las últimas filas. Y del otro lado del telón estaban reunidos los solistas, la orquesta y el coro y el decano Epstein le decía a Schachter que él dudaba, dudaba de todo: podría interpretarse como una capitulación; el comandante había pedido que la representación durase una hora no más, y Schachter apretó los dientes y murmuró:

—Empezaremos con el verso «Confutatis maledictis».

El telón se abrió y frente a ellos estaban los oficiales recién condecorados con las cruces KVK y la sonrisa en los labios.

> *Confutatis maledictis,*
> *Flammis acribus addictis,*
> *Voca me cum benedictis...*

Bajo las bóvedas del silencio, se levantó la voz solitaria del deshollinador. Cuando los condenados sean confundidos y lanzados a las llamas vivientes, llámame con los benditos. Entonces él la ve, sentada a la derecha del conductor, con el primer violín, al entrar las voces del coro, fuertes pero titubeantes, en el *Dies irae*. No podía verla con claridad. Y no podía ver la ceja y la sonrisa de Eichmann y la complacencia del comandante: no había convicción en ese día de la ira que disolverá el mundo en cenizas. No bastaba levantar la voz. Franz quiso extender la mano hasta la muchacha que tocaba el violín para pedirle que recordara el otro *Requiem*, el alemán, concédeles descanso eterno, Señor: ¿recordaría? Dos conjuntos de cellos, divididos por las violas sombrías. El coro en su tono más bajo; lamento. Pero la voz humana, por serlo, inventa una cierta alegría que se adelanta a la tristeza de los instrumentos. Schachter, de espalda al público, cerró los ojos. Los oficiales y guardias S. S. ya lo sabían: Schachter estaba derrotado, su pueblo estaba derrotado, sin que importara el motivo: cansancio, indiferencia, temor o asombro. Ella tocaba el violín con la mirada fija en el conductor. Ella obligó a Schachter a abrir los ojos y mirarla. Ella tocaba así, con la intensidad que Schachter deseaba. No importaba la resignación en el rostro de la muchacha. El propósito era más fuerte. Eichmann sonrió. Pero en ese momento, como si hubiese distinguido el gesto completo de la muchacha, un ligero cambio de la máscara convirtió la sonrisa de complacencia y desdén en una mueca de perdón. Y Franz, desde atrás, recordó las noches en el jardín de Waldjstein en Praga, recordó un rostro parecido al de la muchacha que tocaba el violín, y quiso recrear el *Requiem* de Brahms y repetir: las mujeres repiten la voz de los hombres en un tono que trata de recapturar la vida. La memoria trata de abrirse paso. Es el filo de la navaja entre la vida y la muerte. Pero no las separa. Las funde. Las confunde. Y el coro, bajo las bóvedas del hospital de Theresienstadt, calló un instante mientras Schachter marcaba la pausa. Los cuatro solistas se pusieron de pie. Vietya, la soprano, inició dulcemente el *Domine Jesu Christe, Rex Gloriae*, y Franz quiso rechazar las palabras murmurando la letra del *Requiem alemán*, Der Tod ist verschlungen in den Sieg, Tod, wo ist dein Stachel! y el rumor de los instrumentos derrotó a las palabras: en la otra orquesta, el corno animó la marcha, los violines y las violas acompañaron a los grupos de dolientes y el órgano detuvo todo el movimiento. No pudo recordar. Lo vencieron las voces latinas, voces sin orquesta, sin voz, menos corpóreas que un eco. El tenor:

Hostias et preces tibi, Domine, laudis offerimus, auxiliado en seguida, como si desfalleciera, por el bajo, la soprano y la mezzo-soprano: *Fac eas, Domine, de morte transire ad vitam*. Franz buscó la mirada de la muchacha: ¿eran más poderosas estas simples voces, casi arcaicas, modestas, comunes, despojadas de la belleza tonal de los instrumentos de Brahms; era más fuerte esta letanía vieja y muerta? Esta vez, Schachter cerró los ojos para sonreír. Pero la muchacha no abandonó la tensión que la sostenía: recíbenos al transitar de la muerte a la vida.

Sí, él cree que ella lo ha visto en la pausa entre el Sanctus y el Agnus Dei. Eichmann se removió en el asiento. El comandante permaneció rígido y luego consultó su reloj. El Agnus aplacó las asperezas. Humilde-humillado; caritativo-pobre; misericordioso-débil: los oficiales trataron de sonreír. Franz miró los ojos brillantes y húmedos a su alrededor en la secuencia más contenida y pura del *Requiem* de Verdi. *Agnus Dei qui tollis peccata mundi: dona eis requiem.*

—Perdón, Isabel. No sabes qué sentimentales podemos ser.

—Sí, te vi hoy bebiendo cerveza y cantando.

Schachter titubeó un instante al sentir esa emoción a sus espaldas, en la sala. La muchacha se detuvo un instante y el conductor la miró y Franz, desde el fondo de la sala improvisada, le pidió que recordara los conciertos nocturnos y el primer encuentro y el paseo por el Puente de Carlos y las tardes en el gabinete de Maher y el verano solitario con la ciudad que olía a castaños y los canjilones de Ultava atascados de flores y hierbas y los domingos cuando todas las muchachas de la pensión salían al campo y ellos eran dueños de esa casa y correteaban por las escaleras y se preparaban la comida y se decían todo lo que era necesario decir, te quiero, promete no pedirme nada, basta este día, quiero ser arquitecto, promete no olvidarme, cuando regreses de Alemania seré una gran solista y ya no te haré caso, no quiero dejarte, no importa, Hanna, yo regresaré, Hanna, Franz, no, espera, ahora no, todavía no, me gusta pensar que estamos solos en la casa y sabemos querernos así, juro esperarte, tú serás el primero: los huesos altos y luminosos del rostro, los ojos verdes, sumisos, parpadeantes, orgullosos, la cabellera oscura tocada por el sol final de las tardes de verano mientras ella comía junto a la ventana y miraba hacia las losas verticales, amontonadas, negras, del cementerio judío de Praga.

Todos sintieron el cambio. No era la música. Era como si todos, Schachter, la muchacha, el coro, los solistas, la orquesta, hubiesen dado un paso hacia adelante. El *Requiem* no era así. El *Requiem*, ese *Requiem* dulce, del sur, de palabras litúrgicas, de las ciudades del sol, no era esta batería de circo, de music-hall, de jazz marcando con semejante furia tres golpes breves y uno largo, no era estas voces agónicas y coléricas a un tiempo, despertadas sin aviso previo, alejadas de la paciencia del Agnus, desafiantes, todas juntas, olvidadas de la pauta musical, gritando:

Libera me! Libera me!

La batería puntuaba sin cesar tres golpes breves y uno largo,
Li-be-ra! Meee!

Libérame, Señor, de la muerte eterna en el día de la ira tremenda cuando se remuevan cielo y tierra: cuando Tú vengas a juzgar con fuego al mundo. Tiemblo y temo el tiempo del juicio próximo y de la cólera por venir, cuando sean removidos cielo y tierra. El día de la ira, el día de las calamidades y el pesar, un día grande y amargo, ciertamente. Concédeles descanso perpetuo, Señor, y que la luz eterna los ilumine. Tumbaron las sillas y los resti-radores, Isabel, arrojaron los libros y las láminas por la ventana y tomaron a Ulrich a la fuerza, piso-tearon sus anteojos, le dieron patadas en los riño-nes, lo arrastraron por las escaleras. Ulrich se ne-gó. Nunca lo volví a ver. *Libera me, Domine, de morte aeterna.*

El coro y la orquesta callaron. Schachter, por primera vez, dio la cara al público, sin inclinarse. Todos esperaron la señal de Eichmann. El Obers-charsführer empezó a aplaudir solo: sus manos eran el único ruido de la sala. Todos lo imitaron. Eichmann aplaudió con una sonrisa forzada.

Franz salió de la sala y descendió por el labe-rinto de piedra de las barracas del ghetto y esperó en la calle. Se escondió en las arcadas mientras sa-lían, en silencio, los guardias y oficiales: sus com-pañeros. Esperó hasta que aparecieron los demás, los artistas judíos. Ella se apoyó en el brazo del deshollinador. Schachter se acercó y murmuró en voz baja. La muchacha tomó del brazo al conduc-tor y caminó con dificultad por las calles adoqui-nadas. El profesor se despidió de ella con un beso en la mano frente a un portón y ella entró. Franz la siguió en cuanto Schachter desapareció por la calle tortuosa. Escuchó el paso pesado de la muchacha por la escalera, sus descansos y sus respiraciones. Escuchó cómo tragaba saliva y proseguía. Los goznes de la puerta. Franz subió corriendo. La vio entrar. Esperó un momento.

Libera me, Domine, de morte aeterna. Perma-neció en el descanso de la escalera rechinante y podrida, con las manos sobre el barandal, con la cabeza baja y la mirada interrogante en la oscuridad. Todo pasará. Consolaos. El hombre permanecerá. Y trabajará. Y amará. Volveremos a ser los de antes. Así. Como siempre. Como hemos sido, no como quisimos ser. Trabajaremos. Levantaremos los edificios calcinados. Cantaremos con nuestros tarros de cerveza golpeados sobre las mesas. Lloraremos recordando las desgracias propias y las ajenas. Amaremos a nuestras esposas, a nuestros padres, a nuestros hijos. Esperaremos. Sí, esperaremos. Mereceremos la compasión.

Avanzó hacia la puerta. La abrió y los goznes volvieron a rechinar pero ella no volteó a mirarlo. Otras mujeres dormían en el cuarto. No había más mueble que un camastro de tablas de dos pisos. Ella estaba junto a la ventana, una ventana tapiada que no se abriría sobre la ciudad. Estaba desnuda y canturreaba. Acariciaba su vientre enorme y cantaba algo en voz baja. A veces tocaba su cabellera corta y negra y luego volvía a acariciar el vientre. Su carne era mate, joven, pero distinta. Tenía luz en los pechos y en el vientre y en los pómulos altos. Sus ojos estaban entrecerrados.

Franz salió del cuarto y cerró la puerta. Bajó a la calle aflojándose la corbata negra. Se quitó la casaca militar. Era un verano caluroso.

—Nunca repetiré lo que me cuentas, Franz.

No hay inconveniente, Señor Arquitecto. Puede usted leer a su gusto los archivos. Pero ha pasado tanta gente por aquí. No sé si pueda usted ubicar fácilmente a esa persona. Me da usted muy pocos datos. ¿Cuándo llegaron a Terezin? Aquí sólo hay números. Los nombres se han olvidado. Pasó la primavera, pasó el verano. Estamos en octubre, señor Arquitecto, octubre de 1944. Los árboles de la plaza de Theresienstadt ya no tienen verdor. En los canjilones del río se acumulan las hojas muertas. Para decirlo de una manera poética, ¿eh?, ¿por qué no? Pero el hecho es que un convoy de vagones para el ganado salió ayer nada más, como si fuese ayer, de los andenes del Reichsbahn. Debió haberlos visto. Iban sofocados, sin espacio para moverse, abrazados unos a otros, me imagino. Schachter, los solistas y el coro que interpretaron el *Requiem* de Verdi. Salieron con destino a Auschwitz, Señor Arquitecto. Pero usted ha visto eso, igual que todos nosotros. El niño nació antes, sí. Si quiere más datos debe dirigirse a los funcionarios del hospital. Aquí están los registros de la primavera. ¿Un ojo azul y otro café? Ja, ja, Señor Arquitecto. Una rareza así debe haber interesado a nuestros médicos. Seguramente ahora tiene las cuencas vaciadas, ja, ja. Nadie puede tener los ojos de distintos colores. Es contrario a la naturaleza. Quizás hubo trasplante de córneas. Aquí todo se aprovecha, Señor Arquitecto. ¿Un judío renegado? ¿Rubio? ¿Pálido? ¿Quién no se puso pálido aquí? ¿Su madre creyó que aquí estaría a salvo? ¡Vaya! Lea a su gusto, Señor Arquitecto, con esos datos no me basta. Aquí no hay un registro de los pensamientos maternos. Lea de prisa. Va a ser necesario quemarlo todo. ¿Tiene usted su traje civil a la mano, Señor Arquitecto? Ja, ja. Le va a hacer falta. Vamos a quemar los archivos y la ropa. Lo demás, no. La prisión y el crematorio seguirán de pie. Quizás sean útiles otra vez, dentro de unos cuantos años. Son construcciones sólidas, Señor Arquitecto. Usted cumplió con sus obligaciones. Si nos bombardean, ellos serán responsables de que la obra de usted se pierda. Nosotros dejaremos todo intacto antes de retirarnos. Pero no olvide su traje de civil. Estamos rodeados, Señor Arquitecto. Pero usted es joven y ágil, cómo no, usted caminará al sur y al oeste para encontrar a los americanos. ¡Ah! No podía equivocarme. Todo está registrado aquí. Todo está ordenado. El niño nació en septiembre. A los pocos días salió en otro convoy rumbo a Treblinka. Es difícil llevar bien los archivos, Señor Arquitecto. Imagínese. Quince mil niños pasaron por el campo de Terezin y el ghetto de Theresienstadt. Sólo doscientos sobrevivieron. Recuérdelo usted bien, Señor Arquitecto. Los vencedores van a querer deformar nuestros archivos y exagerar las estadísticas. Sería intolerable. Nuestra administración de los territorios ocupados ha sido escrupulosa. Si no encuentra usted la ficha, no tendremos más remedio que visitar las celdas. Yo prefiero tratar con las fichas, Señor Arquitecto. Son exactas e higiénicas. ¿Está usted inyectado? Claro. De todas maneras, necesitará un pañuelo para evitar el olor. La epidemia ha sido incontrolable, Señor Arquitecto. No ha sido posible educar a estos animales. Están enamorados de sus propias pestilencias. Por aquí, Señor Arquitecto. ¿Escucha usted? Debemos darnos prisa. Lo sigo, lo sigo. Usted conoce este laberinto mejor que yo. Oiga ladrar a los perros. Creo que no les han dado de comer en mucho tiempo. Con estas prisas. Quedan pocos prisioneros. Los más resistentes. Los más levantiscos. ¿Por qué desea el Señor Arquitecto ver a uno de ellos en particular? Oh, oh. Señor Arquitecto, Señor Arquitecto... ¿Sabe?, yo estoy viejo y sin fuerzas. No quiero exponerme. Tengo lista mi sotana de cura. No me olvide, por favor. Oh, Señor Arquitecto, ahora me doy cuenta. Qué habilidad. ¿Es cierto lo que sospecho? ¿Cree usted que si escapamos con uno de éstos nos haremos perdonar? Qué brillante idea, Señor Arquitecto. Déjeme abrir la puerta. Les daremos la libertad a cambio del perdón. Pase por aquí. Por favor. Pero esto debe hacerse con orden y legalidad. Tome, tome la lámpara. Allí, al fondo, arrinconados. Va a ser difícil reconocerlos. No son los mismos que entraron aquí. El pañuelo, Señor Arquitecto, el pañuelo. Desde lejos, no se acerque. Mire esas cejas blancas de piojos. ¡Atención, atención! Guiñan demasiado los ojos, así no va a ser posible reconocerlos. Achtung. Bien abiertos los ojos. Uno gris y uno azul. No. Castaño y azul, perdón. ¿Un enano? Ja, ja. El Señor Arquitecto es muy gracioso. No, en esta celda no hay ningún enano. Los seres deformes son llevados directamente al hospital. Eran aislados inmediatamente. ¿Ése? ¿Ése? ¿Está usted seguro? ¿No oyes, basura? ¡Acércate cuando se te ordena! No tanto, Señor Arquitecto, es peligroso. Estas son fieras. Y lo pueden contagiar. ¡De pie! Mírelos usted. Parecen sonámbulos. Ja. Animales. No se pueden tener de pie siquiera. Ja, ja, mire cómo se arrastra por el suelo, cómo se pega a la pared. ¿Es éste? ¿Está usted seguro? ¿Qué le pasa, Señor Arquitecto? Señor Arquitecto, ¿se siente mal? ¿Está usted seguro? ¿No oyes, basura? ¡Desvístete! ¡Inmediatamente! Señor Arquitecto, esto debe hacerse legalmente. Sí, sí, una navaja, tome usted. Si quiere regreso a la oficina y levanto un acta. El prisionero número tantos declara solemnemente que el Señor Arquitecto adscrito al campo y el guardia de recepción y archivista del propio campo... basura, ¿no te puedes poner de pie?, allí, contra el muro... le ayudaron a escapar para salvarlo de la epidemia de tifo y les debe la vida. Yo no sé escribir bien, Señor Arquitecto. Dígame lo que debo escribir. Señor... Señor Arquitecto... Señor... No... Yo creí... ¡Señor Arquitecto! ¡Suelte esa navaja! ¡Señor Arquitecto! Perdón, perdón, no me corresponde darles órdenes, pero una operación, aquí, en los solitarios... y usted... ésas no son sus funciones, Señor Arquitecto... Señor Arquitecto, ¿qué hace usted? Ese hombre está casi muerto, no sirve... ¡Señor Arquitecto! Debo informar de este hecho a los superiores. Estas son funciones propias del hospital, ¡no!, oh no, no, no... Señor Arquitecto, escúcheme, no tenemos tiempo, debemos salir de aquí, nadie nos ha visto, van a llegar, debemos tirar eso al río, Señor Arquitecto, arroje usted eso, usted no es médico, éstas no son sus funciones, es una violación del reglamento, usted no puede amputar nada, tire eso al río, vámonos, debemos huir, Señor Arquitecto, no tenemos tiempo, oiga, se acercan, tengo miedo, quizás la sotana no me sirva, quizás me reconozcan, yo me canso rápidamente, dicen que anoche un lobo anduvo rondando la fortaleza, dicen que orinó alrededor de la fortaleza, no lo repita, Señor Arquitecto, no repita usted nada, que nadie sepa lo que sucedió aquí. Vámonos, rápido, nos van a contagiar, Señor Arquitecto.

—Vístete. Vístete rápido.

Te levantaste de la cama, novillera, tarareando. Franz rió forzadamente, inquiriendo con el entrecejo.

—Vamos a la pirámide.

—Pero si ya son las doce de la noche —Franz consultó el reloj pulsera.

—Mejor. A esa hora salen las brujas. Vístete rápido. Voy a avisarles a Javier y a Betty.

Pusiste en el tocadiscos, para variar, *Anytime at all*, mientras te volvías a vestir con el traje de Chantung amarillo, sin nada debajo, y saliste descalza al pasillo, con tus sandalias doradas en la mano; cerraste la puerta y me abrazaste.

—¿Todo listo?

—Sí. Ya viste que descompuse el coche.

—Muy bien. ¿Ellos ya están avisados?

—Están aquí mismo, en un cuarto. En cuanto los vea salir los seguimos.

—A toda madre. Voy a arrastrarme a Javier y la Betty.

—And hence no man had a father. Para citar a un clásico. Córrele, novillera, y gracias.

—Por ti, voy de rodillas a Chalma, caifanazo.

515

3

Visite nuestros subterráneos

La misma noche de septiembre, el Narrador es conducido Fatalmente a El Lugar. La única Escritura que lleva consigo es un poema inédito (hasta ese momento) de Octavio Paz:

> *Arriba el agua*
> *Abajo el bosque*
> *El viento por los caminos*
> *El pozo no se mueve*
> *El cubo es negro. El agua firme*
> *El agua sube hasta los árboles*
> *El cielo sube hasta los labios*

El Narrador decide ponderar largamente este poema. Avergonzado, se pregunta por qué los poetas saben decirlo todo en tan pocas líneas, y Baudelaire le contesta —cree— que sólo la poesía es inteligente. El Narrador, Xipe Totec, Nuestro Señor el Desollado, cambia de piel.

Se detuvieron frente a la estrecha entrada en la base de la pirámide, el túnel abierto por donde corrían los rieles que sirvieron para que los carros sacaran la tierra excavada. Javier dejó a Franz pasar primero por el túnel largo y estrecho, iluminado por focos desnudos, que se prolonga en línea recta hasta donde la vista alcanza.

Franz encabezó la fila. Le seguías tú, Elizabeth, y en seguida Javier y detrás de él Isabel. Los hombres agacharon las cabezas para no pegar contra la bóveda gótica, baja, del túnel, contra la espina de cables eléctricos que la acompaña en su larguísima extensión. Franz se detuvo un instante, con el puño sobre el muro negro, liso, del túnel. Tú abrazaste su espalda, recostaste la cabeza sobre su hombro, sentiste el sudor intenso de tu amante. Javier se detuvo detrás de ustedes, la pareja que cerraba el paso de la galería. Franz volvió a caminar y tú mantuviste las manos sobre sus hombros; se detuvieron en un cruce de caminos laterales, oscuros... La pirámide empezaba a distribuir sus misterios, a tejer sus laberintos y Javier dijo:

—Sigan derecho todavía.

Franz volvió a caminar a la cabeza de la fila hasta detenerse ante un arco oscuro; Javier encendió la luz, empotrada en la roca: un ascenso infinito de escalones gastados partía de la base, del túnel que recorrían, y alcanzaba los cimientos de la capilla española: otro túnel vertical, amarillo bajo la luz, de incontables escalones: un mareo de ascenso vertiginoso, una flecha quebrada. Javier apagó la luz de la escalinata encajonada entre la galería vertical de piedra lisa.

—¿En dónde estuviste, Franz?

Y esa voz se perdió en ecos repetidos a lo largo de la galería. Todos se detuvieron un instante y tú, dragona, creíste que había hablado Javier y contestaste:

—Cállate.

—¿En dónde estuviste, Franz?

—¡Cállate! —gritaste en la oscuridad—. ¡No le hagas caso, Franz! Se ha pasado la vida inventando mentiras, obligándome a fingir para ver si su pobre imaginación despertaba...

Y sólo tú, Isabelita, novillera, escuchaste, pero no dijiste nada, seguiste el juego. Gracias. Y no sé qué pensaría Javier, pero dijo con voz sorprendida, aunque sin negar que él hubiese hablado:

—Por la derecha, Franz —y todos siguieron por una galería oscura, de piedra rugosa, y Franz tropezó contra tres escalones salientes, el perfil de otra vieja pirámide contenida dentro de la pirámide total y oculta por los muros y tú, Elizabeth, lo tomaste de la cintura, lo sostuviste. Ah murciélaga cuáchara.

—Sigue adelante —dijo Javier y la voz se sobrepuso a la de tu marido:

—¿Por qué te vengaste de las víctimas y no de los verdugos?

—No lo creas —hablaste, dragona—; ¡no digas nada!

Franz caminaba con las manos abiertas contra los muros rugosos, antiguos, de las pirámides ocultas. Empezaste a reírte, Isabel, y tú a gemir, Elizabeth, y sólo Franz y Javier caminaban en silencio y todos dejaron atrás el aire frío de la corriente creada en el túnel de ingreso; ahora el laberinto parecía existir suspendido, oscuro, fuera de los elementos de la naturaleza. Franz sintió en las palmas de las manos la humedad de estas paredes de roca, el goteo invisible como un sudor secreto y agónico de las siete pirámides que se escondían unas a otras y tú extendiste la mano detrás de ti, Isabel.

—Sube los escalones, Franz. Te seguimos —murmuró Javier y Franz levantó el rostro, avanzando como un sonámbulo por las galerías entretejidas, sombrías, por los estrechos túneles de lodo y roca y Franz ascendió por los escalones de piedra rota, lentamente, con los puños cerrados y todos le siguieron, Isabel riendo, tú gimiendo, dragona. Javier solo, aislado, guiñando sin saber qué cara poner, qué actitud tomar, con un cuerpo que le sobraba y pedía, Isabel, tu contacto.

Franz descansó al terminar los escalones.

—Nos acercamos al corazón de la pirámide —dijo Javier.

—No le creas, no le creas nada —gruñiste, dragona.

El aire se iba haciendo denso, sofocante: la piel sentía un vaho caluroso a medida que se penetraba al centro de la pirámide, al núcleo escondido de la primera fundación. Adelantaste un brazo para tocar a Franz, dragona, te retuviste, diste media vuelta y encontraste ese rostro sin expresión de Javier, acentuado por la luz pálida de los focos espaciados del laberinto; Franz seguía caminando y tú corriste hasta alcanzarlo.

—Suban por la escalinata de la izquierda, la más estrecha —dijo Javier.

Franz bajó la cabeza para caber por la escalera de techo bajo, goteante, inseguro, de adobes sueltos y fue el primero en penetrar a la galería, al friso monumental, vencido, volado, aplastado, que soportaba el peso de las pirámides. Tú le seguiste, Elizabeth, y no pudiste distinguir, en seguida, los motivos de ese friso de colores vegetales que se extiende a lo largo de la galería iluminada verticalmente por los focos desnudos; te llevaste una mano a la frente, mareada, mareada por los colores, los focos, la pertinaz oscuridad de la galería; y los ojos de todos siguieron las líneas y colores del friso, la sucesión de chapulines de rostros redondos, calaveras redondas de ojos circulares, mejillas hendidas, narices huecas y dientes afilados que alternan y mezclan los tres colores: el amarillo, el rojo y el negro.

—Son los dioses del monte, los grillos, plaga y defensa de las cosechas —dijo Javier.

Y Franz dio la espalda al friso, apoyó la cabeza contra el muro ardiente, sofocado, del centro de la pirámide, el ombligo, el cordón de donde nace el enjambre laberíntico del Gran Cu de Cholula. Tú también te recargaste contra el muro, dragona, y observaste los dientes rojos de los dioses-chapulines que te sonreían, frígidos, fijados para siempre en el secreto de la pirámide.

—El rojo es el color de la muerte, el amarillo de la vida —dijo Javier, escudriñando el friso desde un ángulo estrecho—. El chapulín traía vida y muerte. Como todos los dioses mexicanos, ambiguos, pensados a partir de un centro cosmogónico en el que la muerte es condición de la vida y la vida antesala de la muerte...

Franz no lo escuchaba; había quedado de espaldas a todos, con la frente apoyada contra el friso.

—Estos monstruos se ríen de los santos de allá arriba —continuó Javier—. Hacen muecas feroces y se ríen de la muñequita ampona... Mira, Isabel.

Te habías mantenido alejada, novillera, en la entrada de la galería del friso, abrazada a ti misma, mirando a los tres actores que a cada instante se alejaban más de ti, escuchando los comentarios fríos de Javier, el mugido sofocado de Elizabeth, por fin la voz de Franz con todos los ecos metálicos y pétreos que le daba este diapasón encerrado, en el centro de la tierra:

—Ésa no fue tu voz. Javier. Ésa no fue tu voz...

Y Franz se acercó a Javier con los brazos caídos y los puños cerrados y Javier empezó a temblar, a requerirte con la mirada, dragona, mientras Franz se acercaba como al toro esta mañana, con la camisa arremangada, sudando, con los ojos

grises convocando a tu marido, con toda esa crueldad y esa ternura casi infantiles que tú amaste en
él, esa crueldad y esa ternura que son condición
la una de la otra, ese encuentro de opuestos, de la
vida interna y la vida violenta, esa pérdida, esa
justificación, ese caminar sin gracia, definitivo,
impulsado por las órdenes dadas, esa compasión
final por sí mismo, ese sueño heroico, encerrado
aquí, en la tumba temporal de una pirámide indígena coronada por vírgenes de porcelana, esa patética grandeza y sumisión gemelas, ese aislamiento voluntario de la persona que así cree
ganar la independencia, esa locura, esa negativa
de aceptar el hecho individual como algo relacio-
nado con el hecho social, esa súbita ausencia de
toda restricción, ese acto silencioso, esa complicidad ciega, avanzaron con el cuerpo y la mirada
de Franz hacia la inmovilidad de Javier, hacia ese
contrario pasivo, ansioso de liberarse por la mentira y la fiebre antes de que llegue el ataque final,
la rendición de cuentas, incapaz de convertir la
compasión en respeto, finalmente inadecuado a
todo el dolor y toda la alegría del mundo: Franz
abrazó a Javier para luchar; Javier abrazó a Franz
para acercarse a él; los cuerpos se trenzaron y la
lucha y el acercamiento, la tensión entre la fuerza
y la debilidad se disolvió, les digo que se disolvió,
en la mirada, en los brazos, por fin entre los muslos y los vientres unidos, apretados, mientras los
dos hombres se mantenían abrazados en ese terrible contacto que negaba su intención, en ese
abrazo de violencia que se convertía en renuncia,

de odio que se transfiguraba en deseo, ajeno a las miradas ciegas de ustedes, de las dos mujeres que no entendían, que primero creían comprender y prever todo el curso de ese encuentro y ahora, como yo, asistían a su negación y su reverso, a un abrazo sensual, excitado, de los dos hombres que al cabo empezaron a separarse pero sólo con las manos y el tórax y los pies, no en ese centro, no en esas piernas abiertas y unidas mientras arrojaban hacia atrás las cabezas, cada uno rendido por sí mismo y por el contacto, cada uno separado y unido por el contacto imprevisto del racimo de pijas, dragona, cada uno un sonámbulo en esta galería sofocada y húmeda, frente a los grillos de la noche y el misterio, frente a los dioses negros y amarillos de la vida y de la muerte, cada uno lejano y convocado y confundido con el contrario, cada uno a punto de desaparecer y Javier tiembla y murmura algo, dice que ésta es la tumba de los dioses muertos, que tiembla. Tiembla. ¡Tiembla! Que llueve tierra desde las bóvedas de adobes sueltos... Tiembla... Una sacudida... Se acerca un temblor... Son siglos y siglos... Dioses que retienen sobre las espaldas todo el peso de las siete pirámides... Adobes sueltos, sueltos por ese temblor sonoro que se aproxima... Frisos aplastados por el peso de la roca, los muros, las escalinatas, la iglesia... ¿No saben que el ruido puede derrumbar pirámides, montañas enteras?... El goteo oscuro desde la bóveda... Se abre... Se cuartea... Todo se derrumba... entre las dos parejas... Ligeia grita, abraza a Franz... Isabel se separa de

Javier, quiere correr hacia ellos... Javier la detiene del brazo... Todos gritan... Entre nosotros y ellos cae la masa de ladrillos rotos, de adobes viejos, de roca muerta...

Javier dirá que corre con Isabel... Se alejan, seguidos por la explosión de ruido y polvo... Un derrumbe... Tenía que venir algún día un derrumbe... Ligeia y Franz han quedado del otro lado, del lado que no tiene salida... Encerrados detrás del derrumbe de la pirámide... Atrapados... Sí... Javier oye sus voces, sus gritos... Ligeia grita el nombre de Javier... Franz pide auxilio... Ligeia grita que no puede respirar... Sus voces, sus gritos, traspasan la barrera de roca y ladrillo... Han quedado encerrados con los dioses muertos... Los dos extranjeros han quedado allí... Isabel y Javier escuchan las voces de Franz y Ligeia, del otro lado del polvo y la tierra y la roca... Javier abraza a Isabel, la besa... Ella le aprieta la mano... «Tendremos que querernos mucho», le dice a la muchacha... «Sí», responde ella... Aprieta la mano de Javier y lo conduce fuera del laberinto, lejos del temblor y el derrumbe y los gritos... Descienden por la escalinata rota... Recorren los pasajes iluminados... Caminan tomados de la mano... Llegan a la galería de ingreso, al larguísimo túnel donde, al fondo, brilla como un punto incandescente la horadación de la salida... Caminan tomados de la mano... Salen de la pirámide al sol, al sol, al sol de la noche, entraron de noche y al sa-

lir brilla el sol... Suben al auto, los dos solos...
Ahora no hay nadie más que Isabel y Javier... Isabel y Javier... Ella maneja... Van hacia el hotel...
Ella mira fijamente hacia adelante... Todo su rostro inmóvil mientras maneja por las calles de
Cholula, entre los perros escuálidos y lisos que
ladran y corren detrás del auto... entre las mujeres embarazadas y los soldados con cicatrices en
las mejillas... el auto da tumbos en los hoyancos...
Javier puede leerla... puede leer la mente de Isabel... Sí, se dice Isabel, yo podría ser el centro y la
fuerza de Javier y él no quiere comprenderlo...
cree que se sacrificó, que mató sus ambiciones al
casarse con Ligeia y vivir con Ligeia y dormir
con Ligeia y entonces cree que casarse y vivir y
dormir con alguien es una manera de morir... Si
yo tuviera más experiencia... Isabel piensa: si yo
supiera comunicarle lo que sé; eso es; sólo podría
comunicárselo sin convencerlo, viviendo y casándome y durmiendo con él: que no es tarde —eso
debe pensar Isabel, manejando, al lado de Javier
que piensa por ella, en el camino de la pirámide
al hotel—, que no ha perdido su sueño, que sólo
puede cumplirlo conmigo, que puedo ser su centro y su fuerza y su armonía; cómo entiendo que
para esto nací, no para vivir desprendida, sino
atada a uno como él, a uno que entiendo; quiero
ser suelo, raíz y aire de Javier; quiero estremecerme cuando sus manos rocen mis pezones, sus labios besen mi clítoris, su respiración penetre en
mi oído; quiero tenderme cautiva entre sábanas;
quiero verlo erguirse y vencerme cuando yo lo

venza; al mismo tiempo, sin victoria, sin derrota; deseo alabarlo sin vergüenza, mirarlo sin pudor, tocarlo sin rapidez; quiero ser lenta; quiero acariciarlo lentamente; quiero dormir lentamente; quiero esos amaneceres largos, sin prisa, esperando alguna sorpresa de su despertar; eso es; eso quiero; quiero todo lo demás; quiero descubrir qué le gusta comer; quiero sonreír cuando esté de mal humor; quiero oír discos con él; quiero leer a su lado; quiero viajar con él; quiero atenderlo cuando se enferme; quiero ir a la farmacia y comprarle su jabón, sus navajas de afeitar, su bicarbonato; quiero verlo bailar con otra mujer; quiero verlo enojado; quiero verlo dormido; eso es; así; como si él supiera, sin decirlo nunca, que estoy allí, que lo sostengo, que no lo quiero tener para verme en él, para extraer de él mi propia imagen, mi propia debilidad, mi propia confusión; quiero ser todo lo que necesita para él pero fuera de él mismo; no que deje de sufrir, sino que en mí tenga el dolor cuando lo necesite; no que deje de dudar, sino que en mí...; eso es; que lo acepte todo, pero no como una fatalidad, sino como una necesidad; nos ocurren cosas; pero debe ser porque necesitamos que nos ocurran, no porque está escrito en el destino; y si es así, y no como yo pienso, entonces yo sabré detener el destino, la circunstancia, la fatalidad, recogerlos, impedir que lo toquen y dárselos transformados por mí, por Isabel; así debe ser; si él lo entendiera; que a una mujer no la vence un hombre; que una mujer se vence a sí misma para amar a un hombre y ser de él; que no hay violación, que no hay mujer que se entregue si no lo quiere; que no hay amor sin humillación original; por eso estoy aquí; por eso viajo al mar; a ver si él comprende... El auto se detiene frente al hotel... Bajan... Cierran con fuerza las puertas... Abren las puertas de cristal opaco del hotel... Piden la llave del cuarto de Isabel... Caminan por los pasillos... Escuchan el rumor de la fuente en el patio cubierto por una galería de vidrios calientes... Abren la puerta del cuarto... Isabel se arroja sobre la cama, llorando... Javier se desabotona la guayabera... Se seca las axilas con la camisa arrugada, enrollada en el puño... Se quita los pantalones y los zapatos llenos de polvo... Se sienta en la cama para quitarse los calcetines... Permanece en calzoncillos, con los calcetines en la mano... Quizás ella cree comprender... No comprende; cree comprender; cree que ofreciéndose —espera que él le desabotone por detrás el vestido, le dé la espalda, llorando— comprensiva y humilde, ahora, después de todo lo que sucedió esta tarde, establece un contraste suficiente con el infierno de Ligeia... Cree, la pobre —Javier desabotona el vestido de Chantung amarillo y ve la espalda cubierta de gotas de sudor— en su docilidad, en su fuerza para soportar... Se imagina —Isabel encoge los hombros para zafarse del vestido y queda con el torso desnudo, perlado de sudor— una vida de dulzura y compasión en la que ella, sacrificada, guía al pobre escritor fracasado y le hace renacer; le devuelve la confianza; lo sienta a trabajar bajo su ala protectora y le sirve, de tarde en tarde, infusiones de yerbabuena contra la colitis... Cómo no... Javier arroja los calcetines... Ella no entiende que el infierno con Ligeia es mi costumbre, mi veneno, mi tóxico... Que nada entendería, que el mundo se vendría abajo sin esa costumbre... Que la prefiere, con su esterilidad y su rutina, porque es violenta y extrema, a otra esterilidad y otra rutina —las de la creación, pues ahora también respira, mastica, digiere, ve, toca, huele, sigue siendo el mismo tubo entre la boca y el ano (no, repite, eso lo acaba de decir Ligeia, Ligeia encerrada con Franz en la tumba de los chapulines, sí); no escribe libros pero rutinariamente escribe informes para una comisión económica de las Naciones Unidas, es el mismo que sería si hiciese algo en apariencia distinto pero tan obligado como lo que hoy hace a llenar el tiempo acordado, nada más— tierna y compasiva... Ella cree comprender... No se mueve; permanece allí, con el torso desnudo; cree comprender; pero exige; también ella exige, para comprenderme y colmarme con sus imaginarios bienes, esta sujeción, esta fidelidad, este ser sólo para ella, para que ella me cuide, me halague, me proteja; ella y nadie más... No romperé ese instinto de hierro... No yo... no hombre alguno... No transformaré yo las relaciones del mundo para que todos, hombres y mujeres, seamos personas solas y solidarias, solas cuando lo deseemos, unidas cuando lo necesitemos, libres para escoger, variar, ser de y poseer a quien nos plazca, sin resistencia, cada noche y cada día distintos... ¿Comprenderá eso?... Espera que me acerque... No entiende por qué no me acerco a besarle los pechos que me ofrece... ¿Aguantará eso que para ella es humillación y para mí libertad racional? ¿Permitirá un engaño proclamado? Ah, no, no, no lo hará. Qué bien sé que no. Qué bien conozco las lágrimas, la desilusión, los sentimientos heridos, la convicción de que no sé apreciarla, al fin el odio, la rebeldía, su propia traición: una traición que yo no quise llamar así, si ella la hubiese aceptado como un hecho natural, si ella misma, desde el principio, hubiese aceptado naturalmente amar a quien quisiera... ¡De quién hablo, de quién hablo, qué dolor, qué cabeza partida!... Javier le pedirá a Isabel que le traiga una aspirina... Ahora lo hará... Isabel es Ligeia... Isabel será Ligeia... Lo sabe... Lo querrá todo para ella... Querrá todo su tiempo... Querrá todo su amor... Sufrirá el desencanto... Lo odiará... Volverá a darle el infierno de Ligeia... La mira... No se acerca a él... Quizás lee en su mirada... Qué puede hacer sino seguir con Ligeia, permanecer en el puerto de destino en vez de salir otra vez al de partida y esperar, con un amor que no ocultará, el momento en que Isabel sea su nueva Ligeia... Y sin embargo, carne nueva, labios rosados, pubis pesado, senos duros, muslos firmes, poros abiertos, qué jóvenes son, cómo se estrenan, qué respuesta hay cuando no hay costumbres ni sabiduría, qué torpeza encantadora de las primeras veces, qué descubrimiento, qué asombro... Javier se levanta de la cama... Busca... Isabel permanece en la cama, con las piernas recogidas y el vestido suelto y arrugado en torno a las caderas, esperándolo... El rebozo... El rebozo está a la mano... Nadie quiere repetir su vida... Isabel no será Ligeia... Isabel será un amor fugaz, nunca se convertirá en Ligeia, será una hermosa joven siempre, un recuerdo tibio y dulce, nunca una vieja... Toma el rebozo entre las manos... Lo estira... Quiere estar solo... Quiero quedarme solo, Isabel, ¿no entiendes?... Serás siempre joven, Isabel, yo te lo prometo en silencio mientras avanzo hacia ti con el rebozo entre las manos, el rebozo negro de Ligeia... El rebozo que ella te regaló esta tarde... Nunca envejecerás, Isabel, siempre te recordaré como eres, como fuiste... Sus brazos se levantan para recibirlo... Javier trenza rápidamente el rebozo al cuello de Isabel, Isabel no tiene tiempo, quizás cree que esta furia helada de mis manos en torno a su cuello es una prueba de amor, una posición erótica distinta que hoy le obsequio, y aprieto, aprieto el rebozo, no miro los ojos abiertos, desorbitados, la boca con la lengua fuera, ¡Dios mío!, qué larga es la lengua de una mujer...

Tomé tu mano, Isabelita, en la confusión de esa galería mal iluminada, para que supieras que ya estaba con ustedes, ahora revelando mi rostro aunque tú, dragona, hincada ante Javier, no te diste cuenta de que ya estaba con ustedes frente al friso de los grillos y sólo Franz, recargado contra él, con los brazos cruzados, inquirió por mí y yo sólo era el heraldo del ruido encajonado, de la música de guitarras eléctricas que avanzaba por los dos extremos de la galería capturada, sin salidas y Javier derrumbado en el polvo, atendido por Elizabeth, no podía entender, y Franz tampoco, tú tampoco, dragona, la música brava, la elegía final de esas voces juveniles que se acercaban, cantando, por las escalinatas gastadas,

> *The day of wrath,*
> *That lay has come, ooh, ooo-ooo-oooooh*
> *And dis-ssss-olves the world in ashes!*

Y entraron por los dos extremos de la galería precedidos por el temblor sonoro de su música, por los dos menestreles, el negro con el sombrero de charro y la guitarra eléctrica alejada del tórax, rasgada como un violoncello giratorio, que entró por la derecha, y el muchacho alto con el pelo largo y revuelto y las mallas color de rosa y la chaqueta de cuero con la otra guitarra abrazada, muy cerca del pecho, por la izquierda

> *Man! What a terror!*
> *Man! When the judge shall come!*

y detrás de ellos, los demás; detrás del negro, la muchacha vestida toda de negro; detrás del blanco, la muchacha con los ojos escondidos detrás de los espejuelos Audrey Hepburn, el sombrero Greta Garbo de alas anchas y caídas, la trinchera con las solapas levantadas y el rostro pintado con los tintes pálidos que hacían desaparecer las facciones: boca y anteojos, nada más,

Pop your eyes, death and nature,
Let creation rise and shake...

Y entre todos se abrió paso el joven vestido con saco de tweed y pantalones grises, al que seguía el joven rubio y barbado con pantalones de pana y sandalias,

What did David tell the Sibyl?:
Gonna be no get-away...

Llegaron los Monjes al corazón de la pirámide y al pasar apretaron mi brazo y besaron a Isabel y rodearon a Franz y Ligeia siguió hincada, sin entender, junto a Javier que estaba desmayado o birolo o más fruncido que un drácula a la luz del día, yo qué sé.

Rodearon a Franz.

Y rasgaron finalmente las guitarras, estremecidos y helados, girando las caderas y agitando las melenas, hasta el clímax:

For oh, oh, that day has come,
Gonna be no get-away.

Callaron.

Franz estaba aplastado contra el friso de los chapulines y los Monjes lo rodeaban y estrechaban el círculo con esos movimientos de gato, de semilla encontrada, de movimiento puro hacia los núcleos de alguna nueva totalidad reservada en el peligro, la vida, la muerte o cualquier otra negación anterior, cualquier otro secreto o prohibición anterior a ellos.

Cuando me buscaron y nos pusimos de acuerdo en todo esto, Isabel los llevó a mi casa y los seis se posesionaron en seguida, como si siempre hubieran vivido allí, sobre los tapetes medio tatemados por mis colillas, contra esos muros que otro día fueron azules y añiles. Las copas de tequila hicieron más rodelas en la mesa baja —bueno, también es mesa de trabajo, camaradas— y cuadrada y los cigarrillos —descubrieron, llegando a México, los Faros y algunos, me huelo que el negro y la muchacha pálida, ya le atizaban a la mota— descansaron o murieron aplastados en mis vasijas olmecas. Se pasaron toda una tarde allí, intensos y reposados al mismo tiempo, y primero me preguntaron y les dije en dos patadas, escribo un poco, a veces salgo a manejar un taxi para desorientarme, para recuperar contactos, y así conocí a Elizabeth y Javier. Me sonrojé: tengo algunas rentas, ¿eh?... y todos se rieron porque nadie es beatnik o vietnik sin una familia burguesa y madura que pague los vasos rotos y los ratos vacíos.

Me preguntaron si estaba de acuerdo y dije que a ver, en principio sí, pero como no tenía las razones que algunos de ellos podrían tener, quería que me convencieran, no para la acción, pues yo sería una especie de Virgilio presente y de Narrador futuro, yo no sería, finalmente, activo, sino para enterarme y tener los cabos en la mano y poder garabatear unas cuartillas con letra de mosca. Vaya consolación. Vaya desolación. En realidad, me dio gusto tenerlos allí, en mi caserón medio desnudo, viejo granero de un convento abandonado desde la expulsión de los Jesuitas (?) allá por el siglo XVIII (!), tan completamente olvidado que mis incursiones originales, cada vez más audaces, pudieron al fin convertirse en habitaciones permanentes. Ellos también debieron —me imagino— trepar con pena la cerca de nopales podridos, caer de bruces sobre el basurero colectivo en el que los pobres ciudadanos del barrio han transformado lo que, con verdadero sentido de la propiedad, debía ser mi jardín, y llegar a la cáscara escondida entre crecidos arbustos y lánguidas ramas de heno.

Isabel los dejó en la puerta de entrada y se fue.

—Tengo que ir con el Profe a ese rascuache motel donde me lleva. Chao.

Te fuiste, novillera.

Estuvieron de acuerdo. Sólo advirtieron que no me darían sus nombres y por eso los designo por sus características externas y en parte por los papeles que jugaron esa noche. No sé si alguien los recuerda y por eso debo repetir. El Negro con traje de charro: el Hermano Tomás. La Negra por el color de los pantalones, el suéter y las botas: la Morgana. El Rosa con las mallas de saltimbanqui llamado también la Correosa, de acuerdo con la situación y como se apreciará más adelante. El Barbudo que maneja el viejo Lincoln convertible: El Güero o Boston Boy, que de ambas maneras suele y puede decirse. La Pálida, casi escondida detrás de los espejuelos oscuros, el sombrero de alas anchas y caídas, la trinchera con las solapas levantadas. Y sí, Werner, Jakob Werner, él sí me dio su nombre y hasta impreso en una tarjeta: el joven con el saco de tweed y los pantalones de franela y el portafolio.

El Negro Tomás arrojó por la ventana la nalga de ángel con la que estaba apestando mi hogar —y yo perdonándolo porque, ya les dije, voy para los cuarenta— y dijo lo malo es que no sabemos contestar bien las preguntas, estamos acostumbrados a hacerlas. Y estos personajes son de otra época, hacen frases, dicen discursos y va a ser muy difícil todo esto.

Apoyé la cabeza contra el ejemplar de *Rayuela* que uso como almohada y le dije entonces vamos a invertir los papeles. Yo, como buen intelectual —ja, ja— latinoamericano, sólo sé hacer afirmaciones grandilocuentes!!! Retóricas, para acabar pronto. Y la Pálida, que se había estado bebiendo sola la única botella de Poire William's que me queda, y que en el Minimax de la esquina vale una fortuna, se estremeció con un trago y dijo children, no perdamos el tiempo, tengo una proposición mejor. Agitó la botella. No debió hacerlo. Nuestro amigo virgiliano ya nos contó lo que él sabe, la historia de Javier y Ligeia o Elizabeth o como se llame. Agitada, la botella parecía una pinche limonada gaseosa. Ah las apariencias. Cerré los ojos y apreté la lengua contra el paladar. Ahora, a partir de eso, lleguemos a las conclusiones. Vamos haciendo el juicio.

La pera dentro de la botella se zarandeó como un feto barbudo, arrugado, que ya se prendía con sus raíces renascentes al vidrio y al alcohol. Quería convertirse otra vez en tierra. La Negra Morgana puso un disco de los Beatles y al rato todos estábamos bailando y la luz iba desapareciendo y yo no entendía nada pero decidí ser muy paciente. Me habían cortado la luz por falta de pago y convertí la oscura necesidad en agradable virtud: les dije que me gustaba vivir entre puras velas, a lo monje loco.

¿Y el disco?

Debe ser un pickup con pilas. Además, no está girando. Sólo giro yo, que le he pedido a la Pálida (me está gustando esta gringa cachonda) que me enseñe a bailar bien el frug. Todos se ríen mucho y me doy cuenta de que pusieron el disco pero que en realidad el Rosa-Correosa está tocando esa canción, *Yesterday*, que ellos conocen antes de que la música se imprima o los Beatles la graben. Oh, mis cuates isabelinos. Estamos regresando a los modelos originales. Giro la cadera sin mover los pies, tratando de imitarlos. Pero mi reconocida torpeza no puede competir con el movimiento elegante y salvaje de sus brazos. Yo seré la defensa, dice el Negro: mueve la cabeza como una tortuga de juguete, mantiene las manos clavadas en las bolsas de ese pantalón de charro que usa.

Yo, Franz: el Güero Barbudo ha perdido el rostro detrás de una cabellera pluvial y sus botas taconean el ritmo invisible. La Pálida, que apenas se mueve, que permanece con las solapas levantadas y una pose de alto espionaje, dice yo Elizabeth, Ligeia, Lisbeth, como se llame. Se ríen para decirme que deje de imitar: este baile es pura improvisación y al mismo tiempo es un rito, ahí está lo durazno. Voy a decirles que estamos regresando al modelo olvidado. Los americanos son un ejército de Edgar Alan Poeseurs, con todos los castillos góticos y las oscuras ergástulas que Polyanna y Horatio Alger quisieron cubrir de mermelada y rieles. Los ingleses son Tom Jones y Moll Flanders, con toda la lujuria y los regüeldos que Victoria y Gladstone quisieron cubrir de cricket y de crocket. Los alemanes siempre serán...

Yo el juez, me interrumpe la Negra Morgana, que hace esos pasos maravillosos de pubertad ceremonial. Yo Javier, grita el Rosa por encima del tañer doloroso de la guitarra que le está comiendo las uñas. Jakob coloca la mano sobre el hombro del Rosa, lo aprieta, lo obliga a soltar la guitarra: no la decaída Correosa víbora de la mar, de la mar.

—Yo seré el Fiscal.

Todos caen de rodillas sobre los petates.

Aúllan como coyotes.

Me detengo, solitario, a la mitad de un paso torpe y ya no hay luz en la sala. Los perros del barrio contestan los aullidos. El comeján de las vigas es la caspa de este pobre piso astillado. La voz en la oscuridad es la de Jakob. ¿Culpable o no culpable? No hay más respuesta que la de las garruñas de los ratones que salen y corretean, aturdidos por el silencio o el ruido totales. Busco, no sé, con los cerillos en la mano, una vela. Otra mano me detiene y la voz del Negro es inconfundible. ¿Culpable? ¿Atenuantes? Su alma era suya para hacer con ella lo que quisiera. ¿O no? Esa voz que es su propia parodia: grave como Paul Robeson cantando *Old man river*, pituda como Butterfly McQueen pidiendo perdón a Scarlett O'Hara. Voz de esclavo y rebelde, arrastra légamos dormidos, pájaros asustados, incendios sudorosos: «El acusado sólo tuvo un sueño, un sueño, hombre, y quiso convertirlo en realidad, igual que todos nosotros. Todos nosotros.»

—¿Cuál sueño? —grita la Negra Morgana.

Vamos a salir. De noche, las moscas del basurero se retiran y hasta nace un perfume dulce y corrompido de ese cúmulo de hierbas y botellas, vómitos y trapos, tortillas, periódicos, excrementos y calcetines que debemos atravesar. Algo podría utilizarse de nuevo. Esa rueda de bicicleta, por ejemplo. Pero también hay un desperdicio de la pobreza, un lujo de la mendicidad. Nadie puede vivir sin él. No sé de dónde viene el Negro, si de un ghetto del Norte o de una cabaña del Sur. Acá o allá, inventan un ritmo y un decorado consecuente y se salvan. El sueño de los deseos cumplidos, de la unidad recuperada —va diciendo—, el poder total puesto a prueba, a prueba, hombre, expuesto, tirado al ruedo: habla con los párpados ofídicos muy juntos. Pisa la basura con seguridad y delicadeza: éste es su acto único y quiere aprovecharlo, luego se nota. El aroma de todas las dulzuras fermentadas nos embriaga. Nadie entendió. Sí, qué gran sueño, pero qué inútil. Pensar que la vida heroica era posible en nuestros días. Nadie les hace caso. Van a dejarlo hablar. El abogado de la defensa por fuerza dice mentiras y variedades. ¿O no?

Les muestro el camino fácil, pero estrecho, entre dos nopales negros, agusanados, y ya estamos en el callejón frente a la miscelánea y el dueño nunca me ha delatado aunque vivo aquí desde hace doce años. Es muy gente. El acusado vivió ese sueño y pudo comprender su patética grandeza. No sé si es el Hombre Invisible o el Tío Tom. Saludo al dueño de la miscelánea y todos entramos a comprar cigarros y refrescos. La niña de trece años, verde y lacia como un sauce lacandón, pone las cajetillas sobre el mostrador y tiende la mano y el Negro canturrea con su voz de altibajos. ¿Qué diablos fornicados sacrificó el acusado? ¿La música? ¿La arquitectura? Seguro. Pero sin grandeza. Los demás beben Pepsi-Colas sombríamente y la Pálida se persigna frente a la veladora que ilumina la estampa de una Virgen negra, ampona, con lágrimas de cera y ropajes de metal y raso. El acusado quiso destruir un mundo donde no se podía ser músico o arquitecto si no se acepta de antemano que los demás verían su ocupación como algo inútil pero tolerable. La lacandona ríe y se tapa la cara con las manos tiñosas, las manos oscuras manchadas de rosas alegrías enfermas. El Negro habla en inglés, sube y baja, y la niña ríe sin entender. Está en el Minstrel Show. El Negro es Al Jolson: pero no esencial a lo único que importaba, Mammy, acumular dinero y vivir tranquilo, in Alabammy. El padre, el dueño de la tienda, toma el aire afuera, sentado en una silla enana de paja, con respaldo pintado. Un respaldo de flores y patos. Prieto y obeso, respira como un burro o como un océano. Con la conciencia tranquila. Dominando a los demás con las frases de siempre, hay que tener paciencia, hay que ser bueno, sean caritativos, es bueno ser débil, los pobres de espíritu entrarán al reino de los cielos: el Negro está cantando.

El perro aúlla. El tendero le da una patada y los niños del barrio, los rapados descalzos, los overoles grises, dejan de arrojar corazones de durazno a los hoyancos de polvo y empiezan a perseguir al perro, autorizados, ajenos aún a la cantinela exótica y telúrica y folklórica de un Negro vestido de charro que canta un oratorio romancero corrido frío y sin carne que los demás empiezan a acompañar con una imitación del silbido del viento, con un ritmo involuntario de los cuerpos.

Cuenta, hombre, cuenta.

Todos los hombres son iguales. Todos votan periódicamente. Voten, hermanos, voten. Todos son propietarios. Amén. Cuatro hectáreas y una mula sólo para ti. Un salmo que los niños y el patrón no entienden: sólo ven a un charro negro y lo rodean cuando salimos al callejón y dejamos atrás los tristes olores perfumados de las pastillas de orozúz y yerbabuena y los chicles de clorofila y las paletas Mimí. Vamos a caminar, a ver a dónde nos llevan las piernas esta noche. Y marchamos por el callejón como el general Booth rumbo al Paraíso, guiados por el capitán de los santos charros.

El Negro se limpia los brazos con las colas de la camisa de charro y se apoya, abrazándome, para orinar. «¿De qué quieres que me disfrace, hombre? De vaquero allá, de charro acá. Muy sencillo, ¿no?»

Le ofrezco un par de guantes blancos que traigo en la bolsa del saco. Los niños le disparan con las manos. Él clava las suyas en el pantalón ajustado, de listas grises y naranjas y un águila devorando a una serpiente bordadas en las asentaderas. ¡Charros, charros, charros! ¡Cáigase muerto, sietemachos! ¡Un quintito, charronegro! ¡Un quinto para las limonadas! ¡No hay que ser! El Negro se detiene y se abrocha la bragueta: «Derecho a lo que no se posee. Ni riqueza ni vida ni fuerza. El acusado se arrogó su propio derecho. El derecho de barrer con ese mundo.»

El Güero Barbudo cuelga la cabeza y no estamos preparados para su voz, marginal, inesperada, con un cultivado acento de Boston. «No, no fue así. Fue... fue una fatalidad. Me tocó ese tiempo. Yo... yo estaba acostumbrado a cumplir, era mi deber, yo no quise que...»

Los niños dejan de mirar al Negro.

—Yo no quise esos extremos, no los conocía, no supimos nada de eso...

El Barbudo brilla un poco, su barba y su cabellera son más rubias que la noche.

—Yo seguí haciendo lo de siempre, nada cambió para mí, yo soy el mismo de siempre, lo juro...

Los chamacos se codean y guiñan. Un güero. Un gringo güero.

—No, no es cierto lo que dice... yo seguí siendo caritativo, bueno; otros eran héroes en mi nombre; eso sí; quizás les agradecí que yo pudiera seguir siendo el mismo y ellos me hicieran sentirme un héroe sin serlo... Quizás...

La Negra Morgana se planta sobre el polvo, acabadita de salir de un comic-strip. El acusado guardará silencio mientras el abogado de la defensa hace su exposición. Orden, orden. Los bracitos morenos se levantan, los dedos señalan: «Cristo. Cristo. El Güero.»

El Negro Tomás quiere hablar, aparta a los niños. Ah sí, había que vivir dentro de ese sueño del pueblo heroico, de los líderes heroicos, para comprenderlo, y comprender, sobre todo, el asombro...

La cantinela infantil, ¡Cristo, Cristo, el Güero!, se convierte, de dato que fue, en admiración: lo tocan, el Barbudo se retrae, erizado, el Negro entona como un bajo de ópera, el asombro y el dolor de saberse incomprendidos...

El santo, el güero, déjanos tocarte, ven, tóquenlo, métanle mano, es el güero claveteado, Jesusito santo: el Barbudo camina hacia atrás, el acusado quiso crear la última leyenda, la última batalla de los héroes antiguos contra la mediocridad moderna: el Negro habla a carcajadas, tipludo, como un viejo esclavo de plantación, el Barbudo da un traspiés y cae junto a la cerca de nopal y la ventanilla de una casa de adobe se abre y una mujer grita escuincles cabrones qué diabluras andan haciendo, no se metan con los gringos, quihubo, y el Negro ríe, el acusado quiso demostrar que la fuerza del héroe todavía es posible, el acusado quiso crear un mundo heroico para romper todos los mitos confortables del sentido común y la dorada mediocridad y la decencia manifiesta: váyanse, gimotea el Barbudo, déjenme, no me toquen, no dejen que vengan a mí y esconde el rostro entre las manos y en seguida lo revela, con los ojos muy abiertos y los dientes pelados y la melena revuelta y los chicos no gritan, dan un solo paso atrás, como los enanos de Chapultepec, nomás para agarrar vuelo y aventarse el salto mortal de esa cantinela de burla, lero lero candelero, denle por el culo al Güero y la confianza en todos nuestros poderes ocultos, escondidos por los creyentes sin fe, los cómodos ateos y los burgueses bien educados que creen íntimamente en el premio después de la muerte y el Barbudo se pone de pie con un grito salvaje:

—¡Los perdono, pero los desprecio!

Jakob aprieta su portafolio y le dice que es un cretino, que ése no es su papel, eso no está en el script y el Barbudo se encoge de hombros y explica que acaba de ver el *Nazarín* de Buñuel pero los chamacos levantan los pedruscos y empiezan a arrojárselos al Güero y todos corremos sofocados hacia la avenida cercana, el periférico, las luces frías y blancas, de hospital, morgue y marquesina, y los chamacos quedan atrás, al borde del callejón, de su frontera, ni un paso más, tiñosos hijos de su chingada, mocosos barrigones, sangre de lombriz, panzas de amiba, cabezas de tétano. Quédense allí, todos juntos, con los puños levantados, con las piedras apretadas. Pero la voz ahogada sigue cerca de nosotros.

Estamos en una isla del periférico, trepados los siete como náufragos, abrazados sin quererlo, porque si no no cabemos: un paso más y alguno cae y a veces no pasan autos, pero a veces pasan volando, jugando carreras y la Pálida está tan cerca de mí, huelo todos sus maquillajes compuestos y a punto de desflecarse: la huelo como a una playa expuesta al auricidio de su cuerpo afeitado, tatuado invisiblemente por esos cosméticos que chocan entre sí dentro de los enormes bolsillos de la trinchera que usaron Sam Spade y sus hijos Garfield-Bogart-Belmondo. Eso va a regresar —suspiro aquí, apretado, abrazado sin consecuencias a la Pálida— y los melenudos van a desaparecer: dated, fanés, descangallados. Me digo eso y me doy fuerzas. Pero la Pálida no está para leer mi pensamiento y anda murmurándole al Barbudo:

—¿No es lo que querías? ¿Por qué no seguiste hasta el final?

—El escenario no me convenció —dice el beat con su acento brahmín, su cochino acento de blanco anglosajón protestante (léase WASP), de Boston Boy que tiene apretado algo, un bulto de lombrices que se agitan, ahogadas, bajo su saco de pana. Podrían ser lombrices. Podrían ser. ¿Y por qué diablos no? ¿No puede un Boston Boy acarrear lombrices?

—¿Qué quieres? —se burla la Pálida con sus ojos de fiera dorada detrás de los anteojos negros—. ¿Que dirija la secuencia Cecil B. De Mille? ¿Y qué traes escondido allí? ¿Dónde te mandaste hacer ese saco? ¿Qué me ocultas?

Jakob le da una cachetada a la Pálida y por poco caemos todos al pavimento. No vamos a discurrir problemas personales. A nadie le interesan. Somos otros. Jueguen sus papeles.

—Ando buscando a Dios, en serio —dice la Pálida y Jakob vuelve a pegarle y ella chilla—: ¡Es mi papel, mierda, no soy yo!

Jakob le pide disculpas y afirma varias veces con la cabeza, como si memorizara el guión y el Negro al fin puede gritar a voz en cuello: Una gloria ultraterrena, lo grita con un orgasmo bautismal. Un perdón caritativo, lo solicita como en un pleonasmo espiritual, recuerda quién es, el defensor, el alter ego del acusado: Un perdón seguro para los peores excesos, que son los de la vida conforme y el desgaste inútil de nuestras breves fuerzas, oh Héroe, oh Capitán.

Estamos abrazados y siento frío y no quiero huir: huir del encuentro ahogado de gritos y gruñidos bajo la levita de pana del Barbudo, la túnica de los románticos, ajustada al pecho, amplia en las caderas. Leí en Harper's Bazaar que Pierre Cardin la ha puesto de moda. Me lo contó la China Machado, que es la mujer más excitante del mundo (después de ti, novillera). No estamos expuestos a nada. Nadie se detendrá a preguntarnos qué hacemos aquí, por qué ese Negro nos arrulla con su cántico repetitivo y abstracto que me aburre y obliga a anclarme en el name-dropping anecdótico de mi vida capilar. Repetitivo y abstracto hasta el sin sentido, ellos salieron al encuentro de lo que el hombre ha perdido, la vida trágica, vida-de-chivo, el azar de los límites verdaderos, la voluntad de ir hasta el fin, hasta el filo, hasta el precipicio. Las rocas de papier maché del Gotterdamerung. Las robustas amas de casa con lanzas y pecheras de oro y cascos encornados. Goebbels es Sigfrido. La aceptación gozosa de todos los rostros del hombre. La libertad. Stuffit, man, stuffit.

Una bolsa de celofán llena de orines le da en pleno rostro al Negro. Las voces ululantes, las burlas e injurias pasan con la velocidad del automóvil desde donde hemos sido agredidos. Cinco pitazos, manos de amenaza, a shave and a haircut, chingatumadre tan tan, el Negro con la cara mojada, nosotros bañados en pipí. La verdadera libertad de aceptar todas las posibilidades del hombre. El hombre. El Hombre. El Henorme y Heroico y Hentero Hombre, Cortázar. El Negro habla del Hombre y sus Posibilidades. Las Más Terribles.

Se funde este falso y chocarrero grupo de Laocoonte.

Las figuras se desmembran.

No hay más serpiente que la devorada por el águila en el trasero de los calzones del Negro.

Cruzamos con melancolía el periférico. El Negro habla en voz muy baja. Porque ustedes las han escondido. Han creado un hombre mutilado, sin la mitad de su ser. Ay Máistro Veloz, tú que odiabas al animal hombre y tanto amabas a Juan, Pedro y Tomás: te recuerdo.

Nos acercamos al viejo Lincoln convertible. Ellos no. Ellos descorrieron el velo del hombre entero. Boston Boy abre de un jalón el cofre del automóvil, repleto de trajes amontonados sin concierto, disfraces —creo— porque brillan de mala manera y ni uno se sospecha mi sorpresa, ni yo la de ellos: el Barbudo aparta las solapazas y libera ese bulto vivo, trenzado, amenazante, gruñente. Lo arroja dentro del cofre. Serán dos cuerpos, uno el animal del otro, abrazados, quietamente devoradores. Serán. De un golpe, el Barbudo cierra la cajuela, no cierra el ruido de fauces y gemidos y todos lo miran sin comentar y quién sabe qué quede al final del viaje que será el final de la noche.

Les doy la espalda y subo antes que nadie al auto. Me hundo en el asiento de atrás y el Negro entra detrás de mí: Del hombre que también es hijo del demonio, del mandinga coludo que nació el día de san Bartolo. Crujen los resortes y mis pies reposan sobre las latas de aceite. Sólo hombre completo cuando acepta y exhibe y explota su rostro nocturno. El Rosa y la Pálida se sientan como pueden a mi lado. El asiento vuelve a crujir y se hunde del lado de ellos y yo quedo un poco en el aire. Jakob me pregunta a dónde y les digo a Niño Perdido. Su corazón de tinieblas. Su mitad oculta por los siglos de la barbarie judía y cristiana que amputa a los hombres. Tomás, Pedro, Juan. Eso, la Calzada del Niño Perdido y sígale por todo el periférico hasta la Barranca del Muerto. Dad oh dad a Dad lo que es de Dad y al Rabón lo suyo propio. Había que decir todo lo que se perdió para poder regresar a Dios y enfrentarlo con la integridad oculta por ustedes, con las armas escondidas por ustedes. Nacen demasiados niños en México y la India y Haití y no hay con qué alimentarlos. El mal verdadero sólo nos muestra que el mal también es humano. La Pálida le dijo al Negro que se callara, que estaba loco y el Negro contestó que alguien tenía que estar Loco y Enfermo en un Mundo que se creía incurablemente Sano y Racional. Hurgué cerca de mis pies, entre el nido de impresos que traían los Monjes, Eros y Evergreen Review y las aventuras de Barbarella, todo el sadismo de carpa y unos cartelones enrollados con grandes efigies clásicas de Boris Karloff y Shirley Temple. El *Wall Street Journal* y *Der Spiegel*. Charlie Brown snopea a Snoopy. Ese Negro me está dando en los cojones. Su defensa parece mala a propósito. ¿Qué carajos hace de pie, apoyado contra el capote doblado y remendado del auto, vociferando en los túneles del periférico: ¡El Acusado ha estado Loco y Enfermo en nombre de Todos, por la Salud de Todos!, es lo que nunca entenderán y ni siquiera el fracaso les enseña nada; mientras yo lo interrumpo para contarles que Master Swifty ofreció la única solución: cebar a los niños de los pobres, que al cumplir un año son —se dice— suculentos, y crear un mercado —forse, negro— para esa delicia gastronómica?

La ciudad se está cayendo a pedazos y el Negro agita su sombrero mexicano con rosas de plata negra, saluda al Mundo y Universo, porque hoy ustedes se sienten justificados y cuerdos en contraste con la Locura Salvadora del acusado, su fértil locura que recordó a cuantos lo habían olvidado —a todos— que somos capaces de la Crueldad y el Sufrimiento y el Orgullo totales y los demás tararean Pretty woman, holy mamma, have mercy on me y un cuico chifla y la ciudad, les digo, se está haciendo mole, ya no queda nada en pie, nada a la vista, los ricos viven escondidos en falsos palacios coloniales detrás de las bardas coronadas de vidrios rotos, los pobres viven escondidos en auténticos palacios coloniales dados a la ruina, detrás de los laberintos de los desiertos pavimentados, y ya no se ve gente: se ven autos rápidos y camiones repletos, todos están secuestrados dentro de una carrocería y los horarios están dispuestos para que nadie se encuentre, nadie se vea la cara, unos se olviden de otros para no compararse y matarse, oh México, pobre metrópoli con pies de lodo, pobre aldea untada como queso de tuna a lo largo y ancho de un valle baldío, pobre palacio de sal que espera la marea del azufre. Mi voz se impone a la del Negro y Jakob me observa con misericordia: nuestras miradas se comunican a través del espejo del Lincoln y si creo que los demás duermen o mueren o escuchan me equivoco: los probables ruidos del cofre son sofocados por el mofle abierto y ellos han estado murmurando, comunicándose en secreto, preparando otra escena para cuando termine la primera de este proceso que Jakob debe haber dispuesto, germánico, sin sangre, lleno de fórmulas. El Negro le ha dado a su acto todo el fervor de una plegaria ritual, pero no ha podido convencer. Es un mal abogado. Chicanero. Balín. Entiendan, entiendan, fuimos liberadores, no opresores, fuimos los únicos hombres que al sentir el oleaje del mal en nuestros pechos, actuamos para el Mal, en vez de mutilar esa fuerza: el Negro arroja el sombrero al aire, a la calle, a los perros que se lo disputan y luego quedan atrás, puro hocico, pura baba, puros ojos de navaja febril, amamos más porque fuimos capaces de odiar más. El Negro cae sentado. Quisimos ser odiados para ser amados intensamente. Tose.

Nadie habla y ya vamos llegando. A la izquierda, les digo. Podemos estacionar al lado de la gasolinera. Ya me conocen. Y el Barbudo murmura:

—¿Por qué nadie lo comprendió, por qué? —y la Pálida acaricia la mejilla hirsuta con repugnancia:

—Entonces, sólo te acercaste a mí...

—¡Sí, créelo! ¡No te engañes! —el Barbudo aprieta la mano de la Pálida y la tuerce y ella dice entre dientes:

—Suéltame. Sólo para compensar. Una como yo. Para pagar. La que fuera...

Y él lleva los brazos de la mujer a la espalda de la mujer, los reúne junto a las nalgas, se inclina sobre ella:

—No. Te equivocas. Ni siquiera eso.

Suspiro y quiero bajar. Si esto se pone demasiado claridoso, me voy a aburrir. Yo vine aquí por el misterio. Por una aproximación al misterio que quede después del falso misterio de la analogía y la oposición. Le hago un gesto de saludo al empleado de la gasolinera, que no me reconoce. Salto del coche.

—Ahí te encargo el patas de hule. No se escucha nada dentro del cofre.

—Sí, mi jefe. No lo había distinguido.

—No te preocupes.

—Ni siquiera eso —la Pálida se quita las gafas oscuras muñequita de lujo y sus ojos son pequeños y un poco estrábicos.

—No, no entenderías —oigo decir al Barbudo, que salta detrás de mí y luego todos descienden del auto y la Pálida sigue allí, sin reaccionar, y cuando lo hace, antes de que crucemos la calle, grita:

—¡Tienes que decirme! ¡Me has tratado igual que mi marido! —y corre a una de las bombas de la gasolina, desgañitándose, y por lo menos él nunca me engañó, arranca el tubo de servicio, me dijo siempre que debía fingir que era otra, lo aprieta y nos riega de gasolina, no me engañó, corremos hacia la acera de enfrente, ella dispara contra nosotros, me hizo jugar su juego, el empleado la abraza por detrás, ir por delante a una fiesta, le abraza la cintura, para descubrirme, lucha con la mano libre para quitarle la manguera, para imaginar que era su nuevo amor, la Pálida trata de morder la mano del empleado, una desconocida, los dos están empapados de gasolina, me excité y me negó el placer, el empleado la levanta en vilo, la Pálida suelta la manguera, pateando, me ofreció la humillación, sus muslos divinos, su pelambre de cobre, su propia humillación, brillan un instante bajo las luces de neón, cae de rodillas, empapada, para ver si yo podía soportarla, saca unos cerillos de la bolsa del impermeable, pero no me engañó, así me gustas, Pálida, Pálida sin nombre, me estás poniendo más cachondo, tengo una erección bárbara, quién te manda, el empleado está colocando, morado de rabia, la manguera en su lugar, yo conocía su juego...

Ella se levanta. Cruza la calle. Llega hasta nosotros con la cajetilla en una mano. Olemos a puro Lago Maracaibo. Nadie se mueve. A mí no necesita ponerme lumbre, bárbara. Pero ella enciende un fósforo. Lo observa brillar. Mira de la llama al Barbudo y no a mi pinga bien parada detrás del pantalón. Le dice después de la larga pausa, aprovechadísima:

—Y tú...

El Barbudo se rasca las costillas y saca esa tarjeta de una bolsa interior del sacote. Se la tiende a la Pálida. Miro por encima del hombro largo, huesudo, mientras las ganas se me van que vuelan. Miro esa tarjeta de reclutamiento, A-1, preséntese inmediatamente, John Jacob Richardson, campo de reclutamiento X, South Carolina, ahí te voy, Tío Ho, con mis regalitos de fósforos y perro cansado.

La Pálida acerca el cerillo a la tarjeta que se incendia como un bonzo de bambú.

Todos chiflan la marcha de los marineros salvo la Pálida, Jakob y yo. Más discretos. Más dignos.

—Si no entramos pronto, los tecolotes se van a dar cuenta —les digo.

Pero nadie se mueve. Están cuadrados. Chiflan. From the halls of Montezuma. Aquí mero empezaron los hijos de puta.

El Barbudo se acerca a la Pálida y me dan ganas de incendiar las melenas y las barbas del hombre, que ya están en llamas, que ya se ofrecen con un resplandor erizado. La toma del brazo. No me acerqué por eso. Te lo juro. No para borrar una culpa que no siento. Y ella levanta el nuevo rostro, lavado por la gasolina, el rostro sin cejas, sin labios, sin sombras, el rostro de ojos un poco bizcos:

—¿Entonces por qué?

—Te morirías si no te explicaran todo, ¿verdad?
Él habla con una voz cada vez más baja.

—Para recuperar a otra mujer.

Una voz perdida en la cabellera mojada de la Pálida. Les digo que hay que entrar.

—¿Quién? ¿Quién es Hanna? ¿Hanna?

La Pálida no mueve un músculo de su nuevo rostro de tierra líquida, de llama seca. Pero todos miran con una seriedad falsa a Jakob y el Barbudo toca con los nudillos a la puerta de latón:

—No sé. Nunca supe bien —y el rostro polveado de un hombre asoma por la rejilla, inquiriendo sin palabras y la Negra sonríe:

—Orden, orden. Los testigos podrán hablar por turno.

—¿Qué les cayó encima? ¿Dónde fue el aguacero? Así me da gusto verlos, bañaditos. ¿Se cayeron en Poza Rica? Huelen a circo, huelen a puritos diablos.

La Capitana nos conduce por los salones apretujados de esta casa fin de siglo donde nuestro hedor le da en la madre al de polvos de arroz y pescadería y las chamacas chismean en bola al pie de la noble escalera de cedro y los nalgones con trajes de avión beben en la barra y los padrotes sirven las copas en bandejas abolladas. La Capitana hace un gesto de fuchi y nos guía hacia la escalera. Las viejas que los acompañan han de querer estar solas, muy private, hay bonitos shows, los chincholes nos les suben al rato, ¿quién quiere humo en tubo?, a ver, ¿cuántas muchachas quieren, aquí cuáles son viejas y cuáles machos?, ya no se sabe, el de los calzones colorados qué quiere, pinga o coño, déjese ver y apreciar, garfilazo.

El Rosa-Correosa se deja bajar las mallas de trapecista por la Capitana. El rostro del joven, la melena de paje, la nariz medio pinochesca, se confunden como su voz:

—Es que yo... yo quería ser testigo de algo...

Déjese hacer, garfilazo, nomás para estas seguras ay madréporas ya lo decía yo pasen muchachas. El Rosa-Correosa, sin calzones, se sienta al filo de la cama en este cuarto sin ventanas, con ventanas tapiadas, quizás alguna vez hasta hubo un balcón, allí, a la derecha:

—Bueno, es posible que me haya quedado en testigo y nada más. Pero es que no sabía.

La Negra arroja las botas y cae encima del Rosa:

—El testigo será coherente o se callará la boca.

Se la calla a besos. El Rosa-Correosa la desviste con prisa. Capitana, que nos sequen la ropa. La noche es más larga que los senderos de los huehuenches, más honda que las montañas del mar y aquí nadie está sanforizado, mi Capitana. Dile a las chamacas que pasen del umbral, que ya no se muerdan los dedos o se queden allí paradas como tordos o dándonos la espalda, vámonos mana, aquí no hay bisnieto, éstos no son clientes serios, vienen por puro relajo, vienen de ociosos, vienen a reírse; pero mira mana dónde lo criaron, como los toros de Piedras Negras, como los burros de Zacatlán de las

Manzanas, ah la maciza, ah la correosa, y van entregando los tacuches que ya no se aguanta la respirada esto se corta con cuchillo, vayan encuerándolos, hay para todas. ¡Me lo rifo!

Me lo rifo, grita la Capitana y se planta como un sapo en la canícula, nerviosa y verde y buchona, mirando para dónde dar el siguiente brinco con su cuerpo de guayaba y su sonrisa de tecla. Que las chamacas nos desvistan, riendo y murmurando, de rodillas, cabizbajas, profesionales, las antiguas esclavas, las geishas de canela y viruela loca, temblando de gusto porque están hincadas sirviendo a los señores: que nos desvistan a nosotros, de pie, que nos encueren a nosotros, las estatuas.

Sólo el Rosa-Correosa está tirado en esa camota matrimonial, enorme, como ya no se hacen, sin apartar la colcha colorada, con la Negra Morgana a su lado, la Negra bien bichi a excepción de esa cartuchera sin balas que se le engancha en los huesos de las caderas y él dice sí, si sólo pudiera ordenar mi sueño; pero es que todo parece haber sucedido hace tanto tiempo. Todos tuvimos ese sueño: ¿Tú no? ¿Quién le entra a la rifa? ¿Cuándo han visto algo igual? Examen:

—¿Cuál sueño? Repita. Datos. Hechos. No se confunda. Le va a costar caro.

—¿Con el que me separé de mi familia?

—No se quede corto.

—¿Con el que fuimos a Grecia?

—Rememore. Tome ácido glutámico.

—¿El sueño de los treintas, mis lecturas de juventud, los románticos?

—¿Qué es un romántico?

—¿Alguien que manosea sus sueños?

—Sea menos preciso.

—Todo es inminente. Todo es aberrante. La belleza o el crimen.

—Rememore. Discronice.

—Le juro que sólo he recordado a Raúl y a Ofelia para saber si ya vivieron en mi nombre. Si puedo dejar de repetir lo que ellos ya hicieron.

—Nazca de vuelta, testigo.

¿Cuándo, chamacas? Navaja de sangre, retazo de garañón, torre de Nestlé, plátano de oro, nervio de pulpo, pescado negro, éntrenle a la rifa, aquí están mis diez baros de tehuana mesopotámica, ¿cuándo, rucasianas?, elote de piedra, cabeza de zorro, piel de elefante (Renato was here: hilarantes comediantes, amigos elefantes, dura piel que no sirve para guantes), arrugas de guajolote, vello de puma, no verán algo igual otro igual, no sean majes, quién sabe qué diga, habla chino, vean, es que la defensa habló hace un rato de la unidad recuperada, ¿verdad?, de todos los deseos cumplidos con sólo desearlos y yo acabo de estremecerme al pensar que ellos (más bajo, solloza la Negra, más bajito, mi amor) los criminales y ellos (¿Tú también?, se resigna la Capitana, ¿ni tú lo resistes, chaparra? sea por Dios, venga la lana) los poetas, pudieron salir de la misma madre: ¿Sade se llama Auschwitz, Lautréamont se llama Treblinka, Nietzsche se llama Terezin? Se juega. No va más. Ay sí. Porque nuestro sueño, el que nunca pude escribir, pero que nacía, no sé, de todo un espíritu del tiempo, el soldado, la culebra, el negrito, la sandía, el gallo, no sé, del tiempo, era que también había que acabar (pronto, mi amor, acaba pronto, no te das cuenta, qué importa después, primero yo, ahora) con ese mundo que nos había mutilado a todos, el charro, el jorobado, la muerte y su hacha, y que la única manera de hacerlo era lo mismo que él dijo, el negro, ponerlo todo a prueba, someter toda la realidad al deseo: desear lo que nadie se atrevía a desear, la que saque el gallo de la porcelana ganará la rifa: ése era mi sueño (más, más, ya mi amor, mi testigo, que sí, que sí) se agita la nica, se revuelve bien, no hay chapuza, aquí no se transa, putas pero honradas: las dos revoluciones, la del mundo y la nuestra, la de fuera y la de adentro (miamor, miamor, miamor) la victoria del deseo y el fin de las terribles oposiciones, lo tuyo y lo mío, la palabra y la acción, el sueño y la vigilia, el cuerpo y el alma, todo lo que nos divide, la patria, la bandera, el hogar, la propiedad: el Rosa va a dejar de hablar o las palabras se le ahogarán y las dirá convertidas en bosques de espuma: ya. ¿De veras deseé ese mundo total, Ligeia?

¡Nooooo! La suerte de la fea. ¿A qué santo te encomiendas? La bonita la desea. Ay, san Antonio bendito. Miren nomás qué alburazo. Nos transaron, mana. Chaparra y flaca, qué desperdicio. Margaritas para los marranos. Ésa no sabe por dónde. Ésa no tiene por dónde. Suelta las toallas, enana. Llegó tu hora. Bracitos más entumidos. Tetitas más guangas. Necesitas una friega con alcohol. A ver si lo agarró cansadito. ¿Noooo? Abusada, mana: ya le mojó el barbón a la soldadera ésa. Te digo. Mugres manos de toallera, acostumbradas a limpiar sangre y papuchas y monos como King Kong el rey de la selva, trapos calientes, toallitas más suaves, siempre listas y dispuestas. Es tuyo, chaparra. Deja las toallas.

En tiempo de calor, las culebras abandonan sus guaridas, no aguantan su piel antigua, abandonan su soledad sabia y eficaz, salen al rayo del sol para juntarse todas y corren por los campos trillados del Edén, arrastradas, antes de que la última piel se les caiga hecha jirones y se vuelvan puro esqueleto y ojos de huevo: no sé quién le tocó a quién, cuando el Rosa se levantó de la cama, en esa pirámide que se hizo rosca en el enorme colchón, no sé qué le contó el Rosa a la chaparrita de las toallas, a la flaca y fea y sarmentosa que se sentó junto a él en el mueble de tubo, siempre con las toallas al brazo, mientras la Capitana me daba el beso negro y creo que esos calcetines que andan por mis narices son los de Jakob.

—Escribí un librito. Dejé a mi madre. Encontré a una mujer. Fuimos a Grecia. Creo que eso es cierto. Pero el mundo no cambió para nada. Se negó. No quiso hacerme caso.

—Mire. El gallito.

—Quería ser uno con el mundo y el sueño y el arte y la acción.

—Mire, que mire.

—¿He dejado de creer en la fuerza de mi deseo?

—Que le digo que yo me saqué el gallito.

—Sí, dejen que me descargue a favor de Franz. Acúsenme a mí.

—Que gané.

—¿Que soy otro como él, pero sólo latente, sin grandeza, su larva? Yo le escurro el bulto a un toro como ése, chaparra. Me da miedo.

—Que me saqué la lotería.

—¿Sabes? Nos dijeron que el mundo sólo se transforma cuando todos actúan juntos; uno solo... ¿no puede?

—La rifa. Que gané la rifa.

—¿La historia no se piensa, se hace? ¿Cómo? ¿Cómo?

—¿Y mi premio? ¿Cuándo?

—¿No puede nada mi puro deseo? ¿Y el amor, que es el anuncio del deseo de todos?

—¿No me la va a hacer buena?

—¿Será el amor el resumen del mundo? ¿Al ser uno con la mujer podremos ser uno con el mundo?

—Estaría de Dios. ¿Quiere que me conforme con mirar?

—¿Y el amor no es realmente, como el mundo, una lucha, una resistencia o nuestro deseo, que por fin nos vence o se deja vencer? ¿No se impone siempre un amante al otro, lo coarta, le impide crecer? Eh... ¿qué sigue? ¿Qué debo decir ahora? Maldita memoria. Etcétera.

Elena, Elenano, toalla al 6, dónde chingados se mete esa chaparra, para qué le pagan, le encanta oír a los borrachos, nació para confesora, estoy escurridísima, dónde se escondió.

—Si quieres, toca, chaparrita.

—Todo se me va en tentar.

—Tienes manos muy lindas.

—Algo me había de tocar. Todo anda mal repartido.

—Me gustan tus manos. Pesan como dos piedras húmedas, como una talega de plata.

—Será de tanto cargar toallas. A veces no siento los brazos.

—¿Te conformas con ver?

—Fue pura lotería. Quién me manda meterme donde no debo. Luego me van a mirar gacho, de ladito, con resquemor. Más vale que regrese el gallito. Que lo use otra. Gracias, joven.

—¿Te están gritando? ¿Es cierto que oyes confesiones?

—Sí, porque a nadie le importa lo que yo ande repitiendo. Me están llamando, jovenazo. Me van a correr si no me apuro.

—Quédate. Les pago tu sueldo. ¿Cuánto ganas?

—Nomás las propinas y las meriendas. Y uno que otro tanguarnís.

—Ven.

—No, a la cama no. Se van a enojar.

—Que vengas. Ven a oír. Nada más. ¿Entiendes lo que te estoy diciendo?

—No. Por eso puede contarme todo. Mientras esperan, antes o después, los clientes me platican allí afuerita. Todo se me olvida. Dicen que soy el puro olvido. Elenano la olvidosa.

—Ven a olvidarte de cosas que no significan nada.

—No soy nadie para averiguar eso, señor.

—Ven. Acuéstate aquí. Ves que nadie puede.

Jey jonibonch, lovidovi, hazme un huequito, cherribloson, foquifoqui.

—¡Ay!

—¿Hasta ahí?

—Cachuchazo popular.

—¿Hueles al Negro, chaparra? ¿Quién habrá inventado que huele distinto o peor que los demás? Toca la barba del Güero, acaricia la espalda de la Paliducha, Jakob, ¿qué haces con los calcetines en la cama?, ¿quieres llegar por fin al mundo exterior unido y fortalecido por el amor? ¿No te das cuenta de lo que el mundo ha hecho de sí mientras nos olvidábamos de él y amábamos solos? ¿No ves que en su propia lucha, paralela a la de mi amor, mi sueño original, el sueño de afuera, el sueño insurgente, ha sido derrotado por la resistencia del mundo?

Estoy sofocado, junto, bajo, entre, sobre los cuerpos y me aterra la ausencia de risas, la cadavérica solemnidad de nuestra pirámide sin tactos, la máscara salvavidas del idioma inglés en boca de las cariñosas honeybunch, cherryblossom: cuando el Rosa-Correosa apagó la luz, todas las manos huyeron de las pieles ajenas, la oscuridad les arrebató el placer profesional y las manos se refugiaron en la propia piel protectora y la lingua franca del joven, imberbe Rosa impone el abandono a quienes entendemos su inglés germánico, los destructores de ídolos son ahora los adoradores de ídolos: el Rosa ha recostado, como una sardinilla, al filo de la cama crujiente y callada, a la muchacha de las toallas, la rebelión triunfante se vuelve también institución y ley de una nueva opresión: impone el respeto a las huilas que deben imaginar una locura intocable y un daño reciente que han venido a contagiarlas: la lengua extraña las inmoviliza, coarta la burla, destierra el albur; a su manera, ellas están en el juego, le escuchan sin entenderlo:

—What is left of our dream?

La Pálida suspira a mi lado, se separa penosamente de todos los brazos fríos.

—La tragedia de los pequeños. La tragedia sin máscaras. La definición de lo posible y la pérdida de las ilusiones.

—Se acepta la aportación de la testigo.

La Negra Morgana satisfecha susurra con la almohada sobre el rostro. Ah, qué relajo de juez. Trae bien mojada y apretada entre los muslos la peluca ceremonial de la magistratura: la pararon de cabeza en el estrado de Old Bailey y dictó sentencia con el ombligo y nadie se enteró. Ahí está, cuando el Rosa vuelve a encender la luz y todas chillan y se tapan, se levantan y se hincan, agarran los rollos de papel de excusado y se los meten entre las piernas, se dan friegas de alcohol y se acabó el show, ahí está el show, con las piernas levantadas y apoyadas contra el respaldo de caoba y el Rosa dice al encender la lamparita de noche:

—Y yo sigo sin saber algo —toma el lápiz labial que le tiende la Pálida, que ya está de pie, metiendo mano en las bolsotas de su trinchera:

—El testigo es impertinente.

—No, no. «Avez-vous déjà giflé un mort?» «Avez-vous déjà tué un juif?» —y traza en el vientre de la Negra la máscara del Cíclope Ciclón B, el ojo-ombligo de un payaso con bigotillo tirolés.

—Eso quería decir.

La Capitana, desilusionada —aquí no ha pasado nada— le tiende los pantalones de charro al Negro que habla mientras se faja, se acomoda los güevos en la estrechez de calzador, se encaja bien las nalgas.

—El amor es satisfactorio aun cuando es doloroso. Y amamos a quienes nos hieren más, porque sabemos que les importamos.

—Sentencias. Sofismas —Jakob se levanta los calcetines y la Pálida se mueve entre las huilas que huyen, abren la puerta, piden toallas, reciben nuestra ropa seca y planchada y Elena es empujada fuera de la cama, se acabó la pachanga chaparra, dale a la chamba y la Pálida cierra la puerta, impide el paso, toma a Elena de los hombros y la fija, de cara a nosotros, de espaldas a la Pálida que le mesa los cabellos, los dos, ¿por qué no lo aceptan?, ¿por qué viven de los fantasmas?, le levanta la cabeza con un dedo bajo la barbilla, ¿por qué no prefieren cualquier cosa viva, a pesar de las cadenas, una mujer real?, Elena trata de sonreír, de cerrar los ojos, de entrar al show, ¿una mujer real, con cuerpo, con rostro, es una cadena? Dogal de flores, la chaparrita empieza a reír, ¿por qué prefieren amar su propia imaginación, el harem masturbador, el serrallo de los eunucos?, todos te miran, ah chaparra flaca y sarmentosa, ¿a amar una mujer real?, ahora es cuando, Elenano, muere en la raya levanta los brazos y muestra los dientes con los ojos cerrados y contonéate y trata de bailar y baila como un títere de yeso, avergonzada, vestida con su suéter de botones y sus medias de algodón, baila ese paso de indio, un-dos-tres, undostrés, dos pasitos para acá, un pasito para allá, como en las ceremonias del origen que son las del terror aplacado, frente a los dioses y a las madres.

La Pálida, que la ha sostenido con las manos, arroja a Elena al suelo:

—¿Nadie puede amarme a mí? —y Elena chilla como una marranita—. ¿A una mujer que camina, duerme, come orina, menstrúa, canallas? ¿Tengo que ser la repetición de una pesadilla o la anticipación de un sueño para que un hombre me ame?

Elena chilla, de bruces, y las putas se han arrejuntado con la Capitana, como polluelos y la Capitana mira a la Pálida con sospecha y luego con odio y las putas lloran, que llamen al Gladiolo, que la callen, el Gladiolo la echa, va a venir la poli, está bien trole, bien lucas la desnivelada, perdió del pensamiento la impresión, ay nanita, ve por dejar que se metan viejas, qué me han dado, qué me han dado a cambio de mi amor, ¿dónde están mis hijos?, ay nanita, ay la llorona, ay la bruja, ay la Medea: seguro que va a temblar, cuando empiezan a caernos tantísimos avisos, cuando la Pálida va muy despacio a la cama solitaria y todos estamos mirando, apoyados contra las paredes, seguro que va a llover en Sayula, cuando se recuesta sobre la cama que ahora todos vemos por primera vez, al convertirse en escenario, la cama-trono de este burdel, una cama antigua, de caoba pesado, de alto respaldo barnizado, seguro que va a nevar en Yucatán, cuando el Rosa trata de arrojarse sobre la cama y Jakob y el Negro lo detienen y el Rosa dice: prometiste.

Seguro, que la Chontalpa se inunda y las rosas de la Virgen florecen en invierno cuando la Pálida se mete dentro de esa cama anchísima, como ya no se hacen, y la Negra se apoya contra uno de los pilares con remates de urnas y vides y la Pálida dice sí, prometí. Nunca mencionarlo y abre las piernas y la Negra arroja a un lado los almohadones inmensos y aparta la revoltura de sábanas y frazadas y su mano, su blanca araña del día, avanza rengueando sobre el rojo edredón, coja araña, y las putas saben que ahora sí comenzó el show y la Negra se conoce bien sus suspensos, dragona, como Peter Loore cuando interpretó al Hairless Mexican Porfirio Moctezuma Conde del Ombú: la mano blanca es la araña del día que va buscando sobre la seda del edredón, husmeando en dirección de la leche y de las estrellas y las putas comen ávidamente cacahuetes, hacen tronar las cáscaras y las arrojan al piso donde sigue Elenita la toallera, la olvidosa, y yo quiero preguntarle a la Capitana de dónde salió esa cama como ya no se hacen, cómo vino a dar a este prostíbulo, pero la Capitana es la Capitana y pela uvas con sensualidad y fastidio, con los ojos clavados en la araña blanca que camina con las uñas de la Negra, borracha e insolada, como si cargara tantas grandezas perdidas y recuperables que el placer inmediato le sería imposible. Avanza la araña hacia la mosca del día, inmóvil, rosa y plata, que un coleccionista fijó con alfileres de seda entre las piernas de la Pálida.

—¿En dónde, Capitana?

—Oh, no joda, caifán. ¿Se le antoja una uva?

Y el sollozo lento, continuo, olvidado de la olvidosa toallera arrojada sobre el piso es el viento que hincha las velas de esa mano criminal que ahora salta y maromea, araña el aire y se hunde en el edredón, gesticula y conversa, atrae, ordena: es puro verbo, pura convocatoria del acto y Elenano está en la oscuridad de ese piso rociado de alcohol puro, empapelado de rollos higiénicos y plantado de huecas cáscaras, donde nuestros zapatos reposan amontonados y las agujetas son lombrices dormidas que esa garra en movimiento, con un solo desvío, con un solo gesto involuntario, podría convertir en las serpientes tutelares de las pirámides:

—Dime o hago que se detengan.

—Haz que se pare, caifán. Ah qué las tunas.

Lombriz, agujeta, serpiente: los dedos se detienen, están cerca pero no acarician, tienen la presa cerca de la mano pero no la tocan. Las uñas de carnicero se afilan y no degüellan y la Pálida sigue inmóvil, quizás porque la mosca ha sido hipnotizada por la araña, de repente porque sabe cómo convertirse, llegado el momento, en aire de grillo, en nube de camaleón y desaparecer dejando un gran boquete de cielo desnudo entre las piernas, seguramente porque necesita el desorden y la humillación que el mismo amor necesita, porque sabe que toda violencia real es impasible, que todo caos auténtico ofrece el espejo de la claridad, que toda virtud es la suma de sus pecados: puta madre, la Pálida levanta las piernas abiertas como el conejo escondido mue-

ve una oreja para escuchar mejor el paso del caza-
dor y así se delata: ese temblor ligero revela a la presa que quiere ser presa para que la violencia esperada sea la paz final y merecida —o quizás porque
sabiendo que va a ser cazada, la víctima desea, por
lo menos, que su sacrificio sea libre: el movimiento imperceptible es el signo de ese encuentro de la
voluntad y el destino—. Me comerán, pero yo lo
habré aceptado con un gesto deseado e indeseado,
con un anuncio fatal: el coño de la Pálida guiña,
pulsa, cree que podrá chuparse —pantano de goma y azufre— a la mano que al fin se clava en la
cuesta venérea, y las huilas tiran cacahuetes, ole, gol,
jonrón, y los dedos de la Negra entran por la vagina
de la Pálida y la baten, chocolate, molinillo, espuma,
gelatina, óleo, lúpulo, arena, lodo, fruta de mar, gra-
tinado. Van a gemir las putas, van a caer de rodillas,
junto a los zapatos, al lado del olvido de Elena. Se ta-
parán los sexos y las bocas, una mano abajo, otra
arriba, por donde entran las moscas a los panales de
rica miel, por donde los coyotes atacan los rebaños,
por donde las salamandras engendran mandrágo-
ras y, en los parajes apartados, se cruzan las mujeres y los lobos, los hombres y las hienas para parir
las razas que nunca dan la cara al público. Obstru-
yen los orificios para que no se les derrame el licor
del placer y el sufrimiento y el Negro se masturba
y grita, dice que mantener la obra de la muerte
exige toda la fuerza de la vida y el Rosa aúlla herido, prometiste, Ligeia, prometiste, Ligeia, ¿querías
que fuera como Raúl, que muriera un domingo
después de vivir todos los domingos envuelto en la

página de espectáculos, en las hojas de contabilidad, en los forros del misal y en los carteles taurinos: querías para mí esa mortaja de la cual huí, huí, huí contigo; sí por eso hemos vivido juntos?

Luminosa y enferma, la verdadera herida nos ofrece su cicatriz abierta herida por su herida, su heredada herida, el esplendor enervado de su estación de paso, el calor brumoso de ese encuentro, de esa glacial humedad de la que la Negra extrae —y los gritos se acallan y las voces se devoran a sí mismas y la saliva regresa a los hornos de la boca— esa cruz de alambres, ese títere sangriento, ese muñequito de rosca de reyes, hilo y porcelana y ojos de huevo negro: lo extrae del huevo negro y lo suspende de un dedo y lo mueve como un péndulo frente a la concu, nosotros, nuestras caras y nuestros cuerpos suspendidos, rotos, que cuelgan y se bambolean en este cuarto de burdel, que al moverse se quejan con las bocas abiertas y los ojos presos. Las putas y los monjes hipnotizados por ese ínfimo muñeco infame salido del falso parto de la Pálida para enfrentarse a nuestras manos de largas uñas, a nuestras cópulas fecales, a nuestros esqueletos recorridos por enjambres de moscas, a nuestras sonrientes y cercenadas cabezas de toro y jabalí, estúpidas y feroces: un hombre diminuto es levantado en el aire por garras de ave enloquecida: la Negra arroja el diafragma ocular a nuestros ojos.

—Suave el show.

—Oye, mana, ¿qué de a deveras?

—No seas mensa. Lo traía escondido.

—No te dejes pendejear por una gringa.

Estoy de rodillas y las escucho. Ah mis esclavas prietas, ah mis doncellas, carne de hacienda, servidumbre y burdel: ah mis encomendadas, ¿con qué van a contestar sino con la malicia?, ¿qué más le queda al esclavo para defenderse?, ¿con qué sobrevive el peón, la criada o la puta sino con la agilidad y violencia de su picardía, el arma que les asegura un sitio en el mundo: con qué, sino con las palabras, disuelven el mundo detestado e inventan el que podrían querer?

Pero no las miro. Veo en esa cama revuelta, con remates de urnas y vides, en medio de los almohadones inmensos, a la Pálida que dice ser Elizabeth que es llamada Ligeia que es famosa como Elena que es frecuentada como la prostituta del templo fenicio que es adorada como María salvada que es madre del Salvador: la mano de la Negra es una blanca paloma. Eres tú, dragona, y a tus pies, que son nuestras cabezas, está el muñequito de alambre y porcelana, lavado por los coágulos y el semen y el Negro está allí con la boca abierta y no tiene nada que decir, nada que defender y Jakob mira intensamente al falso feto y el Rosa se tapa los ojos y le da la espalda y sólo el Barbudo lo mira con la soberbia peregrina de un rey de Oriente y en el cielo raso del burdel brilla la estrella guía que cambia el curso de los planetas —la Capitana tira al aire el cabo de su cigarrillo encendido— que atrae el sol para que consuma la tierra —y el cigarrillo encendido traza una parábola de luz helada— y empuja hacia atrás los tiempos del mar —y el cigarrillo cae exacto dentro de la bacinica.

El Barbudo se sienta junto al muñequito en el suelo.

Arroja unas monedas de cobre a su lado.

Aspira su Juanita y lanza una bocanada de humo merolino sobre el sagrado infante que yace en ese corral de cáscaras de maní. Donde menos se piensa salta la liebre.

Ahora el Barbudo lo envuelve en papel de excusado y se lo ofrece a Elena que ha estado junto al cabrón feto del pesebre (donde menos se piensa), observándolo, agazapada, con los ojos llenos del primer deseo no olvidado.

La toallera toma el bulto pequeño. Lo aprieta contra sus pechos. Lo arrulla. Nos mira con orgullo y avaricia disimulados. Y la Pálida, de pie, sólo ahora siente curiosidad:

—¿Lo salvaste, chaparrita?

Elena no comprende, sonríe, arrulla.

—Escóndelo de la policía, chaparrita. No dejes que te lo degüellen. No dejes que te lo tiren al basurero. No dejes que te lo metan al horno. Ten tu niño perdido.

—Las estadísticas son algo exageradas —sonríe el Barbudo.

—Uno solo bastaba —la voz glacial de mi vieja que extiende los brazos.

La Negra Morgana ya sabe lo que debe hacerse y la toallera Elena también porque arropa al muñeco y se lo guarda entre los pechos y corre a recoger la ropa regada de la Pálida que permanece inmóvil, estatuaria y estatuante, esperando, mientras la Negra escudriña en las bolsas de la trinchera todavía mojada y extrae los pomos y pinceles y tubos de la belleza y tú, dragona, pálida Ligeia que aún no perteneces por completo ni a los ángeles ni al demonio gracias a tu débil voluntad, tú, Madre María del templo y el burdel, dejas que Elena la olvidosa te ponga las medias y corra sus manos de piedra quemada a lo largo de tus piernas:

—No subas nunca de noche a un taxi, chaparrita. No dejes que te entreguen a las fabricantes de ángeles. No permitas que te abandonen en el palacio de Herodes. Guarda bien lo que tú misma traes escondido ahí. Guárdalo, chaparrita cuerpo de uva, que no te lo tiren a la basura, que no te lo hagan noche, que no se te vuelva invisible tu escuincle. Puede ser el último que nazca en el mundo.

Y la Negra —Ah, qué relajo de juez y criada, de Yavé y Maritornes— le embarra a la Pálida rumorosa, con ambas manos, la crema plástica sobre el rostro, pat, pat, pat, fluida, estimulante y son los ojos, oscuros y un poco bizcos, los que hacen las veces de manos, índices, fuetes: la Pálida busca con los ojos veloces y el rostro enmascarado al Rosa y al Güero:

—¿Dónde están mis hijos, malditos? ¿Creen que han ganado la partida porque mis hijos están muertos? ¿Creen que estoy sola? ¿Piensan que mi vida ha muerto con mis hijos muertos?

La toallera corre con las ligas amarillas por los muslos de la Pálida y la Negra acaricia el largo cuello del maniquí con la crema: usa y consuma y luzca bella, mi Pepsicoatl. Amable lector: ¿sabes que los gringos gastan cada año en cosméticos una suma igual al presupuesto nacional de los Estados Unidos... Mexicanos?

—Mierda. La vida no se deja joder. La vida sólo se puede negar a sí misma, desde el tuétano. Nada la puede tocar desde afuera. ¿No los han visto, imbéciles? ¿No los han visto esta misma noche, vendiendo refrescos y jugando rayuela en el polvo? ¿No los volverán a ver mañana, silenciosos, desnudos, revolcándose con los perros, junto a las carreteras, al lado de los arrozales, en los campos de batalla?

El rostro blanco, de canto y cal, siente los digitales de la Negra con la máscara que hunde en los poros la leche regeneradora. La olvidosa cincha el sostén que son dos copas de cobre espiral.

—Pero sí lograron fatigar mis sentidos. No mi vida. Pero hirieron mi piel y amenazaron mi olfato. Más no pudieron. ¡Ay! Hasta ahí.

Pálido flamenco, arrendajo humeante, loco cardenal, coral de hielo: la Negra muestra el estuche abierto de lápices labiales, la Pálida escoje el rojo mórbido.

—Mis sentidos odian y condenan. Pero mi odio es sólo una larga paciencia que todavía no toca a su fin. Tan largo como mi odio será el amor que lo sostenga.

Las manos de la Negra acarician las mejillas de la Pálida, preparan tus labios, dragona, para la pintura de cochinilla, luego los silencian y Elena ofrece las pantaletas de discos de cobre y la Pálida levanta una pierna y después la otra.

—Becky, espérame, ya voy de regreso. Creeré en lo que me enseñaste, aunque me cueste la razón. Becky, mamma, hay que cobrarles las cuentas a estos hombres...

La Negra termina de maquillar a la Pálida: los trazos finales de las cejas, la boca y los párpados nos dirán quién es esta nueva mujer, antes sin rostro, que ahora se amarra el pelo a la nuca con un listón de cobre, con los brazos desnudos bronceados como su nueva tez de pancake y luego se afloja el pelo. La vemos así, con los brazos levantados y las manos ocupadas en su cabellera, de frente, de espalda, de perfil, como si fuese una estatua giratoria sin más hoja de parra que una cortina azul. De frente, de perfil, de espalda: Morgana la hace girar, deja caer los brazos y nos muestra su obra. Elena contempla de rodillas.

—Sí, Becky, el Dios de Israel existe fuera de nosotros. No es un fantasma más, inventado por estos hombres que aman mujeres irreales y matan niños inocentes. Sí, Becky.

Era una belleza judía, una judía oscura. Podíamos ver las gotas de su sudor azul, en las sienes, en los sobacos, en los labios, en la división de los pechos: una judía negra, una hebrea de orgasmos negros. El descubrimiento de América. Bullshit.

—Regresaré... Emprenderé el nuevo viaje... Regresaré.

Elena la cubre con la trinchera húmeda y la Pálida deja caer los brazos.

—Pélame una uva, Elenano.

—¿Me vas a contar, Capitana?

—Vayan saliendo. En orden y con provecho. ¿Quién es el pagano? ¿Tú, garfilazo? Saca la cuenta de lo que se debe, Gladiolo. Luego espera allá abajo. Mucho ojo con los azules. Tenemos protección pero no tanta. Y si se dan cuenta de este aquelarre... Venga la billetiza, caifán. ¿La camota? Uy. De lo perdido, lo que aparezca.

—Pero si llevas años aquí. Tienes que saber.

—Años. Tú lo has dicho. Años y felices días.

—Desde que empezó el burdel éste, me acuerdo.

—Bien chamaco viniste a que le sacáramos punta a tu pizarrín, no me acordaré bien.

—Cuidado con el escalón.

—Gracias, caifán. Tú siempre tan caballero. A ver, que no se retrasen tus cuates. Nadie puede quedarse tanto en el mismo cuarto. Sufre el prestigio.

—Andando, licántropos; hay sangre en las calles.

—¿No te olvidas de mí, de cómo era entonces?

—Qué va, Capitana. Un tamalito de dulce. Entraba hambre nomás de verte.

—Y ahora panzona y chimuela. Pero alegre. Y abusada.

—¿Me vas a contar?

—¿Qué tiene de malo? No es que quiera acordarme de la casa. Es que no quiero acordarme de nada, por lo que hiere el recuerdo. Mira. Asómate al patio. Estaba lleno de canarios cuando llegamos. Somos más descuidadas. Los dejamos morirse. La vieja dueña de la casa se había muerto antes en la camota esa. Así me lo contaron. Aquí nomás quedaron la cama, los pájaros y esa cortina de cuentas que separa el bar del living. Y unas inyecciones escondidas y un retrato de esa señora que tenía una cara de niña chiquita y triste. El hijo de la señora vino a vender la casa y tú sabes quién la compró para el negocio. Mira qué raro. Dicen que el hijo vendió todos los muebles menos la cama, quería quedarse con la cama como recuerdo pero nunca vino a recogerla. Nomás no regresó. Nos la dejó y ni quién se queje. Ya no se hacen camotas así. Ha dado buen servicio. Date cuenta. Una sola señora apretada en esa cama toda una vida, cogiendo y pariendo y muriéndose. Ella solita, con el Sagrado Corazón de Jesús bien colgado en la pared. La dueña y señora, como quien dice la pura decencia. Y en menos de una vida miles de chamacas han puesto las nalgas en ese santo colchón. Somos más cochambrosas. ¿Quién le iba a decir a los apretados que su cama acabaría en petate putañero? ¿Quién te asegura nada en esta vida, garfilazo? Gracias; vuelve. Ya sabes que ésta es tu casa. Ábreles, Gladiolo. No hay problema. Fuera del corral las reses... Y caifán...

La Capitana deja pasar a los seis Monjes y me aprieta el brazo y me hace acercar la oreja a sus labios:

—Ven solito una tardecita, corazón. No te olvides de tu mamá grande. Mierda. Si de repente te nos mueres al cruzar la calle. Más vale que regreses a morirte aquí, cogiendo con tu mamazota en su catre. ¿Quihubo?

Estamos tan solos y cansados. Nadie dirá nada en el automóvil. Nadie sabrá a dónde ir. Y yo sólo quiero escribir, un día, lo que me han contado. Bastante es lo que me dicen y escribirlo significa atravesar todos los obstáculos del desierto. Toda novela es una traición, dice mi cuate Pepe Bianco, encerrado entre pilas de libros en su calle de Cerrito allá en B. A. Es un acto de mala fe, un abuso de confianza. En el fondo, la gente está tan contenta con lo que parece ser, con lo que sucede día con día. Con la realidad. I don't give a damm en los drugstores de Broadway, fiche moi la paix en los cafés del Boulevard St. Germain, andate fare un culo en los restaurants de Piazza Campitelli, me importa madre en los supermercados de Insurgentes y me importa un corno en los cines de Lavalle, y quién sabe cómo se diga, pero se dice igual, en los hoteles de Plaza Mayakovsky, en los campings de los Tatra y en las tiendas de Carnaby Street. ¿A qué viene esa puñalada trapera de escribir un libro para decir que la única realidad que importa es falsa y se nos va a morir si no la protegemos con más mentiras, más apariencias y locas aspiraciones: con la desmesura de un libro? La verdad nos amenaza por los cuatro costados. No es la mentira el peligro; es la verdad que espera adormecernos y contentarnos para volver a imponerse: como en el principio. Si la dejáramos, la verdad aniquilaría la vida. Porque la verdad es lo mismo que el origen y el origen es la nada y la nada es la muerte y la muerte es el crimen. La verdad quisiera ofrecernos la imagen del principio, anterior a toda duda, a toda contaminación. Pero esa imagen es idéntica a la del fin. El apocalipsis es la otra cara de la creación. La mentira literaria traiciona a la verdad para aplazar ese día del juicio en el que el principio y fin serán uno solo. Y sin embargo, presta homenaje a la fuerza originaria, inaceptable, mortal: la reconoce para limitarla. No reconocerla, no limitarla, significa abrir las puertas a su pureza asesina. Si no, mamá grande, todos seríamos idénticos al excremento: ésa es la Verdad.

Los Monjes me entienden, seguro que me entienden y el Barbudo que va al volante hunde el acelerador y se lanza por todo Niño Perdido hecho la mocha y yo quisiera adivinar a dónde me lleva, a ver si es al mismo lugar que imagino.

Pero todos están demasiado agotados. Los miro, detenidos dentro de la ilusoria inmovilidad del Lincoln veloz, y no sé quiénes son, ni siquiera quiénes fueron hace un momento, mucho menos quiénes serán dentro de una hora. El viento de la noche de abril —viento mexicano, tolvanera de los lagos secos de este valle— me los desfigura y quizás aparezca por allí, entre estos rostros que creo conocer, un rostro que no he conocido yo: ¿no podría este viento, nacido de un polvo que fue agua, agitar la bufanda de un joven estudiante al tomar el tranvía de las 7,15 en una ciudad alemana —azotar las cabelleras de dos jóvenes amantes en una isla de cabras y guijarros— descargar una bruma dorada sobre las cabezas barrocas del Puente de Carlos —anudar bajo el Trópico de Cáncer la polifonía perdida de un requiem— desnudar el calor gaseoso de un barrio judío de Manhattan —cerrar los ojos de un viejo sentado en una banca de la Alameda? No sé. Me lo preguntarán otro día. Otro día sabré. Ahora, dentro de este venerable Lincoln, no quiero perder la encarnación de los seis seres que me rodean: no quiero admitir que, si mi voluntad no los sostiene, esos seis rostros serán una red transparente de circulaciones: de transfiguraciones.

Voy a tratar de amarlos, mis monjuros, mis monjustos, mis monjóvenes, mis monjudas, mis monjúpiters, mis monjuanas, mis monjuergas, porque esta noche, mientras corremos a cien por hora a lo largo de la avenida de los Insurgentes, los supermercados siguen abiertos y encendidos, mis compatriotas compran latas en el Minimax para que pronto caigan bombas en Pekín y el mundo se salve para la libertad y los jabones Palmolive, huyen de las rotiserías con el cadáver de un pollo frito bajo el brazo para que los infantes de marina crucen pronto el Río Bravo del Norte y el Bío-Bío del Sur cuando nosotros meros seamos los últimos vietnamitas, salen de Sears-Roebuck con una aspiradora nuevecita para que el mundo pronto sea un campo de fósforo, suben a sus Chryslers y Plymouths y Dodges para que cuanto antes el universo esté en orden, en paz, tranquilo, decente, sin amarillos, sin negros, sin colores, mis monjueces, mis monjaleos, mis monjinetes, mis monjesús: eso no es el viento, el viento no gruñe así, no carbura así, el viento no mete pedal vestido de tamarindo y nos obliga a frenar aquí, frente al cajón iluminado de la Comercial Mexicana en donde las familias —las vemos desde el auto, a través de cristal y más cristal: acuario del consumo— se pasean con carritos de aluminio y canastas de alambre y cochecitos de bebé. Los niños están ahogados entre los frascos de Ketchup, las lechugas y los detergentes y chillan. Las cajas de kleenex y las milicias de alcachofas (impermeables bajo sus escamas, Pablo) se sofocan con tanto niño encima y el policía motorizado se monta los goggles y saca la libreta y dice qué andan creyendo que esto es autopista o qué y el güero barbudo mete el freno de mano y pone cara de inocente. Con fineza, Barbudo. Con un ojo de gringa se contenta. Pero con fineza, marrullería, tenebra. Viva el Emperador Presidente sentadote en el Gran Cu. Si haut que l'on soit placé, on n'est jamais assis plus haut que sur son cul. Habló el Viejo Hombre de la Montaña.

—A noventa por hora, cuando menos. No se haga el inocente...

—No, no me hago. No soy inocente.

—Ah, entonces admite...

—Admito todo.

—Mire que me va a obligar a llevarlo a la delegación.

—Lléveme. Confesaré todo.

—Mire que me los voy a jalar a toditos.

—Tome nota, agente. No tengo nada que ocultar.

—Mire que hasta las señoritas van a ir...

—No importa. Acepto mi responsabilidad. Pero en realidad no quería encontrarla. Tenía miedo.

—Pues luego. ¿Quieren pasar la noche en el bote?

—Y además, ella estaba segura, dijeron que los músicos estaban a salvo, que no los iban a tocar...

—Es peligroso, joven, se lo advierto.

—Le digo que no corría peligro. No era necesario que yo hiciera algo. El peligro hubiera sido acercarse a ella, ¿verdad?, ése hubiera sido el peligro...

—En la preventiva no respetan a nadie, se lo advierto.

—En esos lugares es mejor ser invisible. Si la busco, la marco. La señalo. Ellos se habrían fijado en ella, ¿ve usted oficial?

—Yo nomás le advierto que ese lugar es más frío que una tumba. No le recomiendo pasar una noche en la peni, joven, palabra que no.

—Si la reconozco, la marco. Fue un favor que le hice al no buscarla, al verla sólo de lejos. ¿No me cree?

—Creo que encima de todo está usted alcohólico, joven, pedo, con perdón de los presentes. Hasta le tiemblan las manos. ¿A ver ese aliento?

—Y si la busco, yo mismo me delato, me... Está bien. Lo acepto, ¿ve? Habría perdido la confianza de mis superiores, quizás el puesto mismo, ¿no se da cuenta? Era mi primera obra, yo estudié para eso, para construir, y en medio de la destrucción tuve la suerte de poder edificar... ¿qué más podía decir?

—No me agote la paciencia.

—Y ella, un día, me vio. Allí, entre dos bloques de la prisión. Y ella no me reconoció. O no quiso reconocerme. Vio mi uniforme. Me dijo: «Déjeme pasar.»

—Hay cada maricón y drogadicto pasando la noche allí.

—¿Y si ella me odiaba, oficial? ¿Si ella me rechazaba? ¿No fue mejor, para los dos, no volver a hablarnos y recordar de lejos, recordar Praga, el puente, los conciertos en los jardines, el requiem, la esperanza y la promesa que fuimos, oficial...?

—Se meten de a feo con los detenidos. Es gente que no sabe de maneras finas, ¿me entiende?

—¿Una fuga? ¿Preparar una fuga?

—Inténtelo, joven. Nomás inténtelo. No hay quien haya podido.

—¿Y acabar los dos electrocutados en la barrera de Terezin, devorados por los perros del Hundenkommando, fusilados en el patio de la muerte, enviados a los hornos de Auschwitz?

—No me hable en chino. Más respeto a la autoridad.

—No había salida, oficial, se lo juro. Lo mejor para todos era aceptar las cosas. Verla de lejos. Esperar. Ella estaba a salvo con los músicos. ¿Para qué exponernos? La guerra iba a terminar un día.

—Mucha labia, ¿no?

—Y ella estaba preñada.

—El perico no sirve. Ustedes dicen...

—Ella no fue fiel. Ella prometió esperarme. Yo no tuve la culpa, oficial, yo no declaré la guerra, yo no...

—Mire que me estoy cansando. No hay que ser. ¿No hay ningún mexicano aquí que me entienda?

—Lo pensé, sí, se lo juro, en mi cabeza lo preparé todo, hice planes, pensé cómo salvarla, debía esperar, el niño debía nacer, en su estado era difícil fugarse, quizás se podía dejar con alguien al niño y huir fácilmente, ella y yo, quizás la guerra terminaría antes y todo se olvidaría y todo se perdonaría...

—Usted que parece del país, usted el de los bigotes, hágale entender al gringo éste...

—Pero tuvieron que cantar. No supieron protegerse a sí mismos. Tuvieron que retar a los fuertes. No se contentaron con irla pasando, los imbéciles. Tuvieron que dar ese paso de más, hacia adelante, gritando, gritando...

—Usted sabe, como quien no quiere la cosa, caray, nos ayudamos unos a otros, ¿que no?, haga que se calle su amigo, nomás enreda las cosas, ¿quién sale perdiendo?, uno tiene la autoridad de su lado, usted me entiende, ¿quihubo?

—Liberame. Li-be-ra-me!

—Gracias, mi jefe. Usted nos entiende.

—Y entonces no había nada que hacer. Ellos mismos se condenaron. Ellos mismos provocaron a los jefes y pidieron el suplicio. He llegado a creer que lo deseaban. ¿Quien era yo para intervenir? ¿Yo, un arquitecto adscrito al campo, un pequeño funcionario, un sudete, quizás un hombre sin convicciones firmes, ni siquiera un alemán, apenas un hombre eficaz iba a pedir que no mandaran a Hanna Werner en un transporte a Auschwitz? ¿Yo? ¿Yo iba a impedir que ese niño saliera recién nacido a Treblinka? ¿Un niño que ni siquiera era mío? ¿No se mueren todos de la risa? ¿Yo iba a impedirlo? ¿Yo iba a levantar la voz o la mano sólo para condenarme a mí y a Hanna? ¿No es de risa loca imaginarlo? Apunte, oficial, apunte en su libreta...

—Sin tentar, joven, sin tentar...

—Apunte bien. Cambié el curso de las estrellas y arrojé hacia atrás los tiempos del mar...

—Le digo que ya no hay problema. Quedamos amigos.

Y Jakov, inmutable al lado del Barbudo, miró al policía y pudo decir algo que no pudimos escuchar: el viento del valle de México, viento yugular, viento del palacio de los albinos, los jorobados y los pavorreales ciegos, secuestró las palabras de Jakob, y el policía ya no se interesó y regresó a la motocicleta con el billete de cincuenta pesos que le di y ahora sí era necesario descansar, una copa en mi casa, vamos de regreso, el Barbudo dejó caer la cabeza sobre el volante y Jakob descendió del auto, hizo a un lado al güero y tomó su lugar, arrancó y yo vi pasar las familias con sus coches de bebé y sus carros de mercado y me pregunté si no habría una terrible confusión, si acabarían dándole de mamar a las alcachofas e hirviendo en mantequilla a los niños. Porque vete enterando, dragónica, que en la mera Gringolandia la mitad de la población ya tiene veinticinco años o menos. ¿Qué se harán los unos a los otros? ¿Amarse? ¿Exterminarse? Gran volado, dragonácea. Óyelos.

La Negra Morgana le preguntó a la Pálida si recordaba a qué jugaban de sobremesa sus familias y el Rosa recordó que jugaban a la guerra. Dijo que se hacían preguntas, por ejemplo, sobre el tonelaje de los acorazados de bolsillo en la batalla del Río de la Plata. O se preguntaban quiénes habían sido Von Rundstedt y Timoshenko, Gamelin y Wavel. El Negro sacó un cartel y lo pegó con tela adhesiva contra uno de los vidrios del auto y el cartel decía y luego el Rosa tiró una pasta dentífrica a la avenida de la Paz, ahora que vamos subiendo hacia San Ángel, y la Negra le pasó otros tubos y frascos y el Rosa se rió:

—¿Sigues usando eso? ¿Para qué sirve? Aquí todos andan como los niños, con todas las pertenencias en los bolsillos.

Y también tiró los mejunjes a la calle y todos cantaron cosas de moda, Goodness hides behind its gates, but even the President of the United States must sometimes stand naked. Là dove c'era l'erba ora c'è una cittàààà, I need a place to hide away, y comentaron, Bob Dylan, Celentano, Il ragazzo della Via Gluck, It's all right ma (I'm only bleeding).

—Yesterday —gritaron todos a coro, alegremente.

Hoy, el hoy que narraré, es una mañana que desconoce su nombre. La medianoche ha sonado y los grillos cantan más allá de la callejuela que conduce a mi casa. Jakob estacionará el Lincoln en una calle lateral del anillo periférico y todos bajaremos con desgano. El Negro cantará sin palabras, con ese zumbido dulce y ronco, con esa ternuraviolencia de la gente que vive los extremos para que otros puedan gozar del dorado medio. El Barbudo abrirá la cajuela y sacará ese bulto inerte y volverá a esconderlo entre las solapas de su gran levita de héroe romántico: las ciudades son cabezas de Goliat, dijo Ezequiel; yo digo que David es el caballero andante de los pavimentos, de David

Rastignac a David Herzog. Y la Negra Morgana nuestro juez y la Pálida mi amor caminarán tomadas de la cintura y el Rosa las seguirá, faldero, arrastrando la guitarra eléctrica.

—¿Fuimos juntos a Grecia?

Rasgó la guitarra y acompañó el murmullo del Negro de parietales hundidos, esperó la respuesta de la Pálida que acababa de aprender las mañas de la tenebra azteca, que de seguro le estaba ofreciendo mordida al juez, que le guiñó el ojo a la Negra cuando atravesamos el solitario periférico. Eso nunca lo revelaré. Quiero tener mi secreto. Ahora no importa. Ahora daré testimonio real y fehaciente. La Negra besó la oreja de la Pálida: ¿La testigo jura que todo lo que ha dicho es verdad?

Venceremos, canta el Negro; la Pálida se refugia en los brazos de su juez.

—La verdad y nada más que la verdad. Dios mediante y Perry Mason.

—Ligeia, prometiste.

Algún día venceremos. Qué importaba ahora. Nunca entendiste que mis mentiras eran sólo una respuesta a las tuyas. Josué combatirá en Jericó y los niños duermen envueltos en periódicos junto al moderno, indispensable periférico que nos permite ir de nuestras residencias al centro en sólo quince minutos. Tú me amabas disfrazándome. Yo te correspondía de la misma manera. Nuestras dos mentiras son nuestra solitaria verdad.

—Prometiste, Ligeia.

Y los muros caerán. Juan Soriano dijo que su papá anduvo a caballo en la Revolución para que las familias decentes pudieran andar en Cadillac por el periférico.

—Podría haberte dicho que nací en México, de una familia de inmigrantes rusos. ¿Qué tiene de raro? Hay muchísimos, ¿sabes? Son banqueros y productores de cine y biólogos y matemáticos y dueños de almacenes. Nada mal. Que crecí en México y todo lo que he contado es, en cierto modo, falso.

Dijo los lugares, los nombres. Miré hacia el Jordán ¿y qué cosa vi? Las luces del restaurant de San Ángel Inn, cincuenta automóviles de lujo estacionados afuera. ¿Qué cosa escuché? Plata y cristal y mariachis bañados.

—Sí, mi madre era así, ¿pero en la Colonia Hipódromo, no en el Bronx? Mi padre también, ¿pero en los puestos de mercado de La Merced, no en Nueva York? Y mi hermano murió en el parque España y lo mataron unos pelados mexicanos, unos nacos hijos de la chingada, no unos negros.

Una banda de ángeles que venían por mí, que venían a llevarme a mi casa. Ella también huyó, estudió en ese colegio, allí lo conoció. Cree que eso es cierto.

—¿Me creerías ahora si te dijera que ésa es la verdad?

Ese beso es una maldición. La Pálida le habla al Rosa, pero el Barbudo aparta a la Negra y besa en los labios a la Pálida para que yo los envidie y me diga que la cólera es la respuesta que la fatalidad requiere. Se besan dos jóvenes frente a la cerca de nopales que rodea mi casa y por un momento pierdo mi virginal distancia, mi helada compostura, soy Javier, Elizabeth y Franz: en nombre de ellos retengo la cólera de mi destino, para siempre alejado de esa posibilidad, de ese beso maldito. Tampoco ellos podrán, nunca más, besarse así, en la calle, jóvenes, con maldición abierta, expuesta a perder la libertad en el amor, sin una cólera que hemos aprendido a disfrazar con la incuriosidad blasée del tedio que es miedo que es conciencia de haber pasado la raya. Estar de vuelta de todo es no haber ido a ningún lado. Salvo a esta barrera de nopales podridos cuyas salidas y entradas creo conocer: suave hogar, Edén subvertido por tus hijos descastados que prefieren salir al mundo con una quijada de burro para no pudrirse encerrados y regresan con la pródiga herida abierta de la Malinche, madre traidora que se dejó fornicar para que tú y yo naciéramos. ¿O de veras cree alguien que hubiera sido mejor derrotar a los españoles y continuar sometidos al fascismo azteca? Cuauhtémoc era el Baldur von Schirach de Tenochtitlán. Más sabias que él, las mujeres indias se dejaron hacer. Cólera eterna para la eterna fatalidad: hemos regresado.

Cruzaremos el baldío con sus volcanes de basura y sus lagos de lodo, llegaremos al falso castillo, el sitio levantado para sitiarnos y situarnos, pirámide, fortaleza, basílica; subiremos por la escalera de caracol —oreja de la casa, centinela y escucha— a la gran sala vacía y oscura, la sal de los petates y las vasijas de barro, que espera nuestros gestos para gestar su propio decorado cambiante.

¿Qué hacemos allí al entrar, todos de pie e inmóviles, como si hubiéramos renunciado a esas actitudes que precipitan la normalidad adecuada? ¿Dónde está la persona que normalmente encienda las velas, fume, tosa, chifle, tome asiento, pida una copa, se pinte los labios, se rasque los güevos, se mire a un espejo en la oscuridad? ¿Quién es este sacerdote vestido como estudiante del Ivy League que abre un cartapacio negro, de litigante o agente viajero, y saca una bolsa de papel, la abre, la ofrece? ¿Quiénes son estos seres que canturrean una nueva letanía mientras toman con la mano lo que la bolsa contiene, se lo meten a la boca, mascan, canturrean con una sola voz, yo soy la verdad extraviada, yo soy la multitud solitaria, yo soy el escándalo sacro, yo soy la paloma negra, yo soy el niño desfigurado, yo soy la corona de hierba, yo soy la arena que espera, yo soy la tierra extraña, para que Jakob quede en el centro del círculo y pueda proclamar por encima del murmullo de la letanía:

—Yo, nacido en el año cero, ¿condeno a Franz Jellinek, nacido hace dos mil años?

Pero soy yo, el dueño de esta casa ocupada sin compraventa, quien debe impedir el contagio de esa alucinación naciente en el grito y la letanía y el lento, ruidoso masticar de los seis Monjes: soy yo el que debe negar que este enorme vacío de mi habitación sin luz se convierte, de noche, en cuatro muros húmedos y una trenza de alta tensión, que en los rincones de mi recámara hay montañas de pelo y dentaduras y anteojos y cepillos de dientes, que del piso asciende el olor de excrementos, que toda mi casa es un vasto laberinto de celdas, ropa húmeda, vasijas de agua salada, tinas de madera, tubos de goma, perreras y candados, los escucho, somos los pajes andróginos, somos la inocencia querúbica, somos los hechiceros vírgenes, somos el oficio y el sacrificio, somos la promesa y la nostalgia, no somos hombres ni mujeres, buenos ni malos, cuerpo ni espíritu, esencia ni accidente, reales ni ideales, conscientes ni instintivos: mascan los hongos y la tentación de la metamorfosis pasa de sus dedos entrelazados a mis ojos que quisieran rescatarme de este ritmo sin comparaciones, desconocido de sí mismo, lleno de signos para los demás y de insensibilidad para sí, y refugiarse en lo ya visto, en la reminiscencia repetida de los tristes y comunes hogares, de Becky y Gerson, de Raúl y Ofelia: ésta es mi casa y recuerdo a los padres para saber si ya vivieron en nuestro nombre, si podemos dejar de repetir lo que ellos ya hicieron: pero la casa y los padres de mis seis visitantes son otros, son lo otro: lo que nunca se repitió porque aún no se da en la naturaleza. No quiero mirarlos, mientras ellos se columpian sobre las plantas de los pies, porque sé que me quedaré frío; que esos gemidos son los de la Medusa pugnando por renacer; que esa letanía es la de las Furias pariendo ríos de sangre y cosechas de hueso; que los seis Monjes se están fecundando a sí mismos para decirnos que existe otra historia donde la nuestra es apenas una pesadilla reservada para el largo sueño de la muerte.

Con sus bocas llenas de hongos, no me arrebatarán el derecho de nivelar sus poderes, salvar mis palabras y oponerles los hechos nimios de mi unidad laboriosa, la que ellos quisieran destruir con una sola intuición incandescente. ¿Enloqueció Becky para que la locura de Elizabeth mereciera el nombre de razón? ¿Desapareció Raúl para que la fuga de Javier mereciera el nombre de encuentro? Debo pensar esto mientras me arrastro al rincón, me sustraigo a las succiones de los seis oficiantes para alcanzar mi respuesta, mi propio objeto, el que no quería mostrar, arrinconado, viejo, con las etiquetas de hoteles y vapores desleídas y arañadas.

Me abracé a la roca de ese baúl negro con chapas de cobre ennegrecidas, también, por el viejo aliento del mar, por el nuevo óxido de la meseta mexicana. Lo toqué como a un talismán. Me permitió mirar de nuevo a las figuras alucinadas sin temor de convertirme en estatua de hielo y decir con todo el propósito de la razón, mientras tiraba de los ganchos enmohecidos:

—Un judío sonriente que se tapaba con la lengua el vacío de la dentadura —mientras, de rodillas, lograba abrir el baúl con un crujido de puente levadizo, trampa, portón de cárcel— que vivía en una vecindad de Tacuba, que vendía objetos viejos e inservibles —mientras ese viejo mundo con las etiquetas rotas de un vapor de la Lloyd Triestino y de la aduana griega ofrecía sus dos hojas abiertas, una con varios cajones pequeños, la otra un solo compartimento vasto, apilado con bultos y objetos indescifrables— como este baúl.

Ahora yo sería la Medusa.

Ahora todos dejarían de canturrear y columpiarse y serían las estatuas de mi mirada plácida, llena de sentido común.

Se fueron acercando. Zafé las correas y mostré el primer objeto: una redecilla para el bigote. El Barbudo llegó hasta el baúl. Se la ofrecí, se la probó, riendo. Y todos se acercaron, como a un árbol de Navidad de donde yo sacaba el roto violín que le di a Jakob, el cartel quebrado con el anuncio Garbo loves Taylor, que me arrebató el Rosa, el calendario de Currier & Yves —los trineos, la nieve, los techos georgianos de la Nueva Inglaterra— que le tendí a la Pálida, el catálogo de la Montgomery Ward, 1928, que el Rosa tomó entre las manos, el programa de un concierto en los jardines de Waldjstein, que le regalé al Barbudo —«En 1856, Brahms encontró el título del *Requiem alemán* en un viejo cuaderno de su maestro, Schumann»— y la bolsa de cuero que le di a la Negra, la pesada talega que ella abrió y vació en su mano: esas piedras aún húmedas, los guijarros brillantes como espejos, hemisferios de las horas del mar, huevos esculpidos, pastillas de mostaza, lunas sepia, tesoro de los niños y de los pobres.

La Pálida alargó los brazos para arrebatarle los guijarros a la Negra; ésta los apretó contra el pecho y ahora todos se fijaban en el Negro que reía mirando por los visores de un viejo kinescopio o estetoscopio o madrescopio o chinguescopio, dragónica, metiendo y sacando las tarjetas que yo le iba dando desde uno de los cajones del baúl y todos alrededor de él pedían ver esas fotografías desteñidas que la ilusión bifocal en movimiento convertía en perspectivas realistas: el castillo de Hradcany en Praga, una confitería de la avenida Santa Fe en

Buenos Aires, Central Park en Nueva York, los leones del ágora de Delos, un desnudo de Modigliani, el palacio de Minos en Creta, la foto del cadáver de León Trotsky, un still de Joan Crawford en *Gran Hotel*, otro de John Garfield en *El gorrión caído* (con Maureen O'Hara y Walter Slezak), la entrada a la pequeña fortaleza de Terezin: el rótulo, *Arbet macht frei*.

Se arrebataban el viejo aparato de las ilusiones, unos sólo vieron una parte de ese recorrido heterogéneo, otros tuvieron que contentarse con imágenes parciales, aisladas, de las tarjetas que el Negro metía y sacaba rápidamente, sin orden, sin dar tiempo al goce o a la contemplación. Nadie hizo caso de los retratos de los viejos monarcas, Guillermo y Francisco José, que extraje del baúl —¿qué diablos hacían aquí esos tiranos de opereta?— ni de la hermosa foto de la Bella Otero, desnuda, coloreada con un tinte rosa, calzada con babuchas turcas. Y luego saqué las latas renegridas de viejas películas con los títulos escritos a mano y pegados con una cola maloliente, *El Golem*, *Nosferatu*, *El ángel azul*, *Vampyr*, *Das Rheingold*. Hice correr entre las manos las imágenes quebradizas de *Caligari*, la lenta sucesión de cuadros amarillentos, sepia, azulados que relataban en cinco actos la historia de la autoridad y sus fantasmas, de la razón y su locura, del crimen y sus placeres, de los actos repetidos en el manicomio y la pesadilla como la única realidad de los actos representados en la calle y en la oficina.

Llegué a la ropa. Arrojé a un lado ese suéter de cuello de tortuga, húmedo, y esos pantalones de pana; esa bufanda y ese gorro de estudiante alemán; ese vestido de los treintas con chaquetilla de piqué; ese gorro frigio y esa peluca empolvada; el batón de monje ruso, el casco encornado, los zuecos, el corpiño tirolés, el uniforme pardo; ese gabán aceitoso y ese saco gris con la estrella de David cosida al pecho. Ya iba llegando al fondo, a la ropa que en realidad quería ofrecerles, el capelo cardenalicio que se puso el Negro Hermano Tomás, el tocado negro y escarlata que engalanó al Rosa, las telas góticas en las que se envolvió la Pálida, la capa pluvial que la Negra Morgana dejó caer sobre sus hombros, la albardilla del Apocalipsis que vistió al Barbudo Güero Boston Boy.

Ahora sí, todos a la mano, todos como los quería, mis títeres, frente al cúmulo de objetos inútiles que nos cierran el camino, puedo hablar con mi voz y ser el ventrílocuo del último objeto, el que yace en el fondo final del baúl, el objeto rigoroso y fláccido a la vez, tránsito entre el feto y la calavera, que arranco con pena a su nido arrinconado, debajo de la lápida de esos muñecos con pelucas rubias y negras, faldas de tul, zapatillas de charol y ojos de porcelana, con crinolinas y botas y fuetes, con pequeños falos de yeso, debajo de esos dibujos de buques entrando a puerto y trigales bajo el sol.

Pequeño y pesado, envuelto en el edredón rojo que le arranco con menos furia que expectación, inseguro de que sea él, de que siga allí, de que la fiesta no haya terminado.

Lo muestro. Trato de enderezar su nuca tiesa. Todos dan un paso atrás, agitan las albardillas y las capas y yo lo obligo a sentarse sobre mis rodillas y meto los dedos dentro de su boca para convertir ese gesto furioso en una sonrisa amable. Después de todo, ha venido de visita.

Los Monjes se han retirado hasta el fondo de la sala. Todos menos el Barbudo que lentamente se ha hincado cerca de las velas. Detrás de él, a espaldas de su blanca albardilla, brilla el roce agitado de los ropajes que se iluminan a sí mismos. Frente a él, mi pequeño amigo con los labios contraídos y rodeados de un bigote y una barba ralos pero cuidadosamente recortados, sentado sobre mis rodillas. Acusará al Barbudo con una voz hermosa y grave, la voz sorprendente que nada tendrá que ver con ese cuerpo contrahecho, del que se esperaría un tono chillón. Los ciudadanos tienen derecho al reposo. La dueña del baúl le había asegurado que era un lugar tranquilo.

El Barbudo, de rodillas, pidió perdón. Dijo que no sabía que en el baúl había un huésped.

Le quitaré los guantes a mi hombrecito, haré que su mirada cortés pero inquisitiva se pasee por la sala. Si se le aprieta, dulcemente, el diafragma, suspirará.

—De manera que nos volvemos a encontrar.

El Barbudo inclina la cabeza y asiente y el hombrecito suspira. Las piernas le bailan en el aire, por más que sus botines protegidos por polainas se estiren para alcanzar el piso.

—Me preguntaba qué había sido de ti. Me preguntaba qué habían hecho tú y tu amigo con mis muñecas y mis cuadros.

—Creo que siguen allí, con usted. Nadie tocó nada.

—Ah, sí. Seguramente eso pasó. Pensaba regalarles todo, como un recuerdo, pero el ataque vino demasiado pronto. No tuve tiempo. No supe medirlo. Desde que los conocí, me dije: voy a regalarles mis obras a esos muchachos tan simpáticos. Pero no debo hacerlo hasta el último minuto. Será un regalo pero también una herencia. Sólo en el lecho de la muerte puedo legar todo esto, para que entiendan que es algo más que un obsequio. Pero no tuve tiempo. Perdí el cálculo y me precipité.

—No importa, señor. He soñado mucho tiempo en esas cosas.

—Ah, sí, sí, querido y joven amigo. Quizás ahora, después de tantos años, usted también comprende. ¿Recuerda lo que les dije entonces?

—Sí. Quería dejar testimonio de esas cosas antes...

—...antes de que todo desaparezca o se olvide.

—Sí, eso dijo. Todo podía verse con los ojos del reposo o con los de la exaltación.

—El tiempo se encargará de decidir el destino de mi obra. Nadie pudo juzgarla entonces. Hoy tampoco. El heroísmo sólo es comprensible cuando sus enemigos han desaparecido. Entonces se puede juzgar sin prejuicios. Y yo me sentía heroico, querido amigo, heroico y libre al reparar cada muñeca y al pintar cada cuadro. Yo dejaba de ser pobre y contrahecho y solitario y era... era...

—Un pequeño dios, señor. Usted era un dios del hogar, un familiar, como los conejos y los gatos.

—No quería decirlo yo mismo. Gracias. Cuando era muy joven, tenía fe. Pero la fe sólo me devolvía el reflejo veraz de mi deformidad. La fe es un espejo: nos hace depender de las apariencias. Y la mía debía ser fatal, seguramente una prueba y no un error. Quizás me reservaban el milagro de la transfiguración. En todo caso, mi destino dependía de la moral ejemplificadora de otro poder. Decidí perder la paciencia y renunciar a mis posibles bodas de Caná. Abdiqué la fe a cambio del conocimiento para descubrir que el conocimiento era secreto, dual y diabólico como el mismo universo sin respuesta. ¿Cómo va a haber respuesta si la mitad de la existencia está condenada de antemano? Descubrí que conocer era ante todo una manera de descender a lo oculto y que ese silencio escondido era la verdad de la creación.

—Para nosotros era un contagio, señor. Ulrich y yo entramos a su recámara y nos sentimos cerca de una epidemia que no se podía tocar o nombrar, cerca de una enfermedad que...

—El rebelde infecta al mundo con la libertad —mi hombrecito movería los dedos como si tocara el piano—. La libertad desconocida nos enferma porque hemos creído que la sujeción es la salud.

—No fue un rebelde; fue un esclavo —el puntapié de Jakob dobló al Barbudo sobre sí mismo con un gemido inaudible—. Fue un alemán: un espectro cazando en el desierto con la quijada de burro de un pueblo de borregos.

—¿Por qué son siempre tan ruidosos sus amigos? —preguntaría mi hombrecito—. Todo esto no es como él cree. No procede por los caminos que él frecuenta. Hay que saber entregarse a ciertos azares que están más allá de la fortuna. Como yo, que dejé colgando en una recámara mis obras, mi herencia, sin esperar que las consagrara un triunfo ruidoso. Yo soy ajeno por completo a la idea del éxito. ¿Creen que deseo convencer, tentar, sobornar? Oh, no, no, qué equivocación. Jamás he ofrecido la juventud a cambio del alma o las ciudades del desierto a cambio del reconocimiento. Creo, más bien, en los frutos oportunos de todo lo que se entierra. Mi triunfo no es el ruido del mundo. Oh, no, no. Mi libertad es mi aislamiento. Mi triunfo es mantenerme separado, sin contactos, sin identificaciones. Soy una esfera de luz negra que vaga solitaria por el espacio. Desde mi aislamiento, ejerzo el poder de una lejana contaminación. Si me dejara tocar por las otras esferas de la vida, las que se mezclan y corrompen unas a otras, dejaría de ser quien soy. Soy una tentación porque nadie me reconoce. Muero en el instante en que alguien cree descubrirme, también, en ese caos afectivo con el que los hombres se consuelan de su miseria y de mi lejanía. Yo hice lo que ninguno de ellos ha osado hacer. Y ninguno sabe si mi castigo fue mi premio.

Avanza la Pálida, envuelta en las telas brillantes, con el pelo desmelenado. Avanza y pasa al lado de Jakob y Jakob la detiene:

—No te acerques, Jeanne.

Y mi hombrecito alargará sus hermosas manos para convocar de lejos a la mujer, sin tocarla.

—Ah, de manera que volvemos a encontrarnos —Herr Urs acaricia el raso rojo de su bata.

—Jeanne, Jeanne... —Jakob parece aturdido de confusión, no encuentra las palabras y mi hombrecito hace el gesto de limarse las uñas contra las solapas almohadilladas de seda negra, esperando las palabras que den fe pública de la confusión de Jakob, Jeanne, Jeanne, no temas a tus visiones, Jeanne, ama tu menstruación y tus cólicos, Jeanne, depende de todo lo que existe y se teme, Jeanne, tus orgasmos son la vida y el bien, te lo juro humildemente, a mí me dan la vida y el bien, no sientas vergüenza, no tengas temor, no huyas a ese mundo artificial, es demasiado fácil dominarlo, Jeanne, lo difícil es dominar este mundo real y azaroso, este horrible mundo de la vergüenza y el silencio y la pernada... Etcétera.

La Pálida toca los bordados azules, de pagodas y dragones, de Urs von Schnepelbrucke. Toca y ya no se mueve. Jakob no se atreve a tocarla, sólo le habla, tenso y tembloroso, que no te mientan, Jeanne, ningún poeta es el profeta de la tortura, ningún filósofo anunció la justicia y necesidad de la muerte, hablaron del mal, Jeanne, para que lo viéramos de frente y lo incorporáramos a la vida: para que nosotros corrompiéramos el mal, Jeanne, para que el mal no nos venciera aislado, Jeanne, no te dejes vencer, mi amor, ni tu cuerpo ni tus pensamientos serán malos si te dejas amar, Jeanne, si te dejas tocar y tocas, Jeanne, él tiene miedo, date cuenta, tiene miedo, no quiere que el mundo lo toque, quiere salvarse solo, solo y con las pruebas de la muerte que le ofrecen la ilusión de ser...

—Todo está permitido —murmurará mi hombrecito y la Pálida se desprenderá con repulsión de su tacto y caerá al piso, torcida, estrangulada, vomitando los testículos de macho cabrío y los gusanos peludos. Jakob cubre con una mano el vómito—: Toda la vida está permitida, la muerte no, la muerte no... —la Pálida ríe y gime y el corazón le late y el cuerpo le tiembla y mi hombrecito cruza con dificultad las piernas.

—¿Me llamaste dios? —le preguntó al Barbudo y el joven rubio lo miró de reojo y dijo sí, sí, te llamé Dios y el hombrecito sonrió lamiéndose los bigotes—. Quise ir más allá. Un día, mientras pintaba y reparaba los originales que me eran propuestos, me di cuenta de que por creerme dios sólo alternaba y alteraba esas visiones opuestas, invertidas. Estaba inventando dobles y espejos. Estaba capturado, joven amigo, en la tensión que quiere amor y justicia para el mundo pero sólo puede ofrecerle la muerte y la nada. Decidí ir más allá, dejar de ser Dios y ser el Creador. Entonces sí se me podía imputar la totalidad del mundo, más que la justicia, el amor, la muerte y la nada que son los pobres atributos de Dios. Yo deseaba ser todo al mismo tiempo y además lo desconocido, la catástrofe original que nunca recuperaremos como unidad, pero cuyas visiones sólo el Creador puede convocar, y no el Dios capturado en los pobres esquemas de la vida y la muerte.

Traidor, Acto Mágico, Belial, Verdadera Libertad, Namón, Sanguinario, Homicida, grita la Pálida, rasga las suntuosas telas y pide que la arrojen al río y se tuerce murmurando «fuego, azufre y un olor abominable». Jakob la abraza, se hace parte de la convulsión, mete la bigotera entre los dientes apretados de la Monja, nosotros no, le murmura al oído, tú y yo no, Jeanne, tu miseria personal será el azar de tu grandeza posible, tú y yo lucharemos contra nosotros mismos, tú y yo fracasaremos, desearemos, volveremos a fracasar, volveremos a desear, tú y yo iremos hasta el final de todas las viejas contradicciones para vivirlas, despojarnos de esa vieja piel y mudarla por la de las nuevas contradicciones, las que nos esperan después del cambio de piel, Jeanne, tú y yo nos la jugamos solos, sin herir a otros hombres, cara o cruz, Jeanne, cabeza o cola, águila o sol.

—No bastará —sonríe mi hombrecito—. No bastará nunca. Serán perdonados con demasiada facilidad. Lo que yo pido es hacer lo que no se puede perdonar. Sólo en este caso vale la pena exponerse a la redención. ¿Creen que hay otra manera?

Se esponjó la pechera del camisón.

—Tú eres lo que imagino, lo que deseo y lo que me tienta. Y también lo que rechazo —dijo el Barbudo arrodillado.

No se necesitan víctimas para dejar de estar solo. Jakob arrulla a la Pálida que sólo murmura sus palabras más simples, Padre y Juana, ¿vacaciones?, ¿vacaciones?, y lo señala todo con un dedo, indica hacia el hombrecito y hacia el güero y luego hacia la ventana con el puño cerrado, pidiendo con el cuerpo la cercanía de la ventana, la fuga, sin poder hablar, y Jakob la acaricia, no te rindas, Jeanne, dice que su fuerza es la soledad, miente, necesita víctimas para no estar solo, cree en mí, Jeanne, cree en mis palabras, venceremos su violencia colectiva con la violencia individual hacia nuestras mentes, nuestros cuerpos, nuestro arte, nuestros sexos, los derrotaremos derrotándonos antes, para que ellos no puedan encontrar más víctimas, convivir, regalarse, gastarse, Jeanne, hacer historia con nuestras vidas para que ellos no hagan historia con nuestras muertes.

—Siempre habrá una fuerza, un orden, un entusiasmo que me permitan engañar a todos y traerlos de mi lado —ríe el hombrecito—. Tontos, tontos. Tanto ruido. Tantas marchas. Tantas banderas. Bah. Basta vestirse de franela gris. César no necesita un disfraz. Él es César. Qué importa que lo confundan con el hombre de la calle. Así es más fácil. Fingirá, al lado de los hombres de calle, que quiere tener. Y yo estaré a su lado.

Nosotros seremos los propietarios derrotados de nosotros mismos, la cabeza de la Pálida gira dentro del tierno abrazo de Jakob, no te prometo más, Jeanne, pero eso sí, continuo dolor y gran alegría, Jakob, no siento nada, estoy lacerada y no siento las úlceras de mis pezones, no siento mis pies quemados, no siento mis manos clavadas...

—Tentaré desde lejos cada una de tus promesas. Ven.

Mi hombrecito levantará un brazo y lo ofrecerá a la Pálida.

—Ven. Yo también soy eterno.

—¿Como esa bella música? —pregunta el Barbudo.

—Silencio, amigo.

—¿Como ese hermoso requiem que nos unió hace tanto tiempo, que era nosotros y algo más que nosotros?

—Cállate.

—¿Como esa luz eterna que nos iba a bañar, señor?

—Cállate, imbécil. No me dirijo a ti.

—¿Tú me hablas, señor, de la tentación de mi patria, del mal que sería mi sangre, mi imaginación, mi memoria, mi amor? Perdón. Así dice el guión.

—Imbécil. Tú no tienes derecho a preguntar. Tú ya estás condenado. Eso es lo que dice el guión.

—¿Yo, señor? ¿Tú me harás creer que todo lo solitario, brutal, indiferente o corrupto que había en mí se unió en un momento a todo lo que en ti, en nuestra patria, en nuestras prisiones, había de idéntico a mi tentación desconocida? ¿Tú me contagiaste, señor?

—Y contagió a cada mesero servicial que espera la propina a la salida del hotel —dijo, avanzando, la Negra.

—Contagió a cada bestia sentimental que llora mientras canta en las cervecerías y pega con el tarro sobre la mesa —dijo, siguiéndola, el Rosa.

—Contagió a cada adolescente disfrazado de tirolés que espera en las fronteras de Alemania con un puñado de volantes y lo arroja dentro de los automóviles para recordar que la patria debe volver a ser grande, que el pequeño mapa de la patria vencida debe ser otra vez el gran mapa de la patria soñada —Jakob abrazó a la Pálida—. Tú, ¿de dónde saliste?

—Padre. Juan. Holanda. Vacaciones. Vamos en un tren de vacaciones —dijo la Pálida cerca de la chimenea a la que la conducían los brazos cariñosos de Jakob.

—¿Y tú?

—Más allá del Oder —dijo la voz lejana de la Negra—. Vamos en un tren al sur, a Checoslovaquia. Mi muñeca se rompe al bajar del tren.

—¿Y tú?

—Bratislava, junto al Danubio, apenas recuerdo, era un niño, hacía frío, los perros ladraban, nos desnudaron, nos separaron, Arbeit macht frei —dijo el Rosa—. Arbeit macht kalt.

—¿Y yo? ¿El hijo de Hanna Werner, muerta en la cámara de gases de Auschwitz en octubre de 1944? ¿Yo, Jakob Werner, el fiscal, enviado de Terezin a Treblinka a las dos semanas de nacido? ¿Y ustedes, el coro de la ópera infantil de Theresienstadt? ¿No admiraron la eficiencia y la seriedad de sus carceleros? ¿No se asombraron de la excelente construcción de las prisiones? ¿No se sintieron seguros gracias a la fanática minuciosidad de los oficiales? ¿Pueden criticar alguna improvisación, alguna imprecisión, alguna frivolidad en el trato que recibieron? Por Dios, ¡quién se queja! ¡Si vivir en las cárceles que construyó Frank Jellinek era tan seguro como tomar un vuelo de la Lufthansa!

—El ghetto los ha contagiado a todos. Ése es el verdadero contagio (esas manos que ya no controlo, que tocan el piano invisible, levantan arpegios grotescos, trinos sentimentales, tormentas apasionadas). Del ghetto nació la neurosis. Del miedo y del ridículo, de la degradación semita de esas primeras ciudades... Siempre habrá dos pueblos elegidos. El nuestro, para la vida y el mando. El de ustedes, para la sumisión y la muerte.

Mi hombrecito observó sus uñas pulidas y calló. La Pálida ojerosa, sentada junto a la chimenea, serena y abatida, envuelta como un mendigo en sus opulentas telas, miró por fin sin miedo, repulsión o tentación la cabezota torcida de Urs von Schnepelbrucke.

—No. No entendió usted nada. Allí aprendimos que nada termina. Nada se resuelve. Y todo debe ser vivido, revivido, una y otra vez.

—Ah sí, sí, cómo no —dijo el hombrecito cada vez más rígido y blando entre mis manos—. Sólo una vez me impacienté y caí, yo mismo, en esa tentación de revivir.

Lo bajo de mis rodillas y las suyas se doblan como trapo cuando sus pies tocan el piso.

—Sólo una vez me cegó la soberbia. Porque yo conozco la verdadera humildad, queridos amigos, la humildad del descenso infinito. Pero esta vez, encarnado, fui débil. Quería pruebas inmediatas de mi poder. Traicioné mi condición, que es la de la más larga espera. La del orgullo incomparable.

Levanté sus brazos sobre su cabeza y lo hice caminar como a un niño de meses, sin fuerzas, a punto de flaquear y derretirse.

—Decidí darle jaque. Decidí morir para resucitar al tercer día y probarle quién era yo. Que había otro, no sólo él.

Lo conduje de regreso al baúl. Lo envolví con el edredón colorado.

—Al tercer día yo también me levantaría y saldría del refrigerador. Tomé esas píldoras, me metí a mi cama; me cubrí con el edredón, me tapé el rostro con una almohada y esperé. Gutte Nacht, meine Herren und Damen. Ich muss Galigari werden! Ich muss nach Hause gehen.

Tapé con la cobija el rostro amarillo de Herr Urs y el único requiem vino de los labios del Barbudo:

—Ningún hombre tiene derecho a la eternidad. Pero cada uno de sus actos la exige.

Movió furioso la cabeza hasta encontrar a Jakob:

—¿No fui un hombre a pesar de todo? ¿No hice lo inhumano y sin embargo hoy sigo siendo un hombre? ¿A quién le hago daño hoy? Mi alma ha cicatrizado. Es más culpable un alma de gelatina como la de Javier. Perdonen los grandes sueños. Castiguen las pequeñas siestas. Hermanos, hermanos, ¿no han bastado veinte años de vida decente para hacerme perdonar una culpa de abstención, apenas una tentación que nunca comprendí bien?

—Regrese. Sería honrado por todos —dijo la Negra.

—Regrese. Le darían trabajo en las fábricas Krupp —dijo el Rosa.

—En las fábricas Farben —dijo Jakob.

—En la Bundeswehr —dijo la Pálida.

—No necesita ir tan lejos —sonrió el Negro—. Que cruce la frontera. Allí están todas las fábricas de hoy. ¡Qué fábricas! Fósforo y napalm y todos los detergentes contra el color.

—Necesita ir más lejos —dijo Jakob—. El deber lo llama. Se necesitan más aldeas estratégicas en Vietnam. Él es eficaz. Él es preciso. Él cumple con su deber. Su profesionalismo no tiene precio. Se requerirán de urgencia sus servicios en todas las prisiones y crematorios que aún faltan por construir. En Cambodia. En Laos. En Perú. En el Congo. En México. En España. En Carolina del Sur. Falta mucho por construir. Falta terminar la obra del aislamiento organizado. A su imagen y semejanza. Esa obra necesita hombres dedicados y responsables. Antes de que termine el siglo, el mundo debe ser un solo y enorme campo de concentración. Cada hombre debe ser una esfera aislada de luz negra.

—¿Qué sabes de mí? —el Barbudo sigue de rodillas—. ¿Qué huella quedó? Yo desaparecí antes de que nacieras, me cambié el nombre, pero te juro que busqué la tumba, te juro que regresé a Praga y no la encontré; ella ya no tenía nombre, era parte de un monumento tan abstracto como el que acababa de derrumbarse, era una víctima anónima en el mausoleo de las víctimas.

—¿Nunca buscaste al profesor Maher? —dijo Jakob mientras frotaba las piernas de la Pálida—. ¿En la misma casa de la calle Loretanska? Él escondió gente durante todos esos años. Entre sus oboes y sus flautas, ese viejo salvó muchas vidas.

Recordaba a dos jóvenes que cenaban y discutían con él, hace mucho tiempo. En vez de vivir tranquilo durante la ocupación, expuso la piel. Lo hizo en nombre de ustedes y de aquel recuerdo.

—¿Qué puedes saber? —el Barbudo se incorporó—. ¿Qué puedes saber tú, que eras un niño, que no pudiste hablar con nadie, quién te contó? Ése no fue tu tiempo. No puedes conocer ese tiempo. Eso estaba olvidado, perdido por siempre...

Jakob soltó a la Pálida y empezó a abrir los cajoncitos de nuestro mundo, a tomar con el puño esos papeles, dragona, que llevan años allí sin que nadie los toque, a regarlos por el piso y arrojarlos al aire:

—Todo está escrito. No hay nada que no haya sido escrito, legado, memorizado en un pedazo de papel. Aquí. Y aquí. Y aquí.

En los papeles más viejos y en los más recientes, los blancos y los amarillos, los lisos y los arrugados, sobre los que cayeron los Monjes buscando, quizás, las razones que los pusieran en paz, las pruebas de la humillación y la nostalgia, los testimonios de la necesidad y de la gratuidad, las actas de nacimiento y de defunción de nuestras leyendas eternamente representadas. Como si esas razones existieran. Como si lo irracional pudiera explicarse. Como si alguien ganara algo con saber lo que no debe. Ten fe, dragona, porque ese sobre que la Pálida recoge del suelo en tu nombre y como tú, hace tanto tiempo, cuando regresaron a México, rasga y como tú saca la carta, no explicará nada, por más que ella lea en voz alta muy señor nuestro en relación a su atenta del 12 de abril próximo pasado nos vemos en la penosa obligación de comunicarle que por el momento no entra en los planes de esta editorial publicar el manuscrito que le devolvemos adjunto por separado suyos afectísimos atentos seguros servidores. Etcétera. Ni la carta del viejo profesor Maher a Jakob será algo más que una sucesión de letras convertidas en palabras por el Barbudo. Ella nunca quiso a otro hombre. Él juró que la amaría siempre. Me lo dijo aquí, una noche. Yo soy viejo y sé cuándo me dicen la verdad. Él era un joven que amaba esta ciudad, que amaba la música y la arquitectura. Y sobre todo, la amaba a ella. Los viejos nunca nos engañamos. Profesor, no se preocupe por ella. Me lo dijo aquí mismo, una noche. Yo la cuidaré siempre. Yo nunca la abandonaré. Yo le creí, Jakob. Cuando crezcas, podrás leer esto. Yo te di tu nombre y ahora te doy el suyo. Quizás quieras buscarlo algún día. Quizás tu espíritu necesite esa certidumbre. Quizás esta carta sólo te inquiete. ¿Cómo será el mundo en el que tú crezcas? Quizás no quieras recordar estas historias de un tiempo pasado y cruel. Si es así, perdona a un viejo que los quiso mucho a todos. Etcétera. Ni las olvidadas cuartillas del libro de Javier querrán decir otra cosa que ésta leída en voz alta por el Rosa que encontró el tambache jodido en un cajón del baúl, debajo de las tapas rotas, inscritas, *La caja de Pandora:* ¿Nombre del nombre? ¿Jasón? ¿Argonauta? La naturaleza muere pero sus nombres son idénticos. La flor, el pájaro, el río, el árbol, la cosecha tienen siempre el nombre de la rosa y el colibrí, el Nilo y el pirul, el trigo. Su muerte, su paso, no cambia sus nombres. Los hombres no. Mueren con su nombre. No quieren ser repetibles. No lo son. Pagan caro su singularidad. Yo quiero ser un hombre que siga nombrando a los que me precedieron y a los que habrán de venir. Jasón. Argonauta. Medea. Quiero esto para no tener que aprenderlo todo de nuevo, vivirlo todo otra vez. ¿Orden y progreso? El lema es inhumano y mentiroso. El hombre no progresa. Cada hombre que nace es la creación original. Debe repetir para sí y para el mundo todos los actos antiguos, como si nada hubiese sucedido antes de él. Es el primer niño. Es el primer adolescente. Es el primer amante. Es el primer esposo. Es el primer padre. Es el primer artista. Es el primer tirano. Es el primer guerrero. Es el primer rebelde. Es el primer cadáver de la tierra. Etcétera. Ni el antiquísimo folio podrido que el Negro recoge y hojea y lee en voz alta significa más de lo que empieza a decir después del título y el pie de imprenta, Upsala, 1776. En 1703, un mago y charlatán que se llamaba a sí mismo el doctor Caligari sembró el terror y la muerte, de aldea en aldea y de feria en feria, a través de su obediente siervo, el Sonámbulo César. Etcétera.

Son las cartas y los libros que una pareja de amantes jóvenes escribieron para matar el tiempo en un vapor de la Lloyd-Triestino, antes de la guerra. Son una diversión de horas largas en el mar, papeles guardados en los cajones de un mundo vacío. Aquel viejo hebreo me lo vendió barato. La policía lo había sorprendido espiando en los excusados públicos. Era un voyeur, como tú y yo. Me dijo que no podía resistir la tentación. Que iba a vender todo muy barato y luego desaparecería. Era experto en desapariciones. Ofreció regalarme los violoncellos y los sombreros de copa, los maniquíes de costura y las carrozas fúnebres que tenía amontonados en ese desván de un viejo palacio de la calle de Tacuba, al fondo de un patio desnudo con una fuente sin agua, detrás de un pórtico de piedra dúctil y caprichosa sostenido por unas patas de felino gigante.

—Yo, Jakob Werner, nacido en el año cero, condeno a Franz Jellinek, nacido hace dos mil años.

Empiezo a reír, dragona. No sé si los seis monjes están infectados por lo mismo que condenan. Te juro que ya no sé si sus desplantes teatrales son auténticos o si son la caricatura de la vida que les atribuyen a ustedes. Sólo sé que las razones no son convincentes. Y que yo soy el Narrador y puedo cambiar a mi gusto los destinos. Ellos avanzan hacia la puerta. Yo les cierro el paso sin dramatismo, con desenfado.

—No me convencen. Es más: me pelan los dientes.

Pero ellos no me escuchan o parecen no escucharme. Siguen avanzando, entonan otra vez sus letanías.

—Cambió el curso de las estrellas.

Quisiera reírme de ellos, decirles que me han mentido. ¿No han dicho que se la juegan solos? Han dicho que aceptan la vida y que todos, de alguna manera, somos culpables. Quisiera, pero sólo imagino a Isabel —te imagino novillera—, en el abrazo de Javier en un motel del camino a Toluca.

—Arrojó hacia atrás los tiempos del mar.

Avanzan vibrando, bailando, alucinados, desde el fondo de mi cámara oscura, mientras yo les opongo la razón: entonces perdónenlo y recuerden que también amó y aspiró:

—Mató la fruta en la semilla.

Atrás, atrás, leones, fieras, si tuviera más látigo que las palabras, hoy no daña a nadie, el tiempo lo ha perdonado, Javier es peor, yo digo y decido que Javier merece todos los castigos mil veces más: ésta es una novela policial y ha llegado la hora del que la hace la paga y no deben pagar justos por pecadores.

—Quemó los labios del niño con la leche materna.

Y Javier está con Isabel en una cama fría y la Pálida no es mía, nunca será mía y es todo lo que deseo esta noche.

—Ascendió a los cielos para corromperlos.

¿Qué creen, que me di por vencido? Un momento. La sala está demasiado oscura. Los siento avanzar pero no los veo. Debo pensar rápido. A qué las tunas. Ese beso maldito se lo dio a su falso amante. Al juez trató de seducirlo. A su falso esposo lo insultó con todos los compromisos de un amor largo y acostumbrado.

—Descendió al infierno para redimirlo.

Pero hoy no daña a nadie. El tiempo lo ha perdonado. Creo esto. Pero si quiero seducirla, no debo decirlo. Jakob debe ser el amante de la Pálida. Cómo la acarició. Con qué ternura la protegió y la condujo cerca de la chimenea. Jakob debe ser el rival.

—Atrajo el sol para que consumiera la tierra.

Voy a enterrar mis dudas. Ella no me aceptará si me muestro débil. Al rato les diré que tienen razón. No lo perdonaremos para que más tarde pueda existir el perdón. Perdonarlo sería negar el perdón.

—Ordenó a la luna que arrojase fuego.

Sí, más tarde les diré que no lo perdonaremos porque no merece la muerte. Cree haberla comprado con veinticinco años de buena conciencia. Javier y Elizabeth han mantenido su infierno. Él no. Franz cree haberlo evadido. Vamos a demostrarle que se equivocó.

—Ordenó al aire que arrojase veneno.

Ya no les impido el paso. Me pego a la pared y les permito descender por la escalera de caracol. Trato de distinguir, al tacto, sus presencias, al olor. Quisiera detener a la Pálida y tocarla. Explicarle. Preguntarle, ¿qué hizo Franz?, ¿qué les importa? Ahora no. Ahora conozco la respuesta, cerca de los cuerpos veloces de los seis monjes que bajan por la escalera de caracol sin decirme lo que quiero entender. No importa lo que haya hecho. Es lo viejo. Debe morir. El ciclo ha terminado y lo nuevo debe nacer sobre los despojos de lo viejo. ¿Qué hizo Franz, por favor? ¿Qué hizo Franz? Debe decirlo una carta o un libro que no leímos en alguno de los cajones que no se abrieron. Son demasiados cajones. No tenemos tiempo.

No supe o no pude pedir más para detenerlos, dragona. No quise pedir más, es la puritita verdad.

Me venció el entusiasmo de una participación y la conciencia de que voy que chuto para la cuarentena. Yo iba a ser joven con ellos, dragona. ¿Tú no hubieras hecho lo mismo que yo? Íbamos a prolongar nuestra juventud. Y a ganarnos la vida que de repente es el único recuerdo que nos queda de nuestra muerte original.

Pero ésta era sólo mi razón. No era la de ellos. Yo nada tenía que ver con esas seis calcomanías pegadas a la portezuela del Lincoln al que regresamos, dispuestos a agotar la noche. Cada calcomanía era una svástica. Cinco estaban cruzadas ya, como las insignias que en los aviones de combate llevan la cuenta de los enemigos derribados. Ahora las señalaron. Cada ángel vengador de éstos dijo un nombre:

—El Obsercharführer Heinrich Krüger. Organizó los transportes AAH para vengar la muerte del Protector de Bohemia y Moravia.

—La guardia Ruby Richter. Encargada de los baños de mujeres en Auschwitz.

—El teniente Malaquías von Dehm. Participó en el arrase del ghetto de Varsovia.

—La enfermera Lisbeth Fröhlich. Preparación de mermeladas para niños tarados en Treblinka.

—Lorenz Kempka, fabricante. Tarros de gas Cyclon-B.

Tú me dirás quiénes fueron, novillera. Tú buscarás a Franz para que te cuente todo, antes de que sea demasiado tarde. Contigo completaré el expediente de mis memorias. Quiero liquidar esos años, los de mi nostalgia infantil y adolescente, compuesta de todas estas películas y encabezados de periódicos y notas rojas y discos rayados. La mitad de la vida se nos va en eso. Yo no tengo más, novillera, y tú ya naciste psicoanalizada.

Una voz lejana canta en la noche de mi barrio, mientras contemplo al lado de los Monjes esas cinco calcomanías cruzadas y la que aún falta. De la arena nace el agua y del agua los pescados.

—Localizó la casa de la vida para destruirla.

¿De veras? Pues de repente, a lo mejor.

El Barbudo abre de un golpe la cajuela y deja que del saco se le escurra ese bulto vivo y gruñente. Cierra rápidamente, para que eso no se escape o lo ataque, no sé. Luego ando creyendo que los tesoros de mi baúl son muy extraordinarios. Bah. Lo irracional no puede explicarse. Me encojo de hombros. Todos sueltan el cuerpo. Terminó el último acto de Caligari. Ahora volveremos a ser nosotros mismos. El Negro sonríe y se prende un fósforo en las nalgas, sobre ese escudo del águila y la serpiente con el que se adorna el culo. Alumbra su cigarrillo de mota y ahora sí nos vamos al largo viaje, hombre, a volar alto, locos, escarbando, hechizos, ritmeando, con eso, vamos, vamos, vamos, que la carretera es muy larga.

Estamos sentados, esta noche final que es la del principio, bajo la arcada desteñida, verde, gris, junto a las dos mesas de aluminio y sobre las siete sillas de latón de esta ostionería que de noche hace las veces de cantina en los portales de Cholula. Las ostras yacen sueltas en grandes botellones de agua gris. Un gusanillo alcoholizado, amarillo, está suspendido a la mitad de la botella de mescal. Sólo yo me sirvo. Ellos están viajando. Ellos están altos. Groovy, groovy, repite a cada rato la que fue la Negra, la que fue el juez, la que fue, quizás, una niña llevada en tren con una muñeca rota. Una pequeña banda de hombres con sombrero de paja tiesa y barnizada, camisas blancas y pantalones de dril se ha acercado a nuestras mesas. Tocan y cantan, desafinadamente, el corrido de Benjamín Argumedo. Lo bajaron por la sierra, todo liado como un cohete. Las mujeres de frente estrecha y encías grandes y dientes pequeños, envejecidas prematuramente, peinadas con trenzas cortas y chongos secos, envueltas en los rebozos, barrigonas, con los niños en los brazos, tomados de las manos, cargados sobre las espaldas, sostenidos por el rebozo, nos miran recargadas contra los muros, y ríen al contarse bromas y noticias secretas, en una voz inaudible, de inflexiones agudas, de sílabas copuladas. Tanto pelear y pelear con el Máuser en la mano. Miro con impaciencia hacia el confín de la plaza de Cholula, más allá de la iglesia-fortaleza, hacia la calle por donde se asciende a la basílica que corona las siete pirámides ocultas. Nadie se pasea por el jardín. Es propiedad de los perros noctívagos, sin raza, escuálidos, amarillos, negros, desorientados, hambrientos, babeantes, que corren sin rumbo, se rascan, hurgan en las acequias. Los Monjes no oyen ni ven. Se han prendido a la ropa esas insignias ovoides, de latón pintado, como las estrellas de los cherifes del Oeste. MAKE MARIJUANA

LEGAL. BABY SCRATCH MY BACK. LSD NOT LBJ. ABO-LISH REALITY. Fuman sus juanitas como chacuacos, como murciélagos negros y no me miran y yo miro hacia esa calle para ver si llegan y al mismo tiempo trato de tocar el pie de la que fue la Pálida que fue la Monja Jeanne Fery que fue Elena de Troya que fue la Madre María que fuiste tú, dragona, con la punta de mi zapato debajo de la mesita de aluminio y ella no se da por enterada y tiene tomada la mano de Jakob. Para acabar fusilados en el panteón de Durango.

—¿No crees que vengan? —le pregunto a Isabel.

No me contestas. Los mariachis tocan y los perros se acercan a las mesas buscando mendrugos, nos observan con sus miradas plañideras, rojas y amarillas, irritadas y enfermas. Y yo sólo observo los otros rostros y bebo mescal y me los figuro maquillados por la evidencia final de la verdadera energía, la que no gasta, la que sólo altera, aunque después se pierda para siempre o se vuelva a encontrar porque si se pierde es que ha pasado a manos de otro que quizás nos la devuelva un día. Todos estaban manchados, fumando y oyendo a los mariachis esta noche de abril.

—Me duele la cabeza —me dijo Isabel.

—¿Crees que vendrán? —volví a preguntarle.

—No sé.

Los seis jóvenes sonreían. Para los pasantes, de seguro, las ropas manchadas eran parte del disfraz, menos notables que las insignias. ABOLISH REALITY. Los soldados nos miran con sorna y no se las huelen, qué va, si la calidad cómica de los seis es como la de las viejas películas de Laurel y Hardy, que sabían construir con su destrucción, que nos llenan de alegría y asombro y posibilidad cuando los vemos desmembrar un viejo automóvil o una casa de los suburbios. Los soldados están reclinados contra las columnas del larguísimo portal con las gorras ladeadas, los rostros cortados por un navajazo, los palillos entre los dientes: sonríen. Y Jakob sigue abrazado a la Pálida y me mira para que yo me diga que quizás, sí, su necesidad era su libertad y que si él pudo llevar hasta sus consecuencias, veintiún años después, esta aspiración y convertirla en acto, todos podrían, como él, ser libres, poner la libertad ante su prueba extrema en caso de que algo terrible sucediera antes de que todos pudieran conseguirla. Abrazaba a la Pálida como si todo lo que hiciera lo hiciera en nombre de todos. La prueba individual podría ser la única prueba ejemplar, capaz de sobrevivir al holocausto. Pero si su mirada quería decirme esto, yo también quise ponerla a prueba y preguntarle, sin hablar, dónde terminaba la venganza pura y simple y dónde se iniciaba el acto libre, individual y, otra vez, ejemplar, cometido para advertir, para significar fuera de la vida de Jakob Werner.

Nada. Pura tirria de que él tuviera abrazada a la Pálida. Pura fatiga de que esto hubiera terminado así, sin que yo me atreviera a dar mis verdaderas razones para impedir el crimen y sin que obtuviera la camaradería, la participación o el amor a cambio de los cuales me callé y les serví de lazarillo hasta el centro de la pirámide, hasta el friso de los chapulines. Lazarillo: a lo largo y ancho de este lazareto en el que el aislamiento de la lepra crea la ilusión de la vida gracias al amor de la crueldad.

—¿No crees que vengan? —volví a preguntar.

—No sé. No creo —dijo Isabel—. Se quedaron sentados allí. Tomados de las manos.

—¿Qué se decían?

—Ella era la que hablaba. Le decía que no importaba, que la vida debía seguir.

Y la Pálida retiró su pie del contacto con el mío debajo de la mesa y me miró con esa burla y ese desprecio. Y besó a Jakob.

Yo acaricié la cabeza de Isabel.

—Si salimos en seguida, podemos estar en Veracruz esta madrugada.

—No, no quiero llegar al mar.

—¿Quieres regresar a México?

—Sí —Isabel se levantó, abrió su bolsa y buscó el peine, el lápiz labial y el espejo—. Ya no hay nada que decirse. Regresemos. Estoy agotada.

Y los seis rostros me observan con esa sorna, el rostro negro, el rostro cubierto por la melena del muchacho vestido con mallas color de rosa, el rostro gótico, estirado sobre los huesos afilados, de la muchacha vestida de negro, el rostro de ojos entrecerrados de Jakob Werner, el rostro rubio y barbudo de todas las agonías. El divino rostro pálido, sin cejas, con pintura de un naranja borrado, de la joven Elizabeth de la vida eternamente intolerable y eternamente digna de ser vivida. Me miraban ellos, cuando me puse de pie, y me miraban las mujeres de rostros oscuros envueltas en rebozos, descalzas, embarazadas, y me miraban los perros adormilados, infestados de pulgas, con los hocicos blancos.

—Regresemos. Estoy agotada.

Todos sonrientes y cruzados de brazos. Ya no vivan tan engreídos con este mundo traidor. Tomé un puñado de cacahuetes y los arrojé a la cara de uno de los músicos...

—Órale. Quieto.

...a ese mariachi con bigotes tupidos, con el movimiento de una pantera negra, que soltó la guitarra y avanzó hacia nuestra mesa...

—Órale borrachín. Quieto. Respete a los músicos...

...para que yo le arrojara otro puñado de cacahuetes y los soldados se llevaran las manos a las pistolas y las panzonas cubrieran a los niños con los rebozos y los perros corrieran renqueando, con sus patas dobladas y a veces amputadas y sus grandes manchas secas en la piel y los soldados sacaran las pistolas y también corrieran hacia la cantina bajo el portal donde los cuatro músicos se disponían a partirnos la madre, a rajarnos la piel...

Jakob se pone de pie violentamente y saca la navaja ensangrentada del portafolio negro.

Elizabeth y Javier permanecieron solos frente al friso de los dioses. No miraron el cadáver de Franz. Se miraron los ojos. Javier quiso hablar. Elizabeth le tapó la boca con la mano y los dos se siguieron mirando. El mar, a un tiempo, recibe la luz, la filtra y la devuelve, transformada, al sol. El mar de franjas color de agua de vida, verde, azul, violeta, se impone al paisaje de montañas esfumadas y lo opaca, tal es su brillo. Estas montañas son como eminencias del mar profundo, pálidas y azules; son la espalda de un viejo y cansado monstruo del mar. El fondo empedrado del mar es visto a través de la claridad del agua. Y en el muelle de Rodas el barco parte. Elena, envuelta en un chal negro, arrugada y oscura como una nuez de ojos y dientes brillantes, grita y levanta plegarias al cielo. Las mujeres se contagian el llanto, unas a las otras, y también ríen entre sus llantos: los hombres se van a trabajar, fuera de la isla, a Suecia y Alemania, a Suiza y Dinamarca, donde hace falta mano de obra; en vez de campesinos, serán criados y mecánicos; lloran las esposas vestidas de negro; lloran las abuelas vastas, arrugadas, de pelo blanco y labios delgados; lloran las primas jovencitas y sudorosas; y todas se hacen fotografiar en grupo y dejan de llorar, primero para sonreír al fotógrafo, luego para injuriar a la torpe campesina que en ese momento cruza frente a la cámara. Todo el muelle de Rodas llora, ríe, hace bromas, exclama; los vendedores de pan de sésamo y empanadas; las viejas de turbantes negros que se arrojan gimiendo contra el costado del buque; los niños chillones; los chiflidos y gritos de los trabajadores que cargan y descargan; los empujones de los cargadores de maletas.

—¿Sabes que Elena tenga un pariente que se va?

Elena grita y llora sin localizar la meta de su emoción; también ella se arroja contra el buque, rasga su chal y se tira al suelo. Elizabeth agita el brazo, saca un pañuelo, vuelve a agitarlo. Elena la ve, cae de rodillas, levanta los brazos con los nudillos gruesos y rotos hacia el cielo, separa las manos para enviar un beso largo, con los ojos cerrados.

—¿Crees que vino por nosotros?

Sueltan las amarras. Elizabeth se despide de Rodas sin atreverse a llorar, dejando que Elena y las mujeres de la isla lo hagan por ella: las voces surgen del suelo pardo y rocoso, sin más alivio o belleza que el mar que se lleva a los hombres. El barco se aleja. Elena se pierde en la multitud, llorando, gritando, una más, cada vez más lejos. Elizabeth tuvo dieciocho años y Javier veinte.

Todo esto me lo contaste una tarde, cuando te dieron permiso para visitarme.

Estos lugares siempre quedan fuera de los poblados; de lo contrario, no tendrían sentido. No sé de qué mañas te valiste para que te dejaran entrar. No quiero imaginarlas. No me atrevo. Pero tú siempre me habías dicho: «Algún día te contaré...» Y no tenía por qué dudar de tu palabra.

Claro, te obligaron a permanecer afuera, del otro lado de la puerta. Bastante riesgo corrías ya. Tu voz me llegaba muy débil, de arranque, pero luego las cuatro paredes la amplificaban. No me acerqué a ti por ese motivo. Allí, junto a la puerta, casi no se te escuchaba. Acá, de cara a lo que pretende ser la ventana, puedo impedir que tu voz huya del todo: la capturo antes de que muera.

Hay que hacer todas estas cosas para entender lo que le dicen a uno. Todas estas maromas que

623

son mi pan cotidiano; también, cómo hacerme entender. Como ellos nunca han vivido, lo que se llama vivido, dentro de estos lugares, no conocen realmente sus secretos. Han inventado el aislamiento y creen que los cuatro muros bastan para contenerlo. Pero nada está por completo aislado. Nada, dragona.

Ellos se sorprenderían si vivieran aquí y aprendieran que el silencio total de los primeros días es sólo el anuncio de un universo de ruidos que, si al principio son aislados, terminan por organizarse. Cuando alguno de nosotros, para su desgracia, habla, ellos se ríen y dicen que es pura imaginación. Cosa mala: vivir de prestado. Luego, insensiblemente, van apretando las tuercas. Empiezan a imaginar lo que nosotros podríamos estar imaginando y entonces ya no estamos solos: ellos también están viviendo de prestado. Lo saben y saben que eso es contrario al principio de autoridad y a los propósitos mismos del establecimiento. Entonces no te dan de comer, dragona, para que no tengas pesadillas indigestas. O te sobrealimentan con una papilla viscosa porque creen que tu imaginación es resultado del hambre que, dicen, la afila. O te forran la pieza con colchones de algodón para matar los ruidos que llegan.

Por eso, yo no les digo nada. Me hago el tonto y me guardo lo que oigo. Todas esas voces cuyo conducto es la piedra. Los suspiros de amor y los gritos de riña. Las órdenes sumarias y las paletadas de tierra. Las salvas de fusiles y el chasquido de tubos de goma. Los aullidos de animal y los llantos de niño. La música nocturna de un reposo eterno y los pies multitudinarios que se arrastran. El gemido que escucho cada noche, al pegar la oreja al piso para comunicarme con alguien que debe estar enterrado bajo mis plantas.

Te agradezco que hayas venido a verme. Vas a contarme que tú y él salieron de la pirámide, arrastrando el cadáver. Al salir, lo primero que vieron fue ese Lincoln estacionado allí. Dejaron el cuerpo arrumbado junto a los rieles y aprovecharon esta noche triste de Cholula, tan silenciosa como el polvo, tan oscura al pie de las pirámides, la basílica y el manicomio, para disponer de ese cadáver.

Tú abriste la cajuela del Lincoln y él arrastró el cuerpo. Pero adentro de la cajuela había otro bulto. Se removía y gruñía. Era algo vivo, envuelto en trapos, como una momia. Tú sentiste miedo; detrás de las vendas había una piel viva, quizás varias. Pero el miedo de tu hombre era peor que el tuyo, era un miedo activo, de conclusiones. Tomó el cadáver de las axilas y lo arrastró hasta el automóvil.

Entre los dos, lo levantaron y luego lo dejaron caer dentro del cofre. Él quiso cerrar en seguida. Tú lo detuviste. Al caer el cadáver sobre el bulto, se oyó un chillido agudo, ilocalizable por un instante, como si una monja en la iglesia, un enfermo en el manicomio o un grillo en la pirámide lo hubiese lanzado. Pero esto era el delirio. La razón decía que el grito venía de ese bulto abandonado.

Tuviste los cojones, dragona, de tomarlo y abrazarlo, sin saber qué cosa era. Él te dijo que lo dejaras allí, que no era tuyo, que debían cerrar la cajuela y huir. Y tú lo miraste aceptándolo todo, sabiendo que ese bulto era tuyo y no era tuyo, que el mundo está lleno de enigmas que no deben interrogarse a menos que se desee la catástrofe. ¿A quién ibas a interrogar en esa noche de polvo y abandono? En la basílica estaría el sacerdote, reposando bajo una campana de cristal. En la pirámide, el emperador indígena amurallado en las catacumbas de su poder. Pero en el manicomio...

Corriste, dragona, con el bulto ese, agitado como un paquete de lombrices, a la rampa que conduce al portón neoclásico. Tu hombre cerró rápidamente la cajuela del Lincoln y tú depositaste eso en el umbral del manicomio: finalmente, no lo habías abandonado. Citaste a un clásico, dragona, como si repitieras una oración de tu pueblo: hay una tragedia en el mundo pero el mundo debe continuar.

Regresaste, dragona, como siempre, a donde estaba tu hombre, junto a la cajuela cerrada, donde otra piel se pudría a cambio de la que tú habías salvado. Siempre tendrás a quien cuidar, mi bella judía de los tristes ojazos grises. ¿Quién dijo miedo, carnales?

Ahora debes alejarte. Has debido venir desde muy lejos para llegar hasta donde yo estoy. Estos lugares, te digo, siempre están lejos de la civilización. Quiero imaginar que para llegar hasta mí has debido mover influencias y dar mordidas. No se me va a ocurrir siquiera que tú también estás encerrada aquí, como todos los que venimos de parajes infestados o sospechosos de contagio. No voy a decir que tú también has llegado de la tierra infecta de

Nazaret a esta tierra de los muertos que resucitan y al palacio de Lázaro nuestro señor. Sí, aquí vive Lázaro, el señor de las resurrecciones: él le da su nombre a nuestra casa y también a la pirámide y a la basílica que, trepando con esfuerzo y agarrado a los barrotes, logro distinguir por el rabo del ojo.

Ahora debes irte. El Sonámbulo, César, sirve bien a su señor inmortal y si sabe que te escucho, me matará de hambre o de indigestión. Acolchará mi celda. Y no tengo tiempo. No quiero ser interrumpido más, dragona. Ha llegado la hora del rancho. El perro amarillo está terminando de devorar al niño enmascarado. No conozco el rostro del niño, pero estoy seguro que debe ser muy triste. Nuestros niños sólo ríen con las máscaras puestas. Las máscaras ríen por ellos, máscaras de azúcar, dulces calaveras: la muerte está viva y es el teatro guiñol de estos niños de ojos tristes que se reconocen en la calaca porque la calaca será suya antes de que dejen de ser niños.

Pero el perro amarillo y babeante de Cholula va a terminar su merienda, va a hacer trizas esas vendas sucias que aún lo atan y luego, dragona, y luego... Sé que su apetito no está satisfecho.

Adiós, dragona. Y no olvides a tu cuate

(Fdo.) FREDDY LAMBERT

Tonantzintla, marzo de 1962
Nueva York, octubre de 1965
París, septiembre de 1966

Biografía

Carlos Fuentes es uno de los grandes autores del siglo XX, no ya en lengua española, sino en el más amplio ámbito de las letras internacionales. Nació en México en 1928 y se licenció en Derecho por la Universidad Autónoma Nacional. Además de escritor, ha sido embajador, profesor universitario, editor y guionista de televisión. Entre otros, ha obtenido los siguientes premios: Biblioteca Breve, Xavier Villaurrutia y Rómulo Gallegos, Alfonso Reyes, Nacional de Ciencias y Artes, Cervantes, Menéndez Pelayo, Príncipe de Asturias y Premio Picasso. Ha escrito teatro y ensayo pero principalmente ha desarrollado su obra en el género narrativo, entre sus títulos destacan: *Cambio de piel; Zona sagrada; Terra nostra; La Campaña; Diana, o La cazadora solitaria; La frontera de cristal* y *Los años con Laura Díaz*.

Otros títulos de la colección